The Mortal Instruments
City of Glass

MORTAL INSTRUMENTS Book 3: CITY OF GLASS
by Cassandra Clare

Copyright ⓒ 2009 by Cassandra Clare, LLC
All rights reserved.

This Korean edition was published by Woongjin Think Big Co., Ltd. in 2013 by arrangement with Cassandra Clare c/o Barry Goldblatt Literary LLC, New York through KCC(Korea Copyright Center Inc.), Seoul.

3 · 유리의 도시

새도우 헌터스

카산드라 클레어 장편소설 · 오정아 옮김

Contents

1부
날아오르는 불꽃

1	포털	8
2	알리칸테의 악마 타워	30
3	아마티스	62
4	데이라이터	81
5	기억의 문제	102
6	나쁜 피	131
7	천사들도 발 딛기 두려워하는 곳	163
8	살아 있는 자	194
9	죄 많은 피	215

2부
운명의 별

10 불과 검   238
11 지옥의 무리들   260
12 깊은 구렁 속에서   284
13 슬픔이 있는 곳   315
14 어둠의 숲에서   338
15 모든 것이 무너지다   360

3부
천국에 이르는 길

16 신념   384
17 섀도우 헌터 이야기   411
18 안녕, 그리고 안녕히   443
19 브니엘   480
20 죄의 무게   517

에필로그   543

1부
날아오르는 불꽃

사람은 재앙을 위해 났으니
불꽃이 위로 날아가는 것 같으니라.
―〈욥기〉 5장 7절

1
포털

맵게 춥던 한 주가 지나고 밝은 태양이 얼굴을 내밀었다. 머리카락이 날리지 않게 재킷의 후드를 올려 쓴 클라리가 서둘러 루크네 안뜰로 들어섰다. 지난주보다 기온이 올랐는데도 이스트 강에서는 여전히 매서운 바람이 불어왔다. 희미한 화학 약품 냄새와 브루클린 거리의 아스팔트와 휘발유 냄새, 그리고 길 아래 버려진 공장에서 흘러나온 설탕 탄내가 바람에 섞여 날아왔다.

사이먼이 포치에 놓인 망가진 안락의자에 퍼질러 앉은 채 클라리를 기다리고 있었다. 청바지를 입은 무릎 위에 게임기를 올려놓고 터치펜으로 부지런히 찔러대면서.

"득점." 계단을 오르는 클라리의 귓가로 사이먼의 외침이 들려왔다. "마리오 카트의 코를 납작하게 눌러주마."

클라리가 후드를 내리고 머리를 흔들어 눈에 들어간 머리카락을 털어냈다. 그러면서 주머니를 뒤적여 열쇠를 찾았다. "어디 있었어? 오전 내내 전화했는데."

사이먼이 깜빡이는 게임기를 가방에 넣으며 자리에서 일어났다. "에릭 집에. 밴드 연습 하느라고."

클라리가 열쇠를 돌리다 말고 인상을 쓰며 사이먼을 보았다. "밴드 연습? 뭐야, 너 아직도……."

"밴드 탈퇴 안 했냐고? 당연하지." 그가 클라리 쪽으로 손을 뻗었다. "비켜봐, 내가 할게."

적당한 힘으로 능숙하게 열쇠를 돌리는 사이먼 옆에서 클라리는 얼어붙어 있었다. 오래된 자물쇠 스프링이 철컥 돌아가며 사이먼의 손이 살짝 스쳤다. 바깥 공기만큼이나 서늘한 손. 클라리가 몸을 떨었다. 그와 로맨틱한 관계를 시도하다 그만둔 것이 바로 지난주였다. 클라리는 아직도 사이먼을 볼 때마다 혼란스러웠다.

"고마워." 클라리가 사이먼을 외면하며 열쇠를 받았다.

거실로 들어서니 뜨거운 공기가 끼쳐왔다. 클라리는 현관 옆의 옷걸이에 재킷을 걸고 손님방으로 향했고 사이먼도 그 뒤를 따랐다. 그녀가 방 안으로 들어서며 얼굴을 찌푸렸다. 침대 위에는 여행 가방이 조개껍데기처럼 벌어졌고, 옷이나 스케치북 따위가 여기저기 널려 있었다.

"이드리스엔 며칠만 다녀오는 거 아니었어?" 방 안의 광경에 희미한 실망감을 내비치며 사이먼이 말했다.

"그건 맞는데 뭘 가져가야 할지 정할 수가 없어서. 난 드레스나 치마 같은 옷은 없는데, 거기서 바지를 못 입으면 어떻게 해."

"바지를 왜 못 입어? 거기가 다른 나라지, 다른 세기는 아니잖아?"

"섀도우 헌터들은 좀 구식이잖아. 이사벨은 늘 드레스만 입고, 또……." 클라리가 중간에 말을 끊고는 한숨을 푹 쉬었다. "에휴, 아니다. 엄마 때문에 불안한 거면서 괜한 옷 타령만 하고 있네. 다른 얘기 하자. 연습은 어땠어? 밴드 이름은 아직도 못 정한 거야?"

"연습은 좋았지." 사이먼이 책상에 걸터앉아 다리를 흔들었다. "밴드 모토를 바꾸려고 생각 중이야. 뭔가 풍자적인 걸로. '우린 많은 사람들을 만났고, 그중 80퍼센트만 열광하게 만들었지(미국 록밴드 그린데이의 멤버 트레 쿨이 말한 "We've seen a million faces and we rocked them all"을 바꾼 것—옮긴이)' 같은 거."

"에릭하고 다른 애들한테 말은 한 거야? 네가……."

"내가 뱀파이어라는 거? 아니. 시시한 얘기만 하다 갑자기 꺼낼 수 있는 소재가 아니라서."

"그렇긴 하지만 네 친구들이잖아. 걔들도 알아야지. 그리고 또 누가 알겠어, 널 로큰롤 신처럼 대할지. 뱀파이어 레스터처럼 말이야."

"레스타지, 뱀파이어 레스타. 그리고 그건 소설 속 인물이야. 그러는 너도 친구들한테 섀도우 헌터라고 떠들고 다니지 않으면서 왜 그래?"

"무슨 친구? 나한테 친구는 너뿐인데." 클라리가 침대 위에 털썩 주저앉아 사이먼을 올려다보았다. "난 너한테 얘기했어, 아니야?"

"어쩔 수 없었으니까." 사이먼이 고개를 갸웃거리며 그녀를 유심히 쳐다보았다. 침대 옆에 놓인 스탠드 불빛에 그의 눈이 은색으로 물들었다. "거기 가 있는 동안 보고 싶을 거야."

"나도."

말은 그렇게 했지만, 솔직히 클라리는 기대감으로 피부가 따끔거려 대화에 집중하기가 힘들 정도였다. 그녀의 마음은 이렇게 노래하고 있었다. '난 이드리스에 가! 섀도우 헌터의 고향, 유리의 도시를 보게 돼. 또 엄마도 구할 거고.' 그리고 제이스와 함께 있게 돼.

클라리의 생각을 들기라도 한 것처럼 사이먼의 눈에 불이 번쩍했다. 하지만 변함없이 부드러운 목소리로 그가 말을 이었다. "왜 네가 직접 이드리스에 가야 하는지 다시 한 번 말해줄래? 너 없이 매들린과 루크가 해결하면 안 되는 이유가 뭐라고 했지?"

"엄마는 '래그노어 펠'이란 마법사의 도움으로 잠든 거야. 주문을 푸는 법을 알려면 그 마법사를 찾아야 한대. 하지만 마법사는 매들린을 모르고 엄마만 알 뿐이야. 매들린은 엄마와 내가 많이 닮았으니 마법사가 날 믿을 거라고 생각해. 그리고 루크는 나와 함께 갈 수 없고. 이드리스까지는 간다 해도 클레이브의 허가가 없으면 알리칸테에 들어가지 못하니까. 클레이브가 허가를 내줄 리도 없고 말이야. 그나저나 루크 앞에서는 제발 아무 말도 하지 말아줘. 안 그래도 나 혼자 가는 걸 엄청 불안해하고 있단 말이야. 매들린을 몰랐다면 못 가게 했을 거야."

"라이트우드 가족이랑 제이스도 가잖아. 다들 널 도울 텐데 뭘 그렇게 불안해해? 제이스도 분명히 돕겠다고 그랬지? 너랑 같이 가는 것도 괜찮고."

"당연하지. 나랑 같이 가는 것도 괜찮다고 했어. 전혀 문제 될 거 없다고."

하지만 클라리도 알다시피, 그건 거짓말이었다.

그날 병원에서 매들린과 얘기를 나눈 뒤 클라리는 곧바로 인스티튜트로 되돌아갔다. 제이스는 클라리가 처음으로, 심지어 루크보다도 먼저 엄마의 비밀을 털어놓은 사람이었다. 클라리가 매들린의 말을 전하는 동안 제이스는 그녀를 빤히 응시한 채 점점 창백해졌다. 클라리가 엄마를 구하는 방법을 말하고 있는 것이 아니라, 그의 몸에서 잔인할 정도로 천천히 피를 빼내기라도 하듯이.

얘기가 끝나자마자 제이스는 딱 잘라 말했다. "넌 못 가. 널 꽁꽁 묶어

깔고 앉아 있는 한이 있어도, 이드리스에는 절대 보내지 않을 거야."

클라리는 느닷없이 따귀를 얻어맞은 기분이었다. 제이스가 기뻐할 거라고 생각하며 한달음에 달려왔는데, 그는 기뻐하기는커녕 입구에 서서 무서운 얼굴로 그녀를 노려보기만 했다. "넌 가잖아."

"그래, 우린 가. 안 가면 안 되니까. 클레이브가 의회를 연다고 활동 중인 섀도우 헌터 가운데 가능한 사람은 모두 불러들였어. 발렌타인 문제를 놓고 투표를 할 거야. 우린 발렌타인을 마지막으로 목격한 사람들이라……."

제이스의 말을 자르며 클라리가 물었다. "그래서 너는 되는데 나는 왜 안 되냐고?"

직설적인 물음이 화를 더욱 부채질한 듯했다. "너한테 거긴 안전하지 않으니까."

"아, 그래? 그럼 여긴 안전하고? 난 지난달에만 열두 번도 넘게 죽을 고비를 넘겼는데, 전부 여기 뉴욕에서 그랬어."

"발렌타인이 뉴욕에 있는 죽음의 도구들을 쫓았으니 그런 거지." 제이스가 이를 갈며 말했다. "이젠 목표가 이드리스로 바뀌었고, 거기서……."

"그건 누구도 확신하지 못하지." 메이리스 라이트우드였다. 복도의 어둠 속에 서 있던 그녀가 눈이 시리도록 밝은 빛이 쏟아지는 입구로 걸어 나왔다. 빛 안으로 들어서자 피로로 주름진 얼굴이 확연하게 드러났다. 지난주 전투에서 남편인 로버트가 악마 독에 부상을 입은 이후 메이리스는 줄곧 그를 간호해왔다. 그런 그녀가 얼마나 지쳤을지 클라리는 상상만 할 따름이었다. "그리고 클레이브는 클라리사를 만나길 원해. 그건 너도 알잖니, 제이스."

"클레이브는 엿이나 먹으라고 하세요."

"제이스, 그런 말 하면 못써." 메이리스가 전에 없이 부모다운 목소리로 말했다.

"클레이브는 많은 걸 원해요. 원하는 걸 전부 얻을 순 없죠."

무슨 말인지 정확히 알지만 인정할 수 없다는 눈빛으로 메이리스가 제이스를 쏘아봤다. "클레이브가 옳을 때도 많아, 제이스. 그런 일이 있었으니 클라리사와 얘기를 나누고 싶어하는 것도 무리가 아니지. 클라리사의 말이……."

"알고 싶은 건 제가 전부 말해주면 되잖아요."

한숨을 내쉰 메이리스가 푸른 눈을 클라리에게 돌렸다. "너는 이드리스에 가고 싶은 거지?"

"며칠만요. 절대로 문제 일으키지 않을게요." 제이스의 이글거리는 시선을 피하며 클라리가 간청하듯 메이리스를 바라보았다. "맹세해요."

"그런 건 중요하지 않아. 거기서 네가 클레이브와 만날 건지 아닌지가 중요하지. 그들은 너와 얘기를 나누길 원해. 그게 싫다고 한다면 너와 함께 가는 걸 허가해줄지 의문이구나."

"안 돼요, 그건……." 제이스가 입을 열었다.

"만날게요." 클라리는 제이스의 말을 가로막으며 단호하게 말했지만, 생각만으로도 등골이 서늘해졌다. 지금까지 클레이브 특사라고는 심문관을 만난 것이 다였지만, 심문관은 그리 가까이하고 싶은 사람이 아니었다.

"그럼 해결됐구나." 메이리스가 관자놀이를 문지르며 말했지만, 목소리는 지나치게 선을 조인 바이올린처럼 팽팽해 곧 끊어질 것만 같았다.

"제이스, 클라리를 배웅하고 도서관으로 와. 할 얘기가 있어."

그러고는 잘 가라는 인사도 없이 어둠 속으로 사라졌다. 클라리는 얼음물을 뒤집어쓴 기분으로 그 뒷모습을 빤히 쳐다보았다. 알렉과 이사벨은 진심으로 어머니를 좋아했고, 클라리 자신도 메이리스가 나쁜 사람이 아니라는 사실은 알고 있었다. 하지만 메이리스에게서는 도무지 온기를 느낄 수가 없었다.

제이스가 입술을 꾹 다물었다. "아주 잘했어."

"네가 이해하지 못해도 난 꼭 이드리스에 가야 해. 엄마를 위해서."

"메이리스는 클레이브를 지나치게 믿어. 메이리스로서는 그들이 완벽하다고 믿어야겠지. 난 메이리스 앞에서 그렇지 않다고 말할 수가 없어. 왜냐하면……." 제이스가 돌연 말을 멈췄다.

"왜냐하면 발렌타인이 주장하는 게 그거니까."

클라리가 대신 말을 맺었다. 제이스가 분노를 터트릴지도 모른다고 생각했지만 그는 "누구도 완벽하지 않으니까. 클레이브조차도"라고만 말하고 검지를 뻗어 엘리베이터의 버튼을 찔렀다.

클라리가 가슴 앞으로 팔짱을 꼈다. "정말 그 이유 때문에 내가 가는 걸 반대하는 거야? 안전하지 않아서?"

제이스의 얼굴에 놀란 기색이 스쳤다. "무슨 소리야? 그게 아니면 뭐 때문에 반대하겠어?"

클라리가 침을 꿀꺽 삼켰다. "네가……."

'네가 그랬잖아. 더는 나한테 아무런 감정도 느끼지 않는다고. 그런데 나는 그렇지 않으니까 엄청 어색하겠지. 내가 아직 너한테 감정을 품고 있다는 걸 분명히 알고 있을 테니까.'

"어딜 가든 동생이 졸졸 따라다니는 게 거추장스러워서?" 날카로운 제이스의 목소리에 조롱기와는 또 다른 무언가가 스며 있었다.

엘리베이터가 덜그럭거리며 도착했고, 안으로 들어선 클라리가 제이스를 마주 보았다.

"너 때문에 가려는 거 아니야. 엄마를 도우려고 가는 거지. '우리' 엄마 말이야. 이해 못하겠어? 내가 가지 않으면 엄마는 영원히 깨어나지 못할지도 몰라. 너도 걱정하는 척 정도는 해줄 수 있잖아."

제이스가 클라리의 어깨에 손을 얹었다. 맨살에 그의 손끝이 닿자 클라리의 전신으로 습관처럼 전율이 퍼져나갔다. 제이스는 눈 밑에 그늘이 지고 광대뼈 아래가 움푹 들어갔다. 일부러 눈여겨보지 않아도 절로 눈에 들어왔다. 검은 스웨터를 입어 멍든 피부와 짙은 속눈썹이 더욱 두드러져 보였다. 제이스는 대비의 완벽한 표본이었다. 검은색, 흰색, 회색 색조에 금색으로 강조하여 그리기 좋은.

"내가 할게." 부드러우면서도 다급한 목소리로 제이스가 말했다. "내가 도우면 되잖아. 어디로 가서 누구한테 부탁해야 하는지만 알려줘. 필요한 걸 반드시 구해올게."

"매들린이 마법사에게 내가 갈 거라고 얘기해뒀어. 그는 조슬린의 아들이 아니라 딸이 오는 줄로 안다고."

제이스가 클라리의 어깨를 더욱 세게 움켜쥐었다. "매들린한테 계획이 변경됐다고 하면 되잖아. 너 대신 내가 갈게. 넌 정말 안 된다고."

"제이스."

"뭐든 할게. 여기 있겠다고 약속만 하면 네가 원하는 건 다 한다니까."

"안 돼."

클라리에게 떠밀리기라도 한 것처럼 제이스가 그녀의 어깨를 놓았다. "왜 안 돼?"

"내 엄마니까, 제이스."

"내 엄마이기도 해." 그의 목소리는 냉랭했다. "매들린은 어째서 우리 둘이 아니라 너한테만 접근한 거지?"

"왠지 알잖아."

더욱 냉랭한 목소리로 제이스가 대답했다. "매들린한테는 네가 조슬린의 딸이니까. 난 영원히 발렌타인의 아들이고."

제이스가 덧문을 세게 닫았다. 클라리는 다이아몬드 모양으로 연결되어 둘 사이를 가로막은 문 사이로 그를 뚫어져라 쳐다봤다. 다이아몬드 안에서 금빛 눈동자 하나가 그녀를 빤히 응시했다. 맹렬한 분노가 그 깊은 곳을 스쳐 지나갔다.

"제이스." 클라리가 입을 열었다.

하지만 엘리베이터가 덜컹거리며 움직이자 클라리는 대성당의 고요한 어둠 속으로 내려갔다.

"클라리, 정신을 어디다 두고 있는 거야." 사이먼이 눈앞에서 손을 흔들었다. "잠이 들기라도 한 거야?"

"아, 미안." 클라리가 똑바로 앉으며 머리를 흔들어 복잡한 생각을 털어냈다. 그날 이후로 제이스를 다시 보지 못했다. 전화도 받지 않아 하는 수 없이 알렉을 책임자로 두고 라이트우드 가족과 여행 계획을 세워야 했다. 불쌍한 알렉. 그는 제이스와 어머니 사이에서 언제나 옳은 일을 하려고 애썼다.

"뭐라고 그랬어?"

"루크가 돌아온 것 같다고." 사이먼이 말하는 순간 침실 문이 벌컥 열렸고, 그는 지레 놀라며 책상에서 벌떡 일어났다. "양반은 못 되시겠어요."

"사이먼 왔구나." 루크는 약간 피로한 기색이었지만 차분한 목소리로 말했다. 낡은 데님 재킷에 플란넬 셔츠, 10년도 넘게 신은 듯한 허름한 부츠 차림이었다. 안경을 걸쳐둔 갈색 머리는 전보다 흰머리가 많아진 것 같았다. 루크가 팔 아래 끼고 있던 녹색 리본으로 묶인 네모난 상자를 클라리에게 내밀었다. "여행에 쓰라고 사왔다."

"안 그러셔도 되는데! 지금까지도 너무 많이 받았는데요." 클라리는 모든 것을 잃은 후 루크가 사준 옷들을 떠올렸다. 그는 부탁 한마디 하지 않았는데도 새 전화기에 그림 도구들까지 사주었다. 지금 클라리가 갖고 있는 물건들은 대부분 그에게 받은 선물이었다. '그리고 루크는 제가 가는 데에도 찬성하지 않잖아요.' 그 말은 입 밖으로 내지 않았지만 두 사람 모두가 똑똑히 아는 사실이었다.

"알아. 하지만 이걸 보는 순간 네가 떠올라서 말이야."

상자 안에는 박엽지로 감싼 물건이 들어 있었다. 종이를 뜯자 고양이 털처럼 보드라운 뭔가가 손에 잡혔다. 놋쇠 단추와 금색 실크 안감, 넓은 후드가 달린 구형 암녹색 벨벳 코트였다. 무릎 위로 코트를 꺼낸 클라리가 부드러운 옷감을 사랑스럽게 쓸며 흥분했다. "이사벨이 입는 옷 같아요. 섀도우 헌터 여행 망토하고 비슷하네요."

"그렇지. 이드리스에 가면 그들과 더욱 비슷하게 입어야 할 거야." 루크가 말했다.

클라리가 그를 올려다보았다. "제가 섀도우 헌터처럼 보였으면 하시는 거예요?"

"클라리, 넌 섀도우 헌터야." 그가 서글픈 미소를 지어 보였다. "그리고 섀도우 헌터들이 외부인을 어떻게 다루는지 잘 알잖니. 자연스레 그들 사이로 스며들 수 있는 거라면 뭐든……."

사이먼이 옆에서 신호를 보내듯 소리를 내자, 클라리가 미안한 표정으로 그를 쳐다봤다. 그가 함께 있다는 사실을 까맣게 잊고 있었다. 사이먼이 심각한 표정으로 손목시계를 들여다보았다. "난 그만 가봐야겠다."

"방금 왔잖아! 나가서 같이 영화라도 볼까 했는데."

"짐 싸야 하잖아." 비 온 뒤에 떠오른 태양처럼 환하게 웃는 사이먼을 보고 클라리는 하마터면 그가 정말 아무렇지도 않다고 믿을 뻔했다. "너 떠나기 전에 들를게. 작별 인사 하러."

"그럴 거 없이 그냥 여기 있다가……." 클라리가 입을 열었다.

"안 돼. 마야랑 만나기로 했어." 사이먼은 단호했다.

"아, 그랬구나. 그럼 가봐야지." 클라리는 그렇게 말하고 속으로 생각했다. '마야는 좋은 아이야. 똑똑하고. 예쁘기도 하고. 늑대인간이고.' 사이먼에게 반한 늑대인간. 어쩌면 그것이 정답일지도 몰랐다. 사이먼은 이제 다운월드 사람이니 사이먼의 새 친구도 다운월드 사람이어야 한다는 것. 엄밀히 따지면, 사이먼은 클라리 같은 섀도우 헌터와 어울려서는 안 됐다.

"그래." 사이먼의 검은 눈을 들여다보아도 클라리는 그의 속을 알 수가 없었다. 전에는 언제나 그의 생각을 읽을 수가 있었다. 이것이 뱀파이어로 변하면서 생긴 부작용인지 아니면 전혀 다른 이유 때문인지 궁금했다. "갈게." 그가 허리를 숙여 클라리의 볼에 키스하고 손등으로 그녀의 머리칼을 가볍게 쓸어내렸다. 그러고는 잠시 멈췄다가, 확신 없는 표정을 지으며 뒤로 물러났다. 놀란 클라리가 인상을 썼지만 사이먼은 이미 문 앞에 선 루크를 지나 밖으로 나가고 없었다. 잠시 뒤 문 닫는 소리가 멀리서 들려왔다.

"행동이 영 이상하네." 클라리는 마음을 가라앉히려는 듯이 벨벳 코트를 가슴으로 끌어안았다. "뱀파이어가 된 것하고 관계가 있을까요?"

"아마 아닐 거다." 루크의 얼굴에 희미하게 즐거운 빛이 떠올랐다. "다운월드 사람이 되었다고 해서 물건이나 사람에 대한 감정이 달라지는 건 아니니까. 사이먼에게 시간을 좀 주렴. 네가 그 녀석한테 헤어지자고 했잖니."

"제가 그런 게 아니에요. 사이먼이 저한테 그랬지."

"네가 사이먼을 사랑하지 않으니까 사이먼이 그런 결정을 내린 거지. 참 어려운 문제인데 내가 보기엔 사이먼이 훌륭하게 헤쳐가는 거 같구나. 그 또래 녀석들은 그런 일을 당하면 부루퉁해 있거나, 아니면 붐박스를 들고 여자애 집 창문 아래서 어슬렁거리거나 그럴 텐데 말이다."

"요즘 누가 붐박스 같은 걸 들고 다녀요. 1980년대에나 그랬죠." 클라리가 갑자기 침대에서 일어나 코트를 몸에 걸쳤다. 그녀는 부드러운 벨벳의 감촉을 음미하며 목까지 단추를 채웠다. "전 사이먼이 평소대로 돌아왔으면 좋겠어요." 클라리가 그렇게 말하며 거울을 흘끗 바라보았다. 거울에 비친 자신의 모습이 놀랍고도 흐뭇했다. 녹색 옷 때문에 붉은 머리가 도드라져 보였고 눈 색깔은 더욱 밝아 보였다. 클라리가 루크에게 돌아서며 물었다. "어때요?"

주머니에 손을 넣고 문간에 기대어 클라리를 바라보던 루크의 얼굴에 언뜻 어두운 그림자가 스쳐 지나갔다. "엄마도 네 나이 때 그런 코트를 입었단다."

클라리는 코트 소맷부리를 꽉 움켜잡으며 부드러운 옷감 속에 손가락을 파묻었다. 슬픈 얼굴로 엄마 얘기를 하는 루크를 보자 울음이 터질 것만 같았다. "이따 엄마 보러 가는 거죠? 떠나기 전에 엄마한테 인사하고 싶어요. 제가 하려는 일도 말해주고. 엄마가 곧 괜찮아질 거라는 말이오."

루크가 고개를 끄덕였다. "그래, 오후에 병원에 들를 거야. 그리고 클라리?"

"네?" 클라리가 억지로 눈을 들어 쳐다보자 다행히도 그의 눈에서 슬픈 기색이 가셨다.

루크가 웃어 보였다.

"평소대로 돌아오는 게 꼭 좋은 것만은 아니란다."

오후의 햇살에 실눈이 된 사이먼이 손에 든 쪽지를 흘끗 보았다가 다시 대성당을 바라보았다. 푸른 하늘을 배경으로 인스티튜트 건물이 우뚝 솟아 있었다. 높은 돌담으로 둘러싸이고 뾰족한 아치 모양의 창문이 뚫린 화강암 건물. 처마 돌림띠 아래서 괴물 석상이 사이먼을 내려다보며 가까이 다가올 테면 와보라고 부추기는 듯했다. 인스티튜트 건물은 처음 봤을 때와 완전히 다른 모습이었다. 다 쓰러져가는 폐허처럼 위장했지만 다운월드 사람에게는 글래머가 통하지 않았다.

'여긴 네가 올 곳이 아니야. 여긴 교회고 넌 저주를 받았어.' 어디선가 산처럼 강하고 톡 쏘는 목소리가 들려왔다. 괴물 석상이 한 말인지 자기 마음속에서 들려온 말인지 확실치가 않았다.

"시끄러. 난 유대인이라 교회 같은 덴 관심 없거든." 사이먼이 건성으로 중얼거렸다.

돌담에는 선으로 세공한 연철 문이 나 있었다. 사이먼은 타는 듯한 통증을 예상하며 빗장에 손을 얹었지만 아무 일도 일어나지 않았다. 아마도 문은 그리 성스럽지 않은 모양이었다. 사이먼이 문을 밀고 들어가 건물 입구로 향하는데 가까운 거리에서 귀에 익은 목소리가 들려왔다.

어쩌면 가까운 거리는 아닐지도 모른다. 사이먼은 뱀파이어가 되고 나서 시력뿐만 아니라 청력 또한 놀라울 정도로 좋아졌다는 사실을 자꾸 잊었다. 목소리는 바로 옆에서 들린 것 같았는데, 좁은 길을 따라 건물 옆으로 돌아가니 꽤 먼 거리에 사람들이 모여 있었다. 마당 제일 끄트머리에. 마당에는 풀이 무성하게 자라 좁은 길들을 반쯤 가리고 있었다. 한때는 깔끔하게 손질되었을 장미 덩굴 사이로 좁은 길들이 뻗어 있었다. 푸른 잡초가 거미줄처럼 뒤덮은 석조 벤치도 눈에 띄었다. 이곳은 섀도우 헌터들이 차지하기 전까지 진짜 교회로 쓰였다.

사이먼의 눈에 제일 먼저 들어온 것은 매그너스였다. 그는 이끼로 덮인 돌담에 기대 있었다. 사방으로 물감이 튄 듯한 무늬의 하얀 티셔츠에 무지갯빛 가죽바지 차림이어서 눈에 띄지 않기가 힘들었다. 온실 난초처럼 두드러져 보이는 그를 둘러싸고 검은 옷을 입은 섀도우 헌터들이 서 있었다. 창백하고 어딘가 불편해 보이는 알렉, 검은 머리를 여러 갈래로 땋아 은빛 리본으로 묶은 이사벨, 그리고 그 옆으로 라이트우드가의 막내 맥스. 맥스 곁에는 딸과 같은 검은 머리에 딸보다 약간 더 크고 마른 메이리스가 서 있었다. 그녀 옆으로는 낯선 여인이 보였다. 머리가 백발에 가까워 노인인가 싶었지만, 메이리스에게 돌아설 때 보니 서른다섯에서 마흔 정도로밖에 보이지 않았다.

그리고 조금 떨어진 곳에 그들과는 상관없는 사람인 양 제이스가 서 있었다. 그도 역시 다른 사람들처럼 온통 검은 옷으로 몸을 감쌌다. 사이먼이 검은 옷을 입으면 장례식에 가는 사람처럼 보이겠지만, 제이스는 터프하고 위험스러운 분위기를 풍겼으며 금발은 더욱 눈부시게 빛났다. 사이먼은 어깨가 굳어졌다. 시간이 흐르거나 기억이 흐려진다 한들, 과연 제이스를 향한 분노가 약해지는 날이 올지 궁금했다. 사이먼도 분노를 느끼고 싶진 않았지만, 돌덩이 하나가 그의 뛰지 않는 심장을 언제나 내리누르고 있었다.

어딘가 모임의 분위기가 이상하다고 느끼는 순간, 사이먼의 존재를 감지한 듯이 제이스가 이쪽을 돌아보았다. 먼 거리인데도 그의 목에 난 가늘고 하얀 흉터가 눈에 들어오자, 사이먼의 가슴속에 차오르던 분노가 또 다른 감정으로 녹아들었다. 그가 사이먼을 향해 고개를 까딱해 보이고 메이리스에게 "금방 올게요"라며 양해를 구했다. 사이먼은 어머니에게 결코 사용해본 적이 없는, 어른이 또 다른 어른에게 말하는 듯한 어조였다.

메이리스는 허락의 표시로 살짝 손짓을 하고는 매그너스에게 물었다. "도대체 뭐 때문에 이렇게 오래 걸리죠? 이게 정상인가요?"

"여기서 정상이 아닌 건, 내가 이 일로 받는 비용에 대한 할인율뿐이에요. 보통 이 두 배는 받으니까." 매그너스가 부츠 굽으로 담을 톡톡 두드렸다.

"이건 임시 포털이잖아요. 우릴 이드리스로 데려다주기만 하면 돼요. 우리가 가고 나면 다시 닫고. 그게 우리 계약 아닌가요?" 그러고는 옆에 선 여인에게 돌아섰다. "매들린은 여기 남아서 포털이 닫혔는지 확인하고, 맞죠?"

매들린. 그러니까 이 여인이 바로 조슬린의 친구로군. 사이먼은 그제야 깨달았지만 여인을 살필 틈은 없었다. 제이스에게 팔을 잡혀 건물 옆으로 돌아갔기 때문이다. 그곳은 잡초가 무성하게 자랐고 구불구불한 길은 덤불로 가득했다. 제이스가 커다란 전나무 뒤로 사이먼을 밀어 넣고, 따라온 사람이 없는지 확인하듯 주위를 휙 둘러보았다. "좋아. 여기서 얘기해."

확실히 더 조용한 곳이긴 했다. 거대한 인스티튜트 건물이 막아주자 요크 가의 자동차 소음도 한결 작게 들렸다. "오라고 한 건 너잖아. 아침에 일어나 보니까 창문에 네가 보낸 메시지가 꽂혀 있던데. 다른 사람들처럼 전화를 쓰면 안 되는 거야?" 사이먼이 말했다.

"꼭 필요하지 않는 한은 쓰지 않아, 뱀파이어." 제이스가 책을 읽듯 신중한 표정으로 사이먼을 살폈다. 그의 표정에는 두 가지 감정이 섞여 있었다. 희미한 놀라움, 그리고 실망감 비슷한 감정.

"그러니까 여전한가 보네. 햇빛을 받으며 돌아다니는 걸 보니. 한낮의 태양에도 불타지 않아."

"그래, 그건 이미 아는 사실 아냐? 그 자리에 너도 있었으니까."

'그 자리'가 어딘지는 굳이 설명하지 않아도 됐다. 제이스의 표정에도 드러나 있었다. 그 강, 트럭 짐칸, 물 위로 떠오르던 태양, 소리를 지르던 클라리. 그는 그날의 일을 사이먼만큼이나 똑똑히 기억했다.

"어쩌면 효력이 떨어질지도 모른다고 생각했지." 그렇게 말했지만 진심으로 들리지는 않았다.

"확 타버릴 것 같은 기분이 들면 너한테 바로 알려줄게." 사이먼은 늘 제이스에게 인내심을 발휘하기가 힘들었다. "여기까지 달려오라고 한 게 고작 내 얼굴을 배양 접시처럼 들여다보려던 거였어? 그렇다면 다음번엔 사진을 보내줄게."

"보내주면 액자에 넣어서 침대 옆에 놔두지." 냉소가 전혀 깃들지 않은 목소리로 제이스가 말했다. "이유가 있으니까 와달라고 한 거야. 인정하고 싶진 않지만, 뱀파이어. 우리 둘에겐 공통점이 있어."

"뭐, 끝내주게 멋진 헤어스타일?" 사이먼이 시큰둥하게 말했다. 제이스의 얼굴에 떠오른 표정이 그를 몹시도 불안하게 만들었다.

"클라리." 제이스가 대꾸했다.

사이먼은 허를 찔린 기분이었다. "클라리?"

"클라리." 제이스가 다시 말했다. "왜 있잖아, 키 작고 머리 빨갛고 성질 나쁜 애."

"클라리가 어째서 우리 공통점인지 모르겠는데." 사이먼은 알면서도 그렇게 말했다. 지금은 물론 앞으로도 제이스와 이런 대화를 나누고 싶은 생각은 털끝만큼도 없었다.

"우리 둘 다 클라리를 아끼잖아." 제이스가 신중한 얼굴로 사이먼을 바라보며 입을 열었다. "클라리는 우리 둘에게 중요한 사람 아냐?"

"내가 클라리를 '아끼는지' 묻고 있는 거야?" 그의 감정을 설명하기에 '아낀다'는 말은 턱없이 부족하게 느껴졌다. 제이스가 그를 놀리고 있는 건가 싶었다. 그렇다면 아무리 제이스라 해도 너무나 잔인한 짓이었다. 클라리와 사이먼이 연애에 실패했다고 조롱하려고 이리로 부른 건가? 그래도 사이먼은 클라리와 제이스의 사이가 적어도 조금은 변할 거라는 희망을 여전히 버리지 않고 있었다. 서로에게 느끼는 감정이 남매의 정으로 바뀔지도 모른다고.

제이스와 시선을 마주하자 그 작은 희망은 더욱 쪼그라들었다. 그의 표정은 오빠가 여동생 얘기를 할 때 짓는 표정이 아니었다. 사이먼을 조롱하기 위해 부른 것이 아니라는 점도 분명해 보였다. 사이먼의 얼굴에 확연하게 드리워졌을 고뇌가 그의 눈에도 어려 있었다.

"나라고 좋아서 이런 걸 묻는 줄 알아?" 제이스가 쏘아붙였다. "네가 클라리를 위해 어떤 일을 할 수 있는지 알아야 해서 그래. 클라리를 위해서라면 거짓말도 할 수 있어?"

"무슨 거짓말? 지금 여기에 무슨 일이 있는 거야?" 사이먼은 정원에 모인 섀도우 헌터들을 보고 신경이 쓰인 이유를 불현듯 깨달았다. "뭐야, 너희 '지금' 이드리스로 떠나는 거야? 클라리는 오늘 밤에 떠나는 걸로 알고 있던데?"

"알아." 제이스가 입을 열었다. "클라리가 오지 않을 거라고 네가 다른 사람들한테 말해줬으면 좋겠어. 그 말을 전하러 온 거라고. 클라리는 이드리스에 가고 싶지 않아졌다고 말이야."

제이스의 목소리에 날이 서 있었다. 제이스가 그런다는 사실이 너무 이상해서 받아들여지지 않았지만, 그는 사이먼에게 '간청'을 하고 있었다. "네 말이라면 믿을 거야. 네가 얼마나…… 너희 둘이 얼마나 가까운 사이인지 모두 잘 아니까."

사이먼이 고개를 설레설레 흔들었다. "믿을 수가 없군. 넌 클라리를 위해서라고 하지만 실은 너 자신을 위해서 이러는 거야. 그런 일은 못해." 사이먼이 돌아섰다.

제이스가 사이먼의 팔을 잡아 돌려세웠다. "클라리를 위해서야. 클라리를 보호하려고 이러는 거라고. 너라면 도와줄 거라고 생각했어."

팔을 잡은 제이스의 손을 사이먼이 날카롭게 쳐다봤다. "뭐에서 클라리를 보호하는 건지 말해주지 않으면 어떻게 내가 클라리를 보호하지?"

제이스는 팔을 놓아주지 않았다. "그냥 이 일이 중요하다는 내 말을 믿어줄 순 없어?"

"클라리가 얼마나 이드리스에 가고 싶어하는지 넌 몰라. 그걸 알면서도 못 가게 하려면 아주 그럴듯한 이유가 있어야 해."

제이스가 아주 천천히, 내키지 않는다는 듯이 숨을 토해낸 후 사이먼의 팔을 놓아주었다. "발렌타인의 배에서 클라리가 한 일." 제이스가 목소리를 낮춰 말을 꺼냈다. "벽에 열림의 룬을 그려서 한 일 말이야. 너도 무슨 일이 일어나는지 봤잖아."

"배를 부숴버렸지. 모두의 생명을 구하고." 사이먼이 대꾸했다.

"목소리 낮춰." 제이스가 걱정스레 주위를 둘러보았다.

"설마, 다른 사람들은 모르고 있다는 뜻이야, 그거?" 사이먼이 믿기지 않는다는 듯이 물었다.

"나, 너, 루크. 그리고 매그너스만 알아. 다른 사람들은 몰라."

"그럼 다른 사람들은 어떻게 알고 있는데? 배가 때맞춰 부서졌다고?"

"발렌타인의 전환 의식이 잘못된 거 같다고 말했어."

"클레이브에 거짓말을 했다고?" 사이먼은 감명을 받아야 할지 당황해야 할지 감이 잡히지 않았다.

"그래. 클레이브에 거짓말을 했어. 이사벨하고 알렉이 클라리에게 새로운 룬을 만들어내는 능력이 있다는 걸 아니까, 클레이브나 신임 심문관에게 그 사실을 숨기는 건 어렵겠지. 하지만 클라리가 배에서 한 일을 안다면…… 보통 룬의 효과를 증폭시켜 엄청난 파괴력을 발휘하게 만들 수 있다는 걸 안다면, 그들은 클라리를 전사로 쓰려고 할 거야. 무기로 쓰려고 할 거라고. 클라리는 그런 일에 적합하지 않아. 전사로 길러지지도 않았고……" 고개를 절레절레 흔들고 있는 사이먼을 보고 제이스가 말을 멈췄다. "왜?"

"넌 네피림이야." 사이먼이 천천히 입을 열었다. "클레이브에 최선인 걸 우선시해야 하는 거 아니야? 그게 클라리를 이용하는 일이라 해도."

"넌 그렇게 됐으면 좋겠어? 발렌타인과 그의 군대에 대항하는 최전선에 클라리가 서길 원해?"

"물론 그건 아니지. 하지만 난 섀도우 헌터가 아니야. 난 클라리와 가족 중에 누구를 먼저 생각할지 자문할 필요가 없어."

제이스의 얼굴이 서서히 검붉게 변했다. "그런 거 아냐. 클레이브에 도움이 되지도 않는다고. 그냥 클라리만 상처 입고 말 거야."

"클레이브에 도움이 된다고 해도, 넌 절대 그들에게 클라리를 내주지 않을걸."

"무슨 근거로 그런 소릴 하지, 뱀파이어?"

"그 누구도 클라리를 가질 수 없으니까, 너 말고는."

제이스의 얼굴에 핏기가 가셨다. "그래서 날 돕지 않겠다고?" 그가 믿을 수 없다는 듯이 말했다. "클라리를 돕지 않겠다고?"

사이먼은 망설였다. 그러다 입을 열려는 순간, 날카로운 비명이 둘 사이의 정적을 갈랐다. 필사적으로 내지른 고음의 비명은 갑작스레 뚝 끊기는 바람에 더욱 끔찍하게 느껴졌다. 제이스가 획 돌아섰다. "뭐지?"

곧이어 또 다른 비명들과 쇠 부딪치는 소리가 사이먼의 고막을 울렸다. "무슨 일인가 벌어졌어. 다른 사람들……."

제이스는 이미 덤불을 피해 구불거리는 길을 달리고 있었다. 사이먼 역시 제이스의 뒤를 바짝 붙어 건물의 모퉁이를 돌았다. 사이먼은 자신이 그렇게 빨리 달릴 수 있다는 사실을 종종 망각하곤 했다. 갑자기 눈앞에 정원이 나타났다.

그곳은 아수라장으로 변해 있었다. 하얀 안개가 자욱하게 끼고 공기 중에는 강한 냄새가 진동했다. 톡 쏘는 오존의 냄새 아래 들큼하고 불쾌한 냄새가 흘렀다. 검은 형체가 획획 날아다녔지만 사이먼의 눈에는 안개 사이로 그 일부만이 보일 뿐이었다. 검은 머리를 밧줄처럼 흔들며 이사벨이 채찍을 휘두르는 모습이 언뜻 보였다. 채찍이 황금빛 번개처럼 어둠을 가르며 번쩍거렸다. 이사벨은 뭔가 거대한 것이 어기적거리며 다가오는 것을 막고 있었다. 악마가 아닌가 싶었지만 대낮인 지금은 불가능한 일이었다. 사이먼이 비틀거리며 앞으로 나가니, 그것의 모습이 눈에 들어왔다. 사람처럼 생겼지만 등이 굽고 몸이 뒤틀린 것이 어딘가 이상해 보였다. 놈은 한 손에 두꺼운 널빤지를 들고 이사벨을 향해 휘두르고 있었다.

바로 옆, 돌담의 틈새로 요크 가가 내다보였다. 차들은 아무 일도 없다는 듯이 평온하게 도로를 달리고 있었다. 인스티튜트 건물 뒤로는 맑은 하늘이 펼쳐졌다.

"추방자들이야. 수십 명은 되겠어." 제이스가 속삭이며 허리띠에서 천사의 검을 뽑았다. 그의 얼굴이 환하게 빛났다. 그가 사이먼을 거칠게 옆으로 밀었다. "여기서 꼼짝하지 마, 알았지?"

사이먼은 그대로 얼어붙었다. 제이스가 안개 속으로 뛰어들었다. 손에 들린 천사의 검이 주변으로 은색 빛을 던졌다. 안개 속에서 검은 형체가 움직이는 것을 보며, 사이먼은 서리 낀 유리창을 앞에 두고 밖에서 무슨 일이 벌어지는지 기를 쓰고 알아내려 할 때처럼 절박한 심정이 되었다. 이사벨이 사라지고 알렉이 보였다. 그는 추방자 전사의 가슴을 베고 난 뒤 쓰러지는 놈을 바라보고 있었다. 알렉의 팔에서도 피가 흘렀다. 그의 뒤로 또 한 놈이 갑자기 나타났다. 하지만 그곳에는 양손에 검을 든 제이스가 있었다. 그가 공중으로 뛰어올라 가위질을 하듯 사납게 검을 움직였다. 추방자의 머리가 목에서 또르르 굴러떨어지며 검은 피가 솟구쳤다. 씁쓸하고 독성이 강한 피 냄새에 사이먼은 장이 뒤틀렸다.

안개 속에서 섀도우 헌터들이 서로를 부르는 소리가 들렸지만 추방자들은 전혀 소리를 내지 않았다. 별안간 안개가 걷히면서 사이먼의 눈에 매그너스가 들어왔다. 그는 두 눈을 부릅뜬 채 양손을 올리고 건물의 벽

옆에 서 있었다. 손 사이로 푸른 불꽃이 번쩍였고, 벽에 네모나고 검은 구멍이 열리고 있었다. 구멍이라고는 하지만, 어둡지도 속이 비지도 않았다. 그것은 마치 유리 아래에 소용돌이치는 불길을 가둔 거울처럼 반짝거렸다.

"포털이 열렸어요! 포털 안으로 들어가요!" 매그너스가 소리쳤다.

그러자 여러 가지 일이 한꺼번에 일어났다. 메이리스 라이트우드가 맥스를 품에 안고 안개 속에서 나타났다. 그녀는 잠시 멈춰 뭐라고 외친 다음 포털로 뛰어들어 벽 안으로 사라졌다. 알렉이 이사벨을 끌고 뒤를 따랐다. 이사벨 뒤로 피범벅이 된 채찍이 바닥에 질질 끌려왔다. 알렉이 포털 쪽으로 이사벨을 끌어당기는 순간, 뒤쪽에서 안개 밖으로 뭔가가 불쑥 나타났다. 양날 검을 휘두르는 추방자 전사였다.

사이먼이 움직였다. 이사벨의 이름을 부르며 앞으로 뛰쳐나갔지만 비틀거리며 고꾸라져서는 바닥에 처박혔다. 어찌나 세게 박았던지 만일 그가 여전히 호흡을 하는 존재였다면 숨이 콱 막혔을 것이다. 사이먼은 허둥지둥 몸을 일으켰다. 그리고 앉은 자세로 무엇에 발이 걸렸는지를 보았다.

시신이었다. 여인의 시신. 푸른 눈은 활짝 열렸고 목이 베여 있었으며 창백한 머리칼은 붉은 피로 물들었다. 매들린.

"사이먼, 움직여!" 제이스의 외침이 들려왔다. 그가 양손에 피에 젖은 검을 들고 사이먼을 향해 달려오고 있었다. 다음 순간 사이먼이 고개를 들었다. 이사벨을 쫓던 추방자 전사가 모습을 드러내며 흉터가 있는 얼굴을 비틀어 일그러진 미소를 지었다. 양날 검이 날아오는 순간 몸을 비틀었지만, 사이먼의 향상된 반사 신경도 칼보다 빠르지는 못했다. 타는 듯한 통증을 느끼며 사이먼은 검은 나락으로 빠져들었다.

2
알리칸테의 악마 타워

아무리 대단한 마술을 써도 뉴욕의 거리에 새로운 주차 공간을 만드는 건 불가능했다. 루크와 함께 같은 블록을 세 번째 돌면서 클라리는 생각했다. 거리의 반은 이중으로 주차가 되어 있었고, 루크의 트럭을 세워둘 공간은 어디에도 없었다. 결국 루크는 소화전 앞에 차를 대고는 한숨을 내쉬며 기어를 중립으로 바꿨다. "먼저 들어가서 도착했다고 알리렴. 내가 가방을 들고 갈 테니까."

클라리는 고개를 끄덕였지만, 차 문으로 손을 뻗기 전에 잠시 망설였다. 걱정으로 배가 꽉 뭉쳤고, 다시 한 번 루크와 함께 가면 좋겠다는 생각을 했다. "처음으로 해외여행을 떠날 땐 다른 건 몰라도 여권은 갖고 있을 줄 알았어요."

루크는 웃지 않았다. "긴장된다는 건 아는데, 걱정은 안 해도 될 거다. 라이트우드 가족이 널 보살펴줄 테니까."

'그 말은 제가 백만 번도 더 했잖아요.' 클라리는 속으로 그렇게 생각하며 루크의 어깨를 토닥인 후 트럭에서 뛰어내렸다. "이따 봐요."

클라리는 금이 간 돌길을 따라 건물 입구로 향했다. 건물에 가까워지자 차 소리가 희미해졌다. 이번에는 이상하게도 건물에서 글래머를 벗겨내는 데 시간이 걸렸다. 그림에 물감을 덧칠한 것처럼, 대성당 건물이 위장을 한 꺼풀 덧쓴 듯한 느낌이었다. 마음의 눈으로 그것을 벗겨내는 일은 쉽지 않을 뿐만 아니라 고통스럽기까지 했다. 마침내 건물이 본모습을 드러냈고, 높이 솟은 목제 문은 막 닦인 것처럼 반들거렸다.

공기 중에 오존의 냄새와 탄내가 섞인 듯한 이상한 냄새가 떠돌았다. 클라리가 얼굴을 찌푸리며 손잡이에 손을 얹었다. '네피림인 클라리 모겐스턴입니다. 인스티튜트 안으로 들어가도록 허락을 청합니다.'

문이 벌컥 열렸다. 클라리가 안으로 들어서며 흠칫 놀라 눈을 깜빡거렸다. 그러고는 대성당 내부가 전과 다르게 느껴지는 이유를 찾아 주위를 둘러보았다.

뒤에서 문이 쾅 하고 닫히자 클라리는 그 이유를 깨달았다. 저 위의 장미창에서 흘러드는 희미한 빛 말고 실내는 온통 암흑이었다. 이곳이 이토록 어두웠던 적은 없었다. 신자석 사이로 줄지어 놓인 정교한 촛대에는 언제나 수십 개의 촛불이 타오르고 있었다.

클라리는 주머니에서 마법의 불을 꺼내 높이 들었다. 손가락 사이로 강한 불빛이 쏟아져 대성당 내부의 먼지 쌓인 구석까지 환히 비췄다. 제대 근처의 엘리베이터로 걸어가 초조하게 버튼을 눌렀다. 아무런 반응이 없었다. 잠시 후 다시 버튼을 눌렀다. 그리고 또 한 번. 엘리베이터 문에 귀를 대봐도 소리는 들리지 않았다. 인스티튜트는 마치 태엽이 풀린 기계인형처럼 어둡고 고요했다.

가슴이 거세게 뛰기 시작했다. 클라리는 다시 신자석 통로를 지나 육중한 문을 밀고 밖으로 나갔다. 그러고는 건물 계단에 서서 미친 듯이 주위를 둘러보았다. 하늘은 암청색으로 어두워졌고 공기에 스민 탄내는 더욱 강해졌다. 불이 났나? 그래서 섀도우 헌터들이 전부 대피한 건가? 하지만 불이 난 흔적은 어디에도 없는데…….

"불이 난 게 아니야." 어디선가 작고 부드러우면서 귀에 익은 목소리가 들려왔다. 머리칼이 꼴사납게 삐죽삐죽 솟은 장신의 누군가가 어둠 속에서 모습을 드러냈다. 검은 실크 슈트에 반짝이는 녹색 셔츠를 받쳐 입었고, 가느다란 손가락에는 빛나는 보석 반지를 줄줄이 끼었다. 물론 멋들어진 부츠도 신었고, 무엇보다도 전체적으로 눈부시게 반짝거렸다.

"매그너스?" 클라리가 조그맣게 말했다.

"무슨 생각하는지 알아." 매그너스가 대꾸했다. "하지만 불이 난 건 아니야. 이건 지옥안개 냄새인데, 악마 연기의 일종이야. 마법의 효과를 죽이는 역할을 하지."

"악마의 안개라고요? 그럼……."

"맞아, 인스티튜트가 습격을 당했어. 오늘 오후에. 추방자들이었지. 수십 명은 됐을 거야."

"제이스는?" 클라리가 속삭였다. "라이트우드 가족은요?"

"그 지옥안개 때문에 난 전투 능력을 제대로 발휘할 수가 없었어. 라이트우드 가족도 마찬가지고. 어쩔 수 없이 포털을 통해 이드리스로 보냈지."

"하지만 다친 사람은 아무도 없죠?"

"매들린이 죽었어. 정말 안됐다, 클라리."

클라리가 계단에 털썩 주저앉았다. 매들린을 잘 알진 못해도 미약하게나마 어머니와 연결된 사람이었다. 클라리가 모르는 진짜 어머니, 강인한 섀도우 헌터 전사 어머니.

"클라리? 무슨 일이야?" 어둑해진 길을 따라 루크가 다가왔다. 한 손에는 클라리의 여행 가방을 들었다. 매그너스가 설명하는 동안 클라리는 무릎을 껴안고 앉아 있었다. 매들린의 죽음으로 마음이 괴로웠지만, 한편으로는 죄스러운 안도감이 가득 차올랐다. 제이스는 무사했다. 라이트우드 가족도. 클라리는 조용히 같은 말을 반복했다.

"추방자들은 전부 죽었습니까?" 루크가 물었다.

"전부는 아니고." 매그너스가 머리를 가로저었다. "라이트우드 가족을 포털로 들여보내고 나자 추방자들은 흩어졌소. 나한테는 관심이 없더군. 포털을 닫을 때쯤엔 전부 사라지고 없었어요."

클라리가 고개를 들었다. "포털이 닫혔다고요? 그래도 절 이드리스로 보내주실 순 있죠? 포털로 들어가서 라이트우드 가족과 합류하는 거예요, 맞죠?"

루크와 매그너스가 서로 시선을 마주쳤다. 루크가 발치에 가방을 내려놓았다.

"매그너스?" 클라리의 목소리가 높아져 자신의 귀에도 날카롭게 들렸다. "전 반드시 가야 해요."

"포털은 닫혔어, 클라리."

"다른 걸 열면 되잖아요!"

"쉬운 일이 아니야. 클레이브는 알리칸테로 들어가는 마법의 통로를 아주 철저히 감시해. 수도 알리칸테는 그들에게 신성한 장소거든. 이를테면 바티칸이나 자금성과도 같아. 다운월드 사람이나 먼데인은 허가 없이 절대 못 들어가는 곳이라고."

"하지만 전 섀도우 헌터잖아요!"

"겨우겨우 그렇지." 매그너스가 말을 이었다. "게다가 도시 안으로 직접 포털을 연결하는 건 악마 타워가 막고 있어. 알리칸테로 가는 포털을 열려면 그쪽에서 누군가 널 기다리고 있어야 해. 내 멋대로 보낸다면 그건 정통으로 법을 어기는 거라고. 개인적으로는 널 무척 좋아하지만, 그런 위험은 감수할 수 없어."

클라리는 안타까워하는 매그너스의 얼굴에서 신중한 루크의 얼굴로 시선을 옮겼다. "하지만 전 이드리스에 가야 해요. 엄마를 도와야 한다고요. 다른 방법도 있을 거 아니에요. 포털을 통하는 거 말고요."

"제일 가까운 공항도 나라 하나를 넘어야 해. 이드리스 안으로 들어가는 일도 '굉장히' 힘들고. 들어간 뒤에도 길고 위험한 육로 여행을 거쳐야 한단다. 온갖 다운월드 사람들의 영역을 지나야 하지. 어림잡아도 며칠은 걸릴 거야." 루크가 말했다.

클라리는 눈이 따가웠다. '난 울지 않을 거야. 울지 않아.'

"클라리." 루크가 부드럽게 말했다. "라이트우드 가족에게 연락을 취해보자. 조슬린의 해독제를 구하기 위한 정보를 빠짐없이 전해주면 되잖니. 그럼 그들이 펠과 접촉해서……."

클라리가 자리에서 벌떡 일어서며 머리를 흔들었다. "제가 아니면 안 돼요. 매들린이 그랬다고요. 저 아니면 펠은 그 누구와도 말하지 않을 거라고."

"펠? 래그노어 펠 말이야?" 매그너스가 물었다. "그러면 내가 메시지를 보내보지. 제이스가 갈 거라는 것도 알리고."

루크는 조금 걱정을 던 얼굴이었다. "클라리, 들었지? 매그너스가 도와주면……."

그러나 클라리는 더 이상 듣고 싶지 않았다. 그 어떤 말도 듣고 싶지 않았다. 조금 전까지 그녀는 엄마를 구할 사람이 자기 자신이라고 생각했다. 그런데 이젠 침대 곁에서 엄마의 축 늘어진 손이나 잡고 기다려야 한다고? 자신이 하지 못하는 일을 다른 누군가가 어디선가 해주길 바라면서? 클라리는 루크의 손을 뿌리치고 비틀비틀 계단을 내려갔다. "잠시 혼자 있고 싶어요."

"클라리." 루크가 부르는 소리를 들었지만 클라리는 모른 척하고 계속 걸었다. 건물 모퉁이를 돌아 돌길을 따라가다 갈림길에서 인스티튜트 동쪽에 있는 작은 정원으로 향했다. 탄내와 재 냄새가 풍겨오는 곳이었다. 그 아래 짙고 자극적인 악마 마법의 냄새도 함께 섞여 있었다. 장미 덤불 테두리나 돌 아래 같은 곳에 구름의 흔적처럼 조금씩 안개가 남아 있었다. 좀 전의 전투로 흙이 마구 파인 것이 보였다. 돌 벤치 옆에 남은 검붉은 핏자국은 오래 쳐다보고 싶지 않았다.

다른 곳으로 고개를 돌리던 클라리가 갑자기 멈췄다. 대성당 건물 돌벽에 룬의 마법이 분명한 흔적이 있었다. 희미한 푸른빛이 돌벽에서 어슴푸레 빛났다. 반쯤 열린 문틈으로 빛이 들어와 문의 윤곽이 나타난 것과도 비슷했다.

포털이었다. 가슴속에서 뭔가가 꿈틀했다. 발렌타인 배의 매끄러운 금속 벽면에서 위험스럽게 반짝이던 다른 상징들이 떠올랐다. 배가 비틀리며 사정없이 떨리던 것과 이스트 강의 검은 물결이 쏟아져 들어오던 모습도 기억났다. '단순한 룬들일 뿐이야. 상징들이라고. 나도 그런 상징들을 그릴 수 있어. 엄마가 죽음의 잔을 종이 안에 가둘 수 있다면, 나는 포털을 그릴 수 있어.'

클라리는 저도 모르게 대성당 벽면을 향해 걸어갔다. 주머니에서 스텔레를 꺼내 떨리는 손으로 그 끝을 돌벽에 갖다 댔다.

눈을 질끈 감은 클라리는 머릿속으로 빛의 곡선을 그리기 시작했다. 입구, 소용돌이치는 바람, 여행, 먼 장소를 나타내는 선들. 서서히 선들이 모이면서 비행 중인 새처럼 우아한 모양의 룬이 되었다. 존재하는 룬 문자인지 클라리가 만든 룬 문자인지는 알 수 없었지만, 원래부터 존재하던 것인 양 확고한 모습이었다.

'포털.'

클라리가 스텔레를 움직이기 시작했다. 스텔레 끝에서 숯처럼 검은 선으로 된 마크들이 튀어나왔다. 돌에서 지글거리는 소리가 나고 콧속으로 시큼한 탄내가 스며들었다. 감은 눈 밖에서 강렬한 푸른빛이 점점 커지는 느낌이 들었다. 불 앞에 서 있는 것처럼 얼굴에 열기가 느껴졌다. 클라리는 깜짝 놀라 숨을 들이켜며 손을 내리고 눈을 떴다.

돌벽에서 그녀가 그린 룬이 검은 꽃처럼 피어나고 있었다. 녹아내린 선들은 아래로 부드럽게 흐르며 도르르 펼쳐져 모양을 바꾸었다. 잠시 후 룬의 모양이 완전히 달라졌다. 클라리의 키보다 1~2미터 높은 출입구의 모습으로 반짝이고 있었다.

클라리는 눈을 뗄 수가 없었다. 그것은 도로시아 여사의 커튼 뒤에 있던 포털처럼 어두운 빛으로 반짝거렸다. 손을 뻗던 클라리는 주춤거리며 다시 뒤로 물러났다. 포털을 이용하려면 머릿속으로 목적지를 떠올려야 한다는 사실이 생각났기 때문이다. 가슴이 철렁 내려앉았다. 클라리는 이드리스에 가본 적이 없었다. 어떤 곳인지 이야기를 들은 적은 있었지만. 푸른 골짜기와 어두운 숲과 반짝이는 물, 산과 호수, 유리 탑들의 도시인 알리칸테. 상상은 할 수 있지만 그것만으로는 충분치 않았다. 단 한 번이라도 본 적이 있다면…….

클라리가 날카롭게 숨을 들이쉬었다. 그녀는 이드리스를 본 적이 있었다. 이유는 잘 모르겠지만 클라리는 꿈에서 본 그곳이 이스리스라고 확신했다. 그 꿈에서 제이스가 사이먼에게 뭐라고 했던가. 그곳은 산 자를 위한 곳이기에 사이먼은 머물 수 없다고 하지 않았던가. 그러고 나서 얼마 뒤 사이먼은 죽음을 맞았다.

클라리는 기억을 더듬어 꿈속으로 돌아갔다. 그녀는 알리칸테의 무도회장에서 춤을 추고 있었다. 황금색과 하얀색 벽이 사방을 둘러쌌고, 머리 위를 덮은 것은 다이아몬드처럼 투명한 지붕이었다. 중앙에 인어 조각상이 놓인 은빛 분수대가 보였고, 창밖의 나무에는 등이 매달려 있었으며, 클라리는 지금처럼 녹색 벨벳 옷을 입고 있었다.

여전히 꿈속을 헤매는 기분으로 클라리가 포털을 향해 손을 뻗었다. 포털에 손가락이 닿자 밝은 빛이 퍼지며 저편으로 통하는 문이 열렸다. 금빛 소용돌이가 천천히 뭉쳐지며 알아볼 만한 모양으로 변하고 있었다. 클라리가 뚫어져라 쳐다보니 산의 윤곽과 하늘 한 조각과…….

"클라리!" 루크였다. 분노와 경악으로 딱딱하게 굳은 얼굴을 한 채 길을 따라 달려오고 있었다. 그 뒤로 매그너스가 성큼성큼 걸어왔다. 포털에서 쏟아져 나온 빛을 받아 그의 고양이 눈이 금속처럼 반짝였다. "클라리, 멈춰! 보호막은 몹시 위험해! 목숨을 잃을지도 모른다고!"

그러나 이제 그 어떤 것도 클라리를 멈추지 못했다. 포털 저편의 금색 빛이 점점 커졌다. 클라리는 꿈에서 본 넓은 방의 황금색 벽을 떠올렸다. 컷글라스에 굴절되어 사방으로 퍼지던 황금색 빛도. 루크는 틀렸다. 그는 클라리의 재능을 제대로 알지 못했다. 그림을 그리는 것으로 현실을 만들어낼 수 있는데 보호막 따위가 무슨 문제란 말인가? "전 가야 해요." 클라리가 손을 쭉 편 채 앞으로 움직였다. "미안해요, 루크."

클라리가 걸음을 뗐다. 그러자 루크가 잽싸게 옆으로 뛰어들어 그녀의 손목을 잡았다. 그 순간 포털이 폭발을 일으킨 것만 같았다. 토네이도가 나무를 뿌리째 뽑아버리듯 강렬한 힘이 두 사람을 끌어당겼다. 맨해튼의 차와 건물이 빙글빙글 돌며 멀어지는 모습이 눈에 들어왔다. 클라리는 루크에게 손목을 단단히 잡힌 채, 강한 기류에 휩쓸려 금빛 혼돈 속으로 빨려 들었다.

일정한 리듬으로 철썩이는 물결 소리에 사이먼은 잠에서 깨어났다. 그러고는 갑작스러운 공포로 가슴이 얼어붙어 몸을 후다닥 일으켰다. 지난번에 이 소리에 잠을 깼을 때는 발렌타인의 배에 잡혀 있었다. 물결 소리는 사이먼을 그 끔찍했던 시간으로 곧장 되돌려 보냈다. 얼굴에 얼음물을 끼얹은 것과도 같은 효과였다.

하지만 재빨리 주위를 둘러보니 그때와는 완전히 다른 곳에 있었다. 우선 그는 편안한 나무 침대에 누워 있었고, 몸 위에는 보드라운 담요가 있었다. 담청색 벽으로 둘러싸인 작고 깨끗한 방이었다. 짙은 커튼이 창을 가렸지만, 커튼 둘레로 빛이 흘러들어 방 안의 전경이 또렷이 보였다. 밝은색 깔개가 바닥에 깔렸고, 거울이 달린 장은 벽에 붙어 있었다.

침대 바로 옆에는 안락의자가 놓여 있었다. 사이먼이 몸을 일으키자 담요가 주르륵 흘러내렸고, 그제야 그는 두 가지 사실을 깨달았다. 하나는 자신이 인스티튜트로 제이스를 만나러 갈 때 입었던 것과 똑같은 청바지와 티셔츠 차림이라는 것, 그리고 다른 하나는 누군가 의자에 앉아 손으로 머리를 괸 채 꾸벅꾸벅 졸고 있다는 것. 길고 검은 머리칼이 솔처럼 앞으로 쏟아져 얼굴을 완전히 가렸다.

"이사벨?" 사이먼이 불렀다.

장난감 상자에서 튀어나온 인형처럼 이사벨이 머리를 쳐들며 눈을 번쩍 떴다. "오오오! 깨어났네!" 그러더니 머리카락을 쓸며 똑바로 앉았다. "제이스가 한숨 놓겠다. 우린 전부 네가 죽는 줄 알았거든."

"죽는다고?" 사이먼이 그녀의 말을 반복했다. 머리가 어지럽고 속도 약간 메스꺼웠다. "뭐 때문에?" 그가 눈을 껌뻑이며 방 안을 둘러보았다. "나 지금 인스티튜트에 있는 거야?" 입 밖으로 말이 튀어나오는 순간, 그런 일은 불가능하다는 사실이 떠올랐다. "아니, 그러니까 내 말은 여기가 어디냐고."

이사벨의 얼굴에 불안한 빛이 스쳤다. "그럼 너…… 정원에서 있었던 일은 전혀 기억이 안 나는 거야?" 그녀가 의자 덮개의 뜨개 장식을 신경질적으로 잡아당겼다.

"추방자들의 공격이 있었어. 워낙 수도 많았고, 악마 안개 때문에 싸움이 쉽지 않았지. 매그너스가 포털을 열어서 우리가 전부 안으로 뛰어드는데, 네가 우리 쪽으로 달려오더라고. 달려오다가…… 매들린에게 걸려 넘어졌어. 그 바로 뒤에 추방자가 하나 있었는데, 넌 못 본 거 같더라. 제이스가 놈을 보고 네 쪽으로 가려고 했는데, 한발 늦고 말았어. 놈이 먼저 네게 칼을 박아 넣었거든. 너 피를 엄청 흘렸어. 제이스가 놈을 죽이고 널 포털 안으로 끌고 들어온 거야."

이사벨이 너무 빨리 말하는 바람에 몇몇 단어는 똑똑히 들리지가 않았다. 사이먼은 귀를 바짝 세웠다. "우린 먼저 이쪽에 도착해 있었거든. 제이스가 피 흘리는 널 들쳐 업고 나타났을 때 다들 얼마나 놀랐다고. 영사도 마뜩지 않아했고."

사이먼은 입안이 말랐다. "추방자가 내 몸에 칼을 박아 넣었다고?"

도무지 믿기지 않았지만, 전에도 이처럼 몸이 빠르게 회복된 적이 있었다. 발렌타인이 그의 목을 베었을 때 말이다. 아무리 그래도 그렇지, 어떻게 전혀 기억이 나지 않는 걸까. 사이먼은 머리를 절레절레 흔들며 자기 몸을 내려다보았다. "어디?"

"알려줄게." 놀랍게도 이사벨이 침대 위로 올라와 그의 곁에 다가앉았다. 서늘한 손이 배에 닿았다. 셔츠를 끌어올리자 창백한 맨살이 드러났고, 배에 나 있는 붉고 가느다란 선이 보였다. 흉터라고도 할 수 없을 정도로 희미했다. "여기, 아프지 않아?" 이사벨의 손가락이 그 위로 스르륵 미끄러졌다.

"아, 아니." 사이먼은 이사벨을 처음 봤을 때가 떠올랐다. 너무나도 매력적이고 활력이 넘치는 모습에, 마침내 눈꺼풀 안에 아로새겨진 클라리의 모습을 지울 정도로 밝게 타오르는 소녀를 발견했다고 생각했다. 하지만 매그너스의 파티에서 이사벨이 그를 쥐로 변하게 했을 때, 자신 같은 평범한 소년의 상대가 되기엔 이사벨이 너무 밝게 타오른다는 사실을 깨달았다. "아프지 않아."

"내 눈이 아픈데."

입구에서 재미있어하면서도 쌀쌀맞은 목소리가 날아들었다. 제이스였다. 어찌나 조용히 들어왔던지 사이먼조차 아무 소리도 듣지 못했다. 제이스는 조용히 방문을 닫으며, 사이먼의 티셔츠를 내리는 이사벨을 향해 씩 웃어 보였다. "힘이 빠져 싸울 수 없는 뱀파이어를 희롱하고 있는 거야, 이지? 그거 협정 위반일걸?"

"찔린 부분을 알려준 것뿐이야." 항의하듯 말했지만 이사벨은 서둘러 의자로 되돌아갔다. "아래층은 어때? 아직도 난리야?"

제이스의 얼굴에서 미소가 걷혔다. "메이리스랑 패트릭이 가드로 갔어. 클레이브가 회의 중이니까 메이리스가…… 직접 설명을 하는 게 나을 거라고 맬러카이가 그래서."

맬러카이. 패트릭. 가드. 익숙지 않은 이름들이 사이먼의 머릿속에서 회오리쳤다. "뭘 설명해?"

이사벨과 눈빛을 교환하던 제이스가 마침내 입을 열었다. "너에 대한 거. 우리가 왜 뱀파이어를 알리칸테로 데려왔는지. 그건 명백한 위법 행위거든."

"알리칸테라고? 우리가 지금 알리칸테에 있는 거야?" 아찔한 충격은 배를 가르는 통증으로 바뀌었다. 사이먼이 짧게 숨을 들이키며 몸을 접었다.

"사이먼! 괜찮아?"

손을 뻗는 이사벨의 검은 눈에 불안한 빛이 떠올랐다.

"저리 가, 이사벨." 사이먼이 배를 주먹으로 누르며 제이스를 올려다보고 애원하듯이 말했다. "이사벨 좀 가라 그래."

이사벨이 상처받은 얼굴로 물러나며 말했다. "됐어. 가면 되잖아. 한 번만 말해도 알아듣거든?" 그러고는 벌떡 일어나 보란 듯이 문을 쾅 닫고 나갔다.

제이스가 사이먼에게 돌아섰다. 호박색 눈에는 표정이 없었다. "왜 그래? 나아지고 있는 줄 알았는데."

사이먼이 제이스를 막듯 손을 들어 올렸다. 목 안에서 쇠 맛이 끓어올랐다. "이사벨 때문이 아니야." 이를 악물고 말했다. "아파서 그러는 게 아니라…… 난 그냥…… 배가 고파서." 얼굴이 확 달아오르는 게 느껴졌다. "피를 많이 잃어서 보충해줘야 해."

"물론 그렇겠지." 그리 과학적이진 않으나 매우 흥미로운 사실을 알게 된 사람 같은 어조로 제이스가 말했다. 희미하게 남아 있던 염려의 기색이 사라지고, 재미있어하면서도 경멸 어린 표정이 떠올랐다. 사이먼은 그 표정에 분노가 솟구쳤다. 통증으로 약해진 상태가 아니었다면 당장이라도 달려들었을 것이다. 하지만 지금으로서는 이렇게 내뱉는 것만으로도 벅찼다. "꺼져버려, 웨이랜드."

"웨이랜드라고?" 재미있다는 표정은 사라지지 않았지만 제이스는 손을 올려 재킷 지퍼를 내리기 시작했다.

"안 돼!" 사이먼이 움찔하며 뒤로 물러났다. "아무리 배고파도 네 피는…… 다신 마시지 않아."

제이스가 입술을 비틀었다. "누가 주기나 한대?" 그러고는 재킷 안주머니에 손을 넣어 유리병을 꺼냈다. 병 안에는 묽은 적갈색 액체가 반쯤 차 있었다. "이게 필요할 것 같아서 가져왔지. 주방에 있는 날고기에서 짜낸 거야. 나로서는 최선을 다한 거라고."

병을 받아 드는 사이먼의 손이 심하게 떨려 제이스가 뚜껑을 열어주어야만 했다. 병 안의 액체는 역겨웠다. 제대로 된 피에 비해 너무나 묽었고 짠맛도 강했다. 며칠 묵은 고기에서 나는 불쾌한 냄새가 희미하게 풍겼다.

"으. 죽은 피잖아." 사이먼이 몇 모금을 마시더니 웅얼거렸다.

제이스가 눈썹을 치켰다. "원래 죽은 피 마시는 거 아니야?"

"죽은 지 오래된 동물의 피일수록 맛이 좋지 않아. 신선한 피가 좋지."

"신선한 피는 마셔본 적이 없잖아?"

이번엔 사이먼이 눈을 치켜떴다.

"뭐, 내 피는 말고. 내 피는 당연히 맛이 끝내줬겠지."

사이먼이 빈 병을 안락의자의 팔걸이에 올려놓았다. "넌 어딘가 아주 심각하게 잘못됐어. 머릿속이 말이야." 입안에 상한 피 맛이 남았지만 이미 복통은 사라지고 없었다. 효과가 즉시 나타나는, 살기 위해 먹어야만 하는 약을 먹은 것처럼 몸이 훨씬 나아지고 강해진 느낌이었다. 헤로인 중독자들도 이런 느낌일까.

"그러니까 내가 이드리스에 있단 말이지."

"정확히 말하자면, 알리칸테야. 이드리스의 수도지. 실은 유일한 도시지만." 제이스가 창가로 가서 커튼을 걷었다. "네가 햇빛에도 끄떡없다는 말을 펜할로우 가족은 믿지 못했어. 그래서 두꺼운 커튼을 달아놨지만, 이런 건 꼭 봐줘야 한다고."

사이먼이 침대에서 일어나 창 앞에 섰다. 그리고 밖을 내다보았다.

몇 년 전 그는 어머니, 누나와 함께 토스카나 여행을 다녀왔다. 양이 많고 익숙지 않은 파스타, 소금을 넣지 않은 빵, 단단한 갈색 땅이 펼쳐진 시골 풍경 등을 일주일 동안 실컷 접했다. 차를 몰던 어머니는 구불구불하고 좁은 길에서 속도를 냈다가 갑자기 눈앞에 나타난 고색창연한 건물들과 아슬아슬하게 충돌을 피했다. 사이먼은 '산 지미냐노'라고 불리는 마을 맞은편 언덕에서 차를 세우고 감상하던 경치를 생생하게 기억했다. 녹이 슨 것처럼 불그스름한 건물들 사이로 하늘에 닿을 것처럼 높은 탑들이 비죽비죽 솟아 있었다. 지금 눈앞에 펼쳐진 광경을 보며 어딘가가 떠오른다면 바로 그곳이었다. 하지만 창밖의 광경은 매우 생경했고, 이제까지 보아온 그 어떤 곳과도 닮지 않았다.

사이먼은 지금 꽤 높은 건물의 위층 창문에서 내려다보고 있었다. 고개를 들면 돌 처마와 그 너머의 하늘도 보일 것이다. 길 건너에 또 다른 집이 있었지만 이곳만큼 높지 않고, 두 집 사이에는 좁고 거무스름한 운하가 흐르고 있었다. 곳곳에 다리가 놓여 있었는데, 그가 잠결에 들은 물소리의 근원이 바로 그곳인 듯했다. 집은 언덕 위에 지어졌고, 아래쪽으로는 꿀빛 돌집들이 좁은 길을 따라 옹기종기 모여 있다. 길들은 녹색 원처럼 보이는 숲의 가장자리까지 계속 이어져 있었다. 숲을 둘러싼 언덕들이 아주 멀리 보였다. 여기서 보니 언덕들은 가을 단풍의 색이 점점

이 들어간 녹색과 갈색의 기다란 천 조각처럼 보였다. 언덕들 뒤로는 눈 덮인 산들이 비죽비죽 솟아 있었다.

하지만 그런 것들은 전혀 이상하지 않았다. 이상한 것은 도시 안에 있었다. 여기저기 마구잡이로 세운 높은 탑들. 꼭대기에는 빛을 반사하는 은백색 물질로 만든 첨탑이 있었다. 탑들은 반짝이는 단검처럼 하늘을 찔렀다. 유심히 바라보던 사이먼은 그것과 똑같은 물질을 어디서 봤는지 기억해냈다. 섀도우 헌터들이 지니고 다니는 단단한 유리로 만든 무기. 천사의 검이라 불리는 그것.

"악마 타워들이야. 도시를 보호하는 보호막을 통제해. 저것 때문에 악마들이 알리칸테로 들어오지 못하지." 사이먼이 하지도 않은 질문에 제이스가 알아서 답을 했다.

서늘하고 깨끗한 공기가 창 안으로 흘러들었다. 뉴욕에서는 절대로 접하지 못할 공기다. 먼지나 연기, 금속, 사람의 냄새 같은 것이 조금도 섞이지 않았다. 사이먼은 숨을 깊이 들이마셨다. 더 이상 그에게 필요하지 않은 행동이지만 인간의 습관은 쉽게 사라지지 않았다. 그가 제이스 쪽으로 돌아섰다. "날 이리로 끌고 온 게 단순한 사고였다고 말해줘. 클라리가 이곳으로 오는 걸 막기 위해 네가 꾸민 일이 아니라."

제이스는 사이먼을 쳐다보지 않았지만, 놀란 숨을 속으로 삼키듯 빠르게 한 번 가슴을 들썩였다. "그래, 맞아. 내가 추방자 전사 한 떼거리를 만들어내서 인스티튜트를 공격하라고 시켰어. 매들린을 죽이고 나머지 사람들도 죽일 뻔하라고. 무슨 일이 있어도 클라리를 집에 잡아둬야 했거든. 자, 어때! 내 극악무도한 계획이 제대로 먹혀들었네."

"어쨌든 원하는 대로 된 건 사실이잖아."

사이먼이 나지막이 대꾸했다.

"잘 들어, 뱀파이어. 내 계획은 클라리를 이드리스에 오지 못하게 하는 거였어. 널 여기로 끌고 오는 게 아니라. 네가 피를 흘리고 의식을 잃어서 어쩔 수 없이 포털로 데리고 들어온 거야. 그대로 두면 추방자 전사에게 목숨을 잃을 게 뻔하니까."

"나랑 같이 남을 수도 있었잖아."

"그럼 우리 둘 다 죽었을걸. 악마 안개에 가려 몇 놈이나 있었는지 정확히 알 수도 없었다고. 아무리 나라고 해도 추방자 전사 100명을 혼자서 상대할 수는 없어."

"그거 인정하는 것도 엄청 짜증나지?"

"나쁜 자식. 아무리 다운월드 사람이라고 해도 너무하네. 남은 법을 어기면서까지 목숨을 구해줬는데. 이번이 처음도 아니고 말이야. 조금이라도 고마워해야 하는 거 아냐?" 제이스의 억양에는 변화가 없었다.

"고마워하라고?" 사이먼이 주먹을 움켜쥐었다. "애초에 네가 인스티튜트로 불러들이지 않았다면 난 여기 오지도 않았어. 난 이 일에 동의한 적 없다고."

"클라리를 위해서 뭐든 하겠다고 했을 때 동의한 거나 마찬가지야. 이게 바로 '뭐든'에 속하거든."

사이먼이 분노하며 쏘아붙이려는 찰나, 누군가 방문을 두드렸다. "이봐, 사이먼. 잘난 척은 끝났어? 제이스한테 할 얘기 있어."

"들어와, 이지." 제이스가 분노로 번득이는 눈을 사이먼에게 떼지 않은 채 말했다. 그리고 도발하듯 사이먼을 바라보았다. 그 눈빛을 본 사이먼은 묵직한 뭔가로 그를 치고 싶다는 강렬한 욕망에 휩싸였다. 이를테면 픽업트럭 같은 걸로.

이사벨이 검은 머리와 은빛 치마를 휘날리며 안으로 들어왔다. 아이

보라색 코르셋 탑을 입고 있어 검은 룬으로 감싸인 팔과 어깨가 드러났다. 마크를 드러내도 이상하게 보지 않는 이곳에 오는 일이야말로 그녀에게는 확실한 기분 전환이 될 듯했다.

"알렉이 가드로 올라갈 거야. 가기 전에 사이먼 문제를 의논하고 싶대. 아래로 내려올래?" 이사벨이 바로 용건을 말했다.

"물론." 제이스가 문으로 향했다. 그러다 사이먼이 따라오자 성난 얼굴로 돌아봤다. "넌 여기 있어."

"싫어. 내 얘기 할 거라며. 나도 그 자리에 있고 싶어."

한순간 제이스의 얼음 같은 차분함이 깨지는 듯했다. 얼굴이 확 달아올랐고 눈에서 불꽃이 튀었다. 그러나 그의 분노는 타오른 것만큼이나 빠르게 사그라졌다. 억지로 내리누르는 기색이 역력했다. 그가 이를 악물고 웃어 보였다. "좋아. 그럼 너도 내려와, 뱀파이어. 행복한 가족들을 만나보시지."

처음으로 포털을 통과할 때는 무중력 상태에서 공중제비를 돌며 날아가는 느낌이었다. 그런데 이번에는 토네이도의 중심으로 빨려 들어가는 것만 같았다. 몸뚱이를 찢을 듯한 바람이 휘몰아쳐 루크의 손을 놓치고 비명을 질렀다. 클라리는 검은색과 금색으로 휘몰아치는 소용돌이 한가운데로 빙글빙글 돌며 떨어졌다.

거울 표면처럼 평평하고 단단한 은빛 물체가 그녀 앞에 다가왔다. 비명을 지르면서 얼굴을 감싼 채 그 안으로 뛰어들자, 지독하게 차갑고 숨막히는 세계가 그녀를 맞았다. 푸르스름한 어둠 속으로 가라앉으면서 숨을 쉬려고 해보았지만 차디찬 냉기만 입안으로 밀려들 뿐이었다.

별안간 누군가 코트 뒷자락을 잡고 그녀를 위로 끌어 올렸다. 발버둥을 쳤지만 힘이 약해서 빠져나올 수가 없었다. 끌려 올라가는 동안 주변의 어둠이 쪽빛에서 점점 옅어지다가 수면을 뚫는 순간 금빛으로 바뀌었다. 그랬다. 클라리는 물에 빠진 것이었다. 허겁지겁 숨을 들이켰다. 아니, 그러려고 기를 썼다. 하지만 숨은 쉬어지지 않고, 검은 점들이 눈앞에서 번졌다. 클라리는 물살을 헤치며 빠른 속도로 끌려가는 중이었다. 팔다리가 해초에 걸려 빠져나오려고 몸부림을 치는데 끔찍한 모습이 눈에 들어왔다. 늑대도 아니고 사람도 아닌 뭔가. 귀는 단검처럼 뾰족했고, 말린 입술 사이로 날카롭고 허연 이빨이 드러났다. 클라리는 비명을 지르려 했지만 또다시 물만 왈칵 밀려들 뿐이었다.

잠시 후 물 밖으로 나온 클라리는 축축하고 단단한 땅 위에 내동댕이쳐졌다. 누군가 그녀의 어깨를 잡아 바닥을 향해 돌려놓고, 경련하며 물을 죄다 토해낼 때까지 등을 계속 두드렸다.

등을 두드리던 손이 클라리를 돌려 눕혔지만 여전히 숨을 쉬기는 힘들었다. 누운 채로 올려다보니 루크의 모습이 눈에 들어왔다. 하얀 구름이 살짝 드리운 파란 하늘을 등진 루크는 검은 그림자로 보였다. 클라리에게 익숙한 온화함은 흔적도 없이 사라졌다. 그는 이제 늑대처럼 보이진 않았지만 엄청나게 화가 나 있었다. 클라리를 일으켜 앉히고 계속해서 세게 흔들었다. 클라리가 견디다 못해 숨을 헐떡이며 힘없이 그를 쳤다. "루크! 그만해요! 아프단 말이에요."

그가 클라리의 어깨를 놓아주었다. 그 대신 그녀의 턱을 잡고 얼굴을 자세히 들여다보았다. "물은 전부 토해냈니?"

"그런 거 같아요." 클라리가 속삭였다. 목이 부어 목소리가 잘 나오지 않았다.

"스텔레 어디 있어?" 그녀가 우물쭈물하자 루크가 목소리를 높였다.

유리의 도시 47

"클라리, 네 스텔레 어디 있냐고. 빨리 꺼내봐."

클라리가 주머니 안을 더듬었지만, 축축한 옷감 외에는 아무것도 잡히지 않자 가슴이 덜컥 내려앉았다. 그녀는 침울한 표정으로 루크를 올려다보았다. "호수에서 떨어뜨렸나 봐요. 엄마…… 엄마의 스텔레를……."

"맙소사, 클라리." 루크가 머리를 감싸 쥐며 벌떡 일어섰다. 청바지와 플란넬 재킷에서 쉴 새 없이 물이 흘렀다. 콧잔등에 걸려 있던 안경은 사라지고 없었다. 루크가 어두운 얼굴로 클라리를 내려다보았다. "넌 괜찮지?" 그렇게 물었지만 질문으로 들리지 않았다. "그러니까, 지금 당장은 괜찮냐고."

클라리가 고개를 끄덕였다. "루크, 왜 그래요? 왜 제 스텔레가 필요한데요?"

루크는 주변 환경에서 도움을 얻으려는 듯 말없이 주위를 둘러보았다. 클라리도 그의 시선을 따라갔다. 그들은 상당히 큰 호숫가에 있었다. 흙으로 넓게 다진 제방 위였다. 담청색 호수에 햇빛이 반사되어 군데군데가 번쩍거렸다. 클라리는 반쯤 열린 포털에서 황금색 빛을 본 게 저것 때문이었을까 궁금했다. 호수는 물 밖에서 보니 불길한 기운이 전혀 느껴지지 않았다. 호수 주변은 푸른 언덕들이 둘러쌌고, 적갈색과 황금색으로 물들기 시작한 나무들이 언덕 곳곳에 흩뿌려져 있었다. 언덕 너머로 솟은 높은 산꼭대기는 흰 눈으로 덮였다.

클라리가 몸을 떨며 입을 열었다. "루크, 물속에서 늑대로 변했어요? 아무래도 제가 본 게……."

"사람보단 늑대일 때 헤엄을 더 잘 치니까. 더 강하기도 하고. 널 물에서 끌어내야 하는데 네가 협조를 해줘야 말이지."

"알아요. 죄송해요. 루크는…… 루크는 함께 오면 안 되잖아요."

"내가 안 왔으면 넌 목숨을 잃었어. 매그너스가 말했잖아, 포털 반대편에서 누군가 기다리지 않으면 유리의 도시에 들어가지 못한다고."

"법을 어기는 일이라고 했죠. 튕겨져 나올 거라곤 하지 않았잖아요."

"포털을 통해 그곳으로 들어가지 못하게 하는 보호막이 도시 주변에 쳐져 있다고 했지. 네가 잘 알지도 못하는 마법을 갖고 장난친 건 매그너스 잘못이 아니야. 아무리 능력이 있어도 사용하는 법을 배우지 않으면 소용이 없어." 루크가 그녀를 노려보았다.

"죄송해요. 전 다만…… 우린 지금 어디 있는 거죠?"

"린 호수. 포털이 우리를 도시에서 최대한 가까운 곳에 떨어뜨린 모양이야. 우린 지금 알리칸테 근교에 있어." 그가 주위를 둘러보았다. 놀랍기도 하고 말하기도 지친다는 듯이 머리를 설레설레 흔들었다. "네가 해냈구나, 클라리. 이드리스에 들어왔어."

"이드리스라고요?" 클라리가 멍하니 호수 너머를 바라보았다. 푸른 호수는 아무 일도 없었던 것처럼 잔잔하게 반짝거렸다. "하지만…… 알리칸테 근교라고 하기엔 전혀 도시 느낌이 없는데요?"

"몇 킬로미터는 가야 나와. 저 멀리 언덕들 보이지? 도시는 그 너머에 있어. 차로는 한 시간이면 가지만, 걸어가야 하니 저녁때쯤이나 도착할 거다." 루크가 실눈을 하고 하늘을 올려다보았다. "얼른 출발하는 게 좋겠어."

클라리는 실망하며 자신의 모습을 내려다보았다. 홀딱 젖은 옷을 입고 온종일 걷는 일은 그리 매력적으로 다가오지 않았다. "다른 방법은……."

"다른 방법은 없냐고?" 화가 나는지 루크의 목소리가 별안간 날카로워졌다. "어디 네가 한번 말해보렴. 우릴 이곳으로 데려온 게 너니까."

그러고는 호수에서부터 손가락으로 한 방향을 가리켰다.

"저쪽으로는 산들이 뻗어 있어. 한여름이 아니고서는 걸어서 넘는 게 불가능해. 정상에서 얼어 죽고 말 거야." 그가 돌아서서 다른 방향을 손가락으로 찔렀다. "저쪽으로는 숲이 뻗어 있지. 도시의 경계까지. 숲속에는 아무도 살지 않아. 적어도 인간은 말이다. 알리칸테를 지나가면 농가와 시골 저택들이 있지만 저 숲에는 아무것도 없어. 또 다른 방법이라면 이드리스를 벗어나는 게 있겠지만 그러기 위해선 먼저 알리칸테를 지나가야 해. 나 같은 다운월드 사람들은 결코 환영받지 못하는 도시 말이다."

클라리가 놀라서 입을 다물지 못한 채 그를 쳐다보았다. "루크, 전 몰랐어요."

"물론 넌 몰랐겠지. 넌 이드리스에 관해 아무것도 몰라. 별로 알고 싶어하지도 않고. 넌 그냥 혼자 남겨진 게 화가 나서 어린애처럼 짜증을 부린 거야. 이제 네 뜻대로 여기 왔으니 속이 시원하겠구나. 길을 잃은 데다 얼어 죽을 것처럼 춥고 또……." 루크가 갑자기 말을 끊었다. 얼굴이 딱딱하게 굳었다. "그만 움직이자."

클라리는 루크를 따라 호숫가를 걸었다. 우울한 침묵이 둘 사이에 내려앉았다. 어느 정도 걷고 나니 머리와 피부는 말랐지만, 벨벳 코트는 물을 머금은 스펀지 같았다. 앞서 가는 루크를 따라 잡으려다 돌에 걸리고 진흙에 빠져 비틀거릴 때마다 코트는 납으로 만든 커튼처럼 그녀의 몸에 무겁게 매달렸다. 루크는 고집스럽게 입을 꾹 다물고 걷기만 했다. 클라리가 말을 붙여도 아무 반응이 없었다. 그를 이토록 화나게 한 건 처음이었다. 그전까지는 클라리가 사과를 하면 아무리 머리끝까지 화가 났어도 금세 누그러지곤 했다. 이번에는 쉬이 풀리지 않을 것 같았다.

호수 주변의 절벽은 다가갈수록 높아졌다. 절벽에는 검은 물감이 튄 것처럼 곳곳에 구멍이 나 있었다. 클라리가 자세히 보니 그것은 바위에 뚫린 동굴이었다. 어둠 속으로 끝도 없이 굽이쳐 들어가는 동굴들도 있었다. 암흑 속을 날거나 기어 다닐 소름 끼치는 생물들이 떠올라 클라리는 부르르 몸을 떨었다.

그들은 절벽 사이의 좁은 길로 계속 걸었다. 어느 정도 걷고 나니 부서진 돌이 양쪽으로 늘어선 넓은 길이 나왔다. 늦은 오후의 햇볕이 내리쬐는 쪽빛 호수가 그들 뒤로 사라졌다. 눈앞에는 풀로 덮인 평야가 펼쳐졌고 평야를 가르며 길이 나 있었다. 그 길은 멀리 보이는 언덕들까지 이어졌다. 클라리는 가슴이 철렁 내려앉았다. 도시는 어디에도 보이지 않았다.

언덕을 바라보는 루크의 얼굴에도 실망감이 짙게 드리웠다. "생각보다 멀리 온 것 같군. 너무 오래전이라……."

"더 넓은 도로로 나가면 도시로 가는 차를 얻어 탈 수 있지 않을까요? 아니면……."

"클라리, 이드리스에는 차가 다니지 않아." 깜짝 놀라는 클라리를 보며 루크가 쓴웃음을 지었다. "보호막은 기계를 망가뜨려. 휴대전화나 컴퓨터 같은 첨단 기기들은 여기서 작동하지 않아. 알리칸테에선 전기와 전력을 써야 하는 것들은 주로 마법의 불에 의존한단다."

"도시는 여기서 얼마나 먼 거죠?" 클라리가 힘없이 물었다.

"꽤 멀 거야." 루크는 그녀의 시선을 외면한 채 짧은 머리를 손으로 쓸어 넘겼다. "너한테 이 말을 해두는 게 좋을 거 같구나."

클라리는 순간 긴장했다. 조금 전만 해도 루크가 다시 말만 하면 더 바랄 것이 없을 것 같았지만 이제는 아니었다. "무슨 말인지 모르겠지만……."

"린 호수에 배가 한 척도 떠 있지 않다는 걸 눈치 챘니? 배를 대는 부두 같은 것도 보이지 않고. 그러니까 이드리스 사람들이 린 호수를 어떤 식으로든 이용하고 있는 흔적 같은 게 전혀 없어."

"너무 멀리 있어서 그런 게 아닐까 생각했죠."

"아주 먼 거리는 아니지. 알리칸테에서 걸어와도 몇 시간이면 오니까. 문제는 저 호수가……." 루크가 한숨을 푹 내쉬었다.

"뉴욕의 인스티튜트 도서관 바닥에 그려진 문양을 본 적 있니?"

클라리가 눈을 깜박였다. "보긴 했는데 뭔지는 모르겠던데요."

"잔과 검을 손에 들고 호수에서 솟아오르는 천사의 모습이란다. 네피림 장식에 자주 등장하는 문양이지. 전설에 따르면 린 호수가 바로 라지엘 천사가 최초의 네피림인 조너선 섀도우 헌터에게 나타난 곳이라고 하는구나. 거기서 천사가 조너선에게 죽음의 도구들을 건네줬어. 그 후로 린 호수는……."

"성스러운 곳이 되었나요?"

"저주받은 곳이 됐어. 호수의 물은 섀도우 헌터에게 해롭단다. 다운월드 사람에겐 그렇지 않지만. 요정들은 이곳을 '꿈의 거울'이라 부르며 호수의 물을 마시지. 그들은 호수의 물이 모든 사물의 진정한 모습을 보게 하는 힘을 준다고 주장해. 하지만 섀도우 헌터에겐 아주 위험하단다. 열이 오르고 헛것을 보게 하고, 또 광기로 몰고 가기도 하거든."

클라리는 온몸에 한기가 들었다. "그래서 물을 전부 뱉어내게 했군요."

루크가 고개를 끄덕였다. "스텔레를 찾았던 것도 그래서야. 치유 룬이 물의 효과를 막아주거든. 하지만 이젠 최대한 빨리 널 알리칸테로 데려가는 수밖에 없구나. 그곳에 가면 도움이 되는 약과 약초를 구할 수 있을 거다. 그런 걸 갖고 있을 만한 사람도 알고."

"라이트우드 가족이요?"

"아니야." 루크의 목소리가 단호했다. "내가 아는 다른 사람."

"누구요?"

루크가 머리를 흔들었다. "지난 15년 사이에 그 사람이 다른 데로 이사하지 않았기만 바라자꾸나."

"하지만 다운월드 사람이 허가 없이 알리칸테에 들어가는 건 불법이라고 했잖아요."

루크가 대답하듯 웃어 보였다. 클라리는 어린 시절 정글짐에서 떨어지는 그녀를 받아주던 루크의 모습이 떠올랐다. 언제나 그녀를 보호해주던 그의 모습. "어길 수밖에 없는 법도 있게 마련이란다."

사이먼은 펜할로우 저택을 둘러보며 인스티튜트를 떠올렸다. 이곳도 인스티튜트처럼 다른 시대의 건물 안으로 들어온 느낌을 주었다. 복도와 계단은 좁았고, 돌과 나무로 지어졌으며, 도시의 전경이 내다보이는 창문들은 길고 좁은 모양이었다. 아시아풍 장식들도 눈에 띄었다. 층계참에 쇼지 스크린(가벼운 반투명 패널로 일본 주택에서 공간을 분할하기 위해 이용한 것—옮긴이)이 세워졌고, 창턱에는 중국 칠기 화병이 놓였다. 벽에는 실크스크린 작품들이 걸렸는데, 섀도우 헌터 신화에 나오는 장면들인 듯했지만 동양적인 정서가 물씬 풍겼다. 천사의 검을 휘두르는 장군의 모습이 가장 두드러졌고, 그 주변에 용을 닮은 형형색색 생물체와 눈알이 튀어나오고 피부가 미끈거리는 악마들이 들어가 있었다.

"펜할로우 부인은 베이징 인스티튜트를 운영했어. 이곳과 베이징을 오가며 살았지." 사이먼이 걷다 말고 그림을 살피자 이사벨이 설명해주었다. "그리고 펜할로우 가문은 역사가 굉장히 깊어. 부자이고."

"그런 거 같네." 크리스털 방울이 달린 샹들리에를 올려다보며 사이먼이 중얼거렸다.

한 발 뒤에서 따라오던 제이스가 투덜대듯 말했다. "얼른 움직여. 역사 관광 때문에 온 게 아니니까."

사이먼은 거친 말로 받아칠까 하다 귀찮아서 그만두었다. 그리고 빠른 속도로 남은 계단을 모두 내려갔다. 계단이 끝나자 널찍한 공간이 이어졌는데, 그곳에는 옛것과 새것이 기이하게 뒤섞여 있었다. 우선 스테인드글라스 창문 하나가 운하 쪽으로 나 있었고, 스테레오는 보이지 않지만 어디선가 음악이 흘렀다. 현대의 거실이라고 하면 떠올릴 물건들, 이를테면 텔레비전이나 DVD 또는 CD 더미 같은 건 어디에도 없었다. 그 대신 커다란 벽난로에서 장작이 활활 타올랐고, 그 주변으로 속이 빵빵한 소파들이 군데군데 놓여 있었다.

난롯가에는 알렉이 서 있었다. 알렉은 검은 섀도우 헌터복에 장갑까지 꼈다. 사이먼이 들어오는 걸 보더니 언제나처럼 인상을 썼지만 입은 열지 않았다.

소파에는 처음 보는 10대 둘이 앉아 있었다. 한쪽은 늘씬한 몸매의 소녀로 윤기 도는 검은 머리를 뒤로 넘겨 묶었다. 얼굴에 짓궂은 표정이 떠올랐고, 고운 턱선은 끝으로 갈수록 뾰족해졌다. 예쁘다고는 할 수 없지만 시선을 확 잡아끌 정도로 매력적이었다.

더욱 눈길을 끄는 쪽은 곁에 앉은 소년이었다. 키는 제이스 정도로 보였지만 앉아 있는 모습은 그보다도 커 보였다. 그는 늘씬하면서도 근육 잡힌 몸매에 창백하고 우아한 얼굴을 하고 있었다. 검은 눈과 광대뼈가 도드라졌고 어딘가 모르게 불안해 보였다. 사이먼은 이상하게도 그의 얼굴이 낯익었다. 어디선가 본 적이 있는 사람처럼.

소녀가 먼저 입을 열었다. "그 뱀파이어야?" 소녀는 치수를 재듯 사이먼을 아래위로 훑어보았다. "뱀파이어를 이렇게 가까이서 보긴 처음인데…… 사냥감이 아닌 뱀파이어는 말이야." 그러고는 머리를 살짝 옆으로 기울였다. "귀여운데, 다운월드 사람치곤."

"제가 대신 사과할게요. 얼굴은 천사처럼 생겨서 하는 짓은 꼭 몹쓸 악마랍니다." 소년이 웃는 얼굴로 말하며 자리에서 일어나 사이먼에게 손을 내밀었다. "전 세바스찬이라고 해요. 세바스찬 벌락. 이쪽은 제 사촌인 알린 펜할로우고요. 알린……."

"난 다운월드 사람하곤 악수 안 해." 알린이 뒤로 움츠리며 쿠션에 몸을 기댔다. "뱀파이어는 영혼이 없잖아. 다들 알겠지만."

세바스찬의 얼굴에서 미소가 걷혔다. "알린."

"맞아요. 그래서 거울에도 비치지 않고 태양 아래로 다니지도 못하죠." 다분히 의도적으로 사이먼이 뒤로 물러나며 창문 앞에 드리운 햇빛 안으로 들어섰다. 등과 머리가 따뜻했다. 그림자가 제이스의 발치까지 길게 뻗어나갔다.

알린은 깜짝 놀랐지만 아무 말도 하지 않았다. 호기심 어린 까만 눈으로 사이먼을 바라보며 먼저 입을 연 건 세바스찬이었다. "그러니까 사실이었네요. 라이트우드 가족이 그렇게 말했지만 전……."

"거짓말인 줄 알았다고?" 제이스가 아래층으로 내려와서 처음으로 입을 열었다. "이런 걸로 거짓말하진 않아. 사이먼은…… 특별하거든."

"난 키스한 적도 있는걸." 이사벨이 누구에게랄 것도 없이 말했다.

알린이 눈을 치켜떴다. "뉴욕에선 뭘 해도 그냥 내버려두는 모양이지?" 반은 충격을 받았고 반은 부러운 목소리였다. "마지막으로 봤을 때 이지 넌 심지어……."

"우리가 마지막으로 만난 건 이지가 여덟 살 때였어." 알렉이 말했다. "모든 건 변하지. 자, 엄마가 급히 나가느라 메모와 보고서를 놓고 갔어. 누군가 가드로 가져가야 한다고. 여기서 열여덟 살이 넘는 건 나뿐이니까, 클레이브가 회의 중일 때 들어갈 수 있는 것도 나뿐이야."

"알아. 다섯 번도 넘게 얘기했어." 이사벨이 소파에 털썩 주저앉으며 말했다.

알렉이 거만한 표정으로 이사벨을 무시하며 다시 입을 열었다. "제이스, 저 뱀파이어는 네가 데려왔으니까 네가 책임져. 밖으로 나가게 하면 안 돼."

'저 뱀파이어라고.' 사이먼이 속으로 되뇌었다. 알렉은 사이먼의 이름을 알고 있었다. 사이먼 덕분에 목숨을 구한 적도 있었다. 그런데도 알렉에게 그는 '저 뱀파이어'였다. 알렉이 이따금 알 수 없는 이유로 뚱해지곤 한다는 사실을 감안해도 이건 너무 심했다. 사이먼은 그것이 혹시 이드리스에 와 있다는 사실과 관련이 있는 건 아닐까 생각했다. 이곳에 오면 자신이 섀도우 헌터임을 더 강조하고 싶어지는 것이 아닐까.

"그 말 하려고 내려오라고 한 거야? 저 뱀파이어를 밖에 나가지 못하게 하라고? 네가 말하지 않았어도 내보낼 생각 없었어." 제이스가 알린 곁으로 미끄러지듯 다가가 앉았다. 알린은 만족스러운 표정이었다. "얼른 가드에나 다녀오시지 그래? 네가 이끌어주지 않으면 우린 방탕의 구렁텅이에 빠져버릴지도 몰라."

여전히 우월하고 차분한 표정으로 알렉이 제이스를 바라보았다. "조금만 참아봐. 30분 안에 돌아올 테니까." 그러고는 아치를 지나 긴 복도로 사라졌다. 멀리서 문이 철컥 닫히는 소리가 들려왔다.

"괜히 알렉 건드리지 마. 정말로 알렉한테 책임을 맡겼다고." 이사벨이 제이스에게 무서운 표정을 지어 보였다.

제이스는 소파에 자리가 많은데도 굳이 알린와 어깨가 닿을 정도로 바짝 붙어 앉았다. 그 모습이 사이먼의 눈에도 어쩔 수 없이 들어왔다. "알렉은 전생에 여자였을 거 같지 않아? 고양이 90마리를 키우면서 이웃집 애들한테 잔디밭에서 당장 나가라고 소리를 꽥꽥 질러대는 노파 말이야." 제이스의 말에 알린이 킥킥거렸다. "자기 혼자 가드에 갈 수 있다고······."

"가드가 뭐지?" 사이먼은 다른 사람의 말을 알아듣지 못하는 것이 지겨워졌다.

제이스가 사이먼을 쳐다보았다. 차분하고 냉정한 표정이었다. 제이스는 한 손을 알린의 허벅지 위에 놓인 그녀의 손 위에 얹었다. "앉아." 제이스가 안락의자로 고갯짓을 했다. "아니면 박쥐처럼 구석에서 계속 서성거릴 참이야?"

박쥐 농담이라니. 훌륭하군. 사이먼은 불편한 모습으로 의자에 자리를 잡았다.

사이먼이 안되어 보였는지 세바스찬이 설명을 해주었다. "가드는 클레이브의 공식 회의 장소예요. 법률도 그곳에서 만들어지고, 영사와 심문관이 거기서 근무하죠. 클레이브가 개회 중일 땐 오로지 성인 섀도우 헌터만 들어갈 수 있어요."

"개회 중이라고요? 저 때문에 회의하는 거 아니었나요?" 제이스가 위층에서 한 말을 떠올리며 사이먼이 물었다.

세바스찬이 웃으면서 대답했다. "아니에요. 발렌타인과 죽음의 도구들 때문이죠. 섀도우 헌터들이 모인 것도 그 때문이에요. 발렌타인이 앞으로 무슨 짓을 벌일지 알아내기 위해서요."

제이스는 조용했지만 발렌타인의 이름이 나오자 표정이 굳었다.

"뭐, 그 거울을 손에 넣으려고 하겠죠." 사이먼이 말했다. "세 번째 죽음의 도구, 맞죠? 그게 여기 이드리스에 있나요? 그래서 전부 이곳에 온 거고?"

잠시 정적이 흐른 뒤에 이사벨이 입을 열었다. "그게 말이야, 거울이 어디 있는지는 아무도 몰라. 실은 그게 뭔지도 모르거든."

"거울이라며. 사물이 비쳐 보이고, 유리로 된 물건. 내가 알기론 그렇다고." 사이먼이 대꾸했다.

"이사벨 말은, 그 거울에 관해선 어떤 내용도 알려져 있지 않다는 뜻이에요. 섀도우 헌터 역사에 수차례 언급되지만 어디에 있는지, 어떻게 생겼는지, 그리고 무엇보다 그게 뭔지에 대해서는 구체적인 언급이 없거든요."

"우리도 발렌타인이 그걸 원한다는 건 알아." 이사벨이 말했다. "하지만 그게 어딨는지 아무도 모르니까 그 사실은 별로 도움이 되지 않아. 침묵의 형제들은 알지도 모르지만 발렌타인이 전부 죽였지. 적어도 한동안은 그들의 임무를 대신할 사람도 없을 거야."

"전부? 난 뉴욕에 있는 침묵의 형제들만 죽은 줄 알았는데?" 사이먼이 놀라서 물었다.

"뼈의 도시는 뉴욕에 있는 게 아니야. 그러니까 그건…… 왜 실리코트로 들어가는 입구 기억하지? 센트럴 파크에 있던 거 말이야. 입구가 거기라고 해서 실리코트가 공원 아래 있는 건 아니거든. 뼈의 도시도 마찬가지야. 입구는 여러 곳에 있지만 도시 자체는……."

알린이 손가락을 슬쩍 입에 댔고 이사벨이 별안간 말을 멈췄다. 사이먼의 시선이 이사벨에게서 제이스에게, 그리고 세바스찬에게 옮겨갔다.

모두가 똑같은 얼굴을 하고 있었다. 자기가 지금 무슨 짓을 저지르고 있는지 막 깨달은 사람의 얼굴. 네피림의 비밀을 다운월드 사람에게 발설하다니. 정확히 말하자면 적은 아니지만 그렇다고 신뢰해서도 안 되는 뱀파이어에게.

제일 먼저 침묵을 깬 건 알린이었다. 까맣고 예쁜 눈을 사이먼에게 고정하고 그녀는 물었다. "그래서…… 뱀파이어가 되면 어떤 기분이야?"

"알린!" 이사벨이 경악한 표정으로 소리쳤다. "그런 질문은 그렇게 불쑥불쑥 하는 게 아니야."

"왜? 뱀파이어가 된 지 얼마 안 됐다며? 그럼 사람이었을 때 어땠는지도 분명하게 기억할 거 아냐." 알린이 다시 사이먼에게 몸을 돌렸다. "피 맛은 어때? 사람일 때랑 똑같아? 아니면 오렌지주스나 뭐 그런 것처럼 다른 맛으로 느껴지나? 내 생각엔 피 맛이라고 하면……."

"닭고기 맛이랑 비슷해." 사이먼은 알린의 입을 틀어막으려고 그렇게 대답했다.

"정말?" 알린은 놀란 얼굴이었다.

"지금 너 놀리는 거야, 알린. 그리고 넌 당해도 싸. 사촌을 대신해서 다시 한 번 사과할게요, 사이먼. 저희처럼 이드리스 밖에서 자란 섀도우헌터들은 다운월드 사람에게 좀 더 익숙하죠." 세바스찬이 말했다.

"하지만 너도 이드리스에서 자랐잖아?" 이사벨이 물었다. "너희 부모님이……."

"이사벨." 제이스가 가로막았지만 이미 너무 늦었다. 세바스찬의 표정이 어두워졌다.

"부모님은 돌아가셨어. 칼레 근처의 악마 소굴에서…… 오래전 일이라 이젠 괜찮아." 이사벨이 유감을 표했지만 세바스찬은 손을 흔들어 괜찮다는 뜻을 전했다. "난 파리 인스티튜트에 있는 고모 밑에서 자랐어."

"그럼 프랑스어 잘하겠네?" 이사벨이 한숨을 내쉬었다. "나도 외국어를 하면 좋을 텐데. 호지 선생님은 그리스어나 라틴어 말고는 배울 필요가 없다고 생각했어. 그런 언어는 이제 쓰는 사람도 없는데."

"러시아어랑 이탈리아어도 해. 루마니아어도 조금 하고." 겸손하게 웃으면서 세바스찬이 말했다. "원한다면 몇 마디 가르쳐줄게."

"루마니아어? 멋진데. 그건 할 줄 아는 사람이 별로 없잖아." 제이스가 말했다.

"넌 어때?" 세바스찬이 흥미롭다는 듯이 물었다.

"별로." 제이스가 다정하게 웃어 보이며 말했다. 사이먼은 그 웃음으로 제이스가 거짓말을 하고 있다는 것을 알았다. "내가 아는 루마니아어라고는 고작 '이 뱀은 독사인가요?'나 '경찰이라고 하기엔 너무 어린데요' 같은 것뿐이야."

세바스찬은 웃지 않았다. 사이먼은 그의 표정이 마음에 걸렸다. 온화한 표정을 짓고 있지만 그 아래 평온한 겉모습과 어긋나는 뭔가가 숨겨진 느낌이 들었다. 세바스찬이 제이스에게 시선을 고정한 채 입을 열었다. "난 여행을 아주 좋아하지만, 집으로 돌아오면 정말 좋지 않아?"

제이스가 알린의 손가락을 만지작거리던 손을 멈췄다.

"무슨 소리야?"

"우리 네피림에게는 이드리스만 한 곳이 없다고. 다른 곳이 아무리 좋고 집처럼 편하다 해도 말이야. 그렇게 생각하지 않아?"

"왜 그걸 나한테 묻지?" 제이스의 얼굴이 냉랭했다.

세바스찬은 어깨를 으쓱했다. "넌 여기서 어린 시절을 보냈잖아. 굉장히 오랜만에 돌아온 거고. 내가 잘못 안 건가?"

"잘못 알지 않았어." 이사벨이 참지 못하고 끼어들었다. "제이스는 아무도 자기 얘기를 안 하는 곳에 와 있는 척하길 좋아해. 그게 아니란 걸 알면서도 말이야."

"그건 정말 아니지." 세바스찬은 제이스가 노려보는데도 꿈쩍하지 않았다. 사이먼은 이 검은 머리 섀도우 헌터 소년이 좋아지려고 했다. 제이스의 도발에 반응을 보이지 않는 사람은 여간해선 만나기 어려웠다. "요즘 이드리스에선 그거 빼면 할 얘기가 없는걸. 너, 죽음의 도구, 네 아버지, 네 여동생."

"클라리사도 함께 오는 거 아니었어? 정말 만나고 싶었는데. 왜 못 온 거야?" 알린이 물었다.

제이스의 표정에는 변화가 없었지만 알린에게 뻗어 있던 그의 손이 주먹으로 말렸다. "뉴욕을 떠나고 싶지 않다고 했어. 걔네 엄마가 병원에 있거든."

'우리 엄마란 말은 절대 안 하는군. 늘 클라리 엄마라고 하지.' 사이먼은 생각했다.

"정말 이상해. 난 클라리가 이드리스에 무지 오고 싶어하는 줄 알았거든." 이사벨이 말했다.

"맞아. 오고 싶어했어." 사이먼이 입을 열었다. "실은······."

제이스가 자리에서 벌떡 일어났다. 얼마나 빠르던지, 사이먼은 그가 움직이는 것도 보지 못했다. "그리고 보니 사이먼과 할 얘기가 있었네. 둘이서만 말이야." 그러고는 방 저편에 있는 문을 머리로 가리켰다. 두 눈이 도전적으로 번득였다. 거절의 끝은 폭력이라는 분명한 메시지가 담겨 있었다. "얼른 와, 뱀파이어. 얘기 좀 해."

3
아마티스

늦은 오후 루크와 클라리는 호수에서 멀어져 긴 풀들이 무성하게 자란 들판을 걷고 있었다. 이따금 완만한 오르막이 나타나, 검은 바위로 꼭대기가 덮인 높은 언덕으로 이어졌다. 클라리는 언덕들을 오르락내리락하느라 완전히 지쳐 있었다. 축축한 풀이 기름을 바른 대리석이라도 되는 것처럼 부츠가 죽죽 미끄러졌다. 들판을 뒤로하고 좁은 흙길로 들어설 무렵에는 손이 온통 피와 풀물로 얼룩져 있었다.

루크는 단호한 걸음으로 클라리의 앞에서 성큼성큼 걸어갔다. 그러다가 흥미로운 곳이 나타나면 손으로 가리키며 세상에서 최고로 우울한 가이드처럼 어두운 목소리로 설명을 덧붙였다. "방금 지나온 건 브로슬린드 평원이야." 어느 오르막길을 오르며 루크가 말했다. 나무들이 빽빽이 자란 어두운 숲이 서쪽으로 쭉 뻗어 있었고 서쪽 하늘에는 태양이 낮게 걸려 있었다. "여기가 바로 숲이란다. 원래 이드리스 저지대 대부분은 나무로 덮여 있었어. 도시를 넓히려고 그걸 상당 부분 베어버렸지. 자꾸 늑대인간 무리와 뱀파이어 소굴이 생겨나서 쓸어버리려는 이유도 있었고. 브로슬린드 숲은 오랫동안 다운월드 사람들의 은신처였지."

그들은 숲을 돌아 몇 킬로미터를 터벅터벅 걸어갔다. 그동안은 누구도 입을 열지 않았다. 그러다 언덕 모퉁이에서 갑자기 방향을 틀었다. 산등성이를 따라 자란 나무들이 위로 들어 올려지는 것처럼 보였다. 클라리가 눈을 깜빡거렸다. 눈이 이상한 게 아니라면 저 아래 보이는 것들은 집이었다. 난쟁이 마을처럼 작고 하얀 집들이 정연하게 늘어서 있었다.

"다 왔네요!"라고 외치며 뛰어나갔던 클라리는 루크가 따라오지 않는 것을 알고 멈춰 섰다.

돌아보니 먼지 이는 길 한가운데서 그가 고개를 흔들며 서 있었다. "아니. 그건 알리칸테가 아니야." 루크는 그렇게 말하며 그녀에게 다가왔다.

"그럼 다른 도신가요? 근처에는 도시가 없다고 했잖아요."

"저긴 묘지야. 알리칸테의 뼈의 도시지. 섀도우 헌터가 묻히는 곳이 뉴욕에 있는 뼈의 도시뿐인 줄 알았니?" 목소리가 서글프게 들렸다. "저곳은 이드리스에서 죽은 이들이 묻히는 공동묘지란다. 너도 곧 보게 될 거야. 저곳을 통과해야 알리칸테로 들어갈 수 있으니까."

사이먼이 죽던 날 이후로 묘지에 발을 들이는 건 처음이었다. 웅장한 무덤들 사이로 하얀 띠처럼 좁은 길이 나 있었다. 그 길을 따라 걷는 동안 그날 밤의 기억이 새삼스레 밀려왔다. 뼛속 깊이 냉기가 느껴지고 몸이 부르르 떨렸다. 묘지를 돌보는 사람이 있는 모양인지, 묘비는 갓 닦인 것처럼 반들거렸고 풀은 단정하게 베여 있었다. 몇몇 무덤에는 하얀 꽃다발이 놓였다. 얼핏 보고는 백합인 줄 알았는데 처음 맡아보는 강한 향이 나는 것으로 보아 이드리스에서만 자라는 꽃인 듯했다. 무덤 하나하나는 작은 집처럼 생겼고, 금속이나 철망으로 된 문이 달렸으며, 문 위에는 섀도우 헌터의 이름이 새겨져 있었다. 카트라이트. 메리웨더. 하이타워. 블랙웰. 미드윈터. 클라리가 어느 무덤 앞에서 멈췄다. 헤런데일.

클라리가 루크를 돌아보았다. "심문관의 이름이네요."

"심문관의 가족 무덤이야. 저길 보렴." 그가 문 옆을 가리켰다. 하얀 글씨로 그들의 이름이 새겨져 있었다. 마커스 헤런데일. 스티븐 헤런데일. 둘은 같은 해에 세상을 떠났다. 심문관을 좋아하진 않지만 연민이 이는 건 어쩔 수 없었다. 짧은 기간에 남편과 아들을 모두 잃다니……. 스티븐의 이름 아래에는 라틴어 세 단어가 들어가 있었다. AVE ATQUE VALE.

"저게 무슨 뜻이죠?" 클라리가 루크를 돌아보며 물었다.

"'안녕, 그리고 안녕히'라는 뜻이란다. 카툴루스(고대 로마의 서정시인―옮긴이)의 시에서 따온 말이지. 언제부턴가 네피림은 장례식 중에 이 말을 하기 시작했어. 누군가 전투 중에 숨을 거뒀을 때도 마찬가지고. 자, 이제 그만 가자, 클라리. 이런 건 오래 생각하지 않는 게 좋아." 루크가 그녀의 어깨를 부드럽게 잡아끌었다.

그의 말이 맞았다. 지금은 죽음 같은 걸 너무 오래 생각하지 않는 게 좋았다. 클라리는 무덤 쪽으로 눈길을 주지 않으며 공동묘지를 빠져나왔다. 끝에 있는 철문에 거의 다다랐을 무렵 작은 무덤 하나가 그녀의 눈길을 끌었다. 잎이 무성한 떡갈나무 그늘 안에 하얀 독버섯처럼 봉긋하게 솟아 있었다. 마치 빛으로 쓰인 글자처럼 문 위에 새겨진 이름이 클라리의 시선을 확 잡아끌었다. 페어차일드.

"클라리." 루크가 손을 뻗었지만 클라리는 이미 길에서 벗어났다. 루크는 한숨을 내쉬고 그녀를 따라 나무 그늘로 들어갔다. 클라리는 그 자리에 얼어붙은 채, 처음 듣는 조상들의 이름을 죽 읽어나갔다. 알로이시우스 페어차일드. 아델 페어차일드(전 나이트셰이드). 그랜빌 페어차일드. 그리고 맨 아래에는 조슬린 모겐스턴(전 페어차일드).

냉기가 그녀를 덮쳤다. 그곳에 새겨진 어머니의 이름을 보자 가끔씩 꾸던 악몽이 되살아났다. 어머니의 장례식이 진행 중이지만 어머니에게 무슨 일이 일어났는지, 어떻게 죽었는지 아무도 말해주지 않는 꿈.

"엄만 죽지 않았잖아요." 그녀가 루크를 올려다보았다. "엄만 죽지······."

"클레이브는 그 사실을 알지 못했어." 그가 조심스레 말했다.

클라리가 깜짝 놀라 숨을 들이쉬었다. 더는 루크의 목소리도 들리지 않았다. 아예 그가 곁에 있다는 사실조차 잊었다. 앞쪽에서 삐죽삐죽한 언덕이 솟구치며 묘비들이 부러진 뼈처럼 땅 위로 튀어나왔다. 검은 묘비 하나가 그녀의 앞에서 솟아올랐다. 표면에는 글자들이 고르지 않게 새겨졌다. '클라리사 모겐스턴. 1991~2007.' 글자 아래는 어린아이가 그린 것 같은 해골 그림이 그려져 있었다. 클라리가 비명을 지르며 비틀비틀 뒤로 물러났다.

루크가 그녀의 어깨를 움켜잡았다. "클라리, 왜 그래?"

클라리가 손가락으로 묘비를 가리켰다. "저기······ 보세요······."

하지만 묘비는 사라지고 없었다. 녹색 잔디와 단정하게 손질된 하얀 무덤들만 그녀 앞에 줄줄이 늘어서 있었다.

클라리가 휙 돌아서 루크를 올려다보았다. "제 묘비를 봤어요. 묘비에 제가······ 지금······ 올해 죽는다고 되어 있었어요." 클라리는 몸서리를 쳤다.

루크의 표정이 어두워졌다. "호수 물 때문이야. 환각을 보기 시작했어. 서둘러야겠구나. 시간이 별로 없어."

제이스는 사이먼을 위층으로 데리고 올라가 문들이 양쪽으로 나 있는 짧은 복도로 들어섰다. 어느 문 앞에 서자 팔을 뻗어 문을 열고는 인상을 쓰며 말했다. "들어가." 그러고는 사이먼을 안으로 떠밀다시피 하며 들어갔다. 사이먼은 방 안으로 들어서며 도서관처럼 보이는 실내를 둘러보았다. 책장이 줄지어 놓였고, 긴 소파와 안락의자도 눈에 띄었다. "여기라면 아무도 없을 테니까……."

안락의자에서 사람의 형체가 머뭇머뭇 일어나는 것을 보고 제이스가 얼른 말을 멈췄다. 갈색 머리에 안경을 쓴 자그마한 소년이었다. 작은 얼굴에 심각한 표정을 하고 한 손에는 책을 움켜쥐고 있었다. 클라리가 즐겨 읽는 만화책이라는 것을 사이먼은 멀리서도 알아보았다.

제이스가 얼굴을 찌푸렸다. "미안하지만 맥스, 자리 좀 비켜줄래. 어른들끼리 할 얘기가 있어."

"이사벨 누나랑 알렉 형도 어른들끼리 할 얘기가 있다고 거실에서 날 쫓아냈는데. 그럼 난 어디로 가라고?" 맥스가 투덜거렸다.

제이스가 어깨를 으쓱했다. "네 방은 어때?" 엄지를 들어 문을 가리켰다. "국가를 위해 의무를 다할 시간이야, 꼬마. 어서."

맥스는 가슴에 책을 꽉 끌어안고 억울한 표정으로 둘의 곁을 지나갔다. 사이먼은 소년에게 안쓰러운 마음이 들었다. 일이 어떻게 돌아가는지 궁금해할 정도로 나이를 먹는 것도 유쾌하지 않지만, 어릴 때는 어딜 가나 시종일관 묵살만 당한다. 소년이 사이먼 곁으로 지나가며 겁먹은 듯하면서도 의혹에 찬 눈길을 흘끔 던졌다. '저게 그 뱀파이어구나.' 소년의 눈은 그렇게 말하고 있었다.

제이스가 사이먼을 안으로 떠밀고 방문을 걸어 잠갔다. 방 안은 불빛이 거의 없어 사이먼에게조차 어둡게 느껴졌고 먼지 냄새도 떠돌았다.

제이스가 맞은편으로 걸어가 커튼을 열자, 운하의 전경이 훤히 보이는 커다란 창문이 드러났다. 운하의 물이 건물 아래에서 찰싹찰싹 부딪혔다. 물 위로는 돌다리가 놓였고, 돌다리 난간에는 세월의 흔적으로 희미해진 룬 문양과 별 무늬가 새겨졌다.

 제이스가 험악한 표정으로 사이먼을 향해 돌아섰다. "대체 너 뭐가 문제야, 뱀파이어."

 "무슨 소리야? 자기가 날 강제로 이리로 끌고 와놓고."

 "클라리가 이드리스 여행을 포기한 게 아니란 말을 하려고 하니까 그렇지. 그러고 나면 무슨 일이 벌어지는지 알아? 저들이 직접 연락을 취해서 클라리를 이리로 데려올 거야. 그러면 안 되는 이유에 대해서는 이미 설명을 했잖아."

 사이먼이 고개를 저었다. "도무지 널 이해할 수가 없어. 어느 순간엔 클라리를 염려하는 것처럼 행동하다가도 다음 순간엔……."

 제이스가 그를 빤히 쳐다봤다. 방 안을 떠도는 무수한 미진이 둘 사이에 어슴푸레한 장막을 쳤다. "다음 순간엔 뭐?"

 "너, 알린이랑 시시덕거리더라. 그때는 클라리를 염려하는 거 같지 않던데."

 "그건 네가 신경 쓸 일이 전혀 아니지. 그리고 클라리는 내 동생이야. 너도 잘 알겠지만."

 "나도 실리코트에 같이 있었어. 여왕의 말도 똑똑히 기억하고. '저 아이를 풀어줄 키스는 저 애가 가장 원하는 키스야.'"

 "당연히 기억하겠지. 머릿속 깊이 새겨졌을 테니까. 내 말이 틀려, 뱀파이어?"

 사이먼의 목 뒤쪽에서 그르렁거리는 소리가 올라왔다. 사이먼 자신도 그런 소리를 낼 수 있는지 알지 못했다. "이 따위 논쟁은 하고 싶지 않아. 클라리 문제로 싸우고 싶지 않다고. 말도 안 되는 일이지."

"그럼 그 얘긴 왜 꺼냈어?"

"너는 내가 너희 섀도우 헌터 친구들한테 클라리가 본인의 결정으로 여기 오지 않은 거라고 말해주길 바라지? 그리고 클라리의 능력에 대해, 클라리가 진짜로 뭘 할 수 있는지에 대해 모르는 척해주길 원하고. 그렇다면 너도 날 위해 뭔가 해줘야 한다는 말을 하고 싶었어."

"좋아. 원하는 게 뭐야?" 제이스가 물었다.

사이먼은 잠시 아무 말 없이 제이스 너머로 바깥 전경을 바라보았다. 반짝이는 운하를 따라 줄지어 서 있는 돌집들, 지붕 너머로 어슴푸레 빛나는 악마 타워의 꼭대기를.

"무슨 수를 쓰든, 네가 클라리한테 아무 감정이 없다는 걸 클라리가 믿게 해줘. 그리고 이미 아는 사실이니까, 클라리는 네 동생이니 어쩌니 하는 말은 꺼낼 생각도 하지 마. 영원히 불가능하다는 거 알면서도 괜한 희망을 주는 짓은 하지 말라고. 내가 클라리를 어떻게 해보려고 하는 말이 아니야. 친구로서 클라리가 다치지 않길 바라는 마음에서 하는 말이지."

제이스는 한동안 아무 말 없이 자기 손만 내려다보았다. 가느다란 손가락과 손마디에 굳은살이 박였다. 손등에는 오래된 마크 자국인 가늘고 하얀 선이 남아 있었다. 그것은 10대 소년의 손이 아니었다. 군인의 손이었다. "이미 그렇게 했는데. 이제부터는 오빠로만 살겠다고 클라리에게 말했어."

"아." 제이스가 자신의 요구에 저항하리라 생각한 사이먼으로서는 예상치 못한 답변이었다. 이토록 쉽게 포기하는 것은 전에 없던 모습이었다. 오히려 요구를 한 사이먼 쪽이 무안해졌다. 문득 '클라리는 그런 말을 하지 않던데' 하고 생각했지만, 클라리 입장에서는 사이먼에게 그런 말을 할 이유가 없었다. 하긴 돌이켜보면 최근 들어 제이스의 이름이 나올 때마다 클라리가 이상하게 조용해지긴 했다. "그랬다면 그 문제는 해결됐고. 마지막으로 하나 더 있어."

"그래? 뭔데?" 제이스는 그다지 관심이 없는 목소리였다.

"그 배에서 클라리가 룬을 그렸을 때 말이야, 발렌타인이 그걸 보고 뭐라고 한 거지? 메네…… 뭐라고 하던데. 외국어처럼 들리고."

"메네 메네 데겔 우바르신." 제이스가 희미한 미소를 띠었다. "어디서 나온 건지 몰라, 뱀파이어? 성서에 나온 말이잖아, 구약 성서. 너희가 쓰는 게 그거 아닌가?"

"유대인이라고 구약 성서를 줄줄 외고 다니는 건 아냐."

"그건 불길한 징조를 말해. '하느님께서 왕의 나라의 날수를 헤아리시어 이 나라를 끝나게 하셨다. 왕을 저울에 달아보니 무게가 모자랐다.' 멸망의 전조야. 왕국의 끝을 의미하지."

"그게 발렌타인이랑 무슨 관계가 있지?"

"발렌타인만이 아니야. 우리 모두와 관계가 있지. 클레이브와 법과도 관계가 있어. 클라리가 지닌 능력은 그들이 진실이라고 믿는 모든 걸 뒤엎어. 인간에게는 새로운 룬을 만들어내거나 클라리처럼 대단한 힘을 가진 룬을 그리는 능력이 없어. 그건 오직 천사만이 지닌 능력이지. 그런데 클라리가 그런 능력을 지녔으니…… 어떤 전조로 보이는 거지. 모든 건 변하기 마련이야. 법도 물론 변하고. 옛날 방식이 언제까지나 정석일 수는 없어. 천사들의 반란으로 지옥이 생기면서 이전 세상이 종말을 맞았듯이, 현재의 네피림도 언젠가는 종말을 맞게 돼. 그러니까 이건 우리 식의 '천국의 전쟁'인 거야, 뱀파이어. 전쟁에서는 오로지 한 편만이 승리를 거두고. 아버지는 그 승리를 거머쥘 생각인 거야."

여전히 차가운 공기 속에서 젖은 옷을 입고 걸으면서도 클라리는 찌는 듯한 더위를 느꼈다. 얼굴에서 땀이 비 오듯 떨어져 코트 깃이 흠뻑 젖었다. 하늘이 빠른 속도로 어두워지고 있었다. 루크가 그녀의 팔을 잡고 걸음을 재촉했다. 이제 눈앞에 알리칸테가 보이기 시작했다. 도시는 야트막한 골짜기 안에 자리했고, 도시를 이등분하며 은빛 강이 흘렀다. 한쪽 끝으로 흘러든 강이 어디론가 사라진 듯이 보이다 다른 쪽 끝으로 흘러나왔다. 빨간 슬레이트 지붕을 얹은 꿀색 건물들이 언덕의 경사면에 어수선하게 모여 있었고, 거무스름한 길들은 이리저리 굽이치며 마구 엉켰다. 언덕 꼭대기에는 검은 돌로 된 웅장한 건물이 솟았고, 건물 사방에 반짝이는 탑이 하나씩 세워졌다. 주변의 다른 건물들 사이에도 길고 가는 탑들이 희미한 빛을 내며 서 있었다. 마치 하늘을 꿰뚫는 유리 바늘 같았다. 탑의 표면에는 햇빛이 반사되며 흐릿한 무지개를 만들어냈다. 참으로 아름답고 기이한 풍경이었다.

유리 탑의 도시인 알리칸테를 보기 전까지는 도시를 봤다고 할 수 없지.

"뭐라고 그랬니?" 클라리가 중얼거리는 소리에 루크가 물었다.

자신이 소리 내어 말한 줄도 모르고 있던 클라리가 당황해서 방금 전의 말을 반복하자 루크가 놀란 표정으로 쳐다보았다. "그 말은 어디서 들었어?"

"호지 선생님이 들려준 말이에요."

루크가 그녀를 자세히 보았다. "얼굴이 붉어졌구나. 기분은 어때?"

목이 화끈거리고 온몸엔 불이 붙은 것 같고 입안이 바짝 말랐지만, 클라리는 이렇게 대답했다. "전 괜찮아요. 얼른 가요."

"좋아." 루크가 도시 가장자리를 가리켰다. 건물들이 끝나는 지점에 양쪽이 곡선이고 끝이 뾰족한 아치형 입구가 보였다. 검은 복장의 새도우 헌터 하나가 입구의 그림자 안에서 보초를 서고 있었다. "저게 바로 북문이야. 허가서를 받은 다운월드 사람이 합법적으로 출입하는 곳이지. 보초들이 밤낮으로 저 문을 지킨단다. 우리가 공무로 왔거나 허가서를 가졌다면 저기로 들어갔을 거야."

"하지만 담 같은 것도 없는데요. 출입구처럼 보이지도 않고요." 클라리가 지적했다.

"보호막은 눈에 보이지 않지만 분명히 있어. 천 년이 넘도록 악마 타워들이 보호막을 관리해왔지. 보호막을 통과할 때 느낌이 올 거다." 루크가 클라리의 불그스름한 얼굴을 흘깃 보고는, 걱정이 되는지 눈가에 주름을 잡았다. "준비됐니?"

클라리가 고개를 끄덕였다. 그들은 출입구에서 멀어져서 건물들이 더욱 밀집된 동쪽으로 걸어갔다. 루크가 조용히 하라고 손짓하며 클라리를 두 집 사이의 좁은 공간으로 이끌었다. 클라리는 그쪽으로 다가가며 눈을 질끈 감았다. 알리칸테의 거리로 들어서는 순간 보이지 않는 벽에 얼굴을 박기라도 할 것처럼. 하지만 전혀 다른 느낌이었다. 하강하는 비행기 안에 있는 것처럼 갑작스러운 압력이 느껴졌다. 그러다 귀가 뻥 뚫리며 그 느낌이 사라지고 어느새 클라리는 건물 사이의 골목에 서 있었다. 뉴욕의 골목처럼 고양이 오줌 냄새가 났다. 세계의 모든 골목이 그런 모양이었다.

클라리가 건물 모퉁이에서 바깥쪽을 살펴보았다. 넓은 거리가 언덕까지 뻗어 있고 양쪽으로 작은 가게와 집 들이 줄지어 늘어섰다. "아무도 없는데요." 클라리가 의외라는 듯이 말했다.

희미한 빛이 비추자 루크는 창백해 보였다. "가드에서 회의 중인 모양이구나. 그거 말고는 거리에서 사람들을 싹 사라지게 할 방법이 없지."

"어쨌든 잘된 거 아닌가요? 아무도 우릴 못 볼 테니까요."

"그렇기도 하고 아니기도 해. 거리가 텅 비었다는 건 좋은 일이지만, 지나가는 사람이 하나라도 있다면 더 눈길을 끌 테니까."

"모두 가드에 있다면서요."

루크가 희미하게 웃었다. "그렇게 곧이곧대로 들으면 안 되지, 클라리. 대부분은 거기에 있다는 뜻이야. 어린아이들, 10대들, 그리고 참석 의무를 면제받은 사람들은 그렇지 않아."

10대들. 클라리는 제이스를 떠올렸다. 그러지 않으려고 애쓰는데도, 출발선을 박차고 달려 나가는 말처럼 맥박이 펄떡거리기 시작했다.

그녀의 생각을 읽기라도 한 듯이 루크가 얼굴을 찌푸렸다. "클레이브에 신고하지 않고 알리칸테로 들어오는 순간 난 범법자가 된 거야. 누구라도 나를 알아보면 우린 곤경에 처하게 돼." 그가 지붕들 사이로 길게 보이는 적갈색 하늘을 흘긋 올려다보았다. "얼른 거리를 빠져나가는 게 좋겠구나."

"친구 집으로 가는 거 아니었어요?"

"갈 거야. 정확히 말하면 친구 집은 아니지만."

"그럼 누구······."

"그냥 따라오렴." 루크가 몸을 움츠리며 두 집 사이의 좁은 길로 들어갔다. 클라리도 따라 들어가며 팔을 벌리니 손끝이 양쪽 집에 모두 닿을 정도로 길이 좁았다. 두 사람은 그 길을 빠져나와 돌이 깔리고 상점들이 늘어선 구불구불한 길로 들어섰다. 거리의 건물들은 고딕 양식의 초현

실적인 그림과 동화를 섞어놓은 느낌이었다. 신화와 전설에 나오는 온갖 생물들이 건물 외관에 새겨졌다. 괴물 머리가 가장 많이 눈에 띄었고 날개 달린 말도 보였다. 닭다리가 달린 집처럼 생긴 생물, 인어, 그리고 물론 천사의 모습도 드문드문 보였다. 모든 모서리에는 일그러진 표정의 괴물 석상이 달려 있었다. 어디로 눈을 돌려도 룬이 보였다. 문에 커다랗게 그려져 있고, 추상적인 디자인 조각품 속에 숨겨져 있으며, 미풍에 흔들리는 풍경처럼 쇠줄에 매달려 대롱거렸다. 보호의 룬, 행운의 룬, 성업을 위한 룬까지 무수한 룬을 뚫어져라 쳐다보자니 현기증이 일기 시작했다.

두 사람은 어두운 곳만 골라가며 조용히 걸었다. 돌이 깔린 거리에는 사람 그림자 하나 보이지 않았다. 가게들도 모두 문을 닫고 빗장을 내렸다. 가게 앞으로 지나가며 클라리가 슬쩍 안을 들여다보았다. 아름답고 값비싼 초콜릿을 진열해놓은 가게 바로 옆에 단검이며 철퇴, 못이 박힌 곤봉, 다양한 크기의 천사의 검처럼 치명적인 무기들을 풍성하게 진열한 가게가 자리했다. 클라리에게는 더할 수 없이 낯선 풍경이었다.

"총은 없네요." 자신의 목소리가 멀리서 들려오는 것만 같았다.

루크가 눈을 껌뻑이며 쳐다보았다. "뭐라고?"

"섀도우 헌터들 말이에요. 총은 전혀 사용하지 않나 봐요."

"룬 때문에 화약에 불이 붙지 않아. 누구도 그 이유를 알지 못하지만. 그렇더라도 늑대인간에게는 사용하는 걸로 알고 있어. 우릴 죽이는 데는 룬이 필요 없거든. 은제 탄환 한 방이면 되니까." 목소리가 침울했다. 그가 별안간 머리를 쳐들었다. 어슴푸레한 빛 아래 있으니, 그가 늑대처럼 귀를 쫑긋 세우는 모습이 쉽게 그려졌다. "목소리가 들려. 가드에서 회의가 끝난 모양이다."

루크가 클라리의 팔을 잡고 큰길에서 벗어났다. 한가운데 우물이 있는 작은 광장으로 들어서자, 앞쪽으로 아치 모양의 석조 다리가 놓인 운하가 눈에 들어왔다. 어둠이 내리고 있어 운하의 물이 거무스름하게 보였다. 이제 클라리에게도 인근 거리로 지나가는 사람들의 목소리가 들렸다. 화가 났는지 높은 목소리로 떠들고 있었다. 클라리는 현기증이 점점 더 심해졌다. 바닥이 기울어지면서 벌렁 나자빠질 것만 같았다. 클라리는 골목 벽에 등을 기대며 숨을 몰아쉬었다.

"클라리, 클라리, 괜찮니?"

목소리가 두껍고 이상하게 들려 루크를 올라다보는 순간, 클라리는 숨이 멎을 것만 같았다. 루크의 귀가 뾰족하고 길어졌고 이는 면도날처럼 날카로웠으며 눈은 노란색으로 이글거렸다.

"루크, 무슨 일이에요?" 클라리가 속삭이듯 말했다.

"클라리." 그녀에게 팔을 뻗는 루크의 손이 기괴하게 늘어나며 적갈색 못처럼 날카롭게 변했다. "몸이 안 좋니?"

클라리가 비명을 지르며 몸을 비틀어 그에게서 벗어났다. 왜 그렇게 공포를 느끼는지 이해가 되지 않았다. 루크가 변한 모습은 전에도 보았고, 그는 단 한 번도 그녀에게 해를 입힌 적이 없었다. 하지만 공포는 너무나 생생했고 제어가 되지 않았다. 루크가 클라리의 어깨를 잡았지만 그녀는 몸을 빼며 그에게서, 노랗게 번득이는 동물의 눈에서 멀어졌다. 루크는 평상시처럼 침착한 목소리로 조용히 하라고 애원했다. "클라리, 제발……"

"놔요! 놓으라고요!"

그러나 루크는 놓아주지 않았다. "물 때문이야…… 환각이 보이는 거야…… 클라리, 조금만 참아라." 반은 끌다시피 하며 루크가 클라리를 다리로 데려갔다. 클라리의 뜨거운 볼에 차가운 눈물이 줄줄 흘렀다.
"진짜가 아니야. 제발, 조금만 더 견뎌."

 클라리는 루크의 도움으로 다리에 들어섰다. 아래에서 물 냄새가 올라왔다. 녹색에다 탁한 수면 아래서 뭔가가 움직였다. 클라리가 자세히 들여다보는 순간, 검은 촉수 하나가 물 위로 솟구쳤다. 끝부분은 스펀지 같고 가늘고 뾰족한 이빨들이 잔뜩 돋았다. 클라리는 비명조차 지르지 못하고 물가에서 물러났다. 목구멍에서 나지막한 신음이 올라왔다.

 무릎이 꺾이며 주저앉는 클라리를 루크가 번쩍 들어 안았다. 대여섯 살 이후로는 처음이었다. "클라리." 그가 다리에서 빠져나가며 입을 열었지만, 나머지 말들은 한데 뭉쳐지며 으르렁거리는 소리로 들렸다. 그들은 높고 좁은 건물들을 지나 달려갔다. 클라리의 눈에는 그 건물들이 브루클린의 연립주택과 비슷해 보였다. 아니면 그녀가 브루클린의 환각을 본 것일까? 주변의 대기가 이리저리 틀어지고, 집 안의 빛들이 횃불처럼 타오르고, 운하는 사악하게 빛났다. 클라리는 몸 안의 뼈가 전부 녹아내리는 것만 같았다.

 "여기야." 높이 지은 커널 하우스 앞에서 루크가 갑자기 발걸음을 멈췄다. 그리고 소리를 지르면서 문을 발로 세게 찼다. 강렬하고 밝은 빨강으로 칠한 문에는 금색 룬이 장식되어 있었다. 클라리가 쳐다보는 동안 룬이 녹아내리며 소름 끼치게 씩 웃는 해골의 얼굴로 변했다. '저건 진짜가 아니야.' 클라리는 속으로 맹렬히 외치면서 치받치는 비명을 주먹으로 틀어막았다. 주먹을 어찌나 세게 깨물었는지 입안에서 피 맛이 났다.

 통증이 잠시 머리를 맑게 해주었다. 문이 활짝 열리면서 검은 드레스를 입은 여인이 모습을 드러냈다. 여인은 분노와 놀라움으로 얼굴이 일

그러쥤다. 회갈색의 긴 머리를 두 갈래로 땋았는데 헝클어진 머리 한 줌이 빠져나와 있었다. 푸른 눈은 어딘가 모르게 눈에 익었고, 손에 든 마법의 불이 어슴푸레 빛났다. "누구시죠? 원하는 게 뭐에요?"

"아마티스." 루크가 클라리를 안고 빛의 웅덩이 안으로 들어섰다.

"나야."

여인의 얼굴이 갑자기 창백해졌다. 휘청거리더니 문간에 손을 뻗어 몸을 지탱했다. "루션?"

루크가 앞으로 걸음을 옮기려 하자 아마티스가 길을 가로막았다. 머리를 얼마나 세게 흔드는지 땋은 머리채가 채찍처럼 앞뒤로 흔들렸다. "어떻게 여기 올 생각을 해, 루션? 감히 여기가 어디라고."

"달리 방법이 없었어." 루크가 클라리를 꽉 끌어안았다. 클라리는 이를 악물고 울음을 참고 있었다. 온몸에 불이 붙은 것처럼 모든 신경에 타오르는 통증이 느껴졌다.

"그럼 가면 되겠네. 지금 당장 떠난다면……."

"나 때문에 온 게 아니야. 이 아이 때문에 온 거야. 아이가 죽어가고 있어." 여인이 그를 빤히 쳐다보자 루크가 다시 입을 열었다. "아마티스, 부탁이다. 조슬린의 딸이야."

긴 침묵이 흐르는 동안 아마티스는 문간에서 조각상처럼 꼼짝하지 않았다. 놀라움 때문인지 공포 때문인지 클라리로서는 알 길이 없었으나 여인은 얼어붙은 듯이 움직이지 않았다. 클라리는 주먹을 꽉 움켜쥐었다. 손톱이 파고들어 손바닥이 피로 끈적였지만 이번에는 통증도 도움이 되지 않았다. 세상이 부드러운 색조로 부서져 내려 퍼즐 조각처럼 수면 위를 떠다녔다. 마침내 아마티스가 뒤로 물러나며 입을 열었지만 클라리의 귀에는 그녀의 목소리가 거의 들리지 않았다. "좋아, 루션. 그 아이를 데리고 안으로 들어와."

 사이먼과 제이스가 거실로 돌아오자, 소파 사이의 낮은 탁자에 알린이 음식을 차려놓았다. 빵과 치즈, 조각 케이크, 사과, 그리고 맥스는 손대지 못하는 포도주까지 놓였다. 케이크 접시를 손에 든 맥스는 무릎 위에 책을 펼친 채 한쪽 구석에 앉았다. 사이먼은 맥스에게 연민을 느꼈다. 웃고 떠드는 사람들 사이에서 그 자신도 맥스만큼이나 소외감을 느끼고 있었다.
 알린이 사과를 향해 손을 뻗으며 제이스의 손목을 건드리는 장면을 목격하자 사이먼은 신경이 곤두섰다. '그게 네가 바라던 바잖아' 하고 자신을 다그쳤지만, 클라리가 무시당하고 있다는 느낌이 들어 기분이 좋지 않았다.
 알린의 머리 너머로 사이먼과 눈을 마주치며 제이스가 씩 웃어 보였다. 뱀파이어가 아닌데도 뾰족하게 이를 드러내며 웃는 듯한 인상이었다. 사이먼은 먼저 눈길을 돌리고 실내를 둘러보았다. 그러다가 거실 안을 은은히 흐르는 음악이 스테레오가 아니라 복잡하게 생긴 장치에서 나온다는 사실을 발견했다.
 사이먼은 이사벨과 대화라도 나눠볼까 생각했지만, 이사벨은 우아한 얼굴을 그녀에게 기울인 세바스찬과 수다를 떠는 중이었다. 사이먼이 이사벨에게 흠뻑 빠졌을 때 제이스는 그를 보며 비웃음을 날렸다. 하지만 세바스찬은 이사벨을 감당하고도 남았다. 섀도우 헌터들은 무엇이든 감당하도록 길러지니까. 클라리의 오빠로만 살겠다고 말하던 제이스의 표정을 생각하면 정말로 그럴까 싶은 의혹이 들지만.
 "포도주가 다 떨어졌어." 이사벨이 탁자에 병을 탕 하고 내려놓으며 선언했다. "가서 좀 더 가져올게." 그러고는 세바스찬에게 윙크를 하며 주방으로 사라졌다.

"이렇게 말해도 될지 모르겠지만, 계속 너무 조용하네요. 괜찮아요?" 세바스찬이 상냥한 미소를 지으며 사이먼 쪽으로 몸을 기울였다. 머리색이 그토록 까만 사람치고는 피부가 지나치게 하얗다는 생각이 들었다. 해가 떠 있는 시간에는 집 안에만 있는 사람처럼.

사이먼이 어깨를 으쓱했다. "제가 끼어들 얘기가 별로 없어서요. 섀도우 헌터 정치 문제 아니면 전부 알지도 못하는 사람들 얘기뿐이라."

세바스찬의 얼굴에서 미소가 걷혔다. "저희 네피림은 좀 폐쇄적인 면이 있죠. 세상에서 차단된 사람들의 생활 방식이 원래 그래요."

"그렇게 만든 게 본인들이란 생각은 안 해요? 평범한 사람들을 경멸하고……."

"'경멸'이란 어휘는 좀 세네요. 그리고 평범한 사람들이 정말로 우리랑 엮이길 원할까요? 우린 그들에게 진실을 상기시키는 존재들인데. 세상에 진짜 뱀파이어나 악마, 침대 밑 괴물 따위는 없다고 믿으려 할 때마다 말이에요." 그러고 나서는 아까부터 둘을 지켜보고 있던 제이스에게로 고개를 돌렸다. "그렇게 생각하지 않아?"

제이스가 웃어 보였다. "De ce crezi că vă ascultam conversatia?"

세바스찬이 흥미롭다는 듯이 그의 눈을 마주 보았다. "M-ai urmărit de când ai ajuns aici. Nu-mi dau seama dacă nu mă placi ori dadă ești atăt de bănuitor cu toată fumea." 그러고는 자리에서 일어났다.

"루마니아어 연습 기회를 줘서 고마운데, 괜찮다면 주방으로 가봐도 될까? 이사벨이 뭐하느라 이렇게 오래 걸리는지 궁금해서 말이야."

제이스가 거실 밖으로 사라지는 세바스찬을 보며 야릇한 표정을 지었다.

"왜 그래? 세바스찬이 루마니아어를 할 줄 모르는 거야?" 사이먼이 물었다.

"아니." 제이스가 대답하며 미간 사이에 작은 주름을 만들었다. "그런 건 아니야. 제대로 했어."

사이먼이 더 캐물으려는 찰나, 알렉이 거실 안으로 들어왔다. 그는 나갈 때와 똑같이 인상을 쓰고 있었다. 그의 시선이 잠시 사이먼에게 머물렀고, 푸른 눈에 혼란의 빛이 어렸다.

제이스가 흘긋 올려다보았다. "굉장히 일찍 왔네?"

"오래 있지 않을 거야." 알렉이 장갑 낀 손으로 탁자에서 사과를 집어 들었다. "사이먼을…… 데리러 온 거니까." 그는 손에 든 사과로 사이먼을 가리켰다. "가드로 데려가야 해."

알린이 놀란 표정을 지었다. "정말?" 그녀가 입을 열었지만 제이스가 이미 그녀의 손을 놓고 소파에서 일어나 있었다.

"왜지?" 위험스러울 정도로 차분한 목소리였다. "데려가겠다고 약속하기 전에 이유쯤은 물어봤겠지?"

"당연히 물어봤지. 내가 바보인 줄 알아?" 알렉이 쏘아붙였다.

"에이, 왜 그래." 이사벨이 병을 든 세바스찬과 함께 거실 안으로 들어오고 있었다. "가끔 바보처럼 굴 때도 있잖아. 아주 약간이지만." 죽일 듯이 노려보는 알렉의 시선에 이사벨이 '약간'이라고 강조했다.

"사이먼을 뉴욕으로 돌려보낼 거야. 포털로."

"그렇지만 방금 왔는걸! 재미없잖아!" 이사벨이 뿌루퉁해져서 항의했다.

"재미있는 일 아냐, 이지. 사이먼은 사고로 여기 온 거야. 클레이브는 사이먼을 돌려보내는 게 본인에게도 최선이라고 생각해."

"잘됐네." 사이먼이 말했다. "내가 사라진 걸 엄마가 눈치채기 전에 돌아갈 수 있겠어. 여기랑 맨해튼은 시차가 얼마나 되지?"

"너 '엄마'도 있어?" 알린이 대단히 놀란 표정으로 물었다.

사이먼은 못 들은 척했다. 제이스와 알렉이 시선을 교환했다. 사이먼이 다시 입을 열었다.

"정말이야. 난 괜찮아. 얼른 여기서 나가고 싶으니까."

"네가 같이 갈 거지? 가서 문제가 없는지도 확인하고?" 제이스가 알렉에게 물었다.

둘은 다시 눈빛을 교환했다. 사이먼도 잘 아는 눈빛이었다. 부모님 모르게 클라리와 의견을 암호처럼 주고받을 때 사용하곤 했던 눈빛.

"왜? 뭐가 잘못된 거야?" 사이먼이 둘을 번갈아 바라보며 물었다.

둘의 시선이 떨어졌다. 알렉은 다른 데로 눈을 돌렸고, 제이스는 온화한 미소를 지으며 사이먼에게 돌아섰다. "전혀. 아무 문제없어. 축하해, 뱀파이어. 집으로 돌아가게 됐네."

4
데이라이터

알리칸테가 완전히 어둠에 잠길 무렵, 펜할로우 저택을 나선 사이먼과 알렉이 가드를 향해 언덕 위로 올라갔다. 달빛 아래 도시의 좁은 거리들이 창백한 빛의 돌로 된 띠처럼 위쪽으로 구불구불 뻗어 있었다. 밤공기가 차가웠지만 사이먼은 희미하게만 느낄 뿐이었다.

알렉은 일행이 없는 양 사이먼보다 조금 앞서 성큼성큼 걸어갔다. 예전 같으면 보조를 맞추려고 헐레벌떡 쫓아갔겠지만, 지금은 걸음의 속도를 약간 높이는 것만으로 충분했다.

"안됐네." 침울하게 앞만 보며 걷는 알렉에게 사이먼이 먼저 입을 열었다. "날 데려다주는 일을 떠맡게 돼서 말이야."

알렉이 어깨를 으쓱했다. "난 열여덟 살이야. 어른이라고. 그러니 책임을 맡을 수밖에 없어. 클레이브가 개회 중일 때 가드 출입이 가능한 사람도 나뿐이고, 영사가 날 알기도 하고."

"영사가 뭐야?"

"아주 높은 직위에 속하는 클레이브 관리야. 의회에서 투표를 집계하고, 클레이브를 위해 법률을 해석하고, 클레이브와 심문관에게 조언하는 역할을 해. 인스티튜트를 운영하다 해결하지 못하는 문제가 생겼을 때도 영사에게 연락하지."

"심문관에게 조언하는 역할? 심문관은 죽었잖아?"

알렉이 코웃음을 쳤다. "그건 '대통령은 죽었잖아?' 하고 같은 질문인 거 알지? 전임 심문관은 죽었지만 이제 새로운 심문관이 그 자리를 대신해. 앨더트리 심문관."

사이먼이 언덕 아래로 멀리 보이는 거무스름한 운하 쪽으로 흘깃 눈길을 주었다. 그들은 도시에서 멀어지며 나무 사이로 난 오솔길을 걷고 있었다. "과거에 우리 인간들은 심문이라는 걸로 그리 좋은 결과를 얻어내지 못했지." 사이먼의 말에 알렉은 멍한 표정이 되었다. "신경 쓰지 마. 먼데인 역사에 관한 농담이었어. 넌 관심도 없을 텐데."

"넌 먼데인이 아니야." 알렉이 지적했다. "알린과 세바스찬이 너를 보고 흥분한 이유도 그 때문이라고. 세바스찬은 별로 티를 내지 않았지만. 자기 혼자 세상 모든 걸 본 사람처럼 행동하니까."

사이먼이 생각 없이 말을 내뱉었다. "세바스찬하고 이사벨⋯⋯ 둘이 그런 사이야?"

알렉은 말도 안 된다는 듯이 웃음을 터트렸다. "이사벨하고 세바스찬? 전혀. 세바스찬은 좋은 녀석이야. 이사벨은 어머니와 아버지가 싫어할 자식들만 골라서 데이트하는 애라고. 먼데인, 다운월드 사람, 별 볼일 없는 사기꾼⋯⋯."

"고마워. 날 범죄자랑 같은 등급에 넣어줘서."

"내 생각엔 이사벨이 관심을 받으려고 그러는 거 같아. 게다가 여자라곤 자기뿐이잖아. 남자들 사이에서 자기도 강하다는 걸 끊임없이 증명해야겠지. 적어도 걘 그렇게 생각하는 거 같아."

"아니면 관심이 너한테 쏠리는 걸 막으려고 그러든지." 사이먼이 생각에 잠긴 듯이 말했다. "너희 부모님은 네가 게이라는 거 모르시잖아."

알렉이 길 한가운데서 느닷없이 멈추는 바람에 사이먼은 그와 충돌할 뻔했다. "맞아. 근데 다른 사람들은 전부 아는 것 같네."

"제이스만 빼고. 제이스는 모르는 거 맞지?"

알렉이 숨을 깊게 들이마셨다. 얼굴이 창백해 보이는 듯했지만 어쩌면 달빛 때문인지도 몰랐다. 달빛 아래서는 만물이 제 색보다 흐려 보인다. 어둠 속에서 알렉의 눈이 검게 보였다. "그게 너랑 무슨 상관인지 모르겠는데. 날 협박하려는 게 아니라면 말이야."

"협박이라니? 그런 거 아냐." 사이먼이 깜짝 놀랐다.

"그럼 뭐지? 협박이 아니라면 그 얘긴 왜 꺼냈어?" 이번에는 조금만 건드려도 상처 입을 것 같은 목소리였다. 사이먼은 다시 한 번 놀랐다.

"넌 날 볼 때마다 어지간히 마음에 안 든다는 표정이니까. 물론 난 크게 신경 쓰지 않지만. 내가 네 목숨을 구한 적이 있다고 해도 말이야. 너는 가만히 보면 나뿐만 아니라 세상 모든 게 싫다는 얼굴이거든. 우리 둘한테 마음을 나눌 공통점이 있는 것도 아니고. 그러다가 네가 제이스를 바라보는 눈빛을 보고 내가 클라리를 바라보는 눈빛이 떠올랐어. 그때 어쩌면 우리에게도 공통점이 하나쯤은 있을지도 모른다는 생각이 들었지. 그 점 때문에 네가 나를 조금은 덜 싫어할지도 모르겠다는 생각도 들었고."

"그러니까 제이스한테는 말하지 않을 거지? 내 말은, 너도 클라리한테 네 감정을 얘기했다가……."

"그건 좋은 생각이 아니었어. 얘기를 하고 나서부터는 어떻게 하면 옛날로 돌아갈지를 계속 생각하니까. 다시 친구처럼 지낼 수 있을까, 우리 사이에 있던 소중한 뭔가가 산산조각 난 건 아닌가. 클라리 때문이 아니라 나 때문에 말이야. 만일 누군가 다른 사람을 만나면……."

"누군가 다른 사람." 알렉이 사이먼의 말을 반복하더니 다시 걷기 시작했다. 앞만 보며 매우 빠른 속도로.

사이먼이 서둘러 따라갔다. "무슨 뜻인지 알잖아. 내 생각엔 매그너스 베인이 널 많이 좋아하는 거 같던데. 매그너스, 멋지잖아. 어쨌든 파티 하나는 굉장하게 열지 않냐고. 내가 거기서 쥐로 변하는 불상사가 있긴 했어도."

"충고는 고마워." 알렉이 굳은 목소리로 말했다. "하지만 매그너스는 날 그렇게까지 좋아하지 않아. 인스티튜트에서 포털을 열 때도 나한텐 거의 말도 걸지 않던데."

"전화를 해보는 게 어때?" 사이먼은 악마 사냥꾼에게 마법사와 데이트하라고 조언하는 게 얼마나 이상한 일인지를 생각하지 않으려 애썼다.

"못해. 이드리스엔 전화가 없어. 있건 말건 이제 상관도 없지만." 그의 목소리가 갑자기 바뀌었다. "다 왔어. 여기가 가드야."

그들 앞에 거대한 출입문이 달린 높다란 벽이 솟아 있었다. 각이 진 문에는 소용돌이치는 룬 문양들이 자리했다. 클라리처럼 복잡한 문양의 의미를 읽어내지는 못해도, 룬에서 뿜어져 나오는 휘황찬란한 빛과 알 수 없는 힘만은 느껴졌다. 아름다우면서도 사나운 얼굴을 한 천사의 석상이 양옆에서 입구를 지켰다. 한 손에는 돌로 깎은 검을 들었고, 발 앞에는 쥐와 박쥐, 도마뱀을 섞은 듯한 생물체가 놓여 있었다. 생물체는 뾰족한 이빨을 드러내고 몸을 비틀며 죽어가고 있었다. 사이먼은 오랫동안 그걸 바라보았다. 악마인 것 같았지만 어찌 보면 또 영락없는 뱀파이어였다.

알렉이 문을 밀고 사이먼에게 들어가라고 손짓했다. 안으로 들어선 사이먼은 당황해서 눈을 껌뻑이며 주변을 둘러보았다. 뱀파이어가 되고부터 밤눈이 아주 밝아져 모든 사물을 또렷이 볼 수 있었지만, 가드의 문까지 이어지는 길에는 마법의 불로 만든 등 수십 개가 눈이 부시도록 하얀 빛을 쏟아내 오히려 모든 것이 희미하게 보였다. 좁은 돌길로 그를 이끄는 알렉만 겨우 보일 뿐이었다. 그러다 갑자기 누군가가 한 팔을 올리고 그의 앞을 가로막았다.

"그러니까 이 아이가 그 뱀파이어로군." 목소리가 굵고 낮아서 꼭 으르렁거리는 소리로 들렸다. 사이먼이 고개를 들자 눈이 꼭 타오를 것처럼 쓰라렸다. 눈물을 흘릴 수 있다면 눈물이 가득 차올랐을 것이다. 마법의 불 때문이었다. 천사의 불이니 뱀파이어에게 화상을 입히는 것이 당연했다.

그들 앞에 서 있는 남자는 키가 매우 크고 누르스름한 낯빛에 광대뼈가 튀어나왔다. 검은 머리는 짧게 쳤고 이마가 높았으며 코는 매부리코였다. 그가 레일 위를 뛰어다니는 커다란 쥐를 바라보듯 사이먼을 내려다보았다. 지하철이 들어와서 쥐를 짓이겨주길 은근히 기대하는 지하철 통근자의 눈빛이었다.

"이쪽은 사이먼입니다." 알렉이 약간 머뭇거리며 말했다. "사이먼, 이분은 맬러카이 듀도네 영사님이셔. 포털은 준비가 되었습니까, 영사님?"

"물론." 맬러카이가 대답했다. 목소리는 거칠었고 말투에는 어느 지역인가의 억양이 희미하게 묻어났다. "만반의 준비를 갖췄지. 가자, 뱀파이어." 그가 사이먼에게 손짓했다. "빨리 끝낼수록 좋으니까."

사이먼은 영사를 따라 걸음을 뗐지만 알렉이 그의 팔을 잡아 멈춰 세웠다. "잠깐만요. 맨해튼으로 바로 가게 되는 겁니까? 반대편에서 누군가 기다리고 있나요?"

"물론이지. 매그너스 베인이 기다리고 있어. 뱀파이어를 이드리스로 보내는 어리석은 짓을 저지른 게 그자이니 끝까지 책임을 져야겠지."

"매그너스가 사이먼을 포털로 들여보내지 않았으면, 사이먼은 죽었을 겁니다." 조금 날카로워진 목소리로 알렉이 말했다.

"그랬겠지. 네 부모도 그렇게 말했고, 클레이브도 그 말을 믿기로 결정했지. 내 충고에 반해서 말이야. 아무리 그래도 다운월드 사람을 무턱대고 유리의 도시로 보내는 건 안 될 일이야."

"무턱대고는 아닌데요." 사이먼의 가슴속에서 분노가 솟구쳤다. "우린 공격을 받아서……."

맬러카이가 사이먼에게 눈길을 돌렸다. "허락을 받고 나서 말을 하도록, 뱀파이어. 먼저 입을 열지 말고."

알렉이 사이먼의 팔을 더욱 꽉 잡았다. 얼굴에 망설임과 의혹의 빛이 어렸다. 사이먼을 이곳에 데려온 것이 과연 현명한 행동이었는지 의심이 드는 모양이었다.

"영사, 아이고 참!" 약간 숨이 찬 듯한 고음의 목소리가 안마당을 가르고 들려왔다. 사이먼은 목소리의 주인공이 남자라는 사실을 알고 조금 놀랐다. 작달막하고 통통한 남자가 길을 따라 급하게 다가오고 있었다. 섀도우 헌터복 위로 헐렁한 망토를 걸쳤고, 벗어진 머리가 마법의 불빛 아래 번쩍거렸다. "우리 손님을 놀라게 할 필요는 없지 않습니까."

"손님이라고요?" 맬러카이가 버럭 화를 냈다.

작달막한 남자는 알렉과 사이먼 앞에서 멈추더니 둘을 향해 환하게 미소를 지었다. "우린 정말 기쁘게 생각하네. 정말이야. 자넬 뉴욕으로 돌려보내기로 한 우리 결정에 따라줘서. 덕분에 모든 일이 훨씬 수월해졌어." 그가 눈을 반짝이며 사이먼을 보았다. 사이먼은 혼란스러운 표정으로 그를 보았다. 자신을 보고 이토록 반가워하는 섀도우 헌터를 만나리라고는 생각지도 못했다. 먼데인이었을 때도 그랬지만 뱀파이어가 된 지금은 더더욱 그랬다.

"오, 잊을 뻔했네!" 작은 남자가 자신의 이마를 찰싹 때렸다. "내가 누군지 소개한다는 걸. 난 심문관, 그러니까 신임 심문관이야. 이름은 앨더트리고."

앨더트리가 손을 내밀자, 혼란으로 머릿속이 뒤죽박죽인 사이먼이 그 손을 맞잡았다. "그리고 자넨 사이먼이라고 했지?"

"네." 최대한 빨리 손을 빼며 사이먼이 대답했다. 앨더트리의 손은 불쾌할 정도로 축축하고 차가웠다. "고마워하실 건 없습니다. 저도 빨리 돌아가고 싶거든요."

"물론 그렇겠지. 그럴 거야!" 앨더트리는 쾌활하게 말했지만, 꼭 집어 말하기 어려운 어떤 표정이 그의 얼굴을 번개처럼 스쳐 지나갔다. 하지만 그는 다시 미소를 지으며 가드로 뻗은 좁은 길을 가리켰다. "이쪽으로 와주겠나, 사이먼."

사이먼이 걷기 시작했고, 알렉도 그를 따라 걸음을 옮기려 했다. 그러자 심문관이 손을 들어 올렸다.

"자넨 이제 가봐도 좋아, 알렉산더. 고맙네."

"하지만 사이먼은……."

"걱정하지 말게." 심문관이 알렉을 안심시켰다. "맬러카이, 알렉산더를 배웅해주겠어요? 마법의 불을 가져오지 않았으면, 하나 줘서 보내시고요. 한밤중엔 그 길이 좀 위험하니까."

그러고는 행복이 넘치는 미소를 지으며 재빨리 사이먼을 몰고 사라졌다. 둘의 뒷모습을 빤히 바라보는 알렉을 남겨두고서.

클라리는 루크의 품에 안겨 집 안으로 들어갔다. 긴 복도를 따라가는 동안, 주변 세상이 활활 타올라 불길이 손으로 만져질 것만 같았다. 아마티스가 마법의 불을 들고 빠른 걸음으로 앞서 갔고, 의식이 혼미한 클라리의 눈에는 복도가 끝없이 길어지는 듯했다. 악몽 속에서처럼.

세상이 옆으로 기우뚱하더니 클라리가 차가운 표면 위에 누워 있었다. 어떤 손이 다가와서 그녀의 몸 위로 담요를 펴서 덮어주었다. 푸른 눈이 클라리를 내려다보았다.

"많이 아파 보여, 루션. 무슨 일이 있었던 거야?" 아마티스의 목소리가 늘어난 카세트테이프처럼 이상하게 들렸다.

"린 호수 물을 절반은 들이켰어." 루크의 목소리가 희미해지고 한순간 시야가 또렷해졌다. 클라리는 타일이 깔린 차가운 부엌 바닥에 누워 있었다. 루크는 위쪽 어딘가에 있는 수납장을 뒤적거리는 중이었다. 부엌의 노란 벽은 페인트가 군데군데 벗겨졌고, 구형 주철 난로가 한쪽 벽에 붙어 있었다. 난로의 창살 안에서 활활 타오르는 불길 때문에 클라리는 눈이 아렸다.

"아니스, 벨라도나, 헬레보레……." 루크가 수납장에서 유리병을 한 아름 꺼냈다. "아마티스, 이것들을 함께 끓여주겠어? 난 클라리를 난로 가까이 옮길 테니. 떨고 있어."

클라리는 따뜻하게 해줄 필요 없다고, 이미 너무 뜨겁다고 말하고 싶었지만 입 밖으로는 엉뚱한 소리가 튀어나왔다. 루크가 안아 올리자 흐느끼는 소리가 자신의 귀에도 들렸다. 조금 있으니 열기가 느껴지며 몸의 왼쪽이 스르르 녹았다. 클라리는 그때까지 자신이 추위를 느끼는지 전혀 알지 못했다. 이가 덜덜 떨리면서 입안에서 피 맛이 났다. 잔 안에서 흔들리는 물처럼 주변 세상이 파르르 떨리기 시작했다.

"꿈의 호수?" 아마티스가 믿지 못하겠다는 듯이 물었다. 클라리의 눈에는 선명하게 보이지 않았지만, 그녀는 손잡이가 긴 나무 숟가락을 들고 난로 근처에 서 있는 것 같았다. "거기서 뭘 한 거야? 조슬린도 애가 어디 있는지……."

그 순간 세상이 사라졌다. 아니, 현실의 세상이 사라졌다. 부엌의 노란 벽과 따뜻한 난로는 사라지고 린 호수가 나타났다. 잘 닦인 유리처럼 수면에 불꽃이 비쳤고, 천사들이 그 위를 걸어 다녔다. 꺾이고 피에 젖은 하얀 날개를 늘어뜨린 천사들. 천사들은 모두 제이스의 얼굴을 하고 있다. 그리고 다른 천사들도 보였다. 어둠처럼 검은 날개를 달고 손으로 불꽃을 건드리며 웃고 있는 천사들…….

"계속 오빠를 부르는데." 아마티스의 목소리가 울렸다. 한없이 높은 곳에서 흘러드는 것처럼. "라이트우드 가족하고 같이 있지 않아? 프린스워터 가에 있는 펜할로우 저택에 머물고. 내가 가서……."

"아니야!" 루크가 날카롭게 외쳤다. "그러지 마. 제이스는 모르는 게 나아."

'내가 제이스 이름을 불렀다고? 내가 왜 그런 짓을 하겠어?' 클라리는 이상하다고 생각했지만 오래가지는 않았다. 다시 어둠이 몰려오며 환각이 일었다. 이번에는 알렉과 이사벨의 모습이 꿈결처럼 보였다. 치열한 전투를 겪고 난 것처럼 두 사람의 얼굴이 검댕과 눈물로 얼룩졌다. 잠시 후 그들이 사라지고 박쥐처럼 검은 날개를 활짝 펼친 정체불명의 남자가 보였다. 클라리를 보며 웃음 짓는데 입에서 피가 줄줄 흘러나왔다. 그 모습이 사라지길 기도하며 클라리는 눈을 질끈 감았다.

현실로 돌아와 위쪽에서 말하는 목소리를 듣게 되기까지는 꽤 오랜 시간이 걸렸다. "이걸 마셔." 루크의 목소리였다. "클라리, 이걸 마셔야 돼." 그러고는 누군가의 손이 그녀의 등을 받쳤고, 젖은 천에서 액체가 흘러 입안으로 떨어졌다. 맛이 쓰고 고약해서 숨이 막히고 매스꺼웠지만, 등을 받친 손은 놓아줄 생각을 하지 않았다. 액체를 삼키자 부은 목이 쓰라렸다. "그렇지. 잘했어. 이제 좀 나아질 거다."

클라리가 천천히 눈을 떴다. 그녀 옆에는 루크와 아마티스가 무릎을 꿇고 앉아 있었다. 두 사람의 꼭 닮은 푸른 눈에 걱정이 가득했다. 그들 뒤를 흘긋 보았지만 아무것도 보이지 않았다. 천사도, 박쥐 날개의 악마도 없었다. 오로지 노란 벽과 창틀에 불안정하게 놓인 연분홍 찻주전자만 보일 뿐이었다.

"저, 죽는 건가요?" 클라리가 속삭였다.

루크가 초췌한 얼굴로 웃어 보였다. "아니. 회복하려면 시간이 좀 걸리겠지만 죽지는 않아."

"그래요." 너무 지쳐서 안도할 기력마저 없었다. 뼈가 전부 녹아내려 흐물거리는 살가죽만 남은 느낌이었다. 클라리는 졸린 눈으로 올려다보다 무심결에 내뱉었다. "눈이 똑같아요."

루크가 눈을 깜빡거렸다. "뭐랑 똑같다는 거냐?"

"저분 눈이랑." 클라리가 졸음이 가득한 눈으로 아마티스를 가리켰다. 아마티스는 난처한 표정이었다. "똑같은 푸른색이에요."

루크의 얼굴에 희미한 미소가 퍼졌다. "놀랄 일은 아니구나. 너한테 제대로 소개할 기회가 없었으니까. 클라리, 이쪽은 아마티스 헤런데일, 내 동생이야."

알렉과 영사가 보이지 않게 되자 심문관은 곧바로 입을 다물었다. 그를 따라 좁은 길로 올라가며 사이먼은 마법의 불빛에 눈을 찡그리지 않으려고 애썼다. 수평선에서 배가 떠오르듯 가드의 모습이 서서히 눈에 들어왔다. 창밖으로 휘황찬란한 불빛들이 쏟아져 하늘을 은빛으로 물들였다. 바닥 가까이에도 창문이 있었는데, 몇 개는 철창이 쳐졌고 안에는 까만 어둠뿐이었다.

마침내 둘은 건물 측면의 아치형 입구에 난 나무 문 앞에 다다랐다. 앨더트리가 자물쇠를 열려고 움직이자 사이먼은 가슴이 철렁 내려앉았다. 뱀파이어가 되고 난 뒤 사람들이 기분에 따라 다른 냄새를 발산한다는 사실을 알게 되었는데, 심문관은 커피처럼 씁쓸하고 강렬하면서도 훨씬 불쾌한 냄새를 풍겼다. 송곳니가 나올 것처럼 턱이 따끔거리자 사이먼은 심문관에게서 멀찍이 떨어져 문 안으로 들어갔다.

안으로 들어서니 길고 하얀 복도가 나왔다. 마치 하얀 바위를 깎아 만든 터널 같았다. 심문관이 서둘러 걷기 시작하자, 그의 손에 들린 마법의 불빛이 복도 벽에서 튕겨져 나와 정신없이 춤을 췄다. 그는 다리가 짧은 사람치고는 놀라울 정도로 빨리 걸었고, 가끔씩 공기 냄새를 맡기라도 하듯 머리를 이리저리 돌리며 코를 찡긋거렸다. 날개처럼 활짝 열린 거대한 문 앞을 지날 때는 그와 보조를 맞추기 위해 속도를 높여 걸어야 했다. 열린 문 안으로 의자가 줄줄이 놓인 계단식 관람석이 들여다보였고, 검은 복장의 섀도우 헌터들이 의자마다 앉아 있었다. 웅성거리는 소리가 문밖까지 들렸는데, 많은 사람들이 화가 난 것처럼 목소리를 높였다. 그 앞을 지나는 사이먼의 귀로도 몇 마디인가 흘러들었다. 말소리가 서로 겹쳐 분명하게 들리지는 않았지만.

"발렌타인이 원하는 게 뭔지 확실한 증거가 없어요. 자신의 소망을 누구에게도······."

"그자가 뭘 원하든 무슨 상관입니까? 발렌타인은 변절자에다 거짓말쟁이예요. 그를 달래려는 시도가 정말 우리에게 득이 될 거라고 생각하는 겁니까?"

"순찰자가 브로슬린드 외곽에서 늑대인간 아이의 시신을 발견한 거 아시죠? 피를 모두 빼앗긴 시신 말이에요. 발렌타인이 이드리스에서 그 의식을 마친 거 같더군요."

"죽음의 도구 두 개를 갖고 있으니 어느 네피림보다도 강해요. 우리에겐 선택의 여지가······."

"내 사촌이 뉴욕의 그 배에서 죽었다고요! 그런 짓을 저지른 발렌타인을 그냥 둬선 안 돼요! 반드시 응징해야만 해요!"

사이먼이 조금 더 들으려고 주춤거리자 심문관이 성난 벌처럼 윙윙거렸다. "얼른 가게나, 얼른 가." 그러면서 사이먼 앞으로 마법의 불을 흔들어댔다. "시간이 많지 않아. 회의가 끝나기 전에 들어가야 해."

심문관에게 떠밀려 마지못해 걸음을 떼는 사이먼의 귓가에 '응징'이라는 단어가 계속 맴돌았다. 그날 밤 배 위에서 있었던 일들이 떠오르면서 추위와 불쾌감이 밀려들었다. 이윽고 그들은 까만 룬 문자 하나만 새겨진 문 앞에 다다랐다. 심문관이 열쇠를 꺼내 문을 열고서 환영한다는 몸짓을 하며 사이먼을 안으로 이끌었다.

휑댕그렁한 방 안에는 태피스트리 하나만 달랑 걸려 있을 뿐, 아무런 장식도 없었다. 한 손에 검을, 다른 손에 잔을 들고 호수에서 솟아오르는 천사의 모습이 태피스트리에 담겨 있었다. 그 잔과 검을 실제로 본 적이 있는 사이먼은 잠시 그림에 주의를 빼앗겼다. 자물쇠가 찰칵 하고 잠기는 소리를 듣고서야, 심문관과 둘이서 그 방에 갇혔다는 것을 알았다. 사이먼이 방 안을 둘러보았다. 긴 의자가 놓인 나지막한 탁자를 빼고는 그 어떤 가구도 없었고, 탁자 위에는 장식용 은종이 하나 놓여 있었다.

"포털은…… 이 안에 있나요?" 사이먼이 머뭇거리며 물었다.

"사이먼, 사이먼." 생일 파티 또는 다른 유쾌한 행사를 기다리는 사람처럼 양손을 싹싹 비비며 앨더트리가 입을 열었다. "정말로 그렇게 서둘러 떠나야겠나? 떠나기 전에 몇 가지 묻고 싶은 것들이 있는데……."

"좋아요, 뭐든 물어보시죠." 사이먼이 불안하게 어깨를 으쓱하고 말했다.

"이렇게 협조적일 수가 있나! 더없이 기쁘군." 앨더트리가 환한 미소를 지어 보였다. "그래, 뱀파이어가 된 지는 얼마나 됐지?"

"2주 정도요."

"어쩌다 뱀파이어가 된 건가? 길에서 습격을 당했나, 아니면 한밤중에 놈들이 침실로 쳐들어왔나? 자넬 변모시킨 게 누군지는 알고 있나?"

"확실히는 모릅니다."

"저런! 어떻게 그런 걸 모를 수가 있지!" 앨더트리가 고함치듯 말했다. 사이먼에게 열중해 있는 그의 표정은 솔직하고 호기심이 넘쳤다. 악의라곤 손톱만큼도 찾아볼 수가 없었다. 누군가의 할아버지나 익살이 넘치는 삼촌 같은 인상이었다. 그에게서 풍기는 이 씁쓸한 냄새는 사이먼이 상상으로 만들어낸 것이 분명했다.

"그게 그렇게 간단치가 않아요." 그러고는 사이먼이 뒤모트에 두 번이나 갔던 일을 설명했다. 한 번은 쥐로 변해서 갔고, 다른 한 번은 거대한 펜치에 꽉 잡혀 끌려가듯 강렬한 충동에 휩싸여서 갔다고. "그러니까 호텔에 발을 들이는 순간 공격을 당했는데, 어느 하나가 절 변모시켰는지, 아니면 모두가 관여했는지는 정확히 모르겠어요."

심문관이 혀를 찼다. "오, 저런. 안타까운 일이야. 정말 속상하군."

"저도 그렇게 생각합니다."

"클레이브가 좋아하지 않을 거야."

"그게 무슨 말씀이시죠? 제가 뱀파이어가 된 사연이랑 클레이브가 무슨 상관인데요?"

"자네가 습격을 당한 사실은 그렇다고 쳐." 앨더트리가 미안하다는 듯이 말했다. "하지만 자넨 제 발로 거기 들어가 뱀파이어에게 자기 자신을 내주지 않았나. 그러니까 어떻게 보면 자네가 원해서 뱀파이어가 된 것처럼 보인단 말이지."

"전 원하지 않았어요! 뱀파이어가 되려고 호텔에 간 게 아니라고요."

"물론 그랬겠지, 알았네, 알았어." 앨더트리가 달래듯이 말했다. "자, 그럼 다음 얘기로 넘어가도 되겠나?" 그는 대답을 기다리지 않고 바로 말을 이었다.

"그 뱀파이어들이 자네를 살려둔 이유는 뭔가, 사이먼? 보통 그들의 영역을 무단으로 침입한 자는 죽을 때까지 피를 빨고는 뱀파이어로 다시 태어나지 못하게 시신을 불태우는데 말이야."

사이먼이 대답하려고 입을 열었다. 라파엘이 그를 인스티튜트로 데려간 일, 클라리와 제이스, 이사벨이 그를 묻고 스스로 무덤을 파헤치고 나오도록 지켜봐준 일 등을 설명하려고. 그런데 갑자기 망설여졌다. 이들의 법에 관해 아는 것은 거의 없지만, 뱀파이어가 태어나는 걸 지켜봐주거나 최초의 피를 제공하는 일은 섀도우 헌터의 기본 수칙에 어긋나는 행동인 것 같았다.

"저도 잘 모르겠습니다. 어째서 절 죽이는 대신에 뱀파이어로 만들었는지."

"하지만 그들 중 하나는 분명히 자네에게 자기 피를 마시게 했을 거야. 그렇지 않았다면 자넨…… 뭐, 지금과 같은 존재가 되지 못했겠지. 그러니까 자네는 뱀파이어 아버지가 누군지 모른다 이 말이지?"

'뱀파이어 아버지?' 사이먼은 그런 식으로 생각해본 적이 한 번도 없었다. 라파엘의 피를 마시게 된 건 우연이었으니까. 그리고 뱀파이어 소년을 아버지로 생각하기란 쉽지 않은 일이었다. 라파엘은 사이먼보다도 어려 보였다. "안타깝지만 그러네요."

"오, 저런." 심문관이 한숨을 내쉬었다. "대단히 유감스러워."

"뭐가 유감스럽다는 겁니까?"

"자네가 거짓말을 하고 있다는 게 말이야." 앨더트리가 머리를 흔들었다. "난 자네가 협조해주길 무척이나 바랬는데 말이지. 끔찍하군, 아주 끔찍해. 내게 진실을 말해주면 안 되겠나? 호의를 베푸는 셈 치고."

"전 진실을 말했어요!"

심문관은 목이 마른 꽃처럼 고개를 푹 수그렸다. "정말 안타깝군." 그가 다시 한숨을 내쉬었다. "참으로 안타까워." 그러고는 방을 가로질러 걸어간 다음 여전히 고개를 좌우로 흔들며 날카롭게 문을 두드렸다.

"뭐하시는 거죠? 포털은 어디 있어요?" 사이먼의 목소리에 불안과 혼란이 스몄다.

"포털?" 앨더트리가 피식 웃었다. "내가 정말 자넬 그냥 보내줄 거라고 생각한 건 아니겠지?"

사이먼이 뭐라 대꾸하기도 전에 문이 벌컥 열리고 검은 복장의 섀도우 헌터들이 우르르 몰려와 그를 움켜잡았다. 사이먼이 몸부림을 쳤지만 강한 힘으로 양팔을 꽉 잡아 옴짝달싹 못하게 만들었다. 머리 위로는

유리의 도시 95

후드가 씌워져 아무것도 보이지 않았다. 사이먼이 어둠 속에서 마구 발길질을 해대자 한쪽 발에 뭔가가 채였다. 그러더니 욕설이 날아들었다.

사이먼의 몸이 뒤로 홱 당겨졌다. 그리고 험악한 목소리가 귓가에서 으르렁거렸다. "다시 한 번만 그랬단 봐, 뱀파이어, 목구멍으로 성수를 들이부어 피를 토하며 죽어가게 해줄 테니."

"그만해!" 심문관의 가늘고 걱정 어린 목소리가 풍선처럼 떠올랐다. "협박은 안 돼! 난 우리 손님에게 약간의 교훈을 주고 싶을 뿐이니까." 그가 앞으로 다가왔는지, 후드를 통과하느라 약해지긴 했지만 이상야릇하고 씁쓸한 냄새가 또다시 풍겨왔.

"사이먼, 사이먼. 만나게 돼서 정말 반가웠네. 가드의 감방에서 보내는 하룻밤이 우리가 바라는 효과를 내서, 내일 아침에는 자네가 좀 더 협조적인 태도를 보이게 되길 기대하겠네. 아직도 난 우리 미래가 아주 밝다고 생각해. 이 작은 문제만 극복한다면 말이야." 그가 사이먼의 어깨에 손을 얹었다. "아래로 데려가게, 네피림."

사이먼이 고래고래 소리를 질렀지만, 후드에 가로막혀 크게 들리지 않았다. 섀도우 헌터들이 그를 방에서 끌어내 미로 같은 복도를 따라 한참을 몰고 갔다. 그러다 마침내 계단에 다다라서는 사이먼을 아래로 확 떠밀었다. 발이 죽 미끄러지며 어디로 끌려가는지 감도 오지 않았다. 그가 아는 것은 아래로 내려갈수록 공기가 더욱 습하고 차가워진다는 것뿐이었다.

마침내 그들이 걸음을 멈추었고 쇠가 돌에 긁히는 소리가 들렸다. 사이먼은 앞으로 떠밀려 넘어지며 손과 무릎으로 땅을 짚었다. 잠시 후 커다란 금속 문이 철커덩 닫히는 소리가 나고, 섀도우 헌터들의 발소리가 점점 희미해졌다. 그제야 사이먼은 비틀거리며 일어나서 머리에 씌워진

복면을 벗어 바닥으로 내던졌다. 얼굴을 감싸던 갑갑하고 숨 막히는 느낌이 사라지자 숨을 크게 들이쉬려는 충동이 일었지만 사이먼은 그 충동을 억눌렀다. 그는 숨을 쉴 필요가 없었다. 그저 반사작용일 뿐이었다. 하지만 정말로 숨이 막혔던 사람처럼 가슴이 뻐근하게 아파왔다.

사이먼은 돌로 둘러싸인 황량한 정사각형 방 안에 있었다. 한쪽 벽에는 딱딱해 보이는 침대가 놓였고, 그 위쪽으로는 창살이 박힌 창문이 하나 뚫려 있었다. 나지막한 문 안으로 세면대와 변기가 놓인 작은 화장실이 들여다보였다. 서쪽 벽은 천장에서 바닥까지 이어지는 굵은 쇠창살로 이루어졌는데, 거기에는 경첩이 달린 문이 하나 있었다. 문에 달린 놋쇠 손잡이 정면에는 복잡한 문양의 검은 룬이 새겨졌고, 사실상 모든 창살에 룬 문자가 새겨져 있었다. 창문의 창살 역시 가느다란 선들로 뒤덮였다.

감방 문이야 당연히 잠겼을 테지만, 사이먼은 직접 확인하고 싶어 문 쪽으로 성큼성큼 걸어가 손잡이를 콱 움켜잡았다. 그 순간 손에 불이 붙은 것만 같았다. 소리를 지르며 손잡이를 놓고 손을 들여다보니, 화상을 입은 손바닥에서 가느다란 연기가 피어올랐다. 피부가 까맣게 타며 복잡한 문양이 새겨졌다. 동그란 원 안에 유대교의 상징인 '다윗의 별'이 들어간 것과 비슷한 모양이었다. 선과 선 사이의 빈 공간마다 섬세한 룬들이 그려졌다.

손의 통증은 백열의 뜨거움과 맞먹었다. 고통스레 숨을 뱉어내며 사이먼이 손을 오그렸다. "이게 대체 뭐지?" 그는 들을 사람이 없다는 걸 알면서도 중얼거렸다.

그러자 어디선가 목소리가 들려왔다. "솔로몬의 인장이다. 신의 참이름 중 하나가 담겨 있다고 사람들은 주장하지. 악마와 너희 같은 존재들을 쫓는다는 게 정설이야."

사이먼은 깜짝 놀라서 손의 통증도 잊고 상체를 벌떡 들어 올렸다. "거기 누가 있나요? 누가 말한 거죠?"

짧은 정적이 흘렀다. 그런 뒤에 목소리는 "옆방에 있는 사람이다, 데이라이터(daylighter)"라고 다시 말했다. 성인 남자의 목소리였고, 목이 약간 쉰 듯했다. "간수들이 여기 들어와서 널 어떻게 가둬둘지 반나절을 의논했어. 그러니 나 같으면 그 문을 열려는 시도는 하지 않을 거다. 클레이브가 원하는 게 뭔지 알아낼 때까지 힘을 아껴두는 편이 낫지."

"절 여기 계속 잡아둘 순 없어요. 전 여기 사람도 아니라고요. 제가 사라진 걸 가족들이 눈치챌걸요. 학교 선생님들도……."

"그것도 이미 방법을 마련해뒀어. 초보 마법사도 아는 간단한 주문만으로 해결되는 문제니까. 네가 없는 그럴듯한 이유를 네 부모의 머릿속에 심어주는 거지. 수학여행을 갔다든가, 친척 집에 머문다든가." 협박이나 슬픔의 기미는 전혀 없고, 단순한 사실을 말하듯 사무적인 목소리였다. "저들이 다운월드 사람을 조용히 사라지게 한 적이 지금까지 한 번도 없었을 거라고 생각하는 건가?"

"말씀하시는 분은 누구시죠?" 사이먼의 목소리가 갈라졌다. "다운월드 사람이에요? 여긴 우리 같은 다운월드 사람을 가둬두는 곳인가요?"

이번에는 아무런 대답도 돌아오지 않았다. 사이먼이 다시 불러봤지만, 남자는 하고 싶은 말을 다 한 모양인지 오직 침묵만이 그의 부름에 답할 뿐이었다.

어느덧 손의 통증은 희미해졌다. 덴 자국은 사라졌지만 잉크로 그린 그림처럼 문양은 그대로 남았다. 사이먼은 감방 철창을 자세히 들여다보았다. 새겨진 문양이 전부 룬 문자는 아니라는 사실을 깨달았다. 다윗의 별과 유대교 율법인 토라의 구절들이 룬과 룬 사이에 새겨져 있었다. 상태로 미루어 새겨진 지 얼마 되지 않은 것 같았다.

'간수들이 여기 들어와서 널 어떻게 가둬둘지 반나절을 의논했어.' 옆방 남자는 그렇게 말했다.

하지만 그건 사이먼이 뱀파이어이기 때문만은 아니었다. 그는 유대인이기도 했다. 그들은 사이먼에게 화상을 입히려고 반나절 동안 그곳에서 솔로몬의 인장을 문에 새겼다. 사이먼의 신앙이 자신을 공격하게 하려고 그토록 오랜 시간 공을 들인 것이다. 그 사실을 깨달은 순간 사이먼은 마지막 남은 냉정을 잃었다. 그는 침대로 털썩 무너져 양손에 머리를 파묻었다.

알렉이 가드에서 돌아왔을 때 프린스워터 가는 어둠에 잠겨 있었다. 길가의 집들은 창문에 덧문을 내렸고, 이따금씩 세워진 가로등 불빛만이 돌길 위에 웅덩이를 만들었다. 펜할로우 저택은 그 블록에서 가장 환했다. 창 안에 촛불들이 환히 켜졌고, 살짝 열린 현관문 밖으로 노란 빛이 흘러나왔다.

펜할로우 저택의 앞뜰을 두른 나지막한 돌담 위에 제이스가 앉아 있었다. 가까운 곳에 가로등이 서 있어 그의 머리가 밝게 빛났다. 알렉이 다가가니, 제이스가 고개를 들며 몸을 약간 떨었다. 그는 얇은 재킷 하나만 걸쳤는데 해가 지자 공기가 많이 쌀쌀했다. 늦은 장미의 향기가 희미한 향수처럼 차가운 공기 중에 떠돌았다.

알렉이 제이스 옆에 맥없이 주저앉았다.

"여기서 계속 날 기다린 거야?"

"널 기다린 거라고 누가 그래?"

"걱정했다면 그만해도 돼. 아무 문제없었으니까. 심문관하고 같이 있는 거 보고 왔어."

"그냥 보고만 왔다고? 잘 끝났는지 확인도 안 하고 왔단 말이야?"

"아무 문제없었다니까." 알렉이 다시 말했다. "심문관이 직접 사이먼을 데리고 들어가서 돌려보내겠다고……."

"심문관이, 심문관이." 제이스가 말허리를 잘랐다. "지난 심문관은 자기 권한에서 완전히 벗어나는 짓을 했어. 그 전투에서 살아남았더라도 면직을 당했을 거야. 저주를 받거나. 이번 심문관이라고 다르리라는 보장이 어디 있냐?"

"괜찮은 사람 같았어. 친절하기까지 했고. 사이먼도 정중하게 대했어. 너도 알겠지만 클레이브는 늘 이런 방식으로 운영돼왔잖아. 우리가 모든 일에 사사건건 나서서 통제할 수는 없다고. 그들을 믿지 않으면 엄청난 혼란이 생길 수밖에 없어."

"최근엔 하는 일마다 엉망이었잖아. 그건 너도 부정 못할걸?"

"좀 그러긴 했지. 하지만 너 자신을 클레이브나 법보다 우월하다고 생각하기 시작하면 심문관하고 다를 게 없잖아? 발렌타인하고도 다를 게 없고."

제이스가 움찔했다. 알렉에게 한 대 얻어맞은 얼굴이었다. 아니, 그보다 더 나빴다.

가슴이 철렁 내려앉은 알렉이 그에게 손을 뻗었다. "미안. 난 그런 뜻이 아니라……."

별안간 노란 빛줄기가 정원을 갈랐다. 알렉이 고개를 드니 활짝 열린 문 안에 이사벨이 서 있었다. 그녀 주변으로 불빛이 쏟아져 검은 윤곽만 보였지만, 손을 허리에 얹은 모양만 봐도 화가 난 것이 분명했다. "둘이

밖에서 뭐하는 거야? 다들 찾고 있는데."

알렉이 친구를 돌아보고 입을 열었다. "제이스."

알렉의 손을 무시하며 제이스가 벌떡 일어섰다. "클레이브에 대한 네 판단이 틀리지 않았으면 좋겠다."

저택을 향해 성큼성큼 걸어가는 제이스의 모습을 알렉이 물끄러미 지켜보았다. 그의 머릿속에 불청객처럼 사이먼의 목소리가 떠올랐다. 얘기를 하고 나서부터는 어떻게 하면 옛날로 돌아갈지를 계속 생각하니까. 다시 친구처럼 지낼 수 있을까, 우리 사이에 있던 소중한 뭔가가 산산조각 난 건 아닌가. 클라리 때문이 아니라 나 때문에 말이야.

현관문이 닫히자 알렉은 어슴푸레한 뜰에 홀로 남겨졌다. 그대로 앉아 눈을 감으니, 눈꺼풀 안에서 얼굴 하나가 떠올랐다. 여느 때와 달리 그것은 제이스의 얼굴이 아니었다. 얼굴에 박힌 두 눈은 녹색이었다, 그것도 동공이 가느다란 고양이 눈.

알렉은 눈을 뜨고 가방에서 펜을 꺼냈다. 일기장으로 쓰는 스프링 노트도 꺼내 종이를 한 장 뜯어냈다. 거기에 몇 자 적고 나서는 스텔레로 맨 아래에 불꽃을 뜻하는 룬을 그려 넣었다. 룬은 예상보다 빨리 퍼졌다. 알렉이 타오르는 종이를 놓아주자 반딧불처럼 허공으로 날아올랐고, 얼마 지나지 않아 고운 재로 변해 장비 덤불 위에 하얀 가루처럼 흩뿌려졌다.

5
기억의 문제

오후의 햇살이 클라리의 잠을 깨웠다. 창백한 빛줄기가 그녀의 얼굴에 곧바로 내리꽂혀 눈꺼풀 안쪽이 진분홍색으로 환해졌다. 클라리는 몸을 조금 움직거리다가 조심스레 눈을 떴다.

열은 내렸고, 뼈가 녹아내리는 느낌도 말끔히 사라졌다. 클라리는 몸을 일으키고 호기심 어린 눈으로 주위를 둘러보았다. 그곳은 아마티스의 손님방인 듯했다. 자그마한 크기에 벽은 하얗고 침대 위에는 밝은 빛깔의 조각보 담요가 덮여 있었다. 둥근 모양의 창문 위에는 레이스 커튼이 달렸고, 열린 커튼 사이로 빛이 쏟아져 들어왔다. 현기증이 일어나리라 예상하며 천천히 앉았지만 아무렇지도 않았다. 몸은 완전히 건강을 되찾은 듯했고, 오히려 푹 잘 쉬고 난 뒤처럼 개운했다. 클라리는 침대에서 빠져나와 자신의 모습을 내려다보았다. 누군가 그녀에게 빳빳하게 풀을 먹인 하얀 잠옷을 입혀놓았다. 물론 이제는 여기저기에 구김이 생겼지만. 무엇보다도 그녀가 입기에는 너무 큰 치수였다. 소매가 손을 모두 덮은 채 축 늘어져 우스꽝스럽게 보였.

클라리는 둥근 창으로 다가가서 바깥을 내다보았다. 언덕 경사면을 따라 어두운 금빛 돌로 쌓은 집들이 서 있었다. 지붕은 마치 청동으로 널을 덮은 것처럼 보였다. 옆으로 비끼듯이 운하가 보였고, 앞쪽으로는 갈색과 황금색으로 물들어가는 좁은 정원이 보였다. 건물 측면에 격자 울타리가 있었는데, 갈색으로 변해가는 마지막 장미 한 송이가 애처롭게 매달려 있었다.

문손잡이가 덜그럭거리는 소리를 들은 클라리는 후다닥 침대로 돌아갔다. 담요 속으로 들어가자마자 아마티스가 쟁반을 들고 방 안으로 들어왔다. 그녀는 클라리가 깨어난 걸 보고 눈썹을 올렸지만 아무 말도 하지 않았다.

"루크는 어디 있어요?" 클라리는 마음을 진정시키려고 담요를 끌어올리며 물었다.

아마티스가 침대 옆 탁자 위에 쟁반을 내려놓았다. 뜨거운 음료가 담긴 머그잔과 버터 발린 빵 몇 조각이 놓여 있었다. "뭘 좀 먹어야지. 그러고 나면 기분도 나아질 거야."

"지금도 좋아요. 루크는 어디 있죠?"

탁자 옆에는 등받이가 높은 의자가 놓여 있었다. 아마티스가 거기에 앉더니 무릎에 두 손을 얹고 말없이 클라리를 바라보았다. 낮이라 얼굴의 주름이 더욱 선명하게 보였다. 실제로는 그렇지 않지만 클라리의 어머니보다 한참 위인 것처럼 느껴졌다. 갈색 머리에 흰머리가 꽤 많이 섞였고, 울고 난 사람처럼 눈 주위가 불그스름했다. "루크는 여기 없어."

"없다고요? 간식거리 같은 걸 사러 잠깐 가게에 갔다 뭐 그런 얘긴가요, 아니면······."

"오늘 아침에 떠났어. 밤새 네 곁에 있다가 새벽 무렵에 떠났단다. 어디로 가는지는 정확히 밝히지 않았어." 아마티스가 무심한 어조로 말했다. 지금처럼 비참한 기분만 아니었다면 클라리는 루크와 아마티스의 말투가 비슷하다는 것을 발견하고 재미있어했을 것이다. "루크가…… 변하고 난 뒤에 이드리스를 떠나기 전까지 브로슬린드 숲에 사는 늑대 인간 무리를 이끌었지. 그들에게 가보겠다고 했단다. 하지만 무엇 때문인지, 얼마나 오래 있을 건지는 말해주지 않았어. 그저 며칠간 다녀오겠다고만 하더라."

"절 그냥…… 여기 두고요? 그럼 전 여기 앉아서 루크가 돌아오기만 기다려야 하는 건가요?"

"그렇다고 루크가 널 데려갈 수도 없잖아. 널 집으로 데려다주는 일도 쉽지 않을 거고. 넌 법을 어기고 이곳에 왔어. 클레이브는 그런 일을 눈감아줄 정도로 관대하지 않아. 순순히 받아들이거나 돌아가게 해주지 않을 거야."

"전 돌아가고 싶지 않아요." 클라리는 마음을 가라앉히려고 애썼다. "제가 여기 온 건…… 누군가를 만나기 위해서예요. 해야 할 일이 있거든요."

"루크한테 들었어. 내가 충고 하나 할까? 만일 래그노어 펠이 원하지 않는다면, 넌 무슨 수를 써도 그를 찾지 못할 거야."

"하지만……."

"클라리사." 아마티스가 생각에 잠겨 물끄러미 그녀를 쳐다보았다. "우린 발렌타인이 곧 공격해올 거라고 믿고 있단다. 이드리스의 모든 섀도우 헌터가 보호막이 쳐진 도시 안에 머물고 있어. 알리칸테에 머무는 게 너한테도 가장 안전해."

클라리는 그대로 얼어붙었다. 이성적으로는 아마티스의 말이 옳다는 것을 알았지만, 기다릴 수 없다고 소리치는 내면의 목소리를 잠재우지는 못했다. 클라리는 래그노어 펠을 지금 당장 찾아야 했다. 어머니를 지금 당장 구해야 했고, 그러려면 지금 당장 나서야 했다. 클라리는 당황하지 않으려고 안간힘을 쓰며 가볍게 말했다. "루크는 동생이 있다는 말을 한 번도 한 적이 없었어요."

"그랬을 거야. 우린…… 가까운 사이가 아니었으니까."

"루크가 아마티스의 성이 헤런데일이라고 하던데요. 심문관도 헤런데일 아닌가요?"

"맞아." 그렇게 말하고 아마티스는 고통스러운 듯 표정이 굳었다. "내 시어머니였지."

루크가 심문관에 대해 뭐라고 했던가? 심문관에게 아들이 있었는데 '가족 중에 바람직하지 않은 사람'이 있는 여자와 결혼했다고 하지 않았던가?

"스티븐 헤런데일과 결혼하셨던 거군요?"

아마티스가 놀란 표정을 지었다. "그의 이름을 알아?"

"알아요. 루크가 말해줬어요. 하지만 전 스티븐의 아내가 죽었다고 알고 있었어요. 그래서 심문관이 그렇게……." 끔찍하게 변한 거라고. 클라리는 그렇게 말하고 싶었지만 너무 잔인한 것 같아 "지독하게 구는 거라고"라고 말을 맺었다.

아마티스는 자신이 가지고 온 머그잔으로 손을 뻗었다. 잔을 드는 손이 미세하게 떨렸다. "그래, 죽었지. 자살했어. 셀린이라고…… 스티븐의 두 번째 아내야. 내가 첫 번째고."

"그럼 이혼하신 거예요?"

"그런 셈이지." 아마티스가 클라리에게 잔을 내밀었다. "자, 이걸 마시렴. 배 속에 뭔가 넣어줘야지."

머릿속으로 딴 생각을 하며 클라리는 잔을 받아서 한 모금 마셨다. 뜨거운 액체는 맛이 진하고 짭짤했다. 차인 줄 알았는데 수프였다. 클라리가 다시 입을 열었다. "무슨 일이 있었나요?"

아마티스는 먼 곳을 응시했다. "루션…… 루크에게 그 일이 생겼을 때, 발렌타인은 새 부관이 필요했지. 그는 스티븐을 선택했어. 우리가 막 서클에 합류했을 때였지. 스티븐을 택하면서 발렌타인은 자신에게 가장 가까운 친구이자 참모의 아내로 내가 어울리지 않는 사람이라고 결론을 내렸어. 오빠가……."

"늑대인간이라서요."

"그는 다른 단어를 사용했어." 아마티스의 어조는 씁쓸했다. "발렌타인은 스티븐을 설득해서 우리 결혼을 무효화하고 자기가 고른 사람과 재혼하게 했지. 셀린은 너무 어렸고, 그의 말이라면 무조건 복종했어."

"끔찍하네요."

아마티스가 날카롭게 웃으며 고개를 가로저었다. "오래전 일이야. 그래도 스티븐은 착한 사람이었지. 내게 이 집을 내주고 자신은 헤런데일 영지로 돌아가서 부모님과 함께 살았으니까. 셀린과 함께 말이야. 그 뒤로는 한 번도 보지 못했어. 물론 나는 서클에서 나왔고. 서클에서도 내가 남는 걸 원하지 않았을 거야. 유일하게 나를 보러 온 사람은 조슬린뿐이었지. 루크를 보러 갈 때면 내게 알려주기까지 했는데……." 아마티스가 회색 머리를 귀 뒤로 넘겼다.

"스티븐이 죽었다는 건 며칠이나 지난 후에 들었어. 그리고 셀린은…… 그녀를 좋아하진 않았지만 그땐 가엾다는 생각이 들었지. 손목을 그었는데, 사방이 피였다고……." 아마티스가 숨을 깊게 들이쉬었다. "스티븐의 시신을 묘에 안장하던 날 장례식에서 이모젠을 보았는데,

날 알아보지도 못하는 것 같더구나. 그리고 나서 얼마 뒤 클레이브는 그녀를 심문관으로 임명했단다. 그녀보다 더 냉혹하게 서클 멤버를 추적할 사람은 없을 거라고 생각했겠지. 그리고 그들의 생각은 틀리지 않았어. 이모젠은 서클 멤버들의 피로 스티븐의 추억을 씻어낼 수 있다면 분명히 그렇게 할 사람이었으니까."

심문관의 가늘게 뜬 눈과 냉랭한 시선을 떠올리며, 클라리는 그녀에게 측은한 마음을 가져보려고 애썼다. "그 일이 심문관을 미치게 만든 것 같아요. 완전히 제정신이 아니었어요. 저한테도 그랬지만 제이스한테 얼마나 끔찍하게 굴었다고요. 마치 제이스가 죽길 바라는 사람 같았어요."

"그러고도 남았겠지. 넌 네 엄마를 그대로 닮은 데다 엄마 밑에서 자랐지만, 네 오빤⋯⋯." 아마티스가 머리를 한쪽으로 기울였다. "네가 엄마를 닮은 만큼 네 오빤 발렌타인을 닮았니?"

"아뇨. 제이스는 누구도 닮지 않았어요." 제이스를 떠올리자 전율이 온몸을 휩쓸고 지나갔다. 클라리가 혼잣말처럼 중얼거렸다. "지금 알리칸테에 있어요. 제이스를 만나면⋯⋯."

"안 돼." 아마티스의 목소리가 매서웠다. "넌 집 밖으로 못 나가. 누구도 만나선 안 돼. 네 오빠는 물론이고."

"집 밖으로 나가지 말라고요?" 클라리가 충격을 받은 듯이 물었다. "그러니까 지금 여기 갇힌 건가요? 죄수처럼?"

"그래 봤자 하루나 이틀뿐이잖니." 아마티스가 꾸짖듯이 말했다. "그리고 넌 아직 몸도 성치 않아. 완전히 회복하려면 시간이 걸려. 호수 물 때문에 죽다가 살아났으니까."

"하지만 제이스는⋯⋯."

"라이트우드 가족이지. 넌 그들에게 가선 안 되고. 그들은 네가 여기 있다는 사실을 알면 당장 클레이브에 알릴 거야. 그렇게 되면 법을 어겼 다는 문제로 곤란을 겪을 사람은 너 혼자가 아냐, 클라리. 루크 역시 곤란해져."

'하지만 라이트우드 가족은 절 배신하고 클레이브에 알리는 일 따윈 하지 않을 거예요. 그들이 그런 짓을 할 리가 없다고요.'

클라리는 그 말을 소리 내어 하지 못했다. 아마티스가 15년 전에 알던, 발렌타인에게 맹목적으로 충성하던 로버트와 메이리스는 더 이상 존재하지 않는다는 사실을 그녀에게 확신시킬 방법이 없었다. 아마티스는 루크의 동생이지만 클라리에게는 여전히 낯선 사람이었다. 그건 루크에게도 마찬가지였다. 그도 아마티스를 16년간이나 보지 못했고, 그동안은 동생이 있다는 사실을 입 밖에 낸 적도 없었다. 클라리는 짐짓 피곤한 척하며 베개에 등을 기댔다. "아마티스 말이 맞는 거 같아요. 몸이 좋지 않네요. 눈을 좀 붙이는 게 낫겠어요."

"잘 생각했다." 아마티스가 몸을 수그려 클라리의 손에서 빈 잔을 받아 들었다. "샤워하려면 화장실은 복도 건너편에 있어. 그리고 침대 발치에 내가 예전에 입던 옷을 넣어둔 트렁크가 있어. 내가 네 나이 때 꼭 너만 했으니까, 그 안에 있는 옷들은 너한테 맞을 거야. 그 잠옷하곤 다르게." 그녀가 힘없이 웃어 보였지만, 클라리는 미소를 되돌려주지 않았다. 메트리스를 주먹으로 내려치고 싶은 충동을 억누르느라 웃을 겨를이 없었다.

아마티스가 나가고 방문이 닫히자마자, 클라리는 침대에서 기어 나와 화장실로 향했다. 뜨거운 물에 샤워를 하고 나면 머리가 조금 맑아질지도 몰랐다. 다행히 구식을 선호하는 섀도우 헌터들도 현대식 배관과 수도 시설만큼은 신뢰하는 모양이었다. 강한 시트러스 향이 나는 비누로는 머리칼에 남은 호수 물 냄새까지 씻어낼 수 있었다. 타월 두 장으로 몸을 감싸고 화장실을 나설 때는 기분이 한결 나아져 있었다.

방으로 돌아온 클라리는 아마티스의 트렁크를 뒤졌다. 깔끔하게 개켜진 옷들 사이에는 바삭한 종이가 층층이 들어가 있었다. C 자 네 개가 등을 맞댄 것처럼 생긴 휘장을 가슴 주머니에 꿰매놓은 양모 스웨터, 주름치마, 좁은 커프스가 달린 셔츠 등 교복으로 보이는 옷들도 눈에 띄었다. 새하얀 드레스 한 벌도 박엽지에 감싸여 있었는데, 아마도 웨딩드레스인 것 같아 한쪽에다 조심스레 눕혀놓았다. 그 아래 또 한 벌의 드레스가 놓여 있었다. 은빛이 도는 실크 재질로, 보석이 장식된 가느다란 줄이 하늘하늘한 드레스의 무게를 감당하도록 되어 있었다. 그 옷을 입은 아마티스의 모습은 잘 그려지지 않았지만, 어머니가 발렌타인과 춤추러 갈 때 비슷한 드레스를 입었을 거라는 생각이 떠올라 얼른 제자리에 집어넣었다. 손끝에 닿은 옷감의 감촉이 부드럽고 서늘했다.

그리고 맨 아래, 섀도우 헌터복이 고이 놓여 있었다. 호기심이 생긴 클라리는 옷을 꺼내 무릎 위에 펼쳐놓았다. 제이스와 라이트우드 남매를 처음 본 날도 이런 전투복 차림이었다. 검고 질긴 재질로 된 몸에 딱 붙는 웃옷과 바지. 가까이에서 보니 신축성 없고 뻣뻣한 것을 납작하게 두드려 나긋나긋하게 만든 얇은 가죽이었다. 지퍼가 달린 재킷 스타일의 상의와 복잡한 허리띠 고리가 달린 바지였다. 섀도우 헌터 허리띠는 무기를 매달 수 있도록 두껍고 견고했다.

클라리가 트렁크 안에서 꺼내야 하는 것은 물론 스웨터나 치마였다. 아마티스가 입으라고 한 것은 그런 옷들이다. 하지만 전투복이 그녀의 주의를 강렬하게 잡아끌었다. 직접 입으면 어떤 느낌일지 늘 궁금했다.

잠시 뒤 클라리는 거울을 들여다보고 있었다. 거울에 비친 자신의 모습이 놀랍기도 하고 우습기도 했다. 섀도우 헌터복은 클라리에게 맞춘 듯이 꼭 맞았다. 몸에 딱 붙으면서 너무 조이지도 않고 다리와 가슴의 굴곡을 드러냈다. 사실은 옷 때문에 굴곡이 있는 것처럼 보이는 것이었지만. 신기했다. 위협감이 느껴지지는 않았지만, 키가 더 커 보이고 머리색도 더 밝아 보였다. '내가 꼭 엄마처럼 보여.' 클라리는 깜짝 놀라며 그렇게 생각했다.

정말 그랬다. 하지만 조슬린은 인형 같은 외모 아래 강철 같은 내면을 숨기고 있는 여인이었다. 클라리는 대체 어머니가 과거에 어떤 경험을 했기에 저토록 강하고 굽힐 줄 모르며 고집이 세고 두려움을 모르는 사람이 되었을까 궁금해하곤 했다. 아마티스는 클라리에게 이렇게 물었다. '네가 엄마를 닮은 만큼 네 오빤 발렌타인을 닮았니?' 클라리는 어머니를 전혀 닮지 않았다고 말하고 싶었다. 어머니는 아름답지만 자신은 그렇지 않다고. 하지만 아마티스가 알던 조슬린은 발렌타인을 쓰러뜨릴 계획을 세우고, 서클을 파괴하고 협정을 보호하기 위해 비밀리에 네피림과 다운월드 사람의 동맹을 구축하던 소녀였다. 그런 조슬린이라면 절대 집 안에 가만히 앉아서 세상이 무너지길 기다리지 않을 것이다.

클라리는 주저하지 않고 방문의 걸쇠를 잠갔다. 그리고 창가로 다가가 창문을 열었다. 격자 울타리가 마치 사다리처럼 돌벽에 설치되어 있었다. 클라리가 혼잣말을 했다. '사다리가 따로 없네. 하지만 저 울타리는 100퍼센트 안전할 거야.'

그녀는 심호흡을 크게 하고 창턱으로 기어올랐다.

다음 날 아침 간수들이 사이먼을 데리러 왔다. 그들은 밤새 이상한 꿈에 시달리다 선잠이 든 사이먼을 마구 흔들어 깨웠다. 위층으로 데리고 올라갈 때 이번에는 눈가리개를 씌우지 않기에, 전날 밤에 말을 걸어온 쉰 목소리의 주인이 보일까 싶어 옆방 철창 안을 훔쳐보았다. 하지만 실망스럽게도 넝마 더미 같은 것만 보일 뿐이었다.

회색 복도를 따라 걷는 동안 사이먼이 어딘가를 조금이라도 오래 본다 싶으면 간수들은 곧바로 그를 제지하며 걸음을 재촉했다. 마침내 그들이 도착한 곳은 화려한 벽지가 발린 방이었다. 섀도우 헌터복을 입은 남자와 여자의 초상화가 여러 개 걸렸는데, 그림을 두른 액자에는 다양한 룬 문양이 장식되어 있었다. 제일 큰 초상화 아래에 붉은 소파가 놓였고, 심문관이 은잔으로 보이는 물건을 손에 들고 그 소파에 앉아 있었다. 그가 사이먼에게 잔을 내밀었다. "피를 좀 마시겠나? 지금쯤 상당히 배가 고플 텐데."

그가 사이먼 쪽으로 잔을 기울이자, 냄새뿐만 아니라 새빨간 액체의 모습이 사이먼을 공격했다. 인형 조종자가 인형 줄을 확 당긴 것처럼, 그의 혈관이 피를 향해 쭉 당겨지는 느낌이었다. 그것은 그리 유쾌하지 않았다. 거의 고통스러울 정도였다. "그거…… 인간의 피인가요?"

앨더트리가 킬킬거렸다. "저런! 말도 안 되는 소리 하지 말게. 이건 사슴 피야. 아주 신선하지."

사이먼은 아무 말도 하지 않았다. 송곳니가 튀어나와 아랫입술을 찌르는 바람에 자신의 피를 맛보았다. 울컥 욕지기가 올라왔.

앨더트리가 말린 자두처럼 얼굴을 찡그렸다. "오, 저런." 그가 간수들에게 돌아섰다. "이제 그만 다들 나가보게." 그의 말에 간수들이 움직였지만, 영사만은 문 앞에서 멈춰 역겨운 표정으로 사이먼을 돌아보았다.

"고맙지만 사양할게요. 그 피는 마시고 싶지 않아요." 사이먼이 가까스로 말했다.

"자네 송곳니는 다른 말을 하는데?" 앨더트리가 다정하게 대꾸했다. "자, 이거 받게." 그가 잔을 내밀자 정원에서 장미향이 날아들듯 피 냄새가 물씬 풍겨왔다.

송곳니가 완전히 나와 입술을 깊이 찔렀다. 눈앞에서 불이 번쩍하는 것 같았다. 사이먼은 저도 모르게 앞으로 걸어가 심문관의 손에서 잔을 받았다. 꿀꺽꿀꺽 세 모금 만에 모두 마셔버린 다음, 자기가 저지른 짓을 깨닫고는 떨리는 손으로 소파 팔걸이에 잔을 내려놓았다. 속으로 이렇게 외치면서. '심문관 1점, 나 빵점.'

"지난밤 감방에선 그다지 불편하진 않았을 줄로 아네. 그 방들은 고문실로 만든 게 아니거든. 그보다는 숙고를 강요하기 위해 만들었지. 난 숙고가 정신을 집중시킨다고 믿는다네. 그렇게 생각지 않나? 명확한 사고를 하려면 반드시 필요한 거지. 자네도 그 안에서 생각을 좀 했기를 바라네. 자네는 꽤 사려 깊은 젊은이처럼 보이니까."

심문관이 머리를 한쪽으로 살짝 기울였다. "아는지 모르겠지만, 그 담요들은 내 손으로 직접 가져다준 거야. 자네가 그 안에서 추위에 시달리는 건 정말로 원치 않았거든."

"전 뱀파이어예요. 추위는 느끼지 않습니다."

"오." 심문관은 실망한 것처럼 보였다.

"다윗의 별과 솔로몬의 인장은 고맙게 생각합니다." 사이먼이 무뚝뚝하게 덧붙였다. "제 신앙에 관심을 가져주는 사람을 만나는 일은 언제나 즐겁죠."

"오, 그렇지. 물론이야!" 앨더트리의 얼굴이 확 펴졌다. "아름답지 않던가? 그 무늬들 말이야. 기가 막히게 매혹적이야. 100퍼센트 확실하고 말이지. 감방 문에 손이 스치기만 해도 피부가 녹아내릴걸!" 심문관은 생각만 해도 즐거운지 키득거렸다. "그건 그렇고, 사이먼. 한 발자국만 뒤로 물러나주겠나? 부탁이네. 인심 쓴다 생각하고 내 말 한 번만 들어주게."

사이먼이 그의 부탁대로 한 걸음 물러났다. 아무 일도 일어나지 않았건만, 심문관의 눈이 커다래지며 도톰한 눈두덩의 피부가 팽팽해졌다.

"그렇군." 그가 숨을 들이쉬었다.

"뭐가 그렇습니까?"

"자네가 지금 어디 서 있는지 보게, 사이먼. 주변을 둘러보라고."

사이먼이 주변을 둘러보았다. 방 안에는 아무런 변화가 없었다. 앨더트리의 말이 무슨 뜻인지 깨닫기까지는 잠시 시간이 걸렸다. 사이먼은 높은 창으로 비스듬히 들어온 밝은 햇빛 안에 서 있었다.

앨더트리가 흥분으로 몸을 뒤틀었다. "직사광선을 받고서도 멀쩡하군. 햇빛은 자네에게 아무런 영향도 미치지 못해. 그렇다고 듣긴 했지만 절대 믿지 않았는데 말이야. 이런 광경은 어디에서도 본 적이 없어."

사이먼은 아무 말도 하지 않았다. 할 말이 없었다.

"그러니 자네에게 묻지 않을 수가 없네. 어째서 이런 현상이 일어나게 됐는지."

"제가 다른 뱀파이들보다 좀 착해서 그런가 보죠." 사이먼은 그렇게 말한 다음 곧바로 후회했다. 앨더트리의 눈이 가늘어지면서 관자놀이 부근의 혈관이 통통한 지렁이처럼 불룩 튀어나왔기 때문이다. 자기 입에서 나온 것 말고는 농담을 그리 좋아하지 않는 사람인 듯했다.

"재밌네, 아주 재밌어. 그럼 하나만 더 묻겠네. 자넨 무덤에서 나왔을 때부터 데이라이터였나?"

"아뇨." 사이먼이 조심스레 대답했다. "그건 아닙니다. 처음에는 햇빛이 조금만 닿아도 화상을 입고 피부가 타들어갔죠."

"그랬겠지." 앨더트리가 열정적으로 고개를 끄덕였다. 그것이 마땅한 세상의 섭리라는 듯이. "그럼 고통 없이 대낮에 돌아다닐 수 있다는 건 언제 처음 알았지?"

"발렌타인의 배에서 있었던 전투 다음 날 아침이요."

"발렌타인이 자네를 잡아 가둔 그때를 말하는 거지? 지옥의 전환 의식에 쓰려고 배로 끌고 갔던 때 말이야."

"이미 전부 알고 계시니, 제가 별로 도와드릴 일이 없을 것 같은데요."

"오, 그렇지 않아, 전혀 그렇지 않네!" 앨더트리가 손을 휘휘 저으며 소리쳤다. 그의 손은 너무 작아서 통통한 팔 끝에 달려 있으니 몹시 어색했다. "자네가 도와줄 일이 엄청나게 많네, 사이먼! 난 어쩔 수 없이 이런 생각이 들거든. 그 배에서 무슨 일이 일어난 게 아닐까, 자네를 변하게 한 어떤 일이 있었던 게 아닐까. 뭐 생각나는 거 없나?"

'제이스 피를 마셨죠.' 사이먼은 고약하게 굴고 싶어서 빈정거리듯 그렇게 말할까 하다 멈칫했다. '그래 맞아, 난 제이스 피를 마셨어.' 정말로 그것 때문에 내 몸이 변한 게 아닐까? 그런 일이 정말 가능할까? 아니, 가능한지 아닌지는 차치하더라도 제이스가 한 일을 심문관에게 말해도 괜찮을까? 클라리를 보호하는 것이라면 몰라도 제이스를 보호하는 것은 또 다른 문제였다. 사이먼은 제이스에게 그 어떤 빚도 없었다.

물론 엄밀히 따지면 그 말은 사실이 아니었다. 제이스는 자신의 피를 나눠 사이먼의 목숨을 구했다. 다른 섀도우 헌터였다면 같은 상황에서 뱀파이어를 살리기 위해 그런 일을 했을까? 아무리 클라리를 위해서라고 해도 제이스가 사이먼의 목숨을 구한 사실에는 변함이 없었다. '널 죽일 뻔했어.' 사이먼은 그렇게 말하던 자신을 떠올렸다. '날 죽이게 그냥 둘 뻔했네'라고 대꾸하던 제이스도. 자신의 피로 사이먼의 목숨을 구한 사실이 알려지면, 제이스가 어떤 곤경에 처하게 될지 알 수 없는 노릇이었다.

"배에서 있었던 일은 기억나는 게 없어요. 발렌타인이 제게 약을 먹였거나 뭔가 손을 쓴 거 같아요."

앨더트리가 얼굴을 일그러뜨렸다. "끔찍한 얘기군. 아주 끔찍해. 그런 얘길 듣게 되어 유감이네."

"저도 그렇습니다." 사이먼은 그렇게 대답했지만, 물론 속으로는 다르게 생각했다.

"생생하게 떠오르는 게 하나도 없다는 말인가? 단 한 가지도?"

"발렌타인의 습격으로 기절한 것까지는 기억나는데, 그리고 나서 깨어보니…… 루크의 트럭이었어요. 집으로 가고 있었고요. 그 외에는 아무것도 기억나지 않습니다."

"오, 저런." 앨더트리가 망토를 단단히 여몄다. "라이트우드 가족은 자네를 마음에 들어하는 것 같지만, 클레이브의 다른 멤버들은 그처럼 이해심이 많지가 않아서 말이야. 자넨 발렌타인에게 잡혔다가 거기서 기이한 능력을 얻어 돌아왔고, 이젠 이드리스의 심장부에 들어와 있어. 이 상황이 다른 사람들 눈에 어떻게 비칠지 짐작이 가겠지?"

만약 사이먼의 심장이 뛸 수만 있었다면 미친 듯이 쿵쾅거릴 터였다. "제가 발렌타인의 스파이라고 생각하시는군요."

앨더트리가 충격을 받은 표정을 지었다. "저런, 저런…… 물론 난 자네를 믿네. 절대적으로 믿어! 하지만 클레이브는 어찌나 의심이 많은지, 아주 말도 못한다네. 우린 자네가 우릴 도와주길 무엇보다도 바라고 있어. 원래 자네한테 이런 말은 하면 안 되지만, 자네는 왠지 무엇이든 털어놓아도 괜찮을 것 같은 느낌이 들어서 말이지. 사실 클레이브는 지독한 곤경에 처해 있다네."

"클레이브가요?" 사이먼은 멍한 기분이었다. "하지만 그게 저하고 무슨 상관이죠?"

"실은, 클레이브가 둘로 나뉘었지 뭔가. 지금 같은 전시 상황에 자기들끼리 싸우고 있다 이 말이야. 전임 심문관과 몇몇 이들이 실수를 저지르는 바람에…… 그 문제는 길게 얘기하지 않는 게 좋겠군. 아무튼 클레이브는 물론이고 영사와 심문관의 권위에 문제가 제기됐지. 발렌타인은 마치 우리 계획을 미리 알고 있었던 것처럼 항상 우리보다 한발 앞서 움직인단 말이야. 의회는 이제 나나 맬러카이의 조언에는 귀를 기울이지 않아. 그런 데다 뉴욕에서 그런 일까지 있었으니 더욱 그렇게 됐지."

"그건 지난 심문관이……."

"바로 맬러카이가 그녀를 심문관으로 임명했지. 이젠 물론 그녀가 얼마나 제정신이 아니었는지……."

"하지만 어떻게 보이는지가 중요하죠." 사이먼이 약간 심술궂게 말을 뱉었다.

앨더트리의 이마에서 또다시 힘줄이 불뚝 튀어나왔다. "영리하군. 자네 말이 맞아. 어떻게 보이는지가 정말 중요하지. 정치에서는 무엇보다 그 문제가 중요해. 그럴듯한 이야기만 있다면 언제든지 대중을 움직일 수 있으니까." 그가 앞으로 몸을 기울여 사이먼과 눈을 맞췄다.

"이제 내가 자네에게 이야기를 하나 들려주겠네. 이야기는 이렇게 진행된다네. 라이트우드 부부는 한때 서클에 있던 사람들이지. 그들은 어느 시점에 신념을 철회하고, 이드리스 밖에 머문다는 조건으로 관대한 처분을 받아 뉴욕으로 건너간 뒤에 인스티튜트를 운영했어. 그들은 나무랄 데 없는 실적을 쌓으면서 클레이브의 신뢰를 얻기 시작했다네. 하지만 그들은 발렌타인이 살아 있다는 사실을 알고 있었지. 그 오랜 세월 동안 발렌타인의 충직한 하인이었던 거야. 발렌타인의 아들을 받아들여……."

"하지만 그들은 몰랐잖아요."

"조용히 하게." 심문관이 으르렁거리자 사이먼은 입을 다물었다. "라이트우드 부부는 발렌타인을 도와 죽음의 도구들을 찾아내고 지옥의 전환 의식도 거들었지. 그러다가 심문관에게 꼬리를 잡히자, 그 배에서 전투가 벌어졌을 때 음모를 꾸며 그녀를 죽인 거야. 이제 그들은 클레이브의 심장부인 이곳에 와 있어. 우리 계획을 염탐한 뒤 발렌타인에게 알려 우리를 패배시키고 발렌타인의 뜻대로 모든 네피림을 움직이게 하려고. 그리고 자네도 데려왔지. 자네, 햇빛에도 끄떡없는 뱀파이어. 우리 관심을 다른 데로 돌려 자신들의 진짜 계획을 숨기려고 말이야. 과거의 영광을 서클에 돌려주고 법을 파괴하려는 계획."

앨더트리가 앞으로 몸을 숙이자, 돼지를 닮은 그의 눈이 반짝거렸다. "어떤가, 뱀파이어?"

"말도 안 되는 이야기네요. 오랫동안 재포장되지 않은 브루클린 켄트 가의 도로보다 더 커다란 구멍이 있어요. 그걸로 뭘 얻길 바라는지는 모르겠지만……."

"바란다고?" 앨더트리의 목소리가 메아리치며 울렸다. "난 바라지 않아, 뱀파이어. 가슴 깊이 아는 거지. 클레이브를 구하는 것이 내 신성한 의무라는 걸 말이야."

"거짓말을 이용해서요?"

"이야기를 이용해서. 위대한 정치가들은 대중에게 영감을 불어넣을 이야기를 짜내지."

"모든 원흉이 라이트우드 가족이라는 이야기는 어떤 영감도 주지 않는데요."

"누군가는 희생을 해야 해." 땀이 배어 나와 앨더트리의 얼굴이 번들거렸다. "의회가 공공의 적을 갖게 되면 다시 클레이브를 믿어야 할 이유가 생기지. 그렇게 되면 모두 하나가 될 거야. 그에 비하면 한 가족의 희생쯤은 그리 큰 대가가 아니잖나. 그리고 라이트우드의 아이들에게는 피해가 없게 할 거라 믿네. 그들에겐 비난의 화살이 돌아가지 않을 거야. 장남 정도는 모르겠지만 나머지 아이들은……."

"그럴 순 없어요. 아무도 이 이야기를 믿지 않을 거예요."

"사람들은 자신이 믿고 싶은 것만 믿어. 클레이브는 책임을 돌릴 사람을 원하고. 내가 그들에게 그걸 주려는 거지. 필요한 건 자네뿐이야."

"저요? 제가 그 일이랑 무슨 관계가 있는데요?"

"자백하는 거지." 심문관의 얼굴은 이제 흥분으로 벌겋게 달아올랐다. "자네가 라이트우드 부부의 종복이라는 자백. 자네들 모두가 발렌타인과 한통속이라는 자백. 자네가 자백하면 나도 관용을 베풀겠네. 뉴욕의 자네 가족에게 보내주지. 맹세하겠네. 클레이브를 믿게 하기 위해 난 자네의 자백이 필요해."

"저보고 거짓 자백을 하란 말씀이군요." 사이먼은 자신이 심문관의 말을 반복하고 있다는 걸 알았지만, 머릿속이 정신없이 소용돌이쳐서 한 가지 생각도 제대로 할 수가 없었다. 머릿속에서 라이트우드 가족의 얼굴이 빙글빙글 회오리쳤다. 가드로 이어지는 길을 걸으며 숨을 고르던 알렉, 사이먼을 올려다보던 이사벨의 검은 눈, 이야기에 푹 파묻혀 책을 보던 맥스.

그리고 제이스. 그 역시 라이트우드 가족의 일원이었다. 혈육은 아니어도 그만큼이나 가까운 관계였다. 심문관은 제이스의 이름을 언급하지 않았지만, 그가 라이트우드 가족과 함께 처벌을 받으리라는 건 불 보듯 뻔한 일이었다. 그리고 제이스가 고통받으면 클라리도 고통받는다. 사이먼이 어쩌다 이들과 이렇게 단단히 엮이게 되었는지 한심할 따름이었다. 기껏해야 그를 다운월드 사람으로 보는 사람들인데. 아무리 좋게 본다 해도 절반만 인간인 하찮은 존재로 말이다.

사이먼이 고개를 들고 심문관을 똑바로 보았다. 앨더트리의 눈은 목탄처럼 검었다. 마치 암흑 속을 들여다보는 것 같았다. "아뇨. 전 그럴 수 없습니다."

"그렇다면 내가 준 그 피가 마지막이 되겠군. 자네가 다른 대답을 줄 때까지." 앨더트리의 목소리에는 친절함이라곤 단 한 방울도 섞여 있지 않았다. 거짓 친절조차도. "갈증이 얼마나 심해질 수 있는지 깜짝 놀라게 될 거야."

사이먼은 아무런 대꾸도 하지 않았다.

"또 하룻밤을 감방에서 보내게 됐군." 심문관이 자리에서 일어나 간수를 부르기 위해 벨에 손을 뻗었다. "그 아래는 무척 평온하지 않나? 기억에 사소한 문제가 생겼을 때는 평온한 분위기가 도움이 되던데. 내 경우엔 말이야. 자네는 어떤가?"

클라리는 전날 밤 루크와 온 길을 기억한다고 생각했지만 그렇지 않다는 사실이 곧 밝혀졌다. 길을 물으려면 시내로 가는 게 나을 것 같아 그쪽으로 향했는데, 버려진 우물이 있는 정원까지 와서 왼쪽으로 돌아야 하는지 오른쪽으로 돌아야 하는지가 영 가물가물했다. 클라리는 결국 왼쪽으로 돌았고, 구불거리는 좁은 거리가 마구 엉킨 곳으로 들어섰다. 하지만 어느 거리로 들어서도 전의 거리와 비슷해 보여, 걸으면 걸을수록 점점 더 길을 잃는 기분이 되었다.

마침내 클라리는 양옆으로 상점이 늘어선 너른 길로 들어섰다. 제 갈 길이 바쁜 행인들은 그녀에게 눈길조차 주지 않았다. 전투복 차림도 이따금 눈에 띄었지만 바깥 공기가 서늘해서인지 고풍스러운 긴 코트 차림이 많았다. 상쾌한 바람이 불어오자, 아마티스의 손님방에 걸어두고 나온 녹색 벨벳 코트가 떠오르며 가슴이 쓰라렸다.

회의 참석을 위해 섀도우 헌터들이 전 세계에서 몰려들었다는 루크의 말은 과장이 아니었다. 아름다운 금빛 사리를 몸에 두르고 날이 휜 검한 쌍을 사슬로 손목에 매단 인도 여성이 클라리 옆으로 지나갔다. 장신에 구릿빛 피부와 아즈텍 종족의 각진 얼굴을 한 남자 하나는 무기가 잔뜩 전시되어 있는 가게 진열창 안을 들여다보았다. 그의 손목에는 악마 타워와 같은 재질로 된 단단하고 반짝이는 팔찌가 감겨 있었다. 저쪽 길가에서 유목민 차림을 한 남자 하나가 거리 지도 같은 것을 들여다보고 있었다. 그 모습에 클라리는 마침내 지나가는 여인에게 린스워터의 위치를 물어볼 용기를 냈다. 묵직해 보이는 양단 외투를 입은 여인이었다. 길을 몰라 우왕좌왕하는 사람을 보고도 이곳 주민들이 아무런 의심을 품지 않을 때가 있다면 지금이 바로 그때였다.

클라리의 예감은 틀리지 않았다. 그 여인은 주저하지 않고 빠른 말로 길을 알려주었다. "올드캐슬 운하 끝에서 오른쪽에 있는 돌다리를 건너면 거기가 바로 프린스워터 가예요. 어느 집을 방문하려는 거죠?" 그녀가 웃으면서 물었다.

"펜할로우 저택이요."

"아, 그건 운하를 등진 파란 집이에요. 금색 테두리로 둘러쳤고. 그 집은 워낙 커다래서 놓치고 지나가는 일은 없을 거예요."

하지만 그 말은 반만 진실이었다. 저택이 커다란 것은 사실이었지만 클라리는 하마터면 그냥 지나칠 뻔했다. 실수를 깨닫고 되돌아가니 저택은 파란색이라기보다는 남색에 가까웠다. 하긴 모든 사람이 클라리처럼 색에 민감하지는 않으니까. 대부분은 사프란색과 레몬색을 구분하지 못한다. 그 두 색이 비슷하기라도 한 것처럼! 게다가 저택의 가장자리도 금색이 아니라 청동색이었다. 건물은 오랜 세월 그 자리를 지켰는지 보기 좋게 색이 짙어졌다. 이 도시에 있는 것들은 하나같이 매우 고풍스럽고……

'그만해.' 클라리는 끝없이 뻗어나가는 생각을 그쯤에서 중단시켰다. 꼬리에 꼬리를 물며 생각이 사방팔방으로 뻗어나가는 건 긴장할 때 나오는 습관이었다. 클라리는 땀이 배어 축축한 손바닥을 바지에 문질렀다. 옷감은 뱀의 비늘처럼 거칠고 건조한 느낌이었다.

계단을 올라가서 문을 두드리기 위해 묵직한 노커를 잡았다. 천사 날개 모양의 노커를 잡았다 놓으니 거대한 종소리가 울려 퍼졌고, 잠시 뒤 문이 벌컥 열렸다. 그리고 충격으로 눈이 휘둥그레진 이사벨 라이트우드가 입구에 모습을 드러냈다.

"클라리?"

클라리는 희미하게 웃었다. "안녕, 이사벨."

이사벨이 문설주에 쓰러지듯 기대며 우울한 표정을 지었다.

"오, 이런."

감방으로 돌아온 사이먼은 침대 위로 쓰러져 멀어지는 간수들의 발소리에 귀를 기울였다. 여기서 또 하룻밤을 보내야 하다니. 이 아래에서 하룻밤을 보내는 동안 심문관은 그가 '기억'을 되살리기를 기다릴 것이다. 그토록 걱정을 하고 악몽을 꾸었어도, 자신이 발렌타인과 결탁했다고 생각할 사람이 있으리라고는 상상도 하지 못했다. 발렌타인은 다운월드 사람을 증오하는 것으로 유명했다. 그는 사이먼을 베고 피를 얻은 후 죽게 내버려두었다. 물론 심문관은 그 사실을 알지 못하지만.

벽 너머에서 부스럭거리는 소리가 들려왔다. "네가 다시 돌아올지 궁금했다는 말을 해야겠군." 지난밤에 들었던 쉰 목소리가 사이먼에게 말했다. "그럼 심문관이 원하는 걸 내놓지 않았다는 뜻이겠지?"

"그런 셈이죠." 사이먼이 벽으로 다가가서 옆방을 들여다볼 틈이 없는지 확인하듯 손가락으로 벽을 더듬어보았지만 아무것도 찾지 못했다. "그쪽은 누구시죠?"

"무척이나 고집이 센 사람이지. 앨더트리 말이야. 아마 원하는 걸 얻으려는 시도를 멈추지 않을 거야." 사이먼의 말을 못들은 체하며 옆방 사내는 자기 말을 계속했다.

사이먼은 축축한 벽에 몸을 기댔다. "그럼 전 한동안 여기서 지내야겠군요."

"그자가 원하는 게 뭔지, 나한테 말해주고 싶진 않겠지?"

"그게 왜 알고 싶은데요?"

쇠를 돌에 긁어대는 소리처럼 거슬리는 웃음소리가 들려왔다.

"내가 이 감방 안에서 좀 오래 지냈다, 데이라이터. 보다시피 여기서는 할 일이 별로 없지. 무엇이든 관심을 쏟을 게 있다면 덜 지루하게 보낼 수 있어."

사이먼이 배를 움켜쥐었다. 사슴 피가 공복감은 덜어주긴 했지만 충분한 양은 아니었다. 그는 여전히 갈증으로 고통스러웠다. "계속 절 그렇게 부르시네요. 데이라이터라고."

"간수들이 너에 관해 얘기하는 걸 들었지. 햇빛 아래 자유로이 돌아다니는 뱀파이어. 지금까지 누구도 그런 걸 본 적은 없어."

"그런 걸 가리키는 말은 있잖아요. '편리하다.'"

"그건 다운월드 사람들에게 해당하는 말이지, 클레이브에게는 아니야. 너와 같은 존재들에 관한 전설도 있어. 그걸 모른다니 놀랍군."

"다운월드 사람이 된 지 그리 오래되지 않았거든요. 그런데 저에 관해 많은 걸 알고 계시네요."

"간수들은 남의 말 하길 즐기지. 피 흘리며 죽어가는 뱀파이어를 끌고 포털을 통과해 이곳으로 건너온 라이트우드 가족은 뒷말을 하기에 엄청나게 좋은 소재야. 물론 네가 감방으로 오리라곤 생각지 못했지만 말이야. 적어도 그들이 감방을 고치기 전까지는. 라이트우드 가족이 가만히 있는 게 조금 놀랍군."

"왜요? 전 하찮은 다운월드 사람일 뿐인데요." 사이먼이 씁쓸하게 말했다.

"영사에겐 그렇겠지만 라이트우드 가족은……."

"그들은 뭐요?"

그가 짧은 순간 멈칫하다 계속 말을 이었다. "이드리스 밖에 사는 섀도우 헌터들, 특히 인스티튜트를 운영하는 사람들은 다른 이들보다 다운월드 사람에 대해 관대한 경향이 있어. 반면 클레이브는 아주 완고하지."

"그럼 그쪽은요? 그쪽도 다운월드 사람인가요?"

"내가 다운월드 사람이냐고?" 사이먼은 확실치 않았지만 그의 목소리에서 분노의 기미를 느꼈다. 마치 사이먼이 그렇게 물어 화가 나기라도 한 것처럼.

"내 이름은 새뮤얼이야. 새뮤얼 블랙번. 네피림이지. 오래전에 발렌타인과 함께 서클에 있었어. 반란이 일어났을 때 다운월드 사람들을 죽이긴 했어도 다운월드 사람은 아니야."

"아." 사이먼이 마른침을 꿀꺽 삼켰다. 입안에서 짠맛이 났다. 그는 서클 멤버들이 클레이브에 잡혀가 처벌을 받았다는 사실을 알고 있었다. 라이트우드 부부처럼 협상에 성공하여 용서받는 조건으로 추방된 자들을 제외하고는. "그때 이후로 계속 여기 갇혀 있었던 건가요?"

"그건 아냐. 반란이 일어난 후 몰래 이드리스를 빠져나갔지. 잡히기 전에 말이야. 그리고 나서 아주 오랫동안 이드리스 근처엔 얼씬도 하지 않았어. 그러던 어느 날 멍청하게도 그들이 날 잊었을 거라 생각하고 이곳으로 돌아왔어. 당연히 그들은 내가 이드리스에 발을 들이자마자 날 잡아들였지. 클레이브는 적을 추적하는 방법을 알고 있거든. 그들은 나를 심문관 앞으로 끌고 가서 여러 날 동안 조사했지. 조사를 모두 마치고 나서는 이곳에 던져 넣었고." 새뮤얼이 한숨을 푹 내쉬었다. "프랑스어로 이런 감옥을 '우블리에트'라고 하지. '망각의 장소'란 뜻이야. 그러니까 이곳은 떠올리고 싶지 않은 쓰레기를 던져두는 곳과도 같아. 악취를 풍기며 썩어가도 아무도 상관하지 않는 쓰레기."

"좋아요. 난 다운월드 사람이니 쓰레기라고 쳐요. 하지만 그쪽은 아니잖아요. 네피림이라고요."

"발렌타인과 내통한 네피림이지. 그건 다운월드 사람과 조금도 다를 바가 없어. 어쩌면 더 나쁘지. 배신자니까."

"하지만 서클 멤버였던 섀도우 헌터들은 엄청나게 많지 않나요? 라이트우드나 펜할로우 부부도 그렇고."

"그들은 모두 자신의 신념을 철회했지. 발렌타인에게 등을 돌렸어. 하지만 난 아니야."

"아니라고요? 왜요?"

"왜냐하면 난 클레이브보다 발렌타인이 더 두렵기 때문이지. 네가 분별을 지닌 자라면, 데이라이터, 너도 나와 같은 생각일 거다."

"넌 지금 뉴욕에 있어야 하잖아!" 이사벨이 소리쳤다. "제이스 말로는 네가 오지 않기로 마음을 바꿨다던데. 엄마랑 같이 있고 싶어한다고!"

"제이스가 거짓말을 한 거야." 클라리가 단호하게 말했다. "나를 데려오지 않으려고 제이스가 떠나는 시간을 거짓으로 알려줬어. 너희한테는 내가 마음을 바꿨다고 거짓말을 하고. 넌 제이스가 거짓말을 하지 않는다고 했지? 완전히 잘못 안 거야."

"보통은 안 해." 이사벨은 얼굴이 창백해져서 말했다. "저기, 너 여기 온 게…… 그러니까 사이먼 때문에 이러는 거야?"

"사이먼이라니? 사이먼은 안전하게 뉴욕에 있는데. 걔라도 거기 잘 있으니 얼마나 다행인지. 내가 인사도 없이 떠난 걸 알면 엄청 화를 내긴 하겠지만."

이사벨이 멍한 표정으로 쳐다보자 클라리는 짜증이 나기 시작했다. "그만 좀 하고 들여보내줘, 이사벨. 제이스를 봐야 해."

"그러니까…… 너 혼자 온 거야? 클레이브에 허가를 받긴 했니? 제발 허가받고 온 거라고 말해줘."

"그런 건……."

"그럼 법을 어긴 거야?" 이사벨이 저도 모르게 목소리를 높였다가 얼른 다시 낮췄다. 그러고는 속삭이는 목소리로 말을 이었다. "제이스가 알면 난리 날 거야, 클라리. 집으로 돌아가야 해."

"아니. 난 원래부터 이곳에 오기로 돼 있었어. 그리고 제이스한테 할 얘기도 있고." 클라리는 말을 하면서도 이런 고집이 어디 숨어 있다가 나오는 것인지 의아했다.

"지금은 좀 그래." 이사벨은 마치 클라리를 이곳에서 사라지게 하는 데 도움을 줄 만한 누군가가 없나 살피듯이 초조하게 주변을 두리번거렸다. "제발, 뉴욕으로 그냥 돌아가주면 안 될까? 부탁이야."

"난 네가 날 좋아하는 줄 알았어, 이지." 클라리는 죄의식을 자극하는 쪽으로 방향을 바꿨다.

이사벨이 입술을 깨물었다. 새하얀 드레스 차림에 머리를 올려서 핀으로 고정한 이사벨은 평소보다 어려 보였다. 그녀 뒤로 고풍스러운 유화가 걸리고 천장이 높은 입구가 보였다. "좋아하는 거 맞아. 난 그냥 제이스가…… 세상에, 너 지금 뭘 입고 있는 거야? 전투복은 어디서 났어?"

클라리가 자신의 모습을 내려다보았다. "얘기하자면 길어."

"아무튼 여긴 들어오면 안 돼. 제이스가 보는 날엔……."

"제이스가 보면 왜 안 되는데? 이사벨, 난 엄마 때문에 온 거야. 엄마를 도우려고 이드리스까지 온 거라고. 아무리 제이스가 원하지 않아도 집에 가만히 앉아 있을 순 없어. 이곳에서 날 기다리는 사람도 있고, 엄마도 내가 이 일을 해주길 기대하고 있다고. 네가 나라도 이런 상황에선 똑같이 하지 않겠어?"

"물론 나라도 그랬겠지. 하지만 클라리, 제이스는 제이스대로 이유가……."

"내가 직접 듣지, 뭐. 그 이유가 대체 뭔지."

그러고는 클라리가 문을 가로막은 이사벨의 팔 아래로 머리를 수그리며 재빨리 안으로 들어섰다.

"클라리!" 이사벨이 소리를 지르며 잡으려고 했지만, 그녀는 이미 복도 중간까지 가 있었다. 클라리는 이사벨을 피하는 와중에도 펜할로우 저택이 아마티스의 집처럼 높고 좁게 지어졌지만 훨씬 더 넓고 화려하게 꾸며졌다는 사실을 알아차렸다. 복도 끝에서는 방이 하나 나왔는데 길고 높은 창 너머로 넓은 운하가 내다보였다. 하얀 배들이 물 위로 떠다녔고, 배의 돛은 민들레의 솜털처럼 바람에 이리저리 흔들렸다. 창가에 놓인 소파에는 검은 머리 소년 하나가 책을 읽고 있었다.

"세바스찬!" 이사벨이 그를 불렀다. "걔, 위로 못 올라가게 해!"

깜짝 놀라 고개를 드는가 싶던 소년은 다음 순간 위층으로 올라가는 길을 막고 서 있었다. 클라리는 그 앞에서 겨우 멈춰 섰다. 소년은 숨결 하나 흐트러지지 않은 채 클라리를 향해 싱긋 웃어 보였다.

"그러니까 이쪽이 그 유명한 클라리란 말이지." 그의 얼굴이 미소로 환해지자 클라리는 숨이 멎는 것만 같았다. 그녀는 오랫동안 자신만의 그래픽 노블을 그려왔다. 사랑에 빠지는 상대마다 목숨을 잃는 저주를 받은 왕자의 이야기. 클라리는 심혈을 기울여서 어둡고, 로맨틱하고, 베일에 싸인 왕자를 만들어냈다. 그런데 지금 그 왕자가 그녀 앞에 서 있었다. 창백한 피부와 비죽비죽 뻗친 머리도 똑같고, 동공과 홍채가 섞인 것처럼 보일 만큼 색이 짙은 눈도 똑같았다. 광대뼈가 높이 솟아 그늘이 지고 깊은 눈에는 기다란 속눈썹이 달렸다. 클라리는 처음 보는 소년이라는 것을 알면서도 왠지 모르게…….

소년 역시 당황한 표정이었다.

"저기…… 우리 전에 만난 적이 있던가요?"

클라리는 말문이 막혀 고개만 가로저었다.

"세바스찬! 걔한테 잘해주지 말란 말이야. 여기 있으면 안 되는 애야. 클라리, 집으로 돌아가." 이사벨이 눈을 부릅뜨고 외쳤다. 그녀의 머리카락은 핀에서 빠져나와 어깨 위에 축 늘어져 있었다.

클라리가 힘겹게 세바스찬에게서 시선을 떼어 이사벨을 쏘아보았다. "뉴욕으로 돌아가라고? 어떻게 돌아가?"

"여긴 어떻게 왔는데요?" 세바스찬이 물었다. "알리칸테로 몰래 숨어드는 건 굉장한 일인데."

"포털로 왔어요."

"포털?" 이사벨이 놀라서 물었다. "하지만 뉴욕엔 포털이 남아 있지 않은데. 발렌타인이 둘 다 부숴버렸고……."

"너한테 일일이 설명할 의무는 없다고 생각하는데. 넌 아무 말도 해주지 않는데 말이야. 이를테면 제이스가 어디 있는지라든가."

"여긴 없어."

"위층에 있어."

이사벨이 세바스찬과 동시에 대답했다.

이사벨이 그에게 홱 돌아섰다. "세바스찬! 입 다물어."

세바스찬은 당혹스러운 표정이 되었다. "제이스 동생이잖아. 제이스가 보고 싶어하지 않을까?"

이사벨이 입을 열었다 도로 닫았다. 클라리와 제이스의 복잡한 관계를 세바스찬에게 설명하는 쪽이 나을지, 아니면 제이스에게 불쾌한 소식을 느닷없이 전하는 쪽이 나을지 속으로 가늠하는 중인 듯했다. 마침내 이사벨이 포기하듯 손을 들었다.

"좋아, 클라리." 그 목소리에는 이사벨답지 않게 상당한 분노가 배어 있었다. "마음대로 해. 상처받는 사람이 나오든 말든. 넌 언제나 네가 하고 싶은 대로 하잖아, 안 그래?"

클라리는 한 방 맞은 기분이었지만, 이사벨에게 비난의 눈초리를 던지고 세바스찬에게 돌아섰다. 세바스찬은 조용히 길에서 물러났고, 클라리는 잽싸게 그를 지나쳐 계단으로 올라갔다. 아래쪽에서 세바스찬에게 소리를 지르는 이사벨의 목소리가 희미하게 들려왔다. 이사벨은 늘 그랬다. 누군가에게 책임을 뒤집어 씌워야 하는데 주변에 소년이 있으면 그 소년에게 비난의 화살을 돌렸다.

계단이 넓어지며 시내 쪽으로 향한 퇴창이 나왔다. 움푹 들어간 벽감 안에 자그마한 소년이 들어앉아 책을 읽고 있었다. 소년은 클라리가 올라오는 소리에 고개를 들고는 놀라서 눈을 깜빡거렸다.

"나 누나 알아요."

"안녕, 맥스. 클라리 누나잖아. 제이스 동생. 기억하지?"

맥스의 얼굴이 환해졌다. "《나루토》 읽는 방법을 가르쳐준 누나." 그러고는 손에 든 책을 들어 보였다.

"봐요, 나 또 한 권 생겼어요. 이건……."

"맥스. 지금은 얘기를 나누기가 곤란해. 책은 이따 봐줄게. 혹시 제이스가 어디 있는지 아니?"

맥스가 금세 시무룩해졌다. "저 방에요." 그는 손가락으로 복도 맨 끝에 있는 방을 가리켰다. "나도 그 방에 있고 싶었는데 어른들끼리 할 일이 있댔어요. 다들 그 말뿐이야."

"미안해." 클라리는 그렇게 말했지만 마음은 이미 다른 데 가 있었다. 제이스를 보면 뭐라고 할지, 제이스는 그녀에게 뭐라고 할지 같은 것을

유리의 도시 129

생각하고 있었다. 문을 향해 다가가며 클라리는 생각했다. '화내기보다는 상냥하게 말하는 게 나을 거야. 소리를 지르면 제이스는 방어적으로 나올 테니까. 그가 이 세계에 속해 있는 것처럼 나 또한 그렇다는 것을 제이스에게 이해시켜야만 해. 그렇게 늘 깨지기 쉬운 도자기처럼 보호받을 필요가 없다는 걸. 나도 다른 섀도우 헌터들처럼 강하다는 걸.'

클라리가 방문을 벌컥 열었다. 벽을 따라 책장이 놓여 마치 도서관처럼 보이는 방이었다. 길고 넓은 창으로 햇빛이 쏟아져 실내는 환했다. 제이스는 방 한가운데 서 있었다. 그런데 혼자가 아니었다. 클라리가 한 번도 본 적이 없는 검은 머리 소녀와 함께였다. 둘은 열정적으로 서로를 껴안은 채 찰싹 달라붙어 있었다.

6
나쁜 피

 방 안의 공기가 모조리 빨려나간 것처럼 클라리는 심한 현기증을 느꼈다. 뒤로 물러나려다가 비틀거리며 방문에 어깨를 부딪혔다. 문이 큰 소리를 내며 닫히자 제이스와 소녀는 떨어졌다.
 클라리는 그 자리에 얼어붙었다. 둘 다 그녀를 뚫어지게 쳐다보았다. 소녀는 검은 머리를 길게 길렀고 매우 예뻤다. 셔츠 단추가 몇 개 풀어져 레이스 달린 브래지어 끈 하나가 보였다. 클라리는 당장이라도 토할 것만 같았다.
 소녀의 손이 블라우스로 올라가 재빨리 단추를 잠갔다. 기분 좋은 표정은 아니었다. "미안하지만 누구죠?" 소녀가 얼굴을 찡그리며 물었다.
 클라리는 아무 말 없이 제이스를 쳐다보았다. 그가 믿을 수 없다는 표정으로 그녀를 빤히 바라보았다. 얼굴은 핏기가 가셔 창백했고, 눈 아래 검은 그림자가 두드러져 보였다. 그는 자신에게 겨눈 총구를 내려다보듯 클라리를 쳐다보고 있었다.
 "알린. 여긴 내 동생 클라리야." 활기나 온기가 전혀 없는 목소리로 제이스가 말했다.

"오. 오." 알린의 얼굴이 풀어지며 난처한 미소가 어렸다. "미안해요! 이런 식으로 처음 만나다니. 안녕하세요, 난 알린이라고 해요."

알린이 손을 내밀고 웃으며 클라리 쪽으로 다가왔다. '난 저 손, 절대 못 잡아.' 클라리의 가슴이 철렁 내려앉았다. 제이스가 그녀의 마음을 읽었는지 냉정한 표정으로 알린의 어깨를 잡고 귓가에 뭔가 소곤거렸다. 알린은 깜짝 놀라더니 어깨를 으쓱하고는 말없이 방문을 나갔다.

클라리는 제이스와 단둘이 방 안에 남겨졌다. 끔찍한 악몽이 현실이 된 것처럼 자신을 바라보는 사람과 단둘이.

"제이스." 그에게 한 걸음 다가서며 클라리가 입을 열었다.

클라리가 무슨 독성 물질이라도 되듯 제이스가 뒤로 물러났다. "맙소사, 클라리. 여기서 지금 뭐하는 거야?"

그의 냉혹한 어조가 클라리의 가슴을 아프게 후벼 팠다. "조금쯤은 반가운 척해줄 수 있잖아?"

"반갑지 않아." 제이스의 얼굴색이 약간 돌아왔지만, 눈 아래 그림자는 여전히 잿빛 얼룩처럼 도드라졌다. 클라리는 그가 무슨 말이든 더 해주길 기다렸지만, 제이스는 경악한 표정을 숨기지 못하는 클라리의 얼굴을 뚫어지게 보는 것만으로 만족하는 듯했다. 그 와중에도 클라리는 그의 검은 스웨터가 손목 위로 헐렁하게 늘어진 것을 보았다. 살이 빠지기라도 한 걸까. 게다가 손톱은 생살이 드러날 정도로 뜯겨 있었다. "조금도 반갑지 않아."

"그러지 마. 네가 그럴 때마다 정말 싫어."

"아, 그래? 그럼 그만해야겠네? 넌 내가 하라는 대로 다 하니까 말이야."

"넌 그럴 권리가 전혀 없었어." 클라리가 갑자기 분노하며 쏘아붙였다. "그런 식으로 날 속이다니. 너한텐 그럴 권리가……."

"그럴 권리 있어!" 그가 버럭 고함을 쳤다. 전에는 한 번도 그토록 크게 소리를 지른 적이 없었다. "그럴 권리가 얼마든지 있다고, 이 멍청아. 난 네 오빠고……."

"그래서? 내가 네 소유물이라도 된다는 거야? 아무리 오빠라고 해도 그건 아니야!"

클라리 뒤에서 방문이 벌컥 열렸다. 수수한 감청색 재킷을 입은 알렉이 들어왔다. 머리는 언제나처럼 부스스 헝클어졌고 부츠에는 진흙이 잔뜩 묻었다. 늘 침착함을 잃지 않던 그의 얼굴에 믿을 수 없다는 표정이 떠올랐다. "이게 대체 무슨 일이야? 서로 죽일 듯이 싸우기라도 할 참이야?"

"전혀." 제이스가 입을 열었고, 마술처럼 그의 얼굴에서 모든 감정이 자취를 감췄다. 분노도 공포도 사라지고 오로지 차분함만이 남았다. "클라리가 지금 막 떠나려던 참이었거든."

"잘됐네. 너한테 할 얘기가 있어, 제이스."

"이제 이 집 사람들은 '만나서 반갑다'는 인사 같은 건 하지 않기로 했나 보지?" 클라리가 누구에게랄 것도 없이 말했다.

알렉은 이사벨보다 죄의식을 자극하기가 훨씬 쉬웠다. "물론 반갑지, 클라리. 네가 여기 있으면 안 되는 상황이라는 것만 빼면. 이사벨이 그러는데 너 혼자 온 거라며. 당연히 네 능력에는 깊은 인상을……."

"괜히 더 부추기지 마, 알렉." 제이스가 말했다.

"그런데 내가 지금 제이스하고 꼭 해야 할 말이 있거든. 잠깐만 자리를 비켜주면 안 될까?"

"나도 제이스하고 할 얘기가 있어. 우리 엄마에 관해……."

"솔직히 난 누구하고도 얘기하고 싶지 않은데."

"네가 꼭 들어야 하는 얘기야, 제이스." 알렉이 말했다.

"그럴 것 같지 않은데." 제이스가 클라리에게 다시 눈길을 돌렸다. "너 여기 혼자 온 거 아니지?" 생각보다 상황이 훨씬 끔찍하다는 것을 깨달은 듯이 제이스가 천천히 말을 이었다. "누구랑 같이 온 거야?"

이런 상황에서 거짓말을 하는 것은 쓸모없는 짓이었다. "루크랑 함께 왔어."

제이스의 얼굴이 새파랗게 질렸다. "루크는 다운월드 사람이잖아. 등록되어 있지 않은 다운월드 사람이 이드리스에 들어왔다가 발각되면 어떻게 되는지 알아? 허가 없이 이드리스에 들어오는 것만도 엄청난 위반인데, 알리칸테까지 들어오면 어떻게 되는지 알기나 하냐고."

"몰라. 하지만 무슨 말을 하려는진 알아." 클라리가 반은 속삭이다시피 대답했다.

"루크랑 당장 뉴욕으로 돌아가지 않으면, 곧 답을 알게 될 거야."

제이스가 말없이 클라리의 눈을 쳐다보았다. 클라리는 절박감이 어린 그의 눈빛을 보고 깜짝 놀랐다. 지금 협박의 말을 하고 있는 건 그녀가 아니라 제이스이지 않나.

"제이스." 정적을 깨며 알렉이 입을 열었다. 목소리에 다급함과 공포의 기미가 살짝 묻어났다. "내가 하루 종일 어디 갔는지 궁금하지 않아?"

"새 코트를 입은 거 보니까 쇼핑하러 갔나 보네. 그걸 가지고 왜 그렇게 날 귀찮게 하는지 모르겠지만." 제이스는 알렉을 쳐다보지도 않고 말했다.

알렉이 버럭 화를 내며 말했다. "쇼핑하러 갔던 거 아니야. 난……."

그때 다시 문이 벌컥 열리고, 이사벨이 새하얀 드레스를 펄럭이며 급히 들어와 문을 닫았다. 그리고 클라리를 보며 머리를 흔들었다. "거봐,

내가 난리 날 거라고 그랬지?"

"아, 그 유명한 '내가 그랬지' 후렴구. 언제나 훌륭한 효과를 발휘하지."

클라리가 경악해서 제이스를 쳐다봤다. "이런 상황에서 농담이 나와? 넌 방금 전에 루크를 위협하는 말을 했어. 그가 다운월드 사람이라는 이유로. 루크는 널 그렇게 믿어주고 아끼는데. 대체 왜 이러는 거야?"

이사벨이 공포에 질렸다. "루크도 여기 있어? 정말이지, 클라리······."

"루크는 여기 없어. 떠났어. 오늘 아침에. 어디로 갔는지는 나도 몰라. 하지만 루크가 왜 떠나야 했는지 여기 와서 보니 확실히 알겠네." 클라리는 제이스를 쳐다볼 엄두가 나지 않았다. "좋아. 네가 이겼어. 우린 여기 와서는 안 되는 거였어. 난 포털을 열어서는 안 되는 거였고······."

"포털을 열었다고?" 이사벨이 어리둥절한 표정이 되었다. "클라리, 오로지 마법사만이 포털을 열 수 있어. 그리고 포털은 많지도 않고. 이드리스에 딱 하나 있는 포털은 가드 안에 있어."

"내가 하려던 얘기가 바로 그거라고." 알렉이 제이스에게 나지막이 쉿소리를 냈다. 그러자 지금보다 더 경악스러운 표정이 제이스의 얼굴에 떠올랐다. 클라리가 놀란 눈으로 제이스를 바라보았다. 그는 당장이라도 기절할 사람처럼 보였다. "어젯밤에 내가 한 심부름 있잖아, 가드에 가져다줘야 했던 거······."

"알렉, 그만해. 그만하라고." 제이스가 외치는 소리에 알렉이 말을 중단했다. 알렉은 입을 다물고 제이스를 빤히 쳐다보다 입술을 깨물었다. 하지만 제이스는 알렉을 보고 있지 않았다. 그는 클라리를 보고 있었다. 눈이 유리처럼 단단해 보였다. 이윽고 제이스가 입을 열었다.

"네 말이 맞아." 나오지 않는 말을 억지로 끄집어내듯 제이스의 목소리가 잠겼다.

"넌 여기 와서는 안 되는 거였어. 이곳이 안전하지 않기 때문이라고 했지만, 그건 진짜 이유가 아니었어. 진짜 이유는 네가 경솔하고 무분별해서 모든 걸 망쳐놓기 때문이야. 넌 그런 아이야, 클라리. 신중하지 못한 아이."

"모든 걸…… 망쳐놓는다고?" 클라리는 숨을 쉬기가 힘겨워 속삭이듯이 겨우 말을 뱉었다.

"오, 제이스." 이사벨이 그의 이름을 안타깝게 불렀다. 마치 상처를 받은 사람이 클라리가 아니라 제이스라도 되는 듯이. 제이스는 이사벨에게 고개를 돌리지 않았다. 그의 시선은 클라리에게 고정되어 있었다.

"너는 언제나 생각 없이 달려 나가고 보잖아. 그건 너도 잘 알 거야, 클라리. 네가 아니었으면 애초에 우린 뒤모트에 갈 일이 없었어."

"안 갔으면 사이먼은 목숨을 잃었어! 그건 괜찮다는 거야? 경솔한 행동이었는진 몰라도……."

제이스가 목소리를 높였다. "몰라도?"

"내가 경솔한 결정만 내린 건 아니잖아! 너도 분명히 그랬어. 내가 그 배에서 한 일이 모두의 목숨을 구한 거나……."

제이스의 얼굴에 그나마 남아 있던 핏기가 싹 가셨다. 그가 갑작스레 클라리를 향해 너무도 격렬하게 소리를 질렀다. "입 닥쳐, 클라리. 입 닥치라고."

"그 배에서?" 알렉이 혼란스러운 얼굴로 둘을 번갈아 쳐다보았다. "그 배에서 무슨 일이 있었는데? 제이스……."

"네가 하도 우는 소리를 해서 그렇게 말한 것뿐이야!" 제이스가 알렉을, 그리고 모두를 무시하며 클라리에게 외쳤다. 갑작스러운 분노의 기세는 그녀를 쓰러뜨릴 듯이 무자비하게 밀려왔다. "넌 우리한테 재앙이나 마찬가지야, 클라리! 넌 언제까지나 먼데인일 거라고. 섀도우 헌터가 될 수 없어. 우리처럼 생각하는 법을 죽어도 몰라. 모두에게 최선인 쪽으로 생각하는 법을 모른다고. 항상 자기 자신만 생각하지! 이제 곧 전쟁이 시작될 텐데, 난 네 꽁무니만 쫓아다니면서 너 때문에 누군가 목숨을 잃지 않나 살피고 있을 시간이 없어. 그러고 싶은 마음도 없고!"

클라리는 제이스를 뚫어져라 쳐다보기만 했다. 어떤 말도 떠오르지 않았다. 이전에는 한 번도 이런 식으로 말한 적이 없었다. 아무리 화를 북돋아도 이처럼 제이스가 클라리를 증오하듯이 말한 적은 없었다.

"집으로 돌아가, 클라리." 그녀에게 솔직한 심정을 전하려는 노력이 그를 완전히 지치게 했는지 제이스가 기진맥진한 목소리로 말했다. "집으로 돌아가라고."

클라리는 모든 계획이 연기처럼 사라지는 것을 느꼈다. 한시 빨리 마법사 펠을 찾아내서 엄마를 구하는 일도, 루크를 찾는 일도 이제는 중요하지 않았다. 아무런 말도 나오지 않았다. 클라리는 방을 가로질러 문을 향해 걸어갔다. 알렉과 이사벨이 길을 비켜주었다. 아무도 그녀를 쳐다보지 않았다. 충격을 받고 당황한 표정으로 먼 산을 바라볼 뿐이었다. 클라리는 굴욕감과 분노를 느껴야 마땅했지만 그런 느낌은 없었다. 가슴속이 텅 비어버린 것처럼 아무런 느낌도 없었다.

문 앞에서 뒤를 돌아보니, 제이스가 그녀에게 시선을 고정한 채 바라보고 있었다. 뒤쪽 창문에서 빛이 흘러들어 그의 얼굴에 그늘이 졌다. 밝은 햇빛 조각이 유리 파편처럼 금발 위에 흩뿌려졌다.

"네가 발렌타인의 아들이라고 했을 때 처음에는 그 말을 믿지 않았어. 진실이 아니길 바라서가 아니야. 너한테는 그와 닮은 구석이 하나도 없었기 때문이지. 난 네가 발렌타인과 닮았다고 생각해본 적이 없었어. 하지만 이제 보니 내가 틀렸네. 넌 그와 닮았어."

클라리가 방을 나가자, 그녀 뒤로 문이 닫혔다.

"절 굶겨 죽일 생각인가 봐요."

사이먼은 감방의 차가운 돌바닥에 등을 대고 누워 있었다. 그러고 있으니 창밖으로 하늘이 보였다. 그는 뱀파이어가 되고 한동안 끊임없이 해와 하늘을 생각했다. 낮 동안에 색이 변하는 하늘, 창백한 아침 하늘, 한낮의 새파란 하늘, 해 질 녘의 암청색 하늘. 깜깜한 방에 누워 있으면 머릿속에서 다양한 하늘들이 행진을 벌였다. 이제 가드의 지하 감옥에 눕자 이런 생각이 들었다. 창살 쳐진 창문으로 손바닥만 한 하늘이 내다보이는 이 작은 공간에서 짧은 여생을 보내려고 잠깐 동안 햇빛과 하늘을 돌려받았던 것이 아닌가.

"제가 한 말 들으셨어요? 심문관이 절 굶겨 죽일 작정이라고요. 피를 주지 않겠대요."

옆방에서 부스럭거리는 소리가 나고 커다란 한숨 소리가 들리더니, 이내 새뮤얼의 목소리가 들려왔다. "들었어. 그래서 나더러 어쩌라는 건지 모르겠군." 그가 잠시 말을 멈췄다. "도움이 될지 모르겠지만 데이라이터, 나도 안됐다는 생각은 하고 있어."

"별로 도움이 안 되는데요. 심문관은 저더러 거짓말을 해달래요. 라이트우드 가족이 발렌타인과 한통속이라고 거짓 고백을 하라고요. 그럼 절 집으로 돌려보내주겠다고 약속했어요." 사이먼은 등이 배겨 옆으로 돌아누웠다. "됐어요. 신경 쓰지 마세요. 제가 왜 이런 말을 그쪽한테 하고 있는지 모르겠네요. 무슨 소린지도 모를 텐데."

새뮤얼이 기침과 웃음의 중간 정도 되는 소리를 냈다.

"그렇지 않아. 나도 라이트우드 가족을 알지. 서클에 함께 있었으니까. 라이트우드, 웨이랜드, 팽본, 헤런데일, 펜할로우. 모두 알리칸테의 훌륭한 가문들이지."

"호지 스타크웨더도요. 그 사람도 서클에 있었던 거 맞죠?" 라이트우드의 아이들을 가르쳤던 선생을 떠올리며 사이먼이 말했다.

"그랬지. 하지만 그는 존경받는 가문 출신은 아니었어. 한때는 장래가 촉망되기도 했지만, 안타깝게도 기대에 부응하지 못했지." 그가 잠시 말을 멈췄다. "앨더트리는 어렸을 때부터 로버트와 메이리스 라이트우드를 싫어했어. 앨더트리는 부자도 아니었고 영리하거나 매력적이지도 않았는데, 두 사람은 그런 그를 그리 친절하게 대하지 않았거든. 그때 일을 아직까지 마음에 담아두고 있는 거야."

"부자요? 전 클레이브가 모든 섀도우 헌터에게 급여를 지급하는 걸로 알고 있었는데요. 그러니까…… 공산주의처럼요."

"이론적으로는 모든 섀도우 헌터가 똑같은 보수를 받게 되어 있지. 하지만 클레이브에서 높은 위치에 있거나 인스티튜트 운영처럼 큰 책임이 따르는 일을 하는 일부 섀도우 헌터들은 남들보다 높은 급여를 받아. 그런가 하면 이드리스 밖에 살면서 먼데인 세계에서 돈을 버는 자들도 있지. 클레이브에 세금을 내는 한 불법은 아니지만." 새뮤얼이 잠시 망설였다. "펜할로우 저택은 봤겠지? 어떤 생각이 들던가?"

사이먼은 기억을 돌이켜보았다. "엄청 화려하던데요."

"알리칸테의 최고급 저택 중 하나지. 시골에도 또 하나가 있고. 부자들은 전부 시골에 저택을 하나씩 갖고 있어. 네피림에게 부를 얻는 또 하나의 방법이 있다는 걸 아는지 모르겠군. '전리품'이라 불리는 건데,

새도헌터는 자기가 죽인 악마나 다운월드 사람의 재산을 가질 수 있어. 어떤 부자 마법사가 법을 어겼는데 네피림이 그를 죽이면……."

사이먼이 몸을 부르르 떨었다. "그러니까 다운월드 사람을 죽이는 일이 짭짤한 사업이란 말인가요?"

"죽일 상대를 까다롭게 고르지만 않으면 그렇다는 거지. 협정을 반대하는 자들이 그토록 많은 이유도 바로 그거야. 다운월드 사람을 마음대로 죽이지 못하면 주머니 사정에 타격을 입게 되니까. 아마 그래서 내가 서클에 들어간 걸 거야. 우리 집안은 부자도 아니었고, 전리품을 챙기지 않는다고 멸시를 받았거든."

"하지만 서클 멤버들도 다운월드 사람들을 살해했잖아요."

"신성한 의무라 여겨서 그런 거지. 탐욕을 채우려는 게 아니라. 지금 생각하면 그게 뭐가 그렇게 중요한지 모르겠지만." 기운이 없는 목소리였다. "발렌타인이 그렇게 만든 거지. 그에게는 특별한 방식이 있었어. 무엇에 관해서든 다른 사람을 설득할 수가 있었지. 나는 아직도 생생히 기억해. 피가 흥건한 손으로 그의 곁에 서서 죽은 여인을 내려다보던 순간을. 그때 나는 오직 한 가지 생각만을 반복해서 떠올렸지. 내가 하는 일이 옳다는 생각. 발렌타인이 그렇다고 했으니까."

"죽은 건 다운월드 사람이겠죠?"

벽 너머에서 새뮤얼의 거친 숨소리가 들려왔다. 마침내 그가 다시 입을 열었다. "당시 나는 발렌타인이 요구하면 무엇이든 했을 거라는 점을 잊어선 안 돼. 서클 멤버들은 모두가 그랬지. 라이트우드 역시 그랬고. 심문관도 그 사실을 알아. 그래서 그걸 이용하려는 거지. 하지만 이 점만은 반드시 알아둬, 데이라이터. 앨더트리에게 원하는 걸 주고 라이트우드 가족에게 책임을 돌린다고 해도 앨더트리는 입을 막기 위해 얼마든지 널 죽일 수 있어. 그가 자비를 베푸느냐 마느냐는 순간의 기분에 달려 있으니까. 그렇게 하면 강력한 존재처럼 느껴지느냐 아니냐에."

"상관없어요. 하지 않을 거니까. 라이트우드 가족을 배반하지 않을 거라고요."

"그래?" 새뮤얼은 납득이 가지 않는다는 목소리였다. "무슨 특별한 이유라도 있는 건가, 아니면 그 정도로 그들을 아끼는 건가?"

"그건 거짓말이니까요."

"앨더트리가 듣고 싶어하는 거짓말이지. 너는 집으로 돌아가고 싶고. 그렇지 않나?"

사이먼은 열심히 쳐다보면 옆방 사내가 보이기라도 할 것처럼 벽을 뚫어지게 쳐다보았다. "당신이라면 그럴 건가요? 그가 원하는 대로 거짓말을 하겠느냐고요."

새뮤얼이 기침을 했다. 건강이 좋지 않은지 기침을 하고 쌕쌕거렸다. 하긴 사이먼에게는 아무렇지 않아도 보통 사람에게는 지독하게 습하고 추운 곳이니 건강이 나빠지는 것도 당연했다. "나 같은 사람한테 도덕적인 충고를 기대해선 안 되지. 그래, 나라면 거짓말을 할 거야. 난 언제나 내 목숨부터 구하고 보는 사람이니까."

"그럴 리가요."

"사실이다, 사이먼. 너도 나이를 먹으면 알겠지만, 누군가 남 앞에서 자신에 관해 유쾌하지 않은 말을 하면 그건 대부분 진실이야."

'하지만 전 나이를 먹지 않는데요' 하고 사이먼은 생각했지만 겉으로는 이렇게 말했다. "처음으로 절 사이먼이라고 부르네요. 데이라이터가 아니라."

"그런 것 같군."

"그리고 라이트우드 가족은…… 그들을 아주 많이 좋아한다거나 그런 건 아니에요. 물론 이사벨은 좋아하죠. 알렉과 제이스도 좋아하는 편이고. 실은 어떤 여자애가 있는데, 걔 오빠가 제이스거든요."

사이먼의 말에 대꾸하는 새뮤얼의 음성에 처음으로 진정한 즐거움이 묻어났다. "언제나 여자애가 문제지."

클라리가 나가고 문이 닫히는 순간, 제이스는 다리가 잘린 사람처럼 벽에 기대며 주저앉았다. 얼굴에 경악과 충격, 그리고 간발의 차로 재앙을 피했을 때 느껴지는 안도감 같은 것이 뒤섞여 떠올랐다. 제이스의 얼굴은 말 그대로 잿빛이었다.

"제이스." 알렉이 그에게 다가서며 입을 열었다. "너 정말 그렇게 생각……."

제이스가 알렉의 말을 자르며 나지막이 말했다. "나가. 둘 다 그냥 나가줘."

"우리가 나가면 어떻게 하려고? 네 인생을 더 엉망으로 만들려고? 좀 전에 그건 다 뭐야?" 이사벨이 물었다.

제이스가 고개를 저었다. "클라리를 집으로 돌려보낸 거야. 걔한테 그게 최선이야."

"집으로 돌려보내기만 한 게 아니던데. 넌 클라리 마음을 완전히 짓밟았어. 걔 얼굴 못 봤어?"

"그만한 가치가 있는 일이야. 넌 이해 못해."

"그 애한텐 그럴지도 모르지. 너한테도 그런진 의문이지만."

제이스가 고개를 돌렸다.

"그냥…… 혼자 있게 해줘, 이사벨. 부탁이야."

이사벨이 깜짝 놀라 알렉에게 시선을 주었다. 제이스는 절대 '부탁'을 하지 않는다. 알렉이 이사벨의 어깨에 손을 얹었다. 그러고는 다정한 목소리로 제이스에게 말했다.

"신경 쓰지 마, 제이스. 클라리는 괜찮을 거야."

제이스가 고개를 들고 멍한 눈으로 알렉을 쳐다보았다. 이쪽을 보고 있지만 실제로는 아무것도 보고 있지 않은 눈이었다. "아니, 괜찮지 않을 거야. 하지만 예상했던 일이지. 그건 그렇고, 너도 나한테 할 말이 있다고 하지 않았나? 굉장히 중요한 일인 것처럼 보이던데."

알렉이 이사벨의 어깨에서 손을 뗐다. "클라리 앞에선 얘기하고 싶지 않았어."

마침내 제이스의 시선이 알렉에게 고정되었다. "클라리 앞에서 무슨 얘기를 하고 싶지 않았다는 거야?"

알렉은 잠시 망설였다. 제이스가 이토록 언짢아하는 모습을 본 적이 없기에, 자신이 전할 또 하나의 반갑지 않은 소식이 그에게 어떤 영향을 미칠지 상상이 되지 않았다. 하지만 그렇다고 끝까지 숨길 수도 없는 노릇이었다. 제이스도 알아야만 했다.

"어제 내가 사이먼을 가드로 데리고 갔을 때, 맬러카이가 그랬거든. 매그너스 베인이 뉴욕에 있는 포털 앞에서 사이먼을 기다리고 있을 거라고. 그래서 매그너스에게 불꽃 메시지를 보냈는데 오늘 아침에 답장이 왔어. 사이먼은 뉴욕에 오지 않았대. 클라리가 통과한 뒤로 뉴욕에서 포털이 작동한 적도 없고."

"맬러카이가 잘못 알았겠지." 이사벨이 제이스의 얼굴을 흘끔 보고는 거들었다. "다른 마법사가 기다리고 있었는지도 모르잖아. 매그너스가 포털 움직임을 잘못 읽은 건지도 모르고."

알렉이 고개를 저었다. "오늘 아침에 엄마랑 가드에 갔어. 사이먼 일을 맬러카이에게 직접 물어보려고. 그런데 그를 보는 순간, 왠지 모르게 마주할 용기가 나지 않았어. 그래서 구석에 숨어 있는데, 맬러카이가 간수들에게 지시하는 소리가 들리는 거야. 심문관이 다시 면담을 원한다면서 그 뱀파이어를 위층으로 데려가라고."

"사이먼을 말하는 게 확실해? 어쩌면……." 이사벨이 말했지만 목소리에 전혀 확신이 없었다.

"이렇게 말하는 것도 들었어. 심문 없이 뉴욕으로 돌려보낼 거라고 생각하다니 그 다운월드 사람이 얼마나 멍청한지 모르겠다고. 그리고 간수 하나는 이런 말도 했어. 애초에 다운월드 사람을 알리칸테로 데려올 정도로 뻔뻔한 자가 있다는 게 믿기지 않는다고. 그랬더니 맬러카이가 '그럼 발렌타인의 아들한테 뭘 기대한 거지?'라고 하더라고."

"맙소사. 제이스." 이사벨이 제이스를 흘깃 보며 속삭였다.

옆으로 늘어져 있던 제이스의 손이 주먹을 틀어쥐었다. 두 눈은 누가 두개골 안으로 쑥 밀어 넣기라도 한 것처럼 움푹 들어가 있었다. 다른 때 같으면 알렉이 제이스의 어깨에 손을 얹으며 위로했겠지만 지금은 아니었다. 제이스에게서 뿜어져 나오는 어떤 기운이 그를 가로막았다. 제이스가 암송하듯 낮고 신중한 목소리로 말했다. "사이먼을 데려온 게 내가 아니라면, 그들은 사이먼을 그냥 돌려보냈을지도 몰라. 피치 못할 사정으로 오게 됐다는 말을 믿었을지도……."

"아냐. 그렇지 않아, 제이스. 그건 네 탓이 아니야. 넌 사이먼의 목숨을 구했어." 알렉이 말했다.

"목숨을 구한 다음 클레이브에게 고문을 받으라고 말이지. 클라리가 알게 되면……." 제이스가 멍하니 고개를 가로저었다. "내가 고의로 사이먼을 끌고 왔다고 생각할 거야. 그들이 어떻게 할지 뻔히 알면서 클레이브에 넘긴 거라고."

"그렇게 생각하지 않을 거야. 네가 왜 그런 짓을 해?"

"하지만 좀 전에 내가 클라리를 그런 식으로 대했으니……."

"아무도 네가 그런 짓을 할 거라고 생각하지 않아, 제이스. 널 아는 사람이라면 그럴 리가 없어. 그 누구도……." 이사벨이 말했다.

하지만 제이스는 이사벨의 말을 더 이상 듣지 않았다. 갑자기 돌아서서 운하가 보이는 커다란 창으로 걸어가더니 그 앞에 잠시 서 있었다. 창으로 빛이 흘러들어 머리카락 끝이 금빛으로 반짝거렸다. 그러다 다음 순간 그가 움직였다. 너무 빨라서 말릴 틈도 없었다. 무슨 일이 벌어질지 깨달은 알렉이 재빨리 튀어나갔지만 이미 너무 늦었다.

뭔가 와장창 깨지는 소리가 들리고, 유리 파편이 소나기처럼 쏟아졌다. 제이스는 관절이 진홍색으로 얼룩진 왼손을 흥미로운 듯이 내려다보았다. 상처에 맺힌 굵은 핏방울이 바닥으로 뚝뚝 떨어졌다. 이사벨이 제이스를 쳐다보았다가 창에 뚫린 구멍을 보았다. 유리가 텅 빈 중앙부터 사방으로 갈라지며 은빛 선이 거미줄처럼 퍼져나갔다.

"오, 제이스." 알렉이 한 번도 들어보지 못한 부드러운 목소리로 이사벨이 말했다. "펜할로우 가족에겐 뭐라고 설명하지?"

무슨 정신이었는지 몰라도 클라리는 그 집에서 무사히 빠져나왔다. 계단과 복도를 지나온 것이 어렴풋이 기억나는데 어느새 현관문이 나왔고, 문밖으로 뛰쳐나와 입구 계단에서 장미 덤불에 토할지 말지 망설이는 중이었다.

장미 덤불은 토하기에 딱 좋은 위치에 있었고 배는 고통스럽게 요동

쳤지만, 생각해보니 클라리가 먹은 거라곤 수프 약간뿐이었다. 위장 안에 게워낼 것이 아무것도 없는 셈이었다. 그래서 계단을 내려가 무작정 정문 밖으로 나섰다. 아까 왔던 방향이 어느 쪽인지, 아마티스의 집으로 가려면 어느 길로 가야 하는지 기억이 나지 않았지만 상관없었다. 당장 알리칸테를 떠나지 않으면 제이스가 그들을 클레이브에 넘길지도 모른다는 말을 루크에게 전하고 싶어서 안달이 난 것도 아니었으니까.

어쩌면 제이스 말이 맞을지도 몰랐다. 클라리는 경솔하고 생각이 없는 아이인지도 모른다. 사랑하는 사람들에게 자신의 행동이 어떤 영향을 미칠지 생각하지 않고 막무가내로 행동하는 아이. 그 순간 사이먼의 얼굴이 사진처럼 선명하게 떠올랐다가 사라졌다. 루크의 얼굴도.

클라리는 걸음을 멈추고 가로등에 몸을 기댔다. 사각형의 유리등은 뉴욕 파크 슬로프의 브라운스톤 건물 앞에 서 있는 고풍스러운 가스등과 비슷하게 생겼다. 그것을 가만히 바라보고 있으니 마음이 조금 진정되었다.

"클라리!" 어디선가 그녀를 부르는 걱정 어린 소년의 목소리가 들려왔다. '제이스야' 하고 생각하며 클라리는 빙글 돌아섰다.

하지만 제이스가 아니었다. 펜할로우 저택에서 본 검은 머리 소년이었다. 세바스찬이 가볍게 숨을 헐떡거리며 그녀 앞에 서 있었다. 뒤따라 달려오기라도 한 모양이었다.

그를 처음 보았을 때 느꼈던 감정이 또다시 왈칵 밀려왔다. 어딘가 모르게 아는 사람 같다는 느낌, 그리고 꼭 집어 말할 수 없는 또 다른 느낌이 섞여 있었다. 좋거나 싫은 것과는 다른 일종의 끌림. 무언가가 그녀를 이 알지도 못하는 소년에게로 확 끌어당기는 느낌이었다. 어쩌면 소년의 외모 때문인지도 모른다. 그는 제이스만큼이나 아름다웠지만, 온통 금빛인 제이스와 달리 창백하고 검었다. 가까이에서 보니 상상 속의 왕자와는 생각만큼 닮지 않았고 색조마저 달랐다. 얼굴 모양과 자세, 어두운 비밀을 담고 있는 듯한 눈 때문에 비슷해 보인 모양이었다.

"괜찮아요?" 세바스찬이 부드럽게 물었다. "그런 식으로 뛰쳐나가서……." 말꼬리를 흐리며 클라리를 쳐다보았다. 클라리는 혼자 힘으로는 서 있기 힘든 사람처럼 가로등 기둥을 꽉 잡고 있었다. "왜 그런 거예요?"

"제이스랑 다퉜어요. 남매끼린 원래 다투고 그러잖아요." 클라리는 아무렇지도 않은 듯이 말하려고 애썼다.

"난 잘 몰라요. 남매가 없어서." 그가 미안한 듯이 말했다.

"운 좋은 줄 아세요." 자신의 음성이 어찌나 신랄하게 들리던지 클라리는 깜짝 놀랐다.

"진심이 아니란 거 알아요." 그가 클라리에게 한 걸음 다가서는 순간, 가로등이 깜빡이다 켜지며 하얀 빛이 쏟아졌다. 세바스찬이 등을 올려다보고는 싱긋 웃었다. "신호네요."

"무슨 신호요?"

"그쪽을 집까지 바래다주라는 신호."

"하지만 난 집이 어딘지도 모르는걸요. 그쪽 집에 가려고 몰래 빠져나왔는데 돌아가는 길이 기억나지 않아요."

"누구네 집에 묵고 있죠?"

클라리가 잠시 망설였다.

"아무한테도 말하지 않을게요. 천사를 두고 맹세해요."

클라리가 그를 빤히 쳐다보았다. 그것은 섀도우 헌터에게 상당한 의미를 지니는 맹세였다. 다시 생각할 겨를도 없이 클라리의 입에서 말이 튀어나왔다. "좋아요. 난 아마티스 헤런데일의 집에 머물고 있어요."

"잘됐네요. 아마티스의 집이라면 어딘지 정확히 아니까. 그럼 갈까요?" 그가 클라리에게 팔을 내밀었다.

클라리가 가까스로 웃어 보였다. "좀 저돌적인 스타일인 거 알아요?"

세바스찬이 어깨를 으쓱했다. "곤경에 빠진 숙녀를 보면 그냥 지나치지 못하는 성미라."

"성차별주의자처럼 들리는데요."

"전혀요. 곤경에 빠진 신사에게도 똑같이 도움을 베풀죠. 차별 없는 도움이라고 할까요."

그러면서 다시 한 번 과장된 몸짓으로 팔을 내밀었다. 이번에는 클라리도 거절하지 않았다.

알렉이 작은 다락방의 문을 닫고 제이스에게 돌아섰다. 보통은 린 호수처럼 연하고 고요한 푸른색을 띠는 알렉의 눈은 기분에 따라 색깔이 변했다. 지금은 폭풍이 휘몰아치는 이스트 강과 같은 색이었다. 표정도 막상막하로 험악했다.

"앉아. 붕대 가져올 테니까." 그가 근처에 놓인 낮은 의자를 가리키며 제이스에게 말했다.

제이스가 의자에 앉았다. 알렉과 제이스는 펜할로우 저택의 꼭대기층 방을 함께 쓰고 있었다. 양쪽 벽에 각각 좁은 침대가 하나씩 놓였고, 줄줄이 박힌 벽걸이에 둘의 옷이 걸려 있었다. 하나뿐인 창을 통해 희미한 빛이 흘러들었다. 밖은 점점 어두워지고 있었고, 창밖으로 쪽빛 하늘이 올려다보였다. 제이스는 알렉이 무릎을 꿇고 침대 아래서 더플백을 꺼내 거칠게 여는 모습을 가만히 지켜보았다. 알렉은 요란하게 가방을 뒤

적이더니 상자 하나를 꺼내 들고 일어섰다. 룬을 쓸 수 없는 경우에 사용하는 의약품이 든 상자로 소독약과 붕대, 가위, 거즈 따위가 들어 있었다.

"치유 룬은 안 써?" 제이스가 호기심에서 물었다.

"안 써. 넌 그저……." 알렉은 중간에 말을 끊어버리더니 상자를 침대로 내던지며 입속으로 욕을 웅얼거렸다. 그러고는 벽에 붙은 작은 세면대로 가서 사방에 물을 튀기며 요란하게 손을 씻었다. 제이스는 희미한 호기심을 느끼며 그를 지켜보았다. 그의 손은 이제 뻐근하면서도 타는 듯이 화끈거리기 시작했다.

알렉은 다시 상자를 집어 들고 제이스 앞으로 의자를 끌어와 털썩 주저앉았다. "손 이리 내."

제이스가 손을 내밀었다. 그가 보기에도 부상이 상당히 심해 보였다. 손등의 관절 네 곳의 피부가 별 모양으로 벌어졌고, 손가락마다 피가 말라붙어 껍질이 까진 적갈색 가죽 장갑을 낀 것 같았다.

알렉이 인상을 썼다. "멍청한 자식."

"고마워." 제이스는 그렇게 말하고는 알렉이 핀셋으로 피부에 박힌 유리 조각들을 살살 빼내는 것을 참을성 있게 지켜보았다. "그래서, 왜 안 쓰는데?"

"뭘 안 써?"

"왜 치유 룬을 쓰지 않느냐고. 악마한테 입은 부상도 아닌데."

알렉이 소독약이 든 푸른 병을 꺼냈다. "고통을 통해 교훈을 좀 얻으라고. 상처는 먼데인처럼 느리고 보기 흉하게 아물 거야. 그러다 보면 뭔가 느끼는 게 있을지도 모르지." 그가 상처 위로 따끔거리는 액체를 뿌렸다. "솔직한 심정으론 과연 그럴까 싶지만."

"잘 알겠지만 나 혼자서도 얼마든지 치유 룬을 쓸 수 있어."

알렉은 제이스의 손을 붕대로 감기 시작했다. "그러기만 해봐. 펜할로우 가족에게 전부 불어버릴 테니까. 유리를 실수로 깬 게 아니라고." 붕대를 확 잡아당겨 매듭을 짓자 제이스가 얼굴을 찡그렸다. "이런 짓을 할 줄 알았으면 너한테 아무것도 말해주지 않았어."

"아닐걸. 넌 그래도 말했을 거야." 제이스가 한쪽으로 고개를 살짝 기울였다. "유리창을 박살 낸 게 널 이 정도로 화나게 할 줄은 몰랐는데."

"그건……." 알렉은 치료를 마친 제이스의 손을 그대로 잡은 채 물끄러미 내려다보았다. 손은 마치 붕대로 만든 하얀 곤봉 같았다. 군데군데 알렉의 손이 닿은 부분에서 피가 배어 나왔.

"왜 자신에게 이런 짓을 해? 유리창을 부순 걸 말하는 게 아니야. 클라리한테 왜 그런 식으로 말했냐고. 어째서 자신을 벌주는 거야? 네 감정은 너도 어쩔 수 없는 거잖아."

제이스가 차분한 목소리로 물었다. "내 감정이 어떤데?"

"네가 클라리를 바라보는 눈길을 봤어." 알렉의 시선은 먼 곳을 응시했고, 제이스를 지나 그곳에 없는 무언가를 바라보고 있었다. "하지만 넌 클라리를 가질 수 없지. 넌 원하는 걸 가지지 못한다는 게 어떤 건지 몰랐을 거야."

제이스는 알렉에게서 시선을 떼지 않았다. "너랑 매그너스 베인 사이는 어때?"

알렉이 고개를 뒤로 확 젖혔다. "무슨 말을…… 우린 아무 사이도……."

"난 바보가 아니야. 넌 가드에서 맬러카이의 말을 듣고 바로 매그너스에게 연락했어. 나나 이사벨이나 다른 누군가에게 말하기 전에."

"내 물음에 답해줄 수 있는 게 매그너스뿐이니까 그렇지. 우린 아무 사이도 아니야." 그러고는 제이스의 얼굴에 떠오른 표정을 보고 마지못해 덧붙였다. "더 이상은. 우린 더 이상 아무 사이도 아니라고, 됐어?"

"나 때문은 아니길 바라."

알렉은 얼굴이 하얗게 질려 뒤로 움찔 물러났다. 날아오는 주먹을 피하려는 사람처럼.

"무슨 소리야?"

"네가 날 어떻게 생각하는지 알아. 하지만 그건 네 진짜 감정이 아니야. 네가 날 좋아하는 건 내가 안전하기 때문이지. 위험 요소가 없거든. 그러면서 누구와도 진정한 관계를 맺으려고 시도하지 않지. 내 핑계를 대면서."

제이스는 자신이 모질게 굴고 있다는 것을 알았지만 상관하지 않았다. 지금 같은 기분일 때는 자신뿐만 아니라 사랑하는 사람들을 상처 입히는 일에도 수준급인 그였다.

"그렇군. 처음엔 클라리, 다음엔 네 손, 이젠 나. 어디 마음대로 해봐, 제이스."

"내 말을 못 믿겠다는 거야? 좋아. 그럼 나한테 키스해봐."

알렉이 경악스러운 표정으로 제이스를 쳐다봤다.

"거봐. 물론 내가 좀 멋있긴 하지만, 넌 날 그런 식으로 좋아하지 않아. 그러니까 네가 매그너스랑 잘 안된다고 해도 그건 나 때문이 아니야. 네가 진정으로 사랑하는 사람이 누군지 아무에게도 말하지 못할 정도로 겁쟁이라 그런 거지. 사랑은 인간을 거짓말쟁이로 만든다고 실리코트의 여왕이 그랬잖아. 그러니 내가 감정을 속인다고 비난할 거 없어. 너도 똑같이 그러고 있으니까." 제이스가 자리에서 일어났다.

"그리고 다시 한 번 그렇게 해줬으면 좋겠어."

알렉은 상처를 입었는지 표정이 굳어졌다. "무슨 소리야?"

"날 위해 거짓말을 해달라고." 벽걸이에서 내린 재킷을 걸치며 제이스가 말했다. "해가 지고 있어. 좀 있으면 모두 가드에서 돌아올 거야. 사람들한테는 내가 몸이 안 좋아서 아래층으로 내려오지 않는 거라고 얘기해줘. 현기증이 나서 비틀거리더라고. 유리창도 그래서 깨뜨린 거라고."

알렉이 머리를 뒤로 젖히고 제이스를 똑바로 쳐다봤다. "좋아. 단, 어디로 가는 건지 말해주면."

"가드로 갈 거야. 사이먼을 감옥에서 꺼내줘야지."

클라리의 엄마는 황혼 녘부터 해가 지기까지의 시간을 '푸른 시간'이라고 불렀다. 빛이 가장 강렬하고 그 어느 때와도 다른 시간이어서 그림을 그리기에는 최고라고 했다. 그때는 무슨 뜻인지 몰랐는데, 알리칸테의 황혼 녘을 거닐고 있자니 그 말이 정확하게 이해되었다.

뉴욕의 푸른 시간은 정말로 푸르지가 않다. 가로등과 네온사인 때문에 제 색이 나지 않기 때문이다. 조슬린은 그 말을 할 때 분명 이드리스를 떠올렸을 것이다. 황금색 석조 건물 위로 선명한 보랏빛 조각들이 떨어지고, 마법의 불로 밝힌 가로등이 땅에다 하얗고 동그란 빛 우물을 만드는 곳. 그 동그란 빛이 너무도 밝아 원 안으로 들어서면 열기가 느껴지는 것만 같았다. 어머니가 이곳에 함께 있다면 얼마나 좋을까. 그러면 어머니는 추억이 쌓인 장소들을 가리키며 이야기를 들려주었을 텐데.

하지만 그러지 않을지도 몰랐다. 조슬린은 그 모든 것을 의도적으로 클라리에게 감추어왔다. 그리고 이제 모든 비밀은 영원히 묻히게 될 수도 있었다. 분노와 후회가 한꺼번에 밀려들며 가슴에 예리한 통증이 일었다.

"굉장히 조용하시네요." 세바스찬이 입을 열었다. 그들은 운하에 놓인 다리를 건너는 중이었다. 돌다리 측면에 룬 문자들이 새겨져 있었다.

"돌아가면 얼마나 끔찍한 문제들이 기다리고 있을지 생각하고 있었어요. 창문으로 몰래 빠져나왔는데 지금쯤은 아마티스도 내가 사라진 걸 눈치챘을 테니까요."

세바스찬이 얼굴을 찌푸렸다. "왜 몰래 빠져나와요? 오빠를 보러 가는 건데?"

"난 알리칸테에 있으면 안 되거든요. 안전하게 뉴욕의 집에 가만히 앉아 있어야지."

"아, 이제야 전부 이해되네요."

"그래요?" 클라리가 호기심에 그를 흘끔거렸다. 푸르스름한 그림자가 검은 머리에 드리워졌다.

"아까 그쪽 이름이 나오니까 모두 얼굴색이 변하더라고요. 그래서 그쪽하고 오빠 사이에 안 좋은 감정이 있나 보다 생각했죠."

"안 좋은 감정? 뭐, 그렇게 말할 수도 있겠네요."

"오빠를 별로 좋아하지 않아요?"

"제이스를 '좋아하지' 않느냐고요?" 지난 몇 주간 클라리는 자기가 제이스 웨이랜드를 얼마나 사랑하는지 생각하느라 그를 좋아하는지 아닌지에 대해서는 생각할 겨를이 없었다.

"미안해요. 제이스는 가족인데……. 좋아하고 말고를 따질 사이가 아닌데 말이에요."

"당연히 좋아하죠. 좋아하긴 하는데…… 제이스 때문에 화가 났어요.

내가 해야 하고 하지 말아야 할 일을 자기가 다 결정해버리잖아요."

"그래 봤자 별 소용이 없는 것 같은데요."

"무슨 말이에요?"

"그쪽은 자신이 원하는 대로 하는 것 같다고요."

"그러네요." 초면이나 다름없는 사람에게서 그런 말이 나오자 클라리는 깜짝 놀랐다. "하지만 그게 생각보다 훨씬 더 제이스를 화나게 한 거 같아요."

"곧 괜찮아지겠죠." 세바스찬이 신경 쓸 거 없다는 듯이 말했다.

클라리가 호기심 어린 눈으로 그를 쳐다보았다. "그쪽은 어때요? 제이스가 마음에 들어요?"

"난 마음에 들어요. 제이스는 내가 별로인 거 같지만." 세바스찬이 애처롭게 말했다. "내가 입을 열 때마다 제이스를 짜증스럽게 하는 것 같더라고요."

두 사람은 거리를 벗어나 높고 좁은 건물들이 둘러싼 광장 안으로 들어섰다. 광장 중앙에는 자신의 피를 나누어주고 섀도우 헌터 종족을 만들었다는 천사의 동상이 서 있었다. 광장 북쪽 가장자리에 하얀 돌로 된 거대한 건물이 보였다. 기둥이 떠받친 아케이드까지 넓은 계단이 이어졌고, 아케이드 뒤로는 양쪽으로 여닫는 거대한 문이 달려 있었다. 어스름한 저녁 빛 아래 그곳의 전경은 놀랍도록 아름답고, 이상하게도 눈에 익었다. 클라리는 어딘가에서 그곳의 그림을 본 것이 아닐까 생각했다. 엄마가 그린 그림 가운데 하나일까?

"여기가 천사의 광장이에요. 그리고 저건 천사 대회관이고. 다운월드 사람들은 가드에 들어갈 수 없기 때문에 최초의 협정이 저기서 체결됐죠. 그래서 이젠 합의의 전당이라고 불리고요. 알리칸테에서 가장 중심이 되는 만남의 장소죠. 축하연이나 결혼식, 댄스파티 같은 것들이 열려요. 도시의 중심부에 자리하기도 하고요. 사람들은 모든 길이 전당으로 통한다고 하죠."

"교회 건물처럼 생겼는데요. 이드리스에 교회 같은 건 없죠?"

"필요하지가 않아요. 악마 타워가 우리를 안전하게 지켜주니까. 그것만 있으면 되죠. 이드리스에 오면 좋은 게 그거예요. 이곳은…… 평화로운 느낌이 들어요."

클라리가 놀란 얼굴로 그를 보았다. "여기 사는 거 아니었어요?"

"아뇨. 파리에 살아요. 알린을 보러 잠시 온 거예요. 우린 사촌이죠. 우리 엄마와 알린의 아버지인 패트릭이 남매거든요. 알린의 부모님은 오랫동안 베이징에서 인스티튜트를 운영했어요. 알리칸테로 옮겨온 게 10년쯤 전이고."

"펜할로우 부부는 서클에 있지 않았죠?"

세바스찬의 얼굴에 놀라는 기색이 스쳤다. 광장을 나서 이리저리 엉킨 어두운 거리로 들어설 때까지 침묵을 지키다, 그가 마침내 입을 열었다. "그건 왜 묻는 거죠?"

"그냥, 라이트우드 부부는 서클에 있었다고 들어서요."

그들은 가로등 아래를 지나고 있었다. 클라리가 세바스찬을 흘끔 보자, 하얀 셔츠에 길고 검은 코트를 걸친 모습이 마치 빅토리아 시대 스크랩북에 나오는 흑백 삽화처럼 보였다. 관자놀이 부근에서 구불거리는 검은 머리를 보자, 클라리는 펜과 잉크로 그의 모습을 그리고 싶어 손이 근질거릴 지경이었다.

"당시 이드리스의 젊은 섀도우 헌터 상당수가 서클에 참여했다는 사실을 알아야 해요. 이드리스 밖에 있던 섀도우 헌터들도 마찬가지였죠.

"패트릭 삼촌은 서클 초기에 참가했는데, 발렌타인의 생각을 알게 되자 바로 서클에서 나왔어요. 알린의 부모님은 두 분 모두 반란에 동참하지 않았고요. 삼촌은 서클에서 나온 뒤 발렌타인한테서 멀어지기 위해 베이징으로 갔다 그곳 인스티튜트에서 알린의 어머니를 만나 결혼하게 됐죠. 펜할로우 부부는 라이트우드 부부와 서클 멤버들이 반역죄로 재판을 받을 때, 관대한 처분을 주자는 쪽에 표를 던졌어요. 그래서 라이트우드 부부도 저주를 받는 대신 뉴욕으로 가게 된 거고요. 라이트우드 부부는 그때 일을 아직까지 고마워하고 있어요."

"그쪽 부모님은요? 역시 서클에 있었나요?"

"아뇨. 패트릭 삼촌이 엄마의 오빠였는데, 삼촌이 베이징으로 가면서 엄마를 파리로 보냈대요. 엄마는 그곳에서 아버지를 만났고요."

"'오빠'였다고요?"

"엄만 돌아가셨어요. 아버지도. 전 엘로디 고모 아래서 자랐어요."

"아, 미안해요." 클라리는 바보가 된 기분이었다.

"괜찮아요. 이젠 기억도 나지 않는걸요. 어렸을 땐 누나나 형이 있었으면 좋겠다고 생각하곤 했어요. 부모님이 어떤 분들이었는지 얘기해줄 수 있게." 세바스찬이 클라리를 물끄러미 쳐다보다 입을 열었다. "뭐 하나 물어봐도 돼요? 오빠가 그렇게 싫어할 줄 알면서 이드리스에는 왜 온 거예요?"

클라리가 미처 대답을 하기도 전에 그들은 좁은 길을 벗어나서 그녀도 아는 어두컴컴한 정원으로 들어섰다. 중앙에 있는 버려진 우물이 달빛을 받아 희미하게 반짝였다.

"시스턴 광장이네요. 생각보다 빨리 도착했어요." 세바스찬의 목소리에 실망의 기색이 뚜렷이 묻어났다.

클라리는 운하의 석조 다리 너머로 눈길을 주었다. 창문마다 환하게 불을 밝힌 아마티스의 집이 저 멀리 보였다. 클라리가 한숨을 내쉬었다.

"여기서부터는 혼자 갈 수 있겠네요. 고마워요."

"집 앞까지 바래다주는 게 싫은 거예요?"

"사양할게요. 난처한 일을 당하고 싶지 않다면요."

"숙녀 분을 집까지 정중하게 바래다줬다고 난처한 일을 당한단 말이에요?"

"내가 알리칸테에 있다는 건 비밀이어야 하거든요. 미안한 말이지만, 그쪽은 낯선 사람이고요."

"낯설지 않은 사람이 되고 싶은데요. 그쪽을 좀 더 알고 싶어요." 장난기와 수줍음이 섞인 표정으로 세바스찬이 클라리를 쳐다보았다. 자신의 말이 어떻게 받아들여질지 확신할 수 없다는 얼굴이었다.

클라리는 불현듯 엄청난 피로가 밀려드는 듯했다. "세바스찬, 그렇게 말해줘서 고마운데요. 나한테는 지금 누군가를 알아가는 데 쏟을 에너지가 없어요. 미안해요."

"난 그런 말이……."

세바스찬이 입을 열었지만, 클라리는 이미 다리를 향해 걷고 있었다. 반쯤 가다가 흘깃 뒤를 돌아보니, 달빛 아래 서 있는 그의 모습이 이상하게 쓸쓸해 보였다.

"래그노어 펠 때문이에요." 클라리가 외쳤다.

세바스찬이 클라리를 빤히 쳐다보았다. "뭐라고요?"

"오면 안 되는 거 알면서 왜 왔냐고 물었잖아요. 지금 우리 엄마가 많이 아프거든요. 어쩌면 세상을 떠날지도 몰라요. 그런 엄마를 도울 수 있는 유일한 희망이 바로 래그노어 펠이라는 마법사예요. 어디 가야 만날 수 있는지는 전혀 모르지만요."

"클라리."

그녀가 다시 집을 향해 돌아섰다. "잘 가요, 세바스찬."

격자 울타리는 내려오는 것보다 올라가는 것이 훨씬 힘들었다. 젖은 돌벽에 몇 번이나 미끄러지며 가까스로 창틀 위에 오른 클라리는 방 안으로 떨어지다시피 뛰어내리고는 크게 안도했다.

하지만 안도감은 오래가지 못했다. 부츠가 바닥에 닿자마자 방 안에 불이 켜지며 주변이 대낮처럼 환해졌기 때문이다.

아마티스는 침대 끝에 앉아 있었다. 등을 꼿꼿이 세운 채였고 마법의 불을 손에 들었다. 눈이 시리게 환히 타오르는 불빛 때문에 그녀의 딱딱하게 굳은 얼굴이나 입가의 주름이 여과 없이 드러났다. 아마티스는 오랫동안 말없이 클라리를 쳐다보기만 했다. 그러다 마침내 입을 열었다. "그렇게 입고 있으니 영락없는 조슬린이구나."

클라리가 허둥지둥 일어났다. "죄, 죄송해요. 이런 식으로 몰래 빠져나가서……."

아마티스가 마법의 불을 감싸 쥐었다. 클라리는 갑자기 내린 어둠 속에서 눈을 깜빡거렸다. "옷 갈아입고 부엌으로 내려와. 그리고 창문으로 몰래 빠져나갈 생각은 꿈에도 하지 마. 다음번에는 네가 들어오지 못하게 봉쇄 주문을 걸어놓을 테니까."

클라리는 마른침을 꿀꺽 삼키고 고개를 끄덕였다. 아마티스가 침대에서 일어나 말없이 방을 나갔다. 클라리는 잽싸게 새도헌터복을 벗고 침대 기둥에 걸린 자신의 옷으로 갈아입었다. 청바지가 바짝 말라 약간 뻣뻣했지만, 익숙한 티셔츠를 다시 입으니 기분이 좋았다. 클라리는 엉킨 머리를 흔들어 털고 아래층으로 내려갔다.

지난번에 아래층을 보았을 때는 환각 상태였다. 끝없이 뻗은 긴 복도와, 바늘이 움직일 때마다 묵직하고 으스스한 소리가 나던 커다란 괘종시계가 기억났다. 하지만 지금 그녀가 들어선 곳은 작고 아늑한 거실이었다. 소박한 목제 가구가 놓였고 알록달록한 깔개가 깔렸다. 밝은색으로 둘러싸인 아담한 공간은 브루클린에 있는 클라리의 집 거실을 떠올리게 했다. 클라리는 조용히 거실을 가로질러 부엌 안으로 들어갔다. 난로에는 불이 활활 타오르고, 실내에는 온통 따스한 노란빛이 가득했다. 아마티스는 식탁 앞에 앉아 있었다. 어깨에 푸른 숄을 둘러 머리카락이 더욱 잿빛으로 보였다.

"저 왔어요." 클라리가 입구에서 머뭇거렸다. 아마티스는 화가 났는지 아닌지 분간하기 어려웠다.

"어딜 다녀왔는지는 물을 필요도 없겠지." 아마티스가 식탁에서 눈을 떼지 않고 말했다. "조너선을 보러 갔지? 그럴 거라고 당연히 예상했어야 했는데. 아마 나한테 아이가 있었다면 달랐을 거야. 아이들이 거짓말을 할 때 바로 알아차렸을 테니까. 이번만큼은 루크를 완전히 실망시키는 일이 없기를 그렇게도 바랐건만."

"루크를 실망시켜요?"

"루크가 늑대인간에게 물렸을 때 어떤 일이 있었는지 아니?" 아마티스가 클라리의 눈을 똑바로 쳐다보았다. "그건 일어날 수밖에 없는 일이었어. 발렌타인은 늘 자신뿐만 아니라 따르는 사람들까지도 말도 안 되는 위험을 감수하게 하니까. 루크가 물리는 건 시간문제였지. 그때 루크는 내게 와서 늑대인간 병에 감염됐을지도 모르겠다며 무척 걱정했어. 그런데 나는…… 나는……."

"아마티스, 저한테 털어놓지 않으셔도 돼요."

"난 루크에게 내 집에서 나가라고 했어. 감염되지 않은 사실이 확실해질 때까지 돌아오지 말라고. 오빠를 피하며 몸을 움츠리기까지 했지. 하지만 나도 어쩔 수 없었어." 그녀의 목소리가 떨렸다. "내 얼굴에 고스란히 드러난 혐오감을 루크도 다 봤을 거야. 루크는 정말로 늑대인간이 된다면 발렌타인이 자기더러 스스로 목숨을 끊으라고 할 거라며 걱정했어. 그런 그에게 난…… 어쩌면 그게 최선일지도 모르겠다고 말했지."

클라리는 저도 모르게 놀라는 소리를 내고 말았다. 아마티스가 고개를 들었다. 자기혐오가 얼굴에 떠올라 있었다.

"발렌타인이 그에게 무슨 일을 시키려 했든 루크는 기본적으로 선량한 사람이었어. 내가 아는 사람들 가운데 진정으로 뼛속까지 선량한 사람들은 루크와 조슬린뿐이라고 생각하기도 했지. 그런 그가 괴물로 변할지도 모른다고 생각하자 도저히 견딜 수가 없더구나."

"하지만 루크는 괴물이 아니잖아요."

"그때는 몰랐어. 루크가 늑대인간이 되어 이곳을 떠난 뒤 조슬린은 그 사실을 내게 납득시키려고 갖은 애를 썼지. 겉모습은 변하더라도 속은 여전히 똑같은 사람이고, 여전히 내 오빠라는 사실을 말이야. 조슬린이 아니었으면 나는 루크를 다시 만날 생각을 하지 않았을 거야. 루크는 반란이 일어나기 전에 한동안 이곳 지하실에 숨어 지냈어. 하지만 루크가 나를 전적으로 믿지 않는다는 걸 알겠더구나. 자기한테 등을 돌린 사람이니 당연히 그랬겠지. 아마 루크는 여전히 나를 믿지 않을 거야."

"아픈 절 이리로 데려올 정도로 루크는 아마티스를 믿었어요. 절 여기 남겨두고 떠날 정도로요."

"여기 말고는 갈 곳이 없었으니까. 그런데 내가 널 얼마나 잘 보호하고 있는지 보렴. 난 단 하루도 널 집 안에 잡아두지 못했어."

클라리가 움찔했다. 차라리 고래고래 소리를 지르며 야단을 치는 게 나았다. "아마티스 잘못이 아니에요. 제가 거짓말을 하고 몰래 빠져나갔잖아요. 아마티스가 할 수 있는 일은 아무것도 없었어요."

"오, 클라리. 모르겠니? 할 수 있는 일은 언제나 있어. 나 같은 사람들이나 그렇게 말할 뿐이지. 난 루크에게 아무것도 해줄 게 없다고 생각했어. 스티븐이 떠날 때도 내가 할 수 있는 일이 없다고 생각했고. 그들의 결정에 어떤 영향도 미치지 못할 거라고 생각하면서 클레이브 회의에 참석하는 일조차 거부했어. 그들이 하는 짓을 그토록 증오하면서도 그랬지. 그런데 이제 뭔가 하겠다고 나섰으면서, 내게 맡겨진 단 한 가지 일조차 제대로 하지 못했어." 난로의 불빛에 아마티스의 눈이 환하게 반짝거렸다.

"가서 자거라, 클라리. 그리고 이제부터는 원한다면 언제든 나가도 좋아. 나가지 못하게 막는 일 따위는 하지 않을 거야. 결국에는, 네가 말했듯이 내가 할 수 있는 일은 아무것도 없으니까."

"아마티스."

"그냥 올라가주렴. 부탁이야." 더는 아무 말도 하고 싶지 않다는 듯이 단호하게 말한 아마티스는 클라리가 이미 가버린 것처럼 고개를 돌리고 벽을 빤히 쳐다보았다.

클라리는 휙 돌아 나와 방으로 달려갔다. 방문을 발로 차서 닫고 나서 침대 위로 몸을 던졌다. 울고 싶었지만 눈물이 나오지 않았다. '제이스는 날 미워하고 아마티스도 날 미워해. 사이먼한테는 작별 인사도 못하고 왔고 엄마는 죽어가. 루크는 날 버려두고 어디론가 사라졌고. 난 혼자야. 지금처럼 완벽하게 혼자인 적은 처음이야. 그리고 이렇게 된 건

전부 내 탓이야.'

어쩌면 그래서 울지 못하는 거라고, 클라리는 마른 눈으로 천장을 쳐다보며 생각했다. 위로해줄 사람이 아무도 없고 그녀 스스로도 자신을 위로하지 못하는데, 울어봤자 무슨 소용이 있단 말인가.

7
천사들도 발 딛기 두려워하는 곳

 피와 햇빛의 꿈을 꾸던 사이먼은 자신의 이름을 부르는 소리에 잠에서 깨어났다.
 "사이먼." 누군가 소리를 죽여 외쳤다. "사이먼, 일어나."
 사이먼이 벌떡 일어나 어두운 감방 안에서 빙글 돌아섰다. "새뮤얼?" 그가 어둠 속을 뚫어지게 응시하며 속삭였다. "새뮤얼, 당신이에요?"
 "돌아서, 사이먼." 어딘가 모르게 귀에 익은 목소리에 짜증의 기미가 묻어났다. "창가로 오라고." 비로소 목소리의 주인공이 누군지 깨달은 사이먼이 창살 사이로 내려다보자, 마법의 불을 든 제이스가 감방 밖의 잔디 위에 무릎을 꿇고 있었다. 그가 얼굴을 과장되게 찡그리며 사이먼을 쳐다보았다. "뭐야, 아직도 악몽을 꾸는 줄 아는 거야?"
 "어쩌면 정말로 아직 악몽 속인지 모르지." 사이먼은 귓속이 윙윙거렸다. 심장이 여전히 뛰고 있다면 혈관 속을 빠르게 흐르는 피 때문이라고 생각했겠지만, 이것은 피보다는 덜 물질적이면서도 더욱 가까이 느껴지는 것이었다.
 마법의 불이 제이스의 창백한 얼굴에 빛과 그림자로 정신없는 무늬를 만들었다. "여기다 가둬놨군. 아직도 여길 사용하는 줄은 몰랐는데." 그가 옆 감방을 흘깃 보았다. "좀 전에 방을 잘못 찾아가서 네 옆방 친구를 기절초풍하게 만들었다고. 매력적인 친구던데. 그 수염하며 누더기 같은 옷하며. 우리 동네 노숙자들이 생각나더라."

그 순간 사이먼은 귓속에서 윙윙거리는 게 무엇인지 깨달았다. 분노. 입술이 말려 들어가고 송곳니 끝이 아랫입술에 닿아 있는 것이 어렴풋이 느껴졌다. "이런 일들이 재밌게 느껴진다니 나도 기쁘네."

"넌 내가 반갑지 않은 거야? 그렇다면 정말 놀라운데. 사람들은 내가 나타나면 방 안이 환해진다고들 하거든. 눅눅한 지하 감방에서라면 두 배는 더 그렇다고 할걸."

"넌 무슨 일이 일어날지 알고 있었지? 나한테 분명히 그랬잖아. 그들이 날 곧장 뉴욕으로 보내줄 거라고. 아무 문제도 없을 거라고. 근데 그들은 전혀 그럴 생각이 없던데?"

"나도 몰랐어." 제이스가 창살 너머로 사이먼의 눈을 똑바로 쳐다보았다. 눈빛은 맑고 흔들림이 없었다. "내 말이 믿기지 않을 테지만, 그땐 정말 그런 줄 알았다고."

"넌 거짓말을 하고 있거나 멍청하거나……."

"그럼 난 멍청한 거네."

"아니면 둘 다일지도 모르지." 사이먼이 말을 맺었다. "난 둘 다일 거란 생각이 드는데."

"뭐 때문에 거짓말을 해? 그럴 이유 전혀 없어." 제이스의 시선에는 흔들림이 없었다. "그리고 그 송곳니 좀 집어넣어. 괜히 긴장되잖아."

"그거 잘됐네." 사이먼이 대꾸했다. "너한테 피 냄새가 나니까 그렇지."

"향수 때문이야. '최근에 입은 부상'이란 향수를 뿌렸거든." 제이스가 왼손을 들어 보였다. 장갑처럼 흰 붕대가 둘둘 감겼고 관절 부분에서 피가 배어 나왔다.

사이먼이 인상을 썼다. "상처 같은 건 금세 치유하는 걸로 아는데."

"주먹으로 창문에 구멍을 냈어. 먼데인처럼 상처가 아무는 동안 교훈을 좀 얻으라고 알렉이 이렇게 해놨고. 봐, 전부 솔직하게 불었잖아. 감동이지?"

"전혀. 나한텐 훨씬 심각한 문제가 있어. 심문관이 대답할 수 없는 질문들을 퍼부어대고 있다고. 내가 햇빛 아래 돌아다니는 능력을 발렌타인에게 얻은 거라고 주장해. 내가 발렌타인의 스파이라고 말이야."

제이스의 얼굴에 놀라움이 스쳤다. "앨더트리가 그렇게 말했다고?"

"클레이브도 같은 생각이라는 식으로 말했어."

"큰일이군. 그들이 널 스파이로 판결하면 협정은 쓸모가 없게 돼. 네가 법을 어겼다고 믿는다면 말이야." 제이스가 주변을 빠르게 둘러보고 다시 사이먼을 쳐다보았다. "거기서 널 빼내야겠어."

"그러고 나면?" 사이먼은 자신이 하는 말을 도저히 믿을 수가 없었다. 미치도록 감방을 나가고 싶건만 입 밖으로 나오는 말을 막을 길이 없었다. "날 어디에 숨겨둘 건데?"

"가드 안에 포털이 있어. 어디 있는지 찾기만 하면 널 돌려보낼 수 있어."

"그럼 네가 날 도운 사실을 모두가 알게 될 거야. 제이스, 클레이브가 노리는 건 나만이 아니야. 솔직히 다운월드 사람 하나 따위는 아무래도 상관이 없을 거라고. 그들이 노리는 건 네 가족이야. 라이트우드 부부. 그들은 라이트우드 부부가 발렌타인과 연결되어 있다는 걸 증명해 보일 생각이야. 실제로는 서클을 떠난 적이 없다는 걸 말이야."

어둠 속에서도 제이스의 얼굴에 핏기가 가시는 것이 보였다. "그건 말도 안 되잖아. 그들은 발렌타인에게 맞서 싸웠어. 그 배에서. 로버트는 거의 죽다 살아났고."

"심문관은 그들이 발렌타인에게 맞서는 것처럼 보이려고 그 배에서 다른 네피림을 희생시켰다고 주장할 거야. 어쨌든 그들은 죽음의 검을 잃었고, 심문관에게 중요한 건 그 점이니까. 물론 너는 클레이브에 경고하려 했지. 그들이 네 말을 듣지 않았고. 하지만 이제 심문관은 모든 책임을 뒤집어씌울 누군가를 찾고 있어. 너희 가족을 반역자로 몰면, 그동안 일어난 일에 대해 클레이브를 탓할 사람이 없어지겠지. 그러면 방해 없이 원하는 정책을 마음대로 만들 수 있고."

제이스가 양손에 얼굴을 묻었다. 긴 손가락이 머리칼 속을 파고들었다. "그렇다고 널 여기 남겨둘 순 없어. 클라리가 아는 날엔……."

"네가 걱정하는 게 그거라는 걸 진즉에 알았어야 하는데." 사이먼이 날카롭게 웃었다. "클라리한테 말하지 않으면 되잖아. 어차피 뉴욕에 있는데, 뭐. 정말이지……." 사이먼이 '그 단어'를 말하지 못하고 갑자기 말을 멈췄다. 그러고는 이렇게 말했다. "네 생각이 맞았어. 클라리가 여기 없어서 정말 다행이야."

제이스가 머리를 들었다. "뭐?"

"클레이브는 제정신이 아니야. 그들이 클라리의 능력을 알게 되면 무슨 짓을 할지 누가 알겠어. 그러니 네 생각이 맞았다고." 사이먼은 반복해서 말하고 난 뒤에도 아무런 대꾸가 없자 다시 입을 열었다. "내가 방금 한 말을 마음껏 음미해두는 게 좋을 거야. 두 번 다시 안 할 거니까."

제이스가 멍한 얼굴로 사이먼을 물끄러미 쳐다보았다. 발렌타인의 배에서 피에 젖어 죽어가던 제이스의 모습이 떠올라 사이먼은 가슴이 덜컥 내려앉았다. 이윽고 제이스가 입을 열었다.

"그러니까 넌 여기 있겠다는 거야? 감옥 안에? 언제까지?"

"좋은 생각이 떠오를 때까지. 단, 한 가지 조건이 있어."

"뭐지?"

"피. 심문관은 원하는 답을 줄 때까지 날 굶길 작정이야. 벌써 기력이 많이 떨어졌어. 내일이면 난…… 글쎄 어떤 상태가 되어 있을지 모르겠지만 심문관에게는 굴복하고 싶지 않아. 그리고 네 피는 절대 안 마셔. 다른 누구의 피도." 제이스가 권하기도 전에 사이먼이 재빨리 덧붙였다. "동물 피면 충분해."

"피는 내가 구할 수 있지." 제이스가 대꾸하고는 잠시 망설이다 말을 이었다. "혹시…… 심문관한테 내 피를 마셨다고 얘기했어? 내가 네 목숨을 구했다고."

사이먼이 고개를 가로저었다. 제이스의 눈에 빛이 반사되어 반짝였다.

"왜지?"

"네가 더 난처해지는 건 바라지 않아."

"뱀파이어, 라이트우드 가족은 보호해줘도 좋아. 하지만 나까지 보호할 필요는 없어."

"어째서?"

"그건……." 제이스가 창살 사이로 사이먼을 보았다. 잠시 사이먼은 바깥에 있는 것이 자신이고 감방에 갇힌 것이 제이스라는 착각이 들었다. 곧이어 제이스가 말을 맺었다. "난 그럴 만한 놈이 못 되니까."

금속 지붕에 우박이 떨어지는 듯한 소리가 클라리의 잠을 깨웠다. 몸을 일으키고 졸린 눈으로 두리번거리는데 창 쪽에서 또다시 소리가 들려왔다. 달그락달그락 탁. 클라리는 마지못해 담요를 차내고 소리의 정체를 확인하러 갔다. 창문을 활짝 열어젖히자 차가운 공기가 훅 밀려왔다. 잠옷 안으로 한기가 스며들어 온몸이 부르르 떨렸다. 그녀가 창밖으로 상체를 내밀었다.

정원에 누군가 서 있는 것을 보고 한순간 심장이 덜컥 내려앉았다. 키가 크고 늘씬하며 헝클어진 머리를 한 소년이었다. 다음 순간 그가 고개를 들었고, 클라리는 그의 머리카락이 금색이 아닌 검은색임을 알아보았다. 그날만 벌써 두 번째로 제이스이길 바랐다가 세바스찬을 보게 된 것이었다.

세바스찬은 한 손에 조약돌을 한 움큼 쥐고 있었다. 창밖으로 머리를 내미는 클라리를 보고 웃으면서 손으로 자기를 가리켰다가 격자 울타리를 가리켰다. '아래로 내려와요.' 클라리는 고개를 가로젓고 현관문을 가리켰다. '문 앞에서 만나요.' 그러고는 창문을 닫고 서둘러 아래층으로 내려갔다. 창 안으로 강렬한 황금색 빛이 쏟아져 들어오는 늦은 아침이었다. 집 안의 불은 모두 꺼졌고 매우 조용했다. 아마티스는 아직 일어나지 않은 모양이었다.

클라리는 현관으로 가서 빗장을 올리고 문을 열었다. 세바스찬이 현관 계단에 서 있었다. 지난번보다는 약하지만 그녀는 또다시 아는 사람을 마주하는 기분이 들었다. 클라리가 그를 보며 희미하게 웃어 보였다.

"창문에 돌 던지는 건 영화에나 나오는 건 줄 알았는데."

세바스찬이 씩 웃었다. "잠옷 멋진데요. 내가 깨운 거예요?"

"그런 것 같아요."

"미안해요." 말은 그렇게 했지만 전혀 미안한 표정이 아니었다. "하지만 도저히 기다릴 수가 없었어요. 얼른 올라가서 옷 갈아입고 와요. 우린 오늘 하루를 함께 보낼 거니까."

"와, 대단한 자신감인데요." 클라리는 그렇게 말했지만 그와 같은 외모를 가졌다면 누구나 자신감이 넘치고도 남을 것이다. 클라리가 고개를 가로저었다. "미안하지만 그럴 수 없어요. 집 밖으로 못 나가요. 오늘은요."

세바스찬이 미간을 살짝 찌푸렸다. "어제는 나왔잖아요."

"알아요. 하지만 그건……." 아마티스가 날 형편없는 아이처럼 느끼게 만들기 전이었죠. "그냥 못 나가요. 그러니까 설득하려는 생각은 말아줘요."

"알겠어요. 하지만 내가 여기 온 이유 정도는 들어줄 거죠? 그 얘기를 듣고 나서도 내가 돌아가길 원하면 군소리 없이 갈게요."

"좋아요. 뭔데요?"

세바스찬이 고개를 들자, 클라리는 어떻게 검은 눈이 황금색 눈처럼 저토록 환하게 반짝이는지 궁금해졌다. "래그노어 펠이 어딨는지 알아냈어요."

클라리가 2층으로 달려가 옷을 갈아입고 아마티스에게 급하게 메모를 갈겨쓴 다음 운하 끝에서 기다리는 세바스찬에게 가기까지는 10분도 채 걸리지 않았다. 녹색 코트를 팔에 걸치고 헐레벌떡 달려오는 그녀를 보며 세바스찬이 싱긋 웃었다. 그 앞에서 겨우 멈춰서며 클라리가 입을 열었다. "나 왔어요. 얼른 가요."

세바스찬은 클라리가 코트를 입는 것을 도와주겠다고 고집을 부렸다. "코트 입는 걸 도와준 사람은 처음인데요." 클라리가 깃 아래로 들어간 머리카락을 빼내며 말했다. "웨이터들을 제외하고는요. 혹시 웨이터로 일한 적 있어요?"

"아뇨. 하지만 프랑스 여성에게 교육을 받으며 자랐죠. 훨씬 엄격한 교육들도 받았어요."

잔뜩 긴장한 상태인데도 클라리는 웃음이 나왔다. 세바스찬은 그녀를 웃게 만드는 솜씨가 아주 좋았다. 클라리는 그 사실을 깨닫고는 약간 놀랐다. 사실 조금 지나칠 정도로 좋았다. "어디로 가는 거죠? 펠의 집이 이 근처예요?" 클라리가 불쑥 물었다.

"실은, 도시 밖으로 나가야 해요." 세바스찬이 다리 쪽으로 걸어가며 말했다. 클라리도 그와 보조를 맞추며 걷기 시작했다.

"여기서 먼가요?"

"걷기에는 멀어요. 탈 걸 구해야 해요."

"탈 걸 구해요? 누구한테요?" 클라리가 우뚝 걸음을 멈췄다. "세바스찬, 우린 조심하지 않으면 안 돼요. 우리가, 아니 내가 뭘 하는지 아무한테나 막 알려서는 안 된다고요. 비밀이라서."

세바스찬이 신중한 눈빛으로 클라리를 쳐다보았다. "우리를 태워줄 친구는 우리가 하는 일을 누구에게도 발설하지 않을 거라고 천사를 걸고 맹세할 수 있어요."

"확실해요?"

"아주 확실해요."

클라리는 사람들로 붐비는 거리를 걸으며, 드디어 래그노어 펠을 만나게 된다는 생각에 가슴이 뛰었다. 하지만 한편으로는 두렵기도 했다. 매들린의 설명에 따르면 그는 호락호락한 사람이 아니었다. 그가 만일 클라리의 설명을 끝까지 들어주지 않는다면 어떻게 해야 할까? 클라리가 조슬린의 딸이라는 걸 믿어주지 않는다면? 조슬린을 아예 기억하지도 못한다면 그땐 정말 어떻게 해야 할까?

가뜩이나 신경이 곤두선 마당에 금발 소년이나 긴 흑발 소녀를 만날 때면 제이스나 이사벨인 줄 알고 바짝 긴장이 되었다. 이사벨은 마주쳐도 모르는 척을 할 테고, 제이스는 펜할로우 저택에서 새 여자 친구의 목을 껴안고 있을 것이 분명하지만. 그런 생각이 떠오르자 기분이 침울하게 가라앉았다.

"미행하는 사람이 있을까 봐 걱정돼요?" 도심 밖으로 뻗은 골목길로 들어서며 세바스찬이 물었다. 클라리가 계속 주변을 흘끔거리는 것을 눈치챈 모양이었다.

"자꾸 아는 사람을 본 거 같아서요. 제이스나 라이트우드 가족이요."

"제이스는 여기 온 후로 펜할로우 저택에서 나온 적이 없을 거예요. 계속 자기 방에만 틀어박혀 있던데요. 어제는 손을 꽤 심하게 다쳐서……."

"손을 다쳐요? 어쩌다가요?" 앞을 보지 않고 걷던 클라리는 돌부리에 발이 걸려 비틀거렸다. 조금 전까지는 돌이 깔린 길이었는데 클라리도 모르는 사이에 자갈이 굴러다니는 길로 바뀌었다.

"다 왔어요." 철조망을 두른 나무 울타리 앞에서 세바스찬이 선언했다. 하지만 사방을 둘러보아도 집은 보이지 않았다. 갑작스레 주택가가 사라지면서 한쪽으로는 울타리가, 다른 쪽으로는 숲으로 이어지는 비탈이 있을 뿐이었다.

울타리 문에는 자물쇠가 채워져 있었다. 세바스찬이 재킷 주머니에서 묵직한 열쇠를 꺼내 문을 열었다. "금방 가서 우리가 타고 갈 걸 꺼내 올게요."

그러고는 들어간 뒤에 문을 닫았다. 클라리는 울타리에 눈을 대고 틈 사이로 안을 들여다보았다. 나지막하고 빨간 판잣집 같은 것이 언뜻 보였지만, 문이나 창문 따위는 달려 있지 않은 듯했다.

잠시 후 울타리 문이 다시 열리고, 벙글거리는 세바스찬이 나타났다. 그는 한 손에 고삐를 쥐었고, 회색과 흰색이 섞였으며 이마가 별처럼 반짝거리는 커다란 말이 그를 유순히 따라 나왔다.

"말을 타고 간다고요? 말을 갖고 있었어요?" 클라리가 놀란 눈으로 그를 쳐다보았다.

세바스찬이 다정한 손길로 말의 어깨를 쓰다듬었다. "알리칸테에선 많은 섀도우 헌터들이 마구간에 말을 두고 있어요. 눈치챘겠지만 이드리스에는 차가 다니지 않거든요. 보호막이 쳐져 있어서 작동을 안 해요."

연한 색의 가죽 안장에는 호수에서 회오리치듯 솟아오르는 물뱀을 표현한 문장이 장식되었고, 아래쪽에 '벌락'이라는 이름이 우아한 서체로 쓰여 있었다. 그가 안장을 토닥이며 말했다. "올라타요."

클라리는 뒤로 물러났다. "난 말을 타본 적이 없어요."

"웨이페러는 내가 몰 거예요. 그냥 앉아 있기만 하면 돼요." 그가 클라리를 안심시켰다.

말이 조그맣게 히힝 소리를 냈다. 클라리가 불안한 얼굴로 말을 쳐다보자, 작은 인형 머리통만 한 이빨들이 눈에 들어왔다. 뒤이어 그 커다란 이빨들이 그녀의 다리에 꽉 박히는 장면이 떠올랐고, 자기 조랑말이 있었으면 좋겠다던 중학교 때 친구들도 떠올랐다. 그 아이들이 제정신으로 그런 말을 했는지 궁금해졌다.

'용기를 내. 엄마라면 이런 일쯤은 거뜬히 해치웠을 거야.' 클라리가 속으로 자신을 타일렀다. 그리고 숨을 깊게 들이쉬었다.

"좋아요. 가요."

 용감해지기로 한 결심은 클라리가 말 위에 오르는 것을 도운 세바스찬이 그녀 뒤로 훌쩍 올라타 자리를 잡을 때까지만 지켜졌다. 웨이페러가 총알처럼 튀어 나가 자갈길을 마구 달리기 시작하자 크나큰 충격이 등뼈를 타고 퍼졌다. 클라리는 앞쪽에 튀어나온 안장 한쪽을 손톱자국이 날 만큼 세게 움켜잡았다.
 도시에서 멀어질수록 길은 점점 좁아졌다. 양옆으로 빽빽이 자란 나무들이 푸른 벽처럼 시야를 가려 정면을 제외하고는 아무 데도 보이지 않았다. 세바스찬이 고삐를 당기자 미친 듯이 달리던 말이 속도를 늦췄고, 더불어 클라리의 심장박동도 조금씩 느려졌다. 공포가 차츰 잦아들자, 이번에는 뒤에 앉은 세바스찬이 의식되기 시작했다. 그는 클라리가 말에서 미끄러지지 않도록 양옆으로 팔을 둘러 고삐를 잡고 있었다. 클라리는 불현듯 여러 가지 사실을 깨달았다. 그녀를 안다시피 한 팔의 힘이 몹시 강하다는 것, 자신이 그의 가슴팍에 기대어 있다는 것, 그리고 어째서인지는 모르겠으나 그에게서 후추 향이 난다는 것. 매콤하면서도 기분 좋은 향이었고, 제이스에게서 나는 비누와 햇빛의 향과는 아주 달랐다. 물론 햇빛에는 향기가 없지만, 만약 있다면 그런 향이지 않을까……
 클라리는 이를 악물었다. 세바스찬과 함께 강력한 마법사를 만나러 가면서 제이스의 향기 따위나 떠올리다니. 클라리가 억지로 고개를 들어 주변을 둘러보니, 양옆으로 이어지던 녹색 벽이 엉성해지고 사이사이로 넓게 펼쳐진 시골 풍경이 보였다. 황량하면서도 아름다운 풍경이었다. 잿빛 돌길과 검은 바위가 녹색 양탄자와 같은 땅 위에 드문드문 놓였다. 루크와 함께 알리칸테로 향하다 공동묘지에서 본 섬세한 모양의 하얀 꽃들이 녹지 않은 눈처럼 언덕을 수놓았다.

"래그노어 펠이 사는 곳을 어떻게 찾아냈어요?" 길에 난 구덩이를 솜씨 좋게 피해 말을 모는 세바스찬에게 클라리가 물었다.

"엘로디 고모 덕분이죠. 정보원을 곳곳에 두고 계시거든요. 이드리스 안에서 일어나는 모든 일을 알고 계세요. 정작 이곳에 오시는 일은 없지만. 웬만해서는 인스티튜를 떠나려 하지 않죠."

"세바스찬은 어때요? 이드리스에 자주 오나요?"

"아뇨. 마지막으로 왔던 건 다섯 살 때였어요. 그 후로는 삼촌과 숙모를 뵐 기회가 없었는데 이렇게 오게 돼서 정말 기뻤죠. 그간의 소식들도 듣고요. 이드리스 밖에 있을 때면 늘 이곳이 그리워요. 이드리스 같은 곳은 아무 데도 없죠. 아마 이곳의 대기 때문일 거예요. 한번 느끼기 시작하면 이드리스가 아닌 다른 곳에 있을 때 늘 이곳을 그리워하게 돼요."

"제이스도 이곳을 그리워했어요. 전 그냥 제이스가 여기서 오래 살아서 그러려니 생각했죠. 제이스는 여기서 자랐거든요."

"웨이랜드 영지에서 자랐죠. 사실은 우리가 가는 곳이 거기서 멀지 않아요."

"세바스찬은 모르는 게 없나 봐요."

"그건 아니에요." 세바스찬이 웃으면서 대답하자, 클라리의 등으로 그 웃음이 전해졌다. "이드리스는 모두에게 마법을 부리죠. 제이스처럼 이곳을 싫어할 이유가 있는 사람들한테도요."

"그게 무슨 말이에요?"

"제이스는 발렌타인 아래서 자랐잖아요. 상당히 끔찍했을 거예요."

"꼭 그렇지만은 않은 거 같아요." 클라리가 망설였다. "제이스는 발렌타인에게 좀 복잡한 감정을 갖고 있어요. 어떤 면에서는 끔찍한 아버지였지만, 또 어떤 면에서는 발렌타인이 제이스에게 보인 약간의 사랑과 친절이 아버지에게 받은 전부나 마찬가지니까요." 갑자기 서글픈 감정이 밀려들었다. "제이스는 오랫동안 발렌타인을 애정 어린 마음으로 기억해온 거 같아요."

"발렌타인이 제이스에게 사랑이나 친절 같은 걸 베풀었을 리 없어요. 발렌타인은 괴물이잖아요."

"그렇긴 하지만 제이스는 그의 아들이에요. 어린애일 뿐이었다고요. 발렌타인도 자기 나름대로 제이스를 사랑했을 거라고……."

"아뇨." 세바스찬의 목소리가 날카로워졌다. "그럴 리 없어요."

클라리는 놀라 눈을 껌뻑이다가 저도 모르게 고개를 돌려 그의 얼굴을 쳐다볼 뻔했다. 섀도우 헌터들은 하나같이 발렌타인 문제라면 상당히 격렬한 반응을 보였다. 심문관이 떠올라 몸서리가 쳐지긴 했지만 클라리도 한편으로는 그런 그들이 이해되었다. "맞아요. 발렌타인이 그럴 리 없겠죠."

"다 왔어요." 세바스찬이 무뚝뚝하게 말하고 말 등에서 내리자, 클라리는 자신이 그의 기분을 상하게 한 모양이라고 생각했다. 그러나 클라리를 올려다보는 세바스찬의 얼굴에는 미소가 어려 있었다. "생각보다 빨리 왔네요." 근처 나무의 낮은 가지에 고삐를 매면서 그가 말했다.

세바스찬이 그녀에게 말에서 내려오라고 손짓했다. 클라리는 잠시 망설이다가 말에서 뛰어내려 그의 품 안으로 떨어졌다. 장시간 말을 달려 다리가 떨리는 탓에 클라리는 저도 모르게 자신을 잡아주는 세바스찬을 꽉 붙잡았다.

"미안해요. 붙잡으려던 건 아니었는데." 클라리가 멋쩍게 말했다.

"나라면 그런 건 사과하지 않아요." 세바스찬의 숨결이 목에 닿자 클라리는 살짝 전율을 느꼈다. 그녀를 마지못해 놓아주기 전까지 세바스찬의 손은 그녀의 등에 잠시 더 머물렀다.

당황한 클라리는 똑바로 서기가 더욱 힘들어졌다. "고마워요"라고 말하는데 얼굴이 확 달아오르는 것이 느껴졌다. 얼굴을 붉혀도 티가 나지 않는 피부를 가졌다면 얼마나 좋을까.

"그러니까…… 여긴가요?" 클라리가 주위를 둘러보았다. 낮은 언덕 사이에 있는 골짜기였다. 옹이투성이 나무 몇 그루가 공터 주변에 자라고 있었다. 강청색 하늘을 배경으로 뻗은 비틀린 나뭇가지들이 조각처럼 아름다웠다. 하지만 그것 말고는……. "아무것도 없잖아요." 클라리가 얼굴을 찌푸리며 말했다.

"클라리. 정신을 집중해봐요."

"글래머가 쓰였나요? 하지만 보통은 집중하지 않아도……."

"이드리스의 글래머는 다른 곳보다 강할 때가 많아요. 평소보다 더 집중해야 할 거예요." 그가 클라리의 어깨를 잡고 부드럽게 돌려세웠다. "공터를 봐요."

클라리는 실제 모습을 감춘 글래머를 벗겨낼 때 쓰는 방법을 묵묵히 수행했다. 캔버스에 여러 겹으로 칠해진 물감을 테레빈유로 문질러 닦고 그 아래 그려진 이미지를 드러내는 상상. 그러자 뾰족한 박공지붕이 있는 작은 돌집의 모습이 보였다. 굴뚝에서 소용돌이 모양으로 연기가 흘러나오고, 양쪽으로 돌을 줄지어 놓은 구불구불한 길이 문 앞까지 뻗어 있었다. 클라리가 쳐다보자 굴뚝에서 흘러나온 연기가 검은 물음표 모양으로 바뀌기 시작했다.

세바스찬이 소리 내어 웃었다. "저건 '누구세요?'란 뜻인 거 같은데요?"

 클라리가 코트를 당겨 여몄다. 잡목을 가르며 불어오는 바람은 쌀쌀하지 않았지만 클라리는 뼛속으로 스며드는 한기를 느꼈다. "동화책에서 튀어나온 집처럼 생겼네요."

 "추워요?" 세바스찬이 클라리의 어깨에 팔을 둘렀다. 그러자 즉각 연기의 모양이 바뀌기 시작하더니 삐뚤어진 하트 모양으로 변했다. 클라리는 뭔가 잘못을 저지른 사람처럼 당황스럽고 죄스러운 기분이 들어 세바스찬의 팔에서 빠져나왔다. 그녀가 서둘러 집 앞 보도로 걸어가자 세바스찬이 뒤를 따랐다. 중간 정도까지 왔을 때 현관문이 벌컥 열렸다.

 클라리는 매들린의 입에서 래그노어 펠의 이름이 나온 뒤로 그를 찾을 생각에 사로잡혀 있었지만, 단 한 번도 그의 모습을 상상해본 적이 없었다. 만약 해보았다면 아마도 덩치가 커다랗고 턱수염이 난 남자쯤으로 그리지 않았을까. 어깨가 떡 벌어진 바이킹 같은 모습으로.

 하지만 문 밖으로 나온 남자는 키가 크고 마른 몸매에 짧고 뾰족뾰족한 검은 머리를 하고 금색 망사 조끼와 실크 잠옷 바지를 입고 있었다. 그는 흥미로운 시선으로 클라리를 보며 터무니없이 커다란 파이프 담배를 점잖게 뻐끔거렸다. 바이킹하고는 눈곱만큼도 닮지 않았지만 클라리에게는 더할 수 없이 낯익은 얼굴이었다.

 매그너스 베인.

 "어……." 세바스찬도 클라리만큼이나 놀란 얼굴이었다. 그는 살짝 입을 벌리고 멍한 표정으로 매그너스를 뚫어져라 쳐다보았다. "당신이…… 래그노어 펠인가요? 마법사 펠?"

 매그너스가 담뱃대를 입에서 빼냈다. "스트립 댄서 래그노어 펠은 확실히 아니지."

유리의 도시 177

"전……." 세바스찬은 할 말을 잃은 듯했다. 그가 어떤 모습을 기대했는지 알 길은 없었지만 확실히 매그너스의 외모는 받아들이기 쉬운 것이 아니었다.

"도움을 청하러 왔어요. 전 세바스찬 벌락이고 이쪽은 클라리사 모겐스턴입니다. 클라리사의 어머니는 조슬린 페어차일드라고……."

"그 아이 엄마가 누군지는 나하고 아무 상관이 없어. 예약하지 않았으면 상담은 불가야. 나중에 다시 와. 내년 3월쯤이 좋겠군."

"3월요?" 세바스찬은 충격을 받은 것 같았다.

"그래. 그땐 비가 너무 많이 오려나? 그럼 6월은 어때?"

세바스찬이 허리를 곧게 펴며 입을 열었다. "얼마나 중요한 일인지 잘 몰라서 그러시나 본데요……."

"세바스찬, 됐어요." 클라리가 진저리가 난다는 듯이 끼어들었다. "골탕 먹이려고 저러는 거예요. 어차피 우릴 돕지도 못해요."

세바스찬은 더욱 혼란스러운 얼굴이 되었다. "하지만 어째서 돕지 못……."

"좋아, 거기까지." 매그너스가 손가락을 딱 하고 튕겼다.

세바스찬은 입을 벌리고 손을 약간 앞으로 뻗은 채 그 자리에 그대로 얼어붙었다.

"세바스찬!" 클라리가 손을 뻗어 잡았지만 세바스찬은 조각상처럼 뻣뻣하게 굳어 있었다. 오르락내리락하는 가슴만이 그가 여전히 살아 있음을 보여주었다. "세바스찬?" 다시 불러도 아무런 변화가 없었다. 클라리는 그가 보지도 듣지도 못하는 상태라는 것을 알았다.

클라리가 매그너스에게 돌아섰다. "대체 이게 무슨 짓이에요. 어디 잘못된 거 아니에요? 파이프 담배 안에 뇌를 녹이는 물질이라도 들었어요? 세바스찬은 우리 편이란 말이에요."

"난 편 같은 건 몰라, 클라리." 매그너스가 파이프를 흔들며 말했다. "말이야 바른 말이지, 저 녀석이 저렇게 얼어붙은 건 전적으로 네 잘못이야. 내가 래그노어 펠이 아니라는 사실을 발설할 뻔했잖아."

"매그너스는 래그노어 펠이 아니잖아요."

담배 연기를 한 줄기 뿜어낸 매그너스가 생각에 잠긴 듯이 클라리를 물끄러미 쳐다보았다. "이리 와. 보여줄 게 있어."

그는 작은 집의 문을 연 채 클라리에게 들어오라고 손짓했다. 클라리는 믿을 수 없다는 듯이 세바스찬을 한 번 더 쳐다보고 매그너스를 따라 안으로 들어갔다.

집 안에는 불이 꺼져 있었다. 창문으로 희미한 빛이 들어와, 클라리는 그 안이 검은 그림자로 가득한 널찍한 공간이라는 걸 알아보았다. 공기 중에는 쓰레기 탄내 같은 이상한 냄새가 떠돌았다. 클라리가 작게 숨 막히는 소리를 내자, 매그너스가 다시 한 번 손가락을 튕겼다. 손끝에서 환한 푸른빛이 피어올랐다.

놀란 클라리가 숨을 들이쉬었다. 방 안은 난장판이었다. 가구는 부서지고 서랍은 죄다 열려 내용물이 사방에 흩어졌다. 책에서 찢긴 책장들은 재처럼 공기를 떠다녔다. 유리창도 모두 부서지긴 마찬가지였다.

"어젯밤에 펠이 내게 메시지를 보냈어. 이곳에서 만나자고 말이야. 그래서 와보니까 이 꼴이 되어 있더라고. 집 안의 가구는 모두 부서지고 사방에서 악마 냄새가 진동하고."

"악마라고요? 하지만 악마는 이드리스 안으로 들어오지 못하잖아요."

"악마가 들어왔다고는 안 했어. 내가 본 대로만 얘기했을 뿐이지." 매그너스가 억양의 변화 없이 말을 이었다. "뭔가 악마에서 비롯된 것의 냄새가 코를 찌른다고. 래그노어는 바닥에 쓰러져 있었어. 놈들이 떠날 때까지는 살아 있었던 것 같지만, 내가 도착했을 땐 죽어 있었지." 그가 클라리를 바라보았다.

"네가 래그노어를 찾는다는 걸 또 누가 알고 있지?"

"매들린요. 하지만 매들린은 죽었죠. 매들린 말고는 세바스찬, 제이스, 사이먼이 알아요. 라이트우드 가족도 알고."

"라이트우드 가족이 안다면 지금쯤은 클레이브도 알겠네. 발렌타인은 클레이브에 스파이를 심어뒀고."

"사람들에게 묻고 다니지 말고 혼자만 알고 있어야 했는데. 이건 전부 제 탓이에요. 펠에게 미리 경고를 했어야……."

"내가 뭐 하나 지적해도 될까? 넌 펠이 어디 있는지 몰랐어. 그래서 사람들에게 묻고 다닌 거지. 매들린과 넌 펠이라는 마법사를 오로지 네 어머니를 도울 누군가로만 여긴 거야. 발렌타인이 관심을 가질 만한 인물이라고는 생각도 못했지. 하지만 이렇게 생각해볼 수도 있어. 발렌타인은 네 어머니를 깨울 방법은 몰라도, 네 어머니가 스스로를 그런 상태로 만든 것이 그가 무척이나 손에 넣고 싶어하는 어떤 물건과 관련이 있다는 사실을 알아냈다고. 희귀한 마법서 말이야."

"그걸 전부 어떻게 알아요?"

"래그노어가 말해줬으니까."

"하지만……."

매그너스가 손을 들어 그녀의 말을 가로막았다. "마법사들에겐 서로 의사를 주고받는 수단이 있어. 우리만의 언어가 있지. 로고스라고." 그가 푸른 불꽃이 피어오른 손을 들어 올렸다. 길이가 각각 15센티미터 정도 되는 불꽃 글자들이 벽면에 나타났다. 액체 황금으로 아로새긴 것처럼 보였고 클라리는 모르는 언어였다. 그녀가 매그너스에게 돌아섰다.
"뭐라고 쓴 거죠?"

"래그노어는 자신이 죽어가는 걸 알고 이걸 남겼어. 그를 찾으러 온 마법사에게 무슨 일이 있었는지 말해주려고." 매그너스의 고양이 눈이 타오르는 글자들 때문에 금빛으로 물들었다. "발렌타인의 종복들에게 습격을 당했다는군. 그들이 '화이트북'을 내놓으라고 했대. 그레이북을 제외하면 마법에 관해 쓰인 책 중 가장 유명한 책이지. 조슬린이 마신 약과 해독제의 조제법이 모두 그 안에 들어 있어."

클라리의 입이 딱 벌어졌다. "그래서 그 책이 여기 있었단 말이에요?"

"아니. 조슬린이 갖고 있었어. 래그노어는 네 어머니에게 그 책을 어디에 숨겨야 발렌타인의 눈에 띄지 않을지 조언했을 뿐이야."

"그렇다면 그건……."

"웨이랜드 저택에 있어. 조슬린과 발렌타인이 살던 곳에서 아주 가까운 곳이지. 웨이랜드 부부는 그들에게 가장 가까운 이웃이었어. 래그노어는 네 어머니에게 거기다 책을 숨기라고 제안했지. 그곳 도서관에 말이야. 발렌타인이 절대로 찾아보지 않을 테니까."

"하지만 발렌타인은 나중에 웨이랜드 저택에서 수년간 살았잖아요. 그런데도 발견하지 못했을까요?"

"그 책은 다른 책 안에 숨겨져 있어. 발렌타인이 절대 열어볼 일이 없는 책 안에." 매그너스가 음흉하게 웃어 보였다. "《주부를 위한 간단한 요리법》. 네 어머니가 유머 감각이 없다는 말은 누구도 할 수 없겠지."

"그럼 매그너스도 웨이랜드 저택에 가봤어요? 그 책을 찾아봤나요?"

매그너스가 고개를 저었다. "그 저택에는 보호막이 쳐져 있어. 그 보호막은 클레이브의 일원을 제외하면 누구도 들여보내지 않아. 다운월드 사람은 더욱. 시간이 충분하다면 내가 이리저리 연구해서 어떻게 깨볼 수도 있겠지만……."

"그럼 저택에는 아무도 들어가지 못한다는 건가요? 들어가는 게 불가능하다고요?" 클라리의 가슴속을 절망이 할퀴고 지나갔다.

"아무도 들어가지 못한다고는 안 했어. 적어도 한 명은 확실하게 들어갈 수 있지."

"발렌타인요?"

"발렌타인의 아들."

클라리가 머리를 흔들었다. "제이스는 절 돕지 않을 거예요. 제가 여기 있는 것조차 싫어하는데요. 어쩌면 저한테 다시는 말을 걸지 않을지도 몰라요."

매그너스는 생각에 잠긴 듯이 클라리를 바라보았다. "내 생각에는 제이스가 해주지 않을 일이 별로 없을 것 같은데. 네가 부탁만 한다면 말이야."

클라리는 입을 열었다가 도로 닫았다. 매그너스는 언제나 사람의 마음을 잘 아는 것 같았다. 알렉이 제이스에게 어떤 마음인지, 또는 사이먼이 클라리에게 어떤 마음인지. 제이스에 대한 그녀의 마음도 얼굴에 그대로 쓰여 있을 것이 분명했고, 매그너스는 그런 것을 읽는 데 선수였다. 클라리가 시선을 피했다. "그럼 함께 가자고 제이스를 설득해서 그 책을 가져왔다고 쳐요. 그다음에는 어떻게 하죠? 저는 주문을 거는 법도, 해독제를 만드는 법도 모르는데요."

매그너스가 코웃음을 쳤다. "설마 내가 아무런 대가 없이 이런 조언을 하고 있다고 생각하는 건 아니겠지? 넌 화이트북을 손에 넣는 즉시 나한테 가져다줘야 해."

"그 책을 갖고 싶다고요?"

"세상에서 가장 강력한 마법서 중에 하나야. 당연히 갖고 싶지. 게다가 그 책은 원래 마법사의 것이지 섀도우 헌터의 것이 아니야. 마법사의 책은 마법사의 손에 있어야 하지."

"하지만 전 그 책이 필요한데요, 엄마를 고치려면."

"너한테 필요한 건 딱 한 쪽뿐이고, 그건 네가 가져도 돼. 하지만 나머지는 내 거야. 그 책을 가져다주면 내가 보답으로 해독제를 만들어서 조슬린에게 먹이지. 너도 공정치 못한 거래라고는 못할 거야." 매그너스가 손을 뻗었다. "동의하지?"

잠시 망설이던 클라리가 그의 손을 잡았다. "후회하는 일이 없어야 할 텐데요."

"당연히 없어야지." 매그너스가 가벼운 걸음으로 문을 향해 걸어가며 말했다. 벽에 나타났던 불꽃 글자들은 이미 희미해졌다. "후회 같은 건 그야말로 쓸모없는 감정이니까. 안 그래?"

어두운 집 안에서 밖으로 나오니 햇빛이 더욱 눈부셨다. 가만히 서서 눈을 깜빡이자 전경이 점점 또렷이 보였다. 멀리 보이는 산들, 만족스럽게 풀을 뜯는 웨이페러, 한 손을 뻗은 채 조각상처럼 움직이지 않는 세바스찬. 클라리가 매그너스에게 돌아섰다. "이제 세바스찬은 좀 풀어주실래요?"

매그너스는 재미있다는 표정이었다. "오늘 아침에 세바스찬의 메시지를 받고 깜짝 놀랐지. 네 부탁으로 보내는 거라고 하기에. 저 녀석은 어디서 만난 거야?"

"라이트우드 가족 친구의 사촌인가 그래요. 아무튼 좋은 사람인 건 확실해요."

"좋은 사람은 무슨. 아주 매력적인 사람이라면 모를까." 매그너스가 꿈꾸는 듯한 얼굴로 세바스찬 쪽을 쳐다보았다. "저 녀석은 여기 남겨놓고 가지그래. 모자나 뭐 그런 거라도 걸어두게."

"안 돼요."

"왜 안 돼? 너 쟤 좋아하는 거야?" 매그너스가 눈을 빛내며 물었다. "쟤는 너 좋아하는 거 같던데. 아까 보니까 아주 땅콩을 노리는 다람쥐처럼 네 손을 잡으려고 뛰어들더만."

"제 얘기 말고 매그너스 얘기나 해보죠?" 클라리가 반격했다. "알렉이랑은 어떻게 된 거예요?"

"알렉은 나랑 사귄다는 사실을 인정하려 들지 않아. 그래서 나도 알렉을 인정하지 않기로 했지. 지난번에 알렉이 나한테 뭔가 물으려고 메시지를 보냈는데, 생판 모르는 남한테 보내는 것처럼 '받는 사람'에 '마법사 베인'이라고 써 넣었더군. 내가 보기에 알렉은 아직도 제이스에게 미련을 버리지 못했어. 둘의 관계가 진전될 가능성은 전혀 없는데도 말이야. 물론 이런 문제에 관해서 '넌' 아무것도 모르겠지만."

"그만 좀 해요." 클라리가 마지못해 매그너스와 눈을 맞췄다. "세바스찬을 풀어주지 않으면 난 계속 여기 있어야 해요. 그럼 매그너스는 화이트북을 영영 손에 넣지 못할걸요."

"아, 그렇지, 그렇지. 참, 한 가지만 부탁할까? 내가 좀 전에 들려준 이야기는 저 녀석한테 하지 말아줘. 라이트우드 가족의 친구건 아니건 간에." 매그너스가 심통 맞게 손가락을 튕겼다.

멈춤에서 재생으로 바뀐 비디오 화면처럼 세바스찬의 얼굴이 갑자기 살아났다. "……하는 거죠? 이건 그냥 사소한 문제가 아니잖아요. 목숨이 걸린 문제지."

"너희 네피림은 모든 문제에 목숨이 걸렸다고 하지." 매그너스가 말했다. "이제 그만 가봐. 따분한 얘긴 그만하고."

"하지만……."

"가라고." 매그너스가 험악한 어조로 말했다. 기다란 손가락 끝에서 푸른 불꽃이 번쩍거리며 타는 냄새가 확 풍겼다. 매그너스의 고양이 눈이 번쩍거렸다. 그가 연기를 하고 있다는 것을 알면서도, 클라리는 저도 모르게 뒤로 물러났다.

"돌아가는 게 낫겠어요, 세바스찬."

세바스찬의 눈이 가늘어졌다. "하지만 클라리……."

"가요." 클라리가 그의 팔뚝을 잡고 끌다시피 하며 웨이페러에게 다가갔다. 마지못해 그녀를 따라가며 세바스찬이 나지막하게 중얼거렸다. 클라리가 안도의 한숨을 내쉬며 흘깃 뒤를 돌아보니, 매그너스가 팔짱을 낀 채 문 앞에 서 있었다. 그녀와 시선이 마주친 매그너스가 씩 웃으면서 한쪽 눈꺼풀을 재빨리 내려 반짝이는 윙크를 보냈다.

"미안해요, 클라리." 세바스찬은 클라리의 어깨를 한 손으로 잡고, 그녀의 허리를 다른 손으로 받치며 웨이페러의 넓은 등에 오르는 그녀를 도와주었다. 클라리는 그 말의 등에, 또는 어떤 말의 등에도 다시 올라타서는 안 된다고 경고하는 작은 목소리를 내리누르며 세바스찬의 도움을 받아들였다. 다리를 획 돌리며 안장 위로 올라앉을 때는, 언제라도 고개를 돌려 그녀를 물지도 모르는 동물이 아니라 움직이는 커다란 소파에 앉아서 균형을 잡는다고 생각했다.

"뭐가 미안해요?" 세바스찬이 올라타자 클라리가 물었다. 그는 춤이라도 추듯 말 등 위로 가뿐하게 올라왔다. 클라리는 약간 기분이 나빠지려 했지만, 보고 있으니 안심은 되었다. 세바스찬이 말 타는 법 하나는 확실히 아는 것 같았기 때문이다. 둘 중 하나라도 능숙하게 말을 탈 줄 안다는 것은 매우 다행한 일이었다.

"래그노어 펠 말이에요. 그런 식으로 나올 거라고는 예상치 못했어요. 마법사들이 원래 좀 변덕스럽긴 하지만. 마법사 만나본 적 있죠?"

"매그너스 베인을 만난 적이 있어요." 클라리가 몸을 틀어서 세바스찬 너머로 멀어지는 작은 집을 쳐다보았다. 굴뚝에서 피어오른 연기는 이제 춤추는 사람들의 모양을 하고 있었다. 춤추는 매그너스들인가? 거리가 너무 멀어 분명하게 보이지 않았다. "브루클린의 대마법사예요."

"펠하고 비슷한가요?"

"깜짝 놀랄 정도로 비슷하죠. 그리고 펠 문제는 괜찮아요. 어쩌면 그가 도와주지 않을지도 모른다고 생각했어요."

"하지만 난 돕겠다고 약속했는데." 세바스찬은 정말로 언짢은 목소리였다. "그래도 클라리에게 보여줄 게 있으니까 하루를 완전히 낭비한 건 아니에요."

"뭘 보여줄 건데요?" 클라리가 다시 몸을 틀어 그를 보았다. 그의 뒤로 해가 높이 떠올라 나부끼는 검은 머리에 황금 테두리를 만들었다.

세바스찬이 빙긋 웃었다. "곧 알게 돼요."

그들이 알리칸테에서 더욱 멀어지는 동안, 양쪽의 나뭇잎 벽들이 이따금씩 사라지며 믿을 수 없이 아름다운 전경을 보여주었다. 담청색 호수, 녹색 계곡, 회색 산, 은빛 강과 시내, 물가에 빼곡하게 피어 있는 꽃들. 클라리는 이런 곳에 살면 어떤 기분일지 궁금했다. 높은 건물들이 에워싸지 않으니, 왠지 모르게 불안하고 지나치게 노출된 느낌이 들었다.

물론 건물이 하나도 없지는 않았다. 가끔씩 나무 위로 솟은 석조 건물의 지붕들이 눈에 들어오곤 했다. 그 건물들은 영지의 저택, 즉 부유한 섀도우 헌터 가문의 시골 저택이라고 세바스찬이 고래고래 소리를 지르며 알려주었다. 클라리는 맨해튼 북부의 허드슨 강변에 있는 고풍스러운 대저택들을 떠올렸다. 수백 년 전 부자 뉴요커들이 여름을 보내던 저택들을.

자갈길이 흙길로 바뀌고, 이윽고 그들은 언덕 꼭대기에 다다랐다. 세바스찬이 갑자기 웨이페러를 세우자 클라리는 몽상에서 깨어났다.

"여기예요."

클라리는 주변을 둘러보았다. 검게 그을린 돌들이 마구잡이로 쌓인 곳이었다. 남아 있는 윤곽으로 보아 돌 더미들은 한때 집이었던 듯했다. 텅 빈 굴뚝은 여전히 하늘을 향해 뻗어 있고, 유리 없는 창이 입을 벌린 벽의 일부가 서 있었다. 건물 토대는 검게 그을린 채 드러나 있고, 그 사이로 녹색 잡초가 수북하게 자라났다.

"여기가 어딘데요?" 클라리가 물었다.

"몰라요?" 세바스찬이 되물었다. "여긴 클라리의 부모님이 사셨던 곳이에요. 오빠가 태어난 곳이고. 페어차일드 저택이 있던 자리요."

클라리의 머릿속에서 또다시 호지의 목소리가 들려왔다. 발렌타인은 큰 불을 피워놓고 아내와 자식 등 가족과 함께 불에 타 죽었어. 땅은 시커멓게 그을려버렸지. 아직까지 어느 누구도 거기에 건물을 지으려고 하지 않아. 사람들은 땅이 저주를 받았다고 해.

아무 말 없이 클라리가 말 등에서 미끄러지듯 내려갔다. 세바스찬이 부르는 소리가 들렸지만, 클라리는 반은 달리고 반은 미끄러지며 낮은 언덕을 내려가고 있었다. 집터에 가까워지자 땅이 점점 평평해졌다. 한

때 정원의 보도였던 돌들은 검게 변한 채 바싹 마르고 금이 가 있었다. 잡초 사이로 땅에서 조금 올라가다 갑자기 끝나버리는 계단이 눈에 들어왔다.

"클라리." 세바스찬이 잡초를 헤치며 따라왔지만 클라리는 신경도 쓰지 않았다. 천천히 원을 그리며 그곳의 모든 것을 가슴속에 새겨 넣었다. 불에 타서 반쯤 죽어버린 무들까지도. 예전에는 잔디가 덮이고 그늘이 드리웠을 땅이 비스듬한 언덕을 따라 아래로 한참을 뻗어나갔다. 멀리 보이는 나무들 너머로 근처 저택의 지붕이 보였다. 집터에는 거의 손상되지 않은 벽도 남아 있었다. 창에 붙은 유리 조각들이 햇빛을 받아 번쩍거렸다. 클라리가 돌무더기를 넘어 폐허 안으로 들어섰다. 방들과 출입구의 윤곽이 보였고, 불에 그을렸으나 제 모습을 거의 잃지 않은 장식장이 옆으로 쓰러져 있었다. 쏟아져 나온 깨진 도자기들이 검은 흙과 뒤섞였다.

이곳은 한때 살아 숨 쉬는 사람들이 살던 진짜 집이었다. 클라리의 어머니가 이곳에 살았고, 이곳에서 결혼을 했으며, 이곳에서 아기를 낳았다. 발렌타인이 나타나 이곳을 잿더미로 바꾸어놓았고, 그래서 조슬린은 자신의 아들이 죽었다고 믿었다. 자신의 딸에게 모든 진실을 숨기기로 결심했고…… 가슴을 찢는 커다란 슬픔이 클라리를 덮쳐왔다. 이곳에서 한 명 이상의 삶이 파괴되었던 것이다. 클라리는 무심결에 손을 올렸다가 얼굴이 젖은 것을 알고 깜짝 놀랐다. 그녀는 자신도 모르는 사이에 울고 있었다.

"클라리, 미안해요. 여길 보고 싶어할 줄 알았어요." 세바스찬이 달그락거리며 잔해를 가로질러 클라리에게 다가가자 부츠 발에 채인 재가 풀풀 날렸다. 그는 걱정스러운 얼굴이었다.

클라리가 그에게 돌아섰다. "아니에요, 보고 싶었어요. 고마워요."
 어디선가 바람이 불어와 세바스찬의 검은 머리가 얼굴에 날렸다. 그가 애달픈 미소를 지었다. "이곳에서 일어난 일들을 떠올리면 많이 힘들 거예요. 발렌타인 일도 그렇고 어머니 일도 그렇고. 어머니는 정말 대단한 용기를 지닌 분이셨어요."
 "맞아요. 지금도 그래요."
 그가 클라리의 얼굴을 가볍게 어루만졌다. "클라리도 그래요."
 "세바스찬은 나에 대해 아무것도 몰라요."
 "그렇지 않아요." 그의 다른 손이 올라와 클라리의 얼굴을 양손으로 감쌌다. 세바스찬의 손길은 매우 조심스러웠다. "클라리에 대해 전부 들었어요. 죽음의 잔을 손에 넣기 위해 발렌타인과 맞선 일, 친구를 찾아 뱀파이어가 득실거리는 호텔로 들어간 일. 이사벨한테 전부 들었고 소문도 좀 들었죠. 클라리의 이름을 처음 듣던 순간부터 만나보고 싶었어요. 비범한 사람일 거라고 생각했죠."
 클라리가 크게 웃었다. "실망하지 않았길 바라요."
 "전혀요." 그가 조그맣게 말하며 미끄러지듯 클라리의 턱 아래로 손끝을 움직였다. 그리고 그녀의 얼굴을 들어 올렸다. 클라리는 그가 뭘 하려는지 뒤늦게 깨달았지만 너무 놀라서 움직일 수가 없었다. 세바스찬의 입술이 부드럽게 닿자 온몸으로 전율이 퍼지며 반사적으로 눈이 감겼다. 품에 안겨 모든 것을 잊게 해줄 키스를 받고 싶다는 강렬한 갈망이 끓어올랐다. 클라리가 팔을 뻗어 목을 휘감으며 균형을 잡고 그를 가까이 끌어당겼다.
 세바스찬의 머리칼이 손끝을 간질였다. 제이스만큼 매끄럽진 않지만 가늘고 부드러웠다. 그리고 제이스 생각을 해서는 안 되었다. 클라리가 억지로 제이스 생각을 밀어내는 순간, 세바스찬의 손가락이 그녀의 뺨과 턱을 어루만졌다. 굳은살이 박였는데도 거칠게 느껴지지 않았다. 물론 수없이 많은 전투를 치른 제이스의 손에도 굳은살은 박여 있었다. 아마도 모든 섀도우 헌터가 그럴 테고…….

 클라리는 자꾸만 떠오르는 제이스 생각을 꾹꾹 내리눌렀다. 아니, 그러려고 기를 썼다. 그러나 별 소용이 없었다. 심지어 눈을 감아도 제이스의 모습이 보였다. 이처럼 머릿속에 선명하게 새겨져 있는데도, 어쩐 일인지 얼굴의 날카로운 윤곽만은 똑같이 그려낼 수가 없었다. 손의 섬세한 뼈들도, 흉터가 남은 어깨도…….

 당겨졌던 고무줄이 제자리로 돌아오듯, 강렬한 갈망이 순식간에 빠져나갔다. 세바스찬이 양손으로 그녀의 뒷목을 받치고 입술을 포개는데도 아무런 감각이 없었다. 오로지 뭔가가 잘못되었다는 충격으로 멍할 따름이었다. 절대로 맺어지지 못할 사람을 향한 어찌할 수 없는 갈망보다도 더 끔찍하게 잘못된 느낌. 갈망과는 완전히 다른 종류의 느낌이었다. 경악으로 가슴이 철렁 내려앉는 느낌, 단단한 땅인 줄 알고 걸음을 내디뎠다가 시커먼 공동으로 떨어져 내리는 느낌과 비슷했다.

 놀라서 숨을 들이켠 클라리가 세바스찬에게서 갑자기 떨어져 나오며 비틀거렸다. 만약 세바스찬이 잡아주지 않았다면 쓰러져버렸을 것이다.

 "클라리." 그가 멍한 눈으로 클라리를 쳐다보았다. 볼이 빨갛게 달아올랐다. "클라리, 왜 그래요?"

 "아무것도 아니에요." 클라리의 목소리는 자신의 귀에도 거의 들리지 않을 정도로 가냘팠다. "그냥 이러면 안 될 거 같아서…… 난 아직 준비가……."

 "너무 빨라가요? 그럼 속도를 조금 늦추면……." 세바스찬이 손을 뻗자 클라리가 움찔거리며 뒤로 물러났다. 그는 한 대 얻어맞은 표정이었다. "난 클라리에게 상처를 주는 짓 따윈 하지 않을 거예요."

"알아요."

"무슨 일이 있었던 거죠?" 그가 손을 뻗어 클라리의 머리카락을 쓸어 넘겼다. 클라리는 뒤로 물러나고 싶은 충동을 억지로 참았다. "제이스가 혹시……."

"제이스요?" 그녀의 표정을 보고 제이스 생각을 하고 있다는 것을 눈치챈 걸까? 하지만 어떻게 키스하면서 동시에……. "제이스는 오빠예요. 거기서 왜 제이스 이름이 나오죠? 무슨 뜻으로 한 말이에요?"

"난 그냥……." 세바스찬이 머리를 흔들었다. 괴로움과 혼란의 그림자가 차례로 얼굴을 스쳐 지나갔다. "누군가 클라리에게 상처를 준 것 같다는 생각이 들어서요."

세바스찬의 손은 여전히 클라리의 볼 위에 얹혀 있었다. 클라리는 부드럽지만 단호한 손길로 그의 손을 떼어놓았다. "아뇨, 그런 거 아니에요. 왠지 이러면 안 될 거 같은 기분이 들어서요."

"안 된다고요?" 상처 입은 표정이 믿을 수 없다는 표정으로 바뀌었다. "클라리, 우린 서로에게 끌리고 있어요. 그건 클라리도 잘 알 거예요. 난 클라리를 처음 본 순간……."

"세바스찬, 그만해요."

"내가 지금껏 기다려온 바로 그 사람 같다는 느낌이 들었어요. 클라리도 비슷한 감정이라는 거 알아요. 그러니까 아니라고 하지 말아요."

클라리가 느낀 것은 그런 감정이 아니었다. 마치 낯선 도시를 걷고 있다 어느 모퉁이를 돌았는데 느닷없이 그녀가 사는 브라운스톤 건물이 나타난 느낌이었다. 놀랍지만 전적으로 유쾌하지만은 않은, '이게 어떻게 여기 있지' 하는 느낌.

"난 아니에요."

그 순간 세바스찬의 눈에 분노가 일렁여 클라리는 깜짝 놀랐다. 갑작스럽고, 어둡고, 제어할 수 없는 분노였다. 그가 클라리의 손목을 아프게 움켜쥐었다. "그렇지 않아요."

클라리가 팔을 빼려 했다. "세바스찬."

"그렇지 않아요." 눈 전체가 까만 눈동자로 가득 찬 것처럼 보였다. 얼굴은 마치 하얀 가면을 쓴 것처럼 딱딱하게 굳어 있었다.

"세바스찬." 클라리는 침착하게 말하려고 기를 썼다.

"손목이 아파요."

세바스찬이 그제야 손목을 놓아주었다. 그의 가슴이 빠르게 오르락내리락했다. "미안해요. 난……."

'세바스찬이 잘못 생각한 거라고요'라고 말해주고 싶었지만, 그의 얼굴에서 좀 전과 같은 표정을 또다시 보고 싶지는 않았다. "돌아가는 게 좋겠어요. 금방 어두워지겠네요."

세바스찬이 멍하니 고개를 끄덕였다. 갑작스레 감정을 분출한 일에 클라리만큼이나 충격을 받은 듯했다. 그가 웨이페러를 향해 걷기 시작했다. 웨이페러는 길게 드리운 나무 그늘 아래에서 풀을 뜯고 있었다. 클라리는 잠시 망설였지만 달리 방법이 없었기에 그를 따라 걷기 시작했다. 걸으면서 손목을 흘끔 내려다보니 세바스찬이 잡았던 부분에 손자국이 벌겋게 남았다. 그리고 이상하게도 그녀의 손끝에는 잉크처럼 보이는 검은 얼룩이 묻어 있었다.

클라리가 웨이페러의 등에 오르는 것을 돕는 동안 세바스찬은 아무 말도 하지 않았다. 그녀가 안장에 자리를 잡자, 마침내 세바스찬이 입을 열었다.

"제이스에 대한 말, 이상하게 들렸다면 사과할게요. 제이스가 클라리에게 상처를 줄 리가 없는데. 가드에 갇힌 뱀파이어 죄수를 찾아간 것도 클라리를 위해서라는 거 알아요."

갑자기 세상 만물이 움직임을 멈춘 것만 같았다. 색색거리는 자신의 숨소리가 귀에 들렸다. 클라리는 안장 머리에 조각상처럼 얼어붙은 자신의 손을 가만히 내려다보았다. 그러다 속삭이듯이 물었다.

"뱀파이어 죄수요?"

세바스찬이 놀란 얼굴로 클라리를 올려다보았다. "네. 사이먼이라고, 뉴욕에서 데려온 뱀파이어요. 난…… 클라리도 아는 줄 알았어요. 제이스가 얘기 안 해요?"

8
살아 있는 자

사이먼이 잠을 깨자, 감방 창문의 철창 사이에서 뭔가가 햇빛을 받아 반짝였다. 허기로 욱신거리는 몸을 일으키니, 도시락 보온병만 한 금속 병이 보였다. 병의 목에는 돌돌 말린 메모지가 달려 있었다. 사이먼이 종이를 뽑아 펼쳤다.

> 사이먼. 이건 갓 잡은 암소의 피야. 맛이 괜찮았으면 좋겠다. 제이스한테 네가 한 말을 전해 들었어. 정말로 용기 있는 행동이라고 생각한다는 걸 알아줘. 조금만 더 견디면 우리가 어떻게든 널 꺼낼 방법을 찾아볼게.
> XOXOXOXOXOXOXO 이사벨
> (XOXO는 포옹과 키스라는 뜻—옮긴이)

사이먼은 종이 맨 아래 휘갈겨 쓴 X와 O의 행렬을 보며 웃었다. 지금 같은 상황에도 굴하지 않고 언제나처럼 이색적으로 애정을 표현하는 이사벨이 반가웠다. 사이먼은 뚜껑을 열고 병 안의 피를 꿀꺽꿀꺽 마셨다. 몇 모금을 마셨는데 어깨뼈 사이가 따끔거리기에 뒤를 돌아보았다.

라파엘이 감방 한가운데 조용히 서 있었다. 뒷짐을 진 그의 가냘픈 어깨가 뻣뻣하게 경직되어 있었다. 깔끔하게 다린 하얀 셔츠와 검은 재킷 차림이었고, 목에 걸린 금목걸이가 번쩍거렸다. 마시던 피가 목에 걸릴 뻔했지만, 사이먼은 겨우 삼키고 나서 그를 빤히 쳐다보았다.

"네가…… 네가 어떻게 여기 있지?"

라파엘이 씩 웃자, 송곳니가 나오지 않았는데도 나와 있는 듯한 인상을 주었다. "허둥댈 거 없어, 데이라이터."

"허둥대지 않았어." 그러나 엄밀히 따지면 그건 사실이 아니었다. 사이먼은 뭔가 날카로운 것을 삼킨 기분이었다. 피에 젖고 멍이 든 채 무덤을 파헤치고 나온 그날 밤 이후 라파엘과 마주한 적은 없었다. 하지만 동물 피가 든 봉지를 던져주던 라파엘의 모습과 짐승처럼 그것들을 이로 찢어 벌컥벌컥 마시던 자신의 모습은 여전히 기억했다. 그다지 떠올리고 싶은 기억이 아니었으므로 저 뱀파이어 소년 역시 다시 보고 싶지 않았다.

"해가 지지 않았는데 어떻게 여기 있는 거야?"

"거기 없어." 라파엘의 목소리가 버터처럼 부드러웠다. "난 영상일 뿐이야, 봐." 그가 손을 휘두르자 옆의 벽을 그대로 통과했다. "연기하고 비슷하지. 그러니 널 해칠 수도 없어. 물론 너도 날 해칠 수 없지."

"해칠 생각 없어. 네가 여기 나타난 이유는 알고 싶지만 말이야." 사이먼이 침대 위에 병을 내려놓았다.

"네가 갑자기 뉴욕에서 사라져버렸잖아, 데이라이터. 도시 밖으로 나갈 때 지역의 우두머리 뱀파이어에게 알려야 한다는 건 알고 있겠지?"

"우두머리 뱀파이어? 그러니까 그게 너란 말이야? 난 다른 뱀파이어로 알고 있었는데."

"카밀이 아직 돌아오지 않았어." 라파엘은 아무런 감정도 내비치지 않으며 말했다. "그녀 대신 내가 책임을 맡고 있지. 네가 속한 종족의 규범에 관심을 좀 가졌더라면 이런 것들을 전부 알았을 텐데 말이야."

"뉴욕을 떠나온 건 계획에 없던 일이야. 그리고 기분 나쁘게 할 생각은 없지만, 내가 너희와 같은 종족이란 생각은 솔직히 들지 않아."

"Dios." 라파엘은 웃음을 참는 사람처럼 슬그머니 시선을 아래로 내리깔았다. "고집이 상당히 세군."

"그거, 어떻게 하는 거야?"

"명백하게 드러나잖아, 그렇지 않나?"

"아니, 내 말은……." 사이먼은 목이 턱 막혔다. "그 단어 말이야. 넌 말할 수 있는데 난 못한다고." 그 '하느님 맙소사'란 말.

라파엘이 눈을 들었다. 재미있어하는 표정이 역력했다. "세월, 그리고 연습이 쌓인 덕이지. 신앙을 갖거나 잃는 것은 어떻게 보면 같은 거야. 시간이 흐르면 알게 돼, 어린 새."

"그렇게 부르지 마."

"하지만 그게 너인걸. 넌 밤의 아이야. 발렌타인이 널 잡아 가두고 피를 뽑은 이유도 그래서 아닌가? 네가 밤의 아이라서?"

"정보가 아주 많은 거 같은데, 네가 대답하지그래."

라파엘이 눈을 가늘게 떴다. "또 다른 소문도 들었지. 네가 그런 능력을 갖게 된 건 섀도우 헌터의 피를 마셔서라고. 햇볕 아래로 다닐 수 있는 능력 말이야. 그게 사실인가?"

사이먼은 머리털이 쭈뼛 곤두섰다. "말도 안 되는 소리 하지 마. 섀도우 헌터의 피가 그런 능력을 준다면 뱀파이어들이 모를 리가 없잖아. 네 피림의 피는 비싼 값에 팔릴 거고, 그렇게 되면 뱀파이어와 섀도우 헌터 사이에 전쟁이 끊이지 않겠지. 그게 사실이 아니어서 다행인 줄 알아."

라파엘의 입가에 희미하게 미소가 피어올랐다. "그렇겠군. 나저나 비싼 값이라는 말이 나왔으니 하는 말인데, 너도 스스로가 아주 귀한 상품이 되었다는 사실은 잘 알겠지, 데이라이터? 모든 다운월드 사람이 널 손에 넣고 싶어해."

"거기에 너도 포함되고?"

"물론이지."

"날 얻으면 뭘 할 건데?"

라파엘이 어깨를 살짝 으쓱했다. "어쩌면 이렇게 생각하는 건 나 혼자뿐일지 모르지만, 햇볕 아래를 거니는 능력은 다른 뱀파이어들이 생각하는 만큼 좋은 게 아닐지도 몰라. 우리가 밤의 아이들인 데는 분명한 이유가 있을 테니까. 그러니 인간들이 날 혐오스러운 존재로 생각하는 만큼 나도 널 그런 존재로 생각할지도 모르지."

"그렇게 생각해?"

"그럴 수도 있다고." 라파엘은 애매모호하게 말했다. "난 네가 우리 모두에게 위협이 되는 존재라고 생각해. 뱀파이어 종족에게 위협이 되는 존재. 넌 이 감방 안에 영원히 머물 수 없어, 데이라이터. 결국에는 이곳을 떠나 세상과 다시 마주해야 하지. 날 다시 마주해야 하고. 하지만 이거 하나는 분명히 말하지. 네가 한 가지 약속만 해준다면, 널 해치지 않고 찾지도 않겠다고 맹세할 거야. 앨더트리가 풀어주는 즉시 자취를 감추겠다는 약속. 아무도 찾지 못하는 먼 곳으로 가서, 인간일 때 알던 누구와도 연락하지 않겠다는 약속 말이야. 이보다 더 공정한 거래도 없을 거 같은데."

하지만 사이먼은 이미 고개를 설레설레 흔들고 있었다. "난 가족을 떠날 수 없어. 클라리도."

라파엘이 짜증스럽다는 듯이 소리를 냈다. "그들은 이제 너와 상관없는 사람들이야. 넌 뱀파이어니까."

"되고 싶어서 된 거 아니야."

"저런, 불평을 하다니. 넌 이제 아프지도 않고 죽지도 않아. 강할 뿐만 아니라 영원히 젊음을 유지하지. 그런데도 불평을 하는 거야?"

영원한 젊음. 언뜻 듣기엔 좋은 소리 같지만, 과연 열여섯에 영원히 머물고 싶은 사람이 있을까? 스물다섯이나 스물여섯이면 모를까, 영원히 열여섯에 머문다면? 멀대처럼 키만 삐죽하고 얼굴과 몸은 영원히 어른이 되지도 못하는데? 이런 모습으로는 바에 가지도 술을 마시지도 못한다, 영원히.

라파엘이 덧붙였다. "그리고 넌 해를 포기할 필요도 없잖아."

사이먼은 그 얘기로 돌아가고 싶지 않아 입을 열었다.

"뒤모트에서 다른 뱀파이어들이 너에 대해 얘기하는 걸 들었어. 일요일마다 십자가 목걸이를 걸고 가족을 보러 간다는 것도 알아. 식구들은 물론 네가 뱀파이어란 사실을 전혀 모르겠지. 그러면서 나한테 모든 걸 두고 떠나란 말은 하지 마. 그런 짓은 하지 않을 거고, 하겠다는 거짓말도 하지 않을 거니까."

라파엘의 눈이 번득였다. "우리 가족이 어떻게 생각하느냐는 중요하지 않아. 내가 어떻게 생각하느냐가 중요한 거지. 진정한 뱀파이어는 자신이 죽었다는 사실을 알아. 자신의 죽음을 받아들이지. 하지만 넌 자신이 여전히 살아 있다고 생각해. 그래서 네가 위험하다는 거야. 자기가 더 이상 산 자가 아니란 사실을 인정하지 못하니까."

황혼 무렵 아마티스의 집에 도착한 클라리는 안으로 들어가 문을 닫고 빗장을 걸었다. 어두운 현관에서 문에 기댄 채 눈을 반쯤 감고 오랫동안 서 있었다. 완전히 기진맥진한 상태여서 팔 하나 들어 올릴 기운조차 없었고, 두 다리는 고통스럽게 욱신거렸다.

"클라리? 너니?" 아마티스의 목소리가 적막을 깨고 들려왔다.

클라리는 가만히 서서 눈을 감은 채로 고요한 어둠 속을 떠다녔다. 그곳이 집이기를 얼마나 간절히 바랐는지, 브루클린 거리에서 나는 비릿한 쇠 냄새가 콧속으로 흘러드는 것만 같았다. 창가에 앉은 어머니도 보이고, 열린 창으로 연노란 햇살이 쏟아져 캔버스를 비추는 모습도 눈에 선했다. 고향을 향한 그리움이 참을 수 없이 밀려들었다.

"클라리." 이번에는 목소리가 훨씬 가까운 곳에서 들려왔다. 클라리가 눈을 번쩍 뜨자, 아마티스가 앞에 서 있었다. 잿빛 머리를 뒤로 묶고 양손을 허리에 올려놓은 채.

"네 오빠가 널 보러 왔구나. 지금 부엌에서 기다리고 있어."

"제이스가 왔다고요?" 클라리는 분노와 놀라움을 드러내지 않으려고 기를 썼다. 자신이 얼마나 화가 났는지를 루크의 동생 앞에서 드러낼 필요는 없었다.

아마티스가 호기심 어린 눈으로 클라리를 쳐다보았다. "들어오게 하면 안 되는 거였니? 난 네가 보고 싶어할 줄 알았는데."

"아니에요. 괜찮아요." 클라리가 가까스로 아무렇지도 않은 듯이 말했다. "좀 피곤해서 그래요."

"그래?" 아마티스는 믿을 수 없다는 표정이었다. "난 위층에 있을 테니까 필요하면 부르렴. 좀 자야겠어."

아마티스를 부를 일이 있을까 싶긴 했지만, 클라리는 고개를 끄덕이고는 부엌을 향해 절뚝이며 걸어갔다. 부엌 안은 환한 불빛이 가득했다. 오렌지며 사과, 배 같은 과일이 담긴 그릇이 식탁 위에 놓여 있었다. 버터를 바르고 치즈를 넣은 두툼한 빵 한 덩이도 있었고, 그 옆의 접시에 담긴 건…… 쿠키? 아마티스가 쿠키를 구웠다고?

제이스는 식탁 앞에 앉아 있었다. 팔꿈치를 식탁에 괴고 몸은 앞으로 수그렸다. 금발은 헝클어졌고, 셔츠의 단추가 풀려 있어 쇄골을 따라 그린 마크의 두꺼운 줄무늬가 보였다. 쿠키를 든 손에는 붕대가 감겨 있다. 세바스찬의 말이 맞았다. 제이스는 정말로 다친 모양이었다. 그렇다고 신경이 쓰인다는 건 아니지만.

"돌아와서 다행이네. 혹시 운하에라도 빠진 게 아닌가 걱정하던 참이었는데." 제이스가 입을 열었다.

클라리는 입을 열지 않은 채 계속 그를 빤히 쳐다보았다. 그녀의 눈에 떠오른 분노의 기색을 그가 읽었는지 궁금했다. 제이스가 의자 뒤로 기대어 앉으며 무심하게 등받이 뒤로 팔을 떨어뜨렸다. 목 아래서 빠르게 맥박이 뛰고 있지 않았다면 클라리는 그 무심한 태도가 진심에서 우러나온 것이라고 믿었을 것이다.

"많이 지쳐 보이네. 하루 종일 어디 갔었어?"

"세바스찬하고 있었어."

"세바스찬?" 깜짝 놀라는 제이스의 표정에 클라리는 잠시 만족감을 느꼈다.

"어젯밤에 세바스찬이 집까지 바래다줬어." 그렇게 말하는 클라리의 머릿속에서 '이제부턴 네 오빠로 살 거야'라던 그의 말이 고장 난 심장의 리듬으로 울려 퍼졌다. "그리고 지금까진 이곳에서 조금이나마 친절을 보인 유일한 사람이기도 하고. 그래서 세바스찬과 함께 나갔어."

"그랬군." 제이스가 쿠키를 접시에 내려놓으며 멍한 표정으로 말했다. "클라리, 나 사과하러 온 거야. 너한테 그런 식으로 말하면 안 되는 거였어."

"맞아. 그런 식으로 말하면 안 되는 거였어."

"그리고 너한테 뉴욕으로 돌아가는 문제를 다시 한 번 생각해달라고 부탁하려고 온 거고."

"맙소사, 또 그 얘기야?"

"여긴 안전하지 않아."

"뭐가 그렇게 걱정인데?" 클라리가 단조로운 목소리로 물었다. "그들이 날 감옥에 처넣을까 봐서? 사이먼처럼?"

제이스는 표정에 변화를 보이지 않았지만, 클라리에게 떠밀리기라도 한 듯이 의자 앞쪽 다리를 바닥에서 올려 의자를 뒤로 젖혔다. "사이먼?"

"세바스찬한테 전부 들었어." 클라리가 여전히 높낮이 없는 목소리로 말을 이었다. "네가 무슨 짓을 했는지. 어떻게 사이먼을 이곳에 데려와서 감옥에 갇히도록 그냥 보냈는지. 내가 널 증오하게 만들려고 기를 쓰고 있는 거야?"

"세바스찬 말을 그대로 믿어? 넌 그를 잘 알지도 못해, 클라리."

클라리가 물끄러미 쳐다보았다. "그럼 사실이 아니란 말이야?"

제이스도 마주 바라보았지만, 그녀에게 밀려났을 때 세바스찬이 그런 것처럼 얼굴이 딱딱하게 굳어 있었다. "사실이야."

클라리가 식탁에서 접시를 집어 제이스를 향해 냅다 날렸다. 제이스가 고개를 움츠리며 의자가 빙글 돌아갔고, 그녀가 던진 접시는 싱크대 위쪽 벽에 부딪혀 산산조각이 났다. 클라리가 또 다른 접시를 던지자 제이스는 의자에서 펄쩍 뛰어 일어났지만 접시는 목표물을 크게 빗나갔다. 냉장고에 부딪힌 접시가 그의 발치에 떨어져 두 동강이 났다.

"어떻게 그럴 수가 있어? 사이먼은 널 믿었는데. 사이먼, 지금 어디 있어? 사이먼한테 또 무슨 짓을 할 거냐고."

"아무 짓도 안 해. 사이먼은 잘 있어. 어젯밤에 봤는데……."

"나 만나기 전이야, 후야? 모든 게 정상이고, 아무렇지도 않은 척하기 전이었냐고, 후였냐고."

"내가 아무렇지도 않아 보였다고?" 웃음 같은 소리가 그의 목에 걸렸다. "생각보다 내 연기가 괜찮은 모양이네."

제이스가 얼굴을 비틀며 웃어 보이자, 클라리의 분노가 폭발했다. 지금 같은 상황에서 감히 날 비웃어? 클라리는 과일이 담긴 그릇으로 손을 뻗다가 불현듯 그것으로는 충분하지 않다는 느낌이 들었다. 그래서 쓰러진 의자를 옆으로 차내고, 그녀가 공격해올 것을 전혀 예상하지 못하는 제이스를 향해 몸을 던졌다.

제이스는 갑작스러운 공격에 허를 찔리고 비틀거리며 뒷걸음질 치다 조리대 모서리에 세게 부딪혔다. 그에게 거의 쓰러지다시피 한 클라리는 제이스가 헉 하고 놀라는 소리를 들었다. 그녀는 자신이 무엇을 하려는지 깨닫지 못한 채 막무가내로 팔을 뒤로 당겼다.

클라리는 제이스가 얼마나 빠른지를 잊고 있었다. 그녀의 주먹은 제이스의 얼굴이 아니라 들어 올린 그의 손 안으로 떨어졌다. 제이스가 그녀의 손을 감싸 쥐고 억지로 팔을 내렸다. 클라리는 문득 둘이 너무 바짝 붙어 서 있다는 사실을 깨달았다. 자신의 몸으로 제이스를 누르며 그에게 기대고 있었던 것이다.

"놔."

"그럼 정말 날 칠 거야?" 그의 목소리는 거칠면서도 부드러웠고, 두 눈은 불이 붙은 것처럼 이글거렸다.

"맞을 만하다고 생각지 않아?"

제이스가 냉소하듯이 웃자, 그의 가슴이 오르락내리락하는 게 느껴졌다. "이 모든 일이 내가 꾸민 거라고 생각하는 거야? 내가 정말 그런 짓을 할 사람으로 보여?"

"넌 사이먼을 좋아하지 않잖아. 한 번도 좋아한 적이 없을걸."

제이스는 믿을 수 없다는 듯이 거친 소리를 내지르며 팔을 놓아주었다. 그녀가 뒤로 물러서자, 그는 손바닥을 위로 향해 오른팔을 내밀었다. 제이스가 무엇을 보여주는지 깨닫기까지는 잠시 시간이 걸렸다. 손목을 따라 울퉁불퉁한 흉터가 남아 있었다.

"이게 바로 네 뱀파이어 친구에게 피를 주려고 벤 상처야. 그 일로 난 거의 죽을 뻔했지. 그런데도 내가 사이먼을 아무렇지도 않게 그들에게 내줬을 거라고 생각해?"

클라리는 손목의 흉터를 물끄러미 쳐다보았다. 전신을 뒤덮은 다양한 크기와 모양의 흉터 가운데 하나였다. "세바스찬은 네가 사이먼을 이곳으로 데려왔고, 알렉이 가드로 데려갔다고 했어. 클레이브가 사이먼을 마음대로 하게 말이야. 넌 분명히 알고 있었을……."

"사이먼을 데려온 건 사고였어. 사이먼과 할 얘기가 있어서 인스티튜트로 와달라고 했지. 실은 네 문제를 의논하려던 거였어. 사이먼이라면 널 설득해서 이드리스에 오지 못하게 할 수 있을지도 모른다고 생각했어. 사이먼이 인스티튜트에 와 있는데 추방자들이 습격을 해왔지. 사이먼을 포털로 데리고 들어갈 수밖에 없는 상황이었어. 남겨뒀다면 사이먼은 죽었을 거야."

"그럼 가드엔 왜 데려갔어? 이런 일이 일어날 줄 알았을 거 아냐."

"이드리스의 유일한 포털이 가드 안에 있어. 그들이 사이먼을 뉴욕으로 보내겠다며 데려오라고 했어."

"넌 그 말을 믿었고? 심문관이 그런 짓을 했는데?"

"클라리, 그 심문관은 이례적인 경우야. 넌 그 사건으로 클레이브를 처음 접했지만, 난 아니잖아. 클레이브는 우리 자신, 즉 네피림을 뜻해. 그들은 법에 따라 행동한다고."

"하지만 그러지 않았잖아."

"그래. 맞아." 제이스는 매우 피곤한 음성이었다.

"그리고 가장 끔찍한 건 이거야. 발렌타인이 클레이브에 관해 떠들어 댄 말이 떠오른다는 거. 클레이브가 얼마나 부패했는지, 정화 작업이 얼마나 절실한지 말이야. 정말이지 그의 말이 틀렸다고 자신 있게 반박할 수 있었으면 좋겠어."

클라리는 할 말을 찾지 못해 입을 다물고 있었다. 그리고 제이스가 팔을 뻗어 끌어당겼을 때는 깜짝 놀라 말을 잃었다. 그는 자신이 무슨 행동을 하고 있는지 모르는 사람 같았다. 놀랍게도 클라리 역시 그의 손을 뿌리치지 않았다. 불꽃처럼 너울거리며 굽이치는 검은 마크의 윤곽이 하얀 셔츠 안으로 비쳤다. 클라리는 제이스에게 머리를 기대고 싶었다. 린 호수에 빠져 애타게 공기를 갈망하던 그때처럼 제이스의 팔이 그녀를 감싸 안아주길 간절히 바랐다.

"고쳐야 할 점들이 있다는 말은 맞는지도 몰라." 클라리가 마침내 입을 열었다. "하지만 그 방법에 대한 말은 틀렸어. 그건 너도 알잖아?"

제이스가 눈을 감았다. 불면의 밤들이 남긴 잿빛 그림자가 초승달 모양으로 눈 아래 드리워졌다. "이젠 아무것도 확신하지 못하겠어. 네가 화를 내는 건 당연해, 클라리. 클레이브를 믿어서는 안 되는 거였어. 난 어떻게든 믿고 싶었던 것 같아. 전임 신문관이 예외적인 경우고, 클레이브의 승인 없이 마음대로 행동한 거고, 섀도우 헌터의 일원으로 사는 일이 여전히 가치가 있다는 걸."

"제이스."

제이스가 눈을 뜨고 그녀를 내려다보았다. 둘은 무릎이 닿을 정도로 딱 붙어 서 있었다. 그의 심장박동이 느껴졌다. 클라리는 그에게서 떨어져야 한다고 생각했지만 그녀의 다리는 주인의 말을 듣지 않았다.

"왜 그래?" 제이스의 목소리는 매우 부드러웠다.

"사이먼을 보러 가고 싶어. 데려다줄 수 있어?"

제이스는 잡을 때만큼이나 갑작스레 그녀의 손을 놓았다. "안 돼. 넌 지금 이드리스에 있으면 안 되는 사람이야. 그렇게 마음대로 가드 안으로 걸어 들어갈 수 없는 몸이라고."

"하지만 사이먼은 모두가 자기를 버린 줄 알지 몰라. 사이먼은……."

"사이먼을 보러 갔어. 꺼내주러 갔다고. 내 손으로 직접 철창을 뜯어낼 생각이었어. 하지만 사이먼이 거절했어." 제이스가 감정이 실리지 않은 목소리로 말했다.

"거절했다고? 그럼 그 안에 계속 있겠다는 거야?"

"앨더트리 심문관이 여기저기 들쑤시면서 나와 우리 가족의 뒤를 캐고 다닌대. 뉴욕에서 일어난 일의 책임을 우리한테 뒤집어씌우려고 말이야. 클레이브의 눈이 있으니, 우리 중 하나를 데려다 고문하고 자백을 받아낼 수는 없겠지. 그래서 사이먼을 협박해 우리가 발렌타인과 한통속이라는 거짓 자백을 받아내려는 거야. 사이먼은 내가 자기를 탈출시키면 심문관이 알 거고, 그렇게 되면 라이트우드 가족이 더욱 궁지에 몰릴 거라고 했어."

"무척 고귀한 행동이긴 한데, 장기 계획은 뭐래? 영원히 감옥에서 썩는 거?"

제이스가 어깨를 으쓱했다. "아직 확실한 계획은 없어."

클라리는 화가 나는지 후 하고 숨을 내쉬었다. "좋아, 그럼. 알리바이가 있으면 되겠네. 사이먼이 탈출할 시각에 넌 라이트우드 가족과 함께 모두가 볼 수 있는 곳에 있는 거야. 매그너스더러 사이먼을 감옥에서 꺼내 뉴욕으로 돌려보내게 하고."

"이런 말은 하고 싶지 않지만, 매그너스가 그런 일을 해줄 리 없잖아. 아무리 알렉의 매력에 빠져 있다고 해도 우리를 위해 클레이브에 정면으로 반하는 짓은 하지 않을 거야."

"할지도 몰라. 화이트북을 위해서라면."

제이스가 눈을 깜빡거렸다. "무슨 북?"

클라리는 래그노어 펠의 죽음과 그의 집에서 만난 매그너스, 그리고 그 마법서에 관해 들려주었다. 제이스는 놀라는 기색이었지만 클라리가 말을 마칠 때까지 주의 깊게 들었다.

"악마들이라고? 펠을 죽인 게 악마들이라고 매그너스가 그랬어?"

클라리가 매그너스와의 만남을 돌이켜보고 대답했다. "아니…… 매그너스는 악마에서 비롯된 뭔가의 냄새가 집 안에 가득하다고 했어. 그리고 펠을 죽인 건 '발렌타인의 종복'이라고 했고. 그게 다야."

"어둠의 마법은 간혹 악마처럼 악취를 풍기기도 해. 매그너스가 구체적으로 밝히지 않았다면, 그건 법을 어기면서 어둠의 마법을 쓰는 마법사가 있다는 사실이 반갑지 않기 때문일 거야. 하지만 뭐, 발렌타인이 마법사에게 비열한 짓을 시킨 게 처음 있는 일도 아니잖아. 발렌타인이 뉴욕에서 죽인 마법사 아이 기억하지?"

"전환 의식에 그 아이의 피를 썼잖아. 기억해." 클라리가 몸을 떨었다. "제이스, 발렌타인이 나랑 같은 이유로 그 책을 찾고 있는 걸까? 엄마를 깨우려고?"

"그럴지도 몰라. 아니면 매그너스가 말한 대로 그저 그 책으로 얻게 될 능력 때문인지도 모르고. 이유가 뭐든, 발렌타인의 손에 들어가기 전에 우리가 먼저 찾아내야 해."

"그 책이 정말 웨이랜드 저택에 있을 거라고 생각해?"

"거기 있어. 확실해." 놀랍게도 제이스가 분명하게 대답했다. "그 요리책 말이지?《주부를 위한 간단한 요리법》인가 하는 책? 전에 거기서 본 적이 있어. 저택 도서관에서. 요리책은 그저 하나뿐이거든."

클라리는 갑자기 현기증이 일었다. 지금 일어나고 있는 일이 현실로 느껴지지가 않았다. "제이스…… 나랑 같이 그 저택에 가서 그 책만 찾아주면, 난 사이먼이랑 집으로 돌아갈게. 네가 이 일만 해준다면 바로 뉴욕으로 돌아갈 거야. 그리고 다시는 오지 않을게. 맹세해."

"매그너스 말이 맞아. 저택에는 보호막이 쳐져 있어." 제이스가 천천히 말했다. "데려다는 주겠지만 가까운 거리가 아니야. 걸어가면 다섯 시간은 걸릴 거야."

클라리가 손을 뻗어 제이스의 허리띠에서 스텔레를 뽑아 들었다. 도시에 세워진 유리 탑들처럼 스텔레는 하얀 빛으로 어슴푸레 빛났다. "누가 걸어간대?"

"묘한 방문객들이 들락거리더군, 데이라이터." 새뮤얼이 말했다. "처음엔 조너선 모겐스턴, 그다음에는 뉴욕 뱀파이어 무리의 리더라. 아주 감동적이야."

조너선 모젠스턴? 그것이 제이스를 말한다는 사실을 깨닫기까지는 잠시 시간이 걸렸다. 사이먼은 감방 한가운데 앉아서 무심하게 빈 병을 손 안에서 돌리고 있었다. "제가 생각보다 중요한 인물인가 보죠."

"이사벨 라이트우드는 네게 피를 가져다주고 말이야. 굉장한 배달 서비스야."

사이먼이 고개를 홱 들었다. "가져온 사람이 이사벨이란 건 어떻게 알았죠? 난 아무 말도 안 했는데."

"창문으로 봤지. 제 엄마를 쏙 빼닮았더군. 오래전 엄마의 모습을 말이야." 어색한 침묵이 잠시 흐르다 그가 말을 이었다. "그 피는 오로지 임시방편일 뿐이라는 건 너도 잘 알겠지? 머지않아 심문관은 어째서 네가 굶어죽지 않는지 의아하게 생각할 거야. 이렇게 멀쩡하게 버티는 걸 보면, 뭔가 석연치 않은 일이 벌어지고 있다는 걸 알고 널 죽일 거라고."

사이먼은 천장을 올려다보았다. 조약돌이 깔린 해변처럼 서로 무늬가 겹쳐진 룬 문자들이 새겨져 있었다. "꺼내줄 방법을 찾아낼 거라는 제이스의 말을 믿을 수밖에 없겠죠."

새뮤얼이 아무 대꾸도 하지 않자 사이먼이 말을 이었다. "새뮤얼도 같이 꺼내달라고 할게요. 나 혼자 나가지는 않을 거예요. 약속해요."

새뮤얼이 이상한 소리를 냈다. 목구멍 밖으로 빠져나오지 못한 웃음소리와 비슷했다. "아, 제이스 모젠스턴은 날 꺼내주려 하지 않을 거야. 그리고 넌 이 아래서 굶어 죽을 걱정 따위는 할 필요가 없어, 데이라이터. 발렌타인이 곧 도시를 공격할 텐데, 그때는 모두 죽은 목숨이나 다름없으니까."

사이먼이 눈을 껌뻑였다. "그걸 어떻게 확신하죠?"

"한때 나는 발렌타인과 아주 가까운 사이였지. 난 그의 계획을 알아. 목표가 뭔지 안다고. 발렌타인은 알리칸테의 보호막을 파괴하고 클레이브의 중심부부터 공격하기 시작할 거야."

"하지만 악마들은 보호막을 통과하지 못한다고 들었는데요. 보호막은 누구도 뚫지 못한다고요."

"그렇다고 알려져 있지. 보호막을 파괴하려면 악마의 피가 필요하고, 보호막은 오로지 알리칸테 안에서만 깰 수 있으니까. 어떤 악마도 보호막을 통과하지 못하니, 완벽히 모순되는 상황이라고 하겠지. 아니, 반드시 그래야만 하는 거지. 하지만 발렌타인은 그 문제를 해결할 방법을 알아냈다고 주장했어. 보호막을 파괴할 방법을 말이야. 난 그 말을 믿어. 발렌타인은 어떻게든 보호막을 파괴한 다음에 악마 군단을 거느리고 도시로 들어올 거야. 우린 전부 그에게 죽을 거고."

담담한 어조로 확신하는 새뮤얼의 말을 듣자니 사이먼은 등골이 오싹해졌다. "완전히 체념한 사람처럼 들리네요. 뭐든 해봐야 하는 거 아닌가요? 클레이브에 경고한다든지?"

"당연히 경고했지. 그들에게 조사를 받을 때 반복해서 말했어. 발렌타인이 보호막을 파괴하려 한다고. 하지만 심각하게 받아들이지 않더군. 보호막이 수천 년간 유지되어 왔으니 앞으로도 영원할 거라고 생각하겠지. 하지만 이방인들이 들어오기 전까진 로마도 그랬지. 세상천지에 영원한 건 없어. 다들 언젠가는 사라지게 되어 있지." 킬킬거리는 그의 웃음에는 씁쓸함과 분노가 배어 있었다.

"누가 먼저 와서 목숨을 빼앗나 경주 중이라고 생각해봐, 데이라이터. 발렌타인이냐, 다른 다운월드 사람이냐, 아니면 클레이브냐."

'이곳'과 '저곳' 사이의 어디쯤에서 클라리는 제이스의 손을 놓쳤다. 허리케인이 뱉어냈을 때는 혼자 떨어진 채 바닥을 데굴데굴 굴러가다 겨우 멈췄다. 클라리는 천천히 몸을 일으키고 주위를 둘러보았다. 돌벽으로 둘러싸인 넓은 방 안이었다. 클라리는 바닥에 깔린 페르시아 양탄자 한가운데 누워 있었다. 여기저기 놓인 가구들은 하얀 천을 덮어놓아 등이 굽고 덩치가 커다란 유령처럼 보였다. 거대한 유리창에는 벨벳 커튼이 축 늘어져 있었는데, 먼지 쌓인 커튼은 회백색이었다. 창으로 흘러든 달빛 속에서 티끌들이 춤추었다.

"클라리? 괜찮아?" 흰 천이 덮인 거대한 덩어리 뒤에서 제이스가 나타났다. 모양으로 보아하니 그랜드 피아노 같았다.

"괜찮아." 일어서자 팔꿈치가 쑤셔 클라리는 얼굴을 약간 찡그렸다. "돌아가면 아마티스가 날 가만두지 않을 거란 점만 빼면. 접시들을 죄다 부수고 부엌에다 포털을 열었잖아."

제이스가 손을 뻗어 일어서는 클라리를 도와주며 말했다. "이런 말이 도움이 될지 모르겠지만, 나 엄청나게 감동받았어."

"고마워." 클라리가 주위를 흘깃 둘러보았다. "그러니까 여기가 바로 네가 자란 곳이란 말이지? 동화 속에서 튀어나온 장소 같네."

"난 공포 영화를 떠올리고 있었는데. 와, 정말 오랜만에 다시 보네. 예전에는 여기가 이렇게……."

"춥지 않았다고?" 클라리가 몸을 살짝 떨었다. 코트 단추를 모두 채웠지만, 저택 안의 냉기는 피부로 느껴지는 것이 전부가 아니었다. 마치 불을 때거나 전등을 켜거나 웃음소리가 들린 적이 한 번도 없었던 것처럼 장소 자체가 차갑게 느껴졌다.

"아니, 여긴 항상 추웠어. 먼지가 이렇게 많지 않았다고." 제이스가 주머니에서 마법의 불을 꺼내자, 손 안에서 환한 빛이 살아났다. 제이스의 광대뼈 아래와 옴폭한 관자놀이에 그림자가 생겼다. "여긴 서재고, 우린 도서관으로 가야 해. 얼른 가자."

제이스는 클라리를 이끌고 양옆으로 수십 개의 거울이 달린 기다란 복도로 들어섰다. 클라리는 거울에 비친 둘의 모습을 보고야 자신이 얼마나 엉망인지를 깨달았다. 코트는 먼지가 묻어 얼룩덜룩하고, 포털을 통과하며 바람에 날린 머리칼은 마구 헝클어져 있었다. 클라리는 티 나지 않게 머리를 정돈하다 거울 속에서 싱긋 웃고 있는 제이스의 모습을 보았다. 그녀로서는 알 길이 없는 신비로운 섀도우 헌터 마법 때문이겠지만, 제이스의 머리는 완벽한 상태를 유지하고 있었다.

복도 양쪽으로는 문들이 있었다. 열린 문으로 언뜻 들여다본 방은 서재와 마찬가지로 먼지가 쌓이고 오랫동안 사용하지 않은 모습이었다. 발렌타인의 말에 따르면 마이클 웨이랜드에게는 친척이 없었으므로, 클라리는 그의 '죽음' 이후 아무도 저택을 상속받지 않았을 거라 생각했다. 그래서 발렌타인이 이곳에 계속 살았을지도 모르겠다고 추측했지만, 직접 와서 보니 그렇지는 않은 듯했다. 모든 것에서 슬픔의 기운이, 오랫동안 사용하지 않은 장소 특유의 기운이 느껴졌다. 발렌타인은 렌윅에서 포털을 통해 제이스에게 이곳을 보여주었다. 푸른 들판과 은은한 빛깔의 석조 건물이 있는 추억의 장소. 그러면서 이곳을 '집'이라고 불렀지만, 그것 역시 거짓이었다. 발렌타인은 오랫동안 이곳에 살지 않았다. 홀로 쇠락해가도록 방치했거나, 아니면 아주 가끔씩 찾아와 어둑한 복도를 유령처럼 거닐다 돌아갔을 것이다.

복도 끝에 있는 문 앞에 다다르자, 제이스는 어깨로 문을 밀고 클라리가 먼저 들어가도록 뒤로 물러섰다. 클라리는 인스티튜트의 도서관을 떠올리며 문 안으로 들어섰다. 실제로 인스티튜트 도서관과 크게 다르지 않았다. 벽면마다 책이 줄줄이 꽂힌 것도, 높은 칸까지 닿는 작은 바퀴 달린 사다리가 놓인 것도 똑같았다. 그러나 천장은 둥글지 않고 평평하며 책상도 보이지 않았다. 창에는 녹색과 푸른색이 번갈아 들어간 유리가 끼워졌고, 그 위로 늘어진 녹색 벨벳 커튼은 주름마다 허연 먼지가 잔뜩 끼어 있었다. 창유리가 달빛을 받아 색깔이 있는 서리처럼 반짝거렸고 유리 너머엔 까만 암흑뿐이었다.

"여기가 도서관이야?" 클라리가 저도 모르게 목소리를 낮춰 물었다. 거대하고 텅 빈 저택은 극도로 고요했다.

제이스가 그 너머를 바라보며 추억으로 눈빛이 어두워졌다. "저기 창가 자리에 앉아 아버지가 그날그날 정해주는 책을 읽곤 했어. 매일 다른 언어로 된 책을 읽었지. 토요일엔 프랑스어, 일요일엔 영어…… 라틴어는 어느 요일이었는지 기억이 안 나네. 월요일 아니면 화요일이었던 거 같은데."

클라리의 눈앞에 꼬마 제이스의 모습이 생생히 떠올랐다. 무릎에 책을 얹고 창가에 앉아 밖을 내다보는 꼬마 제이스. 창밖에는…… 창밖에는 정원이 있었나? 아름다운 전경이 펼쳐져 있었을까? 잠자는 숲 속의 공주가 살던 성처럼 가시나무 장벽이 쳐져 있진 않았을까? 클라리는 책을 읽는 꼬마 제이스의 모습을 보았다. 또래보다 심각한 표정을 한 작은 얼굴과 금발 위로 푸른색과 녹색의 네모난 빛이 드리워졌다.

"기억이 나질 않아." 제이스가 어둠 속을 뚫어져라 쳐다보며 다시 말했다.

클라리가 그의 어깨에 손을 얹었다. "상관없어, 제이스."

"그러게." 제이스는 꿈에서 깨어난 사람처럼 몸을 부르르 떨더니, 마법의 불로 길을 밝히며 도서관 안을 가로질렀다. 서가로 다가가 무릎을 꿇고 살피던 그는 책 한 권을 뽑아 들고 몸을 일으켰다. "《주부를 위한 간단한 요리법》. 여기 있네."

클라리가 급히 다가가서 책을 받았다. 푸른색 장정의 평범해 보이는 책이었다. 저택 안의 다른 모든 것들처럼 먼지가 뽀얗게 끼어 있었다. 클라리가 책을 펼치자 나방 한 떼가 한꺼번에 날아오르듯 책장 사이에서 먼지가 일었다. 책 가운데 네모 모양의 구멍이 커다랗게 뚫려 있었고, 구멍 안에는 홈에 박힌 보석처럼 작은 문고본 크기의 책이 꽂혀 있었다. 하얀 가죽 장정의 책으로, 금박을 입힌 라틴어 글자로 제목이 들어갔다. 클라리는 '화이트'와 '북'에 해당하는 단어를 알아보고 책을 꺼내어 펼쳤다. 하지만 책장을 메운 길고 가는 필체의 글자들은 클라리가 모르는 언어였다.

"고대 그리스어야." 제이스가 어깨너머로 들여다보며 말했다.

"읽을 줄 알아?"

"쉽지 않을 거야. 오래전에 배운 거라. 하지만 매그너스는 읽을 줄 알겠지." 제이스가 책을 덮어 클라리의 녹색 코트 주머니로 쑥 집어넣었다. 그러고는 서가로 돌아가서 손가락으로 책등을 훑으며 책들을 둘러보았다.

"여기서 가져가고 싶은 책 있어?" 클라리가 부드럽게 물었다. "원한다면……."

제이스가 웃으며 책을 훑던 손을 내렸다. "난 아버지가 정해준 책만 읽을 수 있었어. 어떤 책들은 손대는 것조차 허락되지 않았지." 그가 위쪽에 꽂힌 갈색 가죽 정장의 책들을 가리켰다.

"여섯 살 때 저기서 한 권을 꺼내 읽은 적이 있어. 어떤 책이기에 그렇게 난리를 치나 궁금해서 말이야. 알고 보니 그건 아버지가 쓰던 일지였어. 나에 대한 일지. '내 아들, 조너선 크리스토퍼'에 대한 메모들. 나중에 아버지는 내가 그걸 읽은 걸 발견하고 벨트로 날 매질했지. 나한테 중간 이름이 있다는 것도 그때 처음 알았어."

아버지를 향한 격렬한 증오가 클라리를 휩쓸고 지나갔다. "이제 발렌타인은 여기 없잖아."

"클라리……." 제이스가 경고하듯 입을 열었지만, 클라리는 금지된 선반의 책 하나를 뽑아 바닥으로 떨어뜨렸다. 탁 하고 만족스러운 소리를 내며 책이 바닥에 떨어졌다. "클라리!"

"그러지 말고 너도 해봐." 클라리가 또 한 권을 뽑아서 떨어뜨리고 다시 한 권을 뽑았다. 책들이 바닥으로 떨어지며 먼지를 피워 올렸다.

제이스가 그녀를 쳐다보다 입 꼬리를 살짝 올렸다. 그러고는 팔을 뻗어 선반을 휩쓸었다. 나머지 책들이 큰 소리를 내며 바닥으로 떨어졌. 그가 깔깔거리며 웃었다. 그러다 돌연 멈추고는, 먼 곳의 소리를 들으려고 귀를 쫑긋 세우는 고양이처럼 머리를 들었다. "저 소리 들려?"

클라리는 "무슨 소리?"라고 물으려다 멈췄다. 확실히 뭔가 소리가 들려왔다. 게다가 그 소리는 점점 커지고 있었다. 기계가 작동하기 시작할 때 나는, 윙윙거리고 삐걱거리는 고음의 소리는 벽 안에서 들려오는 듯했다. 갑자기 앞쪽의 돌벽이 날카롭게 삐걱거리며 뒤로 미끄러졌다. 클라리는 저도 모르게 뒤로 물러났다. 돌벽 뒤로 커다란 구멍이 입을 벌리고 있었다. 대강 파헤쳐 만든 입구 같았다.

그 입구 너머로 기다란 계단이 암흑 속으로 뻗어 있었다.

9
죄 많은 피

"저택에 지하실이 있는지 몰랐는데."

제이스가 클라리 너머로 뚫린 구멍을 빤히 바라보았다. 그가 마법의 불을 들자, 빛이 아래로 이어지는 터널 벽에 튕겨져 나왔다. 반들거리는 검은 벽은 클라리가 알지 못하는 매끈한 검은 돌로 되어 있었고, 계단은 축축하게 젖은 것처럼 번들거렸다. 구멍 밖으로 묘한 냄새가 흘러나왔다. 신경을 곤두서게 하는 기이한 금속성 냄새가 눅눅한 곰팡내에 섞여 있었다.

"저 아래 뭐가 있을 거 같아?"

"모르겠어." 제이스는 계단으로 다가가 발로 맨 위 계단을 눌러보았다. 마음을 정했는지 어깨를 한 번 으쓱하고 조심스레 계단을 내려가다 클라리를 올려다보았다.

"같이 갈 거야? 내키지 않으면 위에서 기다리든가."

클라리는 텅 빈 도서관을 돌아보고는 몸을 떨며 서둘러 그를 따라 내려갔다. 나선형으로 돌아가는 계단은 아래로 내려갈수록 점점 좁아져 거대한 소라고둥 안을 지나가는 기분이었다. 바닥까지 내려가자 냄새가 더욱 강해졌고, 계단이 다시 넓어지다 커다란 정사각형 방으로 연결되었다. 습기로 생긴 얼룩뿐만 아니라 좀 더 짙은 얼룩들이 돌벽 곳곳에 묻어 있었다. 바닥에는 펜타그램과 룬 들이 이리저리 뒤엉켜 그려졌고 하얀 돌들이 굴러다녔다.

제이스가 한 발 걸어 나가자, 발밑에서 뭔가가 달그락거렸다. 그와 클라리가 동시에 아래를 내려다보았다.

"뼈야." 클라리가 속삭였다. 하얀 돌인 줄 알았던 그것들은 모양과 크기가 다른 뼈들이었다.

"발렌타인은 대체 이 아래서 무슨 짓을 한 거야?"

제이스의 손에서 마법의 불빛이 뿜어져 나와 방 안 곳곳에 기이한 빛을 던졌다. "실험." 제이스가 긴장된 목소리로 말했다. "실리코트의 여왕이 말하길……."

"이 뼈들은 다 뭐지? 동물 뼈들인가?" 클라리의 목소리가 높아졌다.

"전부 다는 아니야." 제이스가 뼈 한 무더기를 발로 차서 무너뜨렸다.

클라리의 가슴이 조여들었다. "도서관으로 돌아가는 게 낫겠어."

그러나 제이스는 그녀의 말을 따르는 대신 마법의 불을 높이 치켜들었다. 불빛이 점점 강해져 눈이 시리도록 하얀 빛이 공간을 가득 메웠고 이제는 귀퉁이까지 훤히 보였다. 세 곳은 비었고, 한 곳은 천으로 가려졌다. 천 뒤에 뭔가 불룩한 것이 놓여 있었다.

"제이스, 저게 뭐야?"

제이스는 대꾸가 없었다. 언제 뽑았는지 천사의 검을 들고 있었다. 불빛을 받아 천사의 검이 얼음으로 만든 것처럼 반짝거렸다.

"제이스, 그러지 마." 클라리가 막으려 했지만 이미 늦었다. 제이스가 성큼성큼 다가가서 검 끝으로 천을 낚아챈 다음 손으로 잡고 확 잡아당졌다. 천이 바닥으로 떨어지며 먼지가 구름처럼 일어났다.

제이스가 비틀거리며 뒤로 물러나다 마법의 불을 놓쳤다. 환하게 타오르는 돌이 떨어지며 그의 얼굴을 잠시 비추었다. 얼굴이 마치 공포로 얼어붙은 하얀 가면 같았다. 클라리는 무엇이 좀처럼 충격을 받지 않는 그를 충격으로 몰아넣었는지 궁금해, 마법의 불이 꺼지기 전에 잡아채어 높이 들었다.

제일 먼저 눈에 들어온 것은 사람의 형체였다. 더러운 흰색 누더기를 걸친 남자 하나가 바닥에 웅크리고 있었다. 손목과 발목에 족쇄가 채워져 두꺼운 못으로 바닥에 고정되었다. '어떻게 아직 살아 있는 걸까?' 클라리는 경악하며 생각했다. 목구멍으로 신물이 왈칵 넘어왔다. 손이 떨려 마법의 불이 흔들리자 죄수의 몸에서 불빛이 춤을 췄다. 팔과 다리는 몹시 야위었고, 온통 고문의 흉터로 뒤덮였다. 남자가 해골 같은 얼굴을 드니, 눈이 있어야 할 자리에는 검은 구멍만이 뚫려 있었다. 곧이어 바스락거리는 소리가 들려왔고, 클라리는 하얀 누더기라고 생각한 것이 날개임을 깨달았다. 그의 등 뒤에서 하얀 초승달 모양으로 날개가 펼쳐졌다. 그 더러운 방 안에서 유일하게 순결한 것이었다.

클라리가 놀라 숨을 들이켰다. "제이스, 너도 보여?"

"보여." 제이스가 깨진 유리처럼 갈라진 목소리로 대답했다.

"네가 그랬잖아. 어떤 천사도…… 그 누구도 천사를 직접 본 적이 없다고."

제이스가 나지막이 중얼거렸다. 공황 상태에서 저도 모르게 나온 욕설인 듯했다. 그가 바닥에 웅크린 형체로 휘청거리며 다가갔다. 그리고는 보이지 않는 벽에 부딪혀 튕겨 나오듯 뒤로 물러났다. 클라리가 아래를 내려다보니, 천사는 펜타그램 안에 웅크리고 있었다. 바닥 깊이 새긴 룬들로 이루어진 펜타그램이었다.

"룬이야. 통과할 수 없어." 클라리가 속삭였다.

"하지만 분명 방법이……." 제이스는 끊어질 것처럼 말을 이었다. "뭔가 방법이 있을 거야."

천사가 고개를 들었다. 불빛 아래 희미하게 반짝이는 제이스의 머리칼처럼, 천사의 머리칼도 구불거리는 금발이었다. 클라리는 끔찍한 연민을 느끼며 멍하니 그를 바라보았다. 두개골의 뻥 뚫린 구멍 근처에 머리카락이 덩굴손처럼 달라붙었다. 눈은 우묵한 구멍이고, 얼굴은 마구 난도질을 당했다. 난폭한 인간들의 손에 훼손된 아름다운 그림처럼. 클라리가 뚫어지게 쳐다보는 동안 천사가 입을 열었다. 목구멍에서 소리가 쏟아져 나왔다. 단어로 이루어진 말이 아니라, 날카로우면서도 아름다운 음악과 같은 소리였다. 매우 높고 감미로운 음 하나가 끊이지 않고 계속 이어져 고통스럽게 느껴지는 그런 소리.

눈앞으로 이미지가 홍수처럼 쏟아졌다. 마법의 불이 뿜어내는 빛은 이미 사라지고 없었다. 클라리도 더 이상 그곳에 없었다. 백일몽 같은 과거의 사진들이 그녀 앞으로 밀려드는 공간에 있었다. 조각과 색채와 소리가 쏟아져 내렸다.

클라리는 포도주 저장고 안에 있었다. 돌바닥에 그려진 거대한 룬을 제외하고는 아무것도 없는 깨끗한 곳이었다. 룬 옆에 한 남자가 서 있었다. 한 손에는 펼쳐진 책을 들었고, 다른 손에는 눈부시게 타오르는 하얀 불을 들었다. 남자가 고개를 드는 순간 클라리는 그가 발렌타인이라는 것을 알아보았다. 젊은 시절의 발렌타인. 잘생긴 얼굴에 주름 하나 없으며, 검은 눈은 맑고 밝았다. 그가 나지막이 주문을 읊조리자 룬이 화르르 타올랐다. 잠시 후 불길이 잦아들자 재 안에 쓰러진 형체가 드러났다. 하늘을 날다 총에 맞고 떨어진 새처럼 피에 젖은 날개를 활짝 펼친 천사였다.

장면이 바뀌었다. 창가에 발렌타인이 서 있고, 그의 곁에 윤기 흐르는 붉은 머리의 젊은 여인이 서 있었다. 팔을 뻗어 그녀의 어깨를 감싸는 발렌타인의 손에서 눈에 익은 은반지가 어슴푸레 빛났다. 어머니를 알아본 클라리는 예리한 충격을 느꼈다. 어머니는 지금보다 훨씬 젊었고, 부드러우면서도 예민한 인상이었다. 하얀 잠옷을 입었는데 한눈에 보기에도 임신한 상태였다.

발렌타인이 화가 난 듯이 말했다. "협정은 클레이브 역사상 최악의 아이디어일 뿐만 아니라 네피림 최악의 사건이야. 우리가 다운월드 사람들과 엮여야 하다니. 저들 때문에 속박을 받아야……."

조슬린이 살짝 웃으며 말했다. "발렌타인, 제발 정치 얘기 좀 그만해요." 팔을 뻗어 발렌타인의 목을 휘감는 조슬린의 표정에는 사랑이 가득했다. 발렌타인 역시 마찬가지였지만, 그의 표정에는 클라리의 등골을 서늘하게 하는 또 다른 무언가가 스며 있었다.

발렌타인은 이제 나무로 둘러싸인 공터 한가운데 무릎을 꿇고 있었다. 하늘에서 환한 달이 흙바닥에 그려진 펜타그램을 비추었다. 나뭇가지들이 서로 엉켜 머리 위로 두꺼운 그물을 만들었다. 펜타그램 근처로 늘어진 가지의 이파리들은 돌돌 말리며 검게 변했다. 펜타그램 중앙에는 윤기가 흐르는 머리카락을 길게 늘어뜨린 여인이 앉아 있었는데, 늘씬하고 아름다운 몸매를 지닌 여인의 얼굴은 어둠에 가려 보이지 않았다. 드러난 팔은 하얗고, 왼손은 앞으로 뻗은 상태였다. 길게 베인 손바닥의 상처에서 흐른 피가 펜타그램 가장자리에 놓인 은빛 컵 안으로 방울방울 떨어졌다. 달빛을 받아 컵에 고인 피가 검게 보였다. 어쩌면 정말로 검은 피인지도 몰랐다.

"이 피를 지니고 태어난 아이는 세상 사이의 심연에 머무는 대악마들보다도 월등한 능력을 갖게 될 겁니다. 아스모데오보다 강력하고 폭풍우의 악마보다 힘이 세지요. 제대로 훈련을 받기만 하면 그 아이가 못할 일이란 세상에 없을 거예요. 경고하건대, 독이 피에서 생명을 소멸시키듯 이 피가 그 아이의 인간성을 소멸시킬 겁니다."

"고맙습니다, 에돔의 여인이시여." 발렌타인이 그렇게 말하며 손을 뻗어 피가 담긴 잔을 잡았다. 여인이 고개를 들자, 클라리는 그녀의 눈이 있어야 할 자리에 검은 구멍이 뚫렸고 구멍 밖으로 대기를 탐색하는 더듬이처럼 검은 촉수들이 구불거리는 것을 보았다. 그것만 아니었다면 아름다운 여인이라고 생각했을 것이다. 클라리는 솟구치는 비명을 억지로 삼켰다.

밤과 숲이 사라졌다. 누군가와 마주 선 조슬린의 모습이 보였다. 클라리에게는 마주 선 사람이 보이지 않았다. 조슬린은 이제 임산부가 아니었고, 괴롭고 절망스러운 표정을 떠올린 그녀의 얼굴 주변에는 밝은 빛깔의 머리카락이 헝클어진 채로 늘어져 있었다.

"그의 곁에 머물 수 없어요, 래그노어. 단 하루도. 그가 쓴 일지를 읽었다고요. 조너선에게 그가 무슨 짓을 한지 알아요? 제아무리 발렌타인이라도 그런 짓까지 하리라고는 생각지도 못했어요." 조슬린의 어깨가 파르르 떨렸다. "악마의 피를 이용해서…… 조너선은 더 이상 아기가 아니에요. 심지어 인간도 아니라고요. 그 아인 괴물이에요."

조슬린이 사라졌다. 이번에는 발렌타인이 반짝이는 천사의 검을 들고 룬 주위를 초조하게 오락가락하고 있었다. "어째서 말을 안 하는 거야? 왜 내가 원하는 걸 주지 않지?"

발렌타인이 아래로 검을 휘두르자 천사가 몸을 뒤틀었다. 햇빛이 쏟아지듯 상처에서 금빛 액체가 쏟아졌다. "답을 주지 않으려거든 네 피라도 내놔. 너보다는 나와 내 가족에게 훨씬 쓸모가 있을 테니까." 발렌타인이 쉿소리를 냈다.

그들은 이제 웨이랜드 저택의 도서관으로 돌아와 있었다. 다이아몬드 모양의 색유리를 통과해 들어온 햇빛 때문에 실내에는 푸른색과 녹색이 가득했다. 다른 방에서 목소리가 들려왔다. 웃음소리와 떠드는 소리로 보아 파티 중인 듯했다. 조슬린이 서가 앞에 무릎을 꿇으며 재빨리 주변을 살폈다. 그러고는 주머니에서 두꺼운 책 한 권을 꺼내 서가로 밀어 넣었다.

조슬린의 모습이 사라졌고, 이제 장소는 지하실로 바뀌었다. 클라리는 지금 자신이 서 있는 곳과 같은 곳이라는 것을 알아보았다. 똑같은 펜타그램이 바닥에 그려졌고 그 안에 천사가 누워 있었다. 다시 한 번 환하게 빛나는 검을 들고 발렌타인이 그 곁에 섰다. 세월이 상당히 지났는지 그는 이제 더 이상 젊지 않았다.

"이수리엘, 우린 오랜 친구잖아, 그렇지 않나? 난 널 산 채로 그 폐허 속에 묻어두고 올 수도 있었어. 하지만 그러지 않고 이리 데려왔지. 언젠가는 내가 알려고 하는, 내가 알아야만 하는 것을 말해주길 기대하며 그 오랜 세월 동안 널 꽁꽁 숨겨뒀어." 발렌타인이 조금 더 다가가자 검의 빛 덕분에 룬으로 만든 장벽이 어슴푸레 보였다.

"너를 소환했을 때 나는 네가 그 이유를 말해주길 바랐지. 라지엘은 어째서 우리를, 자신과 같은 종족인 섀도우 헌터를 창조하면서 다운월드 사람들이 가진 힘을 주지 않았는지. 늑대인간의 속도나 요정의 불멸, 마법사의 마법, 하다못해 뱀파이어의 내구력조차도. 우릴 무수한 지옥

앞에 방치하며 살갗에 그려진 이 선들을 제외하곤 아무것도 주지 않았어. 어째서 그들이 우리보다 더 대단한 능력을 가져야 하지? 어째서 우리는 그들이 가진 걸 나눠 가지면 안 되는 거지? 어째서 우린 그것만 가져야 하는 거지?"

그를 가둔 별 안에서 천사는 날개를 접고 대리석 조각상마냥 꼼짝도 하지 않고 앉아 있었다. 눈에는 끔찍하게 고요한 슬픔 외에 그 어떤 감정도 담기지 않았다. 발렌타인이 입술을 비틀었다.

"좋아. 계속 그렇게 침묵해. 나는 내 운을 시험할 테니까." 발렌타인이 검을 들었다. "내겐 죽음의 잔이 있어, 이수리엘. 그리고 곧 죽음의 검도 손에 넣을 거야. 하지만 그 거울이 없는 한 소환 의식을 시작하지 못해. 내가 원하는 건 오직 거울뿐이야. 그게 어디 있는지 말해줘. 어디 있는지 말하면 널 죽게 해주지, 이수리엘."

장면이 부서져 내리고 시야가 희미해지면서 자신의 악몽 속에서 보곤 했던 익숙한 이미지가 클라리의 눈에 언뜻 들어왔다. 하얀 날개와 검은 날개의 천사들, 거울처럼 매끈한 수면, 금빛과 핏빛, 그리고 그녀를 끝없이 외면하는 제이스. 클라리가 그에게 팔을 뻗었고, 머릿속에서 들려오던 천사의 목소리가 처음으로 그녀도 아는 언어로 말했다.

이것은 내가 네게 보여주는 첫 번째 꿈이 아니다.

클라리의 눈 안쪽에서 어떤 룬의 이미지가 폭발하듯이 떠올랐다. 처음 보는 룬이었고, 매듭처럼 강하고 단순했다. 이미지는 떠오를 때만큼이나 순식간에 사라졌고, 그와 동시에 천사의 노랫소리도 딱 멈추었다. 클라리는 다시 현실로 돌아와 더럽고 냄새 나는 방 안에서 휘청거렸다. 날개를 접은 천사는 소리 없이 얼어붙어 비탄에 잠긴 조각상 같은 모습이었다.

클라리가 흐느끼듯 숨을 토해냈다. "이수리엘." 룬들의 장벽을 통과하지 못한다는 것을 알면서도 천사를 향해 손을 뻗었다. 가슴이 아팠다. 그 오랜 세월을 이 아래에서, 암흑 속에 침묵한 채 홀로 앉아 있었다니. 사슬에 묶이고 굶주린 채 죽지도 못하면서······.

제이스가 그녀 곁으로 왔다. 굳은 얼굴로 보아 그 역시 클라리가 본 것을 모두 보았음을 깨달았다. 그는 손에 들린 천사의 검을 보았다가 다시 천사에게 시선을 옮겼다. 앞을 보지 못하는 천사는 마치 조용하게 애원하듯 그들에게 얼굴을 향했다.

제이스가 한 걸음 앞으로 나아갔다. 그리고 또 한 걸음. 시선은 천사에게 못 박혀 있었다. 둘은 마치 클라리에게는 들리지 않는 언어로 소통하고 있는 것 같았다. 제이스의 눈이 금빛 원반처럼 환하게 빛났다.

"이수리엘." 제이스가 속삭였다.

손에 들린 천사의 검이 횃불처럼 밝게 타올랐다. 너무 밝아 눈을 뜨기가 힘들 정도였다. 보이지 않는 눈에도 그 빛은 보이는지 천사가 고개를 들었다. 그가 양손을 뻗자 손목에 묶인 사슬들이 귀에 거슬리는 음악처럼 달그락거렸다.

제이스가 클라리에게 돌아섰다. "클라리. 그 룬."

그 룬. 잠시 클라리는 어리둥절해서 제이스를 빤히 쳐다봤지만 그는 눈짓으로 클라리에게 앞으로 나가라고 재촉했다. 클라리가 마법의 불을 그에게 건네고 주머니에서 스텔레를 꺼낸 뒤 바닥에 그려진 룬들 곁에 무릎을 꿇었다. 룬 문자들은 날카로운 뭔가로 새겨진 듯했다.

제이스를 흘깃 올려다본 클라리는 그의 표정에 깜짝 놀라고 말았다. 강렬한 눈빛에는 클라리에 대한 믿음, 그녀의 능력에 대한 자신감이 가득했다. 클라리는 스텔레 끝을 바닥에 대고 속박의 룬을 해방의 룬으로,

감금을 개방으로 바꾸는 몇 개의 선을 그렸다. 선을 그리는 순간 성냥을 그은 것처럼 불꽃이 확 피어올랐다.

클라리가 룬을 모두 그리고 자리에서 일어나자 룬들이 그녀 앞에서 희미하게 반짝거렸다. 제이스가 그녀 곁으로 황급히 다가섰다. 마법의 불은 꺼졌으므로, 제이스가 이수리엘이라는 이름으로 부른 검의 빛만이 어둠을 밝히고 있었다. 제이스가 천사에게 검을 내밀었다. 이번에는 아무것도 가로막히지 않은 것처럼 검이 룬의 장벽을 통과했다.

천사가 손을 뻗어 검을 받고 보이지 않는 눈을 꼭 감았다. 클라리는 천사가 미소를 지었다고 생각했다. 그러고는 검을 돌려 흉골 바로 아래에 날카로운 끝을 댔다. 클라리가 깜짝 놀라 앞으로 걸어 나가려 하자 제이스가 그녀를 잡았다. 그리고 그 순간 천사가 가슴에 검을 박아 넣었다.

천사의 머리가 뒤로 꺾이며, 천사에게 심장이 있는지는 모르겠지만 심장 위치에 박힌 검의 자루에서 천사의 손이 툭 떨어졌다. 상처에서 불꽃이 터져 나와 검을 타고 퍼졌다. 천사의 몸이 하얀 불꽃으로 변해 희미하게 일렁였고, 손목의 사슬은 불속에 오래 넣어둔 쇠처럼 진홍색으로 달아올랐다. 클라리는 중세 시대 그림에서 보았던 거룩한 희열에 사로잡힌 성인의 모습이 떠올랐다. 하얀 날개를 활짝 펼치자 날개에도 불이 붙으며 그는 완전한 불길에 휩싸였다.

더 지켜볼 수 없어 클라리는 제이스의 어깨에 얼굴을 묻었다. 제이스가 어깨를 꼭 안아주었다. 그녀의 머리에 대고 괜찮다고 계속 속삭였지만, 주변에 연기가 가득했고 땅이 흔들리는 것처럼 느껴졌다. 제이스가 비틀거리는 것을 보고서야 클라리는 충격 때문에 그렇게 느낀 것이 아니라는 사실을 깨달았다. 땅은 정말로 흔들리고 있었다. 발밑에서 돌바닥이 마구 흔들렸고, 천장에서 가느다란 비처럼 흙먼지가 쏟아졌다. 천사는 이제 연기 기둥으로 변해 있었다. 천사를 둘러싼 룬들이 눈부시게 빛났다. 클라리는 룬의 의미를 해독하려고 뚫어지게 바라보다 제이스에게 고개를 돌렸다.

"이 저택은 이수리엘과 묶여 있어. 천사가 죽으면 저택이······."

클라리는 말을 끝맺지 못했다. 제이스가 그녀의 손을 잡고 계단을 향해 달리기 시작한 것이다. 하지만 계단도 바닥처럼 흔들리며 부풀고 굽이쳤다. 클라리가 넘어지며 계단에 무릎을 세게 박았지만 그녀의 팔을 잡은 제이스의 손길은 느슨해지지 않았다. 클라리는 다리의 통증을 무시하며 계속 달렸다. 폐 속에 흙먼지가 가득 찬 것처럼 숨이 막혔다.

계단 꼭대기에 다다른 그들은 도서관 안으로 뛰었다. 뒤쪽에서 우르릉거리며 남은 계단이 무너지는 소리가 들려왔다. 도서관 안의 상황도 크게 다르지 않았다. 사방이 마구 떨리며 책장에서 책들이 떨어져 내렸다. 조각상 역시 쓰러진 채로 산산조각이 나 있었다. 제이스가 클라리의 손을 놓고 의자를 집어 들었다. 그리고 그녀가 미처 묻기도 전에 스테인드글라스 창문을 향해 힘껏 던졌다.

의자는 유리를 박살 내고 밖으로 날아갔다. 제이스가 돌아서서 클라리에게 손을 내밀었다. 그의 뒤, 유리 조각이 붙은 창문 너머로 달빛에 젖은 너른 잔디와 일렬로 늘어선 우듬지가 보였다. 한참이나 아래에 있는 것 같아, 이 정도 높이에서는 뛰어내리지 못한다며 클라리가 머리를 흔들어 보이려는 순간, 제이스의 눈이 휘둥그레졌다. 입 모양을 보니 조심하라고 외치고 있었다. 높은 서가에서 대리석 흉상 하나가 클라리를 향해 떨어졌다. 클라리가 고개를 움츠리며 비켜섰고, 흉상은 바로 옆으로 떨어져 박살이 났다. 바닥이 제법 크게 움푹 파였다.

잠시 후 제이스가 클라리를 번쩍 안아 올렸다. 클라리가 너무 놀라 버둥거리지도 못하는 사이, 제이스는 깨진 창으로 그녀를 데려가 사정없이 밖으로 내던졌다. 클라리는 풀로 덮인 언덕으로 떨어져 비탈을 데굴데굴 굴러간 뒤, 작은 언덕에 숨이 막힐 정도로 세게 부딪히며 멈췄다. 그녀가 머리를 흔들어 풀을 털어내며 일어나 앉자, 잠시 뒤 제이스도 옆으로 굴러 와서 멈췄다. 그녀와 달리 제이스는 곧바로 웅크린 자세를 취한 채 언덕 위의 저택을 뚫어져라 쳐다보았다.

그가 무엇을 보나 싶어서 몸을 돌렸지만, 제이스는 클라리를 잡아 두 언덕 사이의 오목한 곳으로 밀어 넣었다. 나중에야 그에게 잡혔던 팔뚝이 검게 멍든 것을 발견했지만, 제이스가 그녀를 쓰러뜨리고 그 위로 몸을 날린 순간에는 깜짝 놀라 헉 하고 숨을 들이켰을 뿐이었다. 곧이어 천지를 뒤흔드는 굉음이 들려왔다. 화산이 폭발할 때처럼 땅이 산산조각 나는 소리였다. 하얀 흙먼지가 하늘을 향해 분출되고, 사방에서 뭔가가 후드득후드득 떨어져 내렸다. 클라리는 잠시 어리둥절해서 비가 오나 생각하다, 이내 그것이 돌 조각과 흙, 깨진 유리가 떨어지는 소리라는 사실을 깨달았다. 무너져 내린 저택의 파편이 무시무시하게 큰 우박처럼 주변으로 떨어졌다.

제이스가 그녀의 몸을 더욱 세게 누르며 감싸 안았다. 둘의 몸이 완전히 밀착했다. 제이스의 심장박동이 그녀의 귓가에 저택이 내려앉는 소리만큼이나 커다랗게 들렸다.

저택이 무너지는 거대한 소음이 허공으로 흩어지는 연기처럼 서서히 사라졌고, 그 대신에 놀란 새들이 시끄럽게 지저귀는 소리가 주변을 메웠다. 새들이 어두운 하늘에서 원을 그리며 나는 모습이 제이스의 몸 너머로 보였다.

클라리가 부드럽게 불렀다. "제이스, 네 스텔레를 떨어뜨린 것 같아."

제이스가 팔꿈치로 땅을 디디며 상체를 일으키고 클라리를 내려다보았다. 어둠 속에서도 그의 눈에 비친 클라리의 모습이 보였다. 그의 얼굴은 검댕과 먼지로 얼룩졌고, 셔츠 깃은 뜯겨 있었다.

"괜찮아. 너만 다치지 않았으면."

"난 괜찮아." 클라리가 저도 모르게 손을 뻗어 제이스의 머리를 가볍게 털어주었다. 그가 긴장하며 눈빛이 어두워졌다.

"머리에 풀이 묻었어." 클라리의 입안도 바짝 말랐다. 아드레날린이 혈관을 타고 흐르는 듯했다. 제이스의 눈을 보고 있으니, 방금 전에 겪은 모든 일이, 천사를 만나고 저택이 붕괴된 일이 아득한 먼 곳의 일인 양 느껴졌다.

"넌 날 건드리면 안 돼."

그의 뺨에 얹은 클라리의 손이 그대로 멈추었다. "왜 안 돼?"

"왜 안 되는지 알잖아." 제이스가 몸을 돌려 그녀에게 떨어진 다음 바닥에 등을 대고 누웠다. "내가 본 거, 너도 본 거지? 과거, 천사, 우리 부모."

제이스가 '우리 부모'라고 말하는 것은 처음이었다. 클라리는 그에게 손을 뻗고 싶었지만 그래도 될지 확신이 서지 않았다. 제이스는 멍한 눈으로 하늘만 올려다보고 있었다.

"봤어."

"그럼 내가 뭔지 알잖아." 제이스의 입에서 단어들이 분노의 속삭임처럼 흘러나왔다. "난 반은 악마야. 내가 그토록 없애버리고 파괴하려던 그 모든 게 내 몸의 반을 차지하고 있다고."

네 엄만 내가 우리 첫 아이를 괴물로 만들어놓았다고 했어. 클라리는 머릿속에서 울리는 발렌타인의 목소리를 재빨리 밀어냈다. "하지만 마법사들도 반은 악마잖아. 매그너스도 마찬가지고. 그렇다고 그들이 악한 건……."

"그 반이 대악마는 아니니까. 그 여자 악마가 말하는 거 들었잖아."

독이 피에서 생명을 소멸시키듯 이 피가 그 아이의 인간성을 소멸시킬 겁니다.

클라리의 목소리가 떨렸다. "그건 사실이 아니야. 그럴 수 없어. 말이 안 되잖아."

"사실이야." 제이스의 목소리에 극심한 절망감이 배어 있었다. 목에 걸린 은빛 사슬에 별빛이 반사되어 하얀 불꽃처럼 너울거렸다. "그걸로 모든 게 설명되잖아."

"네가 어째서 그토록 훌륭한 섀도우 헌터인지? 어째서 악마와는 정반대로 헌신적이고 두려움을 모르며 정직한지?"

"내가 너한테 왜 그런 감정을 품게 됐는지 설명된다는 뜻이야."

"무슨 말이야?"

제이스는 한참 동안 입을 열지 않고, 둘 사이의 공간을 가로질러 그녀를 빤히 쳐다보았다. 그가 털끝 하나 건드리지 않는데도 클라리는 서로 몸을 딱 붙이고 누웠을 때처럼 여전히 그를 느낄 수 있었다. 마침내 그가 입을 열었다.

"넌 내 동생이야. 내 동생, 내 핏줄, 내 가족. 널 보호하고픈 마음이 생겨야 정상이라고." 그가 냉소적인 표정으로 소리 없이 웃었다. "내가 원하는 것과 똑같은 걸 원하는 자식들한테서 널 보호하려는 마음 말이야."

클라리는 숨이 멎는 것 같았다. "이제부턴 오빠로 살겠다고 했잖아."

"거짓말이었어. 악마들은 거짓말을 해, 클라리. 섀도우 헌터는 전투 중에 악마의 독으로 내상을 입기도 하지. 그러면 어디가 어떻게 잘못됐는지도 모르는 채 몸속에서 출혈이 계속돼 천천히 죽어가. 네 오빠가 된 다는 건 나한테 그런 거야."

"하지만 알린과……."

"뭐든 시도하지 않고는 견딜 수가 없었어. 그래서 그런 거야." 생기가 하나도 없는 목소리였다. "하지만 신만은 알 거야. 내가 너 말고는 그 누구도 원하지 않는다는 걸. 그리고 싶은 마음조차 없어."

그가 손을 뻗어 클라리의 머리카락을 살짝 어루만지자 손끝이 그녀의 볼을 스쳤다. "그래도 이젠 왜 그러는지 그 이유는 알게 됐잖아."

클라리의 목소리가 속삭임처럼 작아졌다. "나도 너 말곤 그 누구도 원하지 않아."

숨을 멈추는 제이스를 보자 클라리는 자신의 말에 보상을 받은 기분이었다. 팔꿈치로 지탱하며 몸을 일으키는 제이스의 표정이 달라져 있었다. 처음 보는 표정이었다. 두 눈에는 나른하면서도 환한 빛이 떠올랐다. 그가 손가락으로 클라리의 뺨부터 입술까지 더듬은 다음 손끝으로 입술 모양을 따라 그렸다. "그만두라고 말해야 할 거야."

클라리는 아무 말도 하지 않았다. 그만두라고 하고 싶지 않았다. 안 된다고 말하는 것도 지겨웠다. 온 마음으로 느끼려는 자신을 가로막는 일에도 지쳤다.

제이스가 몸을 굽혀 클라리의 볼에 입술을 살짝 댔다. 그 가벼운 접촉만으로도 전율이 퍼지며 온몸이 떨려왔다. "멈추길 원하면, 지금 말해." 제이스가 속삭였다. 클라리는 계속 아무 말도 하지 않았다. 그러자 그가 클라리의 옴폭한 관자놀이에 입술을 댔다. "아니면 지금." 그리고 그녀의 광대뼈 윤곽을 손가락으로 더듬었다. "지금이나." 그가 그녀의 입술에 자신의 입술을 포갰다. "아니면……."

클라리가 손을 뻗어 제이스를 아래로 확 잡아당겼다. 그가 마저 하지 못한 말들은 그녀의 입속에서 사라졌다. 제이스는 부드럽고 조심스럽게 키스했다. 하지만 그 순간 클라리가 원한 것은 부드러움이 아니었다. 그 이후로도 마찬가지이고. 그녀가 제이스의 셔츠를 꽉 움켜쥐고 더욱 가까이 잡아당겼다. 제이스는 목 아래에서 올라오는 신음을 작게 내뱉고는 팔을 둘러 그녀를 끌어안았다. 두 사람은 몸이 엉킨 채로 풀 위를 구르며 키스했다. 돌멩이들이 등을 파고들었고 창에서 떨어지며 부딪힌 어깨가 쑤셨지만 클라리는 신경 쓰지 않았다. 그 순간 그녀에게는 제이스뿐이었다. 느끼고, 바라고, 호흡하고, 원하고, 보이는 건 오로지 제이스뿐. 그 외에는 아무것도 중요하지 않았다.

코트를 입고 있는데도 제이스가 뿜어내는 열기가 전해졌다. 클라리는 그의 재킷을 잡아당겨 벗겼다. 그러자 어느새 셔츠도 벗겨져 있었다. 제이스의 입술이 클라리의 입술을 탐험하는 동안 클라리의 손가락은 제이스의 몸을 탐험했다. 날씬한 근육, 가느다란 철사 같은 흉터. 클라리는 제이스의 어깨에 난 별 모양 흉터에 손을 얹었다. 다른 상처들과는 달리 매끈하고 납작해서 피부의 일부인 것처럼 느껴졌다. 일반적으로 흉터는 결점으로 여겨질지 모르지만 클라리에게는 전혀 그렇지 않았다. 그것은 피부에 아로새겨진 역사나 다름없었다. 전쟁 속에서 살아온 삶의 여정을 보여주는.

클라리의 코트 단추를 더듬어 여는 제이스의 손이 떨리고 있었다. 그의 손이 불안정하게 떨리는 모습은 처음이었다. "내가 할게." 클라리가 그렇게 말하며 마지막 단추로 손을 뻗었다. 그러고는 몸을 일으키는데 금속 재질의 뭔가가 쇄골에 차갑게 닿아 깜짝 놀라고 말았다.

"왜 그래? 나 때문이야?" 제이스가 얼어붙었다.

"아니. 이거 때문에." 클라리가 은 목걸이를 건드렸다. 줄 끝에 은색의 작고 동그란 금속 물건이 달려 있었다. 그녀가 앞으로 수그릴 때 거기에 부딪힌 것이었다. 클라리는 그 물건을 빤히 쳐다보았다.

별 문양이 새겨진 오래된 반지. 그녀도 아는 모겐스턴 가의 반지였다.. 천사가 보여준 영상 속에서 발렌타인도 똑같은 반지를 끼고 있었다. 한때는 발렌타인의 것이었지만 이젠 제이스가 물려받았다. 가문의 반지가 아버지에게서 아들에게 전해지듯이.

"미안." 제이스가 사과하며 손끝으로 클라리의 뺨을 어루만졌다. "이 빌어먹을 걸 하고 있다는 걸 깜빡했어."

돌연 냉기가 혈관을 타고 흐르는 기분이었다. "제이스." 클라리가 낮은 목소리로 제이스를 불렀다. "제이스, 그러지 마."

"뭘? 반지 걸고 다니지 말라고?"

"아니. 날…… 건드리지 말라고. 잠깐 멈춰."

제이스의 얼굴이 딱딱하게 굳었다. 혼란과 의혹의 빛이 차례로 눈을 스쳤지만 그는 아무 말 없이 손을 거두었다.

"제이스." 그녀가 다시 입을 열었다. "이유가 뭐지? 어째서 지금이야?"

제이스가 놀라 입을 벌렸다. 아랫입술에 검은 줄이 생긴 걸 보니 입술을 깨문 모양이었다. 아니면 클라리가 깨문 자국일지도 몰랐다.

"뭐가 지금이야?"

"우리 사이엔 아무 감정도 없다고 했잖아. 만일 우리가…… 우리가 원하는 대로 해버리면 사랑하는 모두에게 상처를 줄 거라고."

"말했잖아. 거짓말이었다고." 그의 눈빛이 누그러졌다. "너는 내가 널 원하지 않는다고……."

"아니. 바보가 아닌 이상 나도 네가 날 원한다는 건 알아. 하지만 조금 전에 네가 그랬잖아. 이제야 왜 그런 식으로 날 원하는지 알겠다고. 그건 무슨 뜻이야?"

정말 몰라서 묻는 것은 아니었지만 클라리는 물어야 했고, 제이스의 대답을 직접 들어야 했다. 제이스가 클라리의 손목을 잡아 자신의 얼굴로 가져간 후, 손가락 사이에 자신의 손가락을 끼워서 잡았다. "펜할로우 저택에서 내가 했던 말 기억해? 넌 결과를 생각하지 않고 행동부터 하고 본다고, 그래서 손대는 것마다 모조리 망쳐놓는다고."

"잊고 있었는데. 기억을 되살려줘서 고마워."

제이스는 그녀의 목소리에 스민 빈정대는 기미를 눈치채지 못한 것 같았다. "그건 네 얘기가 아니었어, 클라리. 내 얘기였지. 내가 바로 그래." 그가 얼굴을 살짝 돌리자, 클라리의 손가락이 뺨을 따라 미끄러졌.

"그래도 이제는 왜 그런지 이유를 알았잖아. 나한테 무슨 문제가 있는지 안다고. 그리고 어쩌면…… 그래서 널 더 원하는지도 몰라. 발렌타인이 날 괴물로 만들었다면, 넌 천사로 만든 거니까. 루시퍼도 신을 사랑했잖아? 진짜인지는 모르겠지만 어쨌든 밀턴은 그렇다고 했어."

클라리가 숨을 들이마셨다. "나 천사 아니야. 그리고 발렌타인이 이수리엘의 피를 어디에 썼는지는 너도 모르잖아. 아마 발렌타인은 자신을 위해……"

"그 피는 '나와 내 가족'을 위한 거라고 분명히 말했어." 제이스가 조용히 덧붙였다. "그리고 네가 그런 능력을 갖게 된 이유도 설명이 되잖아, 클라리. 실리코트의 여왕은 나만이 아니라 우리 둘 모두가 실험이었다고 했어."

"난 천사하곤 거리가 멀어, 제이스." 클라리가 다시 말했다. "도서관

책을 반납하지 않기도 하고, 인터넷에서 불법으로 음악을 다운받기도 하고, 엄마한테 거짓말도 한다고. 난 그저 평범한 애일 뿐이야."

"나한테는 아니야." 제이스가 그녀를 내려다보았다. 그의 얼굴이 반짝이는 별들을 배경으로 허공에 둥실 떠 있었다. 얼굴에는 평소와 달리 오만한 빛이 전혀 없었다. 이처럼 숨김없이 마음을 드러내 보인 것은 처음이었다. 하지만 그런 솔직한 태도에는 상처처럼 깊은 자기혐오가 섞여 있었다. "클라리, 난……."

"놔줘."

"뭐?" 그의 눈에 떠올랐던 욕망이 렌윅의 포털 거울처럼 수천 조각으로 깨졌다. 제이스는 깜짝 놀라 멍한 표정이 되었다. 클라리는 그의 얼굴을 쳐다볼 수가 없었다. 그랬다가는 거절의 말을 하지 못할 테니까. 설사 제이스와 사랑에 빠지지 않았다고 해도, 아름다운 모든 것을 사랑하는 어머니의 피를 이어받은 딸이기에 클라리는 그를 보는 순간 여전히 그를 원할 것이었다. 하지만 바로 그 사실 때문에 그 일은 불가능했다. 어머니의 피를 이어받은 딸이라는 사실 때문에.

"뭐라고 했는지 들었잖아. 내 손 놔달라고." 클라리는 손을 확 빼고 떨림을 멈추려고 주먹을 움켜쥐었다.

제이스는 움직이지 않았다. 입술이 말려 올라가며 잠시 그의 눈에 맹수의 눈빛이 떠올랐다. 이제 그 눈빛에는 분노가 섞였다.

"왜 그러는지 이유를 말할 생각은 없는 모양이지?"

"넌 네가 인간이 아니라 악마이기 때문에 날 원하는 거라고 생각해. 지금 자신을 증오할 거리를 찾고 있는 거야. 난 네가 날 이용해서 자신이 얼마나 쓸모없는 존재인지 증명하게 만들 생각 없어."

"그런 말 한 적 없어. 널 이용한다고 한 적 없다고."

"좋아. 그럼 괴물이 아니라고 말해봐. 너한테는 아무 문제도 없다고. 그리고 악마의 피가 섞이지 않았어도 날 원했을 거라고 말해보라고."

왜냐하면 난 악마의 피가 섞이지 않았어도 널 원하니까.

둘의 시선이 서로에게 고정되었다. 제이스의 눈에 맹렬한 분노가 이글거렸다. 잠시 둘 다 숨을 멈췄고, 제이스가 욕을 하면서 몸을 굴려 클라리에게서 떨어졌다. 그는 자리에서 일어나 잔디에 떨어진 셔츠를 집어 올려 머리를 쑤셔 넣으면서도 클라리를 계속 쏘아보았다. 청바지 위로 셔츠를 당겨 내리고는 돌아서서 재킷을 찾으러 갔다.

클라리도 휘청거리며 일어났다. 칼바람이 불어 팔뚝에 소름이 돋았고, 다리는 반쯤 녹아버린 왁스처럼 흐느적거렸다. 클라리는 눈물이 터지려는 것을 억지로 참으며 뻣뻣하게 언 손가락으로 코트 단추를 채웠다. 지금 상황에서 눈물을 보이는 것을 도움이 되지 않았다.

공기 중에는 여전히 먼지와 재가 가득하고 풀 위에는 저택의 잔해가 뒹굴었다. 산산조각이 난 가구들, 바람에 흩날리는 책장들, 금박을 입힌 나무 조각들, 놀랍게도 반 정도는 손상되지 않은 계단. 클라리가 돌아보니 제이스는 잔해들을 발로 차대는 것으로 분풀이를 하는 듯했다.

"우린 이제 망했네."

기대와 다른 그의 반응에 클라리가 눈을 깜빡이며 물었다. "뭐?"

"기억 안 나? 네가 내 스텔레를 잃어버렸잖아. 이젠 포털을 열 방법이 없어." 현재의 상황이 은근히 만족스럽다는 듯이 목소리에 씁쓸한 즐거움이 배어 있었다. "다른 방법은 없어. 걸어서 돌아가는 거 말고는."

상황이 달랐다고 해도 유쾌한 여정은 아니었을 것이다. 도시의 불빛에 익숙한 클라리에게 칠흑 같은 이드리스의 밤은 현실로 느껴지지 않았다. 길 양쪽의 짙은 어둠 속에서 보이지 않는 무언가가 우글거리는 것만 같았다. 제이스가 마법의 불을 들었지만 몇 미터 앞도 제대로 보이지 않았다. 가로등과 전조등 불빛, 도시의 소음이 그리웠다. 지금 들리는 소리라고는 둘의 발밑에서 달그락거리는 자갈 밟히는 소리와 돌에 발이 걸린 클라리가 놀란 숨을 내뱉는 소리뿐이었다.

몇 시간을 계속해서 걷자 발이 아파오기 시작했다. 입안은 양피지처럼 바짝 말랐다. 공기가 매우 싸늘해져서 클라리는 몸을 잔뜩 움츠린 채 주머니에 손을 깊이 찔러 넣고 덜덜 떨며 걸었다. 제이스와 이야기만 나눌 수 있어도 그런 것쯤은 견딜 만했을 것이다. 그는 저택을 떠난 뒤로 갈림길에서 짤막하게 방향을 알려주거나 구덩이를 조심하라고 할 때를 제외하고는 입도 뻥긋하지 않았다. 조심하라고 말할 때조차 그녀가 구멍에 빠지면 시간이 지체되니 마지못해 입을 여는 듯한 인상이었다.

이윽고 동쪽 하늘이 밝아왔다. 졸음에 겨워 휘청거리던 클라리가 놀라서 고개를 번쩍 들었다.

"아직 동이 트기에는 이른 시각 아닌가?"

제이스의 눈에 경멸의 빛이 희미하게 떠올랐다. "저건 알리칸테잖아. 해는 적어도 세 시간은 더 있어야 뜨지. 지금 보이는 건 도시의 불빛들이고."

집에 다 와간다는 안도감에 클라리는 그의 퉁명스런 태도도 크게 거슬리지 않았다. 그녀가 속도를 높여 걷기 시작했고, 모퉁이를 돌아가니 넓은 흙길이 나왔다. 길은 경사면을 휘감으며 이어지다 먼 곳에서 꺾이며 사라졌다. 도시는 아직 보이지 않았지만 주변이 점차 밝아졌고, 하늘에는 기이한 붉은 빛이 퍼져 있었다.

"거의 다 온 것 같은데, 언덕을 내려가는 지름길은 없어?" 클라리가 물었다.

제이스가 인상을 쓰다 불쑥 입을 열었다. "뭔가 잘못됐어."

그러고는 사방에 퍼진 기이한 빛 속으로 황토색 먼지를 풀풀 날리며 달리다시피 내려가기 시작했다. 물집 잡힌 발이 비명을 지르는 것을 무시하며 클라리도 그를 따라 달렸다. 하지만 다음 커브를 돌고 났을 때 제이스가 갑자기 멈추는 바람에 클라리는 그와 충돌하고 말았다. 다른 때 같으면 웃음이 터질 상황이었지만 웃음은 나오지 않았다.

붉은 빛이 더욱 강해지며 하늘이 온통 진홍빛으로 물들었고, 그들이 서 있는 언덕 주변이 대낮처럼 환했다. 검은 공작이 깃털을 펼치듯 골짜기에서 연기가 피어올랐다. 검은 연기 속에 우뚝 솟은 알리칸테의 악마 타워들이 눈에 들어왔다. 반짝이는 표면에 불꽃이 비쳐 연기를 꿰뚫는 불의 화살처럼 보였다. 자욱한 연기 사이로 검은 천에 보석 한 줌을 흩뿌린 것처럼 어둠 곳곳에서 너울대는 주홍색 불꽃이 보였다.

눈앞의 상황을 믿을 수 없었지만 헛것을 본 것은 아니었다. 두 사람은 알리칸테가 내려다보이는 언덕 위에 서 있었고, 그들 아래에서 알리칸테가 활활 불타오르고 있었다.

2부

운명의 별

안토니오: 이제 떠나시려는 겁니까? 내가 함께 가면 안 되겠어요?

세바스찬: 미안하지만 혼자 가겠습니다. 내 운명의 별에는 검은 구름이 껴 있어요. 나의 불운이 당신에게까지 검은 구름을 드리울지 모릅니다. 그러니 여기서 작별합시다. 내 불행은 나 혼자 감당하게 해주세요. 당신께 조금이라도 누를 끼친다면 그야말로 사랑을 원수로 갚는 셈이지요.

— 윌리엄 셰익스피어, 《십이야》

10
불과 검

"늦네. 지금쯤은 돌아오고도 남을 시간인데." 이사벨이 거실 창의 레이스 커튼을 짜증스럽게 내려놓았다.

"이성적으로 생각해야지, 이사벨." 오빠의 권위를 내세우는 거만한 목소리로 알렉이 지적했다. 이사벨은 쉽게 흥분하지만 자신은 언제나 냉정을 유지하는 사람이라는 태도였다. 그는 세상에 걱정이라곤 하나도 없는 사람처럼 펜할로우 저택의 벽난로 옆에 놓인 푹신한 안락의자에 비스듬히 기대앉아 있었다. 하지만 그런 자세조차 태평함을 가장하려고 의도적으로 꾸며낸 인상이 강했다.

"제이스는 기분이 언짢으면 휙 나가서 이리저리 쏘다니다 들어오곤 하잖아. 잠깐 바람 쐬고 온다고 했어. 돌아올 거야."

이사벨이 한숨을 내쉬었다. 부모님이라도 곁에 계시면 좋으련만. 두 분 모두 아직 가드에서 돌아오지 않았다. 무슨 논의를 하고 있는지 몰라도 회의는 심하다 싶을 정도로 길어졌다.

"제이스가 뉴욕 지리는 잘 알아도 알리칸테는 아니잖아."

"너보다는 잘 알걸. 제이스는 여기서 열 살 때까지 살았잖아. 넌 몇 번

방문한 게 다고." 소파에 앉아 검붉은 가죽 장정의 책을 읽던 알린이 말했다. 검은 머리를 뒤로 모아 한 가닥으로 땋아 내렸고, 두 눈은 무릎 위에 펼쳐진 책에 고정되어 있었다. 독서에 별 취미가 없는 이사벨은 주변에서 무슨 일이 벌어지건 책 속으로 빠져드는 사람을 보면 한없이 부러웠다. 그것 말고도 옛날 같았으면 알린에게 여러 가지로 부러움을 느꼈을 것이다. 여장부 스타일에 힐을 신으면 남자들을 내려다볼 정도로 키가 큰 자신과 달리, 아담한 몸집에 섬세한 아름다움을 지녔다는 점도 그중 하나였다. 이사벨은 최근에야 다른 소녀들이 꼭 부러워하거나 피하거나 싫어하는 대상일 필요는 없다는 사실을 깨달았다.

이사벨이 목을 만지며 얼굴을 찌푸렸다. 목에 걸린 루비 펜던트가 날카롭게 진동했기 때문이다. 보통은 악마가 있는 곳에서만 진동하는데 그들은 지금 알리칸테 안에 있었다. 근처에 악마가 있을 리 없다. 아마도 오작동인 모양이었다. 이사벨이 입을 열었다.

"아무튼 쏘다니고 있지는 않을 거 같은데. 제이스가 말은 안 했어도 어디로 갔는지는 분명하니까."

알렉이 시선을 들었다. "클라리를 보러 갔다고 생각하는 거야?"

"클라리가 아직도 여기에 있어? 뉴욕으로 돌아간 줄 알았는데." 알린이 고개를 드는 바람에 무릎에 얹힌 책이 덮였다. "그럼 지금 어디서 지내는 거야?"

이사벨이 어깨를 으쓱해 보였다. "그건 저쪽에다 물어봐." 그녀가 눈으로 세바스찬을 가리키며 말했다.

세바스찬은 맞은편 소파에 편안한 자세로 앉아 있었다. 머리를 약간 수그린 채, 역시 책을 읽고 있었다. 그가 이사벨의 시선을 의식한 듯 눈을 들었다.

"나 말하는 거야?" 세바스찬이 부드럽게 물었다. 그가 모든 면에서 부드럽다는 사실이 떠오르자 이사벨은 약간 짜증이 났다. 처음에는 날렵한 곡선을 그리는 광대뼈와 깊이를 알 수 없는 검은 눈에 끌렸지만, 모두에게 호의적이고 상냥한 성격은 시간이 갈수록 신경을 건드렸다. 무엇에건 화를 낼 줄 모르는 소년들을 이사벨은 별로 좋아하지 않았다. 그녀의 세계에서 분노는 곧 열정이었고, 열정은 곧 쾌락을 뜻했다.

"뭐 읽는 거야? 그거 맥스 만화책 아냐?" 의도했던 것보다 날카로운 목소리로 이사벨이 물었다.

"맞아. 그림이 마음에 드네." 세바스찬이 소파 팔걸이에 얹은 《천사 금렵구》를 내려다보았다.

이사벨이 화가 나서 숨을 불어내자, 알렉이 동생을 쏘아보고는 입을 열었다. "세바스찬, 아까 네가 어디 갔었는지 제이스도 알아?"

"클라리랑 같이 나갔던 거?" 세바스찬이 재밌다는 표정을 지었다. "비밀로 할 일도 아닌데, 제이스를 봤다면 얘기했겠지."

"제이스가 뭐라고 할 것 같진 않은데." 알린이 책을 옆에 놓으며 날 선 목소리로 말했다. "세바스찬이 잘못한 것도 아니잖아. 클라리사가 집으로 돌아가기 전에 이드리스 관광을 시켜준 것뿐인데 오히려 고마워해야 하지 않을까? 동생이 온종일 집 안에만 틀어박혀 짜증을 내거나 지루해하지 않게 도와줬으니 말이야."

"제이스는 동생을…… 좀 지나치게 보호하는 경향이 있어." 잠시 망설이던 알렉이 대꾸했다.

알린이 얼굴을 찌푸렸다. "그러지 않는 게 좋아. 지나친 보호는 동생한테도 좋지 않으니까. 우리가 있는 방에 들어왔을 때, 그 애는 꼭 키스하는 사람을 처음 보는 얼굴이었어. 뭐, 어쩌면 정말 처음 본 건지도 모르겠지만 말이야."

"그건 아냐." 실리코트에서 제이스와 클라리가 키스하던 장면을 떠올리며 이사벨이 말했다. 그리 떠올리고 싶은 기억은 아니었다. 이사벨은 다른 사람의 슬픔은 물론이고 자신의 슬픔에도 오래 빠져 있는 성격이 아니었다.

"그럼 뭐야?" 눈으로 흘러내린 머리칼을 쓸어 올리며 세바스찬이 똑바로 앉았다. 이사벨은 그의 손바닥에 상처처럼 붉은 선이 그어진 것을 언뜻 보았다. "제이스가 나한테 사적인 감정이 있는 건가? 왜냐하면 내가……."

"그거 내 책인데." 작은 목소리가 세바스찬의 말을 가로막았다. 거실 입구에 맥스가 서 있었다. 자다가 나왔는지 회색 잠옷 차림에 갈색 머리는 헝클어진 채였다. 맥스는 성난 눈으로 세바스찬 옆에 놓인 만화책을 노려보았다.

"뭐, 이거? 가져가렴, 꼬마야." 세바스찬이 만화책을 내밀었다.

맥스가 쿵쿵거리며 걸어가서 빼앗듯이 책을 받고는 세바스찬을 째려보았다. "꼬마라고 부르지 마요."

세바스찬이 웃으면서 자리에서 일어났다. "난 커피나 가져와야겠다." 그렇게 말하고 부엌을 향해 가다 입구에서 돌아서서는 물었다. "뭐 필요한 사람?"

모두가 괜찮다고 합창하듯 중얼거리자 세바스찬은 어깨를 한 번 으쓱 하고는 부엌으로 사라졌다. 그의 뒤로 문이 닫혔다.

"맥스, 예의 바르게 굴어야지." 이사벨이 날카롭게 말했다.

"내 물건 마음대로 가져가는 거 싫단 말이야." 맥스가 만화책을 품에 안으며 대꾸했다.

"애기처럼 굴지 마, 맥스. 잠깐 보고 돌려주려는 거잖아." 실제 감정보다 더 목소리가 짜증스럽게 나왔다. 제이스 때문에 신경이 곤두서서 애꿎은 동생에게 화풀이를 하고 있다는 것은 이사벨도 잘 알았다. "이 시간까지 안 자고 뭐했어?"

"언덕에서 무슨 소리가 들리잖아. 그 소리 때문에 깼어." 맥스가 눈을 껌뻑거렸다. 안경을 쓰고 있지 않아 모든 것이 뿌옇게 보였다. "저기, 누나……."

뭔가 물으려는 동생의 목소리에 이사벨이 창가에서 돌아섰다. "왜?"

"악마 타워에 사람들이 올라가기도 해? 거기서 뭔가 해야 하거나 그래서 말이야."

알린이 고개를 들었다. "악마 타워에?" 그러고는 웃으면서 말을 이었다. "지금까지 그 위로 올라간 사람은 없었어. 완전히 불법이거든. 그리고 불법이 아니라도 거길 뭐하러 올라가겠어?"

이사벨이 보기에도 알린은 상상력이 부족했다. 자신이라면 악마 타워에 올라갈 이유를 수도 없이 댈 수 있었다. 하다못해 아래로 지나가는 사람에게 껌을 뱉어 보기 위해서라도 올라가고 싶었다.

맥스가 인상을 썼다. "누군가 올라가던걸. 내가 봤어."

"뭘 봤는지 모르겠지만 꿈을 꾼 걸 거야." 이사벨이 동생에게 말했다.

맥스의 얼굴이 더욱 구겨졌다. 그냥 두면 사태가 더욱 심각해질 것을 직감한 알렉이 자리에서 일어나 맥스에게 손을 내밀며 다정하게 말했다. "이리 와, 맥스. 방으로 데려다줄게."

"우리 모두 자러 가는 게 낫겠어." 알린이 그렇게 말하며 일어나서 이사벨이 서 있는 창가로 가 커튼을 단단히 여몄다. "자정이 다 됐잖아. 어른들이 언제 회의를 마치고 돌아올지 누가 알겠어? 다 같이 안 자고 기다릴 필요……."

 이사벨의 목에 걸린 펜던트가 다시 한 번 날카롭게 진동했다. 동시에 알린의 바로 뒤쪽 창문이 와장창 안으로 부서졌다. 알린이 비명을 내지르는 순간, 부서진 창으로 손들이 쑥 들어왔다. 정확히 말하면 손이 아니었지만. 비늘로 뒤덮인 거대한 짐승의 앞발, 피와 검은 액체로 범벅이 된 앞발이었다. 알린이 두 번째 비명을 지르기도 전에 그것들이 그녀를 잡아채 창밖으로 사라졌다.

 이사벨의 채찍은 벽난로 옆 탁자 위에 놓여 있었다. 이사벨은 부엌에서 달려 나오는 세바스찬을 피하며 단숨에 탁자로 달려갔다. "무기를 가져와." 놀란 눈으로 거실 안을 둘러보는 세바스찬에게 소리쳤다. "얼른 가!" 이사벨이 다시 외치고 창문으로 달려갔다.

 알렉이 난롯가에서 몸부림을 치며 빠져나가려는 맥스를 꽉 붙잡고 있었다. 이사벨은 마음속으로 외쳤다. '잘하고 있어. 맥스를 여기서 데리고 나가.'

 깨진 창으로 찬바람이 들이닥쳤다. 이사벨은 치마를 올리고 굽이 두꺼운 부츠를 신은 것을 고맙게 여기며 창틀에 붙은 유리를 차냈다. 유리를 모두 제거한 그녀는 고개를 수그리고 창틀을 넘어갔다. 그러고는 아래로 뛰어내려 보도 위로 쿵 소리를 내며 착지했다.

 재빨리 둘러보니 보도 주변은 텅 빈 듯했다. 운하 양쪽으로는 가로등이 없고, 근처 집들에서 흘러나오는 빛이 조명처럼 거리를 비추고 있었다. 이사벨은 바짝 경계하며 앞으로 움직였다. 채찍이 돌돌 말린 채 옆쪽으로 떨어졌다. 아버지에게 열두 살 생일 선물로 받은 뒤 오랜 세월을 함께한 채찍은 이제 늘어나는 오른팔처럼 신체의 일부로 느껴졌다.

 이사벨이 저택을 나와 올드캐슬 브리지로 향하는 동안 어둠이 점점 짙어졌다. 올드캐슬 브리지는 프린스워터 운하 위에 아치 모양으로 놓인 다리로, 보도와는 기이한 각도를 이루고 있었다. 다리 아래쪽은 파리떼가 모여 앉은 것처럼 유난히 어둠이 짙었다. 이사벨이 그쪽을 유심히 바라보자 획획 움직이는 하얀 물체가 눈에 들어왔다.

이사벨은 누군가의 정원을 두른 나지막한 산울타리를 뚫고 달려가, 다리 아래까지 이어지는 좁은 둑길로 훌쩍 뛰어내렸다. 채찍에서 눈부신 은빛이 뿜어져 나와 주변을 비추자, 운하 가장자리에 축 늘어진 채 누운 알린이 보였다. 비늘로 덮인 거대한 악마 하나가 알린 위에 올라타, 도마뱀 같은 두툼한 몸으로 내리누르며 그녀의 목에 얼굴을 파묻고 있었다.

하지만 그놈이 악마일 리는 없다. 알리칸테에는 단 한 번도 악마가 들어온 적이 없었다. 이사벨이 충격에 빠져 쳐다보자, 놈이 마치 그녀의 출현을 감지한 듯이 고개를 들고 공중에다 코를 벌름거렸다. 놈은 앞을 보지 못했는데, 눈이 있어야 할 이마에는 톱니 모양 이빨이 줄줄이 돋아 지퍼처럼 맞물렸다. 얼굴 아래쪽에 또 하나의 입이 달렸고 독이 흐르는 엄니가 돋아 있었다. 좁은 꼬리를 앞뒤로 휘두르자 옆면이 빛을 받아 번쩍거렸고, 가까이 가보니 꼬리 가장자리가 날카로운 뼈들로 둘러싸여 있었다.

알린이 몸을 움찔하며 흐느끼는 소리를 냈다. 그녀가 죽었다고 반쯤 확신하던 이사벨은 크게 안도했다. 하지만 안도감은 오래가지 못했다. 알린이 움직이는 것을 보니, 블라우스 앞자락이 찢긴 채로 열려 있었다. 가슴에는 발톱 자국이 났고, 놈의 발 하나가 알린의 청바지 허리 부분에 걸려 있었다.

이사벨은 울컥 구역질이 치밀었다. 악마는 알린을 죽이려는 것이 아니었다. 적어도 아직은. 이사벨의 손안에서 채찍이 살아났다. 이사벨이 튀어 나가 악마의 등을 채찍으로 사정없이 내리쳤다.

악마가 새된 비명을 지르며 알린에게서 떨어져 나왔다. 두 개의 입을 쩍 벌리고 이사벨에게 다가오며, 갈고리 모양의 발톱을 얼굴 앞으로 휘둘렀다. 이사벨이 춤을 추듯 뒷걸음질 치더니 채찍을 앞으로 휘둘러 악마의 얼굴과 가슴, 다리를 마구 내리쳤다. 비늘이 덮인 악마의 피부에 채찍 자국이 수없이 생겼고 상처에서는 피와 체액이 흘렀다. 끝이 갈라진 기다란 혀가 위쪽 입에서 튀어나와 이사벨의 얼굴을 찾아서 꿈틀거렸다. 혀끝에 구근 같은 것이 달렸고 그 끝에는 전갈의 꼬리처럼 침이 돋았다. 이사벨이 손목을 가볍게 흔들자, 채찍이 악마의 혀를 둘둘 감았다. 이사벨이 줄을 팽팽하게 잡고 확 당기는 순간, 악마가 길게 비명을 내질렀다. 축축하고 소름끼치는 소리와 함께 악마의 혀가 둑길 위에 떨어졌다.

이사벨이 채찍을 잡아당겼다. 악마는 몸을 돌려 뱀 같은 움직임으로 줄행랑을 쳤고 그녀는 놈을 쫓아 달려갔다. 그러다 악마가 둑길 중간 정도 갔을 때 놈 앞으로 검은 그림자가 불쑥 나타났다. 어둠 속에서 뭔가 번쩍했고, 악마가 경련을 일으키며 땅으로 쓰러졌다.

달리던 이사벨이 급히 멈추었다. 가느다란 단검을 쥔 알린이 쓰러진 악마를 내려다보고 있었다. 허리띠에 단검을 꽂아둔 모양이었다. 알린은 경련을 일으키는 악마의 몸에 연거푸 단검을 내리꽂았다. 내리꽂을 때마다 검에 새겨진 룬들이 번개처럼 번쩍거렸다. 악마는 이내 움직임을 완전히 멈추더니 흔적도 없이 사라졌다.

알린이 고개를 들었다. 표정이 멍했다. 단추가 뜯겨 블라우스 앞자락이 훤히 벌어졌는데도 여밀 생각을 하지 않았다. 가슴에 난 상처에서 피가 조금씩 스며 나왔다.

이사벨이 낮게 휘파람 소리를 냈다. "알린, 너 괜찮은 거야?"

알린의 손에 들려 있던 단검이 쨍강 소리를 내며 바닥으로 떨어졌다. 알린은 말 한마디 없이 몸을 돌려 다리 아래 고인 어둠 속으로 달려갔다. 당황한 이사벨은 욕설을 뱉으며 황급히 알린을 쫓아갔다. 벨벳 드레스가 아니라 편한 옷을 입었더라면 하는 생각이 머리를 스쳤지만 그나마 부츠를 신어서 다행이었다. 하이힐을 신었더라면 알린을 아예 따라가지도 못했을 것이다.

둑길의 반대편 끝에는 프린스워터 가로 이어지는 철제 계단이 있었다. 계단 꼭대기에 오른 알린의 모습이 희미하게 보였다. 이사벨은 묵직한 드레스 자락을 들고 부츠 소리를 요란하게 내며 알린을 쫓아 계단으로 올라갔다. 그리고 마침내 꼭대기에 다다라, 알린을 찾아 사방을 둘러보았다.

이사벨은 펜할로우 저택이 있는 넓은 길의 끝에 서 있었다. 아무리 열심히 살펴보아도 알린의 모습은 보이지 않았다. 거리를 메운 인파 속으로 사라져버린 것이다. 그리고 거리를 메운 것은 사람들만이 아니었다. 다리 아래서 알린이 처치한, 맹금의 발톱이 달리고 도마뱀처럼 생긴 악마 수십 놈이 돌아다녔다. 두세 구의 시신도 눈에 띄었다. 이사벨에게서 멀지 않은 곳에도 흉곽이 반쯤 뜯긴 남자의 시신이 보였다. 머리가 희끗한 걸로 보아하니 노인인 것 같았다. '당연한 일이겠지. 어른들은 지금 모두 가드에 있잖아. 도시 안에 남은 건 어린애와 노인과 병자뿐이고.' 공포에 질린 머리가 느리게 돌아가자 생각의 속도마저 느려졌다.

붉은 기가 도는 공기에는 탄내가 가득했고, 곳곳에서 날카로운 비명이 들려왔다. 집집마다 문이 활짝 열렸고, 집 밖으로 뛰쳐나온 사람들은 괴물이 우글거리는 거리와 마주하고 우뚝 멈춰 섰다.

불가능한 일이 눈앞에서 펼쳐지고 있었다. 상상도 하지 못한 일이었다. 알리칸테 역사상 그 어떤 악마도 악마 타워의 보호막을 뚫은 적은 없었다. 그런데 이제 거리에는 수십, 수백 놈의 악마가 활개를 치고 돌아다녔다. 이사벨은 마치 밖이 훤히 내다보이지만 옴짝달싹할 수 없는 유리벽 안에 갇힌 기분이었다. 도망치는 소년 하나를 악마가 붙잡아서 번쩍 들어 올리고 톱니 모양 이빨을 소년의 어깨에 박아 넣는 장면을 얼어붙은 채로 지켜보았다. 소년이 비명을 질렀지만, 어둠을 찢는 커다란 소요에 묻혀 들리지 않았다. 악마들의 울부짖음, 누군가의 이름을 외치는 소리, 달리는 사람들의 발소리와 유리 부서지는 소리 등이 뒤섞여 소음은 점점 커져갔다. 거리 저쪽에서 누군가가 뭐라고 외쳐댔지만 이사벨의 귀에는 악마 타워 어쩌고 하는 소리밖에 들리지 않았다.

이사벨이 위를 올려다보자, 높고 뾰족한 악마 타워들이 언제나처럼 도시를 지키고 있었다. 하지만 그것은 별빛을 받아 은색으로 반짝이지도, 도시의 화염에 붉게 물들지도 않았다. 죽은 사람의 살갗처럼 그저 창백하기만 했다. 악마 타워의 빛은 사라지고 없었다. 냉기가 이사벨의 전신을 훑고 지나갔다. 믿을 수 없는 일이지만 악마 타워가 마법의 힘을 잃었다. 천 년 동안 알리칸테를 보호해온 보호막이 사라진 것이다.

새뮤얼은 아까부터 조용했지만 사이먼은 여전히 잠들지 못하고 있었다. 두 눈을 말똥말똥 뜨고 어둠 속을 빤히 응시하는데, 어디선가 날카로운 비명이 날아들었다.

고개를 휙 들었지만 아무 소리도 들리지 않았다. 그가 불안하게 주위를 둘러보았다. 꿈을 꾼 건가? 귀를 바짝 곤두세워도 주변은 조용하기만 했다. 그가 머리를 도로 누이려는 찰나 두 번째 비명이 들렸다. 가드 바깥에서 들려온 것 같았다.

사이먼은 몸을 일으키고 침대로 올라가 창밖을 내다보았다. 끝없이 펼쳐진 푸른 잔디와 멀리서 반짝이는 도시의 불빛이 눈에 들어왔다. 그의 눈이 가늘어졌다. 불빛이 어딘가 이상했다. 뭔가가 꺼졌다. 기억 속의 모습보다 훨씬 희미했다. 그리고 어둠 속에서 뾰족한 불꽃들이 길을 따라 움직이고 있었다. 악마 타워 위쪽으로 창백한 연기가 피어오르고, 공기 중에는 연기 냄새가 가득했다.

"새뮤얼. 뭔가 잘못됐나 봐요." 사이먼 자신의 귀에도 불안하게 들리는 목소리였다.

문이 요란하게 열리는 소리와 황급히 달리는 발소리가 들려왔다. 누군가 목이 쉬도록 외쳐댔다. 철창에 얼굴을 바짝 들이대자, 돌멩이를 걷어차며 급하게 지나가는 부츠들이 보였다. 섀도우 헌터들이 크게 외치며 도시를 향해 달려갔다.

"보호막이 무너졌어! 보호막이 무너졌다고!"

"가드를 버려두고 갈 순 없어!"

"지금 가드가 문제야? 아이들이 저 아래 있어!"

목소리들이 점점 희미해졌다. 놀란 사이먼이 창에서 떨어졌다. "새뮤얼! 보호막이……."

"알아. 나도 들었어." 새뮤얼의 목소리가 벽을 통해 들려왔다. 겁을 먹은 목소리는 아니었다. 그저 체념한 듯이 들렸지만 자신의 예상이 적중했다는 자부심도 약간은 느껴졌다. "클레이브 회의 중에 습격하다니. 영리하군."

"하지만 가드는 성벽으로 둘러싸였잖아요. 왜 이곳에 머물지 않죠?"

"저자들이 한 말을 들었잖아. 아이들이 모두 도시 안에 있어. 아이들과 노인들. 그들을 저 아래 그냥 둘 수는 없지."

라이트우드 가족. 사이먼은 제이스를 떠올렸다. 그리고 까만 머리를 늘어뜨린 이사벨도. 전투 중에 보이는 단호한 표정과 쪽지에 쓴 귀여운 X와 O도 또렷하게 떠올랐다. "하지만 새뮤얼이 경고했잖아요. 무슨 일이 일어날지 클레이브에 경고했다고요. 어째서 그들은 새뮤얼의 말을 믿지 않았죠?"

"보호막은 그들에게 종교와도 같으니까. 보호막의 힘을 믿지 않는 건, 그들이 특별하고 선택된 존재란 걸 부정하는 거나 마찬가지야. 천사의 보호를 받는 존재라는 사실을 말이야. 그렇게 되면 평범한 먼데인과 다를 바가 없어지는 거지."

사이먼이 다시 돌아서서 창밖을 내다보았다. 연기는 더욱 짙어져 파리한 잿빛으로 공기를 가득 메웠다. 더 이상 소리치는 목소리는 들리지 않았고, 먼 곳에서 누군가 울부짖는 소리만이 희미하게 들려왔다. "도시에 불이 난 것 같은데요."

"내 생각엔 가드에 불이 난 것 같은데. 아마 악마의 불이겠지. 가능하면 발렌타인은 가드부터 공격하려 들 테니까."

"하지만……." 사이먼이 더듬거렸다. "하지만 누군가 우릴 꺼내주러 오겠죠? 그렇죠? 영사나 앨더트리요. 설마 여기서 이렇게 죽으라고 우릴 남겨두고 갈 리 없어요."

"넌 다운월드 사람이야. 난 반역자고. 정말 그들이 그러지 않을 거라고 생각하는 건가?"

"이사벨! 이사벨!"

알렉이 그녀의 어깨를 붙잡고 흔들었다. 이사벨이 천천히 고개를 들자, 오빠의 하얀 얼굴이 어둠 속에 둥둥 떠 있었고, 오른쪽 어깨 뒤로 휘어진 나무 조각이 비죽 솟아 있었다. 알렉은 활을 메고 있었다. 사이먼이 대악마 아바돈을 죽일 때 썼던 것과 같은 활이었다. 거리에서 알렉을 발견한 기억도 없고 그가 다가오는 것을 본 기억도 없는데, 어느새 알렉은 그녀 앞에 서 있었다. 마치 유령처럼 어디선가 갑자기 나타난 것만 같았다.

"알렉." 그녀가 천천히, 흔들리는 목소리로 말했다. "알렉. 그만해. 나 괜찮아."

이사벨이 알렉의 손아귀에서 몸을 뺐다.

"괜찮지 않은 것 같은데." 알렉이 흘깃 그녀의 얼굴을 보고 낮게 욕설을 내뱉었다. "거리에서 벗어나야 해. 알린은 어디 있어?"

이사벨이 눈을 깜빡거렸다. 이제 근처에는 악마가 보이지 않았다. 맞은편 집 현관 계단에서 누군가 큰 소리로 울부짖었다. 노인의 시신은 여전히 길에 뒹굴고 있었고, 사방에서 악마의 냄새가 진동했다.

"알린이…… 악마 하나가 알린을…… 그게 알린을……." 이사벨이 크게 숨을 골랐다. 그녀는 이사벨 라이트우드였다. 지금껏 어떤 일에도 이성을 잃은 적이 없었다.

"우리가 놈을 죽였어. 그런 뒤에 알린이 달아났고. 따라가려고 했지만 너무 빨랐어." 이사벨이 오빠를 올려다보았다. "도시 안에 악마가 들어오다니. 이런 일이 어떻게 가능해?"

"모르겠어." 알렉이 고개를 저었다. "보호막이 무너졌나 봐. 집에서 나온 뒤로 악마를 넷인가 다섯인가 봤어. 덤불 근처를 어슬렁거리던 놈은 처치했지만 나머지는 도망쳤으니까 언제 돌아올지 몰라. 어서 움직여. 집으로 돌아가자."

계단에 앉은 사람은 여전히 흐느끼고 있었다. 서둘러 펜할로우 저택으로 향하는 둘의 뒤로 흐느낌 소리가 따라왔다. 거리에는 악마가 보이지 않았지만 어디선가 폭발음과 비명, 발소리가 계속 들려왔다. 이사벨은 펜할로우 저택의 현관 계단을 오르다가 흘끗 뒤를 돌아보았다. 두 집 사이의 어둠 속에서 기다란 촉수 하나가 날아와 계단에서 흐느끼던 여인을 잽싸게 채가는 모습이 눈에 들어왔다. 여인의 흐느낌이 비명으로 변했다. 그쪽으로 가려고 이사벨이 돌아섰지만, 알렉이 먼저 그녀를 잡아채 집 안으로 밀어 넣고 문을 잠가버렸다. 실내는 불빛 하나 없이 어두컴컴했다.

"불은 꺼뒀어. 놈들의 주의를 끌까 봐." 알렉이 이사벨을 거실로 떠밀며 이유를 설명했다.

계단 옆에 무릎을 안은 맥스가 앉아 있었다. 세바스찬은 벽난로에서 장작을 꺼내 구멍 난 창문에다 박는 중이었다. "자, 이러면 한동안은 괜찮을 거야." 그러고는 물러나서 책장 위에 망치를 올려놓았다.

이사벨이 맥스 옆에 주저앉아 그의 머리를 쓰다듬었다. "괜찮니?"

"아니, 안 괜찮아. 밖을 내다보려고 하는데 세바스찬이 가만히 앉아 있으라고 했어."

"세바스찬이 잘한 거야. 지금 밖엔 악마들이 막 돌아다녀."

"아직도 있어?"

"집 앞엔 없어. 그래도 알리칸테 안에는 아직 있어. 이제 어떻게 할 건지 생각해봐야 해."

세바스찬이 얼굴을 찌푸렸다. "알린은 어디 있지?"

"달아나버렸어." 이사벨이 대답했다. "내 잘못이야. 내가……"

"네 잘못 아니야. 너 아니었으면 알린은 죽었어." 알렉의 어조는 단호했다. "지금은 자신을 탓할 시간이 없어. 난 알린을 찾아보러 나갈 테니까, 너희 셋은 집 안에서 기다려. 이사벨은 맥스를 봐주고, 세바스찬은 마저 보안을 강화하고."

이사벨이 화를 내며 목소리를 높였다.

"혼자 나가면 안 돼! 나랑 같이 가."

"여기선 내가 어른이야. 그러니까 내 말 들어." 알렉이 침착한 목소리로 말했다. "어른들이 곧 가드에서 돌아올 거야. 가능하면 한곳에 모여 있는 게 낫잖아. 같이 나갔다가 헤어지기라도 하면 어떻게 할 거야? 그런 위험을 감수하고 싶진 않아, 이사벨."

알렉의 시선이 세바스찬에게 움직였다. "무슨 말인지 알겠지?"

세바스찬은 벌써 스텔레를 손에 들었다. "난 마크로 집에 보호막을 쳐볼게."

"고마워." 알렉은 이미 문을 향해 걷고 있었다. 반 정도 가서는 돌아서서 이사벨을 쳐다보았고, 짧은 순간 둘의 시선이 만났다. 그러고 나서 알렉이 밖으로 사라졌다.

"누나." 맥스가 작게 불렀다. "손목에서 피나."

이사벨이 흘끔 내려다보았다. 손목을 다친 기억이 없는데 맥스 말대로 하얀 재킷 소매가 피로 붉게 물들었다. 이사벨이 일어서며 말했다. "스텔레를 가져와야겠다. 얼른 갔다 와서 룬 그리는 거 도울게, 세바스찬."

세바스찬이 고개를 끄덕였다. "그렇게 해주면 주면 고맙지. 이건 내 전문이 아니거든."

이사벨은 그럼 전문이 뭐냐고 물으려다 그만두고 위층으로 올라갔다. 지칠 대로 지친 상태여서 에너지 마크가 절실했다. 룬을 그리는 건 그녀보다 제이스나 알렉이 낫지만, 필요할 때는 스스로도 얼마든지 할 수 있었다.

방으로 들어서자마자 이사벨은 물건들을 뒤적여 스텔레와 무기 몇 점을 챙겼다. 부츠 안으로 천사의 검을 밀어 넣는데 알렉의 모습이 떠올랐다. 문밖으로 사라지기 직전 그와 나눈 눈빛도. 마지막일지도 모른다는 생각을 하며 떠나는 그를 지켜본 것이 처음은 아니었다. 이미 오래전에 삶의 일부로 받아들인 일이었다. 하지만 이사벨은 클라리와 사이먼을 만나며 모두가 그런 삶을 사는 것은 아니라는 사실을 처음으로 깨달았다. 그들은 죽음을 영원한 동반자로 두지 않았다. 가장 평범한 날조차 뒷목에 내려앉는 차가운 숨결처럼 죽음을 느끼며 살지 않았다. 다른 모든 새도우 헌터와 마찬가지로 이사벨은 그런 먼데인들을 경멸했다. 먼데인은 약하고 어리석으며 양처럼 순응하고 안주하는 종이었다. 하지만 지금은 의문이었다. 그들을 향한 증오가 질투에서 비롯된 건 아닌지. 문밖으로 나서는 가족이 영원히 돌아오지 못할까 봐 번번이 걱정하지 않아도 되는 삶은 좀 더 멋지지 않을까.

스텔레를 찾아 들고 계단을 반쯤 내려오다가, 이사벨은 불현듯 뭔가가 잘못되었다는 느낌에 사로잡혔다. 거실은 텅 비어 있었고 맥스와 세바스찬이 보이지 않았다. 창문에 박힌 장작 하나에 보호 마크가 반쯤 그려지다 말았다. 망치도 사라지고 없었다. 배가 꽉 뭉치는 느낌이었다.

"맥스!" 이사벨이 빙글 돌아서며 외쳤다. "세바스찬! 어디 있는 거야?"

부엌에서 세바스찬의 목소리가 들려왔다. "이사벨…… 여기야."

안도감이 확 밀려들며 머리가 어찔했다. "세바스찬, 하나도 재미없어." 부엌으로 걸어가며 이사벨이 소리쳤다. "부엌에서 뭐하는 건데?

맥스는 어디 있어?"

"이사벨." 뭔가 움직이는 것을 본 것 같았다. 주변의 어둠보다 더욱 진한 그림자 같은 것. 부드럽고 다정하고 사랑스럽기까지 한 목소리가 들려왔다. 그의 목소리가 아름답다는 사실을 전에는 깨닫지 못했다. "이사벨, 미안해."

"세바스찬, 왜 이상하게 굴고 그래. 그만해."

"너여서 유감이야. 너희 중에 네가 제일 마음에 드는데 말이야."

"세바스찬……"

그가 다시 낮은 목소리로 말했다. "너희 중에 네가 나랑 제일 비슷한 것 같았거든."

그러고는 손을 휙 휘둘렀다. 그의 손에는 망치가 들려 있었다.

화염에 휩싸인 밤거리를 달리며 알렉이 알린의 이름을 크게 외쳤다. 프린스워터 지역을 벗어나 도시 중심부로 들어서자 심장박동이 걷잡을 수 없이 빨라졌다. 거리는 마치 히에로니무스 보스의 그림을 재현해놓은 듯한 모습이었다. 기괴하고 소름 끼치는 존재들이 사방에서 갑작스럽고 무시무시한 폭력 장면을 연출했다. 겁에 질린 사람들이 알렉을 밀치고 비명을 지르며 어디론가 무작정 내달렸다. 연기 냄새와 악마 악취가 코를 찔렀다. 몇 집은 불길에 휩싸였고, 그렇지 않은 집들도 유리창이 박살 났다. 돌이 깔린 도로가 깨진 유리 조각으로 반짝거렸다. 알렉은 건물 하나로 다가갔다. 멀리서 보았을 때 페인트 색이 바랜 거라 생각한 부분을 가까이에서 보니 피가 커다랗게 튄 자국이었다. 빙글 돌아서며 사방을 살펴도 거기서 무슨 일이 벌어졌는지 말해주는 단서는 아무것도 없었다. 최대한 빨리 그곳을 벗어나는 게 상책이었다.

라이트우드가 아이들 중 유일하게 알렉만이 알리칸테의 모습을 기억했다. 그의 가족은 알렉이 막 걸음마를 시작할 무렵 알리칸테를 떠났지만 희미하게 반짝이는 탑들, 겨울날의 눈 덮인 거리, 가게와 집을 환하게 장식하던 마법의 불들, 합의의 전당에 자리한 인어 분수대가 뿜어내던 물줄기는 여전히 그의 기억 속에 남아 있었다. 알렉은 알리칸테를 떠올릴 때마다 가슴 한구석이 저려왔다. 언젠가는 자신들이 속한 그곳으로 돌아갈 날이 왔으면 하는 바람 때문이었다. 엉망이 된 도시를 바라보자니 모든 희망이 깡그리 사라지는 기분이 들었다.

합의의 전당으로 이어지는 대로로 들어서자, 벨리알 악마 한 무리가 울부짖고 쉭쉭거리며 아치형 입구를 지나가는 것이 보였다. 몸을 뒤틀며 경련하는 무언가를 바닥으로 질질 끌고 가는 중이었다. 그곳으로 서둘러 달려갔지만 악마들은 이미 사라지고 없었다. 기둥 아래 사람의 형체가 구겨진 듯이 쓰러져 있을 뿐이었다. 거기서 흐른 핏줄기가 거미줄처럼 사방으로 흘렀다. 알렉이 그의 몸을 뒤집으려고 바닥에 무릎을 꿇었다. 발밑에서 깨진 유리 조각들이 조약돌처럼 달그락거렸다. 일그러진 보랏빛 얼굴이 흘끔 보이자 알렉이 몸을 떨며 뒤로 물러났다. 아는 사람이 아니라는 사실에 가슴을 쓸어내렸다.

언뜻 들려온 어떤 소리에 알렉은 허둥지둥 자리에서 일어났다. 소리를 낸 장본인은 모습을 보이기 전에 악취를 먼저 풍겼다. 거리 끝에서 거대하고 구부정한 그림자가 그를 향해 미끄러지듯 다가오고 있었다. 대악마로 보였지만, 물론 기다렸다가 확인할 생각은 없었다. 알렉은 길 건너편의 높은 집으로 쏜살처럼 달려갔고 유리가 깨진 창턱에 훌쩍 뛰어올랐다. 잠시 뒤 알렉은 지붕 위로 몸을 끌어 올렸다. 손이 쑤시고 무릎은 상처투성이였다. 그는 몸을 일으키며 손에 묻은 먼지를 털어내고 알리칸테를 둘러보았다.

　제 역할을 하지 못하는 악마 타워가 창백하고 탁한 빛을 거리에 드리웠다. 컴컴한 아파트 안을 잽싸게 기어 다니는 바퀴벌레들처럼 건물 사이의 어둠 속을 뛰고 기고 살금살금 움직이는 악마들이 눈에 들어왔다. 사람들의 울부짖음과 고함, 비명, 누군가의 이름을 부르는 소리가 바람에 실려 날아왔다. 악마들의 소리도 들렸다. 폭력의 희열에 젖어 내지르는 함성, 귓속으로 고통스럽게 파고드는 새된 비명. 꿀 색깔의 돌집들에서 연기가 솟아올라 합의의 전당 첨탑들을 에워쌌다. 가드 쪽을 올려다보니 마법의 불을 든 섀도우 헌터들이 언덕을 우르르 달려 내려오고 있었다. 클레이브가 드디어 전투에 나선 것이다.

　알렉은 지붕 끝으로 걸어갔다. 이곳의 건물들은 처마가 닿을 정도로 바짝 붙어 있어 지붕을 뛰어 이동하는 일은 크게 어렵지 않았다. 잠시 뒤 알렉은 줄줄이 이어지는 지붕들 위를 가볍게 달리고 있었다. 얼굴로 불어오는 차가운 바람이 고맙게도 악마의 악취를 날려주었다.

　그렇게 잠시 달리던 알렉은 두 가지 사실을 깨달았다. 자신이 합의의 전당의 하얀 첨탑을 향해 달리고 있다는 것, 그리고 앞에 보이는 두 골목 사이의 광장에서 마구 튀고 있는 불꽃이 가스 불처럼 어두운 푸른색이라는 것. 알렉은 불꽃을 잠시 멍하게 바라보다 다시 달리기 시작했다.

　광장에서 제일 가까운 지붕은 경사가 꽤 가팔랐다. 옆으로 미끄러져 내려가는 동안 헐거워진 지붕널에 자꾸만 발이 걸렸다. 알렉은 지붕 끝에서 아슬아슬하게 중심을 잡고 아래를 내려다보았다.

　아래에 있는 것은 시스터 광장이었는데, 그가 올라선 건물 앞면 중간쯤에 거대한 금속 기둥이 비죽 튀어나와 시야를 가렸다. 기둥에 걸린 목제 간판이 산들바람에 가볍게 흔들렸다. 광장에는 이블리스 악마들이 우글거렸다. 사람의 형상을 취하고 있었으나 둥그렇게 말린 검은 연기 같은 물질로 이루어졌고 이글거리는 노란 눈을 가졌다. 놈들은 열을 지어 천천히 전진하며 펄럭이는 코트를 입은 장신의 남자를 벽 쪽으로 밀어붙이고 있었다. 알렉이 그쪽을 뚫어져라 쳐다봤다. 몹시도 눈에 익은 남자였다. 여위고 구부정한 등, 마구 엉킨 검은 머리, 손끝에서 반딧불처럼 푸른 불꽃을 뿜어내는 모습도 눈에 익었다.

'매그너스.'

그는 이블리스 악마들에게 푸른 불꽃 창을 던져대고 있었다. 전진하던 악마의 가슴에 창이 박히자, 불길에 물을 끼얹은 소리가 나면서 부들부들 떨던 놈이 재로 변했다. 그러자 다른 놈들이 그 자리를 메웠고, 매그너스는 다시 이글거리는 창을 던졌다. 몇 놈인가가 더 쓰러졌지만 약삭빠른 놈 하나는 몸을 풀어 연기처럼 흩어졌다. 그러더니 매그너스 뒤로 날아가서 다시 뭉쳤고, 뒤에서 그를 공격할 태세를 갖추었다.

알렉은 생각할 겨를도 없이 몸을 날려 지붕 끝에 매달렸다. 곧장 아래로 떨어져 금속 기둥을 잡았고, 잠시 매달려 흔들리다 가볍게 바닥으로 착지했다. 깜짝 놀라 돌아보는 악마의 노란 눈이 꼭 타오르는 보석 같았다. 문득 제이스였다면 이런 순간에 뭔가 재치 있는 말을 했으리라는 생각이 들었다. 알렉은 지체 없이 허리띠에서 천사의 검을 뽑아 놈의 몸에 박았다. 놈은 흐릿한 비명과 함께 알렉에게 고운 재를 흩뿌리며 이쪽 세계에서 퇴장했다.

"알렉?" 매그너스가 알렉을 쳐다봤다. 그가 나머지 악마들도 모두 처치해 광장에는 이제 둘뿐이었다. "네가…… 네가 방금 내 목숨을 구한 거야?"

알렉은 이런 말로 대꾸해야 했다. '당연하죠. 난 섀도우 헌터고, 그게 우리가 하는 일이거든요.' 또는 '내 일이 그건데요, 뭐'. 제이스라면 그렇게 말했을 것이다. 그는 어느 순간에 어떤 말을 해야 하는지 언제나 잘 알았다. 하지만 알렉의 입에서 나온 말은 사뭇 달랐다. 게다가 자신의 귀에도 아주 심통 사납게 들렸다.

"왜 전화 안 해줘요? 내가 얼마나 여러 번 전화했는데 왜 한 번도 안 하냐고요!"

매그너스가 정신 나간 사람을 보듯 그를 쳐다보았다. "너희 도시가 공격을 받았어. 보호막이 무너져서 거리에 악마가 우글우글해. 그런데도 넌 내가 왜 전화하지 않았는지 따위가 궁금하다는 거야?"

알렉이 이를 악물었다. "어째서 전화해주지 않았는지 이유를 알고 싶어요."

매그너스는 화를 주체하지 못하겠는지 양손을 들어 올렸다. 알렉은 병에서 빠져나온 반딧불처럼 손끝에서 살짝 불똥이 튀는 모습을 흥미롭게 쳐다보았다. "멍청한 녀석."

"그래서 전화 안 한 거예요? 내가 멍청해서?"

"아냐." 매그너스가 그에게 성큼성큼 다가갔다. "내가 전화하지 않은 건, 필요한 게 있을 때만 날 찾는 너한테 지쳤기 때문이야. 다른 사람을 사랑하는 널 지켜보는 데 지쳤다고. 그 사람은 절대로 널 사랑해주지 않을 텐데. 적어도 나처럼은 말이야."

"날 사랑한다고요?"

"이 바보 천치야. 아니면 내가 왜 여기 있겠냐? 지난 몇 주간 네 멍청한 친구들이 다칠 때마다 뭐 때문에 치료해줬겠냐고. 말도 안 되는 일에 휘말릴 때마다 구해준 건 어떻고. 발렌타인과의 전투에서 승리를 도운 건 두말할 필요도 없겠지. 그것도 완전히 무료로!"

"그런 식으론 생각해보지 못했어요." 알렉이 인정했다.

"물론 그렇겠지. 넌 어떤 식으로도 생각해보지 않았으니까." 매그너스의 고양이 눈이 분노로 번쩍였다. "내가 700살이다, 알렉산더. 이 나이가 되면 가망 없는 일은 진즉에 알아보지. 넌 심지어 부모한테도 내 존재를 숨기려 했어."

알렉이 그를 빤히 쳐다보았다. "300살 정도인 줄 알았는데! 700살이란 말이에요?"

"솔직히 말하면 800살. 그래도 그 정도론 안 보이지. 아무튼 요점은 그게 아니잖아. 중요한 건……"

하지만 알렉은 중요한 것이 무엇인지 듣지 못했다. 그 순간 이블리스 악마 수십 놈이 광장으로 몰려들었기 때문이다. 알렉이 입을 쩍 벌렸다. "젠장."

매그너스가 그의 시선을 따라갔다. 놈들은 이미 반원형으로 그들을 둘러싸고 노란 눈을 번쩍이고 있었다. "말 바꾸는 방식 하난 끝내주네, 라이트우드."

"있잖아요." 알렉이 두 번째 천사의 검으로 손을 뻗으며 말했다. "여기서 살아남으면, 매그너스를 우리 가족 모두에게 소개하겠다고 약속할게요."

매그너스가 손을 들어 올리자 손가락마다 하늘색 불꽃이 피어올랐다. 그리고 그 푸른 불빛이 싱긋 웃는 그의 얼굴을 비추었다. "좋았어."

11
지옥의 무리들

"발렌타인."

제이스가 속삭이듯 내뱉었다. 도시를 내려다보는 그의 얼굴이 하얗게 질려 있었다. 클라리는 자욱한 연기 사이로 좁은 골목들을 본 듯했다. 정신없이 오락가락하는 까만 개미 같은 것으로로 막혀버린 골목들. 그러나 다시 자세히 보니, 검은 연기와 탄내만 진동할 뿐이었다.

"발렌타인 짓이라고 생각해?" 클라리는 연기 때문에 목이 칼칼했다. "불이 난 것 같은데. 어디선가 불이 나서 번진 걸지도 모르잖아."

"북문이 열렸어." 제이스가 가리킨 곳으로 시선을 돌렸지만 거리도 멀고 연기가 자욱해서 잘 보이지 않았다. "저 문이 열린 적은 한 번도 없었어. 악마 타워도 빛을 잃었고. 보호막이 뚫린 게 분명해." 그가 허리띠에서 천사의 검을 뽑아 관절이 하얘지도록 꽉 움켜쥐었다. "얼른 가봐야겠어."

클라리는 두려움으로 목구멍이 조여드는 느낌이었다. "사이먼."

"가드에서 피신시켰을 거야. 걱정하지 마, 클라리. 그리고 저기선 다른 사람들보다 훨씬 유리할걸. 악마들은 다운월드 사람을 건드리지 않으니까."

"미안해. 라이트우드 가족은…… 알렉과 이사벨도……."

"자호엘." 제이스가 이름을 부르자 천사의 검에 빛이 들어왔다. 그는 붕대를 감은 왼손으로 햇빛처럼 환하게 타오르는 검을 쥐었다. "클라리, 넌 여기서 기다려. 나중에 데리러 올게." 저택을 떠난 후 줄곧 떠올라 있던 분노의 눈빛은 사라지고 없었다. 그는 이제 온전한 군인이었다.

클라리가 고개를 가로저었다. "싫어. 너랑 같이 갈 거야."

"클라리." 그가 갑자기 말을 멈추고 뻣뻣하게 굳었다. 다음 순간 클라리의 귀에도 그 소리가 들렸다. 묵직하면서도 리드미컬하게 두드리는 소리 위로 거대한 모닥불이 타닥거리며 타오르는 소리가 포개졌다. 한 곡의 음악에서 음을 분리하듯 마음속에서 소리를 분석하는 데는 몇 분이 걸렸다. "이건……."

"늑대인간." 제이스가 클라리를 지나 어딘가를 뚫어지게 쳐다보았다. 그의 시선을 따라가니, 근처 언덕을 어둠처럼 서서히 뒤덮는 그들의 모습이 보였다. 곳곳에서 눈들이 환하게 빛났다. 한 무리의 늑대들이었다. 한 무리라고 하기엔 너무 많은 수지만. 수백 마리는 족히 될 듯했다. 어쩌면 천 마리까지 될지도 몰랐다. 그들이 멀리서 짖어대고 으르렁대는 소리를 모닥불 소리로 착각한 것이다. 소리는 점점 커져 귀가 아플 지경이었다.

클라리는 속이 뒤집히는 것 같았다. 늑대인간을 알고 그들 곁에서 싸우기도 했지만, 이들은 루크의 무리가 아니었다. 그녀를 해치지 말고 보호하라는 지시를 받은 늑대인간들이 아니다. 루크의 무리가 보여준 끔찍한 살상력을 떠올리자 클라리는 갑자기 두려워졌다.

옆에서 제이스가 사납게 욕설을 내뱉었다. 다른 무기를 꺼낼 틈이 없어, 무기를 들지 않은 손으로 클라리를 바짝 당겨 안았다. 그리고 자호엘을 높이 치켜들었다. 검에서 눈부신 빛이 뿜어져 나왔고, 클라리는 이를 악물었다.

그러고 나서 곧바로 늑대들이 들이닥쳤다. 파도가 들이닥치는 것과 비슷했다. 귀청이 터질 듯이 거대한 소리가 들리고, 앞의 몇 마리가 달려와 펄쩍 뛰어오를 때는 세찬 바람이 훅 밀려들었다. 이글거리는 눈과 크게 벌린 주둥이가 눈에 들어왔다. 제이스가 클라리를 더욱 꽉 끌어안았다.

곧이어 늑대들이 양옆으로 충분히 공간을 띄운 채 지나갔다. 얼룩무늬의 날렵한 늑대와 잿빛의 거대한 늑대가 제이스와 클라리 뒤로 가볍게 내려앉아 잠시 멈추었다가 다시 달려 나갔다. 클라리는 믿기지 않는다는 듯이 목이 빠져라 고개를 돌려가며 그들을 쳐다보았다. 두 마리 늑대는 흘깃 돌아보지도 않고 쏜살처럼 앞으로 달려갔다. 사방에 늑대가 득실대는데 단 한 마리도 그들을 건드리지 않았다. 그저 그림자들의 물결처럼 둘의 곁을 지나갈 뿐이었다. 달빛 아래 늑대들의 털이 은빛으로 반짝거려 세차게 흐르는 한 줄기 강물 같았다. 늑대들은 제이스와 클라리를 향해 거센 기세로 흘러오다 바위를 만난 듯이 갈라지더니 다시 모여 흘러갔다. 두 섀도우 헌터가 조각상이라도 되듯 아무 관심도 보이지 않은 채 입을 크게 벌리고 앞만 보며 달려갔다.

늑대들은 그렇게 사라졌다. 제이스는 마지막 늑대들이 그들 곁을 지나 동료들을 따라잡으려고 달려가는 모습을 끝까지 지켜보았다. 주변이 다시금 고요해졌다. 도시에서 들려오는 희미한 소음뿐이었다.

제이스가 클라리를 놓아주며 자호엘을 내렸다. "괜찮아?"

"방금 그거 무슨 일이야? 그 늑대인간들…… 우리 곁을 그냥 지나가기만 했어."

"도시로 가고 있어. 알리칸테로." 그가 두 번째 천사의 검을 허리띠에서 뽑아 클라리에게 내밀었다. "이게 필요할 거야."

"그럼 여기서 기다리지 않아도 되는 거야?"

"그래 봐야 소용없겠어. 여기도 안전하지 않으니까. 하지만……." 그가 망설였다. "조심할 거지?"

"조심할게. 이제 뭘 하면 되지?"

제이스가 아래쪽에서 불타오르는 알리칸테를 내려다보았다.

"달려야지."

제이스와 보조를 맞추는 일은 언제라도 쉽지 않았다. 하지만 죽어라 달리는 그를 따라잡는 일은 불가능에 가까웠다. 그가 그녀를 배려해 자제하고 있다는 것은 클라리도 알았다. 그녀가 따라오도록 속도를 줄이는 일이 그에게도 쉽지만은 않았을 것이다.

언덕 끝자락에서 평평해진 길은 숲을 가르며 뻗어나갔다. 가지가 굵고 키가 큰 나무들이 빽빽하게 자라 터널을 지나가는 것만 같았다. 그곳을 빠져나가니 어느덧 북문 앞에 와 있었다. 화염과 연기로 혼란에 휩싸인 거리의 모습이 아치 너머로 들여다보였다. 제이스가 입구 안쪽에서 그녀를 기다렸다. 한 손에는 자호엘을, 한 손에는 또 다른 천사의 검을 들었지만, 타오르는 도시의 불빛 때문에 검의 빛은 힘을 잃었다.

"보초들은 어디 갔지?" 제이스 앞으로 달려온 클라리가 헐떡거리며 물었다.

"한 명은 저기 나무 위에 있어." 제이스가 그들이 왔던 방향을 턱으로 가리켰다. "조각난 채로. 안 돼, 보지 마." 그러고는 아래를 흘깃 내려다

유리의 도시

보았다. "천사의 검을 잘못 잡았어. 이렇게 잡아봐." 그가 시범을 보여주었다. "그리고 이름을 붙여줘야 해. 카시엘이 좋겠다."

"카시엘." 클라리가 이름을 반복하자 검에 불이 들어왔다.

제이스가 진지한 표정으로 클라리를 쳐다보았다. "너한테 검 다루는 법을 제대로 가르칠 시간이 있었으면 좋았을 텐데. 원래는 너처럼 훈련받지 않은 사람은 검을 전혀 쓰지 못해. 그래서 전에 네가 검을 쓰는 걸 보고 놀랐지만, 이젠 발렌타인이 우리한테 무슨 짓을 했는지 아니까……."

클라리는 발렌타인이 한 짓에 대한 얘기 같은 것은 정말로 하고 싶지 않았다. "혹시 제대로 가르치면 너보다 실력이 나아질까 봐 안 가르친 거 아냐?"

제이스의 입가에 희미한 미소가 스쳤다. 자호엘이 뿜어내는 불빛 너머로 클라리를 바라보며 그가 말했다. "무슨 일이 있어도 내 옆에 꼭 붙어 있어야 해. 알겠지?" 그녀를 똑바로 쳐다보는 그의 눈빛이 약속을 요구했다.

어째서인지 클라리는 웨이랜드 저택의 잔디 위에서 그에게 키스하던 장면이 불쑥 떠올랐다. 아주 오래전의 일인 것처럼 느껴졌다. 자신이 아닌 다른 사람에게 일어난 일이라도 되는 것처럼. "꼭 붙어 있을게."

"좋아." 그가 클라리의 시선을 놓아주며 말했다. "가자."

둘은 천천히 문 안으로 걸어 들어갔다. 나란히 도시 안으로 들어서는 순간 클라리는 처음으로 전쟁의 소음을 듣는 기분이었다. 인간의 비명과 인간이 아닌 존재의 울부짖음이 그녀 앞을 벽처럼 막아섰고, 유리가 깨지고 집이 불타는 소리가 곳곳에서 들려왔다. 심장이 마구 뛰며 귓속이 윙윙거렸다.

북문 앞의 마당에는 아무도 없었다. 돌바닥 곳곳에 쓰러진 형체들은 자세히 보지 않으려 애썼다. 죽은 사람은 멀리서 보아도 티가 난다. 정신을 잃은 사람하고는 확연히 다르니까. 몸에서 뭔가 사라져버린 느낌, 꼭 필요한 생기 같은 것이 빠져나간 느낌이었다.

제이스는 클라리를 이끌고 서둘러 마당을 가로질렀다. 몸을 숨길 데가 전혀 없는 탁 트인 장소에 오래 머물고 싶지 않은 듯했다. 이어지는 길 하나로 들어서자 잔해들은 더욱 많아졌다. 가게 진열창이 죄다 부서졌고 진열품들은 길바닥에 흩뿌려졌다. 썩은 쓰레기 냄새 같은 지독한 악취도 떠돌았다. 그것은 클라리도 아는 냄새였다. 악마를 뜻하는 냄새.

"이쪽으로 와." 두 사람은 몸을 움츠리며 좁은 길로 들어섰다. 길가의 집 한 채가 불타고 있었는데, 그 양쪽 집들은 부서진 곳 하나 없이 멀쩡했다. 그 모습을 보자 클라리는 런던 대공습 때 사진들이 떠올랐다. 하늘에서 퍼부은 폭격으로 폐허가 된 런던의 모습.

고개를 드니, 도시 위로 솟은 성채가 검은 연기로 휩싸인 것이 보였다. "가드가……."

"아까도 말했지만 전부 대피시킬 거라고……." 좁은 길에서 나와 넓은 도로로 들어서던 제이스가 중간에 말을 멈췄다. 도로에 놓인 시신 중에 몇 구는 몸집이 작았다. 아이의 시신이었다. 제이스가 갑자기 달렸고, 클라리가 망설이다 뒤를 따랐다. 가까이 가면서 보니 아이의 시신은 모두 세 구였다. 맥스만큼 나이를 먹은 아이가 없다는 사실을 깨닫고 클라리는 죄스러운 안도감을 느꼈다. 아이들의 시신 옆에는 노인의 시신도 있었다. 제 몸으로 아이들을 보호하려 했는지 팔을 활짝 벌린 채로 쓰러져 있었다.

제이스의 표정이 딱딱하게 굳었다. "클라리, 돌아서. 천천히."

유리의 도시 265

클라리가 돌아서자 깨진 진열창이 코앞에 있었다. 한때는 케이크들이 진열되었던 곳이다. 밝은색 아이싱으로 덮인 케이크 탑. 케이크들은 뭉개진 채 깨진 유리 조각들과 함께 길바닥 곳곳에 흩어져 있었다. 돌바닥 위에는 아이싱과 섞여 분홍색이 된 기다란 핏자국도 보였다. 하지만 제이스가 경고한 것은 그런 것이 아니었다. 진열창 밖으로 뭔가가 천천히 기어 나오고 있었다. 형태가 없고 거대하며 끈적거리는 것이었다. 타원형인 몸에는 위부터 아래까지 두 줄로 이빨이 주르륵 돋아났다. 아이싱으로 얼룩진 이빨 위에 반짝이는 설탕 가루처럼 유리 조각들이 묻었다.

악마는 진열창을 기어 나와 돌바닥 위로 툭 떨어진 뒤 그들을 향해 다가오기 시작했다. 스며 나온 액체 같기도 하고 뼈가 없는 존재 같기도 한 놈의 움직임에 클라리는 울컥 신물이 넘어왔다. 얼떨결에 뒤로 물러나던 클라리는 제이스와 부딪힐 뻔했다.

"비히모스 악마야. 놈들은 닥치는 대로 먹어치워." 그들 앞으로 미끄러지듯 다가오는 놈을 뚫어지게 쳐다보며 제이스가 말했다.

"그럼……."

"사람도 먹느냐고? 물론이지. 내 뒤로 와."

클라리는 놈에게 시선을 떼지 않은 채 몇 걸음 뒤로 물러나 제이스 뒤에 섰다. 놈은 지금까지 마주한 어떤 악마보다도 혐오스러웠다. 눈이 멀고 이빨이 달린 민달팽이하고도 비슷했다. 꿈틀거리는 모습도 비슷했다. 그나마 움직임이 빠르지 않아 다행이었다. 제이스라면 별다른 어려움 없이 놈을 처치할 것이다.

제이스가 환하게 타오르는 천사의 검을 휘두르며 앞으로 튀어 나갔다. 푹 익은 과일이 밟히는 소리가 나며 악마의 등에 검이 꽂혔다. 악마는 잠시 경련하다 몸서리를 친 뒤 갑자기 몇 걸음 떨어진 곳에서 다시 나타났다.

제이스가 자호엘을 내리며 말했다. "그럴 줄 알았어. 반유체(半有體)야. 이러면 죽이기 어려운데."

"그럼 죽이지 마." 클라리가 그의 옷을 잡아당겼다. "적어도 빨리 움직이진 못하잖아. 그냥 여기서 나가자."

제이스가 마지못해 그녀에게 끌려갔다. 그들이 오던 방향으로 다시 달려가려고 몸을 돌렸지만, 다음 순간 비히모스 악마가 그들 앞을 가로막았다. 조금 전보다 몸집이 더 커졌고, 성난 곤충이 붕붕대듯 나지막한 소리를 냈다.

"우릴 보내주고 싶지 않은 모양인데."

"제이스."

말릴 새도 없이 제이스가 달려 나가 자호엘을 크게 휘둘러 놈의 목을 베었다. 하지만 놈은 부르르 한 번 떨더니 이번에는 그의 뒤쪽에서 나타났다. 바퀴벌레처럼 골이 있는 밑면을 내보이며 앞발을 들어 올렸다. 제이스가 빙글 돌아 자호엘로 놈의 몸통을 가르자 점액처럼 걸쭉한 녹색 액체가 뿜어져 나왔다.

제이스는 역겨움으로 얼굴을 찡그리며 뒤로 물러났다. 악마는 여전히 붕붕대는 소리를 냈다. 녹색 액체가 뿜어져 나오는데도 아무렇지 않은 모양이었다. 악마는 단호하게 계속 앞으로 움직였다.

"제이스! 네 검이……." 클라리가 소리쳤다.

그가 검을 내려다보았다. 악마의 점액으로 범벅이 된 검의 날이 빛을 잃어가고 있었다. 잠시 모래를 뿌린 장작불처럼 파직거리던 검은 완전히 빛을 잃었다. 제이스는 악마의 점액이 손으로 흐르기 전에 검을 놓아버리고 욕설을 내뱉었다.

유리의 도시 267

놈이 다시 일어서며 공격 태세를 갖췄다. 제이스가 움츠리며 재빨리 뒤로 물러났다. 그 순간 클라리가 천사의 검을 휘두르며 제이스와 악마 사이로 뛰어들었다. 줄줄이 돋은 이빨 바로 아래에 검을 박아 넣자, 질척하고 불쾌한 소리를 내며 검이 놈의 몸에 푹 꽂혔다.

악마가 다시 부르르 몸을 떨었고 클라리가 놀라서 뒤로 물러났다. 놈은 상처를 입었다. 원래 모습으로 돌아오려면 에너지가 필요한 것 같았다. 만약 계속해서 상처를 입는다면······.

그때 눈 귀퉁이로 뭔가가 휙 움직였다. 굉장히 빨랐고, 회색과 갈색이 살짝 보였다. 거리에 있는 건 그들만이 아니었다. 제이스가 돌아보더니 눈을 휘둥그렇게 뜨며 외쳤다. "클라리! 뒤쪽이야!"

클라리가 돌아서자 손에 쥔 카시엘이 환하게 빛을 발했다. 동시에 늑대 하나가 그녀를 향해 달려왔다. 입술이 말려 올라간 채 사납게 으르렁대며 입을 크게 벌리고서.

제이스가 뭐라고 외쳐댔지만 클라리는 알아듣지 못했다. 늑대를 피해 길 옆으로 몸을 던지면서도 사나운 표정이 깃든 그 눈만은 쳐다보았다. 늑대는 앞발을 쭉 뻗고 포물선을 그리며 클라리 옆으로 날아갔다. 그리고 목표물인 비히모스 악마에게 일격을 가해 바닥으로 쓰러뜨린 뒤 이빨로 물어뜯었다.

악마가 비명을 내질렀다. 아니, 비명에 가까운 소리였다. 풍선에서 바람이 빠지는 소리처럼 고음의 낑낑거리는 소리. 놈 위에 올라탄 늑대는 움직이지 못하게 꽉 잡고는 끈적이는 피부에 주둥이를 깊이 박아 넣었다. 악마는 상처를 치유하고 몸을 재생하려고 몸부림을 쳐댔지만, 늑대가 틈을 주지 않았다. 악마의 살 속에 발톱을 콱 박고 녹색 액체가 분수처럼 뿜어져 나오는 데에도 아랑곳없이 젤리처럼 물컹한 살덩어리를 이빨로 찢어발겼다. 악마는 발작적인 경련을 일으키며 마지막으로 안간힘을 쓰기 시작했다. 몸이 요동칠 때마다 톱니 모양 이빨이 맞부딪히며 딱딱거렸다. 잠시 뒤 놈이 사라지고, 모락모락 김이 피어오르는 녹색 웅덩이만이 돌바닥에 남았다.

늑대가 만족스러운 듯이 그르렁거리며 돌아섰다. 그리고 달빛을 받아 은빛으로 변한 눈으로 제이스와 클라리를 쳐다보았다. 제이스가 재빨리 허리띠에서 검을 뽑아 불꽃처럼 환한 선을 그으며 높이 쳐들었다. 늑대는 으르렁거리며 털을 꼿꼿이 곤두세웠다.

클라리가 제이스의 팔을 잡았다. "안 돼. 그러지 마."

"저건 늑대인간이야, 클라리."

"우릴 위해 악마를 죽여줬잖아. 우리 편이라고!" 그러고는 제이스가 잡기 전에 빠져나와 손바닥을 평평하게 펴서 늑대에게 뻗으며 천천히 다가가 낮고 고요한 목소리로 말했다.

"미안해. 우리가 사과할게. 네가 우릴 해칠 생각이 없다는 거 알아." 팔을 그대로 뻗은 채 말을 멈춘 클라리를 늑대가 까만 눈으로 쳐다보았다. "넌…… 누구니?"

클라리는 흘끗 뒤를 보고는 제이스에게 인상을 쓰며 말했다. "그것 좀 치울래?"

제이스는 이렇게 말하려는 것 같았다. 위험 앞에서 빛을 발하는 천사의 검을 그냥 치워버릴 수는 없다고. 하지만 그가 미처 입을 열기도 전에 늑대가 나지막이 으르렁거리더니 몸을 일으키기 시작했다. 다리가 길어지고 등뼈는 곧게 펴졌으며 턱은 쑥 들어갔다. 얼마 지나지 않아 그들 앞에는 소녀 하나가 서 있었다. 얼룩이 묻은 하얀 원피스를 입은 소녀. 구불거리는 머리를 여러 갈래로 땋았고 목에는 흉터가 나 있었다.

"넌 누구니?" 소녀는 넌더리가 난다는 듯이 클라리의 흉내를 냈다. "날 못 알아보다니 믿을 수가 없네. 늑대들이 전부 똑같이 생긴 것도 아닌데 말이야. 인간들이란 정말."

클라리가 안도의 한숨을 내쉬며 외쳤다. "마야!"

"그래, 나야. 언제나 그렇듯이 네 목숨을 구했고." 마야가 씩 웃어 보였다. 악마 피와 체액이 몸 여기저기 튀어 있었다. 늑대 털로 뒤덮였을 때는 잘 보이지 않았지만 갈색 피부로 돌아오자 검고 붉은 얼룩들이 눈에 띄었다. 마야가 손으로 배를 누르며 말했다. "그건 그렇고, 정말 우웩이야. 악마 놈을 우적우적 씹어대다니. 알레르기 같은 게 없어야 할 텐데."

"근데 여기서 뭐하는 거야? 널 만나서 반갑긴 한데……" 클라리가 물었다.

"모르는 거야?" 마야가 어리둥절한 얼굴로 제이스와 클라리를 번갈아 쳐다보았다. "루크가 우릴 이리로 불렀잖아."

"루크? 루크가…… 여기 있어?" 클라리가 멍하니 마야를 응시했다.

마야가 고개를 끄덕였다. "우리 무리뿐만 아니라 그가 아는 모두에게 연락을 취해 전부 이드리스로 불러들였어. 우린 국경까지 날아와 거기서부터 움직였고, 다른 무리들은 포털을 통해 숲으로 와서 우리와 만났지. 루크는 네피림에게 우리 도움이 필요하다고……" 마야가 말꼬리를 흐렸다. "아무것도 몰랐던 거야?"

"몰랐어. 그리고 아마 클레이브도 모를걸. 다운월드 사람의 도움을 반길 사람들이 아니니까." 제이스가 대답했다.

마야가 허리를 곧게 폈고 눈에서 분노의 불꽃이 튀었다. "우리가 아니었으면 너흰 전부 목숨을 잃었어. 우리가 도착했을 땐 도시를 지키는 사람이 아무도 없었으니까."

클라리가 성난 얼굴로 제이스를 쏘아보고 나서 말했다. "우릴 구해준 일은 진심으로 고맙게 생각해, 마야. 그건 제이스도 마찬가지야. 물론 그렇다고 말하느니 천사의 검으로 눈을 찌르고 말 정도로 고집불통이긴 하지만. 그래도 부디 제이스한테 그러라고는 하지 말아줘." 마야의 표정을 보고 클라리가 서둘러 덧붙였다. "그래 봤자 좋을 게 없거든. 우린 지금 라이트우드 가족에게 가봐야 하고, 그런 다음에는 루크도 찾아야 하고……."

"라이트우드 가족? 아마 전부 합의의 전당에 있을걸. 우리가 사람들을 그쪽으로 대피시켰거든. 다른 사람은 모르겠지만 알렉은 봤어. 그리고 그 마법사도. 머리를 뾰족뾰족하게 세운 마법사 말이야. 매그너스라는."

"알렉이 있으면 다들 거기 있을 거야." 제이스의 얼굴에 안도의 빛이 떠오르자 클라리는 그의 어깨를 토닥이고 싶었지만, 그러지 않았다. "사람들을 그곳으로 데려간 간 건 좋은 생각이었어. 거긴 보호막이 쳐져 있으니까."

제이스가 빛을 내는 천사의 검을 허리띠에 꽂아 넣었다. "자, 얼른 가보자."

합의의 전당 안으로 들어서는 순간, 클라리는 그곳이 어딘지를 알아보았다. 꿈속에서 보았던 장소. 사이먼, 그리고 제이스와 춤을 추었던 곳이었다.

'여기가 바로 포털을 통과하면서 떠올렸던 곳이야.' 클라리는 창백한 흰색 벽과 높은 천장을 둘러보며 생각했다. 천장의 거대한 유리 채광창으로 밤하늘이 보였다. 방은 매우 넓었지만 꿈에서 본 것보다는 다소 작고 우중충했다. 꿈에서와 마찬가지로 한가운데서 인어 모양 분수대가 물을 뿜어내고는 있었지만, 칠은 색이 바랬고 분수대로 올라가는 계단에는 붕대를 두른 사람들이 몰려 있었다. 사방이 섀도우 헌터로 가득했다. 급하게 오가던 사람들이 갑자기 멈춰 친구나 친척은 아닌지, 지나가는 사람의 얼굴을 확인하곤 했다. 바닥은 더러워졌고 진흙과 피가 섞인 발자국이 찍혀 있었다.

그러나 무엇보다 클라리를 놀라게 한 것은 그 안에 깃든 침묵이었다. 재앙이 휩쓴 다음의 먼데인 세상이었다면, 고함치고 비명을 지르는 사람들로 가득했을 것이다. 하지만 전당 안은 쥐 죽은 듯이 고요했다. 사람들은 조용히 앉아 손에 머리를 파묻거나 허공을 물끄러미 쳐다보았다. 아이들은 부모 곁에 옹송그리고 앉아 있었지만 우는 아이는 하나도 없었다.

클라리가 제이스와 마야와 함께 전당 안쪽으로 들어갈 때 다른 것도 눈에 띄었다. 추레한 모습의 사람들이 분수대 옆에 둥글게 모여 있었다. 그들은 나머지 사람들에게서 약간 떨어져 있었는데, 그들을 발견한 마야가 환하게 웃는 것을 보고 클라리는 그 이유를 깨달았다.

"우리 무리야!" 마야가 달려가다 어깨 너머로 클라리를 흘깃 돌아보았다. "루크도 근처 어딘가에 있을 거야."

그렇게 외치고는 무리 속으로 들어가자 동료들이 그녀를 에워쌌다. 클라리는 문득 마야를 따라 원 안으로 들어서면 무슨 일이 벌어질지 궁금했다. 루크의 친구라며 그녀를 반겨줄까, 아니면 그저 또 한 명의 섀도우 헌터라며 의심스러운 눈길을 보낼까.

"그러지 마. 좋은 생각이 아니야." 클라리의 마음을 읽기라도 한 듯이 제이스가 말했다.

어디선가 "제이스!"라고 외치는 소리가 들려왔다. 인파를 헤치고 달려온 알렉이 숨을 헐떡이며 서 있었다. 검은 머리는 엉망이고 옷에도 피가 묻었지만, 안도감과 분노가 섞인 두 눈만은 형형히 빛났다. 그가 제이스의 재킷을 움켜쥐었다. "대체 어떻게 된 거야?"

제이스는 기분이 상한 얼굴이었다. "어떻게 된 거냐니?"

알렉이 제이스를 잡고 거칠게 흔들었다. "산책 간다고 그랬잖아! 무슨 놈의 산책이 여섯 시간도 넘게 걸려?"

"아주 긴 산책?"

"가만두지 않겠어." 알렉이 제이스의 옷을 놓으며 말했다. "지금 심각하게 고민 중이야."

"고민이 오히려 행동을 방해하지, 안 그래?" 제이스가 주변을 흘깃 돌아보았다. "다들 어디 있어? 이사벨하고……."

"이사벨하고 맥스는 세바스찬과 펜할로우 저택에 있어. 부모님이 데리러 갔고. 알린은 부모님과 함께 여기 있는데 말을 별로 안 해. 운하 옆에서 라합 악마한테 당할 뻔한 걸 이사벨이 구해줬어."

"사이먼은?" 클라리가 걱정스럽게 물었다. "사이먼은 못 봤어? 가드에서 다른 사람들하고 같이 내려왔을 텐데."

알렉이 고개를 가로저었다. "못 봤어. 하지만 심문관이나 영사도 안 보이니까 둘 중 하나와 같이 있겠지. 어딘가에서 쉬고 있거나 아니면……."

전당을 휩쓰는 술렁거림에 알렉이 말을 멈췄다. 늑대인간들이 고개를 쳐들었다. 사냥감의 냄새를 맡고 신경을 곤두세우는 사냥개들처럼. 클라리 역시 돌아섰다.

그리고 루크를 보았다. 피를 뒤집어쓰고 지친 모습으로 들어서고 있었다. 클라리는 루크를 향해 달려갔다. 루크가 그녀를 남겨두고 혼자 떠났을 때 얼마나 야속했는지, 이드리스로 끌고 온 일로 그가 얼마나 화를 냈는지는 모두 잊었다. 오로지 다시 만나 기쁘다는 생각뿐이었다. 루크는 자신을 향해 쏜살같이 달려오는 클라리를 보고 한순간 놀란 표정이었지만, 곧 미소를 지으며 양팔을 벌리고 품 안으로 뛰어드는 클라리를 껴안아 번쩍 들어 올렸다. 클라리가 꼬마였을 때 그랬던 것처럼. 루크에게서는 피와 플란넬과 연기 냄새가 났다. 클라리는 두 눈을 감은 채, 전당 안에서 제이스를 발견한 알렉이 그의 옷깃을 거머쥐던 모습을 떠올렸다. 그것은 걱정하던 가족을 만난 사람이 보이는 행동이었다. 멱살을 움켜쥐고 얼마나 화가 났는지 소리쳐 알리는 것. 하지만 그래도 괜찮다. 얼마나 화가 났든 그들은 여전히 서로에게 속한 가족이었다. 그러니 클라리가 발렌타인에게 한 말은 진실이었다. 루크는 그녀에게 가족이었다.

클라리를 다시 땅에 내리며 루크가 얼굴을 살짝 찡그렸다. "조심해줘. 메리웨더 다리 옆에서 크라우처 악마한테 어깨를 맞았어." 그가 클라리의 어깨에 손을 얹고는 얼굴을 찬찬히 살폈다. "다친 데는 없는 거지?"

"아주 감동스러운 장면이군. 그렇지 않나?"

냉랭한 목소리가 들려왔다.

클라리가 돌아섰고, 어깨에는 여전히 루크의 손이 놓여 있었다. 클라리의 뒤에 푸른 망토 자락을 휘날리며 걸어온 장신의 사내가 서 있었다. 망토의 후드 아래로 조각상 같은 얼굴이 보였다. 높게 솟은 광대뼈와 독수리처럼 뾰족한 이목구비, 눈꺼풀이 무겁게 내려온 눈.

"루션." 클라리에게 눈길을 주지 않으며 그가 입을 열었다. "자네가 이 일의 배후라는 걸 짐작했어야 하는데. 이번 습격 말이야."

"습격?" 루크가 그의 말을 반복했다. 어느새 그의 무리가 호위하듯 뒤에 와서 섰다. 얼마나 빠르고 조용히 움직였는지, 어디선가 갑자기 나타난 것만 같았다. "도시를 습격한 건 우리가 아니야, 영사. 발렌타인이지. 우린 그저 도우려고 했을 뿐이야."

"클레이브는 도움이 필요 없어." 영사가 매섭게 쏘아붙였다. "너희 같은 존재들에게서는. 너흰 유리의 도시에 들어오는 걸로 법을 위반했어. 보호막이 있건 없건 위반은 위반이지. 그 사실은 잘 알고 있을 텐데."

"클레이브에 도움이 필요한 건 분명해 보이는데. 우리가 오지 않았다면 훨씬 많은 사람이 목숨을 잃었을 테니까." 루크가 실내를 흘끗 둘러보았다. 섀도우 헌터들이 무슨 일인지 궁금해하며 무리 지어 그들 쪽으로 다가오고 있었다. 몇몇은 루크의 시선을 정면으로 받아냈고 다른 이들은 수치스러운 듯이 시선을 떨어뜨렸지만, 화가 난 것처럼 보이는 사람은 한 명도 없었다. 클라리는 그 사실이 놀라웠다.

"확실하게 보여주려고 온 거야, 맬러카이."

맬러카이가 차가운 목소리로 대꾸했다. "뭘 확실하게 보여준다는 거지?"

"우리 도움이 필요하다는 걸. 발렌타인을 물리치려면 클레이브는 도움이 필요해. 늑대인간뿐만 아니라 모든 다운월드 사람들의 도움이 필요하지."

"다운월드 사람들이 발렌타인에 맞서서 뭘 할 수 있다는 거지?" 맬러카이가 가소롭다는 듯이 물었다. "루션, 자네도 한때는 우리 중 하나였으니 잘 알지 않나. 우리는 언제나 우리 힘만으로 모든 위험에 맞섰고 악으로부터 세상을 보호해왔어. 우리는 우리 힘으로 발렌타인과 맞서. 그러니 다운월드 사람들은 이 일에 관여하지 않는 게 좋을 거야. 우린 네피림이야. 우리 싸움은 우리가 해."

"정확히 말하면 그건 사실이 아니지 않나?" 벨벳처럼 부드러운 목소리가 들려왔다. 반짝이는 긴 코트 차림에 링 귀고리 여러 개를 찰랑거리며 악동 같은 표정을 떠올린 매그너스 베인이었다. 클라리는 그가 들어온 사실을 전혀 모르고 있었다. "과거에 적어도 한 번 이상 마법사의 도움을 받았잖아요. 그 대가로 두둑하게 비용을 지불했고."

맬러카이가 인상을 구겼다. "클레이브가 당신을 유리의 도시로 부른 기억이 없는데, 매그너스 베인."

"안 불렀어요. 당신네 보호막이 무너져서 들어왔지."

"그런가?" 영사의 목소리에 빈정거림이 넘쳤다. "그걸 몰랐군."

매그너스가 걱정스러운 표정을 지었다. "저런. 아무도 말해주지 않았나 보네." 그가 루크에게 흘깃 시선을 주었다. "보호막이 무너졌다고 얼른 말해줘요."

루크가 화난 얼굴로 말했다. "이봐, 맬러카이, 다운월드 사람들은 매우 강해. 숫자도 많고. 분명히 말하지만 도움이 될 거야."

영사가 목소리를 높였다.

"자네들 도움이 필요 없다고 분명히 말했지!"

"매그너스." 클라리가 조용히 그의 옆에 가서 속삭였다. 사람들은 루크와 영사가 다투는 모습을 지켜보느라 그녀에게 관심을 두지 않았다.

"나랑 얘기 좀 해요. 다들 입씨름하느라 바쁜 동안."

매그너스는 잠시 미심쩍은 표정을 짓더니 이내 고개를 끄덕이고 인파를 헤치며 클라리를 이끌었다. 마치 깡통 따개가 통조림 뚜껑을 따듯 사람들 사이로 길이 생겼다. 그곳에 모인 새도우 헌터나 늑대인간 중에 키가 180센티미터나 되며 고양이 눈을 하고 정신 나간 사람처럼 씩씩 웃는 마법사의 앞길을 막아서고 싶은 사람은 아무도 없는 듯했다. 매그너스가 클라리를 조용한 구석으로 몰고 갔다.

"무슨 얘긴데?"

"그 책을 가져왔어요." 클라리가 흙투성이가 된 코트 주머니에서 책을 꺼내자 상아색 표지에 손자국이 남았다. "발렌타인이 살던 저택에 갔어요. 매그너스가 말한 대로 도서관에서 찾았죠. 그리고……." 클라리는 그곳에 갇혀 있던 천사를 떠올리고 말을 멈췄다. "아니에요."

그러고는 화이트북을 그에게 내밀었다. "자, 받으세요."

매그너스는 긴 손가락으로 책을 잡아채 책장을 후루룩 넘기더니 눈이 점점 커졌다. "듣던 것보다 더 굉장하군. 얼른 주문들을 시험해봐야겠어." 그가 신이 나서 말했다.

"매그너스!" 클라리의 날카로운 목소리에 그가 정신을 차렸다. "엄마가 먼저예요. 약속했잖아요."

"난 약속은 반드시 지켜." 그가 근엄하게 고개를 끄덕여 보였다.

"다른 것도 있어요." 사이먼을 떠올린 클라리가 덧붙였다. "가시기 전에……."

"클라리!" 누군가 등 뒤에서 숨 가쁘게 그녀를 불렀다. 돌아보니 놀랍게도 전투복 차림의 세바스찬이 서 있었다. 마치 전투복을 입기 위해 태어난 사람처럼 너무도 잘 어울렸다. 다른 사람들은 하나같이 피에 젖고 엉망인데, 그는 왼쪽 뺨에 두 줄로 난 맹금류의 발톱 자국 같은 상처만 빼고는 멀쩡했다. "걱정했어요. 오다가 아마티스 집에 들렀는데 거기에도 없어서. 아마티스도 못 봤다고 하고요."

"난 괜찮아요." 클라리가 세바스찬을, 그리고 매그너스를 흘끗 보았다. 매그너스가 화이트북을 품에 꽉 껴안았다. "세바스찬은 괜찮아요? 얼굴이……" 클라리가 상처로 손을 뻗었다. 피가 약간씩 스며 나오고 있었다.

유리의 도시 277

세바스찬은 어깨를 으쓱하며 그녀의 손을 부드럽게 치웠다. "펜할로우 저택 근처에서 여자 악마한테 당했는데, 별거 아니에요. 여기서 뭐하고 있어요?"

"그냥요. 매…… 래그노어와 얘기 중이었어요." 세바스찬이 매그너스의 정체를 모른다는 사실을 떠올린 클라리가 경악해서는 허둥거리며 대답했다.

"매래그노어?" 세바스찬의 눈썹이 휘어졌다. "알았어요, 그럼."

그가 호기심 어린 눈으로 화이트북을 흘끔거렸다. 클라리는 매그너스가 얼른 책을 치웠으면 싶었다. 그렇게 들고 있으니 금박을 입힌 제목이 훤히 드러나 보였다. "그게 뭐예요?"

매그너스가 곰곰이 생각하는 것처럼 고양이 눈으로 세바스찬을 살피다 입을 열었다. "마법서지. 섀도우 헌터하고는 상관없는."

"저희 고모가 마법서를 수집하시죠. 좀 봐도 될까요?" 손을 내민 그에게 매그너스가 미처 거절의 말을 하기도 전에, 누군가 클라리의 이름을 불렀다. 제이스와 알렉이었다. 둘 다 세바스찬이 별로 달갑지 않다는 표정으로 그들 쪽으로 달려왔다.

"맥스랑 이사벨과 함께 있으라고 한 것 같은데! 둘만 놔두고 온 거야?" 알렉이 쏘아붙였다.

매그너스에게 박혀 있던 세바스찬의 시선이 천천히 알렉에게 움직였다. 그리고 냉랭한 목소리로 말했다. "네 말처럼 너희 부모님이 돌아오셨어. 전당에 먼저 가서 두 분과 이지와 맥스가 무사하다는 소식을 전해 달라고 하셨어. 곧 오신다고."

"그 소식을 오자마자 '바로' 전해줘서 고마워." 제이스가 잔뜩 빈정거리며 말했다.

"도착했을 땐 너희가 안 보였어. 클라리만 보였지."

"클라리를 찾고 있었으니 그랬겠지."

"클라리와 할 얘기가 있었어. 둘이서만." 그가 다시 클라리를 똑바로 쳐다보았다. 눈빛이 너무도 강렬해 클라리는 멈칫했다. 제이스가 옆에 있을 땐 그런 눈으로 보지 말라고 말하고 싶었지만, 부적절하고 무분별한 소리로 들릴 것 같았다. 그리고 어쩌면 세바스찬은 정말로 그녀에게만 긴요하게 할 말이 있는지도 몰랐다. "클라리?"

그녀가 고개를 끄덕였다. "좋아요. 잠깐 동안만이에요." 그 말에 제이스의 표정이 변했다. 찌푸리지는 않았지만 얼굴이 굳은 채로 미동도 하지 않았다. "금방 올게"라고 그녀가 말했지만 제이스는 쳐다보지 않았다. 그의 시선은 세바스찬에게 못 박혀 있었다.

세바스찬이 그녀의 손목을 잡고 그들에게서 멀어져 사람들이 제일 많이 모여 있는 곳으로 걸어갔다. 클라리가 흘깃 뒤를 돌아보자, 모두가, 심지어 매그너스까지도 그녀를 지켜보고 있었다. 매그너스가 그녀를 향해 보일 듯 말 듯 고개를 좌우로 한 번 흔들었다.

클라리가 완강히 버티며 말했다. "세바스찬, 멈춰요. 뭔데 그래요? 나한테 할 말이 뭐냐고요."

세바스찬이 돌아섰지만 손목은 놓지 않았다. "밖으로 나가는 게 좋을 것 같아요. 둘이서만 조용히 얘기를……."

"아뇨. 난 여기 있을래요." 그녀의 목소리는 확신이 없는 사람처럼 살짝 흔들렸다. 하지만 클라리는 정말 밖으로 나갈 생각이 없었다. 잡힌 손을 홱 잡아 빼며 그녀가 말했다. "대체 왜 이러는 거예요?"

"그 책, 펠이란 자가 들고 있던 화이트북 말이에요. 그거 어디서 난 건지 알아요?"

"하고 싶은 말이라는 게 그거였어요?"

"굉장히 강력한 마법서예요. 그리고…… 많은 사람들이 오랫동안 찾던 책이고."

클라리는 화가 난 듯이 숨을 크게 내쉬었다. "세바스찬, 저 마법사는 래그노어 펠이 아니에요. 매그너스 베인이지."

"저자가 매그너스 베인이란 말이에요?" 세바스찬이 빙글 돌아 매그너스를 빤히 쳐다본 후 다시 돌아서서 클라리에게 비난의 눈빛을 보냈다. "클라리는 알고 있었죠? 베인이랑 원래 아는 사인가요?"

"맞아요. 말하지 않은 건 미안해요. 하지만 매그너스가 원치 않아서 어쩔 수 없었어요. 엄마를 구하는 데 도움을 줄 수 있는 건 매그너스뿐이거든요. 그에게 화이트북을 준 것도 그래서예요. 엄마를 도울 주문이 저 안에 있어요."

세바스찬의 눈에서 뭔가가 번쩍했다. 클라리는 그가 키스를 했을 때와 똑같은 느낌을 받았다. 무엇인가 잘못되었다는 갑작스러운 깨달음. 단단한 땅인 줄 알고 걸음을 내디뎠다 빈 공간으로 떨어져 내리는 느낌. 세바스찬이 갑자기 클라리의 손목을 확 움켜잡았다.

"그 화이트북을 마법사에게 줬다고요? 불결한 다운월드 사람에게?"

"어떻게 그런 말을 할 수가 있어요? 매그너스는 내 친구예요." 그녀가 손목을 움켜쥔 세바스찬의 손을 내려다보았다.

세바스찬이 손아귀 힘을 아주 약간 풀었다.

"미안해요. 그런 말을 하는 게 아닌데. 난 그냥…… 클라리는 매그너스 베인을 얼마나 잘 알아요?"

"세바스찬을 아는 것보단 많이 알죠." 클라리가 냉랭하게 대꾸하며 제이스, 알렉과 함께 있는 매그너스 쪽으로 시선을 주었다. 그러고는 깜짝 놀랐다. 매그너스가 사라지고 없었던 것이다. 오직 제이스와 알렉만이 그녀와 세바스찬을 지켜보고 있었다. 달아오른 오븐의 문을 열면 열기가 후끈 끼쳐오는 것처럼 제이스의 강렬한 반감이 피부에 그대로 느껴졌다.

그녀의 시선을 따라간 세바스찬의 눈빛이 어두워졌다. "그 책을 들고 어디로 사라졌는지 알 정도로요?"

"그건 이제 내 책이 아니에요. 그에게 줬으니까." 클라리가 톡 쏘아붙였다. "그리고 세바스찬이 관심을 가질 일도 아니죠. 어제 래그노어 펠을 찾도록 도와준 건 정말 고맙게 생각해요. 하지만 지금 이런 모습은 당황스럽네요. 그만 친구들에게 가볼게요."

말을 마치고 돌아서는 그녀 앞을 세바스찬이 가로막았다. "미안해요. 하면 안 되는 말들인데 막 해버렸어요. 그러니까 그게…… 클라리가 모르는 부분들이 있어요."

"그럼 그게 뭔지 말해주면 되겠네요."

"나랑 밖으로 나가요. 나가서 다 말해줄게요." 간절하고도 걱정스러운 어조였다. "클라리, 제발요."

클라리는 고개를 저었다. "난 여기 있어야 해요. 사이먼을 기다려야 해서." 반은 진실이고 반은 변명이었다. "알렉이 그러는데 죄수들도 이곳으로 데려온다면서요."

세바스찬이 머리를 흔들었다. "클라리, 못 들었어요? 죄수들은 그대로 남아 있어요. 맬러카이가 그렇게 말하는 걸 내 귀로 직접 들었다고요. 도시가 공격을 당해 가드에 있던 사람들을 대피시켰지만 죄수들은 데리고 나오지 않았다고. 어차피 둘 다 발렌타인과 한패일 텐데 그들을 내보내는 위험을 감수할 순 없다고요."

머릿속에 안개가 꽉 들어찬 기분이었다. 어지러웠고, 속도 약간 울렁거렸다. "그럴 리가 없어요."

"사실이에요. 맹세할 수 있어요." 세바스찬이 클라리의 손목을 다시 꽉 움켜잡았다. 클라리가 휘청거렸다. "내가 데려다줄 수 있어요. 가드까지요. 사이먼을 빼내도록 도울게요. 하지만 나한테 먼저 약속을……."

"클라리는 너한테 어떤 약속도 할 필요 없어. 클라리를 놔줘, 세바스찬." 제이스였다.

세바스찬이 깜짝 놀라는 바람에 그녀를 잡은 손이 느슨해졌다. 클라리가 손목을 빼내고 돌아서자 험악한 표정을 한 제이스와 알렉이 보였다. 제이스의 손은 허리에 찬 천사의 검 자루에 가볍게 얹혀 있었다.

"클라리도 원하는 대로 행동할 자유가 있어." 세바스찬이 말했다. 인상을 쓰지는 않았지만, 그의 얼굴에 떠오른 기묘한 표정이 왠지 모르게 끔찍한 느낌을 주었다. "그리고 클라리는 지금 나와 함께 가서 친구를 구하길 원해. 너희가 감옥에 처넣은 그 친구 말이야."

알렉의 얼굴이 창백해졌지만 제이스는 고개만 슬슬 가로저을 뿐이었다. "난 네가 맘에 안 들어." 그가 생각에 잠긴 듯이 말했다.

"모두 널 좋아한다는 걸 알지만 난 아니야, 세바스찬. 어쩌면 네가 다른 사람 마음에 들기 위해 기를 쓰는 모습이 마음에 안 드는 건지도 모르지. 아니면 내가 청개구리 기질이 있어서 그런지도 모르고. 어쨌든 난 네가 마음에 안 들어. 내 동생 손목을 그렇게 움켜쥐는 것도 말이야. 클라리가 사이먼을 찾으러 가드로 가고 싶다면, 좋아. 그렇게 하라고 해. 하지만 우리랑 같이 갈 거야. 네가 아니라."

세바스찬의 표정에는 변화가 없었다. "그건 클라리가 결정할 문제인 것 같은데. 그렇게 생각하지 않아?"

둘은 모두 클라리를 쳐다보았다. 클라리는 그들 너머로 루크를 바라보았다. 여전히 맬러카이와 언쟁을 벌이고 있었다.

"난 오빠랑 가고 싶어요."

세바스찬의 눈에 뭔가가 스쳐 지나갔다. 순식간에 사라져버려 정확히 말하기는 어렵지만, 차가운 손이 목 아래쪽에 닿은 것처럼 냉기가 느껴졌다. "그럼, 그래야겠죠." 그가 뒤로 물러났다.

제일 먼저 움직인 것은 알렉이었다. 그가 앞에 선 제이스를 밀어 걸음을 재촉했다. 클라리는 문 가까이 걸어갔을 때에야 비로소 화상을 입은 것처럼 손목이 화끈거린다는 사실을 깨달았다. 세바스찬이 움켜쥔 곳에 손자국이 남았으리라 생각하며 내려다보았지만 아무런 자국도 남아 있지 않았다. 그의 얼굴에 난 상처에 닿았던 소맷자락에 남은 핏자국만 보일 뿐이었다. 클라리는 얼굴을 찌푸리며 화끈거리는 손목 위로 소매를 내리고는 서둘러 둘의 뒤를 따라갔다.

12
깊은 구렁 속에서

사이먼의 손이 피로 검게 물들었다. 창문의 철창과 감방 문을 떼어내려고 기를 썼지만, 조금만 오래 잡고 있어도 손바닥이 그을려 상처가 나고 피가 흘렀다. 사이먼은 결국 숨을 헐떡이며 바닥으로 무너졌다. 그리고 빠르게 아무는 손의 상처들을 멍하니 바라보았다. 비디오 화면을 빨리 돌린 것처럼 상처가 아물며 그을린 피부가 벗겨져 나갔다.

감방 벽 너머에서는 새뮤얼이 기도를 했다. "전쟁이나 역병, 기근과 같은 재앙이 닥쳐도 저희는 이 집과 당신 앞에 서겠습니다. 곤경 속에서 당신께 부르짖으면, 당신께서 듣고 구원하여……."

사이먼은 자신이 소리 내어 기도하지 못한다는 사실을 잘 알았다. 전에 여러 번 시도해보았지만 신의 이름을 말하는 순간 불이 붙은 듯이 입이 뜨겁고 목구멍이 콱 막혔다. 머릿속으로 떠올리는 것은 괜찮은데 어째서 입술을 움직여 말하는 것은 안 되는지 알 수가 없었다. 한낮의 햇살 아래서는 멀쩡하게 돌아다니면서 어째서 마지막 기도는 소리 내어 바칠 수 없는지.

끈질기게 다가오는 유령처럼 연기가 복도를 따라 흘러들기 시작했다.

불길은 타닥거리는 소리를 내며 걷잡을 수 없이 번져나갔고 탄내가 진동을 했다. 하지만 이상하게도 사이먼은 모든 것이 멀게 느껴졌다. 뱀파이어가 되어 영원한 삶을 얻고 난 다음 고작 열여섯에 죽게 되다니.

"사이먼!"

어디선가 희미하게 들려오는 목소리가 그의 이름을 불렀다. 불길이 번지며 곳곳에서 갈라지고 터지는 소리가 요란했지만, 사이먼의 예민한 청력은 목소리를 잡아냈다. 복도를 따라 흘러든 연기는 뜨거운 열기의 전조였던 모양이다. 이제 열기가 숨 막히는 벽처럼 그를 압박했다.

"사이먼!"

클라리의 목소리였다. 어디에서 들어도 바로 알아들을 목소리. 어쩌면 마음이 마술을 부리는 것인지도 몰랐다. 죽어가는 과정을 견뎌내게 하려고 사이먼의 생애에서 가장 사랑하는 것을 불러내는 기억의 마술 말이다.

"사이먼, 이 바보야! 난 이쪽에 있어! 창문 앞에!"

사이먼이 벌떡 일어났다. 마음이 '저것'까지 만들어낼 리는 없었다. 철창에서 하얀 물체가 움직이는 것이 짙은 연기 사이로 보였다. 가까이 다가가자 하얀 물체는 철창을 부여잡은 손으로 바뀌었다. 사이먼이 침대 위에 올라 소음 너머로 크게 외쳤다. "클라리?"

"오, 감사합니다." 손 하나가 불쑥 들어와 사이먼의 어깨를 꽉 잡았다. "우리가 널 꺼내줄 거야."

"어떻게?" 사이먼이 물었다. 이런 상황이라면 당연한 질문이었다. 창 너머에서 실랑이를 벌이는 소리가 나더니, 클라리의 손이 사라지고 다른 손이 철창을 움켜쥐었다. 그녀의 손보다 커다란, 의심할 여지가 없는 남자의 손이었다. 관절 부위에는 흉터가 나 있고 손가락은 피아니스트처럼 가늘었다.

"조금만 참아." 침착하고 자신감이 넘치는 제이스의 목소리가 들려왔다. 급속도로 불길이 번져가는 지하 감옥의 창살 너머가 아니라 파티에서 한담을 나누고 있기라도 한 듯했다. "뒤로 물러나 있는 게 좋을 거야."

사이먼이 화들짝 놀라며 한쪽으로 물러났다. 제이스가 창살을 꽉 움켜쥐자 관절이 놀랄 만큼 하얘졌다. 우두둑 소리가 나면서 네모난 철창이 돌에서 뜯겨 나가 침대 옆 바닥으로 시끄러운 소리를 내며 떨어졌다. 돌가루가 구름처럼 뽀얗게 일어 숨이 막힐 지경이었다.

빈 창문으로 제이스의 얼굴이 불쑥 나타났다. "사이먼, 서둘러." 그가 아래로 팔을 뻗었다.

사이먼이 제이스의 손을 맞잡자 제이스는 그를 위쪽으로 쭉 잡아당겼다. 사이먼은 창문 가장자리를 짚고 몸을 올린 다음, 뱀처럼 꿈틀거리며 좁은 구멍을 빠져나갔다. 잠시 후 그는 축축한 잔디 위에 대자로 뻗은 채, 위쪽에 둥그렇게 모인 걱정스러운 얼굴들을 올려다보고 있었다. 제이스, 클라리, 알렉. 모두가 그를 염려스러운 눈빛으로 내려다보고 있었다. 제이스가 물었다.

"꼴이 말이 아닌데, 뱀파이어. 손은 왜 그런 거야?"

사이먼이 일어나 앉았다. 손의 상처는 아물었지만 감방의 철창을 잡았던 부분에는 여전히 그을린 자국이 남았다. 그가 미처 대답을 하기도 전에 클라리가 달려들어 그를 꽉 껴안았다.

"사이먼, 정말로 믿을 수가 없어. 난 네가 여기 있는 줄도 몰랐어. 어젯밤까지도 네가 뉴욕에 있는 걸로 알았단 말이야."

"나도 너 여기 있는 거 몰랐어." 사이먼이 제이스를 흘끗 보았다. "넌 여기에 없다고 누군가 그랬거든."

"난 그렇게 말한 적 없어. 네가 잘못 알고 있는 걸 정정하지 않았을 뿐이지. 아무튼 불에 타 죽을 뻔한 널 구한 사람이 나니까 나한테는 화를 내면 안 되지."

불에 타 죽을 뻔했다고. 사이먼은 클라리에게서 몸을 빼내고 주위를 둘러보았다. 그들이 있는 곳은 네모난 정원이었다. 두 면은 성채의 벽이, 다른 두 면은 빽빽하게 자란 나무들이 가로막고 있었고, 그 나무 사이로 언덕 아래까지 자갈길이 뻗어 있었다. 마법의 불로 만든 횃불이 줄줄이 꽂혀 있었지만 켜진 것은 몇 개 없고 불빛 역시 희미하고 일정하지가 않았다. 사이먼은 고개를 들어 가드를 올려다보았다. 이 각도에서 보니 불이 났다는 사실을 거의 알 수 없었다. 검은 연기가 하늘로 피어오르고 창문 몇 개로 부자연스럽게 밝은 빛이 흘러나오긴 했지만 돌벽들이 그 안의 비밀을 꽁꽁 감추고 있었다.

"새뮤얼. 새뮤얼도 꺼내야 해."

클라리는 당혹스러운 표정을 지었다. "누구?"

"그 아래 나만 있었던 게 아냐. 새뮤얼이라고, 옆 감방에 있었어."

"창문으로 보이던 그 넝마 더미?" 제이스가 좀 전에 본 것을 떠올렸다.

"그래. 약간 이상한 구석이 있긴 하지만 좋은 사람이야. 여기 남겨두고 갈 순 없어." 사이먼이 허둥대며 자리에서 일어났다.

"새뮤얼? 새뮤얼!"

아무런 대답이 없었다. 사이먼은 방금 자기가 기어 나온 창문 옆의 낮은 창으로 달려갔지만, 철창 사이로 소용돌이치는 연기만 보일 뿐이었다. "새뮤얼! 거기 있어요?"

연기 안에서 무언가 움직였다. 구부정하고 시커먼 무언가가. 그리고 연기로 거칠어진 새뮤얼의 목소리가 들려왔다. "그냥 내버려둬! 가라고!"

"새뮤얼! 그 안에 있으면 죽어요." 사이먼이 철창을 홱 잡아당겼지만 아무 일도 일어나지 않았다.

"싫어! 날 내버려둬! 난 여기서 안 나가!"

사이먼이 곁에 선 제이스를 절박한 표정으로 쳐다보았다. "비켜." 사이먼이 옆으로 몸을 피하자 제이스가 부츠 발로 창살을 냅다 걷어찼다. 뜯긴 철창문이 새뮤얼의 감방 안으로 떨어져 내렸고 새뮤얼이 쉰 목소리로 고함을 내질렀다.

"새뮤얼! 괜찮으세요?" 새뮤얼이 떨어진 창살문에 머리를 맞는 모습이 사이먼의 눈앞에 떠올랐다.

새뮤얼의 목소리가 비명처럼 높아졌다. "가버리라니까!"

사이먼이 곁눈으로 제이스를 흘끔거렸다.

"아무래도 진심인 것 같아."

제이스는 화가 나서 머리를 좌우로 흔들었다. "감방에서 미친놈을 사귀었군. 그냥 보통 죄수들처럼 천장 타일을 센다거나 쥐를 길들일 순 없었던 거야?" 그러고는 대답을 기다리지 않고 바닥에 눕더니 창문 안으로 들어갔다.

"제이스!" 클라리가 날카롭게 외치며 알렉과 함께 서둘러 다가왔지만 제이스는 이미 창문을 통과해 감방 안으로 떨어졌다. 클라리가 화난 얼굴로 사이먼을 노려보았다. "내려가게 두면 어떻게 해?"

"저 남자를 아래서 죽게 내버려둘 자식이 아니잖아." 알렉이 뜻밖에도 사이먼을 편들었다. 그 자신도 약간 걱정스러운 얼굴이었지만. "제이스가 누구야? 그 자식이……."

연기 사이로 손 두 개가 불쑥 솟아오르자 알렉이 말을 멈췄다. 알렉이 한 손을, 사이먼이 다른 손을 잡고 축 늘어진 감자 부대 같은 새뮤얼을 감방 밖으로 빼내 잔디 위에 놓았다. 그러고 나서는 사이먼과 클라리가 제이스를 끌어 올렸다. 새뮤얼과 달리 힘없이 늘어져 있지도 않았고, 두 사람이 위치를 잘못 맞춰 머리를 창턱에 박았을 때는 바로 욕설이 날아왔다. 그다음부터는 홀로 기어 나와 잔디 위에서 벌렁 뒤로 누웠다. "아야, 어딘가 삐끗한 거 같은데." 제이스가 일어나 앉아 새뮤얼을 흘끔 보았다. "저 남잔 괜찮아?"

새뮤얼은 손으로 얼굴을 가린 채 바닥에 웅크리고 앉아 있었다. 그의 몸이 소리 없이 앞뒤로 흔들렸다.

"아무래도 어딘가 잘못된 모양인데." 알렉은 그렇게 말하고 팔을 뻗어 새뮤얼의 어깨에 손을 얹었다. 새뮤얼은 몸을 뒤로 빼다가 거의 쓰러질 뻔했다. "날 내버려둬." 갈라진 목소리로 그가 말했다. "부탁이야. 그냥 내버려두라고, 알렉."

알렉이 갑자기 움직임을 멈췄다. "뭐라고요?"

"그냥 내버려두라잖아." 사이먼이 대신 말해주었지만 알렉은 그를 쳐다보지 않았다. 사이먼의 말은 들리지도 않는 것 같았다. 알렉은 제이스를 쳐다보고 있었다. 핏기가 싹 가신 얼굴로 몸을 세우는 제이스를.

"새뮤얼, 얼굴에서 손 치워요."

알렉의 어조가 이상할 정도로 사나웠다.

"안 돼." 턱을 아래로 당기는 새뮤얼의 어깨가 가늘게 떨렸다. "그럴 수 없어. 제발, 이러지 말라고."

"알렉! 새뮤얼은 지금 몸이 좋지 않아. 안 보여?" 사이먼이 알렉을 말렸다.

클라리가 그런 사이먼의 소매를 잡았다. "사이먼, 뭔가 이상해."

그녀의 시선은 제이스에게 가 있었다. 제이스는 웅크린 새뮤얼에게 다가가 그를 뚫어져라 처다보았다. 창턱에 쏠린 제이스의 손끝에 피가 맺혀, 눈으로 쏟아진 머리카락을 쓸자 볼에 기다란 핏자국이 생겼다. 그런데도 제이스는 눈을 부릅뜬 채 입을 꽉 다물고 있었다. 이윽고 그가 새뮤얼에게 더없이 또렷한 목소리로 말했다.

"섀도우 헌터, 얼굴을 드러내요."

머뭇거리던 새뮤얼이 결국 얼굴에서 손을 내렸다. 사이먼은 감방 안에 있을 때도 그의 얼굴을 보지 못했기에 그가 이토록 여위고 늙은 사람이리라고는 짐작도 하지 못했다. 더부룩한 잿빛 수염이 얼굴의 반을 가렸고, 눈은 움푹하게 꺼졌으며, 볼에는 굵은 주름이 가득했다. 그런데도 이상하게 낯이 익었다.

알렉이 입술을 달싹거렸지만 아무 소리도 나오지 않았다. 소리를 내어 말한 것은 제이스였다.

"호지 선생님."

"호지 선생님?" 사이먼이 혼란스러워하며 반복했다. "그럴 리가 없어. 호지 선생님은…… 그리고 새뮤얼은 절대로……."

"보아하니 그게 호지 선생님의 장기인 모양이네." 알렉이 씁쓸하게 말했다. "남이 자신을 다른 누군가로 믿게 만드는 거."

"하지만 그는……." 사이먼이 입을 열었지만 소매를 잡은 클라리의 손길이 완강해지는 것을 느끼고는 말을 멈추었다. 호지의 얼굴에 떠오른 표정만으로 충분했다. 죄책감은 아니었다. 자신의 정체가 탄로 난 데 대한 경악도 아니었다. 오랫동안 바라보고 있기 힘들 만큼 비통한 얼굴이었다.

"제이스." 매우 작은 목소리로 호지가 말했다. "알렉…… 정말 미안하구나."

 그 순간 제이스가 움직였다. 전투에서 보이는, 물 위를 스치는 햇빛과도 같은 움직임이었다. 그는 칼을 빼들고 호지 앞에 서서 과거에 자신을 가르쳤던 선생의 목에 예리한 칼끝을 겨누었다. 칼날에 불꽃이 비쳐 붉은 빛이 번쩍거렸다.

 "사과 따윈 필요 없어요. 여기서 지금 당장 당신을 죽이면 안 되는 이유를 대봐요."

 "제이스." 알렉은 놀란 얼굴이었다. "제이스, 기다려."

 그 순간 가드 지붕 일부가 화염에 휩싸이며 굉음이 들려왔다. 아지랑이처럼 열기가 이글거리고 밤하늘이 대낮처럼 환해졌다. 풀잎 하나하나까지 모두 보였다. 여위고 지저분한 호지의 얼굴에 새겨진 주름 하나하나까지도.

 "아니." 제이스가 입을 열었다. 호지를 내려다보는 제이스의 무표정한 얼굴을 보며 클라리는 가면 같은 또 하나의 얼굴, 그러니까 발렌타인의 얼굴을 떠올렸다. "당신은 아버지가 나한테 한 짓을 알고 있었어요, 그렇죠? 그의 지저분한 비밀을 모두 알고 있었다고요."

 알렉은 이해할 수 없다는 표정으로 제이스와 호지를 번갈아 보았다. "지금 무슨 소릴 하는 거야? 그게 무슨 뜻이야?"

 호지의 얼굴에 주름이 잡혔다. "조너선……."

 "당신은 처음부터 알고 있었어요. 그러면서 아무 말도 하지 않았죠. 인스티튜트에서 보낸 그 오랜 세월 동안 입 꾹 다물고 한마디도 하지 않았어요."

 호지의 입꼬리가 축 처졌다. "난…… 확신할 수가 없었어. 아기 때 보고 못 봤으니, 네가 '무엇'인지는 고사하고 누군지도 알 수 없었단다."

"제이스?" 알렉은 당황스러운 눈빛으로 친구와 선생을 번갈아 보았지만, 그 둘은 상대 외에는 안중에 없는 듯했다. 호지는 점점 조여 오는 바이스에 꽉 잡힌 사람처럼, 양손을 고통스러운 듯이 움찔거리며 불안한 시선을 이리저리 움직였다. 클라리는 자신에게 따뜻한 차를 권하고 친절하게 조언하던 남자를 기억하려고 애썼다. 사방이 책으로 둘러싸인 도서관에 깔끔한 복장으로 앉아 있던 남자. 그와 이야기를 나눈 것이 아주 오래전의 일인 것만 같았다.

"못 믿겠어요. 당신은 발렌타인이 죽지 않았다는 걸 알았어요. 발렌타인은 틀림없이 당신에게 말했을 거예요."

"아무 말도 해주지 않았어." 놀란 호지가 다급하게 말했다. "라이트우드 부부가 마이클 웨이랜드의 아들을 맡기로 했다고 알려왔을 때, 난 반란 이후로 발렌타인에게 한 번도 연락을 받은 적이 없던 상태였어. 그가 날 잊었다고 생각했지. 은근히 그가 죽었길 바랐어. 하지만 어떻게 됐는지는 알 길이 없었지. 그러다 네가 도착하기 전날 밤, 휴고가 발렌타인의 메시지를 가져왔어. '그 애는 내 아들이다'라고만 적혀 있었지."

호지가 거칠게 숨을 들이쉬었다. "그를 믿어야 할지 갈피를 잡을 수가 없었어. 나는 알 줄 알았거든. 널 보는 순간에 말이야. 하지만 아무리 봐도 모르겠더구나. 그게 바로 발렌타인의 계략이었지만, 무엇을 위한 계략인지, 무슨 일을 꾀하고 있는지 도무지 알 수가 없었어. 네가 아무것도 모른다는 점만큼은 분명히 알았지. 하지만 발렌타인의 목적이 뭔지는……."

"내가 어떤 존재인지 말해줬어야죠. 그럼 그때 어떻게든 손을 쓸 수 있었잖아요. 자살이라도 하든가."

호지가 고개를 들고 엉키고 더러운 머리칼 사이로 제이스를 올려다보았다. "확신할 수가 없었어." 그가 혼잣말처럼 다시 말했다. "그리고 그런 와중에도 이런 생각을 했지. 어쩌면 혈통보다는 교육이 더 큰 영향을 미칠지도 모른다고. 잘 가르치기만 하면……."

"뭘 가르쳐요? 괴물이 되지 않는 법?" 제이스의 목소리는 떨렸지만 손에 들린 검은 흔들림이 없었다. "그 정도로 어리석은 사람은 아니잖아요? 그가 당신을 비굴한 겁쟁이로 만들었나 보군요, 그렇죠? 발렌타인이 그런 일을 벌일 때, 당신은 아무것도 할 수 없는 어린애가 아니었어요. 그에게 맞서 싸울 수도 있었다고요."

호지가 시선을 떨어뜨렸다. "난 최선을 다했어."

하지만 그 말은 클라리가 듣기에도 설득력이 부족했다.

"발렌타인이 돌아오기 전까지는 말이죠. 그러곤 그가 요구하는 걸 모두 따랐어요. 그가 키우던 개라도 되는 것처럼 날 발렌타인에게 넘겼어요. 몇 년 동안 맡아달라고 부탁받은 개라도 되듯이."

"그리고 나선 우릴 떠났죠." 알렉도 거들었다. "우릴 전부 남겨두고 떠났어요. 여기 오면 숨어 살 수 있을 거라고 생각했나요? 여기 이 알리칸테에서?"

"숨어 살려고 온 게 아니야. 발렌타인을 막으러 온 거지." 호지의 목소리에는 생기가 하나도 없었다.

"지금 우리더러 그 말을 믿으라는 거예요?" 알렉은 새삼스럽게 화가 치미는 모양이었다. "당신은 늘 발렌타인 편이었어요. 언제든 등을 돌릴 수 있었는데도."

"내겐 선택의 여지가 없었어!" 호지의 목소리가 높아졌다. "네 부모에겐 새로운 삶을 선택할 기회가 주어졌지만 나한테는 아니었어! 난 15년간 인스티튜트 안에 꼼짝없이 갇혀……."

"인스티튜트는 우리 집이었어요!" 알렉이 소리쳤다. "우리랑 같이 사는 게 그렇게 끔찍했나요? 우리 가족의 일원이라는 게?"

"너희 때문은 아니었다." 호지의 목소리가 갈라졌다. "너희는 정말 사랑스러웠지. 하지만 너흰 아이들일 뿐이야. 그리고 떠나는 일이 허락되지 않는 곳은 집이라고 부를 수 없지. 난 아이들을 제외하곤 누구와도 말하지 않고 몇 주 동안 지내기도 했어. 다른 섀도우 헌터들은 날 절대로 믿지 않았으니까. 심지어 너희 부모조차 날 진심으로 좋아하지 않았지. 달리 방법이 없었으니 나와 함께 사는 걸 감내한 것뿐이야. 난 누군가와 결혼하는 일도, 내 아이를 갖는 일도 허락되지 않았어. 내게는 삶이라는 게 아예 없었어. 언젠가는 너희도 성인이 되어 각자의 길로 떠나갈 텐데, 그러고 나면 나한테는 아무것도 남지 않지. 난 늘 두려움 속에 살았어. 삶이라고 부를 수도 없는 삶을 말이야."

"그런다고 우리가 안쓰럽게 생각할 거 같아요? 당신이 그런 짓을 했는데? 도서관 안에만 틀어박혀 살았으면서 뭐가 두려웠다는 거죠? 집먼지 진드기? 밖으로 나가 악마들과 싸워야 했던 건 우리라고요." 제이스가 말했다.

"호지 선생님이 두려워한 건 발렌타인이잖아. 이해 못하겠어?" 사이먼이 끼어들었다.

제이스가 매서운 눈으로 사이먼을 노려보았다. "입 닥쳐, 뱀파이어. 너랑은 아무 상관없는 일이니까."

"정확히 말하면 발렌타인은 아니야." 감방 밖으로 끌려 나온 뒤 처음으로 사이먼에게 시선을 주며 호지가 말했다. 피로에 젖었으나 애정이 깃든 그의 눈빛을 보고 클라리는 깜짝 놀랐다.

"발렌타인과 관련된 내 약점이 문제지. 난 언젠가 그가 돌아오리라는 걸 알고 있었어. 권력을 잡으려는 시도를 하리라는 걸, 클레이브를 지배하려고 기를 쓰리라는 걸 말이야. 그리고 내게 제안을 해오리라는 것도. 저주에서 풀려나게 해주겠다고, 삶을 되돌려주겠다고, 다시 세상의 일원이 되게 해주겠다고. 그가 지배하는 세상에서라면 다시 섀도우 헌터가 될 수도 있었지. 이 세상에서는 절대로 불가능한 일이지만."

목소리에 노골적인 갈망이 고스란히 드러나 듣고 있기 괴로울 정도였다. "게다가 난 너무나 약해져서 그가 제안을 해오면 거절하지 못하리라는 것도 알았어."

"그래서 어떤 삶을 얻었는지 직접 봐요." 제이스가 내뱉듯이 말했다. "가드의 감방에서 썩어가고 있었죠. 고작 이런 삶을 위해 우릴 배신한 건가요?"

"그에 대한 답은 너도 알잖니." 호지는 지친 듯했다. "발렌타인은 내 저주를 풀어줬어. 그는 약속을 했고 그 약속을 지켰지. 난 그가 날 다시 서클로 끌어들일 거라 생각했어. 서클이든 뭐든, 남아 있는 조직으로 말이야. 하지만 아니었지. 날 원하지도 않았어. 그가 만들 새로운 세상에 내 자리는 없었던 거야. 결국 나는 거짓을 위해 내가 가진 전부를 판 셈이라는 걸 깨달았지." 그는 꽉 움켜쥔 지저분한 손을 내려다보았.

"내게 남은 건 딱 하나뿐이었어. 내 인생을 완전히 쓸모없는 것으로 만들지 않을 딱 한 번의 기회. 발렌타인이 침묵의 형제들을 몰살하고 죽음의 검을 가져갔다는 소식을 들었을 때, 난 그가 이제 죽음의 거울을 찾으리란 걸 알았어. 그는 세 가지 죽음의 도구를 꼭 손에 넣어야 하니까. 그리고 난 죽음의 거울이 이드리스 안에 있다는 걸 알고 있었지."

"잠깐만요." 알렉이 손을 들었다. "그 죽음의 거울 말이에요? 그러니까 그게 어디 있는지 안다는 거예요? 누가 갖고 있는지?"

"아무도 갖고 있지 않아. 죽음의 거울은 어떤 자도 소유할 수 없지. 네 피림도, 다운월드 사람도."

"저 아래서 지내면서 머리가 정말 돌아버린 모양이네요." 불타버린 지하 감옥으로 고갯짓을 하며 제이스가 말했다.

"제이스." 클라리가 불안한 눈으로 가드를 올려다보았다. 맹렬하게 너울거리는 적금색 불꽃이 지붕을 완전히 덮고 있었다. "불길이 점점 번지고 있어. 여기서 나가야 해. 얘기는 도시로 내려가서 해도 되잖아."

"난 15년 동안이나 인스티튜트에 갇혀 지냈어." 클라리의 말에도 아랑곳없이 호지가 계속 말을 이었다. "손발 하나도 밖으로 내놓지 못했지. 깨어 있는 시간에는 도서관에 틀어박혀 클레이브가 씌운 저주를 벗겨낼 방법을 연구했어. 그리고 죽음의 도구만이 저주를 되돌릴 수 있다는 사실을 알아냈지. 라지엘 천사의 신화를 다룬 책은 모조리 찾아서 읽었어. 라지엘이 죽음의 도구를 들고 호수에서 솟아올라 최초의 네피림인 조너선 섀도우 헌터에게 그것들을 건넨 이야기, 어찌하여 세 가지 도구들, 잔과 검과 거울이……."

"그건 우리도 다 알아요. 당신이 우리한테 가르쳐줬죠." 제이스가 화를 내며 그의 말을 잘랐다.

"다 안다고 생각하겠지만 그렇지가 않아. 난 같은 역사를 다룬 다양한 문헌들을 수도 없이 읽어나갔어. 그 문헌들을 읽으면서 계속 같은 그림, 같은 장면과 마주했고. 우리가 모두 아는 그림 말이야. 한 손에는 검을, 다른 손에는 잔을 든 천사가 호수 위로 솟아오르는 그림. 나는 늘 그 그림에 거울이 없는 이유가 궁금했지. 그러다 어느 순간 불현듯 깨달았어. 그 호수가 바로 거울이다. 거울이 바로 그 호수다. 그 둘은 동일한 것이었어."

제이스가 천천히 검을 내렸다. "린 호수요?"

클라리도 그 호수를 떠올렸다. 그녀를 향해 솟아오르던 거울, 충격으로 부서지던 물의 표면. "이드리스에 도착할 때 그 호수에 빠졌어요. 그냥 평범한 호수는 아닌 게 분명해요. 루크가 그러는데 그 호수는 묘한 속성을 지녀서 요정들은 그곳을 꿈의 거울이라고 부른다던데요."

"그렇지." 호지가 열렬히 말했다. "하지만 클레이브는 그 점을 알아차리지 못했어. 세월이 흐르면서 사람들의 뇌리에서 잊힌 거지. 발렌타인도 모르고……"

가드의 한쪽 탑이 무너지는 거대한 소음에 호지의 말이 중단되었다. 번쩍이는 벌건 불똥이 불꽃놀이처럼 튀었다.

"제이스, 여기서 나가야 해." 알렉이 놀라서 위를 쳐다보며 말했다. "일어나요. 방금 한 말을 클레이브 앞에 가서 하면 되겠네요." 그가 호지의 팔을 잡아 일으켜 세웠다.

호지가 비틀거리며 일어섰다. 그 모습에 달갑지 않은 연민을 느끼며 클라리가 생각했다. 과거에 행한 일뿐만 아니라 현재, 그리고 미래에도 행할 것이 분명한 일 때문에 수치심을 느끼며 사는 삶이란 어떤 걸까? 호지는 오래전에 더 나은 삶, 다른 삶을 살려는 노력을 포기했다. 그가 원한 것은 오직 두려움 없이 사는 것이었다. 그래서 그는 늘 두려웠다.

"서둘러요." 호지의 팔을 놓지 않은 채 알렉이 그를 재촉했다. 그러나 제이스가 그들 앞을 가로막았다.

"발렌타인이 죽음의 거울을 손에 넣으면 무슨 일이 벌어지죠?"

"제이스." 알렉은 여전히 호지의 팔을 잡고 있었다. "나중에 해."

"호지 선생님이 클레이브에 말하고 나면 우린 그게 뭔지 듣지 못해. 그들에게 우린 어린애들일 뿐이니까. 하지만 선생님은 우리에게 빚이 있어. 이 정도는 말해줘야 해." 그러고는 호지에게 돌아섰다. "발렌타인을 막아야 한다는 걸 깨달았다고 했죠? 무슨 일을 막아야 한다는 거예요? 그 거울을 손에 넣으면 어떤 힘을 얻는데요?"

호지는 머리를 흔들었다. "나는……."

"거짓말할 생각은 말아요. 거짓말을 할 때마다 손가락을 하나씩 잘라낼 테니까. 양손 모두." 옆으로 내려진 칼이 번쩍거렸고 제이스의 손이 칼자루를 꽉 움켜쥐었다.

호지가 움찔 뒤로 물러났고 두 눈에 두려움이 서렸다. 알렉은 괴로운 듯했다. "제이스, 그러지 마. 네 아버지나 그런 짓을 하지. 너답지 않아."

"알렉, 넌 나다운 게 어떤 건지 몰라." 제이스는 친구의 얼굴을 쳐다보지 않았지만, 그의 어깨에 손을 얹은 듯한 어조로 말했다.

알렉의 시선이 잔디를 가로질러 클라리의 시선과 만났다. 아무것도 모르는 알렉은 제이스가 왜 이러는지 상상도 하지 못할 거라고 생각하며 클라리가 한 걸음 앞으로 나섰다. "제이스, 알렉 말이 맞아. 호지 선생님을 전당으로 데려가면 방금 우리한테 한 얘기를 클레이브에 하고……."

"클레이브에 말할 생각이었으면 벌써 그렇게 했겠지. 그러지 않았다는 사실로 그가 거짓말쟁이라는 게 증명됐잖아." 클라리 쪽으로 시선을 주지 않은 채 제이스가 쏘아붙였다.

"클레이브는 믿을 수가 없어!" 호지가 절박하게 외쳤다. "스파이가 있으니까. 발렌타인의 수하들. 거울이 어디 있는지 그들에게 알려줄 순 없어. 발렌타인이 거울을 발견하면 그는……."

호지는 말을 끝내지 못했다. 은색 물체가 달빛 아래서 어둠에 박힌 못 대가리처럼 희미하게 반짝거렸다. 알렉이 크게 소리를 질렀다. 호지가 눈을 부릅뜬 채 가슴을 움켜쥐고 비틀거렸다. 그가 뒤로 넘어가는 순간 클라리는 그 이유를 깨달았다. 과녁에 박힌 화살처럼 호지의 가슴에 단검이 박혀 있었다.

알렉이 뛰어나가 쓰러지는 호지를 받치며 조심스레 바닥에 눕혔다. 당황한 표정으로 제이스를 올려다보는 그의 얼굴에 호지의 피가 튀어 있었다. "제이스, 왜……."

"내가 아니야, 난……." 제이스의 얼굴이 하얗게 질렸다. 옆으로 내린 그의 손에 여전히 칼이 들린 것을 클라리는 보았다.

사이먼이 재빨리 뒤로 돌아섰다. 클라리 역시 돌아서서 어둠 속을 노려보았다. 화염 때문에 잔디가 짙은 주홍빛으로 물들었지만, 비탈의 나무들 사이는 어둠에 잠겨 있었다. 다음 순간 어둠 속에서 어슴푸레한 사람의 형체가 나타났다. 구불거리는 검은 머리가 눈에 익다 싶었다. 이쪽으로 다가오자 불빛에 얼굴이 드러났고, 빛을 반사한 두 눈은 타오르듯이 이글거렸다.

"세바스찬?" 클라리가 입을 열었다.

세바스찬이 정원 가장자리에 머뭇거리며 서 있었다. 제이스가 얼떨떨한 표정으로 호지와 세바스찬을 번갈아 쳐다보았다.

"너…… 네 짓이야?"

"어쩔 수 없었어." 세바스찬이 입을 열었다. "널 죽이려고 했으니까."

"뭘로 죽인다는 거야? 호지 선생님은 무기도 없었어." 제이스의 목소리가 높아지며 갈라졌다.

알렉이 제이스의 말을 막았다. "제이스. 이리 와서 선생님 부축하는 거 좀 도와줘."

"내가 막지 않았으면 널 죽였을 거야. 틀림없이 그랬을 거라고." 세바스찬이 다시 말했다.

하지만 제이스는 알렉 곁으로 걸어가서 허리띠에 칼을 꽂은 뒤 무릎을 꿇고 앉았다. 호지를 품에 안은 알렉의 셔츠에 피가 흥건하게 배었다. "내 호주머니에서 스텔레를 꺼내서 이라체를 그려." 알렉이 제이스에게 말했다.

공포로 뻣뻣하게 굳어 있던 클라리는 옆에서 느껴지는 사이먼의 기척에 고개를 돌렸다. 그러고는 열이 오른 듯이 벌건 볼을 제외하곤 백짓장처럼 창백한 사이먼의 모습에 깜짝 놀라고 말았다. 정교하게 가지를 뻗은 산호처럼 구불구불 이어지는 혈관이 피부에 그대로 비쳤다.

"저 피…… 나 여기 있으면 안 되겠어." 사이먼은 클라리에게 시선을 주지 않으며 속삭이듯이 말했다.

클라리가 손을 뻗어 소매를 붙잡았지만 그는 잡힌 팔을 확 빼냈다.

"안 돼, 클라리. 부탁이야. 그냥 가게 해줘. 괜찮을 거야. 금방 돌아올게." 클라리가 쫓으려 했지만 사이먼은 너무 빨랐다. 어느새 나무 사이의 어둠 속으로 사라져버렸다.

"선생님." 알렉이 어쩔 줄 몰라하며 소리쳤다. "선생님, 움직이지 마세요."

그러나 호지는 약하게 버둥거리며 알렉의 품에서 빠져나오려 기를 썼다. 제이스의 손에 들린 스텔레를 피하려 했다. "아냐." 호지의 얼굴은 회갈색으로 변해 있었다. 그의 시선이 제이스에게서 세바스찬에게로 빠르게 움직였다. 세바스찬은 여전히 뒤쪽의 어둠 속에 서 있었다.

"조너선."

"제이스." 제이스가 거의 속삭이듯 말했다. "제이스라고 불러요."

호지의 시선이 그에게 머물렀다. 클라리는 호지의 눈빛에 담긴 의미를 읽을 수가 없었다. 애원하는 눈빛이었지만 그게 다가 아니었다. 두려움에 가득 찬, 뭔가를 애타게 원하는 눈빛이었다. 방어하듯 손을 올리며 그가 속삭였다.

"넌 아니야." 말과 함께 입에서 피가 주르륵 흘러나왔다.

제이스의 얼굴에 상처 입은 표정이 언뜻 스쳤다. "알렉, 이라체는 네가 그려. 내가 건드리는 게 싫은 모양이야."

호지의 손이 주먹으로 말리며 제이스의 소맷자락을 움켜쥐었다. 그르렁거리는 숨소리가 모두에게 들렸다. "너는…… 절대로……."

그러고는 숨을 거뒀다. 생명이 빠져나가는 순간, 클라리는 바로 알아차렸다. 그 순간은 영화에서처럼 조용하지도 빠르지도 않았다. 그르렁거리며 숨이 막혀 말을 잇지 못하다가 눈이 뒤로 넘어갔고 몸은 무겁게 축 늘어졌으며 팔은 부자연스러운 방향으로 꺾였다.

알렉이 손끝으로 호지의 눈을 감겨주었다. "Vale, 호지 스타크웨더."

"그럴 자격이 없는 자야. 섀도우 헌터가 아니라 반역자였어. 그러니 마지막 인사 같은 건 받을 자격이 없어!" 세바스찬이 날카롭게 외쳤다.

알렉이 고개를 쳐들었다. 호지를 바닥에 내려놓고 자리에서 일어서는 그의 푸른 눈이 얼음장처럼 차가웠다. 옷에는 길게 핏자국이 나 있었다. "자기가 방금 무슨 짓을 저질렀는지 전혀 알지 못하는군. 넌 무기를 지니지 않은 사람을 죽였어. 그것도 네피림을. 넌 살인자야."

세바스찬이 입술을 비틀었다. "내가 저자의 정체를 모른다고 생각해?" 그가 손가락으로 호지를 가리켰다. "스타크웨더는 서클 멤버였지. 클레이브를 배신한 죄로 저주를 받았고. 그가 한 짓을 보면 죽어 마땅하지만 클레이브는 자비를 베풀었어. 그랬는데 그가 어떻게 했지? 우리를 또다시 배신하고 죽음의 잔을 발렌타인에게 넘겼어. 자신의 저주를 풀어달라고. 달게 받아야 할 저주를 말이야." 거친 숨을 몰아쉬느라 잠시 말이 끊겼다. "그를 죽인 건 잘한 일이 아니지만, 그가 죽을죄를 저지르지 않았다고는 말하지 못할걸."

"호지 선생님에 대해 어떻게 그리 잘 알죠?" 클라리가 물었다. "그리고 여기서 뭐하는 거예요? 전당에 머물기로 하지 않았나요?"

세바스찬이 잠시 머뭇거리다 입을 열었다. "너무 오래 걸려서요. 걱정이 됐어요. 내가 도울 일이 있을지도 모르겠다고 생각했어요."

"우릴 도우려고 우리랑 얘기하고 있는 사람을 죽인 거예요? 과거가 불순한 사람이라서? 도대체 누가 그런 짓을 하죠? 말이 안 되잖아요."

"왜냐하면 거짓말을 하고 있으니까." 제이스는 냉정한 표정으로 곰곰이 생각하듯 세바스찬을 바라보았다. "제대로 하지도 못하고. 그보다는 솜씨가 더 좋을 줄 알았는데, 벌락."

세바스찬이 그의 시선을 똑바로 마주 보았다. "무슨 소린지 모르겠군, 모겐스턴."

알렉이 한 걸음 앞으로 나왔다. "네가 방금 저지른 일이 정당하다고 여긴다면 우리와 함께 전당으로 가서 이 일을 해명하는 것도 전혀 거리낄 게 없지 않겠냐는 뜻이야. 어때?"

한 박자 쉬고 세바스찬이 싱긋 웃어 보였다. 클라리를 매혹시킨 바로 그 미소였지만, 벽에 살짝 비뚤어진 채 걸린 그림처럼 약간 비스듬했다. "물론이지." 세바스찬은 걱정거리가 하나도 없는 사람처럼 산책이라도 하듯이 느긋하게 그들 쪽으로 걸어왔다. 방금 전에 살인을 저지른 사람이라고는 볼 수 없을 만큼 가벼운 걸음걸이였다.

"제이스가 손가락을 하나씩 자르려고 한 사람을 죽였다고 너희가 그토록 언짢아하는 게 조금 이상하긴 하지만 말이야."

알렉의 입가가 굳어졌다. "제이스는 그런 짓을 하지 않아."

제이스가 증오심에 가득 차서 세바스찬을 노려보았다. "아무것도 모르면서 함부로 지껄이지 마."

"아니면 내가 네 동생한테 키스한 것 때문에 이렇게 화를 내는 건가? 네 동생이 나를 원해서."

"그런 적 없어요." 클라리가 입을 열었지만 누구도 시선을 돌리지 않았다. "당신을 원한 적 없다고요."

"알겠지만 클라리한테는 버릇이 있잖아. 키스할 때 놀란 사람처럼 헐떡거리는 거 말이야." 세바스찬은 제이스 앞까지 다가와서 걸음을 멈추고 천사처럼 웃어 보였다. "귀엽던데. 너도 눈치챘겠지만."

제이스는 토하고 싶은 얼굴이었다. "내 동생은……."

"네 동생." 세바스찬이 말했다. "정말 동생 맞아? 두 사람은 꼭 남매가 아닌 것처럼 행동해서 말이야. 너희 둘이 어떤 시선으로 서로를 바라보는지 다른 사람들이 모를 거라 생각해? 너희가 서로에게 어떤 감정인지? 다른 사람들은 그런 감정을 역겹고 부자연스럽게 여기지 않을 거라고 생각하는 거야? 그랬다면 잘못 알았어."

"그만해." 제이스의 얼굴에 살기가 어렸다.

"대체 왜 이러는 거예요? 왜 이런 말을 하는 거냐고요." 클라리가 말했다.

"마침내 할 수 있게 됐으니까. 지난 며칠간 너희 옆에 있으면서 아무렇지도 않은 척하느라 내가 얼마나 힘들었는지 모를 거야. 너희를 볼 때마다 얼마나 역겨웠는지. 너." 그가 제이스에게 말했다. "매순간 자기 여동생을 애타게 갈망하고, 아빠가 자길 사랑해주지 않았다고 징징거리지. 누가 그 아버지를 비난하겠어? 나였어도 그랬을 거 같은데. 그리고 너, 이 멍청한 계집애." 그가 클라리에게 돌아섰다. "그렇게 귀한 책을 잡종 마법사에게 줘버리다니. 네 조그만 머리통 속에 뇌가 들어 있긴 한 거야? 그리고 너……." 다음으로는 알렉을 향해 빈정거렸다. "네 문제에 대해서는 모두가 아는 것 같던데. 너 같은 인간은 네피림의 일원으로 받아들여선 안 돼. 정말 역겨워."

알렉의 얼굴에서 핏기가 가셨다. 다른 무엇보다도 그는 놀란 것 같았다. 클라리도 다르지 않았다. 천사처럼 웃던 세바스찬의 입에서 이런 말이 나오리라고 누가 상상이나 했겠는가.

"우리 앞에서 아무렇지 않은 '척'을 했다고?" 클라리가 그의 말을 반복했다. "그런 짓을 왜? 우릴…… 염탐할 생각이 아니라면." 그녀는 말을 맺으며 진실을 깨달았다. "발렌타인을 위해서."

세바스찬이 잘생긴 얼굴을 찡그리며 입을 일자로 다물었다. 길고 우아한 눈이 가늘어졌다. "이제야 아는군. 깜깜한 암흑뿐인 악마 세상도 너희보단 덜 깜깜할 거야."

"우리가 똑똑하지 않을진 모르지만, 적어도 우린 살아 있어." 제이스가 말했다.

세바스찬이 역겹다는 듯이 그를 쳐다보았다. "나도 마찬가지야."

"오래가진 못할걸." 그렇게 말한 제이스가 세바스찬에게 몸을 날리는 순간, 칼날이 달빛을 받아 폭발하듯 번쩍였다. 몸놀림이 얼마나 빠른지 그의 모습이 흐릿하게 보일 정도였다. 클라리는 제이스보다 빨리 움직이는 사람을 본 적이 없었다. 지금까지는.

세바스찬이 잽싸게 물러나며 제이스의 팔을 잡았고, 제이스가 칼을 놓치자 그의 재킷을 움켜잡고 번쩍 들어 올려 있는 힘껏 던졌다. 공기를 가르며 날아간 제이스는 가드 벽에 세게 박고 바닥으로 풀썩 쓰러졌다.

"제이스!" 클라리는 눈앞이 하얘졌다. 그대로 죽일 듯이 세바스찬에게 달려들었지만, 세바스찬은 한 발짝 물러나 벌레를 때려잡듯 살짝 손을 휘둘렀다. 옆머리를 세게 얻어맞은 클라리는 빙글 돌아 바닥으로 쓰러졌다.

알렉이 등에서 활을 잡아챘다. 그가 망설임 없이 세바스찬을 겨누었다. "그 자리에 서. 손은 뒤로 하고."

세바스찬이 웃었다. "정말로 날 쏘진 못할걸." 그는 겁이라곤 나지 않는다는 듯이 편안한 걸음으로 알렉을 향해 걸어왔다. 자신의 집 현관 계단을 오르는 사람처럼.

눈을 가늘게 뜬 알렉이 우아하고 침착한 동작으로 활시위를 당겼다 놓자, 화살이 세바스찬을 향해 쌩하니 날아갔다. 그러나 화살은 그를 맞히지 못했다. 세바스찬이 머리를 수그리거나 몸을 움직였는지는 확실하지 않지만 화살은 그를 빗나가 나무 몸통에 박혔다. 알렉이 놀란 표정을 짓는 순간 세바스찬이 달려들어 알렉의 손을 비틀고 활을 빼앗았다. 그러더니 날카로운 소리와 함께 활을 반으로 쪼갰다. 뼈가 부러지는 것 같은 그 소리에 클라리가 얼굴을 찡그렸고, 지끈거리는 머리의 통증을 무시한 채 기를 쓰고 일어나려 했다. 제이스는 몇 미터 떨어진 곳에 미동도 없이 누워 있었다. 클라리의 다리도 말을 듣지 않았다.

반으로 쪼개진 활을 던져버린 세바스찬이 알렉에게 다가갔다. 알렉은 이미 번쩍이는 천사의 검을 들고 있었지만, 세바스찬은 그가 달려드는 순간 가볍게 검을 밀치고 알렉의 목을 움켜쥐며 땅에서 들어 올렸다. 잔혹한 미소를 지으며 무자비하게 손아귀에 힘을 주자 알렉이 컥컥대며 버둥거렸다. 세바스찬이 그에게 속삭였다.

"라이트우드, 이미 오늘 너희 식구 하나를 해치웠지. 두 번째 기회가 올 거라곤 생각지도 않았는데 말이야."

그 순간, 줄이 당겨진 꼭두각시 인형처럼 세바스찬이 뒤로 확 당겨졌다. 알렉이 세바스찬의 손아귀에서 풀려나와 목을 부여잡고 땅으로 쓰러졌다. 그가 끅끅대며 공기를 들이마시는 소리가 들렸지만 클라리의 시선은 세바스찬에게 박혀 있었다. 검은 그림자 하나가 그의 등에 거머리처럼 찰싹 달라붙어 있었다. 숨이 막힌 세바스찬은 자신의 목을 감은 그것을 움켜잡고 제자리에서 빙글 돌았다. 돌아선 세바스찬이 달빛 안으로 들어서자, 그것의 정체가 드러났다.

사이먼. 그가 세바스찬의 목을 팔로 감고 있었다. 하얀 송곳니가 뼈바늘처럼 반짝거렸다. 뱀파이어로 변한 사이먼의 모습은 무덤에서 나온 밤 이후 처음 보는 것이었다. 클라리는 충격과 놀라움으로 눈길을 떼지 못했다. 사이먼은 입술을 젖히며 으르렁거렸고, 날카로운 송곳니는 완전히 밖으로 나와 있었다. 세바스찬의 팔뚝에 송곳니를 박자 핏줄기가 길게 흘렀다.

세바스찬이 소리를 지르며 뒤로 넘어져 바닥에 처박혔다. 나뒹구는 그의 몸 위로 사이먼이 올라탔고, 둘은 투견장의 개들처럼 서로를 할퀴고 뜯고 으르렁거리며 바닥을 뒹굴었다. 마침내 세바스찬이 비틀거리며 일어났다. 곳곳의 상처에서 피가 흘렀다. 그가 사이먼의 가슴을 힘껏 두 번 걷어찼다. 사이먼이 가슴을 움켜쥐며 몸을 접었다. "더러운 자식." 세바스찬이 이를 갈며 다시 한 번 일격을 가하려고 발을 뒤로 당겼다.

"나라면 그러지 않을걸." 조용한 목소리가 들려왔다.

클라리가 급하게 고개를 들자 눈 안에서 통증이 폭발했다. 세바스찬에게서 몇 걸음 떨어진 곳에 제이스가 서 있었다. 얼굴은 피투성이고 한쪽 눈은 부어올라 거의 감겼지만, 밝게 빛나는 천사의 검을 쥔 손은 흔들림이 없었다. "이걸로 인간을 죽인 적은 없지만, 기꺼이 시도해볼 용의가 생겼어."

세바스찬의 얼굴이 일그러졌다. 사이먼을 흘깃 내려다보고는 고개를 들었다가 침을 뱉었다. 그러고는 클라리가 알지 못하는 언어로 뭐라고 말한 뒤, 제이스를 공격할 때처럼 가공할 속도로 어둠을 향해 달려갔다.

"안 돼!" 클라리가 소리쳤다. 일어서려고 기를 썼으나 지독한 통증이 화살처럼 머리를 꿰뚫었다. 클라리는 축축한 잔디 위로 무너져 내렸고, 다음 순간 제이스가 창백하고 걱정스러운 얼굴로 그녀를 굽어보고 있었다. 클라리도 제이스를 올려다보았지만 시야가 흐릿했다. 흐릿한 것이 분명했다. 제이스를 둘러싼 저 하얀 빛을 그녀가 상상해냈을 리는 없으니까.

클라리의 귓가에 사이먼의 목소리가 들려왔다. 알렉의 목소리도 들렸다. 그가 제이스에게 뭔가를 건네는데…… 아, 스텔레. 팔뚝이 따끔거리더니 통증이 잦아들기 시작하며 머리가 맑아졌다. 클라리는 눈을 깜빡거리며, 공중에 떠 있는 세 사람의 얼굴을 올려다보았다.

"머리가……."

"뇌진탕을 입었어. 이라체가 도움은 되겠지만 얼른 클레이브의 의사에게 보여야 해. 머리 부상은 치료하기가 까다롭거든." 제이스가 스텔레를 알렉에게 돌려주었다. "일어날 수 있겠어?"

클라리가 고개를 끄덕였지만 그것은 실수였다. 또다시 통증이 전신으로 퍼져나갔고 누군가의 손이 다가와 그녀를 부축했다. 사이먼. 클라리는 기꺼이 그에게 기대 균형 감각이 돌아오기를 기다렸다. 금세라도 다시 바닥으로 쓰러질 것만 같았다.

제이스가 얼굴을 찌푸렸다. "세바스찬에게 그런 식으로 달려들면 어떻게 해. 무기도 없었으면서. 무슨 생각을 한 거야?"

"우리 모두가 한 생각." 놀랍게도 알렉이 그녀를 두둔하고 나섰다. "세바스찬이 너를 야구공처럼 던져버리려 한다는 생각 말이야. 제이스, 난 그 자식처럼 널 제압하는 사람은 처음 봤어."

"나도…… 좀 놀라긴 했어." 제이스가 마지못해 대꾸했다. "특별 훈련 같은 걸 받은 모양이야. 그럴 줄은 몰랐지."

사이먼이 얼굴을 찡그리며 가슴에 손을 얹었다. "그 자식 발길질에 내 갈비뼈도 몇 대 나간 거 같아." 클라리의 얼굴에 걱정이 어리는 것을 보고 그가 재빨리 덧붙였다. "괜찮아. 아무는 중이야. 하지만 세바스찬은 분명히 강해. 그것도 굉장히."

그가 제이스를 쳐다보았다. "세바스찬이 어둠 속에 얼마나 오래 서 있었던 것 같아?"

제이스는 어두운 표정으로 세바스찬이 사라진 숲 쪽을 흘깃 바라보았다. "클레이브가 놈을 잡을 거니까 상관없어. 그리고 아마도 저주를 내리겠지. 이왕이면 호지 선생님한테 내린 저주와 똑같은 거였으면 좋겠네. 인과응보라는 말에 어울리게."

사이먼이 옆에 있는 나무 덤불에 침을 뱉고는 우거지상을 하며 손등으로 입을 닦았다. "그 자식 피 맛이 끔찍한데. 꼭 독을 맛본 기분이야."

"세바스찬의 매력 목록에 그 점도 꼭 넣어야겠군. 그나저나 그 자식이 오늘 밤에 또 뭘 하려 했는지 궁금하네." 제이스가 말했다.

"전당으로 돌아가야 해." 알렉의 얼굴이 팽팽하게 긴장했다. 클라리는 세바스찬의 말을 기억했다. 또 다른 라이트우드 가족에 관한 말이었는데…….

"걸을 수 있겠어, 클라리?"

사이먼에게서 떨어지며 클라리가 말했다. "걸을 수 있어. 그런데 호지 선생님은 어떻게 하지? 여기 그냥 두고 갈 순 없잖아."

"두고 가는 수밖에 없어. 오늘 밤 우리가 살아남는다면 나중에 다시 올 시간이 있겠지." 알렉이 말했다.

그들이 정원을 막 나서려는데, 제이스가 걸음을 멈추고 재킷을 벗어 위쪽을 보고 축 늘어진 호지의 얼굴을 덮어주었다. 클라리는 제이스에게 다가가 어깨를 잡아주고 싶었지만 그의 자세에서 뿜어져 나오는 기운이 그녀를 가로막았다. 그가 언덕 아래로 절뚝이며 걸어 내려갈 때 알렉조차도 다가가거나 치유 룬을 그리자는 말을 꺼내지 못했다.

그들은 무기를 뽑아 들고 언제라도 휘두를 준비를 하며, 지그재그로 이어지는 길을 모두 함께 따라갔다. 불길에 휩싸인 가드 때문에 하늘이 벌겋게 물들었지만 적어도 악마의 모습은 보이지 않았다. 주위를 둘러싼 으스스한 빛과 정적 때문인지 클라리는 머리가 계속 지끈거렸다. 꿈속을 헤매는 기분이었다. 온몸이 피로에 푹 절었고, 한 발 한 발 옮기는 일은 마치 시멘트 덩어리를 반복해서 올렸다 내리는 것 같았다. 바로 앞에서 알렉과 제이스가 이야기를 나누는데도 말소리가 희미하게 들렸다.

알렉이 애원하듯 부드럽게 말했다. "제이스, 저 위에서 호지 선생님에게 한 말 말이야. 그런 식으로 해석하면 안 돼. 발렌타인의 아들이라고 괴물인 건 아니잖아. 그자가 어린 너한테 무슨 짓을 했든, 뭘 가르쳤든 그게 네 잘못은 아니야."

"그 얘기는 하고 싶지 않아, 알렉. 지금은 물론 앞으로도. 다시는 내 앞에서 그 얘기 꺼내지 마."

제이스의 사나운 말투에 알렉이 바로 입을 다물었다. 클라리는 알렉이 상처 입은 것을 느끼며 속으로 혀를 찼다. 굉장한 밤이군. 모두에게 엄청난 고통을 안겨준 밤이라니.

클라리는 호지를 떠올리지 않으려고 애썼다. 그가 죽기 전에 지은 그 가련한 표정을. 호지를 좋아하지는 않았어도 세바스찬이 그에게 한 짓은 몹시 부당했다. 이 세상에 그런 일을 당해 마땅한 사람은 없다.

클라리는 불꽃이 튀는 것처럼 움직이던 세바스찬을 떠올렸다. 제이스를 제외하고 그토록 가볍고 민첩하게 움직이는 사람은 처음 보았다. 세바스찬에겐 무슨 일이 있었던 걸까? 펜할로우 가족은 친척이 이런 악한이 될 때까지 어떻게 몰랐을까? 클라리는 세바스찬이 어머니를 구하려는 자신을 도우려 하는 줄 알았다. 하지만 그는 오로지 발렌타인에게 바칠 화이트북을 손에 넣으려고 한 것이었다. 그러니까 매그너스의 말은 틀렸다. 발렌타인이 래그노어 펠에 관해 알게 된 것은 라이트우드 가족 때문이 아니었다. 그녀가 세바스찬에게 말했기 때문이다. 어째서 그녀는 그토록 어리석게 굴었을까?

끔찍한 자각에 충격을 받은 클라리는 일행이 도시로 이어지는 길에 들어선 것도 알아차리지 못했다. 거리에는 개미 새끼 한 마리 얼씬거리지 않고, 집들은 모두 어둠 속에 잠겼다. 가로등은 대부분 박살이 나서 사방에 유리 조각이 흩어져 있었다. 먼 거리에서 들려오는 것처럼 사람들의 목소리가 울렸고, 건물 사이로 여기저기서 반짝이는 횃불들이 보였다.

"너무 조용한데." 놀라서 주위를 둘러보던 알렉이 입을 열었다. "그리고……."

"악마 악취도 없고." 제이스가 얼굴을 찌푸렸다. "이상하군. 얼른 전당으로 가보자."

클라리도 악마의 공격에 반쯤 대비하고 있었지만, 거리를 따라 걷는 동안 한 놈도 보지 못했다. 적어도 살아 있는 놈은 보지 못했다. 좁은 골목에서 섀도우 헌터 서너 명이 경련하는 무언가를 빙 둘러선 채, 길고 날카로운 막대로 찔러대는 것은 보았지만. 클라리는 몸서리치며 얼른 다른 곳으로 눈길을 돌렸다.

합의의 전당은 마치 모닥불 같았다. 문과 창문으로 마법의 불빛이 쏟아져 나왔다. 그들은 서둘러 계단을 올랐다. 클라리는 발을 헛디뎌 넘어질 뻔하다 겨우 몸을 가눴다. 현기증이 점점 심해지고 있었다. 빙빙 도는 구체 안에 서 있기라도 한 것처럼 세상이 빙글빙글 돌았고, 머리 위의 별들은 하얀 물감으로 길게 그어놓은 선처럼 보였다.

"너 좀 누워야 할 거 같아." 자신의 말에 클라리가 아무런 대답이 없자 사이먼이 다시 입을 열었다. "클라리?"

클라리는 엄청난 노력으로 겨우 미소를 지어 보였다. "나 괜찮아."

제이스가 전당 입구에서 말없이 클라리를 돌아보았다. 눈부시게 밝은 마법의 불빛이 비추자 피가 묻고 눈이 부은 얼굴이 더욱 험해 보였다.

전당 안에서 수백 명이 나지막하게 중얼거리는 소리가 희미한 아우성처럼 들려왔다. 그 소리는 마치 거대한 심장이 두근대는 소리처럼 들렸다. 여러 개씩 묶인 횃불의 불빛에 사방에서 쏟아지는 마법의 불빛이 더해져 눈이 시리고 시야가 또렷하지 않았다. 사물의 희미한 형체와 색깔만 보일 뿐이었다. 흰색과 황금색. 그리고 남색에서 옅은 파란색으로 변해가는 밤하늘이 보였다. 시간이 얼마나 된 걸까?

"안 보이네. 지금쯤 여기 있어야 하는데." 걱정스러운 얼굴로 실내를 샅샅이 훑는 알렉의 목소리가 아주 먼 곳이나 물속에서 말하는 것처럼 들렸다.

그의 목소리가 사라지면서 클라리의 현기증은 더욱 심해졌다. 그녀가 쓰러지지 않으려고 근처 기둥을 손으로 짚는데 누군가의 손이 등을 스쳤다. 사이먼이었다. 그가 걱정스러운 목소리로 제이스에게 뭐라고 말을 건넸다. 하지만 그의 목소리 역시 주변에서 들리는 다른 목소리들처럼 부서지는 파도같이 오르내리다 사라졌다.

"이런 경우는 본 적이 없어요. 악마가 그냥 돌아서서 떠났어요. 사라졌다고요."

"해가 뜰까 봐 도망친 거예요. 해 뜨는 걸 두려워하니까. 이제 얼마 후면 해가 뜨니까요."

"아뇨, 그게 다는 아닐 겁니다."

"놈들은 오늘 밤에 다시 나타날 거예요. 아니면 내일 밤이나. 당신들은 그저 현실을 인정하고 싶지 않은 거예요."

"그런 말 말아요. 그럴 이유가 없잖아요. 보호막을 복구할 거니까."

"그럼 발렌타인이 다시 파괴하겠죠."

"어쩌면 이건 우리가 자초한 일인지도 몰라요. 발렌타인 말이 맞는지도 모른다고요. 다운월드 사람들과 동맹을 맺어서 천사의 축복을 잃게 된 게 아닐까요?"

"조용히 좀 해요. 예의를 지켜야죠. 지금 천사의 광장에서 사망자 수를 세고 있다고요."

"저기 있네." 알렉의 목소리가 들렸다. "저기, 연단 옆에. 그런데 꼭……." 그가 말꼬리를 흐리고는 군중을 헤치며 나아갔다. 클라리는 시야가 분명해지기를 바라며 눈을 가늘게 떴다. 보이는 거라고는 온통 흐릿한 형체들뿐이었다.

제이스가 헉 하고 숨을 들이쉬는 소리가 들렸다. 그러더니 말없이 다른 사람들을 밀치며 알렉의 뒤를 따라갔다. 따라가려고 기둥에서 손을 뗀 클라리가 비틀거렸고, 사이먼이 그녀를 잡아주었다.

"너 좀 누워야 해, 클라리."

"안 돼. 무슨 일인지 가봐야……."

클라리가 말을 멈췄다. 사이먼이 그녀를 지나 제이스 너머를 뚫어져라 쳐다보고 있었다. 충격을 받은 표정이었다. 클라리는 기둥에 몸을 기대고 까치발을 디디며 사람들 너머에서 무슨 일이 벌어지고 있는지 보려 애썼다.

라이트우드 가족이 보였다. 흐느껴 우는 이사벨의 어깨를 감싸 안은 메이리스와 무언가를, 아니 누군가를 부여잡고 앉은 로버트 라이트우드. 클라리는 인스티튜트에서 맥스를 처음 본 날이 떠올랐다. 안경을 삐뚜름하게 걸치고 팔을 바닥으로 떨어뜨린 채 소파에 축 늘어져 잠이 든 맥스. '어디서든 잠이 들거든.' 제이스는 그렇게 말했다. 지금도 맥스는 아버지의 무릎 위에서 잠이 든 것처럼 보였지만 클라리는 그렇지 않다는 것을 잘 알고 있었다.

알렉이 무릎을 꿇고 맥스의 손을 잡았지만 제이스는 그 자리에 못이 박힌 듯이 꼼짝도 않고 서 있었다. 무엇보다도 멍해 보였다. 자신이 지금 어디에 있는지, 뭘 하고 있는지 전혀 알지 못하는 사람 같았다. 클라리는 얼른 달려가 그를 안아주고 싶었지만 사이먼의 표정이, 웨이랜드 저택에서의 기억이, 그리고 그녀를 안던 제이스의 모습이 발길을 가로막았다. 지금 이 순간 클라리는 그 누구보다도 그에게 위안이 되지 않을 사람이었다.

"클라리." 사이먼이 불렀지만 어지러움과 통증에도 클라리는 그에게서 떨어져 입구를 향해 달려갔다. 그녀는 문을 벌컥 열고 계단으로 뛰어가 공기를 한껏 들이마셨다. 멀리 보이는 수평선이 붉게 물들었고, 밝아오는 하늘에서 별들이 점점 희미해지고 있었다. 이제 밤은 끝났다. 새벽이 온 것이다.

13
슬픔이 있는 곳

클라리는 피 흘리는 천사의 꿈을 꾸다 헐떡이며 잠에서 깨어났다. 시트가 소용돌이치듯 온몸에 칭칭 감겨 있었다. 아마티스의 손님방은 칠흑처럼 어둡고 갑갑해 꼭 관속에 갇힌 기분이 들었다. 클라리가 손을 뻗어 커튼을 젖혔다. 그리고 햇빛이 쏟아져 들어오자 얼굴을 찌푸리며 다시 커튼을 쳤다.

악마의 습격 이후 밤낮 없이 시신을 화장하고 있어, 도시의 서쪽 하늘은 온통 연기로 물들었다. 창밖으로 그 광경이 보이면 구토가 치밀었기 때문에 클라리는 커튼을 계속 닫아두었다. 어두운 방 안에서 눈을 감고 방금 꾸었던 꿈을 떠올려보았다. 천사들이 보였고, 이수리엘이 그녀에게 보여준 룬의 이미지가 깜빡이는 신호등처럼 눈꺼풀 안쪽에서 번쩍거렸다. 밧줄을 묶은 매듭처럼 단순한 모양이었지만, 아무리 정신을 집중해도 무슨 뜻인지 알아낼 수가 없었다. 아는 거라고는 룬이 완전하지 않다는 사실뿐이다. 누군지 모르는 이 룬의 창조자가 완성하지 못하고 끝맺어버린 것처럼.

'이것은 내가 네게 보여주는 첫 번째 꿈이 아니다.' 이수리엘은 그렇게 말했다. 클라리는 다른 꿈들도 떠올려보았다. 손에 십자가 모양이 새겨진 사이먼, 날개를 단 제이스, 거울처럼 반짝이던 얼어붙은 호수. 이 꿈들도 천사가 내게 보냈을까?

 클라리는 한숨을 내쉬며 일어나 앉았다. 꿈속의 장면이 끔찍한 건 사실이지만 머릿속을 떠도는 현실의 장면 역시 나을 것이 없었다. 전당 바닥에 주저앉아 울고 있는 이사벨. 머리카락을 어찌나 세게 잡아당기는지 죄다 뽑혀버리지는 않을까 걱정이 될 정도였다. 메이리스는 지아 펜할로우에게 그들이 집에 들인 소년이, 바로 그들의 조카가 이런 짓을 저질렀다고 악을 써댔다. 세바스찬이 발렌타인과 그토록 돈독한 관계라면 그들은 대체 어떤 관계냐고 다그쳤다. 어머니를 진정시키며 알렉이 제이스에게 도움을 청했지만 제이스는 그저 장승처럼 서 있기만 했다.

 알리칸테의 하늘에 떠오른 태양이 전당의 천장을 통해 쏟아져 들어오자, 루크는 클라리가 이제껏 본 가운데 가장 지친 얼굴을 하고서 입을 열었다. "새벽이군. 시신들을 안으로 운반해야 할 시간이야." 그러고는 순찰자들을 보내 거리에 눕혀놓은 섀도우 헌터와 늑대인간의 시신을 전당 밖의 광장으로 운반하라고 지시했다.

 클라리는 세바스찬과 광장을 지나며 전당 건물이 꼭 교회처럼 생겼다고 말했다. 그때는 화분이 줄줄이 놓이고 밝은색으로 칠한 가게가 늘어선 그곳이 아름답게 느껴졌지만, 이제 그곳에는 시신이 가득했다.

 맥스의 시신도 거기에 있었다. 진지하게 만화 이야기를 하던 꼬마의 얼굴이 떠올라 배가 꽉 뭉치는 기분이 들었다. 포비든 플래닛에 데려가주겠다고 약속했는데. 이제는 영원히 지키지 못할 약속이 되어버렸다. '원하는 책을 사다줄걸 그랬어.' 클라리는 그렇게 생각했다. 중요한 일은 아니지만.

'그만 생각해.' 클라리는 이불을 차고 침대에서 일어났다. 간단하게 샤워를 하고 청바지와 스웨터로 갈아입었다. 뉴욕에서 도착한 날 이후로는 입지 않던 옷들이었다. 집을 떠올리게 만드는 브루클린 냄새나 세제 냄새가 날까 싶어 입기 전에 스웨터에 얼굴을 묻어보았지만, 레몬 비누 향만 날 뿐이었다. 그녀는 다시 한 번 한숨을 내쉬고 아래층으로 내려갔다.

거실 소파에 앉은 사이먼만 빼면 집 안은 텅 비어 있었다. 그의 뒤쪽 창문에서 햇살이 쏟아져 들어왔다. 클라리는 사이먼이 점점 고양이를 닮아간다고 생각했다. 그는 조금이라도 햇볕이 드는 곳을 발견하면 그 안으로 기어들었다. 그러나 아무리 오래 햇볕을 쬐어도 피부는 여전히 상아처럼 하얗기만 했다.

탁자에 놓인 그릇에서 사과를 하나 집어 들고 클라리가 사이먼 옆에 앉아 다리를 접어 올렸다. "잠은 좀 잤어?"

"조금." 그가 클라리를 보았다. "내가 물어야 할 소리 같은데? 눈 아래 그늘이 진 사람은 내가 아니라 너니까. 또 악몽을 꾼 거야?"

클라리가 어깨를 으쓱했다. "늘 같지 뭐. 죽음, 파괴, 나쁜 천사들."

"현실하고 비슷하네, 뭐."

"그래도 깨면 끝이 나잖아." 클라리가 사과를 한 입 베어 물었다. "루크하고 아마티스는 전당에 간 거지? 또 다른 회의가 있어서?"

"그래. 내가 보기에는 꼭 어떤 회의가 필요한지 결정하려고 회의하는 거 같아." 사이먼이 무심하게 장식용 쿠션의 술을 만지작거렸다. "매그너스한테서는 아무 소식도 없고?"

"응." 클라리가 매그너스를 마지막으로 본 건 사흘 전이었고, 그 뒤로는 연락이 없었다. 하지만 클라리는 그 사실을 애써 모른 척했다. 그가 화이트북을 들고 영원히 사라져버린다 해도 할 수 있는 일은 아무것도 없었다. 애초에 아이라이너를 그토록 떡칠하고 다니는 사람을 어떻게 믿을 생각을 했는지, 클라리 자신도 의문이었다.

클라리가 사이먼의 손목에 가볍게 손을 얹었다. "넌 어때? 여기 있는 거 괜찮아?"

전투가 끝나자마자 클라리는 사이먼이 안전한 집으로 돌아가길 바랐다. 하지만 사이먼은 이상할 정도로 고집을 부렸다. 이유가 무엇이건 이곳에 계속 머물고 싶은 듯했다. 클라리는 사이먼이 자신을 보호하려고 고집을 부리는 것이 아니길 바랐다. 그가 보호해줄 필요는 없다는 말이 튀어나오기 직전까지 갔다. 하지만 한편으로는 사이먼이 돌아가면 견디지 못할 것 같은 마음도 들어 아무 말도 하지 않았다. 사이먼은 떠나지 않았고, 클라리는 남몰래 기뻐하면서도 죄책감을 느꼈다. "그…… 너한테 필요한 건 계속 받고 있는 거야?"

"피 말이야? 마야가 매일 병에 넣어 가져다 줘. 어디서 구해오는지는 묻지 마. 나도 모르니까."

사이먼이 아마티스의 집에 머물기 시작한 날, 웬 늑대인간 하나가 싱글거리며 살아 있는 고양이 한 마리를 들고 아침 일찍 찾아왔다. "너 주려고 가져온 피야. 아주 신선해!" 그가 강한 억양을 섞어 말했고 사이먼은 고맙다고 인사했다. 그러고는 그가 떠날 때까지 기다렸다가 고양이를 놓아주었다. 얼굴이 파랗게 질린 채.

"어디서든 피를 구해야 할 거 아니냐." 루크가 재미있다는 듯이 말했다.

"전 고양이를 키운다고요. 절대 안 돼요."

"마야한테 전하마." 루크는 그렇게 말했고, 그날 이후로는 우유병에 담긴 피가 배달되었다. 클라리는 마야가 어떻게 피를 준비하는지 알지 못했지만 사이먼과 마찬가지로 별로 묻고 싶지 않았다. 사실 전투가 있던 밤 이후로는 만나지도 못했다. 늑대인간들은 근처 숲에서 야영을 했고 루크만 도시 안에서 지냈다.

"왜 그래? 나한테 뭔가 묻고 싶은 얼굴인데?" 사이먼이 뒤로 몸을 기대며 속눈썹 아래로 그녀를 보았다.

묻고 싶은 게 몇 가지 있었지만 클라리는 일단 안전한 것부터 묻기로 했다. "호지 선생님 말이야." 그녀가 잠시 망설였다. "감옥에 있을 때 정말 호지 선생님인지 몰랐어?"

"벽 너머로 목소리만 들었지 직접 보진 못했거든. 우린 아주 많은 얘기를 나눴지."

"호지 선생님이 마음에 들었던 모양이네? 그러니까 좋은 사람 같았나 보다고."

"좋은 사람? 글쎄. 언뜻 느끼기엔 뭔가 괴로워하고 슬퍼하는 사람 같았어. 똑똑하고 열정적인 사람 같았고. 그리고 보니 네 말이 맞네. 그 사람이 마음에 들었나 봐. 그리고 이건 내 생각인데, 호지 선생님은 나한테서 자신과 비슷한 면을 본 것 같았어."

"무슨 소리야!" 클라리가 몸을 곧추세우다 사과를 떨어뜨릴 뻔했다. "너하고는 완전히 다른 사람이야."

"난 괴로워하지도 않고 똑똑하지도 않다고?"

"호지 선생님은 악한 사람이었어. 넌 아니잖아. 그러니까 그런 말은 하지 마." 클라리가 단호하게 말했다.

사이먼은 한숨을 내쉬었다. "원래부터 선하거나 악한 사람은 없어. 그런 성향을 지니고 태어날진 몰라도. 중요한 건 자신의 삶을 어떻게 사느냐지. 그리고 어떤 사람을 사귀느냐고. 발렌타인은 호지 선생님의 친구였지만, 그를 제외하면 선생님에겐 아무도 없었던 거 같아. 도전 의식을 북돋아줄 사람도, 더 나은 인간이 되게 도와줄 사람도. 내가 만일 그런 삶을 살았다면 지금 어떤 모습일지 상상이 가지 않아. 다행히 난 가족도 있고, 너도 있잖아."

클라리는 웃어 보였지만 사이먼의 말이 고통스럽게 귓속에서 메아리쳤다. 원래부터 선하거나 악한 사람은 없어. 클라리 역시 그렇게 생각해왔지만 천사가 보여준 영상 속에서 어머니는 자신의 아이를 악마라고, 괴물이라고 말했다. 사이먼에게 그 얘기를 털어놓을 수만 있다면 얼마나 좋을까. 천사가 보여준 모든 것을 얘기할 수 있다면.

하지만 그건 제이스에 관한 진실을 털어놓는다는 뜻이었고, 클라리는 그런 짓을 할 수 없었다. 그것은 제이스의 비밀이지, 그녀의 비밀이 아니었다. 안 그래도 사이먼은 제이스가 호지 선생님에게 한 말이 무슨 뜻이냐고, 자신을 왜 괴물이라고 불렀냐고 물어왔다. 클라리는 제이스가 하는 말 중 이해하기 쉬운 게 어디 있냐며 대충 뭉개고 말았다. 그 말을 진짜로 믿었는지는 몰라도 사이먼은 다시 묻지 않았다.

그때 커다란 노크 소리가 들려와 대화를 더 이상 이어가지 않아도 되었다. 그녀가 인상을 쓰며 사과를 탁자에 내려놓았다. "내가 가볼게."

대문을 열자 차갑고 신선한 공기가 안으로 훅 밀려왔다. 문 앞에는 알린 펜할로우가 서 있었다. 어두운 분홍색 실크 재킷을 걸쳤고, 눈 밑에는 재킷과 비슷한 색의 그늘이 있었다. "얘기 좀 해."

깜짝 놀란 클라리는 고개만 겨우 끄덕이고 문을 활짝 열었다. "좋아. 들어와."

"고마워." 알린은 무뚝뚝한 태도로 들어와 거실로 향했다. 소파에 앉은 사이먼을 발견한 그녀는 놀라 입을 벌린 채 그 자리에 얼어붙었다.

"저거……."

"그 뱀파이어 아니냐고?" 사이먼이 씩 웃었다. 그렇게 웃을 때마다 사람의 이보다 약간 더 날카로운 송곳니가 살짝살짝 보였다. 그렇게 웃지 않으면 좋으련만.

알린이 클라리에게 돌아섰다. "둘이서만 얘기했으면 하는데?"

"무슨 얘긴지 모르겠지만 하려면 여기서 해. 우리 둘이 있는 데서."

알린이 입술을 깨물었다. "좋아. 알렉과 제이스, 이사벨한테 하고 싶은 말이 있는데 어딜 가야 만날 수 있는지 알 수가 없어."

클라리가 한숨을 쉬었다. "아는 사람이 손을 써줘서 빈집에 들어갔어. 그 집에 살던 가족은 이드리스를 떠났대."

알린이 고개를 끄덕였다. 습격 이후 많은 사람이 이드리스를 떠났다. 클라리의 예상과 달리 대부분은 떠나지 않고 남았지만, 적지 않은 섀도우 헌터들이 집을 그대로 둔 채 짐을 싸서 떠나갔다.

"다들 잘 있어. 알고 싶은 게 그거라면. 나도 전투 이후로 만나지 못했지만, 원한다면 루크를 통해 메모를 전할 순 있어."

"어떻게 하는 게 좋을지 모르겠어." 알린이 아랫입술을 잘근거렸다. "부모님이 파리에 있는 세바스찬의 고모한테 그가 한 짓을 전했거든. 그분도 지금 굉장히 언짢아하셔서."

"자기 조카가 사악한 인물로 밝혀지면 누구라도 그러겠지." 사이먼이 말했다.

알린이 그에게 못마땅한 시선을 던졌다. "세바스찬이 그럴 리 없다고, 분명히 뭔가 착오가 있을 거라고 하셨어. 그러면서 세바스찬 사진을 보내주셨어." 알린이 호주머니에서 살짝 구겨진 사진 몇 장을 꺼내 클라리에게 내밀었다. "여기."

클라리가 사진을 들여다보았다. 사진 속에서 웃고 있는 검은 머리 소년은 입꼬리가 올라가고 코가 너무 큰 감이 있긴 했지만, 그런대로 잘생긴 얼굴이었다. 함께 어울리면 재미있을 것 같은 인상이었다. 게다가, 세바스찬과는 하나도 닮지 않았다. "이게 네 사촌이라고?"

"그게 세바스찬 벌락이야. 그 말은……"

"여기 있었던 그 애, 자기가 세바스찬이라던 그 애와는 전혀 다른 사람이다?" 클라리는 사진을 훑으며 점점 당혹감에 빠졌다.

"난……" 알린이 다시 입술을 깨물었다. "세바스찬이라고 주장한 그 애가 우리 사촌이 아니란 사실을 알면, 라이트우드 가족이 우릴 용서할지도 모른단 생각이 들어서."

"당연히 그러겠지." 클라리가 최대한 친절하게 말했다. "하지만 이건 그보다 더 심각한 문제야. 세바스찬이 그저 잘못된 판단으로 실수를 저지른 섀도우 헌터 소년이 아니란 사실을 클레이브도 알아야 해. 발렌타인은 스파이로 이곳에 세바스찬을 보낸 거야."

"정말이지 너무나 그럴듯했어. 가족들만 아는 얘기를 모두 알고 있었어. 우리 어린 시절 얘기까지도."

"그렇다면 진짜 세바스찬은 어떻게 됐는지 궁금해지네. 네 사촌 말이야. 들어보니까 파리에서는 출발을 한 모양인데 이드리스에는 도착하지 않았잖아. 오는 길에 무슨 일이 있었던 걸까?" 사이먼이 물었다.

클라리가 대답했다. "발렌타인이 끼어든 거지. 전부 그의 계획이야. 그는 세바스찬이 어디로 갈지, 어떻게 진짜와 가짜를 바꿔치기할지 모두 알고 있었어. 그리고 세바스찬에게 그런 짓을 했다면……"

"다른 사람에게도 그랬을지 모른다는 뜻이지." 알린이 그녀의 말을 받았다. "클레이브에 알려야 해. 루션 그레이마크에게 알리는 게 좋겠어." 그녀는 클라리의 놀란 표정을 보고 덧붙였다. "다들 그의 말이라면 귀를 기울이니까. 우리 부모님이 그러더라."

"우리랑 함께 가지 그래? 가서 네가 직접 말하면 되잖아." 사이먼이 제안했다.

알린이 고개를 저었다. "라이트우드 가족과 마주할 자신이 없어. 특히 이사벨은. 내 목숨을 구해줬는데 난…… 그냥 도망쳐버렸거든. 어쩔 수가 없었어. 나도 모르게 달려 나갔어."

"충격을 받아서 그런 거지. 네 잘못이 아냐."

알린은 확신이 가지 않는 표정이었다. "거기다 이젠 동생까지……." 갑자기 말을 멈추고 입술을 깨물었다. "아무튼. 그건 그렇고 너한테 계속 하려던 말이 있었어, 클라리."

"나한테?" 클라리가 당황했다.

"그래." 알린이 크게 심호흡을 했다. "네가 그날 그 방에서 본 거, 제이스랑 내가 함께 있을 때 말이야. 그건 아무것도 아니라고. 내가 제이스한테 키스한 거야. 그냥 일종의…… 실험이었어. 결과는 별로였고."

클라리의 얼굴이 확 달아올랐다. 그녀에게 왜 이런 말을 하는지 알 수가 없었다. "상관없어. 그건 제이스 문제지, 내가 상관할 일이 아니니까."

"너, 그날 엄청 기분 나빠 보였어. 이유를 알 것 같긴 하지만." 알린의 입가에 작은 미소가 어른거렸다.

클라리는 목을 타고 넘어오는 신물을 억지로 삼켰다. "안다고?"

"네 오빠가 데이트를 많이 한다는 건 모두가 아는 사실이잖아. 넌 제이스가 나랑 장난처럼 사귀다가 곤란한 상황이 될까 봐 걱정한 거고. 양쪽 가족이 가까운 사이인데 껄끄러운 일이라도 생길까 봐. 하지만 그런 걱정은 안 해도 돼. 제이스는 내 타입이 아니야."

"그렇게 말하는 여자앤 처음이네. 난 제이스가 다들 좋아하는 타입인 줄 알았거든." 사이먼이 말했다.

"나도 그런 줄 알았어." 알린이 느릿하게 말했다. "그래서 키스한 거야. 내가 좋아하는 타입을 알아보던 중이었거든."

'알린이 제이스한테 키스한 거야. 제이스가 아니라 알린이 한 거라고.' 클라리가 그렇게 생각하며 알린의 머리 너머로 사이먼과 눈을 맞췄다. 사이먼은 즐거운 표정이었다. "그래서 이젠 확실해졌어?"

알린이 어깨를 으쓱했다. "아직 잘 모르겠어. 그래도 넌 제이스를 두고 걱정할 필요는 없잖아. 다른 여자애들하고 달리 말이야."

그렇다면 얼마나 좋을까. "제이스 걱정은 언제나 해."

전투 이후 전당 내부는 빠르게 바뀌었다. 가드가 화재로 무너져 대회의실 역할을 해야 했고, 헤어진 가족을 찾는 사람들이 모이는 장소와 최신 뉴스를 전해 듣는 장소로도 사용되었다. 중앙의 분수대는 물이 바짝 말랐고, 양쪽에 놓였던 긴 벤치들은 끝으로 밀려 연단을 마주한 채 줄줄이 놓여 있었다. 네피림 몇 명이 벤치에 앉아 회의를 하는 동안, 섀도우헌터 수십 명이 통로와 가장자리 아케이드 아래에서 근심 어린 얼굴로 서성거렸다. 전당은 더 이상 춤을 춘다는 것을 상상할 수 없는 공간이 되어버렸다. 긴장과 기대가 뒤섞인 기묘한 공기가 그곳에 흐르고 있었다.

클레이브는 중앙에 모였지만, 사방에서 소리를 낮춰 의견을 나누었다. 클라리는 사이먼과 전당 안으로 걸어 들어가며 사람들이 나누는 이야기를 조금씩 주워들었다. 악마 타워가 다시 작동한다는 것. 보호막이 쳐졌지만 전보다 세기가 약하다는 것. 도시 남쪽 언덕에서 악마들이 목격되었다는 것. 시골 저택들이 버려지고 더 많은 가족들이 도시를 떠났다는 것. 그리고 그들 중 일부는 클레이브마저 완전히 떠났다는 것.

연단 위에는 도시의 지도가 걸려 있었다. 회색 옷을 입은 작고 통통한 사내 옆에서 영사가 보디가드처럼 사방을 쏘아보며 서 있었다. 통통한 사내는 화난 사람처럼 손을 흔들어대며 말했지만 아무도 귀를 기울이지 않는 듯했다.

"오, 젠장, 저기 심문관이 있어. 앨더트리 심문관." 사이먼이 손가락질을 하며 클라리의 귓가에다 속삭였다.

"루크는 저기 있네." 클라리가 군중 속에서 루크를 발견했다. 그는 분수대 근처에서 옷이 심하게 찢기고 얼굴 왼쪽을 붕대로 감은 남자와 대화에 열중하고 있었다. 클라리는 아마티스를 찾아 두리번거리다, 다른 섀도우 헌터들에게서 최대한 멀리 떨어져 벤치 끝에 조용히 앉아 있는 그녀를 보았다. 아마티스도 클라리를 발견하고는 놀란 얼굴로 몸을 일으켰다.

루크도 클라리를 발견하고 미간을 찡그리며 붕대를 감은 남자에게 낮은 목소리로 양해를 구했다. 기둥 옆에 선 클라리와 사이먼에게 다가오는 동안 루크의 미간은 더욱더 찡그려졌다. "여기서 뭐하는 거냐? 클레이브는 애들이 회의에 들어오는 걸 허락하지 않는다는 거 잘 알잖니. 게다가 넌……." 그가 사이먼을 쏘아보았다. "심문관 앞에 얼굴을 드러내지 않는 게 좋아. 아무리 그가 어쩌지 못한다고 해도." 그러고는 입가를 비틀며 웃어 보였다. "무슨 짓을 했다가는 클레이브가 앞으로 필요로 할 다운월드 사람들과의 동맹을 위태롭게 만드는 결과가 될 테니까."

"맞아요." 사이먼이 심문관을 향해 손가락을 꿈틀거려 보였지만, 심문관은 모른 척했다.

"사이먼, 그만해. 우린 용건이 있어서 온 거야." 클라리가 루크에게 세바스찬의 사진을 내밀었다. "이게 세바스찬 벌락이에요. 진짜 세바스찬 벌락."

루크의 표정이 어두워졌다. 그는 클라리가 알린의 말을 전하는 동안 말없이 사진들을 넘겨보았다. 사이먼은 거북하게 선 채, 맞은편에서 기를 쓰고 그를 모른 척하는 앨더트리를 노려보았다.

"진짜 세바스찬이 그 사기꾼 녀석과 많이 닮았나?" 루크가 마침내 물었다.

"별로요. 가짜 세바스찬은 키가 더 커요. 그리고 금발인 거 같았어요. 틀림없이 염색을 했겠죠. 그렇게 새까만 머리를 가진 사람은 세상에 없으니까." '그리고 염색약이 제 손에 묻어났죠.' 클라리는 속으로 덧붙였지만 그 사실은 혼자만 간직하기로 했다. "아무튼 알린이 이 사진을 루크하고 라이트우드 가족에게 보여주라고 부탁했어요. 세바스찬이 펜할로우 가족의 진짜 친척이 아니란 사실을 알면……."

"알린은 부모에게 이 사실을 알리지 않은 거지?" 루크가 사진을 가리켰다.

"아마도요. 저한테 바로 온 거 같았어요. 알린이 루크에게 말해달라고 했어요. 사람들이 루크 말에 귀를 기울인다고."

"일부는 그럴지도 모르지." 루크가 얼굴에 붕대를 감은 남자를 흘깃 돌아보았다. "실은 패트릭 펜할로우와 얘기하던 중이었어. 과거에 발렌타인과 친밀한 관계였으니 어쩌면 펜할로우 가족에게 감시를 붙여놓았을지도 모르지. 호지가 너희에게 발렌타인이 스파이를 심어뒀다고 했다며." 루크가 클라리에게 사진을 돌려주었다.

"라이트우드 가족은 오늘 회의에 참석하지 않을 거다. 오늘 아침에 맥스의 장례식이 있었거든. 다들 지금 묘지에 있을 거야." 그는 클라리의 표정을 보고 덧붙였다. "아주 간소하게 치렀단다. 가족만 참석해서."

'하지만 나도 제이스의 가족인걸요.' 클라리의 머릿속에서 조그맣게 항의하는 목소리가 들렸다. 그러나 그보다 더 크게 들려오는 또 다른 목소리에 클라리는 속이 쓰렸다. '제이스가 그랬잖아. 네 주위에 머무는 건 천천히 피를 흘리며 죽어가는 것과 같다고. 맥스의 장례를 치르는 것만으로도 괴로운데 그런 너를 곁에 두고 싶겠어?'

"그럼 오늘 밤에 전해주면 되겠네요. 그냥, 좋은 소식 같아서요. 세바스찬의 정체가 무엇이든 친하게 지내던 펜할로우 가족과는 아무 관련 없는 사람이니까."

"그가 지금 어디 있는지 안다면 더 좋은 소식이 되겠지." 루크가 중얼거렸다. "다른 스파이들이 누군지 안다든지. 보호막을 무너뜨린 자들까지 합하면 몇 명은 될 거야. 그건 도시 안에서만 가능한 일이니까."

"호지 선생님은 발렌타인이 방법을 마련해놨다고 했어요." 사이먼이 말했다. "보호막을 무너뜨리려면 악마의 피가 필요하다던데, 그걸 도시 안으로 들여오는 건 불가능하죠. 발렌타인이 방법을 마련해두지 않은 이상."

"누군가 타워 꼭대기에 악마의 피로 룬을 그려놓았어." 루크가 한숨을 내쉬며 말을 이었다. "그러니 호지 말이 맞는 거 같구나. 불행히도 클레이브는 그동안 보호막을 지나치게 믿어왔어. 하지만 아무리 어려운 퍼즐이라도 해답은 있게 마련이지."

"게임에서 한 방 먹은 거랑 비슷하네요. '무적' 주문으로 요새를 보호하는 순간, 누군가 나타나 거길 엉망으로 만들 방법을 알아낸 거죠."

"사이먼, 그만 좀 해." 클라리가 말했다.

"아주 틀린 말도 아니구나. 우리가 알 수 없는 건 어떻게 보호막을 무너뜨리지 않고 악마의 피를 도시 안으로 들여왔느냐는 거지." 루크가 어깨를 으쓱했다.

"지금으로선 가장 작은 문제에 속하지만. 이젠 보호막이 다시 작동하기 시작했어도 믿을 수 없다는 사실을 모두가 아니까 말이다. 발렌타인은 언제라도 더 많은 군대를 이끌고 돌아올 수 있고, 우린 그에 맞설 힘이 없어. 네피림 수도 많지 않은 데다 사기마저 잃었으니까."

"하지만 다운월드 사람들이 있어요. 영사한테 클레이브가 다운월드 사람들과 함께 싸워야 한다고 말했잖아요." 클라리가 말했다.

"맬러카이와 앨더트리에게 입이 닳도록 말할 수야 있지만, 그런다고 그들이 내 말을 듣는 건 아니지." 루크가 지친 듯이 말했다. "그들이 날 여기 두는 것도 클레이브가 투표를 해서 날 조언자로 결정했기 때문이야. 그리고 그런 결정이 내려진 건 오로지 그들 중 일부가 우리 무리 덕에 목숨을 구했기 때문이고. 하지만 그렇다고 그들이 더 많은 다운월드 사람들을 이드리스로 불러들이고 싶어하는 건 아니란다."

누군가 비명을 질렀다. 아마티스가 손으로 입을 가린 채 벌떡 일어나 전당 앞을 뚫어지게 쳐다보았다. 입구에 한 남자가 햇빛을 등지고 서 있었다. 처음에는 윤곽만 보이던 그가 전당 안으로 걸음을 내딛자 클라리의 눈에도 그의 얼굴이 보였다.

발렌타인.

무슨 이유에서인지 클라리의 눈에 제일 먼저 들어온 건 그가 깔끔하게 면도를 했다는 사실이었다. 전보다 더욱 젊어 보였고, 그래서 이수리엘이 보여준 영상 속의 화가 난 청년과 더 비슷해 보였다. 그는 전투복 대신 우아하게 재단된 핀 스트라이프 슈트에 넥타이 차림이었고 무기도 지니지 않았다. 맨해튼 거리를 지나는 행인 중 하나라 해도 이상하지 않있다. 그 누군가의 아버지라 해도.

발렌타인은 클라리에게 시선을 주지도, 아는 체를 하지도 않았다. 오직 루크에게만 시선을 고정한 채 벤치 사이의 좁은 통로로 걸어왔다.

'어떻게 무기 하나 지니지 않고 이 안에 들어올 생각을 했을까?' 클라리가 속으로 물었지만, 얼마 지나지 않아 답을 알게 되었다. 상처 입은 곰 같은 소리를 내지른 앨더트리 심문관이, 저지하는 맬러카이의 손길을 뿌리치고 계단을 비틀비틀 내려와 발렌타인에게 덤벼든 것이었다.

칼이 종이를 가르듯 앨더트리가 발렌타인의 몸을 통과했다. 그는 비틀거리다 기둥을 박고 우스꽝스럽게 바닥으로 나자빠졌다. 발렌타인은 앨더트리를 흥미로운 표정으로 지켜보았다. 뒤따라온 영사는 심문관을 일으켜주며 얼굴에 떠오른 혐오감을 굳이 숨기려 들지 않았다. 그 혐오감이 발렌타인을 향한 것인지, 아니면 어릿광대처럼 구는 앨더트리를 향한 것인지는 아리송했다.

다시 한 번 수군거림이 전당 안을 휩쓸고 지나갔다. 심문관이 덫에 걸린 쥐처럼 꽥꽥거리며 몸부림을 쳤지만, 맬러카이가 그의 팔을 굳게 잡고 있었다. 발렌타인은 그들 쪽으로 시선 한 번 주지 않고 전당 안으로 걸어 들어갔다. 벤치 주변에 모였던 섀도우 헌터들은 모세에게 길을 열어준 홍해처럼 중앙까지 길을 내주며 뒤쪽으로 물러섰다. 그가 루크에게 다가오자 클라리는 몸을 떨었다. '영상일 뿐이야. 정말로 여기 있는 게 아니라고. 그러니 발렌타인은 아무도 해치지 못해.' 클라리가 속으로 되뇌었다.

사이먼 역시 몸을 떨었다. 발렌타인이 연단 계단 앞에 멈춰 서자, 클라리가 사이먼의 손을 움켜잡았다. 발렌타인은 치수를 재듯이 가벼운 시선으로 클라리를 훑어본 뒤 사이먼을 완전히 무시하고 루크에게 시선을 고정했다.

"루션."

흔들림 없는 시선으로 루크가 그를 응시했고 루크는 아무런 대꾸도 하지 않았다. 랜웍에서 만난 뒤 두 사람이 한 공간에 있기는 처음이었다. 그리고 그날 싸움에서 루크는 피투성이가 되어 목숨을 잃을 뻔했다. 이제 두 남자의 차이점과 유사점이 전보다 확연하게 드러났다. 낡은 플란넬 재킷과 청바지 차림의 루크와 고가인 듯한 아름다운 슈트 차림의 발렌타인. 면도를 하지 못해 짧은 수염이 자라고 머리가 희끗희끗한 루크와 달리, 발렌타인은 스물다섯 살 때 모습과 크게 다르지 않았다. 다소 냉혹해지기는 했지만. 세월의 흐름이 그를 서서히 돌로 만든 것처럼 더욱 딱딱해지기도 했고.

발렌타인이 입을 열었다. "클레이브가 자네를 의회로 불러들였다는 얘기는 들었네. 부패와 속된 영합으로 약화된 클레이브에 변질된 잡종들이 흘러드는 건 당연한 일이지." 목소리가 온화하고 유쾌하여 그의 말이 품은 독한 의미가 선뜻 피부에 와 닿지 않았다. 혹은 그 의미가 이해되었다 해도 진심으로 한 말로 들리지 않았다.

발렌타인의 시선이 다시 클라리에게 움직였다. "클라리사, 또 이 뱀파이어와 함께 있구나. 이번 일이 끝나고 나면 네 애완동물 선택에 관해 정말로 얘기를 좀 해야겠어."

사이먼의 목에서 낮게 으르렁거리는 소리가 들려왔다. 클라리가 그의 손을 꽉 잡았다. 아프다고 펄쩍 뛸 정도로 세게. 하지만 사이먼은 아무것도 느끼지 못하는 것 같았다. "안 돼. 그러지 마." 클라리가 속삭였다.

발렌타인의 관심은 이미 다른 곳에 가 있었다. 그는 연단 계단을 오르더니 아래에 모인 사람들을 쭉 훑어보았다. "익숙한 얼굴이 아주 많군.

패트릭. 맬러카이. 아마티스."

아마티스는 뻣뻣하게 굳어 있었고 두 눈은 증오로 이글거렸다.

심문관은 여전히 맬러카이의 손아귀에서 빠져나오려 버둥거리고 있었다. 발렌타인의 시선이 움직였고 재밌다는 표정이 얼굴에 떠올랐다. "자네도 있었군, 앨더트리. 듣기론 내 오랜 친구인 호지 스타크웨더의 죽음에 간접적인 책임이 있는 사람이 바로 자네라지. 유감이군."

루크가 목소리를 되찾았다. "그럼 그 사실을 인정한다는 뜻이군. 자네가 보호막을 무너뜨리고 악마들을 보냈어."

"내가 보냈지. 더 많은 악마도 보낼 수 있어. 하지만 어리석은 클레이브도 그 정도는 예상했겠지? 자네도 마찬가지고. 그렇지, 루션?"

루크의 푸른 눈이 짙어졌다. "그래. 하지만 난 자네를 알아, 발렌타인. 여긴 흥정하러 온 건가, 아니면 비웃어주러 온 건가?"

"둘 다 아니야." 발렌타인이 침묵하는 군중을 바라보았다. "흥정 따윈 필요 없어." 조용한 어조로 말했지만 사람들의 귀에는 그의 목소리가 크게 울렸다. "그리고 비웃을 마음도 전혀 없고. 섀도우 헌터를 죽음으로 몰아넣는 일을 즐길 생각은 없으니까. 안 그래도 우리 숫자는 우리를 절실히 필요로 하는 세상에서 턱없이 적지. 그 일을 즐기는 건 오히려 클레이브야. 그렇지 않나? 말도 안 되는 규정들을 정해놓고 평범한 섀도우 헌터들을 죽음으로 몰아넣지. 나는 어쩔 수 없이 악마들을 보낸 거야. 클레이브가 내 목소리에 귀를 기울이게 하려면 그 길뿐이었으니까. 그러니 섀도우 헌터가 목숨을 잃은 건 나 때문이 아니야. 클레이브가 내 말을 듣지 않았기 때문이지."

발렌타인이 사람들 너머로 앨더트리와 시선을 맞췄다. 심문관의 얼굴이 하얘지더니 씰룩거렸다. "여기 모인 사람 가운데 많은 이들이 한때 서클의 일원이었지." 발렌타인이 천천히 말을 이었다. "이제 당신들에게 다시 한 번 말하지. 서클에 있었지만 지금은 밖에 있는 당신들에게. 다들 내가 15년 전에 예견한 일을 기억하겠지? 우리가 협정에 반대하지 않으면, 우리의 소중한 수도인 알리칸테가 군침을 흘리는 변질된 잡종들로 들끓게 될 거라고. 우리가 소중히 여기는 모든 걸 그들이 마구 짓밟을 거라고. 그리고 이제 내가 예언한 대로 됐어. 가드가 불에 타고, 포털이 파괴되고, 거리가 괴물로 넘쳐나고. 반만 인간인 부랑자가 감히 우리를 이끌려 들고 말이야. 그러니 나의 벗들과 적들, 천사 아래 나의 형제들에게 다시 한 번 묻지. 이제는 내 말을 믿겠는가?"

발렌타인이 목소리를 높여 외쳤다. "이제는 내 말을 믿겠는가!"

그는 대답을 기대하듯이 사람들을 훑어보았지만, 입을 여는 사람은 아무도 없었다. 오직 눈을 부릅뜨고 그를 바라볼 뿐이었다.

"발렌타인." 루크가 작은 목소리로 침묵을 깼다. "자네가 무슨 일을 했는지 모르겠나? 자네가 그토록 염려한 협정은 다운월드 사람과 네피림을 동등하게 만들어주지 않았어. 반만 인간인 자들에게 의회 자리를 내주지도 않았고, 해묵은 증오는 그대로 남았지. 자네는 클레이브를 믿어야 했어. 하지만 그러지 않았지. 그럴 수 없었겠지. 그리고 이제 자네가 우리 모두를 하나로 묶는 유일한 수단을 던져준 셈이 됐어." 루크가 발렌타인의 눈을 똑바로 응시했다. "공동의 적 말이야."

발렌타인의 창백한 얼굴에 붉은 기가 스쳤다. "난 적이 아니야. 네피림의 적은 바로 자네지. 자네는 지금 저들에게 가망 없는 싸움을 부추기고 있어. 간밤에 본 악마들이 내가 가진 전부라고 생각하나? 그건 극히 일부일 뿐이야. 난 그보다 훨씬 많은 악마들을 불러들일 수 있어."

"우리 수도 결코 적지 않아. 네피림도, 다운월드 사람도 더 부를 수 있으니까."

"다운월드 사람을 부른다고? 그들은 위험이 닥칠 기미만 보여도 죄다 꽁무니를 빼버릴 텐데. 네피림은 이 세상을 보호하기 위한 전사로 태어났지만, 세상은 너희 같은 존재를 증오해. 순수한 은이 너희를 태우고 햇빛이 밤의 아이들을 불사르는 데는 다 이유가 있어."

"난 불사르지 않던데." 사이먼이 딱딱한 목소리로 분명하게 말했다. "여기 이렇게 햇빛을 받으며 서 있잖아요."

발렌타인은 한동안 그저 웃기만 했다. "네가 신의 이름을 말하려 할 때 목이 막히는 걸 봤다, 뱀파이어. 햇빛을 받아도 아무렇지 않은 건 아마도 네가 변종이기 때문이겠지. 돌연변이. 그렇다 해도 괴물이라는 사실엔 변함이 없어."

괴물. 클라리는 발렌타인이 그 배에서 한 말을 떠올렸다. 네 엄만 내가 우리 첫 아이를 괴물로 만들어놓았다고 했어. 그래서 둘째에게도 똑같은 짓을 하기 전에 나를 떠난다고.

제이스. 그의 이름을 떠올리자 날카로운 통증이 일었다. 그런 짓을 해놓고도 여기 서서 괴물이라는 말을 입에 올리다니.

"이 자리에서 괴물은 당신뿐이에요. 이수리엘을 봤어요." 조용히 있겠다고 결심했지만 결국 참지 못하고 클라리가 외쳤다. 놀라서 돌아보는 발렌타인을 쳐다보며 클라리가 말을 이었다. "전부 알아요."

"정말 그럴까." 발렌타인이 클라리의 말을 가로막았다. "전부 안다면 입을 다물고 가만히 있겠지. 너 자신을 위해서가 아니라면 네 오빠를 위해서라도 말이야."

'내 앞에서 제이스 얘기 하지 말아요!' 클라리는 소리치고 싶었지만 또 다른 목소리가 그녀를 가로막았다. 서늘하고, 대담하고, 통렬한, 여인의 목소리였다.

"그럼 내 오빠는요?" 아마티스가 앞으로 나아가 연단 아래 서서 발렌타인을 올려다봤다. 루크가 흠칫 놀라 그녀를 향해 고개를 흔들었지만 아마티스는 무시했다.

발렌타인이 얼굴을 찌푸렸다. "루션?" 그가 아마티스의 물음에 동요하고 있다는 것이 느껴졌다. 어쩌면 아마티스가 그에게 맞서 당당하게 묻고 있다는 사실에 동요한 것인지도 모른다. 이미 오래전에 그는 아마티스를 자신의 말에 이의를 제기할 리 없는 나약한 여자로 치부했을 테니까. 발렌타인은 누군가 자신을 놀라게 하는 것을 좋아하지 않았다.

"당신은 내게 루크가 더는 내 오빠가 아니라고 했어요." 아마티스가 다시 입을 열었다. "스티븐을 내게서 떼어놨죠. 우리 가족을 망가뜨렸어요. 당신은 네피림의 적이 아니라고 하지만, 아무런 거리낌 없이 삶을 파괴하고 서로가 서로에게, 가족이 가족에게 등을 돌리게 만들었어요. 당신은 클레이브를 증오한다고 말하지만, 비열하고 강박적인 지금의 그들을 만든 건 바로 당신이에요. 과거에 우리 네피림은 서로를 믿었죠. 당신이 그걸 바꿔놓았어요. 그런 당신을 절대 용서 못해요." 아마티스의 목소리가 떨렸다. "루션을 오빠로 대하지 못하게 한 것도. 그것도 용서하지 않을 거예요. 당신 말을 믿은 나 자신도."

"아마티스." 루크가 한 걸음 앞으로 나왔지만 그녀가 손을 들어 그를 제지했다. 눈에는 눈물이 가득 고였지만 허리는 꼿꼿했고 목소리 또한 확고했다.

"한때는 우리 모두가 당신 말에 기꺼이 귀를 기울였죠, 발렌타인. 그리고 그 일을 모두 마음에 걸려 했고요. 하지만 더는 아니에요. 그 시절은 끝났어요. 여러분 가운데 제 말에 동의하지 않는 사람이 있나요?" 아마티스가 물었다.

클라리가 고개를 쳐들어 섀도우 헌터들을 둘러보았다. 대충 그린 군중 스케치처럼 얼굴들은 허옇고 흐릿하게 보였다. 그 가운데서 이를 악문 패트릭 펜할로우와 강한 바람에 흔들리는 연약한 나무처럼 부들부들 떠는 심문관이 눈에 들어왔다. 맬러카이도 보였다. 그의 검고 매끈한 얼굴에서는 아무런 표정도 읽을 수가 없었다. 그 누구도 입을 떼지 않았다.

네피림의 이 같은 반응에 발렌타인이 화를 낼 거라고 기대했다면, 클라리는 실망했을 것이다. 그는 턱 근육을 움찔한 것 말고는 아무 표정도 내비치지 않았다. 마치 이런 반응을 기대했다는 듯이. 자신의 계획이 원래 이러했다는 듯이 말이다.

"좋아." 발렌타인이 입을 열었다. "충고를 듣지 않는다면 무력을 쓸 수밖에 없지. 보호막을 무너뜨릴 수 있다는 건 이미 봤겠지? 되돌려놓은 모양이지만 그래 봤자 소용없어. 다시 무너뜨리는 건 식은 죽 먹기나 다름없으니까. 내 요구에 응하지 않는다면, 죽음의 검이 불러들일 수 있는 모든 악마와 맞서야 할 거야. 난 남자든, 여자든, 어린아이든 할 것 없이 한 사람도 살려두지 말라고 명할 계획이니까. 그러니 선택은 당신들에게 달렸어."

웅성거림이 퍼졌고 루크가 발렌타인을 빤히 쳐다보았다. "자기 종족을 자기 손으로 파괴하겠다는 건가, 발렌타인?"

"정원을 보존하기 위해서 병든 초목을 뽑아내야 할 때가 있지. 만일 정원 전체가 병들었다면······." 그가 경악에 빠진 군중에게 돌아섰다.

"당신들의 선택에 달렸지. 나한테는 죽음의 잔이 있어. 필요하다면 새도우 헌터를 새로 창조하고 가르쳐 새로운 세상을 시작할 거야. 하지만 당신들에게 한 번의 기회를 주지. 만일 클레이브가 의회의 모든 권한을 양도하고 내게 절대적인 통치권을 부여한다면, 내가 하려던 일을 멈추겠어. 모든 섀도우 헌터는 복종의 서약을 하고 나에 대한 영구 충성의 룬을 받게 될 거야. 이게 내 조건이야."

실내에 정적이 흘렀고, 아마티스가 손으로 입을 가렸다. 클라리는 모든 것이 소용돌이치듯 부옇게 보였다.

'저들이 발렌타인에게 굴복할 리 없어. 절대로 그럴 리가 없어.' 하지만 그렇다면 어떤 선택이 가능한가? 선택의 여지가 있기나 한가? 클라리는 멍하니 생각했다. '저들은 발렌타인의 덫에 갇혔어. 제이스와 내가 발렌타인의 실험으로 덫에 갇혀 있듯이. 우리 모두는 바로 우리 자신의 피 때문에 그에게 속박될 수밖에 없어.'

다음 순간 가느다란 목소리가 정적을 갈랐다. 고음의 가는 목소리. 심문관의 목소리였다. "통치권이라고? '당신'에게 통치권을?" 심문관이 날카롭게 외쳤다.

"앨더트리." 영사가 저지하려 했지만 심문관이 더 빨랐다. 그는 몸을 비틀어 빠져나간 뒤 연단으로 쏜살같이 달려갔다. 제정신이 아닌 사람처럼 악을 쓰고 같은 말을 반복하며 흰자위를 허옇게 드러냈다. 그가 아마티스를 밀치고 비틀거리며 연단에 올라가 발렌타인을 정면으로 마주했다. "난 심문관이야. 심문관이라고! 클레이브, 의회의 일부! 법을 만드는 건 네가 아니라 나야! 통치는 네가 아니라 내가 한다고! 이런 짓을 하게 그냥 두지 않을 거야, 이 건방진 놈아. 악마나 사랑하는 추잡한……."

발렌타인은 지루해서 못 견디겠다는 표정으로 손을 뻗었다. 마치 심문관의 어깨라도 두드려주려는 것처럼. 발렌타인은 영상일 뿐이므로 아무것도 건드리지 못할 터였다. 그런데도 발렌타인의 손이 심문관의 피부와 살과 뼈를 뚫고 흉곽 안으로 사라지는 순간, 클라리는 너무 놀라 헉 하고 숨을 들이켰다. 아주 짧은 순간 전당의 모든 사람이 입을 쩍 벌리고 발렌타인의 왼손을 바라보았다. 믿을 수 없게도 그의 손목이 앨더트리의 흉곽 안에 묻혀 있었다. 다음 순간 발렌타인이 손목을 왼쪽으로 세게 돌렸다. 녹이 슬어 빡빡한 문손잡이를 돌리는 것처럼 뭔가를 비트는 동작이었다.

외마디 비명을 내지른 심문관이 돌처럼 쿵 쓰러졌다. 발렌타인이 손을 거뒀고 그의 손은 피로 번들거렸다. 팔뚝까지 올라오는 진홍색 장갑을 낀 것 같았고 값비싼 모직 슈트에도 핏물이 배었다. 그가 피 묻은 손을 천천히 내리며 공포에 질린 군중을 둘러보았다. 그리고 마지막으로 루크에게 시선을 멈췄다. 발렌타인이 느릿하게 말했다.

"내일까지 내가 말한 조건을 생각해볼 시간을 주지. 이번에는 브로슬린드 평원으로 대대적인 군대를 불러들일 거야. 클레이브가 항복의 메시지를 걸지 않으면 나는 내 군대와 함께 알리칸테로 진격할 계획이지. 그리고 살아 있는 생명은 하나도 남겨두지 않을 거야. 결정은 내일까지야. 시간을 현명하게 쓰길."

그 말과 함께 발렌타인은 사라졌다.

14
어둠의 숲에서

"끝내주는군." 여전히 클라리를 외면한 채 제이스가 말했다. 클라리가 사이먼과 함께 라이트우드 가족이 머무는 집에 들어선 후, 제이스는 한 번도 그녀에게 시선을 주지 않았다. 그 대신 거실 창가에 비스듬히 기댄 채 빠르게 어두워지는 하늘을 바라보았다. "아홉 살짜리 동생 장례식에 참석하느라 재밌는 광경을 놓치고 말았으니."

"제이스." 알렉이 피곤하다는 듯이 말했다. "그러지 마."

알렉은 속이 빵빵한 낡은 의자에 눕다시피 앉아 있었다. 거실에서 앉을 곳이라곤 그 의자들뿐이었다. 낯선 사람의 집에서 느껴지는 이질적인 느낌이 물씬 풍겼다. 실내는 꽃무늬 천과 주름 장식, 파스텔 톤으로 꾸며졌고, 모든 것이 조금씩 낡고 헐어 있었다. 알렉 옆의 작은 탁자에는 초콜릿이 담긴 그릇이 있었는데, 클라리는 배가 고픈 나머지 그 그릇에서 초콜릿을 몇 개 꺼내 먹었다. 초콜릿은 하나같이 바짝 마르고 퍼석거렸다. 문득 전 주인이 어떤 사람들이었는지가 궁금해졌다. 힘든 상황에서 내빼는 부류라면 집을 몰수당해도 싸다고 클라리는 씁쓸한 기분으로 생각했다.

"뭘 그러지 마?" 이미 어두워진 바깥 유리창에 제이스의 얼굴이 선명하게 비쳤다. 제이스의 두 눈이 검게 보였다. 그는 섀도우 헌터 상복 차림이었다. 검은색은 전투를 뜻하므로 섀도우 헌터는 장례식에 검은 옷을 입지 않았다. 그들에게 죽음의 색은 흰색이었다. 제이스가 입은 하얀 재킷의 깃과 손목에는 진홍색 룬이 새겨져 있었다. 전투에서 쓰이는 공격과 방어 룬과 달리 치유와 슬픔을 뜻하는 온화한 룬이었다. 손목에 두른 금속 밴드에도 비슷한 룬이 새겨졌다. 알렉 역시 같은 차림이었다. 적금색 룬이 새겨진 새하얀 옷이 그의 머리를 더욱 검어 보이게 했다. 반면 흰옷에 감싸인 제이스는 천사 같았다. 복수의 천사에 가깝긴 하지만.

"넌 클라리나 사이먼한테 화가 난 게 아니잖아." 알렉이 말하고는 걱정이 된다는 듯이 얼굴을 살짝 찌푸리며 덧붙였다. "적어도 사이먼한테는 아니야."

클라리는 제이스가 사납게 쏘아붙이리라 반쯤 기대했지만 그는 그저 이렇게 말했다. "클라리도 내가 자기한테 화난 게 아니란 거 알아."

사이먼은 소파 등받이 위에 팔꿈치를 얹고 몸을 수그렸다. 눈알을 굴렸지만 그 주제에 대해서는 더 말하지 않았다. "내가 이해가 안 되는 건 발렌타인이 어떻게 심문관을 죽였느냐 하는 거야. 영상은 사물에 어떤 영향도 미치지 못하는 줄 알았는데."

"미치지 못해야 정상이야. 환영에 불과하니까. 그건 색이 있는 공기 같은 거지." 알렉이 말했다.

"이번엔 아니던걸. 발렌타인은 심문관에게 손을 뻗더니 심장을 비틀어서……." 클라리가 부르르 몸을 떨었다. "피가 엄청났어."

"너한테는 특별 보너스 같았겠네." 제이스가 사이먼에게 말했다.

사이먼은 그 말을 무시했다. "역대 심문관 중에 끔찍하게 죽지 않은 사람도 있나? 꼭〈이것이 스파이널 탭이다〉의 드러머 같네(〈이것이 스파이널 탭이다〉라는 모큐멘터리에서 가상 밴드인 '스파이널 탭'의 드러머가 자꾸 죽는다―옮긴이)."

알렉이 손으로 얼굴을 비비며 말했다. "어머니, 아버지가 이 사실을 아직 모르고 계신다는 게 믿기지 않아. 그렇다고 딱히 알려드리고 싶은 것도 아니지만."

"두 분은 어디 계셔? 2층에 계시는 줄 알았는데." 클라리가 물었다.

알렉이 고개를 저었다. "아직 묘지에 계셔. 맥스 묘에. 우리더러 먼저 돌아가라고 하셨어. 두 분만 따로 시간을 갖고 싶다고."

"이사벨은 어디 있어?" 사이먼이 물었다.

제이스의 표정에서 그나마 있던 익살기가 싹 걷혔다. "방에 틀어박혀서 안 나와. 자기 때문에 맥스가 죽었다고 생각하거든. 그래서 장례식에도 오지 않았어."

"얘기는 해본 거야?"

"아니. 얘기 대신 이사벨 얼굴을 계속 후려갈기는 중이야. 왜, 효과가 없을까 봐?" 제이스가 대꾸했다.

"그냥 물어본 것뿐이야." 사이먼이 부드럽게 말했다.

"이사벨한테 세바스찬이 진짜가 아니란 얘기를 해주려고 해." 알렉이 말했다. "그럼 기분이 좀 나아질지도 모르지. 이사벨은 세바스찬에게서 수상한 낌새를 알아챘어야 한다고 자책하고 있거든. 그런데 그가 스파이라면……." 알렉이 어깨를 으쓱했다. "아무도 그에게서 이상한 점을 발견하지 못했잖아. 펜할로우 가족조차도."

"난 불쾌한 자식인 줄 알고 있었어." 제이스가 지적했다.

"그래, 하지만 그건 단지……." 알렉이 의자 위로 더욱 길게 늘어졌다. 많이 지쳐 보였다. 새하얀 옷에 감싸인 피부가 연한 회색빛을 띠었다. "관두자. 그런 문제는 전혀 중요하지 않으니까. 발렌타인의 협박에 관해 알고 나면, 이사벨은 어떻게 해도 기분이 나아지지 않을 거야."

"발렌타인이 정말 그럴까?" 클라리가 물었다. "네피림에게 악마 군단을 보내겠냐고. 아무리 그래도 발렌타인은 섀도우 헌터잖아. 정말 자신의 동족을 모조리 죽일 수 있을까?"

"자기 자식이 죽는 것도 크게 상관하지 않는 사람이야." 제이스가 건너편에 선 클라리를 쳐다보며 말했다. 둘의 시선이 마주쳤다. "그런 사람이 동족이라고 신경을 쓰겠어?"

제이스와 클라리를 번갈아 보는 알렉의 표정에서 클라리는 제이스가 알렉에게 이수리엘에 관해 말하지 않았다는 사실을 알았다. 알렉은 당혹스러운 표정이었다. 그리고 아주 슬퍼 보였다. "제이스……."

"한 가지는 설명이 되는군." 알렉에게 시선을 주지 않으며 제이스가 말했다. "매그너스가 세바스찬의 방에 있는 물건들로 추적 룬을 시험해봤거든. 그걸로 그의 위치를 알아낼 수 있는지 보려고. 그런데 그 물건들로는 별다른 게 나오지 않았어. 아무것도 잡히지 않는대."

"그게 무슨 소리야?"

"그 물건들은 세바스찬 벌락 거거든. 가짜 세바스찬이 그를 중간에서 낚아챘을 때 손에 넣은 물건들이겠지. 그래서 매그너스가 아무것도 알아내지 못한 거야. 왜냐하면 진짜 세바스찬은……."

"죽었을 테니까." 알렉이 대신 말을 맺었다. "우리가 아는 세바스찬은 자신을 추적할 물건을 남기지 않을 정도로 영리하고. 누군가를 추적하는 건 아무 물건으로나 되는 게 아니거든. 그 사람과 단단하게 연결된 물건이어야 해. 집안의 가보라든가 스텔레, 머리카락이 붙은 머리빗 같은 거 말이야."

"안타까운 일이야." 제이스가 말했다. "그 자식만 따라가면 발렌타인이 있는 곳을 바로 알 텐데. 분명히 주인한테 쪼르르 달려가서 미주알고주알 전부 털어놓을 테니까. 호지 선생님이 말한 그 터무니없는 거울-호수 이론까지."

"터무니없는 이론이 아닐지도 몰라." 알렉이 말했다. "보니까 호수로 가는 길목마다 보초를 세워뒀던데. 포털이 열리면 바로 알리도록 보호막을 쳐놓고."

"굉장하네. 이제 아주 안전하겠군." 제이스가 다시 벽에 기댔다.

사이먼이 입을 열었다. "내가 이해할 수 없는 건 세바스찬이 왜 그때까지 근처에서 얼쩡거렸냐는 거야. 이지와 맥스를 공격했으니 곧 정체가 드러날 거고, 더 이상 세바스찬 행세를 할 필요도 없는데 말이야. 이지를 기절시킨 게 아니라 죽인 줄 알았다고 해도, 둘은 죽고 자기만 살아남은 일을 어떻게 설명할 거냐고. 그러니 꼼짝없이 들통이 날 상황이었어. 그런데 왜 전투가 끝날 때까지 얼쩡댄 거지? 왜 가드까지 날 구하러 왔고? 세바스찬은 내가 죽건 살건 아무 상관이 없을 텐데."

"세바스찬을 뭘로 보는 거야?" 제이스가 말했다. "당연히 그 자식은 네가 죽길 바랐겠지."

"아무래도 나 때문에 남은 거 같아." 클라리가 입을 열었다.

제이스의 시선이 빠르게 클라리에게 움직였고, 황금빛 눈에는 섬광이 스쳤다. "너 때문이라고? 또 한 번의 뜨거운 데이트를 기대한 건가?"

클라리가 얼굴을 붉혔다. "그건 아니야. 그리고 우리 데이트는 뜨겁지 않았어. 데이트라고 할 수도 없었고. 아무튼 중요한 건 그게 아니야. 세바스찬이 전당에 왔을 때 나한테 자꾸 밖으로 나가서 얘기하자고 했어.

뭔가 원하는 게 있었던 거야. 그게 뭔지는 모르겠지만."

"다른 게 아니라 널 원한 걸지도 모르지." 클라리의 표정을 보고 제이스가 덧붙였다. "그런 뜻이 아니라, 그러니까 그 자식은 널 발렌타인에게 데려가려고 한 걸지도 모른다고."

"발렌타인은 나한테 아무 관심도 없어. 너라면 모를까." 클라리가 대꾸했다.

제이스의 눈 안쪽에서 뭔가 깜빡이다 사라졌다. 무서울 정도로 표정이 암울했다. "정말 그렇게 생각해? 배 위에서 그 일이 있고 나서 발렌타인 너한테 관심을 갖게 됐어. 그 말은 네가 조심해야 한다는 뜻이야. 그것도 아주 많이. 그러니까 앞으로 며칠간 집 안에서만 보내는 것도 나쁘지 않을 거야. 이사벨처럼 방 안에서 나오지 말든지."

"그러고 싶지 않은데."

"당연히 그러고 싶지 않겠지. 넌 날 고문하려고 사는 애니까. 안 그래?"

"너랑은 상관없는 일이야, 제이스."

"그럴지도 모르지. 하지만 상관있는 일이 아주 많다는 건 너도 인정해야 할걸."

클라리는 소리를 지르고 싶은 욕구를 억지로 참았다.

사이먼이 목을 가다듬었다. "이사벨 얘기가 나와서 말인데. 애초에 우린 이사벨 얘기를 하던 중이었잖아. 싸움이 커지기 전에 말하는 게 좋을 거 같아서 말이야. 내가 이사벨이랑 얘기를 해보면 어떨까 싶거든."

"네가?" 알렉이 저도 모르게 당혹감을 내비친 것을 민망해하며 재빨리 덧붙였다. "그게…… 이사벨은 가족이 불러도 나오지 않아. 근데 네가 부른다고 나오겠어?"

"난 가족이 아니니까." 사이먼은 주머니에 손을 넣은 채 등을 꼿꼿이 펴고 섰다. 그의 곁에 가까이 앉은 클라리는 그의 목과 손목에 희미하게 남은 가느다란 선을 보았다. 발렌타인이 검으로 벤 자국들이었다. 사이먼은 섀도우 헌터 세계와의 만남으로 아주 많이 변했다. 겉모습이나 몸속에 흐르는 피만 말하는 것이 아니다. 더욱 깊은 곳이 변했다. 그는 이제 고개를 들고 똑바로 섰고, 제이스와 알렉이 무슨 말을 하건 크게 상관하지 않았다. 그들을 두려워하고 거북해하던 사이먼은 사라지고 없었다.

클라리는 별안간 가슴에 통증을 느꼈다. 그리고 통증의 정체를 깨닫고는 깜짝 놀라고 말았다. 클라리는 사이먼을 그리워하고 있었다. 예전에 알던 사이먼을.

"내가 이사벨한테 말을 해보면 어떨까 싶어서. 해가 될 건 없으니까."

"하지만 곧 어두워질 텐데. 루크하고 아마티스한테 해가 지기 전에 돌아오겠다고 말하고 나왔잖아." 클라리가 말했다.

"넌 내가 데려다주면 돼." 제이스가 말했다. "사이먼은 어두워도 혼자 돌아갈 수 있을 거고. 그렇지, 사이먼?"

"당연하지. 사이먼은 뱀파이어인데." 알렉이 화난 음성으로 말했다. 마치 방금 전에 사이먼을 무시하는 듯한 발언을 한 것을 만회하려는 듯이. 그러고는 덧붙였다. "이제 보니 농담한 거였나 보네. 내 말은 신경 쓰지 마."

사이먼이 웃었다. 클라리는 다시 이의를 제기하려다 그대로 입을 닫아버렸다. 무슨 말을 해도 억지로 들릴 것임을 알았기 때문이기도 하고, 클라리 너머로 사이먼을 바라보는 제이스의 표정에 깜짝 놀라서이기도 했다. 제이스의 얼굴에는 고마움과, 아주 놀랍게도 존경심이 섞인 즐거운 표정이 떠올라 있었다.

라이트우드 가족이 머무는 집에서 아마티스의 집까지는 그리 오래 걸리지 않았다. 클라리는 그 길이 조금만 더 길었으면 하고 바랐다. 제이스와 함께 있을 때면 늘 그와 보내는 소중한 시간이 언젠가 끝날 거라는 불안감을 떨칠 수가 없었다. 언제인지 모를 영원한 이별의 시간이 점점 다가오는 것만 같았다.

클라리가 곁눈으로 제이스를 흘끔거렸다. 그는 혼자 걷는 사람처럼 똑바로 앞만 보며 걸었다. 거리를 비추는 마법의 불빛에 그의 날카로운 옆얼굴이 분명하게 드러났다. 구불거리는 머리칼이 볼까지 내려왔지만 마크가 새겨졌던 관자놀이의 하얀 흉터는 완전히 가리지 못했다. 모겐스턴 반지가 달린 체인이 목둘레에서 반짝거렸다. 붕대는 풀었지만 왼손의 관절 부분은 여전히 피부가 벗겨져 있었다. 알렉이 요구한 대로 상처는 정말 먼데인처럼 아물고 있었다.

클라리가 몸을 떨자, 제이스가 흘깃 쳐다봤다. "추워?"

"발렌타인이 해친 게 루크가 아니라 심문관이라는 사실이 놀랍단 생각을 하던 중이었어. 심문관은 섀도우 헌터잖아. 루크는…… 다운월드 사람이고. 더구나 발렌타인은 루크를 증오하는데."

"그래도 어떤 면에서는 루크를 존경해. 그가 다운월드 사람이라고 해도." 제이스의 말에 클라리는 조금 아까 사이먼을 바라보던 제이스의 표정을 떠올렸다. 그러고는 얼른 다른 생각을 하려고 했다. 상대를 바라보는 시선처럼 하찮은 점이라 해도, 제이스와 발렌타인이 비슷하게 여겨지는 것은 싫었다.

"루크는 클레이브에 변화를 가져오려고 애쓰고 있잖아. 새로운 방식으로 생각하게 하려고 노력한다고. 그게 바로 발렌타인이 하려는 거지. 목표는 다르다 해도 말이야. 루크는 인습을 깨려고 해. 변화를 원하지.

그리고 심문관은 발렌타인이 그토록 증오하는 낡고 완고한 클레이브를 대표하는 사람이고."

"그리고 두 사람은 한때 친구였고. 루크와 발렌타인 말이야."

"한때 있었던 것의 흔적들." 제이스의 조롱하는 듯한 어조에서 클라리는 그것이 어딘가에서 인용한 말이라는 것을 알았다. "불행한 일이지만, 누군가를 미워해도 한때 아꼈던 사람만큼 미워하지는 못해. 아마 발렌타인은 루크를 위해 특별한 계획을 마련해뒀을 거야. 클레이브를 장악한 후에 그를 어떻게 할지."

"하지만 발렌타인은 클레이브를 장악하지 못해." 제이스가 아무 대꾸도 하지 않자 클라리가 목소리를 높였다. "발렌타인은 승리하지 못한다고. 그럴 수 없을 거야. 섀도우 헌터와 다운월드 사람 모두를 상대로 전쟁을 하고 싶진 않을 테니까."

"섀도우 헌터들이 다운월드 사람들과 함께 싸울 거라고 어떻게 단정하지?" 여전히 클라리를 처다보지 않은 채 제이스가 말했다. 그들은 운하 거리를 걷고 있었고, 제이스는 이를 악문 채 물 쪽을 바라보며 걸었다. "루크가 그렇게 말했기 때문에? 루크는 이상주의자야."

"그게 나빠?"

"나쁘다는 게 아냐. 나는 아니라는 거지." 제이스의 목소리에 스민 공허감에 클라리는 서늘한 통증을 느꼈다. 절망, 분노, 증오. 이것은 악마의 특성이었다. 제이스는 지금 자신이 그래야 한다고 믿는 대로 행동하고 있었다.

이윽고 아마티스의 집 앞에 다다랐다. 클라리는 계단 앞에서 걸음을 멈추고 제이스에게 돌아섰다.

"그럴지도 모르지만, 넌 '그 사람' 하고도 달라."

클라리의 말에 제이스가 약간 놀란 표정을 지었다. 어쩌면 확고한 어조 때문인지도 몰랐다. 라이트우드 가족의 집을 나선 후 처음으로, 제이스가 고개를 돌려 클라리를 보았다. "클라리……." 그가 입을 열다 놀라며 말을 멈췄다. "소매에 피가 묻었네. 어디 다친 거야?"

그가 클라리에게 다가서며 손목을 잡았다. 클라리가 내려다보니 놀랍게도 정말 피가 묻어 있었다. 코트의 오른쪽 소매에 고르지 않은 진홍빛 얼룩이 있었다. 그런데 이상하게도 밝은 빨간색이었다. 말라붙은 피라면 그보다 더 어두운 색이어야 하지 않나? 클라리가 인상을 썼다.

"내 피가 아니야."

제이스가 긴장을 늦췄고 손목을 잡은 손이 느슨해졌다. "그럼 심문관 피야?"

클라리가 고개를 저었다. "내 생각엔 세바스찬 피인 거 같아."

"세바스찬 피라고?"

"어제 전당에 왔을 때 세바스찬의 얼굴에서 피가 흘렀던 거 기억나? 분명히 이사벨의 손톱에 다친 상처였을 거야. 피를 보고 얼굴에 손을 댔는데 그때 피가 묻었나 봐." 클라리가 소매를 자세히 들여다보았다. "아마티스가 코트를 세탁한 줄 알았는데 아닌가 보네."

바로 손을 놓아줄 줄 알았는데, 제이스는 오랫동안 손목을 잡고 얼룩을 살펴본 다음에야 만족스러운 표정으로 놓아주었다. "고마워."

클라리는 잠시 빤히 쳐다보다 고개를 설레설레 흔들었다. "뭐가 고마운지 말해줄 생각은 없는 거지?"

"전혀."

클라리는 화가 난 듯이 양손을 올렸다. "난 들어갈래. 나중에 봐."

그러고는 돌아서서 계단을 올라 대문으로 향했다. 하지만 클라리는 알지 못했다. 그녀가 돌아서는 순간 제이스의 얼굴에서 미소가 걷힌 것도, 대문이 닫힌 뒤 어둠 속에서 작은 실 조각 하나를 손으로 꼬며 오랫동안 그녀를 눈으로 좇았던 것도.

"이사벨." 사이먼이 불렀다. 이사벨의 방을 찾아 여러 방을 다녔지만, 문 안에서 "가버려!"라는 소리가 들려오자 이번에야말로 제대로 찾았다는 것을 알았다. "이사벨, 나 좀 들어갈게."

약하게 쿵 하는 소리가 나고 문이 살짝 떨리는 것을 보니 이사벨이 안에서 뭔가 던진 모양이었다. 신발이나 뭐 그런 거겠지. "너나 클라리하고 말하고 싶지 않아. 누구하고도 말하고 싶지 않아. 날 그냥 내버려둬, 사이먼."

"클라리는 여기 없어. 그리고 난 너랑 얘기하기 전에는 아무 데도 가지 않을 거야."

"알렉!" 이사벨이 소리쳤다. "제이스! 사이먼 좀 가라 그래!"

사이먼은 기다렸다. 아래층에서는 아무 소리도 들리지 않았다. 알렉은 자리를 떴거나 숨을 죽이고 있었다. "알렉이랑 제이스도 없어, 이사벨. 나뿐이야."

정적이 흘렀다. 마침내 이사벨이 다시 입을 열었다. 이번에는 문 바로 뒤에 서 있는 것처럼 목소리가 훨씬 가깝게 들렸다. "너 혼자라고?"

"나 혼자야." 사이먼이 대답했다.

삐걱 소리를 내며 문이 열렸다. 이사벨이 서 있었다. 검은 슬립을 입고 엉킨 머리를 어깨 위로 길게 드리웠다. 이런 모습을 한 이사벨은 처음이었다. 맨발에 머리도 빗지 않고 화장도 하지 않았다. "그럼 들어오든가."

사이먼이 이사벨을 지나 방 안으로 들어섰다. 열린 문 안으로 빛이 들어와 방 안의 전경을 비추었다. 그의 어머니라면 토네이도가 치고 간 것 같다고 말했을 것이다. 옷들은 바닥에 아무렇게나 쌓여 있고, 더플백은 마치 폭발이라도 한 것처럼 열려 있었다. 침대 한쪽 기둥에 반짝이는 채찍이 걸렸고, 다른 쪽 기둥엔 레이스 달린 하얀 브래지어가 걸렸다. 사이먼은 황급히 시선을 돌렸다. 커튼은 닫혀 있고 램프도 꺼져 있었다.

이사벨이 침대 끝에 털썩 주저앉으며 사이먼을 보고 쓴웃음을 지었다. "얼굴을 붉히는 뱀파이어라니. 누가 상상이나 하겠어." 이사벨이 턱을 들어 올렸다. "자, 널 들여보냈어. 이제 어떻게 할 건데?"

이사벨은 화를 내며 노려보고 있었지만, 사이먼은 수척해진 하얀 얼굴에 커다란 검은 눈을 빛내는 그녀가 평소보다 어려 보인다고 생각했다. 밝은색 피부가 드러난 팔과 등, 쇄골, 심지어 다리까지도 온통 하얀 흉터로 뒤덮였다. 그걸 보며 사이먼은 이런 생각이 들었다. '클라리가 새도우 헌터로 남는다면 언젠가 클라리도 온몸에 흉터가 가득한 모습이 되겠지.' 예전과 달리 그런 생각을 해도 많이 언짢지가 않았다. 이사벨 역시 흉터를 자랑스러워하는 것 같았다.

이사벨은 손 안에 든 것을 계속 빙글빙글 돌리고 있었다. 희미하게 반짝이는 작은 물건. 사이먼은 잠시 보석이 아닌가 생각했다.

"맥스한테 생긴 일. 그건 네 탓이 아니야." 사이먼이 입을 열었다.

이사벨은 사이먼을 쳐다보지 않았다. 손 안의 물건을 빤히 내려다보았다. "이게 뭔지 알아?" 이사벨이 들어 보인 물건은 나무로 깎아 만든 작은 병정 같았다. 사이먼은 이내 그것이 검은 전투복을 입은 장난감 새도우 헌터라는 것을 알았다. 은색으로 반짝이는 것은 새도우 헌터의 손에 들린 작은 검으로 칠이 거의 벗겨져 있었다.

"이건 제이스 거였어." 사이먼의 대답을 기다리지 않고 이사벨이 말했다. "제이스가 이드리스에서 올 때 갖고 있던 유일한 장난감이었어. 어쩌면 커다란 세트에 있던 걸지도 모르지. 내가 보기엔 제이스가 직접 만든 것 같지만, 자세히 말한 적은 없었거든. 꼬마였을 때 제이스는 어딜 가든 이걸 가지고 다녔어. 주머니든 어디든 넣어서. 그런데 어느 날부터인가 맥스가 이걸 가지고 다니더라. 제이스가 열세 살 때쯤이었을 거야. 이런 걸 갖고 놀기엔 너무 나이가 들어서 맥스에게 준 거겠지. 사람들이 맥스를 발견했을 때, 그 애 손에 이게 들려 있었대. 이걸 꺼내 꼭 쥐고 있었던 거야. 세바스찬이…… 그 자식이……."

이사벨이 더 이상 말을 잇지 못했다. 울지 않으려고 기를 쓰는 것이 눈에 보였다. 뒤틀리려는 입술을 꽉 다물었다. "내가 거기 있어야 했어. 거기서 그 아일 보호해줬어야 했다고. 맥스가 꼭 잡고 있던 게 이 빌어먹을 나무 조각이 아니라 나였어야 했다고." 이사벨이 침대 위로 장난감 섀도우 헌터를 세게 내던졌다. 그녀의 눈이 눈물로 반짝거렸다.

"넌 정신을 잃었어. 너도 죽을 뻔했다고, 이지. 넌 아무것도 할 수 없었단 말이야."

이사벨이 고개를 젓자 엉킨 머리칼이 어깨 위에서 튀어 올랐다. 이사벨은 몹시 흥분한 듯이 사나워 보였다. "네가 뭘 알아? 맥스가 죽던 날 밤, 그 애가 우리한테 와서 뭐라고 했는지 알아? 누군가 악마 타워에 올라가는 걸 봤다고 했어. 난 꿈을 꾼 거라면서 맥스를 돌려보냈고. 그 애 말이 맞는데. 타워에 올라간 건 보호막을 무너뜨린 세바스찬이었겠지. 그래서 세바스찬이 맥스를 죽인 거야. 그 애가 본 걸 아무한테도 말하지 못하게 하려고. 만약 내가 맥스 말을 들었다면, 잠깐이라도 그 애 말에 귀를 기울였다면, 이런 일은 일어나지 않았어."

"넌 알 길이 없었잖아. 세바스찬에 대해서도 마찬가지고. 세바스찬은 펜할로우의 사촌도 아니야. 그 자식은 모두를 속였어."

이사벨은 놀라지 않았다. "알아. 네가 알렉하고 제이스한테 말하는 거 들었어. 계단 꼭대기에서."

"몰래 엿듣고 있었던 거야?"

이사벨이 어깨를 으쓱했다. "네가 나한테 가서 얘기해보겠다고 하는 부분까지. 그러고 나서 방으로 돌아왔지. 널 보고 싶은 기분이 아니었으니까." 이사벨이 곁눈으로 사이먼을 보았다. "그래도 네가 정말 끈질긴 애라는 건 인정해."

"이사벨." 사이먼이 한 걸음 앞으로 나섰다. 그러나 이사벨이 옷을 거의 입지 않은 상태라는 사실을 갑작스레 의식하고는 그녀의 어깨에 손을 얹고 위로하려던 생각을 재빨리 접었다.

"아버지가 돌아가셨을 때, 난 그게 내 탓이 아니라는 걸 알고 있었어. 하지만 아직도 난 아버지가 돌아가시기 전에 내가 했어야 했던 모든 행동과 말을 떠올려보곤 해."

"하지만 이건 분명히 내 탓이야. 내가 했어야 하는 일은 맥스 말을 듣는 거였다고. 그리고 지금 내가 할 수 있는 건 그 개자식을 찾아내서 죽이는 거야."

"그런다고 그게……."

"네가 어떻게 알아? 네 아버지 죽음에 책임이 있는 사람을 찾아내서 죽여보기라도 했어?"

"아버지는 심장마비로 돌아가셨어. 그러니까 죽여보진 못했지."

"그럼 결과가 어떨지는 모르는 거잖아, 아니야?" 이사벨이 턱을 올리며 그를 똑바로 쳐다보았다. "이리 와."

"뭐라고?"

이사벨이 도도하게 집게손가락으로 그를 불렀다. "이리로 오라고, 사이먼."

주춤거리며 사이먼이 그녀에게 다가갔다. 30센티미터도 떨어지지 않은 곳까지 갔을 때 이사벨이 그의 셔츠 앞자락을 움켜쥐고 앞으로 확 끌어당겼다. 둘의 얼굴이 바짝 붙었다. 사이먼은 이사벨의 눈 아래가 조금 전에 흘린 눈물 자국으로 반짝이는 것을 보았다.

"지금 나한테 진짜로 필요한 게 뭔지 알아?" 이사벨이 한 단어 한 단어 분명하게 말했다.

"어, 모르겠는데?"

"다른 데 정신을 빼앗기는 거." 그렇게 말하며 사이먼의 몸을 반쯤 틀어 침대 위로 잡아당긴 다음 그녀 옆에 눕혔다.

마구 엉킨 옷 더미 가운데로 떨어진 사이먼이 약하게 저항했다. "이러면 정말 기분이 나아질 거라고 생각해?"

"내 말 믿어." 이사벨이 그의 가슴에, 뛰지 않는 심장 위에 한 손을 얹으며 말했다. "벌써 나아지기 시작했어."

클라리는 잠들지 못했다. 천장을 가로지르는 한 줄기 달빛을 물끄러미 쳐다보며 누워 있었다. 그날 벌어진 여러 일들로 신경이 날카롭게 곤두서 잠이 오지 않았다. 사이먼이 저녁 식사 전까지, 아니 식사를 마치고 난 뒤까지 돌아오지 않았다는 사실도 마음에 걸렸다. 결국 클라리는 루크에게 걱정을 토로했고, 루크는 외투를 걸치고 라이트우드 가족이 머무는 집까지 찾아갔다가 즐거운 얼굴로 돌아와서는 이렇게 말했다. "사이먼은 괜찮아, 클라리. 그만 자렴."

그러고는 전당에서 이어지는 지루하고도 끝없는 회의에 참석하기 위해 아마티스와 함께 집을 나섰다. 심문관의 시신은 치웠을까 하는 생각이 불현듯 클라리의 머리를 스쳤다.

달리 할 일도 없기에 방으로 들어와 자려고 했지만, 잠은 계속 올 생각을 하지 않았다. 그리고 자꾸 발렌타인의 모습이 떠올랐다. 손을 뻗어 심문관의 심장을 비틀던 모습. 그녀에게 돌아서서 이렇게 말하던 모습. '입을 다물고 가만히 있겠지. 너 자신을 위해서가 아니라면 네 오빠를 위해서라도 말이야.' 게다가 무엇보다도 이수리엘이 알려준 비밀이 돌처럼 가슴을 짓눌렀다. 그리고 이 모든 걱정의 아래에는 심장박동처럼 끈질기게 계속되는 두려움, 어머니가 죽을지도 모른다는 두려움이 잠재해 있었다. 매그너스는 대체 어디 있는 걸까?

커튼이 살랑이더니 갑자기 방 안으로 달빛이 쏟아졌다. 클라리가 튕기듯 몸을 일으켜 침대 옆 탁자에 둔 천사의 검으로 손을 뻗었다.

"괜찮아." 손 하나가 그녀의 손을 잡았다. 흉터가 있으며 가느다랗고 익숙한 손. "나야."

클라리가 날카롭게 숨을 들이쉬자 제이스가 손을 떼었다. "제이스, 여기서 뭐하는 거야? 무슨 일 있어?"

제이스는 한동안 말이 없었다. 이불을 끌어당기며 클라리는 몸을 틀어 그를 보았다. 잠옷 바지와 캐미솔 하나만 입은 사실이 지나치게 의식되어 얼굴이 붉어졌다. 그러나 제이스의 표정을 보는 순간, 당혹감은 흔적도 없이 사라졌다.

"제이스?" 상복 차림의 제이스가 침대 머리맡에 서 있었다. 클라리를 내려다보는 눈빛에는 가볍거나 빈정거리거나 냉담한 기색이 전혀 없었다. 그의 얼굴은 매우 창백했고 무언가에 사로잡힌 듯한 두 눈은 무거운 중압감에 짓눌려 있었다. "괜찮은 거야?"

"모르겠어." 방금 꿈에서 깨어난 사람처럼 제이스가 멍하게 대답했다. "여기 오려던 게 아니었는데. 밤새 여기저기 쏘다녔거든, 잠이 오질 않아서. 그런데 발길이 자꾸 이리로 오는 거야. 너한테로."

클라리가 허리를 펴며 똑바로 앉자 허리에 둘렀던 이불이 미끄러졌다. "왜 잠이 안 와? 무슨 일 있었어?" 묻는 순간 바보 같다는 생각이 들었다. 무슨 일이 있었느냐고?

하지만 제이스는 좀 전의 물음을 듣지 못한 것 같았다. "널 봐야만 했어." 혼잣말처럼 그가 말했다. "그래선 안 된다는 거 알아. 하지만 어쩔 수 없었어."

"그럼 이리 와서 앉아." 제이스가 침대 끝에 앉을 수 있게 다리를 접으며 클라리가 말했다. "가슴이 철렁했네. 정말 아무 일도 없는 거야?"

"아무 일도 없단 말은 안 했어." 침대에 앉으며 제이스가 클라리를 마주 보았다. 아주 가까운 거리였다. 클라리가 조금만 몸을 기울이면 키스할 수 있을 만큼.

클라리는 가슴이 조여들었다. "나쁜 소식이 있는 거야? 무슨 일이야? 다들……."

"나쁜 일 아니야. 새로운 소식도 아니고. 오히려 그 반대지. 내가 늘 알던 거고, 너도…… 아마 알고 있을 거야. 내가 별로 제대로 숨기지도 못했으니까." 얼굴을 기억하려는 사람처럼 제이스가 클라리를 찬찬히 뜯어보았다. "내가……." 그가 잠시 망설였다. "뭔가를 깨달았거든."

"제이스." 클라리가 불쑥 그의 말을 가로막았다. 이유는 알 수 없지만 그가 하려는 말이 두려웠다. "제이스, 말하지 않아도 돼."

"어딘가로 가려고 했어. 그런데 자꾸만 이리로 오게 되는 거야. 걸음이 멈춰지지 않았어. 생각도 멈춰지지 않았고. 널 처음 본 날, 그리고 그날 이후 널 잊지 못하던 날들에 대해서 말이야. 물론 널 잊으려고 했지만 도저히 나 자신을 제어할 수가 없었지. 그래서 호지 선생님을 졸라서 널 찾아 인스티튜트로 데려오는 일을 맡았어. 심지어 그날도, 카페에서 네가 사이먼이랑 앉아 있는 걸 본 순간, 뭔가 잘못됐다는 느낌이 들었지. 너와 함께 앉아 있어야 할 사람은 그가 아니라 나여야 한다고, 널 그렇게 웃게 만드는 사람은 나여야 한다고 말이야. 그 생각을 떨칠 수가 없었어. 나여야만 한다는 생각. 그리고 널 알아가면서 그 생각은 더욱 강해졌지. 전에는 한 번도 그런 적이 없었는데. 원하는 여자애가 생기고 그 애를 알고 나면 흥미를 잃었거든. 하지만 넌 아니야. 흥미가 점점 강해지기만 했어. 네가 렌윅에 나타나면서 진실을 알게 되기 전까지. 그리고 거기서 알게 됐지. 내가 그렇게 느낀 이유, 널 보는 순간 잃어버린 줄도 모르던 내 일부처럼 느낀 이유를. 그건 바로 네가 내 동생이기 때문이었지. 무슨 웃기지도 않은 농담 같았어. 신이 내 얼굴에 침을 뱉은 것만 같았지. 어째서 나한테 그런 행운이 찾아든 건지 알 수가 없었어. 널 갖게 된 것만큼은 사실이었으니까. 하지만 도대체 내가 무슨 짓을 했기에 그런 벌을 받아야 하는지……"

"네가 벌을 받는 거라면, 나도 마찬가지야. 네가 느끼는 감정을 나도 똑같이 느끼니까. 하지만 우린 그러면 안 돼. 그런 감정을 가져선 안 된다고. 그것밖에는 길이 없으니까."

옆으로 내린 제이스의 주먹이 꽉 쥐어졌다. "무슨 길?"

"함께할 수 있는 길. 안 그러면 우린 지금처럼 가까이 지낼 수 없어. 한 공간에 있는 일조차 불가능해질 거야. 난 그런 일은 감당할 수 없어. 보지 못하고 사느니 남매로라도……"

"그럼 다른 남자랑 데이트하고 사랑에 빠지고 결혼하는 널 가만히 앉

유리의 도시 355

아서 지켜봐야 한다고?" 목소리가 굳어졌다. "그런 널 지켜보며 날마다 조금씩 죽어가라고?"

"그때쯤엔 크게 상관하지 않게 될 거야." 클라리는 과연 제이스가 상관하지 않게 되어도 아무렇지 않을지 궁금했다. 거기까지는 생각해본 적이 없었고, 다른 사람과 사랑에 빠져 결혼하는 제이스를 그려보려 해도 도무지 그려지질 않았다. 끝없이 뻗은 어둡고 텅 빈 터널만 떠오를 뿐이었다. "부탁이야. 우리가 아무 말 않으면…… 그냥 아닌 척하면……."

"그럴 순 없어." 제이스가 더없이 분명하게 말했다. "난 널 사랑하고, 죽는 날까지 사랑할 거야. 다음 생이 있다면 그때까지도."

클라리는 숨이 막혔다. 그가 기어이 내뱉고야 말았다, 절대 돌이키지 못할 말을. 무슨 말이든 해야 했지만 클라리는 아무 말도 하지 못했다.

"넌 내가 괴물임을 입증하기 위해 네 곁에 있으려 한다고 생각하지. 알아." 제이스가 다시 입을 열었다. "어쩌면 정말 난 괴물인지도 모르지. 확실한 답은 나도 알지 못해. 하지만 내 몸에 악마의 피가 흐른다 해도, 인간의 피 역시 흐른다는 걸 알아. 내가 조금이나마 인간이기 때문에 지금처럼 널 사랑할 수 있다는 것도. 왜냐하면 악마는 그저 원하기만 할 뿐, 사랑하진 않으니까. 그리고 난……."

제이스가 별안간 자리에서 몸을 일으켰다. 그러더니 방을 가로질러 창가로 향했다. 전당에 놓인 맥스의 시신 곁에 서 있던 그때처럼 넋이 나간 표정이었다.

"제이스?" 놀란 클라리가 부르는 소리에도 제이스는 아무 대답이 없었다. 서둘러 침대에서 일어난 클라리가 그의 곁으로 다가가 살며시 그의 팔을 잡았다. 제이스는 계속 창밖만 빤히 응시했다. 유리창에 둘의 모습이 투명하게 비쳤다. 훤칠한 소년의 소매 위에 자그마한 소녀가 걱정스레 손을 얹은 모습이 유령처럼 흐릿하게 보였다. "왜 그래?"

"그런 말은 하면 안 되는 거였는데." 클라리를 돌아보지 않은 채 제이스가 말했다. "미안해. 받아들이기 쉽지 않은 말이었을 거야. 많이⋯⋯ 놀란 얼굴이었어." 전류가 흐르는 전선처럼 목소리에 팽팽한 긴장이 흘렀다.

"맞아. 지난 며칠간 네가 날 증오하는 게 아닐까 전전긍긍했거든. 그러다 오늘 널 봤을 때 내 생각이 맞았다고 확신했어."

"증오한다고?" 그가 혼란스러운 표정으로 클라리의 말을 반복했다. 그녀의 얼굴로 손을 뻗었지만 가볍게 손끝만 대었다.

"잠이 오지 않았다고 말했잖아. 내일 자정이면 우린 전쟁을 하고 있거나 발렌타인의 통치 아래 있게 돼. 어쩌면 오늘 밤이 생애 마지막 밤일지도 모르지. 그나마 보통 밤과 비슷하다고 할 수 있는 마지막 밤인 건 분명해. 지금까지 그런 것처럼 다음 날 아침에 눈을 뜨기 위해 잠자리에 드는 마지막 밤. 그렇게 생각하니 내 머릿속엔 딱 한 가지 생각밖에 떠오르지 않았어. 그 밤을 너와 함께 보내고 싶다는 생각."

클라리는 심장이 멎는 것 같았다. "제이스."

"그런 뜻이 아니야. 원하지 않으면 절대 건드리지 않을 거야. 나도 옳지 않은 일이란 거 알아. 완전히 잘못된 일이란 것도 잘 알고. 하지만 딱 한 번만이라도 네 곁에서 잠들었다 깨어나고 싶어. 이번 생에서 단 하루만이라도." 절박한 감정이 목소리에 묻어났다. "딱 하룻밤이야. 인생 전체에서 하룻밤쯤은 아무것도 아니잖아?"

하지만 다음 날 아침에 우리가 어떤 느낌일지 생각해봐. 밤을 함께 보내고 나면, 그냥 같이 잠을 잔 것뿐이라 해도, 사람들 앞에서 서로에게 아무 감정도 없는 척하기가 얼마나 힘들어질지 생각해보라고. 마약을 조금만 한 것과 비슷할 거야. 전보다 더 서로를 원하게 될 테니.

하지만 클라리는 이미 생각을 해보았기에 제이스가 그런 말을 꺼냈다는 사실을 깨달았다. 세상 그 어떤 것도 그의 상황을 더 낫게 만들지 못하는 것처럼, 그 어떤 것도 그의 상황을 더 끔찍하게 만들지 못했다. 그가 느끼는 감정은 종신형과도 같았다. 클라리라고 과연 다르다 말할 수 있을까? 설사 다르기를 바란다 해도 상관없었다. 시간이 지나든, 이성을 되찾든, 서서히 마음이 변하든, 언젠가는 이런 감정을 느끼지 않게 되길 바라든, 상관없었다. 지금까지 살아오는 동안, 제이스와 함께 보내는 하룻밤보다 더 클라리가 원한 것은 없었다.

"그럼 침대로 오기 전에 커튼이나 닫아줘. 난 이렇게 밝으면 잠을 못 자니까." 클라리가 입을 열었다.

제이스의 얼굴에 도저히 믿기지 않는다는 표정이 번졌다. 그녀가 정말 허락하리라고는 생각지 못한 모양이었다. 다음 순간 제이스가 그녀를 확 끌어안고 헝클어진 그녀의 머리에 얼굴을 묻었다. "클라리……"

"그만 자자. 밤이 많이 늦었어." 클라리가 부드럽게 말했다. 제이스의 품에서 빠져나온 클라리는 침대로 들어가서 이불을 허리까지 끌어당겼다. 그를 보고 있자니, 상황이 달랐다면 벌어졌을 일들이 눈앞에 선하게 그려졌다. 수년의 세월이 흐르고 이런 일을 수백 번도 더 반복했을 만큼 오랜 세월을 함께한 두 사람. 오늘 하룻밤뿐만 아니라 매일 밤을 함께하는 두 사람. 양손으로 턱을 받친 클라리가 지켜보는 가운데, 제이스가 손을 뻗어 커튼을 치고 하얀 재킷을 벗어 의자에 걸었다. 그는 재킷 속에 연한 회색 티셔츠를 입고 있었다. 허리띠를 끌러 바닥에 놓는 순간, 팔을 휘감은 마크가 희미하게 반짝였다. 그가 부츠 끈을 풀어 신발을 벗고 난 뒤, 침대로 다가와 클라리 곁에 아주 조심스럽게 누웠다. 등을 대고 누운 제이스는 고개를 돌려 그녀를 바라보았다. 커튼 가장자리로 약한 빛이 흘러들어 겨우 얼굴의 윤곽과 반짝이는 눈이 보였다.

"잘 자, 클라리."

손은 양옆으로 얌전히 놓고 팔은 옆구리에 딱 붙인 자세였다. 마치 숨도 쉬지 않는 것 같았다. 그건 클라리도 마찬가지였다. 그녀는 손을 움직여 둘의 손가락이 가볍게 마주칠 정도까지만 나아갔다. 닿은 듯 만 듯 살짝만 닿아 제이스가 아닌 다른 사람의 손이었다면 닿은 줄도 몰랐을 것이다. 자그마한 불꽃 위에 손을 댄 것처럼 손가락 끝의 신경이 찌릿했다. 제이스의 몸이 긴장으로 굳어졌다가 풀어지는 것이 느껴졌고, 그의 눈썹이 광대뼈 위로 고운 그림자를 드리웠다. 클라리가 지켜보는 것을 느꼈는지 제이스의 입술이 휘어지며 미소를 머금었다. 클라리는 내일 아침에 그가 어떤 모습일지 궁금했다. 머리는 제멋대로 뻗치고 다크서클이 진하게 생길까. 이런저런 생각을 하다 보니 지금까지 벌어진 모든 일에도 갑작스레 행복감이 밀려왔다.

클라리는 제이스의 손가락 사이로 깍지를 꼈다. 그러고는 "잘 자"라고 조그맣게 속삭였다. 동화 속의 아이들처럼 손을 꼭 잡은 채, 클라리는 그의 곁에서 곤한 잠에 빠져들었다.

15
모든 것이 무너지다

그날 밤 루크는 오랜 시간 동안 전당의 투명한 지붕을 가로지르는 달의 움직임을 지켜보았다. 마치 유리 탁자의 투명한 표면 위로 은 동전이 굴러가는 것 같았다. 지금처럼 만월에 가까워지면, 늑대가 아닌 사람의 모습으로 있을 때조차 시각과 후각이 예민해졌다. 그리하여 방 안에 가득한 의심뿐만 아니라 그 아래 깔린 두려움의 냄새까지 맡을 수 있었다. 그의 무리가 브로슬린드 숲에서 어둠 속을 서성이며 초조하게 소식을 기다리는 것마저 느껴질 정도였다.

"루션." 나직하나 날카로운 아마티스의 목소리가 귓가에 들렸다. "루션!"

몽상에서 끌려 나온 그가 피로한 눈에 힘을 주며 앞에 모인 사람들에게 집중했다. 그의 계획을 들어보겠다며 몇 안 되는 사람들이 모인 참이었다. 생각보다도 적은 수였다. 펜할로우, 라이트우드, 레이븐스카처럼 이드리스에서 알던 사람들도 있고, 포르투갈어와 영어를 섞어 말하는 리스본 인스티튜트 운영자 몬테베르데와 엄격한 표정의 뭄바이 인스티튜트 운영자 나스린 초우드리처럼 이곳에 와서 처음 만난 사람들도 있었다. 초우드리가 두른 진녹색 사리에 문양으로 들어간 은빛 룬이 어찌나 밝은 빛을 발하는지, 루크는 그녀가 다가오자 저도 모르게 몸을 움찔거렸다.

"정말이지, 루션." 메이리스 라이트우드가 입을 열었다. 지칠 대로 지친 데다 비통한 일까지 겪은 후여서 작고 하얀 얼굴이 수척했다. 메이리스나 남편인 로버트가 올 거라고는 기대하지 않았는데, 두 사람 모두 얘기를 꺼내자마자 선뜻 오겠다고 해주었다. 그러니 그들이 와준 것만으로도 고마워해야 했다. 비통함에 젖은 메이리스가 보통 때보다 더 성깔을 부린다 해도. "우리더러 와달라고 한 건 당신이잖아. 그럼 적어도 집중은 해야 할 거 아냐."

"집중했어요." 아마티스가 대꾸했다. 어린 소녀처럼 접은 다리를 끌어안고 앉아 있었지만 표정만은 단호했다. "계속해서 원점을 맴도는 건 루션 탓이 아니에요."

"그럼 해결책이 나올 때까지 계속 더 맴돌면 되겠군." 패트릭 펜할로우가 날 선 어조로 말했다.

"죄송하지만요, 패트릭." 나스린이 딱딱 끊어지는 어투로 말했다. "이 문제에 해결책이란 없어요. 계획이라도 세워보자는 거지."

"대규모 노예화에 들어가지 않는 계획? 아니면……." 패트릭의 아내 지아가 말을 멈추고 입술을 깨물었다. 지아는 예쁘고 늘씬한 여인이었고, 딸인 알린과 많이 닮았다. 루크는 패트릭이 그녀와 결혼하기 위해 베이징 인스티튜트로 내뺐던 일을 기억했다. 당시 그는 부모가 점찍어 둔 여자와 이드리스에서 결혼을 하기로 되어 있었기에 그 사건은 엄청난 물의를 일으켰다. 패트릭은 강요하는 일이라면 절대로 하지 않는 성미를 가졌다. 지금과 같은 상황에서는 그런 성미가 고마울 따름이지만.

"다운월드 사람들과 동맹을 맺지 않아도 되는 계획 말인가요?" 루크가 대신 말했다. "안타깝지만 그런 계획은 없어요."

"문제는 그게 아니란 거, 당신도 잘 알잖아." 메이리스가 말했다. "의회 좌석이 문제지. 클레이브는 절대 동의하지 않을 거야. 네 좌석이나……"

"넷은 아니야." 루크가 대꾸했다. "요정, 달의 아이, 릴리스의 아이에게 하나씩이지."

"요정, 늑대인간, 마법사라." 몬테베르데가 눈썹을 들어 올리며 부드러운 목소리로 말했다. "그럼 뱀파이어는요?"

"그들은 아직 어떤 약속도 하지 않았소." 루크가 인정했다. "나도 그들에게 아무 약속도 하지 않았고. 그들은 의회에 참석하고 싶지 않은 거예요. 우리 종족을 좋아하지 않을뿐더러 회의니 규칙이니 하는 것도 별로 좋아하지 않으니까. 하지만 언제든 마음을 바꾸면 참여할 수 있게 기회는 열어두었소."

"맬러카이와 그 일당은 절대 용납하지 않을 텐데. 그들이 빠지면 득표수가 충분치 않을 거고." 패트릭이 중얼거렸다. "게다가 뱀파이어들까지 빠진다면 승산이 있나?"

"아주 많죠." 아마티스가 쏘아붙였다. 루크의 계획에 루크 본인보다 더 확신을 가진 듯했다. "우리를 위해 싸워줄 다운월드 사람들이 아주 많으니까요. 그리고 그들은 매우 강력한 힘을 가졌어요. 마법사만 해도……"

몬테베르데 부인이 고개를 저으며 남편에게 돌아섰다.

"말도 안 되는 계획이에요. 제대로 될 리가 없다고요. 다운월드 사람들을 어떻게 믿고."

"반란 때는 제대로 됐죠." 루크가 말했다.

몬테베르데 부인이 이를 드러냈다. "그건 발렌타인이 형편없는 군대를 이끌고 싸웠기 때문이죠, 악마가 아니라. 그리고 그가 명령하는 순간 옛 서클 멤버들이 그에게 돌아서지 않으리라는 걸 어떻게 알죠?"

"말조심해요, 부인." 로버트 라이트우드가 낮게 말했다. 저녁 내내 슬픔에 잠겨 돌처럼 꼼짝 않고 앉아 있던 그가 한 시간 만에 처음으로 입을 뗀 것이었다. 그의 얼굴에 보이는 주름은 사흘 전만 해도 없던 것이라고 루크는 분명히 말할 수 있었다. 뻣뻣하게 굳은 어깨와 움켜쥔 주먹에도 그의 고뇌가 그대로 드러났다. 루크가 로버트를 좋아한 적은 없었지만, 그처럼 건장한 남자가 슬픔을 감당하지 못해 괴로워하는 모습을 보니 참을 수 없이 마음이 아팠다.

"맥스가 죽었는데 내가 발렌타인에게 돌아가리라 생각한다면…… 발렌타인 때문에 내 아들이 살해당했는데……."

"로버트." 메이리스가 그의 팔을 잡으며 조용히 불렀다.

"발렌타인의 요구에 따르지 않는다면 곧 모두의 아이가 죽게 돼요." 몬테베르데 부인이 말했다.

"그렇게 생각한다면 이 자리엔 뭐 때문에 나온 거죠?" 아마티스가 자리에서 일어섰다. "난 우리가 합의한 걸로 알았는데요."

'나도 그런 줄 알았지.' 루크는 머리가 아파왔다. 저들은 언제나 이런 식이었다. 두 걸음 전진하면 여지없이 한 걸음 후퇴했다. 서로를 향해 이를 드러내며 으르렁거리는 다운월드 사람들과 하등 다를 바가 없었다. 그런데도 자신들은 그 사실을 깨닫지 못했다. 어쩌면 늑대인간 무리처럼 결투로 문제를 푸는 것이 더 나을지도 몰랐다.

전당 입구에서 뭔가 얼핏 지나가는 것이 루크의 시선에 잡혔다. 번개처럼 빠르게 지나가서, 만월에 가깝지만 않았다면 제아무리 루크라 해도 그를 알아보기는커녕 움직임조차 잡아내지 못했을 것이다. 루크는 잠시 헛것을 보았나 생각했다. 가끔 아주 피곤할 때는 빛 때문에 생기는 그림자를 보고 조슬린을 보았다고 착각하기도 했다.

하지만 이번에 본 것은 조슬린이 아니었다. 루크가 자리에서 일어났다. "5분만 바람 좀 쐬고 올게요. 금방요."

입구로 걸어 나가는 동안 모두의 시선이 그에게 머무는 것이 느껴졌다. 심지어 아마티스도 그를 눈으로 좇았다. 몬테베르데가 아내에게 포르투갈어로 속삭이는 소리가 들렸다. 이어지는 단어들 가운데 '늑대'를 가리키는 '로보(lobo)'라는 단어가 루크의 귀에 잡혔다. '아마 내가 달을 보고 미친 듯이 빙글빙글 돌며 울부짖으러 나간다고 생각하겠지.'

바깥 공기는 차갑고 상쾌했고 하늘은 철회색 빛을 띠었다. 동쪽 하늘에 동이 터오며 붉은 기운이 돌았고, 전당 입구의 하얀 대리석 계단에 창백한 분홍빛이 드리워졌다. 제이스가 계단 중간에서 그를 기다리고 있었다. 새하얀 상복을 보자 루크는 정신이 번쩍 들었다. 그들이 견딘 모든 죽음, 그리고 다시 한 번 견뎌야 할 모든 죽음을 상징하는 것만 같아서.

루크는 제이스보다 몇 계단 위에 멈춰 섰다. "여기서 뭐하는 거냐, 조너선?"

제이스가 대꾸를 하지 않자 루크는 자신의 건망증을 조용히 탓했다. 조너선으로 불리는 것을 좋아하지 않는 제이스는 그렇게 불릴 때마다 날카로운 반응을 보이는데. 하지만 이번만큼은 제이스도 신경 쓰지 않는 것 같았다. 그를 올려다보는 제이스의 얼굴은 전당 안에 있는 어른들의 얼굴만큼이나 어두웠다. 클레이브의 법에 따라 성인이 되려면 아직 1

년은 더 있어야 하지만, 그는 보통의 성인이 상상도 못할 끔찍한 일들을 그 짧은 생애 동안 이미 여러 번 겪었다.

"부모님을 보러 온 거냐?"

"메이리스와 로버트를 말씀하시는 건가요?" 제이스가 고개를 저었다. "아뇨. 그분들에겐 할 말이 없어요. 전 루크를 만나러 왔어요."

"클라리 때문이니?" 루크가 더 걸어 내려가 제이스 바로 위 칸에 섰다. "무슨 일이 있는 거야?"

"아무 일도 없어요." 클라리 얘기가 나오자 제이스가 바짝 긴장하는 것 같아 루크는 가슴이 철렁했다. 하지만 무슨 일이 생겼다면 아니라고 할 리가 없었다.

"그럼 뭐지?"

제이스가 그를 지나 전당 입구 쪽으로 시선을 주었다. "어떻게 돼가고 있어요? 진전은 좀 있나요?"

"별로. 다들 발렌타인에게 항복하고 싶지 않은 만큼 다운월드 사람들을 의회로 불러들이는 일도 탐탁지 않아해. 우리 종족은 의회 좌석을 약속하지 않으면 싸우지 않을 거고."

제이스가 눈을 반짝였다. "클레이브는 엄청 싫어할걸요."

"좋아할 필요까진 없어. 자살보다 낫다고만 생각하면 돼."

"이러지도 저러지도 못할 거예요. 저라면 최종 시한을 정하겠어요. 클레이브는 최종 시한이 있어야 더 효율적으로 돌아가니까."

루크는 웃지 않을 수 없었다. "동원할 수 있는 다운월드 사람은 모두 해 질 녘까지 북문 근처로 모일 거야. 그때까지 클레이브가 함께 싸우기로 합의하면 그들은 도시 안으로 들어오고, 합의하지 않으면 돌아설 거야. 더 늦게까지 기다릴 순 없어. 그때 들어와야 겨우 브로슬린드까지 자정 안에 갈 수 있으니까."

제이스가 휘파람을 불었다. "상당히 극적인데요. 다운월드 사람들이 모여든 광경이 클레이브에게 영감을 좀 줬으면 좋겠네. 아니면 겁이라도 주든가."

"둘 다 조금씩 주겠지. 대부분 클레이브 멤버들은 너처럼 인스티튜트와 인연이 있어 다운월드 사람들에게 익숙해. 내가 걱정하는 건 이드리스 토박이들이야. 문 앞에 모여든 다운월드 사람들을 보고 공포에 사로잡힐까 봐. 하지만 자신들이 얼마나 약한 존재인지 깨닫게 된다면 그것도 나쁘지 않겠지."

그 말에 제이스가 도시 너머로 시선을 주었다. 언덕 비탈에 검은 흉터처럼 남은 가드 쪽으로. "그걸 아직도 깨닫지 못한 사람이 있을까요?" 루크를 바라보는 제이스의 맑은 눈에 심각한 표정이 담겼다. "드릴 말씀이 있어요. 그리고 제가 하는 말은 비밀로 해주셨으면 좋겠어요."

루크는 놀라움을 감추지 못했다. "왜 내게 말하려 하지? 메이리스나 로버트가 아니라?"

"여기서 책임자는 루크니까요. 아시잖아요."

루크는 망설였다. 그 자신도 몹시 지쳤지만, 하얗고 지친 제이스의 얼굴은 연민을 불러일으켰다. 평생 어른들에게 배신과 이용만 당한 이 아이에게, 모든 어른이 그와 같지 않다는 것을 보여주고 싶다는 강한 욕망이 일었다. 그가 의지할 수 있는 사람도 있다는 것을 말이다. "알았다."

"그리고 클라리가 알아듣게 잘 설명해주시리라 믿어요."

"클라리에게 뭘 설명해?"

"제가 이 일을 하는 이유에 대해서요." 떠오르는 해가 빛을 드리워 눈을 부릅뜬 제이스의 모습이 더욱 어려 보였다.

"세바스찬을 추적하려고 해요, 루크. 찾을 방법을 알아요. 발렌타인이 있는 곳으로 안내할 때까지 그를 추적할 생각이에요."

루크가 기가 막힌다는 듯이 한숨을 내쉬었다. "찾을 방법을 안다고?"

"브루클린에서 매그너스와 지낼 때 그가 추적 주문을 어떻게 쓰는지 보여줬어요. 아버지 반지로 아버지를 추적했거든요. 효과는 없었지만……."

"넌 마법사가 아니야. 제대로 할 수 없을 거다."

"룬을 쓰는 거예요. 제가 발렌타인을 만나러 배에 갔을 때 심문관이 절 지켜본 방법하고 같은 거죠. 세바스찬의 물건만 있으면 얼마든지 가능해요."

"하지만 거기에 대해서는 펜할로우도 확인해주지 않았니. 아무것도 남기지 않았다고. 바로 이런 식으로 추적당할까 봐 깨끗이 치운 거겠지."

"찾은 게 있어요." 제이스가 말을 이었다. "그 자식 피가 묻은 실밥요. 작은 거지만 충분해요. 시험해보니까 되더라고요."

"너 혼자 발렌타인을 찾아가게 할 순 없어, 제이스. 그렇게 하도록 두지 않을 거다."

"절 막지 못할걸요. 지금 당장 여기서 저랑 싸울 생각이 아니라면요. 그리고 절 이기지도 못해요. 그건 루크도 잘 알아요." 제이스의 어조에는 확신과 자기혐오의 감정이 섞여 있었다.

"제이스, 고독한 영웅 역을 하겠다는 네 결심이 아무리 굳건하다고 해도……."

"전 영웅이 아니에요." 누구나 아는 단순한 사실을 말하듯, 제이스의 목소리는 분명하고 담담했다.

"네가 이러면 라이트우드 가족의 마음이 어떨지 생각해봐. 네가 무사히 돌아온다고 해도 마찬가지야. 클리리는 어떨지……."

"저라고 클라리 생각을 안 한 줄 아세요? 식구들 생각을 안 한 줄 아시냐고요. 루크는 제가 왜 이 일을 하려 한다고 생각하죠?"

"나도 열일곱이라는 나이를 지나온 사람이다. 스스로에게 세상을 구할 힘이 있다고 믿는 때라는 거 알아. 힘뿐만 아니라 책임까지 있다고 믿지."

"절 보세요, 루크. 똑바로 보고 말해봐요. 제가 평범한 열일곱 살짜리와 똑같다고."

루크가 한숨을 내쉬었다. "넌 평범함하고는 거리가 멀지."

"그럼 이 일이 불가능하다고 말해보세요. 제가 이 일을 완수하지 못할 거라고요." 루크가 입을 열지 않자 제이스가 말을 이었다.

"루크의 계획도 물론 나쁘지 않아요. 다운월드 사람들을 불러들여 발렌타인과 맞서는 거. 가만히 앉아서 짓밟히는 것보다야 훨씬 낫죠. 하지만 발렌타인도 그 정도는 예상할 거예요. 그러니 허를 찌르는 공격은 아니죠. 전…… 발렌타인의 허를 찌를 수 있어요. 세바스찬이 누군가에게 뒤를 밟히리라곤 생각지 못할 테니까. 적어도 기회는 얻을 수 있어요. 우린 어떤 기회든 잡아야 하고요."

"하지만 그건 어느 한 사람이 맡기엔 너무 벅찬 일이야. 그게 아무리 너라고 해도."

"제가 아니면 안 된다는 거 모르겠어요?" 제이스의 목소리에 절박함이 깃들었다. "설사 제가 추적하는 사실을 알아차려도 발렌타인은 제가 오는 걸 막지 않을 거예요. 그에게 가까이 다가가야……."

"다가가서 뭘 어쩌겠다는 거냐?"

"죽여야죠. 당연히."

루크는 아래쪽 계단에 선 소년을 물끄러미 바라보았다. 클라리에게서 조슬린의 모습을 보듯이 조슬린의 아들에게서도 어떻게든 그녀의 모습을 볼 수 있기를 간절히 바라며. 하지만 제이스는 언제나 그 자신의 모습으로만 보일 뿐이었다. 침착하고 독립적이고 그 누구에게도 속하지 않는 모습.

"그럴 수 있다고 생각하니? 네 아버지를 네 손으로 죽일 수 있어?"

"네." 제이스의 목소리가 메아리처럼 멀게 들렸다. "지금 그가 제 아버지라서 죽이지 못할 거라는 말인가요? 부친 살해는 용서받지 못할 죄라고?"

"내 말은, 너 자신이 그 일을 해낼 수 있다는 확신이 있어야 한다는 뜻이다." 루크는 그렇게 말하며 자신의 속마음을 깨닫고 깜짝 놀랐다. 마음속으로는 이미 제이스가 본인의 말대로 행할 것이며 루크 자신은 그렇게 하도록 내버려둘 것이란 사실을 받아들이고 있었다. "이곳과 모든 연결을 끊어버리고 혼자서 발렌타인을 추적해놓고는 마지막 관문에서 실패하는 일은 없어야 하니까."

"아, 할 수 있어요." 루크에게서 시선을 뗀 제이스는 어제 아침까지 시신으로 가득하던 광장 쪽을 바라보았다. "날 이렇게 만든 건 아버지예요. 그를 깊이 증오해요. 난 아버지를 죽일 수 있어요. 아버지가 그 점은 아주 확실히 해뒀죠."

루크가 고개를 절레절레 흔들었다. "제이스, 그가 너를 어떻게 키웠건 넌 지금까지 그에 맞서 싸워왔어. 그는 널 악하게 만들지······."

"아뇨. 그럴 필요가 전혀 없었죠." 푸른빛과 잿빛이 뒤섞인 하늘을 제이스가 흘깃 올려다보았다. 광장을 둘러싼 나무들에서 새들이 지저귀기 시작했다. "가봐야겠어요."

"라이트우드 가족에게 전할 말은 없니?"

"아뇨. 아무 말도 하지 마세요. 무슨 일을 하러 가는지 알면서도 절 잡지 않았다고 루크를 탓할 테니까. 메모를 남겨뒀으니 알 거예요."

"그럼 왜……."

"말하지 않았나요? 루크에게 알리러 왔다고. 전투 계획을 짜는 동안 염두에 두라고요. 제가 어딘가에서 발렌타인을 추적하고 있다는 걸 말이에요. 발렌타인을 발견하면 소식 전할게요." 제이스의 얼굴에 미소가 살짝 스쳤다. "절 차선책으로 생각하세요."

루크가 손을 뻗어 소년의 손을 움켜잡았다. "네 아버지가 그런 자가 아니었다면, 널 아주 자랑스러워했을 거다."

제이스는 한순간 놀란 얼굴이다가, 얼굴을 붉히며 손을 거두어들였다. "루크가 그 사실을 안다면……." 입을 열다 말고 입술을 깨물었다. "관두죠. 행운을 빌어요, 루션 그레이마크. Ave atque vale."

"정말로 작별을 고할 일은 없기만 바라자꾸나." 루크가 말했다. 이제 해는 빠른 속도로 떠오르고 있었다. 갑작스레 강렬히 쏟아지는 빛 때문에 제이스가 고개를 들며 눈을 찡그렸다. 그리고 그 모습이 루크의 시선을 잡아끌었다. 무방비하면서도 고집스러운 자긍심이 섞인 그 표정이. "널 보니 떠오르는 사람이 있구나." 생각할 겨를도 없이 루크의 입에서 흘러나온 말이었다. "오래전에 알던 사람."

"알아요." 제이스가 입술을 비틀며 쓸쓸하게 말했다. "발렌타인이죠."

"아니." 루크는 이상하다는 듯이 말했지만, 제이스가 돌아서자 닮은 점이 사라지며 추억의 환영도 함께 사라졌다.

"발렌타인은 전혀 아니야."

잠에서 깨어나는 순간, 클라리는 눈을 뜨지 않고서도 제이스가 가버린 것을 알았다. 여전히 옆으로 뻗은 손안에는 이제 아무것도 없었다. 그 어떤 압력도 느껴지지 않았다. 가슴이 꽉 조여드는 것을 느끼며 클라리는 천천히 일어나 앉았다.

떠나면서 제이스가 다시 커튼을 쳐놓은 모양이었다. 창문은 열려 있었고, 커튼 틈으로 환한 빛줄기가 들어와 침대 위에 내리꽂혔다. 이렇게 빛이 들어오는데도 어째서 잠에서 깨지 않은 걸까. 해의 위치로 보아 이미 오후인 것 같았다. 머리가 무겁고 눈이 침침했다. 지난밤에는 아주 오랜만에 악몽을 꾸지 않았고, 그래서 지금까지 자지 못한 잠이 한꺼번에 밀려든 모양이었다.

스탠드 옆에 놓인 종이쪽지를 발견한 것은 침대에서 일어났을 때였다. 그래도 쪽지는 남기고 갔다는 생각에 미소를 머금으며 집어 드는 순간, 묵직한 물건이 종이 아래로 미끄러져 쨍그랑 소리를 내며 발치로 떨어졌다. 뭔가 살아 있는 것인 줄 알고 클라리는 깜짝 놀라며 펄쩍 뒤로 물러났다.

돌돌 말린 금속 물건 하나가 발치에 놓여 반짝거렸다. 집어 들기도 전에 클라리는 그것이 무엇인지를 알아보았다. 제이스가 목에 걸고 다니던 체인과 은반지. 모겐스턴가의 반지였다. 그가 어딜 가든 지니고 다니던 물건. 별안간 전신에 두려움이 휘몰아쳤다. 클라리는 서둘러 쪽지를 펼치고 처음 몇 줄을 읽었다.

그 모든 일에도, 널 영원히 떠나는 것만큼이나 이 반지를 영원히 잃는다고 생각하면 견딜 수가 없어. 하나는 어쩔 수 없는 일이라 해도, 다른 하나는 그나마 방법이 있네.

그다음부터는 글자들이 한데 뭉개져 부옇게만 보였다. 몇 번이나 다시 읽어야 했고, 마침내 모든 내용을 모두 이해하고 나서는 떨리는 손으로 쪽지를 든 채 뚫어져라 쳐다보았다. 이제야 모든 것이 이해되었다. 제이스가 왜 그녀에게 전부 털어놓았는지, 왜 하룻밤쯤은 중요하지 않다고 말했는지. 다시 보지 못할 사람에게는 무슨 이야기든 털어놓을 수가 있었던 것이다.

무엇을 해야 할지, 어떤 옷을 찾아 입을지를 생각한 기억이 전혀 없는데, 클라리는 어느새 섀도우 헌터복 차림을 하고 아래층으로 뛰어 내려가고 있었다. 한 손에는 쪽지를 들고, 반지가 달린 목걸이를 서둘러 자신의 목에 채우면서.

거실에는 아무도 없었고, 벽난로에는 재만 남았으며, 부엌에서 빛과 소리가 흘러나왔다. 도란도란 이야기를 나누는 소리, 그리고 뭔가를 요리하는 음식 냄새. 설마 팬케이크? 아마티스가 팬케이크를 만들 줄 알 거란 생각은 하지 않았는데.

클라리의 생각은 틀리지 않았다. 부엌으로 들어선 그녀의 눈이 휘둥그레졌다. 윤기 도는 흑발을 틀어 올린 이사벨이 앞치마를 두르고 숟가락을 든 채 가스레인지 앞에 서 있었다. 그녀 뒤쪽에 놓인 식탁 위에는 사이먼이 앉아 있었다. 발까지 의자에 올리고 있었지만, 아마티스는 그를 비난할 마음이 조금도 없어 보였다. 그녀 자신도 무척이나 즐거운 얼굴로 조리대에 기대 있었다.

이사벨이 클라리에게 숟가락을 흔들어 보였다. "잘 잤어? 아침 먹을래? 아니, 점심이라고 해야 하나?"

클라리가 할 말을 잃고 아마티스를 쳐다보자 그녀가 어깨를 으쓱해 보였다. "좀 전에 갑자기 들이닥쳐서는 아침을 하겠다고 해서. 난 요리

솜씨도 없고 말이야."

이사벨이 인스티튜트에서 만들어준 끔찍한 수프를 떠올린 클라리는 저도 모르게 몸서리가 처지려는 것을 억지로 참았다.

"루크는 어디 있어요?"

"브로슬린드에. 무리와 함께 있어. 괜찮은 거니, 클라리? 조금……."

"흥분한 얼굴이네. 괜찮은 거야?" 사이먼이 대신 말을 맺었다.

클라리는 아무 말도 떠오르지 않았다. 아마티스는 두 사람이 좀 전에 들이닥쳤다고 했다. 그 말은 곧 사이먼이 이사벨의 집에서 밤을 보냈다는 뜻이다. 클라리가 사이먼을 빤히 쳐다보았다. 그는 아무것도 달라진 것이 없어 보였다.

"괜찮아. 이사벨한테 할 얘기가 있어." 지금은 사이먼의 연애 문제를 따지고 있을 때가 아니었다.

"해봐. 들을게." 프라이팬에 놓인 뭔가를 찌르며 이사벨이 말했다. 이상하게 찌그러진 그 물체는 아마도 팬케이크인 듯했다.

"둘이서만."

이사벨이 인상을 썼다. "조금만 기다리면 안 될까? 거의 다 됐는데."

"아니, 안 돼."

클라리의 어조에 사이먼이 허리를 세우고 앉았다. 그가 잠시 뒤 식탁에서 내려왔다. "알았어. 둘이 얘기해, 그럼." 그러고는 아마티스에게 돌아섰다.

"아까 말씀하신 루크 어릴 때 사진 좀 보여주실래요?"

아마티스는 클라리에게 걱정스러운 눈길을 보냈지만 잠자코 사이먼을 따라 나갔다. "그래."

문이 닫히자 이사벨이 고개를 설레설레 흔들었다. 목 뒤에서 뭔가가 반짝하기에 자세히 보니, 돌돌 말아 올린 머리를 고정한 가늘고 우아한 칼이었다. 아무리 가정적인 모습을 연출하고 있어도 그녀는 여전히 섀도우 헌터였다. "사이먼 때문에 이러는 거면……."

"사이먼 때문이 아니야. 제이스 때문이지." 클라리가 이사벨에게 쪽지를 내밀었다.

이사벨이 한숨을 내쉬고 가스레인지 불을 끈 뒤 쪽지를 받아 들고 식탁 앞에 앉았다. 클라리는 식탁에 놓인 바구니에서 사과를 꺼내어, 쪽지를 조용히 들여다보는 이사벨의 맞은편에 앉았다. 그러나 사과는 물론 그 어떤 것도 목으로 넘길 자신이 없어 손에 들고 만지작거릴 뿐이었다.

이사벨이 쪽지에서 눈을 떼고 눈썹을 올렸다. "개인적인 내용 같은데. 정말 읽어도 되는 거야?"

'아마 안 되겠지.' 클라리는 이제 쪽지의 내용도 거의 기억하지 못했다. 다른 상황이었다면 이사벨에게 이런 쪽지를 보여줄 리가 없었다. 하지만 제이스를 걱정하는 마음이 모든 것을 덮어버렸다. "아무 말 말고 끝까지 읽어봐."

이사벨이 다시 쪽지를 읽어나갔다. 모두 읽고 나서는 식탁 위에 올려놓았다. "이럴 줄 알았어."

"내 말이 무슨 뜻인지 알겠지?" 클라리가 더듬거리며 말했다. "그래도 출발한 지 얼마 안 됐으니까 아주 멀리 가진 못했을 거야. 얼른 뒤쫓아 가야 해. 그래서……." 클라리는 갑자기 말을 멈췄다. 그녀의 머리가 마침내 이사벨의 말뜻을 이해하고 말을 가로막은 것이다. "이럴 줄 알았다니, 무슨 뜻이야?"

"말한 그대로야." 이사벨이 흘러내린 머리카락을 귀 뒤로 넘겼다. "세바스찬이 사라지고 나서 모두가 그를 찾을 방법을 궁리했잖아. 난 펜할로우 집에서 세바스찬이 쓰던 방을 샅샅이 뒤졌어. 추적하는 데 쓸 만한 게 있나 싶어서. 결국엔 아무것도 찾지 못했지만. 하지만 제이스가 뭐라도 발견하면 주저 없이 세바스찬을 찾아 나서리란 건 알고 있었어." 이사벨이 입술을 깨물었다. "다만 알렉하고 같이 가길 바랐지. 알렉도 이 일을 알면 좋아하지 않을 거야."

"그럼 알렉이 뒤쫓아 갈 거란 말이야?" 새로운 희망을 품으며 클라리가 물었다.

"클라리." 이사벨이 조금 화난 목소리로 말했다. "어떻게 우리가 제이스 뒤를 쫓겠어? 어디로 갔는지 조금이라도 짚이는 데가 있어?"

"분명히 방법이 있을 거야."

"추적을 시도해볼 수는 있지. 하지만 제이스는 영리해. 어떻게든 방법을 알아내서 추적을 차단할 거야."

클라리의 가슴속에 차가운 분노가 일었다.

"제이스를 찾고 싶은 마음이 조금이라도 있는 거야? 자살 행위나 마찬가지인 일을 하러 나섰는데 아무렇지도 않느냐고. 제이스 혼자서는 발렌타인을 절대 굴복시키지 못해."

"쉽지 않겠지. 하지만 제이스가 그러는 덴 분명히 이유가……."

"무슨 이유? 죽으려는 이유?"

"클라리." 분노한 이사벨의 눈에 불꽃이 일었다. "나머지 사람들은 안전한 줄 알아? 우린 모두 죽지 않으면 노예가 될 운명에 처해 있어. 제이스가 얌전히 앉아서 그런 일이 들이닥치길 기다릴 거라고 생각해? 정말 제이스가……."

"난 제이스가 맥스처럼 너한테 가족이라고 생각해. 맥스 일로는 몹시 괴로워했잖아."

클라리는 말을 내뱉는 순간 후회했다. 클라리의 말이 피부색을 모두 날려버린 것처럼 이사벨의 얼굴이 새하얗게 질렸다. 격분을 간신히 누르며 이사벨이 입을 열었다.

"맥스는 전사가 아니라 어린애였어. 아홉 살밖에 되지 않은 어린애. 제이스는 섀도우 헌터야. 전사라고. 클레이브가 발렌타인과 맞서기로 결정하면 알렉은 전투에 나가지 않을 것 같아? 대의를 위해서라면 우리 모두 언제든 죽을 준비가 되어 있다는 걸 정말 모르는 거야? 제이스는 발렌타인의 아들이야. 우리 중에서 제이스만큼 발렌타인에게 가까이 갈 수 있는 사람은 없어. 제이스가 하려는 그 일이 가능할 정도로 가까이 말이야."

"발렌타인은 필요하다면 제이스를 죽일 거야. 절대로 봐주지 않아."

"알아."

"영광스럽게 죽기만 하면 괜찮다는 거야? 제이스가 죽고 나면 그리워하긴 할 거야?"

"매일같이 그리워하겠지. 평생 동안 말이야. 그리고 제이스가 성공하지 못하면 평생이라고 해봤자 일주일 정도야." 이사벨이 고개를 저었다. "넌 아무것도 몰라, 클라리. 늘 전쟁 속에 산다는 게 어떤 건지, 전투와 희생을 목격하며 자란다는 게 어떤 건지. 물론 그게 네 잘못은 아니겠지. 오로지 네가 자라온 환경 때문에……."

클라리가 양손을 들어 올렸다. "무슨 말인지 알겠어. 네가 날 좋아하지 않는다는 거 알아, 이사벨. 너한테 난 언제까지나 먼데인이니까."

"넌 지금 내가 이러는 이유가……." 이사벨이 별안간 말을 멈췄다. 두 눈이 반짝였다. 분노뿐만 아니라 눈물 때문에. 클라리가 놀란 얼굴로 이사벨을 쳐다보았다.

"맙소사, 정말 아무것도 모르는구나. 넌 제이스를 알게 된 지 고작 한 달이지만, 난 7년 동안 제이스를 봐왔어. 그동안 제이스가 사랑에 빠진 건 한 번도 보지 못했다고. 누군가를 좋아한 적도 없었어. 물론 사귄 적은 많았지. 여자애들은 언제나 제이스에게 빠져들었으니까. 하지만 제이스는 그런 애들에게 마음을 준 적이 없었어. 아마 그래서 알렉이 그런 생각을……." 이사벨이 잠시 말을 멈추고 꼼짝도 하지 않았다. 어떤 일에도 눈물을 보이는 법이 없는 이사벨이 울음을 참고 있는 거라고, 클라리는 놀라서 생각했다.

"나도 그렇고 엄마도 그런 제이스 때문에 걱정했지. 어떻게 10대 소년이 한눈에 반한 여자애 하나 없을 수 있냐고. 다른 사람에 관해서라면 제이스는 마치 반쯤 잠든 사람처럼 굴었어. 관심을 주는 법이 없었지. 나는 그게 다 제이스의 아버지에게 일어난 일 때문이라고 생각했어. 그 사건이 어린 제이스에게 씻을 수 없는 상처를 준 거라고. 그래서 다시는 누구도 진정으로 사랑할 수 없게 된 거라고. 만일 그때 진실을 알았다면…… 뭐 그랬다 해도 같은 생각을 했겠지. 그런 일을 당하고도 상처를 입지 않을 사람이 어디 있겠어? 그러다 널 만났고, 제이스는 꼭 잠에서 깨어난 사람 같았지. 너는 아마 모를 거야. 예전 모습을 모르니까. 하지만 난 바로 알아봤어. 호지 선생님도, 알렉도 봤고. 넌 알렉이 널 왜 그렇게 싫어했다고 생각해? 제이스는 널 처음 본 순간부터 바뀌었어. 너는 우리가 네 눈에 보인다는 사실이 놀라웠을 거야. 그래, 맞아. 그건 놀라운 일이지. 하지만 우리한테 놀라운 건 제이스 눈에 네가 보인다는 사실이었어. 그날 인스티튜트로 돌아오면서 제이스는 계속해서 네 얘기를 했어. 그리고 호지 선생님을 설득해서 널 인스티튜트로 데려왔지. 그러고 나서는 네가 다시 떠나지 않길 바랐어. 네가 어디에 있건 지켜보고…… 심지어는 사이먼까지 질투하고 말이야. 본인은 깨닫지 못했을지 모르지만 정말 그랬어. 내 눈엔 확실히 그렇게 보였으니까. 먼데인을 질투하다니. 그러다 나중에 사이먼이 파티에서 쥐로 변해 사라졌을 땐 기꺼이 너와 함께 뒤모트까지 찾아갔지. 좋아하지도 않는 먼데인을 구하기 위해 클레이브 법까지 위반했어. 전부 다 널 위해서였어. 만일 사이먼에게 무슨 일이 생긴다면 네가 상처받을 테니까. 가족을 제외하고 제이스가 다른 사람의 행복을 생각한 건 처음이었어. 제이스는 널 사랑했으니까."

클라리가 나직이 신음을 내뱉었다. "하지만 그건 내가……."

"네가 동생이란 사실을 몰랐을 때지. 알아. 그리고 그 일로 널 탓하지도 않고. 너도 모르긴 마찬가지였으니까. 아무 상관없다는 듯이 곧바로 사이먼과 데이트를 한 것도, 어쩔 수 없어서 그랬다는 거 이해해. 나도 제이스가 네 오빠라는 사실을 알았을 때 전부 포기하고 정리할 줄 알았어. 하지만 아니었지. 그럴 수 없었던 거야. 그 이유는 나도 모르겠어. 발렌타인이 어린 제이스에게 한 일 때문에 이러는 건지, 아니면 원래부터 이랬는지 말이야. 하지만 제이스는 널 포기하지 않을 거야, 클라리. 포기하지 못할 거라고. 이젠 정말 널 보는 게 괴로워. 널 바라보는 제이스를 보는 게 너무나 괴롭다고. 이건 마치 악마 독에 입은 상처 같아. 아물 때까지 그냥 두는 거 외엔 방법이 없어. 붕대를 뜯어볼 때마다 상처가 다시 벌어지지. 제이스가 널 바라보는 건 붕대를 뜯는 거나 마찬가지야."

"알아." 클라리가 속삭이듯이 대꾸했다. "난 어떨 것 같아?"

"네 감정이 어떤지는 잘 모르겠어. 넌 내 동생이 아니니까. 그렇다고 네가 싫다는 건 아니야, 클라리. 오히려 좋은 감정을 갖고 있지. 그리고 만약 그게 가능한 일이었다면, 제이스 곁에 누구보다도 네가 있기를 바랐을 거야. 하지만 이렇게밖에 말할 수 없는 내 심정도 이해해줬으면 좋겠어. 이번 일이 어떻게든 무사히 끝나면, 난 우리 가족이 아주 먼 곳으로 갔으면 해. 다시는 널 만나지 못할 곳으로."

눈물이 솟구치며 눈이 따끔거렸다. 이렇게 이사벨과 식탁 앞에 마주 앉아 제이스 때문에 울고 있자니 기분이 아주 묘했다. 그것도 몹시 다르지만 어떤 면에서는 같은 이유로. "지금에 와서 이런 말을 하는 이유가 뭐야?"

"제이스를 보호하려 하지 않는다고 네가 날 비난하니까. 나라고 제이스를 보호하고 싶지 않겠어? 펜할로우 저택에 불쑥 나타난 널 보고 내가 왜 그렇게 당황했다고 생각해? 너는 마치 우리 세계에 속하지 않은 사람처럼 행동해, 클라리. 방관자처럼 군다고. 하지만 너도 이 세계에 속한 사람이야. 그것도 아주 중심에. 언제까지나 그렇게 남의 일인 척 연기할 순 없어, 네가 발렌타인의 딸인 이상. 제이스가 너 때문에 이런 일을 하는 이상은 말이야."

"나 때문이라고?"

"제이스가 기꺼이 위험을 무릅쓰는 이유가 뭐라고 생각해? 목숨까지 거는 이유가 뭐라고 생각하느냐고."

이사벨의 말이 날카로운 바늘처럼 클라리의 귀에 꽂혔다. 클라리는 마음속으로 생각했다.

'난 그 이유를 알아. 자신이 악마라고 생각하기 때문이지. 제이스는 자신이 인간이 아니라고 생각한다고. 하지만 너한테는 이런 말을 할 수가 없어. 널 이해시킬 유일한 말인데도.'

"제이스는 늘 자기한테 문제가 있다고 생각했어. 이제 네 덕분에 제이스는 영원히 저주받았다고 생각해. 알렉에게 그렇게 말하는 걸 내가 똑똑히 들었어. 살고 싶은 마음이 없는 사람이 목숨인들 못 걸겠어? 뭘 해도 행복해질 가망이 없는데 목숨을 버리지 못할 이유가 어디 있겠냐고."

"그만해, 이사벨." 소리 없이 부엌문이 열리고, 그 자리에 사이먼이 서 있었다. 클라리는 그의 청력이 전보다 훨씬 좋아졌다는 사실을 가까스로 떠올렸다. "그건 클라리 잘못이 아니야."

이사벨의 얼굴이 확 붉어졌다. "넌 끼어들지 마, 사이먼. 잘 알지도 못하면서."

사이먼이 부엌 안으로 들어와 문을 닫았다. 그러고는 무덤덤하게 말했다. "네가 한 말 거의 들었어. 벽 너머로 다 들리더라. 넌 클라리를 안 지 얼마 되지 않아서 클라리 기분이 어떤지 모른다고 했지. 하지만 난 잘 알아. 제이스 혼자만 힘들어한다고 생각한다면 그건 오해야."

잠시 정적이 흘렀다. 사납던 이사벨의 표정이 약간 누그러졌다. 언뜻 대문을 두드리는 소리가 들린 것 같았다. 클라리는 루크일지도 모른다고 생각했다. 아니면 사이먼에게 주려고 피를 가져온 마야든지.

"제이스가 떠난 건 나 때문이 아니야." 클라리가 입을 열자 심장이 마구 뛰기 시작했다. '제이스가 가버렸으니 이젠 그의 비밀을 말해도 되는 걸까? 그가 떠난 진짜 이유, 죽어도 좋다고 생각하는 진짜 이유가 뭔지 말해줘도 되는 걸까?' 의지와는 상관없이 그녀의 입에서 말들이 흘러나오기 시작했다.

"제이스랑 웨이랜드 저택에 갔을 때, 그러니까 화이트북을 찾으러 갔을 때 말이야."

부엌문이 벌컥 열리면서 클라리의 말이 끊어졌다. 아마티스가 이상한 표정으로 열린 문 앞에 서 있었다. 클라리는 한순간 그녀가 겁을 먹었다고 생각해 가슴이 철렁했다. 하지만 아마티스의 얼굴에 떠오른 것은 두

러움이 아니었다. 클라리와 루크가 그녀의 집에 느닷없이 들이닥친 날 떠올랐던, 마치 귀신을 본 것 같은 표정이었다. 아마티스가 천천히 입을 열었다. "클라리, 너를 보러 온 사람이……."

아마티스의 말이 끝나기도 전에 누군가 그녀를 떠밀며 들어섰다. 아마티스가 뒤로 물러나면서 클라리에게도 부엌에 들어온 사람의 모습이 똑똑히 보였다. 검은 옷을 입은 호리호리한 여인. 처음에는 새도우 헌터 복장만 눈에 들어올 뿐, 여인이 누구인지는 알아보지 못했다. 클라리의 시선이 얼굴로 올라가고 나서야 비로소 그녀가 누구인지 알 수 있었다. 제이스가 모는 오토바이를 타고 뒤모트 호텔 지붕에서 10층 아래로 뛰어내릴 때처럼 심장이 저 아래로 뚝 떨어지는 기분이었다.

바로 그녀의 어머니였다.

3부
천국에 이르는 길

오 맞아요
난 천국에 이르는 길이 수월했다는 걸 알아요.
— 시그프리드 서순, 《불완전한 연인》

16
신념

어머니가 사라진 밤 이후, 클라리는 건강한 어머니와 다시 만나는 상상을 끊임없이 해왔다. 수없이 꺼내어 보는 바람에 빛바랜 사진처럼 기억 속 어머니의 모습도 흐릿해질 지경이었다. 이제 얼떨떨한 얼굴로 믿기지 않는 듯이 바라보는 그녀 앞에 건강하고 행복해 보이는 어머니가 서 있었다. 클라리를 껴안으며 못 견디게 보고 싶었다고, 이젠 전부 괜찮을 거라고 말하는 어머니가.

클라리가 상상하던 어머니는 지금 그녀 앞에 서 있는 여인과 거의 닮지 않았다. 그녀가 기억하는 조슬린은 온화한 예술가 타입이었다. 군데군데 물감이 묻은 작업복에, 땋아 늘이거나 틀어 올려 연필을 꽂은 붉은 머리 때문에 집시 분위기를 풍기는 여인. 지금 클라리 앞에 서 있는 조슬린은 칼처럼 날카롭고 반짝거렸다. 뒤로 바짝 넘긴 머리에선 머리카락 한 올 빠져나오지 않았고, 검은 새도우 헌터복을 입고 있어 얼굴은 창백하고 굳어 보였다. 표정 역시 클라리가 상상해온 것과 완전히 달랐다. 녹색 눈을 커다랗게 뜨고 딸을 바라보는 얼굴에는 기쁨보다 경악에 가까운 감정이 어려 있었다. 조슬린이 속삭이듯 내뱉었다.

"클라리, 네 옷이."

클라리가 자신의 옷을 내려다보았다. 그녀는 아마티스의 섀도우 헌터 복을 입고 있었다. 조슬린이 딸에게 절대로 입히지 않으려고 평생에 걸쳐 발버둥을 쳐온 바로 그 옷. 클라리는 마른침을 꿀꺽 삼키며 식탁 모서리를 꽉 움켜잡았다. 관절이 하얗게 변할 정도로 세게 움켜쥐었는데도 남의 손인 양 아무런 감각이 없었다.

조슬린이 팔을 뻗으며 그녀에게 다가섰다. "클라리."

클라리는 다급하게 뒤로 물러나다 조리대에 등을 세게 부딪혔다. 예리한 통증이 전신으로 퍼져나갔지만 결코 알아차리지 못했다. 그녀는 눈을 부릅뜨고 어머니만을 바라보았다. 사이먼 역시 입을 벌리고 뚫어지게 조슬린을 쳐다봤다. 충격을 받은 듯한 아마티스도 역시 시선을 떼지 못했다.

이사벨이 자리에서 일어나 클라리와 어머니 사이로 들어갔다. 앞치마 밑으로 손이 들어간 것을 보니 채찍을 뽑으려는 모양이었다. 이사벨이 물었다. "무슨 일이야? 당신은 누구죠?"

이사벨의 목소리가 끝에서 살짝 흔들렸다. 말을 하다 조슬린의 표정을 본 듯했다. 조슬린은 가슴에 손을 얹고 그녀를 빤히 응시했다.

"메이리스." 조슬린이 속삭였다.

이사벨이 깜짝 놀랐다. "우리 엄마 이름을 어떻게 알아요?"

조슬린이 얼굴을 붉혔다. "당연히 그렇겠지. 넌 메이리스의 딸이로구나. 네가 엄마를 너무나 닮아서 그만." 그녀는 천천히 가슴에서 손을 내렸다. "난 조슬린 프레…… 페어차일드라고 해. 클라리의 엄마야."

이사벨이 앞치마 밑에서 손을 빼며 클라리를 흘깃 보았다. 혼란스러운 표정이었다. "하지만 병원에…… 뉴욕에 있다고……."

"맞아." 조슬린이 단호하게 말했다. "하지만 내 딸 덕분에 이제는 괜찮아. 그리고 잠시 내 딸과 둘이서만 얘기하고 싶은데."

"글쎄. 클라리도 그러고 싶은지 모르겠어." 아마티스가 말을 하며 조슬린의 어깨를 가볍게 잡았다. "많이 놀랐을 거야."

조슬린은 아마티스의 손을 떨치고 클라리에게 다가가며 손을 내밀었다. "클라리."

클라리가 마침내 목소리를 되찾았다. 얼음처럼 냉랭하고 분노에 찬 목소리에 스스로도 깜짝 놀랄 정도였다. "여긴 어떻게 온 거죠, 엄마?"

다가오던 조슬린이 그 자리에 멈춰 섰다. 반신반의하는 표정이 얼굴을 스쳤다. "매그너스가 포털을 열어서 근교까지 함께 왔어. 어제 매그너스가 해독제를 들고 병원으로 찾아왔단다. 네가 엄마를 위해 어떤 일을 했는지도 모두 들려줬어. 깨어난 순간부터 네 얼굴을 봐야 한다는 생각밖에 없었는데······." 조슬린은 말꼬리를 흐렸다.

"클라리, 무슨 일이 있는 거니?"

"왜 오빠가 있다는 말을 해주지 않았어요?" 클라리가 불쑥 내뱉었다. 이 말을 하려던 게 아니었는데. 입 밖에 내겠다는 생각조차 해보지 않은 말이었지만, 이미 엎질러진 물이었다.

조슬린이 손을 떨어뜨렸다. "그 아이가 죽은 줄 알았으니까. 괜히 알아봐야 가슴만 아플 거라고 생각했어."

"분명히 말씀드릴게요, 엄마. 알지 못하는 것보다는 아는 게 훨씬 나아요. 어떤 일이라도."

"미안하구나."

"미안하다고요?" 그 순간 클라리는 가슴속에서 뭔가가 툭 터져버린 느낌을 받았다. 그 안에 갇혔던 비통함과 분노가 한꺼번에 모두 쏟아졌다. "그럼 내가 섀도우 헌터라는 사실을 어째서 한 번도 말해주지 않았는지, 그 이유 좀 들려주실래요? 아버지가 살아 있다는 사실을 숨긴 이유는요? 아, 그리고 매그너스에게 내 기억을 지워달라고 부탁한 이유도 있겠죠."

"그건 널 보호하려고……."

"그랬다면 엉뚱한 일을 한 거예요!" 클라리의 목소리가 높아졌다. "엄마가 사라지고 나면 내가 어떻게 될 거라고 생각했어요? 제이스와 다른 사람들이 아니었다면 난 벌써 죽었을 거라고요. 엄만 나 스스로를 보호하는 방법을 하나도 가르쳐주지 않았어요. 끔찍하게 위험한 존재들이 버젓이 우리 주변을 활보하고 다닌다는 사실을 한 번도 말해주지 않았죠. 도대체 무슨 생각으로 그랬어요? 내가 보지 못하면 그들도 날 보지 못할 거라고 생각한 거예요?" 클라리의 눈이 분노로 이글거렸다. "엄만 발렌타인이 죽지 않았다는 걸 알고 있었어요. 루크한테 그렇게 말했잖아요. 발렌타인이 살아 있는 것 같다고."

"그래서 널 숨긴 거야. 발렌타인에게 네가 어디 있는지 알려줘선 안 되니까. 그가 너한테까지 손을 뻗게 둘 순 없었어."

"발렌타인이 첫 아이를 괴물로 만들어서요? 나한테 똑같은 짓을 하지 못하게 하려고?"

심한 충격으로 말을 잇지 못하던 조슬린이 클라리를 바라보다 겨우 입을 열었다. "그래. 하지만 그게 전부는 아냐, 클라리."

"엄만 내 기억도 가져갔어요. 나 자신의 일부를 나한테서 떼어버렸다고요."

"그건 네 일부가 아니야!" 조슬린이 소리를 질렀다. "네가 그런 것과는 관계없는 삶을 살아가길 바랐어."

유리의 도시 387

"엄마가 바라고 바라지 않고는 상관없어요!" 클라리도 마주 외쳤다. "그건 내 일부라고요! 엄마가 그걸 가져가버렸어요. 엄마 것도 아닌데!"

조슬린의 얼굴이 순식간에 잿빛으로 변하는 것을 보고 클라라는 눈물이 솟구쳤다. 저토록 심하게 상처 입은 어머니의 모습은 참고 보기가 힘들었다. 더군다나 그 상처를 준 사람은 바로 클라리 자신이었다. 또다시 입을 열면 한층 더 맹렬한 증오와 분노가 들끓는 끔찍한 말들이 튀어나올 게 분명했다. 클라리는 한 손으로 입을 꽉 틀어막으며 어머니를 밀치고 부엌 밖으로 뛰쳐나갔다. 사이먼이 손을 뻗었지만 뿌리치고는 복도로 달려갔다. 오로지 그곳에서 벗어나야 한다는 생각뿐이었다. 막무가내로 대문을 열어젖혀 하마터면 계단으로 굴러떨어질 뻔했다. 뒤에서 누군가 그녀를 불렀지만 돌아보지 않았다. 클라리는 이미 전속력으로 달리고 있었다.

세바스찬이 달아나던 밤, 말을 타고 질주하는 대신 말을 그대로 마구간에 남겨두었다는 사실을 발견했을 때 제이스는 조금 의외였다. 아마도 웨이페러가 추적당할 것을 염려해서 그랬겠지만.

말 등에 안장을 올리고 도시 밖으로 달려 나가며, 가슴속에 쾌감이 차오르는 것을 느꼈다. 물론 세바스찬이 웨이페러를 원했다면 남겨두고 갔을 리도 없고, 애초부터 이 말은 세바스찬의 말도 아니었다. 하지만 제이스는 어렸을 때부터 말이 좋았다. 마지막으로 말 등에 오른 것은 열 살 때였지만 다행히도 기억은 빠른 속도로 돌아왔다.

클라리와 함께 웨이랜드 저택에서 알리칸테까지 걸어올 때는 여섯 시간이 걸렸다. 말을 타고 전속력으로 달리니 두 시간밖에 걸리지 않았다.

저택과 정원이 굽어보이는 산등성이에 다다랐을 즈음에는 제이스도 말도 온통 땀으로 젖어 반짝거렸다.

저택을 숨겨주던 눈속임 보호막은 저택의 토대와 함께 무너졌다. 우아한 건물이 서 있던 자리에는 먼지가 뽀얀 돌무더기만 남았다. 가장자리가 타버린 정원은 여전히 그가 살던 어린 시절의 추억을 불러왔다. 이제는 꽃송이가 하나도 남지 않은 장미 덤불도 눈에 띄었다. 빈 풀장 옆에 놓인 돌 벤치, 저택이 무너지던 밤에 그와 클라리가 누워 있던 옴폭하게 들어간 땅. 나무 사이로 근처 호수의 푸른 물빛도 언뜻 보였다.

갑자기 가슴이 몹시 쓰렸다. 제이스는 얼른 호주머니에 손을 넣어 떠나기 전에 알렉의 방에 들어가서 '빌려온' 스텔레를 꺼냈다. 클라리가 그의 스텔레를 잃어버렸고 알렉은 언제든 새 스텔레를 구할 수 있으니까. 그리고 클라리의 코트 소매에서 빼낸 실밥도 꺼냈다. 한쪽 끝이 적갈색으로 물든 실밥이 손바닥 위에 놓였다. 제이스는 관절이 불룩 튀어나올 만큼 실밥을 꽉 움켜쥐고, 다른 손으로 스텔레를 들어 그 손등에 룬을 그렸다. 수면 아래로 돌멩이가 가라앉듯 살갗 안으로 서서히 스며드는 룬을 바라보다 천천히 눈을 감았다.

눈꺼풀이 시야를 가렸는데도 눈앞에 어느 골짜기의 모습이 펼쳐졌다. 그는 산등성이에 서서 아래를 굽어보고 있었는데, 마치 지도에서 현재 위치를 확인하듯 그곳이 어딘지를 정확히 알 수 있었다. 이스트 강 한가운데 떠 있는 배로 발렌타인을 만나러 갔을 때 심문관이 그의 위치를 정확하게 알아냈던 일이 떠올랐다. 이제야 그녀가 어떤 식으로 알아냈는지를 알 것 같았다. 모든 사물이 선명하게 보였다. 풀잎 하나도, 발아래 뒹구는 갈색 낙엽 하나까지도 모두 보였다. 그러나 소리는 들리지 않았다. 눈앞에 펼쳐진 장면은 으스스할 정도로 고요했다.

골짜기는 말굽의 편자 같은 모양이었다. 한쪽 끝이 다른 쪽 끝보다 가늘었다. 작은 시내 하나가 은빛으로 반짝이며 중앙으로 흐르다 가느다란 쪽의 바위 사이로 사라졌다. 시내 옆에는 회색 돌집이 하나 서 있었는데, 네모난 굴뚝으로는 하얀 연기가 몽글몽글 피어올랐다. 푸른 하늘 아래 고요하게 펼쳐진 풍경은 기이할 만큼 목가적인 분위기를 자아냈다. 제이스가 지켜보는 가운데, 풍경 안으로 늘씬한 형체 하나가 불쑥 등장했다. 세바스찬이었다. 더 이상 진짜 모습을 속일 필요가 없기에 걸음걸이나 뒤로 젖힌 어깨, 능글맞은 미소가 떠오른 얼굴에 오만한 성격이 그대로 드러났다. 세바스찬은 시냇가에 무릎을 꿇고 물속에 손을 넣었다가 얼굴과 머리에 끼얹었다.

제이스가 감고 있던 눈을 번쩍 떴다. 몸 아래서 웨이페러가 만족스레 풀을 뜯고 있었다. 그는 스텔레를 주머니 속으로 밀어 넣고, 자신이 자랐으나 이제는 폐허가 되어버린 집 쪽으로 한 번 더 시선을 주었다. 그러고 나서는 고삐를 모아 쥐고 말의 옆구리에 뒤꿈치를 박아 넣었다.

클라리는 가드 언덕의 잔디 위에 누워 시무룩하게 알리칸테를 내려다보았다. 그곳에서 보이는 광경이 장관이라는 것은 그녀도 인정하지 않을 수 없었다. 도시 안에 옹기종기 모인 집들의 지붕에는 우아한 조각이 새겨졌고 룬이 그려진 풍향계가 솟아 있었다. 그 너머로 전당의 첨탑들이 보이고, 그것들을 지나면 동전 가장자리처럼 반짝이는 뭔가가, 아마도 린 호수가 눈에 잡혔다. 클라리 뒤로는 가드의 검은 잔해가 떡하니 버티고 서 있었다. 악마 타워들은 크리스털처럼 반짝거렸다. 클라리는 도시를 둘러싼 보호막이 눈에 보이는 것만 같았다. 보호막은 보이지 않는 실로 짜인 그물처럼 어슴푸레한 빛을 발했다.

클라리가 자신의 손을 내려다보았다. 분한 마음이 가라앉지 않아 애꿎은 잔디를 몇 번이나 쥐어뜯었는지 모른다. 손톱이 반이나 뜯겨 손가락에서 피가 흘러내렸다. 흙과 피가 묻은 손가락은 꽤나 끈적거렸다. 분노가 가라앉고 나니 지극한 공허감이 그 자리를 메웠다. 어머니가 문 안으로 들어서기 전까지 클라리는 자신이 얼마나 화가 나 있는지 알지 못했다. 어머니가 목숨을 잃을지도 모른다는 공포가 사라지자 비로소 그 아래 놓인 것이 무엇인지를 깨달았던 것이다. 마음이 가라앉고 나니, 제이스에게 일어난 일로 어머니를 벌주고 싶었던 것은 아닐까 하는 의문이 들었다. 만약 제이스가 진실을 알고 있었다면, 두 사람이 제이스에게 거짓말을 하지 않았다면, 발렌타인이 한 짓을 나중에 알게 되었다 해도 자살행위로 뛰어들지는 않았을 테니까.

"옆에 앉아도 돼?"

화들짝 놀란 클라리는 팅기듯이 옆으로 몸을 굴리며 위를 올려다보았다. 주머니에 손을 꽂은 사이먼이 그녀를 내려다보고 있었다. 누군가가, 아마도 이사벨이겠지만, 그에게 건넨 재킷을 입고 있었다. 섀도우 헌터 복과 같은 재질의 검은 재킷이었다. 섀도우 헌터복을 입은 뱀파이어라니. 그런 존재가 사이먼이 처음인지 궁금했다.

"소리도 없이 다가왔네. 난 정말 섀도우 헌터가 되려면 멀었나 봐."

사이먼이 어깨를 으쓱해 보였다. "네 대신 변명을 하자면, 내가 좀 퓨마처럼 조용하고 우아하게 움직이거든."

기분이 엉망인데도 웃음이 나왔다. 클라리는 일어나 앉아 손에 묻은 흙을 털어냈다. "앉고 싶으면 얼마든지 앉아. 이 우울한 모임은 누구든 환영하니까."

클라리 옆에 앉은 사이먼이 도시를 내려다보며 휘파람을 불었다. "경치 좋네."

"그러게." 클라리가 그를 흘깃 보았다. "날 어떻게 찾았어?"

"시간이 좀 걸리긴 했지." 그가 약간 음흉하게 웃었다. "그러다 문득 옛날 생각이 떠올랐어. 우리 둘이 곧잘 싸우던 1학년 때 말이야. 넌 화가 나면 뿌루퉁해져서 우리 집 옥상에 올라가 있곤 했잖아. 우리 엄마가 겨우 달래서 데리고 내려오고."

"그게 뭐?"

"넌 기분이 안 좋으면 높은 곳으로 올라가는 버릇이 있어."

그가 클라리에게 뭔가를 내밀었다. 단정하게 개킨 녹색 코트였다. 클라리는 코트를 받아서 입었다. 안타깝게도 벌써 낡은 티가 나기 시작했고, 팔꿈치에는 손가락 굵기만 한 구멍까지 뚫려 있었다.

"고마워, 사이먼." 클라리는 무릎에서 깍지를 끼며 도시를 물끄러미 바라보았다. 태양은 하늘에 낮게 걸려 있고 악마 타워들은 불그스름한 빛을 발하기 시작했다. "엄마가 날 데려오라고 보낸 거야?"

사이먼이 고개를 저었다. "실은 루크 부탁으로 온 거야. 해 지기 전까지는 돌아오는 게 좋을 거라고 했어. 중요한 일이 진행 중인가 봐."

"중요한 일?"

"다운월드 사람들에게 의회석을 내줄지 말지 여부를 해 지기 전까지 결정하라고 클레이브에 통보했어. 다운월드 사람들은 모두 해 질 녘까지 북문 앞으로 모일 거야. 클레이브가 동의하면 알리칸테 안으로 들어오고, 그렇지 않으면······."

"그들은 돌아가고 클레이브는 발렌타인에게 굴복하고."

"그래."

"클레이브는 동의할 거야. 그래야만 해." 클라리가 무릎을 껴안았다.

"절대로 발렌타인을 택하지 않아. 그 누구도."

"네 이상주의 기질이 여전한 걸 보니 반갑네." 사이먼은 장난처럼 말했지만 클라리는 그 말에서 또 다른 목소리를 들었다. 자신은 이상주의자가 아니라고 말하던 제이스의 목소리. 코트를 입었는데도 몸이 떨려 왔다.

"사이먼?" 클라리가 입을 열었다. "바보 같은 질문 하나 해도 돼?"

"뭔데?"

"이사벨이랑 잤어?"

사이먼이 목이 조이는 소리를 냈다. 클라리가 천천히 몸을 돌려 그를 쳐다보았다.

"괜찮아?"

"그래." 가까스로 냉정을 회복하며 사이먼이 대답했다. "너, 그거 진심으로 묻는 거야?"

"어제 밤새도록 돌아오지 않았잖아."

사이먼이 오랫동안 침묵을 지키다가, 마침내 입을 열었다. "네가 신경 쓸 일은 아닌 거 같지만, 대답은 할게. 아냐."

"그래." 클라리가 잠시 멈췄다가 말을 이었다. "넌 이사벨이 슬픔에 잠긴 틈을 타서 어떻게 해볼 생각을 할 사람이 아니지."

사이먼이 코웃음을 쳤다. "무슨 틈이건 타서 이사벨을 어떻게 해볼 생각을 하는 사람을 만나면 나한테 꼭 좀 알려줘. 악수나 한 번 하게. 아니면 빛의 속도로 도망치든가. 암튼."

"그러니까 이사벨이랑 데이트하는 건 아니란 말이지?"

"클라리. 왜 이사벨 얘기만 묻는 거야? 엄마나 제이스 얘기는 하고 싶지 않은 거야? 이사벨한테 제이스가 떠났다는 거 들었어. 네가 지금 어떤 기분일지 알아."

"아니. 넌 모를 거야."

"버림받은 기분을 느끼는 게 세상에서 너 하나뿐인 건 아니야." 사이먼의 목소리에 조바심이 묻어났다. "난 그냥…… 그러니까 네가 그렇게 화를 내는 모습은 처음 봤어. 그것도 엄마에게 말이야. 난 네가 엄마를 그리워하는 줄 알았어."

"당연히 그리워했지!" 그렇게 말하며 클라리는 부엌에서의 일이 다른 사람의 눈에, 특히 어머니의 눈에 어떻게 비쳤을지 뼈저리게 깨달았다. "그동안은 엄마를 구하는 일에만 온통 신경이 가 있었어. 발렌타인에게서 엄마를 구해내고 치유법을 알아내는 일에. 그래서 엄마가 아주 오랫동안 날 속여왔다는 사실에 내가 얼마나 화가 났는지 생각할 겨를이 없었어. 모든 진실을 감춰온 것에, 진짜 내가 어떤 사람인지 한 번도 말해주지 않은 것에 말이야."

"하지만 엄마가 부엌으로 들어섰을 때 네가 한 말은 그게 아니었잖아." 사이먼이 조용히 말했다. "넌 오빠가 있다는 사실을 왜 말해주지 않았느냐고 물었어."

"알아." 클라리가 땅에서 풀잎 하나를 뜯어서 만지작거렸다. "내가 진실을 알았다면 제이스를 그런 식으로 만나지 않았을 거란 생각이 들었던 것 같아. 제이스와 사랑에 빠지는 일 같은 건 없었을 거라고."

사이먼은 잠시 말이 없었다. "네 입에서 그 말이 나오는 건 처음이지 싶은데."

"제이스를 사랑한다는 말?" 클라리는 웃으며 말했지만, 웃음소리는 자신의 귀에조차 처량하게 들렸다. "지금 같은 상황에서 아닌 척하는 게 더 우습지. 어쩌면 이젠 중요하지 않은 문제인지도 모르고. 다시는 제이스를 보지 못할 테니까."

"제이스는 돌아올 거야."

"어쩌면."

"돌아올 거야." 사이먼이 다시 말했다. "널 위해서."

"모르겠어." 클라리가 고개를 흔들었다. 해가 수평선 가까이 떨어지며 공기가 더욱 쌀쌀해졌다. 클라리가 눈을 가늘게 뜨고 몸을 앞으로 기울인 채 뭔가를 유심히 쳐다보았다. "사이먼, 저기를 봐."

사이먼이 그녀의 시선을 따라갔다. 보호막 너머 도시의 북문 앞에 검은 형체 수백 개가 옹기종기 모인 채, 또는 무리에서 조금 떨어진 채로 서 있었다. 루크가 불러들인 다운월드 사람들이 클레이브로부터 들어오라는 말이 떨어지기를 참을성 있게 기다리고 있었다. 클라리의 등뼈를 타고 찌르르 전율이 일었다. 그녀는 지금 단순히 가파른 비탈 위에서 도시의 모습을 내려다보고 있는 것이 아니었다. 섀도우 헌터 세계 전체의 운명이 바뀔 사건을 목전에 두고 있는 것이다.

"그들이 왔어." 사이먼이 반은 혼잣말로 중얼거렸다. "클레이브가 결정을 내린 걸까?"

"그런 거였으면 좋겠다." 클라리는 만지작거리던 풀잎이 너덜너덜해지자 던져버리고 또 한 개를 뜯었다. "그들이 발렌타인에게 굴복하기로 결정한다면 어떻게 해야 할지 모르겠어. 우리 모두를 어딘가로 데려다줄 포털을 열까? 발렌타인이 절대 찾지 못할 무인도나 뭐 그런 데로 말이야."

"저기, 나도 바보 같은 질문 하나 해도 될까?" 사이먼이 말을 이었다. "넌 새로운 룬을 만들어내는 능력이 있어, 그렇지? 그럼 세상에 존재하는 모든 악마를 없애는 룬을 만들면 되잖아? 아니면 발렌타인을 죽이는 룬이라든가."

"내가 가진 능력은 그런 식으로 작용하지 않아. 오로지 머릿속에 떠오르는 룬만 만들어낼 수가 있어. 사진처럼 전체 이미지가 떠올라야 가능하지. '발렌타인을 죽여라'나 '세상을 지배하라' 같은 말은 아무리 생각해도 이미지가 떠오르지 않아. 그냥 하얗고 텅 빈 화면만 보일 뿐이야."

"그럼 그 이미지들은 어디서 오는 건데?"

"모르겠어. 섀도우 헌터가 아는 모든 룬은 그레이북에서 나온 거야. 그 룬들은 네피림을 위한 거니까, 오로지 네피림만 받을 수가 있어. 하지만 매그너스가 그러는데 다른 룬들도 존재한대. 카인의 마크처럼 아주 오래전에 쓰였던 룬들. 카인의 마크는 보호 마크지만 그레이북에는 없거든. 그러니까 내가 담대함의 룬 같은 걸 떠올리잖아? 그럼 내가 그걸 만들어낸 건지, 아니면 섀도우 헌터가 존재하기 전부터 있던 아주 오래된 룬들을 기억해낸 건지 나도 알 수가 없어. 천사의 존재만큼이나 오래된 룬 들 말이야."

클라리는 이수리엘이 보여준 매듭처럼 간단한 룬을 떠올렸다. 그건 클라리 스스로 떠올린 걸까, 아니면 그 천사에게서 온 걸까? 아니면 바다나 하늘처럼 항상 존재하던 걸까? 그런 생각을 하자 클라리의 몸이 떨려왔다.

"추위?"

"응, 넌 안 추워?"

"난 이제 추위 같은 거 느끼지 않잖아." 사이먼이 클라리를 감싸 안았다가 손으로 등을 천천히 문질러주었다. 그러고는 서글프게 웃었다. "몸에 온기라곤 없는 사람이 이런다고 도움이 되진 않겠지만 그래도."

"아니야, 도움이 돼. 그러니까 그대로 있어줘." 클라리는 사이먼을 흘깃 올려다보았다. 그는 다운월드 사람들이 꼼짝 않고 모여 선 북문 쪽을 뚫어져라 응시하고 있었다. 악마 타워의 붉은 빛이 눈 안으로 흘러들어 마치 플래시를 터뜨려 찍은 사진 속의 인물처럼 보였다. 관자놀이와 쇄골 부분의 여린 피부 아래로 거미줄처럼 퍼진 혈관이 보였다. 클라리는 이제 그것이 무엇을 뜻하는지 알 정도로 뱀파이어란 종족에 대해 잘 알았다. 그건 사이먼이 마지막으로 피를 섭취한 지 꽤 오랜 시간이 지났다는 뜻이었다. "배고프지 않아?"

사이먼의 시선이 비로소 클라리에게 움직였다. "왜, 내가 물까 봐 걱정돼?"

"네가 원하면 얼마든지 줄 수 있다는 거 알잖아."

추위 때문이 아닌 다른 이유로 사이먼의 몸이 떨렸다. 그가 클라리를 더욱 꽉 끌어안았다. "절대 그러지 않을 거야." 그러고는 짐짓 가벼운 어조로 말을 이었다. "더구나 이미 제이스 피를 마셨잖아. 그러니까 친구들 피는 그만하면 충분해."

클라리는 제이스의 목에 있던 은빛 흉터를 떠올렸다. 여전히 제이스 생각으로 가득한 그녀가 사이먼에게 느릿하게 물었다.

"혹시 그래서 네가……?"

"내가 뭐?"

"햇빛을 봐도 아무렇지 않게 된 게 아니냐고. 전에는 분명히 불가능한 일이었잖아. 배 위에서 그 일이 있기 전에는 말이야."

사이먼이 마지못해 고개를 끄덕였다.

"그거 말고 다른 일은 없었어? 제이스 피를 마신 거 말고?"

"그러니까 제이스가 네피림이라서 그런 거 아니냐고? 그럴지도 모르지. 하지만 그게 다는 아닐 거야. 너랑 제이스는 그냥 평범한 섀도우 헌터가 아니잖아. 뭔지는 몰라도 너희 둘을 보통 섀도우 헌터와 다르게 만든 바로 그게 날 변화시킨 거 같아. 너희 둘에게는 분명히 특별한 점이 있어. 실리코트의 여왕도 그랬잖아. 너희는 실험이었다고." 그러고는 놀란 표정의 클라리에게 싱긋 웃어 보였다. "난 바보가 아니야. 그 정도는 유추해낼 수 있다고. 너한테는 룬을 만들어내는 능력이 있고, 제이스한테는…… 뭐 초자연적인 도움 같은 게 없었다면 그 자식만큼 재수 없기도 힘드니까."

"정말로 제이스가 그렇게 싫어?"

"싫어하는 거 아니야." 사이먼이 항의하듯 대꾸했다. "물론 처음에는 싫었지. 무지하게 오만하고 자신감이 하늘을 찌르는 것처럼 보여서. 게다가 넌 그 자식이 무슨 신이라도 되듯 바라보고."

"그런 적 없어."

"끝까지 들어봐, 클라리." 사이먼의 목소리가 약간 숨 가쁘게 들렸다. 숨을 쉬지 않는 사람에게 숨 가쁘다는 말을 쓸 수 있는지는 몰라도. 아무튼 어딘가로 달려가며 말하고 있는 것처럼 들렸다.

"네가 그 자식한테 흠뻑 빠졌다는 걸 알았어. 난 그 자식이 널 이용하고 있다고 생각했지. 그저 섀도우 헌터 마술로 간단하게 홀릴 수 있는 멍청한 먼데인 계집애로 여긴다고 말이야. 처음엔 네가 그 따위 속임수에 넘어갈 리가 없다고 생각했어. 그러다 설사 넘어간다 해도 제이스가 결국엔 싫증을 낼 거고, 그러고 나면 넌 다시 돌아올 거라고 믿었지. 비굴한 생각이란 거 알아. 하지만 절박한 상황에 놓이면 지푸라기라도 잡는 심정으로 뭐든 믿으려 하잖아. 제이스가 네 오빠란 사실이 밝혀졌을 땐, 마지막 순간에 형 집행이 유예된 죄수 같은 심정이었어. 물론 아주 기뻤지. 제이스가 괴로워하는 모습이 통쾌하기까지 했고. 실리코트에서 네가 제이스에게 키스하기 전까지는 말이야. 그때 보였어……"

"뭐가?" 클라리가 공백을 견디지 못하고 물었다.

"제이스가 널 어떻게 바라보는지. 그리고 나니 알겠더라. 제이스가 널 이용한 게 아니라는 걸 말이야. 제이스는 널 사랑했던 거야. 그 때문에 자신도 죽도록 괴로웠고."

"그래서 뒤모트에 간 거야?" 클라리가 속삭이듯 물었다. 예전부터 묻고 싶었지만 감히 묻지 못한 말이었다.

"너랑 제이스 때문이냐고? 정확히 말하자면 아니야. 처음 그 호텔에 발을 들인 밤 이후로 계속해서 그곳으로 돌아가고픈 유혹에 시달렸어. 꿈을 꾸기도 하고. 자다가 벌떡 일어나서 옷을 입고 거리로 나선 적도 있었고. 그래서 내가 호텔로 자꾸 돌아가려고 한다는 걸 알았어. 그 욕망은 밤이 되면 더욱 커졌고, 호텔 근처로 가까이 갈수록 더욱 강해졌어. 초자연적인 힘 때문이라는 생각은 떠오르지도 않았어. 그냥 외상 후 스트레스 장애나 뭐 그런 거라고만 생각했지. 그날 밤 난 완전히 지쳐 있었고 화가 많이 났고 호텔에 너무 가까이 있었어. 또 밤이었고. 어떻게 거기까지 가게 됐는지도 기억이 안 나. 내가 기억하는 거라곤 공원 밖으로 걸어 나오던 거, 그거 하나뿐이야."

"하지만 나 때문에 화가 난 상태가 아니었다면…… 우리가 널 언짢게 하지 않았다면……."

"다른 길이 있었던 것도 아니잖아. 내가 너희 감정을 몰랐던 것도 아니고. 진실을 오래 눌러놓으면 조금씩 새어 나오게 마련이지. 실수라면 당시에 나한테 일어나고 있던 일을 너한테 말하지 않은 거야. 그 꿈들에 대해서도 말이야. 그래도 너랑 데이트한 건 후회하지 않아. 둘이 함께 시도해봤다는 사실만으로 만족하니까. 네가 노력해준 것만으로도 좋았어. 가망이 전혀 없었어도."

"잘되길 바랐는데." 클라리가 부드럽게 말했다. "네가 상처받는 건 정말 싫었어."

"달라지지 않을 거야. 무슨 일이 있어도 너에 대한 사랑만은 절대 포기하지 않아. 라파엘이 나한테 뭐라고 한 줄 알아? 난 좋은 뱀파이어가 되는 법을 모른대. 뱀파이어는 자신이 죽었다는 사실을 받아들인다면서. 하지만 너에 대한 사랑을 기억하는 한, 난 언제까지나 살아 있다고 느낄 거야."

"사이먼……."

"저길 봐." 사이먼이 손짓으로 클라리의 말을 잘랐다. 그의 검은 눈이 커다래졌다. "저기 저 아래." 은홍색 태양이 수평선에 걸려 있었다. 클라리가 바라보자 깜빡거리던 해는 시커먼 세상의 끝자락으로 완전히 자취를 감추었다.

알리칸테의 악마 타워들이 갑작스레 눈부신 빛을 발했다. 불빛이 쏟아지자 북문 주위로 초조하게 몰려드는 다운월드 사람들의 모습이 훤히 드러났다.

"어떻게 된 거지? 해는 이미 졌잖아. 왜 문을 열지 않는 거야?"

사이먼은 꼼짝도 하지 않았다. "클레이브가 루크에게 거절의 뜻을 전한 거겠지."

"그럴 순 없어!" 클라리가 날카롭게 외쳤다. "그 말은 그럼……."

"발렌타인에게 굴복하겠다는 거지."

"말도 안 돼!" 클라리가 다시 외쳤지만, 그녀가 지켜보는 바로 그 순간에도 보호막 주변에 모였던 검은 형체들은 무너진 개미집에서 몰려나오는 개미 떼처럼 도시에서 점점 멀어지고 있었다.

희미한 불빛 아래 사이먼의 얼굴이 밀랍인형처럼 보였다. "그러니까 우릴 저 정도로 증오한다는 얘기군. 차라리 발렌타인을 택할 정도로."

"증오하는 게 아니야. 두려워하는 거지. 발렌타인조차 두려워한다고." 아무 생각 없이 내뱉은 클라리는 그 말이 사실이라는 것을 깨달았다. "두려워하고 질투하는 거야."

사이먼이 놀라서 그녀를 흘깃 보았다. "질투한다고?"

하지만 클라리는 어느새 이수리엘이 보여주던 꿈속으로 돌아가 있었다. 발렌타인의 목소리가 귓가에 들려왔다. '라지엘은 어째서 우리를, 자신과 같은 종족인 섀도우 헌터를 창조하면서 다운월드 사람들이 가진 힘을 주지 않았는지. 늑대인간의 속도나 요정의 불멸, 마법사의 마법, 하다못해 뱀파이어의 내구력조차도. 우릴 무수한 지옥 앞에 방치하며 살갗에 그려진 이 선들을 제외하곤 아무것도 주지 않았어. 어째서 그들이 우리보다 더 대단한 능력을 가져야 하지? 어째서 우리는 그들이 가진 걸 나눠 가지면 안 되는 거지?'

클라리는 입술을 벌린 채 멍하니 도시를 바라보았지만 실은 아무것도 보고 있지 않았다. 사이먼이 그녀의 이름을 부르는 소리가 어렴풋하게 들렸지만 머릿속은 딴 생각으로 분주히 돌아갔다. 수많은 장면과 기억 가운데 천사가 그녀에게 그 장면을 보여준 데는 분명 이유가 있었다. 클라리는 이렇게 소리치던 발렌타인을 떠올렸다. '우리가 다운월드 사람들과 엮여야 하다니. 저들 때문에 속박을 받아야 하다니.'

그리고 그 룬도 떠올랐다. 꿈속에서 본 룬. 매듭 모양의 간단한 룬.

'왜 그들이 가진 걸 우리도 가지면 안 되는 거지?'

"결합이야." 클라리가 소리 내어 말했다. "그건 서로 다른 존재들을 이어주는 룬이었어."

"뭐?" 사이먼이 혼란스러운 얼굴로 클라리를 빤히 쳐다봤다.

클라리가 허겁지겁 일어나서 옷에 묻은 흙을 털어냈다. "저 아래로 내려가야겠어. 그들은 어디 있지?"

"누가 어디 있냐는 말이야? 클라리……."

"클레이브 말이야. 클레이브가 회의하는 곳이 어디야? 루크는 어디 있지?"

사이먼도 일어났다. "합의의 전당에. 클라리……."

하지만 클라리는 이미 도시로 이어지는 구불거리는 길을 달려가고 있었다. 나지막하게 욕설을 내뱉은 사이먼도 곧 그녀의 뒤를 따랐다.

'모든 길은 전당으로 통해요.' 클라리의 머릿속에서는 세바스찬의 말이 끊임없이 울렸다. 알리칸테의 좁은 길을 전속력으로 달리며 클라리는 세바스찬의 말이 사실이길 빌었다. 그렇지 않다면 영락없이 길을 잃을 것이었다. 격자무늬로 뻗은 곧고 아름다운 맨해튼 거리와 달리 알리칸테의 거리는 기이한 각도로 마구 휘어졌다. 맨해튼은 모든 거리에 숫자가 붙고 구획이 확실하게 나뉘어 어딜 가든 자신의 위치를 정확히 알 수 있었다. 반면 이곳은 미궁이나 다름없었다.

클라리는 좁은 정원을 쏜살처럼 가로질러 운하 옆으로 난 좁은 거리로 접어들었다. 운하를 따라가면 천사의 광장이 나온다는 사실은 알고 있었다. 그런데 놀랍게도 그 길을 따라가니 아마티스의 집이 나왔다. 헐떡이며 그곳을 지나 좀 더 넓고 구불거리는 익숙한 거리에 들어섰다. 그 길은 클라리를 광장으로 데려다주었고, 그녀 앞으로 하얗고 광대한 전당 건물이 모습을 드러냈다. 광장 중앙의 천사 조각상 옆에서 사이먼이 팔짱을 끼고 어두운 표정으로 클라리를 바라보고 있었다. 그가 말했다.

"기다릴 수도 있었잖아."

클라리는 무릎에 손을 짚고 상체를 구부린 채 숨을 몰아쉬었다. "그렇게 말할…… 입장이 아닌 거 같은데…… 먼저 도착했으면서."

"뱀파이어 스피드 덕분이지." 사이먼이 만족스러운 듯이 말했다. "집에 돌아가면 육상 경기에나 나가볼까."

"그건…… 반칙이잖아." 마지막으로 크게 심호흡을 한 클라리가 허리를 펴고 땀에 젖은 머리를 뒤로 넘겼다. "자, 들어가자."

전당 안은 섀도우 헌터로 가득했다. 한자리에 그렇게 많은 섀도우 헌터가 모인 경우는 처음 보았다. 발렌타인의 습격이 있던 밤보다도 더 많은 수였다. 하나같이 아우성을 치고 있어 거대한 소음이 공간을 가득 메웠다. 사람들은 몇 명씩 무리 지어 큰 소리로 논쟁을 벌이고 있었다. 연단에는 아무도 없었고, 연단 뒤에는 이드리스 지도가 버림받은 채 동그마니 걸려 있었다.

클라리는 루크를 찾아 실내를 둘러보았다. 눈을 반쯤 감고 기둥에 기댄 그를 찾아내기까지는 시간이 조금 걸렸다. 루크는 끔찍할 정도로 안색이 창백했다. 어깨를 축 늘어뜨린 채 완전히 탈진한 모습이었다. 뒤에선 아마티스가 걱정스레 그의 어깨를 토닥이고 있었다. 클라리의 눈이 군중 사이를 샅샅이 훑었지만 조슬린의 모습은 어디에도 보이지 않았다.

클라리는 잠시 망설이다 제이스를 떠올렸다. 목숨을 잃을 것을 뻔히 알면서도 혼자서 발렌타인을 찾아 나선 제이스. 그는 자신이 이 세계의 일부임을, 이 모든 일의 일부임을 분명하게 알았다. 클라리도 마찬가지였다. 심지어 섀도우 헌터의 존재조차 모르던 때에도 그녀는 분명 이 세계의 일부였다. 몸 안에서 아드레날린이 솟구치면서 정신이 또렷해지자 모든 것이 명백해졌다. 너무 명백해서 오히려 감당하기 힘들 정도로. 클라리가 사이먼의 손을 꽉 움켜쥐었다. "행운을 빌어줘."

그러고는 발이 저절로 움직이듯이 연단을 향해 걸어갔다. 연단 위로 올라간 그녀는 군중을 향해 돌아섰다.

클라리는 이들에게 무엇을 기대했던 걸까. 깜짝 놀라 헉 하고 숨을 들이쉬는 소리? 아니면 숨죽이고 기대에 차서 그녀를 쳐다보는 얼굴들? 그들은 하나같이 자기 얘기에 열중하느라 누군가 연단에 올랐다는 사실조차 알아채지 못했다. 오로지 루크만이 그녀의 존재를 감지한 듯이 고개를 들어 쳐다보고는 경악한 표정으로 얼어붙었다. 그때 군중 속에서 사람들을 헤치고 그녀 쪽으로 다가오는 사람이 있었다. 범선의 뱃머리만큼이나 뼈가 튀어나오고 키가 큰 남자, 맬러카이 영사였다. 그는 고개를 절레절레 흔들면서 클라리를 향해 연단에서 내려오라고 손짓했다. 뭐라고 고래고래 소리를 쳐대기도 했지만 그녀의 귀에는 들리지 않았다. 그가 사람들을 헤치며 걸어 나오는 동안 더 많은 섀도우 헌터들이 클라리 쪽을 돌아보았다. 클라리는 이제 원하던 것을 얻었다. 모두의 시선이 그녀에게 고정되었다. 군중 사이에 수군거림이 물결처럼 퍼졌다. 그 아이잖아. 발렌타인의 딸.

"맞아요." 최대한 멀리까지 들리도록 클라리가 큰 목소리로 말했다. "전 발렌타인의 딸이에요. 몇 주 전까지만 해도 그 사람이 제 아버지란 사실을 몰랐지만요. 실은 그런 사람이 존재한다는 사실조차 몰랐어요. 아마 많은 분들이 믿지 않으시겠죠. 그렇다 해도 전 상관없어요. 원하시는 대로 믿으세요. 다만 발렌타인에 관해 여러분이 모르는 사실을 제가 알고 있다는 것만큼은 믿어주세요. 그에 맞서는 이 전투를 승리로 이끌 사실을. 그게 뭔지 말하게 해주신다면요."

"터무니없는 소리." 맬러카이가 계단 발치에 와서 섰다. "말도 안 되는 소리야. 넌 그저 어린애일 뿐인데……."

"저 애는 조슬린 페어차일드의 딸이에요." 그렇게 소리친 건 패트릭 펜할로우였다. 그가 사람들을 헤치고 앞으로 나와 손을 들어 올렸다. "그냥 말하게 둬요, 맬러카이."

사람들이 웅성거렸다. 클라리가 영사에게 말했다. "당신과 심문관이 내 친구 사이먼을 감옥에 처넣었죠."

맬러카이가 비아냥거렸다. "그 뱀파이어 친구를 말하는 거냐?"

"그날 밤 이스트 강에 떠 있던 발렌타인의 배에서 무슨 일이 있었는지 사이먼에게 물었다고 들었어요. 당신은 발렌타인이 흑마술이라도 썼다고 믿는 모양이더군요. 하지만 그건 아니에요. 그 배를 산산조각 낸 게 뭔지 알고 싶다면 대답해드리죠. 그 해답은 나예요. 내가 그랬어요."

맬러카이가 헛소리라는 듯이 웃음을 터트렸고 군중 속에서도 웃음이 흘러나왔다. 루크가 그녀를 보며 고개를 가로저었다. 하지만 클라리는 멈추지 않았다.

"룬으로 그렇게 한 거예요. 배를 산산조각 낼 정도로 강력한 룬이오. 전 새로운 룬 문자를 만들어낼 수 있어요. 그레이북에 있는 룬들을 말하는 게 아니에요. 아무도 본 적 없는 룬, 강력한 룬……."

"더는 못 듣겠구만." 맬러카이가 고함을 쳤다. "엉터리 같은 소리는 집어치워. 아무도 새로운 룬을 만들어내진 못해. 전적으로 불가능한 일이야." 그가 군중을 향해 돌아섰다. "제 아비처럼 이 아이도 영락없는 거짓말쟁이로군요."

"거짓말이 아니에요." 사람들의 뒤쪽에서 목소리가 들려왔다. 또렷하고 강하며 단호한 목소리. 사람들이 일제히 뒤를 돌아보자 클라리의 눈에도 목소리의 주인공이 보였다. 알렉이었다. 양쪽으로 각각 이사벨과 매그너스를 두고 서 있었다. 사이먼과 메이리스도 함께였다. 작은 무리는 입구 앞에 완강하게 버티고 서 있었다.

"룬을 만들어내는 걸 제 눈으로 똑똑히 봤어요. 저한테 시험까지 해봤는걸요. 효과가 아주 좋았죠."

"거짓말." 영사가 외쳤지만 그의 눈에는 의혹의 빛이 어렸다. "친구를 보호하려고 그러는 모양인데……."

"이것 봐요, 맬러카이." 메이리스가 딱딱하게 말했다. "진실이 금세 밝혀지고 말 텐데, 내 아들이 무슨 이유로 그런 거짓말을 하겠어요. 저 아이에게 스텔레를 주고 룬을 만들어보라고 하면 되잖아요."

여기저기서 사람들이 동의의 말을 웅얼거렸다. 패트릭 펜할로우는 앞으로 걸어 나와 클라리에게 스텔레를 건넸다. 고맙게 받은 클라리가 군중을 향해 섰다.

입안이 바짝 말랐다. 아드레날린은 여전히 솟구쳤지만 무대에 선 두려움을 완전히 잠재우지는 못했다. 이제 그녀는 무엇을 해야 할까? 어떤 룬을 만들어 보여야 그녀가 진실을 말하고 있다는 것을 믿어줄까? 무엇을 보여줘야 진실을 깨달을까?

그 순간 군중 사이로 라이트우드 가족과 함께 선 사이먼의 모습이 눈에 들어왔다. 그는 둘 사이의 허공을 찌르듯 가로질러 그녀를 바라보고 있었다. 웨이랜드 저택에서 클라리를 바라보던 제이스와 같은 눈빛이었다. 그것은 바로 그녀가 너무나도 사랑하는 두 소년을 하나로 묶는 끈, 두 소년이 공유하는 한 가지였다. 클라리가 스스로를 믿지 못할 때조차 그들은 클라리를 믿었다.

클라리가 사이먼을 바라보았다. 그리고 제이스를 떠올렸다. 그러면서 스텔레의 뾰족한 끝을 손목 안쪽, 맥박이 뛰는 곳에 댔다. 클라리는 룬을 그리며 자신의 힘을 굳게 믿었고 한 번도 아래를 내려다보지 않았다. 잠깐 동안만 필요한 룬이므로 힘을 주지 않고 가볍게, 그러나 한 치의 망설임도 없이 그려나갔다.

다 그리고 나서 제일 먼저 본 것은 맬러카이였다. 그는 새하얗게 질린 얼굴로 무서운 광경을 목격한 사람처럼 그녀를 보며 주춤주춤 뒷걸음질을 쳤다. 뭐라고 한마디 내뱉었지만 클라리가 알지 못하는 언어였다. 그 다음으로 본 것은 루크였다. 살짝 입을 벌린 채 클라리를 뚫어져라 쳐다보던 그가 웅얼거렸다. "조슬린?"

클라리는 보일 듯 말 듯 고개를 흔들고 나서, 사람들을 죽 둘러보았다. 한데 뭉개져 흐릿하게 보이던 얼굴들이 시선을 줄 때마다 하나하나 또렷해졌다. 어떤 이들은 웃음을 지었고, 어떤 이들은 깜짝 놀라 주위 사람을 흘끔거렸다. 또 어떤 사람들은 옆 사람에게 돌아섰다. 두려움이나 놀라움의 빛이 서린 채 손으로 입을 틀어막은 사람들도 있었다. 알렉은 믿기지 않는 표정으로 매그너스를 흘깃 보았다가 클라리를 다시 바라보았다. 사이먼은 어리둥절해하며 주변 사람들을 구경했고, 아마티스는 패트릭 펜할로우의 거대한 몸을 밀치고 연단을 향해 달려 나왔다. "스티븐!" 그녀는 감탄과 놀라움이 뒤섞인 얼굴로 클라리를 올려다보며 외쳤다. "스티븐!"

"아." 클라리가 입을 열었다. "아마티스, 아니에요." 그러자 눈에 보이지 않는 얇은 옷이 벗겨지듯 룬의 마법이 스르륵 빠져나가는 게 느껴졌다. 열정적으로 달려든 아마티스가 턱을 떨어뜨렸다. 그러고는 얼떨떨하고 풀 죽은 얼굴로 연단에서 물러섰다.

클라리가 사람들을 둘러보았다. 실내에는 완전한 정적이 내려앉았다. 모두가 그녀에게 시선을 맞추고 있었다. 클라리가 입을 뗐다.

"여러분이 방금 뭘 봤는지 알아요. 그리고 그런 일은 글래머나 착시 마법으로 가능하지 않다는 사실을 모두 알고 있다는 것도요. 전 단 하나의 룬으로 그 일을 해냈어요. 바로 제가 '만들어낸' 룬으로. 저한테 이런 능력이 주어진 데는 분명히 이유가 있을 거예요. 그리고 여러분 가운데는 그 이유가 마음에 들지 않거나, 아예 믿기지 않는 분도 있겠지만, 그런 건 중요하지 않아요. 중요한 건 발렌타인에게 맞서는 이번 전투에서 제가 여러분을 도울 수 있다는 거예요. 돕게만 해주신다면요."

"발렌타인에 맞서는 전쟁 같은 건 없어." 맬러카이가 대꾸했다. 그는 말하면서 클라리와 시선을 맞추지 않았다. "클레이브는 이미 결정을 내렸어. 우린 발렌타인이 제시한 조건을 받아들이고 내일 아침 무기를 전부 내놓을 거야."

"그럴 순 없어요." 클라리의 목소리에 절박감이 감돌았다. "포기하고 나면 모든 게 정상으로 돌아갈 거라고 생각하세요? 발렌타인이 여러분을 전처럼 그냥 살게 내버려둘까요? 과연 그가 노리는 게 악마와 다운월드 사람들의 목숨뿐일까요?" 그녀가 전당 안을 휘이 둘러보았다.

"여기 모인 사람들은 지난 15년간 발렌타인을 보지 못했어요. 그래서 그가 어떤 사람인지 아마 거의 잊었을 거예요. 하지만 전 알아요. 그가 직접 자신의 계획을 말하는 걸 들었어요. 여러분은 발렌타인이 통치해도 전과 다름없는 삶을 살게 될 거라고 생각할지 모르지만, 그런 일은 절대 불가능해요. 발렌타인은 여러분을 철저하게 통제할 거예요. 언제든 죽음의 도구들을 앞세워 여러분을 위협할 수 있으니까. 물론 다운월드 사람들부터 시작하겠죠. 하지만 다음으로는 클레이브를 손볼 거예요. 발렌타인은 클레이브가 약해 빠지고 부패했다고 여기니까. 그다음으로는 가족 중에 다운월드 사람이 있는 사람들을 죽이겠죠. 늑대인간

오빠를 두었다거나…….." 클라리의 시선이 아마티스를 스쳐 지나갔다. "요정 기사와 데이트하는 반항적인 10대 딸을 두었다거나……." 클라리의 시선이 라이트우드 가족에게 움직였다. "아니면 다운월드 사람들을 친구로 둔 사람들. 그다음에는 보수를 지불하고 마법사의 도움을 받은 적이 있는 사람들을 없앨 거예요. 이 중에서 얼마나 많은 사람이 거기에 속할까요?"

"말도 안 되는 소리야." 맬러카이가 잘라 말했다. "발렌타인은 네피림을 몰살하는 일에는 관심이 없어."

"하지만 그는 다운월드 사람과 연관이 있는 자는 네피림이라고 부를 자격이 없다고 생각해요." 클라리가 주장했다. "여러분의 임무는 발렌타인과의 전쟁이 아니에요. 악마와의 전쟁이지. 이 세상에 악마가 발을 들이지 못하게 하는 게 여러분의 임무라고요. 하늘에서 부여받은 임무. 그건 그냥 무시해도 되는 임무가 아니잖아요. 다운월드 사람들 역시 악마를 증오해요. 그들도 기회가 닿는 한 악마를 없애려 한다고요. 발렌타인은 방법만 있다면 다운월드 사람들을 전멸시키는 일에 모든 시간을 쏟을 거예요. 그들과 손을 잡은 섀도우 헌터들을 전멸시키는 일에도. 그러느라 악마고 뭐고 모조리 잊겠죠. 여러분도 그럴 거예요. 왜냐하면 여러분은 발렌타인을 걱정하느라 여력이 없을 테니까요. 결국 악마들이 온 세상을 짓밟는 날이 오겠죠."

"네 꿍꿍이가 뭔지 이제야 알겠군." 맬러카이가 이를 앙다물며 말했다. "우린 승리할 가능성이 없는 전투를 위해 다운월드 사람들 옆에서 싸울 용의가 결코 없어."

"이길 수 있어요. 정말이에요." 클라리는 목구멍이 바짝 말랐고 머리가 지끈거렸다. 앞에 모인 사람들의 얼굴이 뿌옇게 흐려지며 곳곳에서 하얀 불빛이 번쩍거렸다. 여기서 멈출 순 없어. 계속해야 해. 끝까지 포기해선 안 돼.

"제 아버지는 다운월드 사람들을 질투하기 때문에 증오하는 거예요." 그녀가 더듬더듬 말을 이어나갔다. "자신에게는 없지만 그들에게는 있는 그 모든 능력을 질투하고 두려워하기 때문에, 어떤 면에서는 그들이 네피림보다 더 강력한 힘을 지녔기 때문에 증오하는 거라고요. 그리고 장담하건대 그런 생각을 가진 사람이 발렌타인만은 아닐 거예요. 자신에게 없는 것에는 두려움을 갖기 쉬우니까요." 그녀가 숨을 쉬느라 잠시 멈췄다.

"그럼 그걸 갖게 된다면 어떨까요? 제가 섀도우 헌터 한 사람 한 사람을 나란히 함께 싸울 다운월드 사람과 이어주는 룬을 만든다면요? 그들의 능력을 공유하게 만드는 룬. 뱀파이어처럼 상처가 빨리 아물고, 늑대인간처럼 강인해지거나, 요정 기사처럼 빠르게 움직일 수 있다면. 그리고 그들은 여러분의 능숙한 전투 기술을 공유하고요. 여러분은 무적의 군대가 될 거예요. 제가 여러분에게 마크를 그리게만 해준다면, 다운월드 사람들과 함께 싸우기만 한다면요. 그들 곁에서 싸우지 않으면 그 룬은 효력을 발휘하지 못하니까요." 클라리가 잠시 말을 멈췄다. 다시 입을 열었지만, 바짝 마른 목구멍을 통해 나온 목소리는 들릴락 말락 할 정도로 작았다. "제발요. 제가 마크를 그리게 해주세요."

클라리의 말이 침묵 속에 울려 퍼졌다. 세상이 온통 뿌옇게 보였다. 말을 하는 동안 마지막 반 정도는 전당의 천장을 올려다보고 있었다는 사실을 그녀는 깨달았다. 부드러운 흰빛으로 번쩍이던 것들은 밤하늘에 하나둘씩 떠오른 별이었다. 정적이 끝없이 이어지자 클라리의 손이 서서히 주먹을 쥐었다. 그리고 천천히, 아주 천천히 클라리는 시선을 내려 그녀를 응시하는 사람들과 눈을 맞추었다.

17
섀도우 헌터 이야기

클라리는 합의의 전당 계단 꼭대기에 앉아 천사의 광장을 둘러보았다. 조금 전에 떠오른 달이 지붕들 위로 비죽이 모습을 드러냈다. 달빛을 받은 악마 타워가 은백색으로 반짝였고, 도시의 흉터와 멍을 어둠이 전부 가려주었다. 가드 언덕과 허물어진 성채 쪽으로 고개만 돌리지 않는다면, 어두운 하늘 아래 내려다보이는 도시는 아주 평화로운 모습이었다. 광장에는 경비대가 순찰을 돌고 있었는데, 마법의 불빛 안으로 들어설 때마다 그들의 모습이 훤히 드러났다. 그들은 계단에 나와 앉은 클라리를 기를 쓰고 모른 척했다.

사이먼이 몇 계단 아래에서 오락가락하고 있었지만 발소리는 전혀 들리지 않았다. 주머니에 손을 꽂고 계단 끝까지 걸어갔다가 다시 이쪽으로 걸어오는 그의 창백한 피부가 달빛을 받아 반사면처럼 반짝거렸다.

"그만 좀 왔다 갔다 해." 클라리가 소리를 질렀다. "그러니까 더 긴장된단 말이야."

"미안."

"밖으로 나온 지가 몇백 년은 된 것 같아." 클라리가 귀를 쫑긋 세웠지만 굳게 닫힌 전당 문 밖으로는 수많은 사람들이 희미하게 웅얼거리는 소리밖에는 들리지 않았다. "안에서 뭐라고 하는지 들려?"

사이먼이 눈을 반쯤 내리뜨고 정신을 집중하는 것 같았다. 잠시 후에 입을 열었다. "약간."

"나도 안에 있었으면 좋았을 텐데." 클라리가 짜증스레 구두 뒤축으로 계단을 차며 말했다. 루크는 그녀에게 클레이브가 논의하는 동안 밖에 나가서 기다리라고 했다. 아마티스를 함께 보내려고 했지만 사이먼이 그를 만류하며 대신 나가겠다고 자청했다. 아마티스는 안에 남아 루크를 지원하는 게 낫다면서 말이다. "나도 저 안에서 회의에 참석할 수 있었다면 좋았을 텐데 말이야."

"아니, 절대 그렇지 않아." 사이먼이 대꾸했다.

클라리는 루크가 왜 밖에서 기다리라고 했는지 잘 알았다. 지금 저 안에서 클라리에 관해 어떤 말들이 오가고 있을지 짐작이 가고도 남았다. 거짓말쟁이. 이상한 아이. 멍청이. 미친 아이. 어리석은 아이. 괴물. 발렌타인의 딸. 아마도 밖에 있는 편이 나을 테지만, 클레이브의 결정을 예측하며 느끼는 긴장은 그야말로 고통스러울 정도였다.

"저 위로 기어올라 가볼까." 사이먼이 비스듬한 전당 지붕을 떠받치는 통통하고 하얀 기둥들을 눈으로 가리키며 말했다. 룬 문양들이 겹쳐지며 새겨진 것을 제외하고는 붙잡을 만한 어떤 것도 보이지 않았다.

"그러고 나면 스트레스가 좀 풀릴 것 같은데."

"참아줘. 넌 뱀파이어지 스파이더맨이 아니야."

사이먼은 대답 대신 계단을 가볍게 올라 기둥이 있는 곳까지 갔다. 잠시 생각에 잠겨 바라보던 그는 양손으로 기둥을 부여잡고 기어오르기 시작했다. 클라리가 입을 떡 벌리고 지켜보는 가운데, 사이먼의 손끝과 발끝은 조각이 새겨진 돌 위에서 디딜 곳을 찾아냈다. 클라리가 탄성을 질렀다. "너, 스파이더맨이었구나!"

중간 정도 올라간 사이먼이 아래를 흘깃 내려다보았다. "그럼 넌 메리 제인이네. 그 여자도 빨간 머리잖아." 그러고는 도시 저편을 바라보며 인상을 썼다. "여기 오르면 북문이 보일 줄 알았는데. 이 정도 높이로는 안 되나 보네."

클라리는 사이먼이 왜 북문을 보려 하는지 그 이유를 알았다. 클레이브가 논의하는 동안 다운월드 사람들에게 기다리라는 메시지를 전할 사람들을 보냈기 때문이다. 클라리는 부디 그들이 기다려주기를 바랐다. 기다리기로 결정하면 그곳에는 어떤 전경이 펼쳐질까? 클라리는 머릿속으로 수많은 다운월드 사람들이 무리 지어 서성이며 결과를 기다리는 모습을 그려보았다.

전당의 문이 삐걱 열렸다. 호리호리한 형체 하나가 문틈 사이로 빠져나와 문을 닫고 클라리를 향해 돌아섰다. 계단을 비추는 마법의 불빛 근처에 왔을 때에야 비로소 클라리는 타오르듯 환한 빛을 내는 붉은 머리의 어머니를 알아보았다.

조슬린이 기둥을 올려다보고는 놀란 표정을 지었다. "사이먼이구나. 잘…… 적응하고 있는 거 같아 다행이네."

사이먼이 기둥을 잡은 손을 놓더니 아래로 툭 떨어져 가볍게 착지했다. 살짝 부끄러운 듯한 얼굴이었다. "아, 프레이 아주머니."

"날 그렇게 부르는 게 더 이상 무슨 의미가 있을지 모르겠구나. 그냥 조슬린이라고 부르렴." 그녀가 잠시 망설였다. "알다시피 상황은 좀 그렇지만, 클라리와 함께 있는 걸 보니 반갑네. 너희 둘이 떨어져 있는 걸 본 게 언제인지도 모르겠지만."

사이먼은 당황해서 어쩔 줄 몰라했다. "저도 반가워요."

"고맙구나, 사이먼." 조슬린이 딸을 흘끔 보았다. "클라리, 잠깐 얘기 좀 할 수 있을까? 둘이서만."

클라리는 한참 동안 꼼짝하지 않고 엄마를 빤히 바라보았다. 낯선 사람을 보고 있다는 기분을 억누를 수가 없었다. 목이 꽉 조여 목소리가 나오지 않았다. 사이먼을 힐끔 보니, 머무를지 사라질지를 결정하기 위해 클라리의 신호를 기다리고 있었다. 클라리가 한숨을 푹 내쉬었다.

"좋아요."

사이먼은 격려하듯이 엄지손가락을 들어 보이고 전당 안으로 사라졌다. 클라리는 엄마를 외면한 채 아래쪽 광장에서 순찰을 도는 경비대만 바라보았다. 조슬린이 곁으로 다가와 가만히 앉았다. 마음 한편으로는 어머니에게 몸을 기대고 어깨에 머리를 얹고 싶었다. 그렇게 눈을 감고 모든 것이 정상인 척할 수도 있었다. 하지만 다른 한편으로는 그런다 한들 아무것도 달라지지 않는다는 사실을 알았다. 영원히 눈을 감고 있을 수는 없었다.

"클라리." 마침내 조슬린이 입을 열어 부드럽게 말했다. "미안하구나."

클라리는 자기 손을 빤히 내려다보았다. 아직까지 패트릭 펜할로우의 스텔레를 쥐고 있었다. 일부러 가져간 게 아니란 사실을 그가 알아줘야 할 텐데.

"이곳을 다시 보게 되리라고는 생각지도 못했단다." 조슬린이 말을 이었다. 클라리가 곁눈으로 흘끔 보니, 조슬린은 도시 저편에서 건물들 위로 창백한 빛을 드리우는 악마 타워를 바라보고 있었다. "가끔 꿈에선 봤지. 기억 속의 풍경을 그림으로 그리고 싶기도 했어. 하지만 그럴 순 없었어. 혹시라도 네가 그림을 보고 이것저것 물을지도 모르고, 애초에 그런 풍경을 어떻게 떠올리게 됐냐고 의아해할지도 모르니까. 엄마는 네가 내 정체를 알게 되는 게 너무나 두려웠어. 내가 진짜로 어떤 사람인지 알게 될까 봐."

"이젠 알잖아요."

"이젠 알지." 조슬린의 목소리에 아쉬움이 배어 있었다. "그러니 날 미워할 이유가 충분해."

"미워하지 않아요, 엄마. 난 그저……."

"나를 믿지 않는 거겠지. 당연한 일이야. 엄마가 네게 모든 진실을 말해줬어야 하는 거니까." 조슬린이 클라리의 어깨에 가볍게 손을 얹었다. 그리고 클라리가 손을 치우지 않자 용기를 얻은 듯이 말을 이었다. "널 보호하기 위해 그런 거지만, 너한테는 그 말이 어떻게 들릴지 알아. 조금 아까 전당에서 널 지켜보는데……."

"안에 있었어요?" 클라리가 깜짝 놀라 물었다. "안 보이던데."

"맨 뒤에 있어서 그랬을 거야. 루크가 오지 말라고 했거든. 내가 나타나면 사람들이 언짢아할 거고, 그러면 모든 게 엉망이 될 거라고. 루크 말이 맞을 거야. 하지만 도저히 참을 수가 없었어. 그래서 회의가 시작된 뒤에 몰래 들어와서 어둠 속에 숨어 있었지. 그렇지만 분명히 그 안에 있었단다. 그리고 내가 하고 싶은 말은……."

"내가 바보짓을 했다는 거요?" 클라리가 씁쓸하게 말했다. "그건 이미 알아요."

"그렇지 않아. 엄만 네가 자랑스럽다는 말을 하고 싶었어."

클라리가 휙 돌아서 어머니를 쳐다보았다. "자랑스럽다고요?"

조슬린이 고개를 끄덕였다. "자랑스럽고말고. 클레이브 앞에 그토록 당당히 서서 그들에게 네가 뭘 할 수 있는지 보여줬잖니. 넌 사람들이

유리의 도시 415

세상에서 제일 사랑하는 사람의 모습을 보게 했어, 그렇지?"

"맞아요. 어떻게 아셨어요?"

"저마다 다른 이름들을 부르는 걸 들었거든. 하지만 내 눈엔 여전히 네가 보였지."

"아." 클라리가 발 쪽으로 시선을 떨어뜨렸다. "전 아직도 잘 모르겠어요. 제게 룬을 만드는 능력이 있다는 걸 사람들이 정말로 믿는지. 물론 믿었으면 좋겠지만……."

"엄마한테 보여줄래?"

"뭘요?"

"네가 만든 그 룬 말이야. 섀도우 헌터와 다운월드 사람을 이어줄 룬." 그러고는 망설였다. "보여줄 수 없으면……."

"보여드릴게요." 클라리는 천사가 보여준 룬을 스텔레로 대리석 계단 위에 그려나갔다. 금빛 선들이 타오르듯이 모습을 드러냈다. 직선들의 행렬 위로 곡선들이 겹쳐지는, 강력한 힘을 지닌 룬이었다. 간단한 것 같으면서도 복잡한 모양을 하고 있었다. 클라리는 이 룬을 떠올릴 때 왜 미완성인 것처럼 느껴졌는지 그제야 알 것 같았다. 이 룬이 효력을 발휘하려면 짝을 이루는 룬이 필요했다. 쌍둥이. 파트너.

"결연의 룬." 스텔레를 바닥에서 떼며 클라리가 말했다. "전 이걸 그렇게 불러요."

조슬린은 화르르 타올랐다 희미해지며 돌바닥 위에 검은 선을 남기고 사라지는 룬을 조용히 바라보았다. 그녀가 마침내 입을 열었다. "내가 젊었을 때 말이야, 다운월드 사람들과 섀도우 헌터들의 연대를 위해 온 힘을 다해 싸웠어. 협정을 보호하기 위해서. 그때 난 꿈을 좇고 있다고 생각했단다. 다른 섀도우 헌터들은 상상도 하지 못하는 꿈. 그런데 이제 네가 그 꿈을 현실로 보여주는구나." 그녀가 눈을 꼬옥 감았다 떴다.

"전당 안에서 널 지켜보면서 깨달은 게 있어. 난 아주 오랫동안 진실을 숨기는 걸로 널 보호하려고 해왔어. 네가 팬데모니엄에 가는 걸 싫어한 이유도 그래서였어. 그곳에서 다운월드 사람과 먼데인이 한데 섞여 어울린다는 걸 알았거든. 그 말은 곧 새도우 헌터도 거기에 있다는 뜻이고. 아마도 네 피 속에 흐르는 무언가가 그곳으로 널 끌어당겼을 거야. '시야'를 가려도 그 세계를 알아보는 뭔가가 말이야. 난 네가 그 세계를 보지 못하면 안전할 거라고 생각했어. 널 강하게 만들어서, 싸울 수 있게 만들어서 보호하려는 생각은 한 번도 한 적이 없었어." 조슬린이 슬픈 목소리로 말했다. "하지만 어찌 되었든 넌 강해져야 해. 내게서 진실을 들을 수 있을 정도로. 아직도 진실을 듣길 원한다면 말이야."

"모르겠어요." 클라리는 천사가 보여준 끔찍한 영상을 떠올렸다. "엄마가 거짓말을 해서 화가 난 건 사실이에요. 하지만 참혹한 일들을 더 알고 싶은지는 잘 모르겠어요."

"루크와도 얘기했어. 루크는 내가 지금 하려는 이야기들을 너도 알아야 한다고 생각하더구나. 전부 다 말이야. 누구에게도 말한 적이 없는 이야기까지도. 심지어 루크한테도 말하지 않았지. 기분 좋은 이야기가 될 거라고 장담할 순 없지만, 진실이야."

악법도 법이라고 했던가. 클라리는 제이스뿐만 아니라 자신을 위해서도 진실을 알아야만 했다. 관절이 하얘지도록 스텔레를 꽉 움켜쥔 그녀가 입을 열었다. "전부 다 알고 싶어요."

"전부 다……." 조슬린이 크게 심호흡을 했다. "어디서부터 시작해야 할지 모르겠구나."

"어떻게 해서 발렌타인과 결혼하게 됐는지부터 시작하면 어때요? 어떻게 그런 남자와 결혼해서 제가 그런 아버지를 두게 됐는지…… 그 사람은 괴물이에요."

"그렇지 않아. 발렌타인은 인간일 뿐이야. 물론 좋은 인간은 아니지. 하지만 어떻게 그와 결혼하게 됐냐고 묻는다면 그건 내가 그를 사랑했기 때문이라고 대답할 수밖에 없어."

"그럴 리가 없어요. 아무도 그런 사람을 사랑하진 못해요."

"내가 발렌타인과 사랑에 빠진 건 네 나이 때였어. 내 눈엔 그가 완벽하게 보였지. 멋진 데다 영리하고 아름답고 재미있고 매력이 넘치는 사람이었어. 이렇게 말하면 정신 나간 사람처럼 보인다는 거 알아. 네가 아는 발렌타인은 지금의 모습뿐이니까 그때 그가 어땠는진 상상이 가지 않겠지. 우리가 함께 학교에 다니던 시절에는 모두가 그를 사랑했단다. 발렌타인한테선 마치 빛이 나는 것만 같았어. 우주에 오직 그만이 들어갈 수 있는 특별하고 찬란하게 빛나는 공간이 있는 건 아닌가 싶을 정도로. 만일 운이 좋으면 그가 우리에게도 그 공간을 약간이나마 공유하게 해줄지도 모른다는 생각이 들 만큼. 모든 여자애가 발렌타인을 사랑했기 때문에 나한테 기회가 오리라고는 생각지도 않았단다. 난 그저 평범한 아이였거든. 그렇게 인기가 많지도 않았고. 루크는 내가 친하게 지내던 몇 안 되는 친구 가운데 하나였어. 대부분 시간을 그와 함께 보냈지. 그런데도 발렌타인은 어쩐 일인지 날 선택했어."

소름 끼쳐. 클라리는 그렇게 외치고 싶었지만 꾹 눌러 참아야 했다. 아마도 애석함과 후회가 섞인 어머니의 목소리 때문이었을 것이다. 어쩌면 발렌타인에게서 빛이 나는 것 같았다던 말 때문인지도 모른다. 클라리도 제이스를 보며 같은 생각을 한 적이 있으니까. 그때는 그런 자신이 바보 같다고 느꼈는데, 아마도 그건 사랑에 빠진 사람들의 공통적인 증상인 모양이었다.

"무슨 말인지 알겠어요. 하지만 엄만 그때 열여섯 살이었어요. 발렌타인과 사귀었다고 해도 꼭 결혼까지 해야 하는 건 아니었잖아요."

"우리가 결혼했을 때 난 열여덟이었어. 발렌타인은 열아홉이었고."

"세상에." 클라리가 소스라치게 놀라서 외쳤다. "내가 열여덟에 결혼하겠다고 하면 엄만 날 죽이려고 할걸요."

"그러겠지. 하지만 섀도우 헌터는 먼데인보다 결혼을 일찍 하는 경향이 있어. 그들은…… 우리는 평균 수명이 짧거든. 수많은 섀도우 헌터들이 비명횡사를 해. 그래서 모든 걸 일찍 하는 경향이 있단다. 그 점을 감안해도 난 결혼하기엔 어린 나이였지. 그래도 식구들은 기뻐해줬어. 루크도 마찬가지고. 모두가 발렌타인을 멋진 청년으로 봤거든. 그땐 정말 나이 어린 청년일 뿐이었지. 발렌타인과 결혼하면 안 된다고 한 사람은 매들린뿐이었어. 매들린은 학교 친구였는데, 내가 약혼했다는 소리를 듣더니 발렌타인은 이기적이고 증오심에 가득 찬 사람이라고 하더구나. 도덕관념이 전혀 없는 사람인데, 겉으로 드러난 매력이 그 점을 가리고 있다고. 난 매들린이 질투심에 그런 말을 한 거라 여겼어."

"정말 그랬나요?"

"아니. 매들린은 진실을 말한 거야. 내가 듣지 않으려고 한 거지." 조슬린이 흘깃 손을 내려다보았다.

"하지만 엄만 후회했어요. 결혼하고 나서 발렌타인과 결혼한 걸 후회했다고요. 그렇죠?"

"클라리." 조슬린은 지친 사람처럼 말했다. "우린 행복했어. 적어도 처음 몇 년간은 그랬단다. 우린 내가 자랐던 부모님의 저택에서 살았지. 발렌타인이 도시에서는 살지 않으려 했거든. 다른 서클 멤버들에게도 클레이브의 호기심 어린 시선을 피해 알리칸테 밖에서 살라고 했고. 우리 집에서 2~3킬로미터 떨어진 저택에는 웨이랜드 부부가 살았고, 라이트우드나 펜할로우 부부도 그 근처에 살았어. 우리는 마치 세상의 중심에 사는 기분이었지. 주변에는 늘 활기와 열정이 넘쳤어. 그리고 발렌타인의 곁에는 항상 내가 있었지. 그는 어떤 일에서도 내가 무시당하거나 하찮은 존재처럼 느끼지 않게끔 해줬어. 난 서클에서 중요한 역할을 한 셈이었지. 그가 신뢰하는 몇 안 되는 사람 가운데 하나였으니까. 그는 몇 번이고 내게 같은 말을 반복했어. 내가 없으면 아무 일도 이루지 못할 거라고. 내가 없으면 자기는 아무것도 아니라고."

"정말 그런 말을 했어요?" 클라리는 발렌타인이 그처럼 나약한 말을 하는 모습을 상상할 수가 없었다.

"그래. 하지만 진심은 아니었어. 발렌타인은 결코 아무것도 아닌 사람이 될 수 없으니까. 그는 리더로 태어난 사람이야. 혁명의 중심에 설 사람. 시간이 지날수록 점점 더 많은 전향자들이 발렌타인을 찾아왔어. 그의 열정에, 그가 제시하는 탁월한 의견에 매료됐던 거야. 초기에 발렌타인은 다운월드 사람들에 관해 언급한 적이 거의 없었어. 오로지 클레이브의 개혁에 관해서만 이야기했지. 너무 오래되고 융통성이 없고 잘못된 법들을 모조리 바꿔야 한다고 말이야. 그는 악마에 맞설 새도우 헌터의 수를 더 늘려야 한다고 주장했어. 인스티튜트의 수도 더 늘리고. 눈에 띄지 않게 숨어 살 걱정을 할 게 아니라 악마들에게서 세상을 보호할 걱정을 해야 한다고. 어깨를 펴고 당당하게 우리 모습을 세상에 드러내야 한다고. 그가 제시하는 비전은 아주 매혹적이었지. 새도우 헌터로 가득한 세상. 악마들은 겁에 질려 달아나고, 먼데인들은 우리가 존재하지 않는다고 믿는 대신 자신들을 위해 우리가 하는 일에 고마워하는 세상.

우린 그때 젊었지. 고맙다는 말을 듣는 일을 중요하게 여겼어. 정말이지 그땐 아무것도 몰랐단다." 조슬린은 물속 깊이 잠수하려는 사람처럼 숨을 크게 들이쉬었다.

"그러고 나서 내가 임신을 했지."

클라리는 목덜미 털이 쭈뼛 곤두서는 느낌이 들었다. 과연 조슬린이 말하는 진실을 더 듣고 싶은지 확신이 서지 않았다. 발렌타인이 제이스를 괴물로 만든 이야기를 또다시 듣고 싶은지. "엄마……."

조슬린이 멍하니 고개를 흔들었다. "넌 오빠가 있었다는 사실을 왜 말해주지 않았냐고 물었지? 그 이유를 말해줄게. 난 임신 사실을 알게 됐을 때 너무나도 기뻤어. 발렌타인은 늘 아버지가 되고 싶다고 했지. 자기 아버지가 그런 것처럼 아들을 훈련시켜 전사로 키우고 싶다고. 내가 딸일지도 모른다고 말하면 그는 환하게 웃으며 딸도 아들처럼 전사로 키울 거라고, 어느 쪽이든 좋다고 말하곤 했지. 세상에 부러울 게 없던 때였어."

조슬린이 거칠게 숨을 몰아쉬었다. "그러다 루크가 늑대인간에게 물리는 사고가 생겼지. 물린 사람이 늑대인간이 될 확률은 반반이라고 알려져 있지만, 난 그보다 높다고 믿었어. 주변에서 물린 사람 중에 그 질병을 피한 사람을 본 적이 거의 없었거든. 루크 역시 예외가 아니었지. 다음 보름이 되자 루크가 변했어. 아침이 밝고 피를 뒤집어쓴 루크가 우리 집 앞으로 왔지. 옷은 모두 찢어져서 넝마가 되어 있더구나. 루크를 위로하고 싶었지만 발렌타인이 날 가로막았어. '조슬린, 아기'라고 하면서. 마치 루크가 나한테 달려들어 뱃속의 아기를 찢어발기기라도 할 것처럼. 다른 사람도 아닌 루크인데. 하지만 발렌타인은 나를 멀찍이 밀고는 루크를 데리고 숲으로 들어갔어. 나중에 나올 땐 발렌타인 혼자였지. 난 발렌타인에게 달려갔지만, 그는 루크가 늑대인간이 된 데 절망한 나머지 스스로 목숨을 끊었다고 말했어. 루크가…… 죽었다고."

조슬린의 목소리에서 그때 느낀 비통함이 고스란히 묻어났다. 지금은 루크가 죽지 않았다는 사실을 아는데도 그 고통이 너무나 생생하게 느껴졌다. 하지만 클라리 자신도 인스티튜트 계단에서 죽은 사이먼을 품에 안고 느꼈던 절망감을 고스란히 기억했다. 어떤 순간에 느낀 감정은 죽는 날까지도 잊지 못하는 모양이었다.

"하지만 발렌타인이 루크에게 칼을 줬잖아요." 클라리가 작은 목소리로 말했다. "루크에게 스스로 목숨을 끊으라고 했어요. 오빠가 늑대인간이라는 이유만으로 아마티스의 남편에게 이혼을 종용하고."

"난 몰랐어. 루크가 죽고 나자 검은 나락 속으로 빠져버린 기분이었어. 몇 달간 침실에 틀어박혀 잠만 잤지. 아기만 아니었다면 먹지도 않았을 거야. 먼데인이라면 우울증에 빠진 거라고 말했겠지만 섀도우 헌터 세계에는 그런 말이 없었어. 발렌타인은 내가 아기 때문에 힘들어서 그런 거라고 믿었지. 다른 사람들에게는 내가 아프다고 말했고. 사실 아프긴 아팠지. 잠을 자지 못했으니까. 난 밤만 되면 이상한 소리를 들었어. 비명 같은 소리 말이야. 발렌타인이 수면제를 줬지만 그걸 먹으면 악몽만 꿨어. 발렌타인이 나를 내리누르고 칼을 박아 넣거나, 내가 독을 마시고 숨을 쉬지 못하는 끔찍한 꿈들. 아침이 되면 진이 다 빠져서는 온종일 잠만 잤지. 밖에서 일어나는 일에 관해서는 아무것도 몰랐어. 발렌타인이 스티븐에게 아마티스와 이혼하고 셀린과 결혼하도록 강요한 일도 전혀 몰랐지. 나는 항상 멍한 상태였어. 그러다가……." 조슬린이 무릎 위에 깍지 낀 손을 올려놓았다. 손이 가늘게 떨렸다. "그러다가 아기를 낳았지."

그녀가 입을 굳게 다물었다. 아주 오랫동안 아무 말도 하지 않아 다시는 입을 열지 않을지도 모르겠다고 생각될 정도였다. 조슬린은 긴장한 듯이 손가락으로 무릎을 톡톡 두드리며 악마 타워 쪽을 물끄러미 바라보았다. 마침내 그녀가 입을 열었다.

"아기가 태어났을 때 어머니가 곁에 있었지. 넌 할머니를 모를 거야. 아주 착한 분이셨단다. 너도 아마 좋아했을 거야. 어머니가 아기를 내게 안겨줬지. 처음엔 그저 아기가 내 품 안에 맞춘 것처럼 꼭 맞는다거나, 아기를 감싼 담요가 참 보드랍다거나, 아기가 너무나 작고 연약해 보인다거나, 머리 꼭대기에 솜털처럼 가느다란 머리카락이 나 있다는 점 따위만 보였지. 그러다 아기가 눈을 떴어."

조슬린은 무덤덤하고 단조로운 목소리로 말했지만, 클라리는 이제부터 어머니가 말할 내용을 듣는 것이 두려워 몸이 떨려왔다. 말하지 말라고 소리치고 싶었다. 하지만 차가운 독처럼 조슬린의 입에서 단어들이 쏟아져 나왔다.

"공포가 온몸으로 밀려들었지. 마치 산성 액체 속에 몸을 담근 기분이었어. 살이 흐물흐물 녹아내리는 것만 같아 아기를 떨어뜨리고 비명을 지르지 않으려고 안간힘을 써야 했어. 모든 어미는 본능적으로 자기 자식을 알아본다고 하지. 하지만 그 반대의 경우도 성립할 거야. 내 몸 안의 모든 신경이 품 안의 아이가 내 아이가 아니라고 외치고 있었거든. 뭔가 무시무시하고 부자연스러운 존재, 기생충만큼이나 인간이 아닌 존재라고. 어떻게 어머니 눈에는 보이지 않는지 알 수가 없었어. 어머니는 모든 게 정상이라는 듯이 나를 보며 웃고 계셨지. 그때 문간에서 목소리가 들려오더구나. '그 아이의 이름은 조너선이야'라고. 고개를 들자 발렌타인이 즐거운 듯이 눈앞의 장면을 바라보고 있었어. 아기는 마치 자기 이름을 알아들은 것처럼 다시 한 번 눈을 떴어. 아기의 눈은 한밤중처럼 까맸고, 깊이를 알 수 없는 터널처럼 해골 깊숙이 묻혀 있었어. 절대 인간의 눈이라고 볼 수가 없었단다."

한동안 긴 침묵이 이어졌다. 클라리는 충격으로 입을 벌린 채 얼어붙은 듯이 앉아서 조슬린을 뚫어져라 쳐다보았다. '엄마는 지금 제이스 얘기를 하고 있어. 아기였을 때의 제이스. 어떻게 아기에게 저런 느낌을 받을 수 있을까?'

"엄마." 클라리가 속삭였다. "어쩌면…… 충격이 너무 심해서 그런 걸지도 모르잖아요. 아니면 몸이 아파서……."

"발렌타인이 말한 게 바로 그거였어." 조슬린이 감정 없는 목소리로 말했다. "아파서 그런 거라고. 발렌타인은 조너선을 몹시도 예뻐했어. 내가 왜 그러는지 도무지 이해하지 못했지. 내가 생각하기에도 발렌타인이 맞았어. 괴물은 나였지. 자기 아이를 견디지 못하는 엄마인 나. 죽어버릴까도 생각했단다. 어쩌면 정말로 실행에 옮겼을지도 몰라. 래그노어 펠이 불꽃 편지로 소식을 전하지만 않았다면 말이야. 래그노어는 우리 가족과 가깝게 지내던 마법사였단다. 치유 마법 같은 게 필요할 때면 언제나 그를 불렀지. 그는 동쪽 경계에 있는 브로슬린드 숲에서 루크가 늑대인간 무리의 리더가 됐다고 했어. 나는 편지를 받자마자 바로 태워버렸지. 발렌타인은 그 사실을 전혀 모를 테니까. 하지만 늑대인간 야영지에 가서 루크를 직접 보고 나서야, 발렌타인이 내게 거짓말을 했다는 것을 확실히 알게 됐단다. 루크가 자살했다고 거짓말을 했다는 걸. 발렌타인을 진심으로 증오하게 된 건 바로 그때부터였어."

"하지만 루크는 발렌타인이 어딘가 잘못됐다는 걸 엄마가 알고 있었다고 했어요. 발렌타인이 뭔가 끔찍한 일을 벌이고 있다는 사실을요. 루크가 늑대인간이 되기 전에도 알고 있었다고요."

조슬린은 잠시 아무 말이 없었다. "루크는 늑대인간에게 물릴 이유가 없었단다. 그건 일어날 수 없는 일이었어. 발렌타인과 함께 숲으로 정기 순찰을 나간 거였으니까……. 절대 일어날 수 없는 일이었지."

"엄마……."

"루크는 늑대인간이 되기 전에도 내가 자신에게 발렌타인이 두렵다고 말했다고 했어. 저택의 벽 너머로 비명 소리가 들린다고, 뭔가 의심스럽다고, 무섭다고. 그 얘기를 듣고 루크는, 의심이라고는 조금도 할 줄 몰랐던 루크는 바로 다음 날 발렌타인에게 그것에 관해 물었던 거야. 그날 밤 발렌타인은 그를 데리고 사냥에 나섰고, 거기서 루크가 늑대인간에게 물렸지. 내 생각에…… 발렌타인은 내가 본 걸 잊게 만들려고 한 거 같아. 내가 두려워한 게 무엇이든, 그게 전부 악몽이었다고 믿게 만들었어. 루크가 그날 밤 늑대인간에게 물린 것도 그가 꾸민 짓일 거야. 그 누구도 내가 남편을 두려워한다는 사실을 상기시키지 못하게 루크가 사라져주길 바란 거지. 하지만 그때는 그런 생각을 전혀 하지 못했어. 루크를 다시 만나던 날, 아주 잠깐밖에 시간이 없었지만, 난 조너선에 관해 얘기하고 싶어서 못 견딜 지경이었지. 하지만 얘기할 수가 없었어. 그럴 순 없었지. 조너선은 내 아들이니까. 그래도 루크를 만난 일이 내게 힘을 주더구나. 그를 보기만 하고 돌아왔는데도. 난 조너선을 위해 다시 한 번 애써보리라 다짐하며 집으로 돌아왔어. 그 아이를 사랑하는 법을 배워보리라고, 어떻게든 사랑해보겠다고 말이야."

조슬린이 계속해서 이야기를 이어나갔다.

"그날 밤 난 아기 울음소리를 듣고 잠에서 깨어났어. 텅 빈 침실에서 눈을 뜨자마자 벌떡 일어나 앉았지. 발렌타인은 서클 회의에 가고 없었기에 놀라움을 함께 나눌 사람이 아무도 없었어. 조너선은 결코 우는 법이 없는 아이였지. 아무런 소리도 내지 않았어. 그 아이가 당혹스러운 이유 중 하나가 바로 그 점이었단다. 곧바로 아이 방으로 달려갔지만 아이는 조용히 자고 있더구나. 그런데도 아기 울음소리는 계속해서 분명하게 들려왔어. 난 그 울음소리를 따라 계단 아래로 내려갔어. 가만히 들어보니 비어 있는 포도주 저장실 안에서 들려오는 것 같았지. 사용하지 않는 포도주 저장실의 문은 잠겨 있었지만, 난 그 저택에서 자란 사람이라 아버지가 열쇠를 어디에 감춰두는지 알고 있었어."

말하는 내내 조슬린은 클라리를 쳐다보지 않았다. 자기가 풀어내는 이야기 속에 빠져 있는 사람 같았다. 가슴속에 간직한 기억 속에.

"네가 어렸을 때 내가 〈푸른 수염의 아내〉 이야기는 들려준 적이 없었지? 남편이 아내에게 문이 잠긴 방 안은 절대로 들여다보지 말라고 당부했지만, 아내는 결국 궁금증을 참지 못해 안을 들여다보고 말았다는 이야기 말이야. 그 안에는 남편이 살해한 전 부인들의 유해가 전시돼 있었어. 나비처럼 유리 상자 안에 넣어진 채로 말이야. 그날 포도주 저장실의 문을 열면서 그 안에서 무엇을 발견할지 난 짐작도 할 수 없었단다. 다시 한 번 그때로 돌아간다면, 과연 문을 열고 마법의 불빛에 의지한 채 어둠에 잠긴 아래로 내려갈 수 있을까? 모르겠구나, 클라리. 정말 모르겠어."

말을 멈춘 조슬린이 부르르 몸을 떨었다.

"오, 아래에서 얼마나 지독한 냄새가 풍기던지. 피와 죽음과 부패의 냄새가 섞였다고 하면 상상이 가겠니? 발렌타인은 한때 포도주 저장실이었던 그곳을 마구 파헤쳤더구나. 내가 들은 울음소리는 아이의 울음소리가 아니었어. 발렌타인은 그곳에 수많은 감방을 만들고 뭔가를 가

두었지. 합금 사슬에 묶인 악마들이 각자의 감방 안에서 몸을 뒤틀거나 펄떡거리거나 끅끅거리고 있었어. 하지만 그게 다가 아니었단다. 죽었거나 죽어가는 다운월드 사람들. 은가루에 몸이 반쯤 녹아내린 늑대인간. 성수에 머리를 푹 담가 뼈가 보이도록 살이 녹아내린 뱀파이어. 강철로 살갗을 꿰뚫린 요정. 지금도 난 발렌타인이 고문을 즐기는 사람이라고는 생각지 않아. 그는 과학적인 목적으로 그런 것 같았으니까. 감방 문마다 실험에 대한 세세한 기록이 적힌 장부가 걸려 있었지. 거기에는 실험 대상이 죽음에 이르기까지 얼마나 걸렸는지 따위가 기록되어 있었어. 뱀파이어의 살갗을 몇 번 태워야만 재생이 불가능해지는지를 실험하기도 했지. 기절하거나 토할 것 같은 기분을 느끼지 않고는 도저히 기록들을 읽어나가기 어려웠지만, 용케도 나는 끝까지 참아냈단다."

여기까지 이야기한 조슬린은 잠시 이야기를 멈추고는 숨을 골랐다.

"어느 페이지엔가는 자기 자신에게 한 실험에 대한 기록이 있더구나. 그는 어디선가 악마의 피가 새도우 헌터의 타고난 능력을 증폭시켜준다는 글을 읽었다고 했어. 그래서 자신에게 악마의 피를 주입했지만 아무런 결과도 얻지 못했지. 속이 울렁거리는 증상 말고는 어떤 변화도 없었으니까. 결국 그는 자신이 그 피로 효과를 보기에는 나이가 너무 많다는 결론에 이르렀어. 어린아이에게 주입해야 제대로 효과가 나는 거라고. 아직 태어나지 않은 아이일 경우엔 더욱 좋고. 그런 결론을 내린 다음 쪽에는 일련의 메모들이 적혀 있었고, 내가 아는 이름이 제목으로 들어가 있었지. 바로 내 이름. 조슬린 모겐스턴. 장부를 넘기는 손이 부들부들 떨리던 게 아직도 생생해. 그곳에 적힌 단어들은 내 머릿속에 그대로 또렷하게 새겨졌지. '조슬린이 오늘 밤 그 혼합물을 다시 마셨다. 눈에 보이는 변화는 없지만 내가 염두에 두는 건 아기이므로…… 정기적으

유리의 도시 427

로 주입한 악마의 체액으로 아이는 놀랄 만한 능력을 갖게 될 것이다…… 지난밤 아기의 심장박동을 들었다. 여느 인간의 심장보다 더 힘차게 박동하는 소리. 새로운 섀도우 헌터 세대의 시작을 알리는 웅장한 종소리. 천사와 악마의 피가 섞인 그들은 상상을 초월하는 능력을 발휘할 것이다…… 세상에서 가장 강력한 힘을 지닌 존재는 이제 다운월드 사람들이 아닐 것이다…….' 그것 말고도 아주 많았어. 장부를 움켜쥔 손가락이 떨려왔지. 머릿속에서는 매일 밤 발렌타인이 주던 약물들이 떠올랐고, 칼에 찔리고 숨이 막히고 독을 마시던 악몽이 되살아났어. 하지만 그가 독을 주입한 건 내가 아니었어. 조너선이었지. 발렌타인이 반은 악마인 존재로 만들어버린 조너선. 바로 그 순간이었단다, 클라리. 발렌타인이 정말로 어떤 사람인지를 확실하게 깨달은 건."

클라리는 참고 있는 줄도 모르던 숨을 그제야 크게 내뱉었다. 말로 표현할 수 없을 만큼 참담한 이야기였다. 그러나 이수리엘이 그녀에게 보여준 장면들과 정확히 맞아떨어지기도 했다. 클라리는 어머니와 조너선 중 누구에게 더 안쓰러운 마음을 가져야 할지 알 수가 없었다. 그리고 도저히 조너선과 제이스를 같은 인물로 생각할 수가 없었다. 어머니가 거기 그렇게 있는 한, 어머니가 들려준 이야기가 그토록 생생하게 떠오르는 한. 조너선은 자기 가족보다 다운월드 사람들의 목숨을 빼앗는 일을 더 중요하게 여긴 아버지 때문에 인간이라고 할 수 없는 존재가 되어버린 것이다.

"하지만 엄마는 그때 바로 떠나지 않았잖아요?" 그렇게 묻는 클라리의 목소리는 자신의 귀에도 아주 작게 들렸다. "계속 발렌타인 곁에 머물렀어요."

"두 가지 이유 때문이었어." 조슬린이 입을 열었다. "반란이 그중 하나였지. 그날 밤 지하실에서 발견한 그 모든 것들로 나는 따귀를 얻어맞은 듯이 정신이 번쩍 났단다. 허우적거리던 괴로움에서 빠져나와 정신을 차리고 주변에서 일어나는 일을 똑바로 보게 됐지. 발렌타인이 다운월드 사람들을 학살할 계획을 세우고 있다는 걸 깨닫자, 무슨 일이 있어도 발렌타인을 막아야겠다는 생각이 들었지. 그래서 비밀리에 루크를 만나 의논하기 시작했어. 발렌타인이 나와 내 아이에게 한 짓은 차마 말할 수 없었단다. 루크가 아는 날엔 분노를 참지 못하고 막무가내로 발렌타인을 죽이려 들 걸 알았으니까. 그 과정에서 자신도 목숨을 잃을 게 뻔했고. 무엇보다도 발렌타인이 조너선에게 한 짓을 아무도 알아선 안 된다고 생각했어. 어떤 일이 있어도 조너선은 내 아이였으니까. 지하실에서 벌어지고 있던 끔찍한 일에 대해서는 루크에게도 말해줬지. 발렌타인이 점점 이성을 잃어가고 있으며 앞으로는 더욱 심해지리라는 확신도 말이야. 루크와 나는 반란을 저지할 계획을 세웠어. 엄만 그 일에 엄청난 투지를 불태웠단다, 클라리. 그건 일종의 속죄 행위와도 같았거든. 서클에 참여한 죄, 발렌타인을 믿은 죄, 그를 사랑한 죄에 대한 대가를 치르는 유일한 길이라고 느꼈어."

"발렌타인은 알아차리지 못했나요? 엄마가 무슨 일을 꾸미는지 말이에요."

조슬린이 머리를 가로저었다. "사람은 누군가와 사랑에 빠지면 그 사람을 무조건 믿는단다. 난 집에 있을 때는 모든 게 정상이라는 듯이 행동했어. 애초에 조너선에게 가졌던 반감도 사라진 것처럼 굴었지. 조너선을 메이리스의 집으로 데려가 그 집 아들인 알렉과 함께 놀게 하고. 가끔은 셀린 헤런데일이 찾아와 우리와 시간을 보내기도 했어. 그때 셀린은 임신 중이었지. 날 보면 이런 말을 하곤 했어. '조슬린의 남편은 정말 친절한 분이에요. 스티븐과 저를 얼마나 챙겨주시는지 몰라요. 아기의 건강을 위해 묘약들도 가져다주시고. 그 묘약들 아주 좋던데요.'"

"맙소사."

"나도 속으로 그렇게 외쳤단다. 셀린에게 발렌타인을 믿지 말라고 말해주고 싶었어. 발렌타인이 가져다주는 걸 받아선 안 된다고. 하지만 그럴 수 없었지. 셀린의 남편은 발렌타인과 아주 가까운 사이였고, 셀린 역시 그런 말을 들으면 즉시 날 배신하고 발렌타인에게 알릴 게 뻔하니까. 나는 입을 꾹 다물고 있었지. 그러던 어느 날······."

"셀린이 자살을 했군요." 클라리가 그 이야기를 기억해내고 말했다. "발렌타인이 자신에게 한 짓 때문인가요?"

조슬린이 고개를 가로저었다. "그건 아닐 거야. 스티븐이 습격 중에 목숨을 잃었거든. 셀린은 그 소식을 듣고 나서 손목을 그었어. 그때가 임신 8개월 때였지. 과다 출혈로······."

조슬린이 잠시 말을 멈췄다. "시신을 발견한 건 호지였어. 발렌타인은 그들의 죽음으로 크게 상심했단다. 다음 날 하루 종일 어딘가로 사라졌다 눈이 벌게져서는 휘청거리며 집으로 돌아왔지. 한편으론 그가 다른 데 정신이 팔려 있다는 사실이 고마웠어. 적어도 내가 하는 일에는 관심을 갖지 않는다는 뜻이었으니까. 발렌타인이 공모를 눈치채고 진실을 알아내려 고문할지도 모른다는 생각에 매일 조금씩 두려워지던 때였어. 비밀 음모에 가담한 자가 누군지, 공모자에게 그의 계획을 얼마나 털어놓았는지. 내가 과연 고문을 견뎌낼 수 있을지도 자신할 수 없었지. 견디지 못하고 모든 걸 말해버릴까 봐 너무나 겁이 났어. 결국 난 그런 일을 막기 위해 조치를 취하기로 결심했어. 난 펠을 찾아가 두려움을 털어놓았고 그는 나를 위해 묘약을 만들어줬지."

"화이트북에 있는 그 묘약." 클라리가 비로소 깨닫고는 말했다. "그래서 그 약과 해독제가 필요했던 거군요. 그런데 그 책이 어떻게 웨이랜드 도서관에 가 있게 된 거죠?"

"그 집에서 파티가 있던 날, 내가 거기에 숨겼으니까." 조슬린이 희미하게 웃었다. "루크에게는 말하고 싶지 않았어. 묘약에 대한 얘기를 꺼내면 좋은 생각이 아니라고 할 게 뻔하니까. 하지만 루크를 제외하면 내가 아는 사람이라곤 서클 멤버들뿐이었어. 그래서 래그노어에게 메시지를 보냈지. 하지만 그는 곧 이드리스를 떠날 예정이라면서 언제 돌아오는지는 말해주지 않았어. 필요하면 언제든지 메시지로 연락을 하면 된다고 했지만, 누가 그에게 메시지를 보낸단 말이니. 곰곰이 생각해보니 부탁할 사람이 딱 한 명 떠오르더구나. 내 계획을 털어놓아도 날 배신하고 발렌타인에게 달려가지 않을 정도로 그를 증오하는 사람. 난 매들린에게 편지를 보내 이 계획을 알리며 오직 래그노어 펠만이 날 소생시킬 수 있다고 적었어. 답장은 오지 않았지만 난 매들린이 편지를 읽었고 내 뜻을 이해했다고 믿는 수밖에 없었지. 그것 말고는 달리 방법이 없었으니까."

"두 가지 이유라고 하셨잖아요. 발렌타인을 즉시 떠나지 않은 이유가 두 가지라고. 하나는 반란이고, 다른 하나는 뭐죠?"

조슬린이 녹색 눈을 커다랗게 떴다. 눈은 지쳐 보였지만 형형하게 빛이 났다. "클라리, 모르겠니? 두 번째 이유는 내가 다시 임신을 했기 때문이야. 네가 뱃속에 생겼거든."

"아." 클라리가 조그맣게 내뱉었다. 루크의 말이 뇌리를 스쳤다. '그녀는 다른 아이를 임신한 상태라고 했어. 임신 사실은 몇 주 전에 알았다고 했지.'

"하지만 그것 때문에 더 달아나고 싶진 않았나요?"

"물론이야. 하지만 달아나지 못한다는 것도 잘 알았지. 내가 달아나면 발렌타인은 어떻게 해서든 다시 데려다 놓을 테니까. 지구 끝까지라도 따라올 사람이었어. 그는 자신에게 속한 건 절대로 놔주지 않았고, 난 발렌타인에게 속한 것이었지. 물론 따라올 테면 따라오라고 하고 운에 맡길 수도 있었지만, 너한테까지 손을 뻗게 할 수는 없었어."

조슬린은 피곤해 보이는 얼굴로 흘러내린 머리칼을 쓸어 올렸다. "마음을 놓을 수 있는 길은 딱 한 가지뿐이었어. 그가 죽어주는 것."

클라리가 놀란 눈으로 엄마를 쳐다보았다. 조슬린은 여전히 지쳐 보였지만 얼굴은 환한 빛으로 반짝거렸다.

"나는 그가 반란에서 목숨을 잃을 거라고 생각했어. 내 손으로 직접 죽이는 일만큼은 어쩐지 할 수 없었지만, 반란에서는 절대로 살아남지 못할 거라고 생각했지. 그 집이 불타버렸을 때는 그가 정말 죽었다고 믿고 싶었어. 그래서 스스로에게 말하고 또 말했지. 발렌타인과 조너선은 불에 타서 죽었다고. 하지만 난 알았어……."

말꼬리를 흐리던 조슬린이 다시 말을 이었다. "그래서 그런 일들을 한 거야. 널 보호하려면 그 길밖에 없다고 생각했으니까. 네 기억을 전부 지우고, 할 수 있는 한 먼데인처럼 만들어 먼데인 세상에 널 숨기는 것. 어리석고 잘못된 일이었지. 나도 이젠 알아. 그래서 네게 사과하고 싶어, 클라리. 엄마를 부디 용서해주렴. 지금이 아니면 나중에라도."

"엄마." 클라리가 목소리를 가다듬었다. 한참 전부터 울음이 나오려는 것을 가까스로 참고 있었다. "괜찮아요. 다만…… 한 가지 이해가 안 되는 점이 있어요." 클라리가 손가락을 코트 자락에 파묻었.

"전 발렌타인이 제이스에게, 아니 조너선에게 무슨 짓을 했는지 조금은 알고 있었어요. 엄마가 말하는 걸 들어보면 조너선은 마치 괴물처럼 느껴져요. 근데 엄마, 제이스는 그렇지가 않거든요. 전혀 그렇지 않아요. 엄마가 제이스를 알면…… 제이스를 만나보면……."

"클라리." 조슬린이 팔을 뻗어 클라리의 손을 잡았다. "아직 해줄 이야기가 더 있단다. 내가 숨겼거나 거짓으로 알려준 이야기는 이제 모두 들려줬어. 하지만 내가 몰랐던 사실이 있단다. 나도 얼마 전에야 알게 된 사실들. 아마도 네가 듣기 괴로운 이야기가 될 거 같구나."

'지금까지 들려준 이야기보다 더 끔찍하겠어요?' 클라리는 입술을 깨물고는 고개를 끄덕였다. "해주세요. 모르는 것보다는 알고 있는 게 나아요."

"발렌타인이 뉴욕에 나타났다는 말을 도로시아한테 들었을 때, 그 이유가 나 때문이라는 걸 알았어. 죽음의 잔을 손에 넣으려고 찾아왔다는 걸 말이야. 즉시 다른 곳으로 몸을 피하고 싶었지만 감히 네게 진짜 이유를 설명할 수가 없었지. 그러니 그날 밤 네가 그렇게 집을 나가버린 건 당연한 일이야. 네 아버지가…… 발렌타인이 악마들을 데리고 아파트에 들이닥쳤을 때 네가 없어서 얼마나 다행이었는지. 난 재빨리 래그노어가 만들어준 묘약을 삼켰어. 그리고 나니 문이 부서지는 소리가 들렸고……." 목소리가 굳어지며 조슬린이 말을 흐렸다.

"난 발렌타인이 날 그냥 두고 떠나길 간절히 빌었어. 하지만 그는 그러지 않았지. 나를 렌윅으로 데려갔고 다양한 방법으로 날 깨우려 했어. 나는 잠이 든 것과 비슷한 상태였단다. 그가 옆에 있다는 걸 몽롱하게 알았지만 움직일 수도, 말을 할 수도 없었어. 발렌타인은 내가 자신의 말을 듣고 있다고 생각하지 않았을 거야. 그러면서도 침대 옆에 붙어 앉아 잠들어 있는 내게 말을 걸었지."

"말을 걸어요? 무슨 얘기를 했는데요?"

"우리 과거에 대해. 그리고 우리 결혼에 대해. 자신은 나를 더없이 사랑했건만 나는 그를 배신하고 도망쳐버렸다고. 내가 떠난 이후로는 그 누구도 사랑하지 않았다고. 나는 그 말들이 진심이었을 거라고 믿어. 예전부터 오직 나한테만 가슴속에 묻어둔 의혹이나 죄책감 같은 걸 털어놓곤 했거든. 내가 떠나온 이후로는 아마 누구에게도 그러지 못했을 거야. 렌윅에서 그는 얘기하면 안 된다는 걸 알면서도 자신을 제어하지 못하는 거 같았어. 누구에게든 자신의 속마음을 털어놓고 싶었던 것 같아. 너는 아마 그의 머릿속이 오로지 저 불쌍한 사람들을 추방자로 만드는 일이나 그가 클레이브를 두고 감행하려는 일들로만 가득할 거라고 생각하겠지? 하지만 아니었어. 발렌타인이 털어놓고 싶던 얘기는 조너선에 관한 것이었지."

"어떤 얘기요?"

조슬린이 입술을 꽉 다물었다 다시 말했다. "그는 조너선에게 한 일을 후회한다고 했어. 조너선이 태어나기 전에 한 일. 그 일로 내가 크나큰 고통을 받은 걸 알았다면서 말이야. 조너선 때문에 내가 목숨을 끊을 생각까지 한 걸 알고 있더구나. 하지만 내가 자신에 관한 진실을 발견하고 절망했다는 사실은 몰랐어. 그는 무슨 수로 손에 넣었는지 천사의 피를 구했다고 말했어. 섀도우 헌터에게 천사의 피는 전설에 가까운 것이지. 그 피를 마신 자는 엄청난 힘을 얻게 된다고. 발렌타인은 천사의 피를 주사할 때마다 희열과 행복감을 느낀다는 사실도 발견했어. 그래서 건조시켜 가루로 빻은 다음 내가 먹는 음식에 섞어 넣었지. 절망감에서 벗어나게 해주기를 기대하면서 말이야."

'발렌타인이 어디서 그 피를 얻었는지 알아요.' 이수리엘을 떠올리자 예리한 슬픔이 가슴을 저몄다. "효과가 있던가요?"

"지금 생각해보면 그런 것 같기도 하구나. 갑자기 정신을 차리고 루크를 도와 반란을 저지할 계획을 세우고 진행했던 게 다 천사의 피 덕분이 아닐까. 만일 정말 그렇다면 그보다 얄궂은 일도 없겠지. 애초에 발렌타인이 품었던 목적을 생각한다면 말이야. 하지만 당시에 발렌타인은 내가 임신한 사실을 몰랐어. 내 뱃속에 네가 있다는 사실을 모르고 있었지. 그러니 나한테는 별다른 영향을 미치지 않았던 천사의 피가 너한테는 커다란 영향을 미쳤을 거야. 네가 룬을 만들어내는 능력을 갖게 된 건 아마도 그 때문일 거라고 믿어."

"그리고 엄마가 그런 능력을 갖게 된 것도요. 타로 카드 안에 죽음의 잔을 가둬두는 능력 같은 거 말이에요. 발렌타인이 호지 선생님의 저주를 푸는 능력 같은 걸 얻게 된 것도……."

"발렌타인은 오랜 세월에 걸쳐 자신의 몸에 수많은 실험을 했어. 그는 이제 인간에게, 섀도우 헌터에게 가능한 한도 내에서는 가장 마법사에 가까운 존재일 거야. 하지만 아무리 그렇다고 해도 너나 조너선만큼 엄청난 효과는 얻진 못했어. 너희는 아주 어렸을 때 피를 주입했으니까. 태어나지도 않은 아기에게 그런 일을 시도한 사람은 발렌타인이 처음일 거야."

"그러니까 제이스, 아니 조너선과 저는 둘 다 실험 대상이었군요."

"넌 본의 아니게 그렇게 됐지. 발렌타인은 조너선을 초인적인 힘을 지닌 전사로 만들고 싶어했어. 어떤 섀도우 헌터보다도 강하고 빠르고 실력 있는 전사로. 렌윅에서 발렌타인이 그러더구나. 조너선은 그가 원하던 대로 누구보다 강한 전사가 됐다고. 하지만 도덕관념이 전혀 없고 잔인할 뿐만 아니라 이상할 정도로 속이 텅 빈 것 같다고. 조너선은 물론 발렌타인을 충실히 따랐지만, 발렌타인은 누구보다도 월등한 아이를 만들려는 과정에서 어쩐지 아버지를 결코 사랑하지 못하는 아들을 만들어 버렸다는 사실을 깨달은 듯했어."

클라리는 렌윅에서 제이스가 어떤 모습이었는지를 떠올렸다. 그는 손가락에서 피가 줄줄 흐르도록 부서진 포털 조각을 꽉 움켜쥐고 있었다. "아니에요. 절대 그렇지 않아요. 제이스는 발렌타인을 사랑한다고요. 사랑할 가치가 없는 사람인데도 사랑해요. 그리고 제이스는 속이 텅 비어 있지 않아요. 엄마가 말한 사람은 제이스와 하나도 닮지 않았어요."

무릎 위에 올려놓은 조슬린의 손이 움찔거렸다. 손은 희미한 흉터들로 뒤덮여 있었다. 섀도우 헌터라면 누구나 지닌 흉터, 사라진 마크가 남긴 자국이었다. 하지만 클라리는 한 번도 어머니의 흉터를 본 기억이 없었다. 매그너스의 마법이 그녀의 기억을 지워버렸기 때문이다. 손목 안쪽에 별 모양하고 아주 비슷한 흉터가 보였는데…….

그 순간 조슬린이 입을 열었고, 클라리의 머릿속에서 모든 생각이 사라졌다.

"엄마가 말한 건 제이스가 아니란다."

"하지만……." 클라리가 입을 열었다. 마치 꿈속에 있는 것처럼 모든 일이 아주 느리게 돌아갔다. '아니면 정말로 꿈을 꾸고 있는 걸까? 엄마는 아직 깨어나지 않았고, 지금 이 일이 꿈이라면.'

"제이스는 발렌타인의 아들이잖아요. 아니면 누구란 말이에요?"

조슬린이 딸의 눈을 똑바로 마주 보았다. "셀린 헤런데일이 죽던 날 밤, 그녀의 뱃속엔 8개월 된 아기가 있었어. 발렌타인은 셀린에게도 계속 묘약과 가루약을 가져다줬지. 이수리엘의 피를 가지고 자신에게 했던 실험을 셀린에게도 한 거야. 그는 스티븐의 아이가 조녀선만큼 강력한 힘과 능력을 지니되, 조너선이 지닌 좋지 않은 특성은 지니지 않길 바랐어. 발렌타인은 자신의 실험이 무위로 돌아가는 꼴을 볼 수가 없었지. 그래서 호지의 도움을 받아 셀린의 배를 가르고 아기를 꺼냈어. 셀린은 죽은 지 얼마 되지 않아서……."

클라리가 목구멍이 막히는 듯한 소리를 냈다.

"어떻게 그런 일이 가능하죠?"

조슬린은 클라리의 말을 듣지 못한 사람처럼 계속 자신의 이야기를 이어나갔다. "발렌타인은 아기를 거두고 호지를 시켜서 자신이 어린 시절을 보낸 집으로 아기를 데려갔어. 린 호수에서 멀지 않은 골짜기에 있는 집이었지. 그날 밤새도록 돌아오지 않은 것도 그것 때문이었던 거야. 아이는 반란 전까지 호지가 돌봤지. 반란 후에 마이클 웨이랜드 행세를 했던 발렌타인은 웨이랜드 저택으로 아이를 데려가 웨이랜드의 아들로 키웠고."

"그러니까 제이스는……." 클라리가 속삭였다. "제 오빠가 아니란 말이에요?"

클라리는 위로하듯이 자신의 손을 지그시 움켜쥐는 어머니의 손길을 느꼈다. "아니야, 클라리. 제이스는 네 오빠가 아니란다."

클라리의 눈앞이 검게 변했다. 심장이 한 번 뛸 때마다 움직임이 선명하게 느껴졌다. 조슬린은 자신이 전한 것이 나쁜 소식이라 단정하고 클라리를 안쓰럽게 생각하는 듯했다.

"그럼 불이 난 집에서 발견된 뼈는 누구 거였죠? 루크는 아이 뼈도 있었다고 했어요."

"그건 마이클 웨이랜드와 아들의 뼈였단다. 발렌타인이 둘을 죽이고 시신을 불태운 거야. 그는 클레이브가 그 화재로 자신과 조너선이 목숨을 잃었다고 믿길 바랐어."

"그럼 조너선은……."

"살아 있어." 조슬린의 얼굴에 괴로운 표정이 스쳤다. "발렌타인이 렌윅에서 말해줬지. 그는 웨이랜드 저택에서는 제이스를, 그리고 호수 근처 집에서는 조너선을 길렀어. 자기 시간을 반으로 쪼개어 양쪽 집을 오가며 아이들을 가르쳤지. 한 아이나 두 아이 모두 오랫동안 홀로 지내게 두기도 했어. 제이스는 조너선에 대해 알지 못했지만, 조너선은 제이스의 존재를 알고 있었던 것 같더구나. 둘은 몇 킬로미터 떨어지지 않은 곳에 살면서도 마주친 적이 없었어."

"그럼 제이스의 몸에는 악마의 피가 흐르지 않는 건가요? 제이스는…… 저주받지 않은 거죠?"

"저주받았다고?" 조슬린은 놀란 표정이었다. "제이스에겐 물론 악마의 피가 흐르지 않아. 발렌타인이 아기인 제이스에게 실험한 건 엄마와 네게 사용한 것과 똑같은 피였어. 천사의 피. 제이스는 저주받지 않았어. 오히려 그 반대라고 할 수 있지. 모든 섀도우 헌터의 몸에는 천사의 피가 흐른다고 하잖니. 너희 둘에게는 조금 더 많이 흐르는 것뿐이야."

클라리는 머리가 혼란스러웠다. 동시에 두 아이를 기르는 발렌타인의 모습을 상상해보았다. 그는 절반쯤 악마인 아이와 절반쯤 천사인 아이를 길렀다. 한쪽은 어둠에 속하고 다른 한쪽은 빛에 속했다. 발렌타인은 쏟을 수 있는 최고의 애정을 두 아이 모두에게 쏟았다. 제이스는 조너선에 관해 몰랐다지만, 조너선은 제이스에 관해 얼마나 알고 있었을까? 자신에게 없는 면을 가진, 자신과는 정반대인 다른 아이에 대해. 그를 떠올리며 증오심을 불태웠을까? 만나보길 애타게 바랐을까? 아무런 관심도 가지지 않았을까? 두 아이는 더없이 외로웠을 것이다. 그리고 둘 중 하나는 클라리와 피를 나눈 진짜 오빠였다.

"엄마 생각엔 여전할 것 같아요? 조너선 말이에요. 어떻게든…… 나아지지는 않았을까요?"

"아닐 거야." 조슬린이 부드럽게 말했다.

"어떻게 그렇게 확신하죠?" 클라리가 조슬린 쪽으로 몸을 돌리고 돌연 열띤 어조로 말을 이었다. "어쩌면 변했을지도 모르잖아요. 세월이 많이 흘렀는데. 어쩌면……."

"발렌타인은 여러 해에 걸쳐 조너선에게 상냥하고 매력적으로 보이는 방법을 가르쳤다고 했어. 스파이가 필요했기 때문이지. 상대에게 위협감을 주어서는 스파이가 될 수 없으니까. 조너선은 약간의 글래머로 자신이 좋아할 만한 사람, 믿을 만한 사람이란 인상을 주는 법까지 배웠어." 조슬린이 한숨을 푹 내쉬었다.

"이런 얘기를 하는 이유는 네가 속아 넘어갔다고 해서 심란해할 필요가 없다는 말을 하고 싶어서야. 클라리, 넌 이미 조너선을 만났어. 다른 사람 행세를 하고 있어 진짜 이름을 말하진 않았지만. 세바스찬 벌락 말이야."

클라리가 어머니를 빤히 쳐다보았다. 세바스찬은 펜할로우의 사촌이 아니냐고 되묻고 싶었지만, 물론 그는 자신이 주장한 인물과는 다른 사람이었다. 그의 입에서 나온 말은 하나같이 거짓이었다. 클라리는 세바스찬을 처음 보았을 때 느꼈던 감정이 떠올랐다. 그는 마치 평생을 알아온 사람, 클라리 자신만큼이나 익숙하면서도 가까운 사람처럼 느껴졌다. 제이스한테는 한 번도 그런 느낌을 받은 적이 없었다.

"세바스찬이 내 오빠라고요?"

선이 가는 조슬린의 얼굴이 일그러졌고 깍지를 낀 손끝이 하얘졌다.

"오늘 루크와 오랜 시간 이야기를 나누면서 네가 알리칸테에 도착한 이후에 어떤 일들이 있었는지 모두 들었어. 악마 타워에 대해서도. 루크는 보호막을 파괴한 게 세바스찬인 것 같다고 하더구나. 어떤 방법을 썼는진 몰라도 말이야. 난 그 얘기를 듣자마자 세바스찬이 누군지 알 것 같았어."

"그러니까 그가 세바스찬 벌락이라고 거짓말을 한 것 때문에요? 발렌타인의 스파이 노릇을 했기 때문에?"

"그 두 가지도 물론 이유에 들어가지. 루크가 세바스찬이 머리를 염색한 것 같더라는 말을 해주기 전까진 나도 조너선을 떠올리지 못했어. 물론 내 짐작이 틀릴 수도 있겠지. 하지만 너보다 약간 나이가 많고 금발에 검은 눈을 지녔으며 부모가 누군지 확실하지 않고 발렌타인에게 충성하는 소년이라면…… 조너선일지도 모르겠다는 생각이 절로 들더구나. 그리고 다른 사실도 있어. 발렌타인은 오래전부터 보호막을 무너뜨릴 방법을 궁리했어. 분명 방법이 있을 거라고 굳게 믿으면서 말이야. 조너선에게 악마의 피를 시험한 건 그를 더욱 강인하고 나은 전사로 만들기 위해서라고 말하곤 했지만, 발렌타인이 염두에 둔 건 그게 다가 아니었지."

클라리가 눈을 동그랗게 뜨고 조슬린을 쳐다보았다. "그게 다가 아니라니, 무슨 말이죠?"

"조너선이 보호막을 무너뜨리는 수단이었다는 뜻이야. 알리칸테 안으로는 악마를 들여보내지 못하지만 보호막을 무너뜨리려면 악마의 피가 필요하니까. 조너선은 자신의 몸 안에 그걸 지녔지. 섀도우 헌터이기도 하니까 언제든지 도시 안으로 들어올 수 있고. 조너선은 자신의 피를 사용해 보호막을 무너뜨렸을 거야. 틀림없어."

클라리는 폐허가 된 페어차일드 저택 근처에서 그녀 앞에 서 있던 세바스찬을 떠올렸다. 검은 머리가 바람에 날려 얼굴을 때리던 모습. 손톱이 파고들 정도로 그녀의 손목을 꽉 움켜쥐던 모습. 발렌타인이 제이스를 사랑했을 리가 없다고 말하던 모습. 클라리는 그가 발렌타인을 증오해서 그런 말을 하는 줄 알았다. 하지만 그것이 아니었다. 그는…… 질투를 하고 있었던 것이다.

클라리는 자신이 그린 어둠의 왕자를 떠올렸다. 세바스찬과 빼닮아서 깜짝 놀란 그 그림. 우연이거나 상상일 뿐이라며 금세 잊고 말았지만 이제 다시 궁금해졌다. 혹시 무의식중에 핏줄의 힘에 이끌려 오빠의 얼굴을 불행한 주인공에게 부여하게 된 것은 아닌지. 클라리는 왕자의 모습을 다시 떠올려보려 했지만, 바람에 재가 흩날리듯 이미지는 눈앞에서 부서지고 녹아내렸다. 이제는 오직 세바스찬의 얼굴만 떠오를 뿐이었다. 타오르는 도시의 불길이 비쳐 붉게 물든 그의 눈동자와 함께.

"누군가 제이스한테 전해야 해요. 진실을 알려야 한다고요." 머릿속에서 생각들이 허둥대며 서로 엉켰다. 제이스가 이 사실을 알았다면, 자신의 몸에 악마의 피가 흐르지 않는다는 걸 알았다면, 발렌타인을 찾아 나서는 짓은 하지 않았을지도 모른다. 자신이 클라리의 오빠가 아니란 걸 알았다면…….

"하지만 제이스가 어디로 갔는지는 아무도 모르잖니." 조슬린은 연민과 난처함이 섞인 표정으로 말했다.

클라리가 대답을 하려는 순간, 전당의 문이 벌컥 열리며 아케이드 기둥과 그 아래 계단으로 빛이 쏟아졌다. 장애물이 사라지며 웅성거림이 크게 들려오는 가운데 루크가 문 밖으로 걸어 나왔다. 완전히 녹초가 된 얼굴이었지만 아까와는 달리 표정이 밝았다. 한숨을 돌린 사람처럼.

조슬린이 계단에서 벌떡 일어났다. "루크. 무슨 일이야?"

그들 쪽으로 몇 걸음 다가오던 루크가 전당 입구와 계단 사이에서 우뚝 멈추었다. "조슬린, 방해해서 미안해."

"괜찮아, 루크." 정신이 멍한 와중에도 클라리는 두 사람이 어색하게 서로의 이름을 부르는 것이 이상하게 느껴졌다. 두 사람 사이에 전에 없이 낯선 분위기가 흘렀다. "일이 잘못된 거야?"

루크가 고개를 가로저었다. "아니. 이번엔 잘됐어." 그러고는 클라리를 향해 환하게 웃어 보였다. 어색함은 전혀 없었다. 즐거운 듯이 웃는 그의 얼굴에 자랑스러운 기색이 묻어났다.

"네가 해냈구나, 클라리. 클레이브가 승낙했어. 네가 마크를 그리도록 허락하겠단다. 발렌타인에게 항복하는 일은 없을 것 같구나."

18
안녕, 그리고 안녕히

 골짜기는 제이스가 영상에서 본 것보다 훨씬 아름다웠다. 골짜기 아래로 눈부시게 쏟아져 내리는 달빛 때문인지도 몰랐다. 달빛 아래 은빛으로 반짝이는 강물이 푸른 골짜기를 가로지르며 흘러갔고, 골짜기 양옆으로는 자작나무와 사시나무가 서늘한 바람에 이파리를 팔랑거리며 점점이 박혀 있었다. 바람막이가 하나도 없는 산등성이는 꽤 쌀쌀했다.
 세바스찬을 마지막으로 본 골짜기가 확실했다. 마침내 그를 따라잡은 것이다. 제이스는 웨이페러를 나무에 매고 피 묻은 실밥을 꺼냈다. 분명히 하기 위해 다시 한 번 추적 절차를 반복할 생각이었다. 세바스찬의 모습이 떠오르기를 기다리며 천천히 눈을 감았다. 어딘가 가까운 곳에 있으면 좋을 텐데. 어쩌면 아직 골짜기 안에 있을지도 모르고…….
 그러나 눈앞에는 온통 암흑뿐이었다. 심장이 쿵쿵 뛰기 시작했다. 다시 한 번 주문을 시도했다. 실밥을 왼손으로 옮기고 왼손보다 덜 민첩한 오른손으로 어색하게 손등에 추적 룬을 그렸다. 이번에는 눈을 감기 전에 크게 심호흡을 했다. 하지만 흔들거리는 어둠 말고는 아무것도 보이지 않았다. 그는 이를 악문 채 그대로 서서 1분이 넘도록 기다렸다. 재킷 안으로 칼바람이 스며들어 온몸에 소름이 돋았다. 제이스는 결국 욕을 하며 눈을 떴다. 홧김에 주먹을 활짝 펴자 실밥이 바람에 떠밀려 휙 날아갔다. 눈 깜짝할 사이에 벌어진 일이었다.

제이스는 빠르게 머리를 굴렸다. 추적 룬은 이제 효과가 없는 것 같았다. 미행 사실을 눈치챈 세바스찬이 손을 쓴 모양이었다. 추적 주문을 깨기 위해 무엇을 한 것일까? 어쩌면 물이 많은 곳을 발견했는지도 모른다. 물은 마법을 방해하므로.

하지만 그렇다고 해도 뾰족한 수가 없었다. 이드리스 안의 모든 호수를 돌아다니며 확인할 수도 없는 노릇이었으니까. 거의 잡을 뻔했는데 아슬아슬하게 놓쳐버린 것이다. 제이스가 세바스찬을 본 것이 이 골짜기라는 사실은 확실했다. 골짜기 아래쪽 나무 사이에 묻힌 집도 분명히 보았다. 아래로 내려가 집 안이라도 살펴보면 세바스찬이나 발렌타인의 위치를 알 만한 것이 남아 있지 않을까.

제이스는 체념하는 기분으로 스텔레를 들었다. 그리고 전투 마크 몇 개를 그렸다. 그 마크들은 조용하고 민첩하게 움직이며 발을 헛디디지 않게끔 해줄 것이다. 그는 익숙한 통증이 피부를 파고드는 것을 느끼며 스텔레를 주머니에 넣었다. 그러고는 웨이페러의 목을 가볍게 한 번 쓰다듬은 후, 골짜기 아래로 걸음을 옮기기 시작했다.

골짜기 측면은 믿을 수 없이 가파른 데다 자갈들이 굴러다녀 위험했다. 그는 조심조심 걸음을 내디뎠다가 자갈을 밟으며 미끄러져 내려가기를 반복했다. 자갈을 밟고 미끄러지는 일은 속도는 빠르지만 몹시 위험했다. 몇 번인가 넘어져 아래까지 내려갔을 때는 손이 온통 피투성이였다. 그는 시내로 가서 상처 입은 손을 씻었다. 시내는 맑고 물살이 빨랐으며 손이 얼얼할 정도로 차가웠다.

제이스는 몸을 일으키고 주변을 둘러보았다. 추적 룬을 사용해서 볼 때와는 다른 각도에서 골짜기를 바라보고 있다는 것을 깨달았다. 옹이가 많은 잡목이 무성하게 자라 가지들이 서로 얽혔고, 사방이 암벽으로 가로막혔으며, 작은 집이 한 채 서 있었다. 창문은 모두 어둠에 잠겼고 굴뚝에서는 연기 한 줄기 피어오르지 않았다. 제이스는 안도와 실망이 동시에 스미는 것을 느꼈다. 집이 비어 있다면 안을 뒤지기는 쉬웠다. 하지만 그곳에는 이미 아무도 없다는 뜻이었다.

영상에서 그 집을 보았을 때 왜 으스스한 기분이 들었는지 알 수 없었다. 가까이에서 보니 그저 평범한 농가에 지나지 않았다. 흰색과 회색이 들어간 네모난 돌로 지은 농가는 이드리스 어디서나 흔히 볼 수 있었다. 한때 밝은 파란색이었던 덧문은 새로 칠하지 않은 지 오래된 듯했다. 세월의 흐름으로 색이 바래고 칠이 군데군데 벗겨져 있었다.

제이스는 창으로 다가가 창턱을 짚고 몸을 끌어 올렸다. 부연 유리 안으로 들여다보이는 내부는 제법 넓고 먼지가 조금 끼어 있었다. 한쪽 벽을 따라 작업대 같은 것이 있었는데 그 위에 놓인 물건들은 집에서 흔히 사용하는 것들이 아니었다. 얼룩이 묻은 양피지 더미, 검은 양초, 테두리에 거무스름한 액체가 말라붙은 구리 그릇…… 마법사가 사용하는 도구들이었다. 송곳처럼 가느다란 것부터 넓적하고 네모난 날이 달린 다양한 칼들도 눈에 띄었다. 바닥에는 펜타그램이 분필로 그려져 있었다. 윤곽이 희미했고, 다섯 개의 끝부분은 각각 다른 룬으로 장식되었다. 제이스는 가슴이 덜컥 내려앉았다. 이수리엘의 발치에 새겨졌던 룬들과 비슷한 모양이었기 때문이다. 룬을 그린 것이 발렌타인일까? 그렇다면 이 물건들은 발렌타인의 것인가? 이곳이 바로 제이스가 알지 못하던 그의 은신처란 말인가?

제이스는 창턱에서 뛰어내려 마른 풀 위에 착지했다. 그 순간, 검은 그림자 하나가 달빛 아래를 휙 가로질렀다. 새는 없었던 것 같다고 생각하며 하늘로 흘깃 시선을 주자, 머리 위에서 원을 그리는 까마귀 한 마리가 눈에 들어왔다. 그대로 잠시 얼어붙었던 제이스는 재빨리 나무 그늘로 숨어들어 가지 사이로 하늘을 보았다. 까마귀가 땅 가까이로 급강하하는 것을 보고 제이스는 자신의 직감이 맞았음을 확인했다. 그건 그냥 까마귀가 아니었다. 호지가 데리고 있던 휴고였다. 호지는 휴고를 시켜 인스티튜트 밖으로 메시지를 전달했고, 제이스는 휴고가 원래 아버지의 새였다는 사실을 알게 되었다.

제이스는 나무줄기에 더욱 바짝 몸을 붙였다. 심장이 또다시 거세게 뛰었지만 이번에는 공포가 아니라 흥분 때문이었다. 휴고가 왔다는 것은 전할 메시지가 있다는 뜻이었고, 이번 메시지의 수신자는 호지가 아니었다. 발렌타인, 그가 틀림없었다. 휴고만 따라가면…….

창틀에 내려앉은 휴고가 창문 안을 들여다보았다. 아무도 없다는 것을 깨달았는지 짜증스럽게 까옥까옥 울며 공중으로 훌쩍 날아올랐다. 그러고는 날개를 퍼덕거리며 시내가 있는 방향으로 날아갔다. 어둠 속에서 나온 제이스도 휴고를 따라가기 시작했다.

"그러니까 네 말은, 제이스랑은 남매가 아니어도 넌 친오빠랑 키스를 했다는 거네." 사이먼이 말했다.

"사이먼! 입 좀 다물어." 클라리가 질겁하며 앉은 자리에서 몸을 돌려 주변을 살폈지만, 다행히 아무도 듣지 못한 것 같았다. 클라리는 전당의 연단 위에 놓인 의자에 앉아 있었고, 사이먼은 그 곁에 있었다. 조슬린은 연단 끝에서 몸을 수그린 채 아마티스와 이야기를 나누는 중이었다.

전당 안은 정신이 없었다. 북문으로 쏟아져 들어온 다운월드 사람들이 전당 안으로 밀려들어 발 디딜 틈 없이 북적였다. 클라리는 루크의 무리에 속한 늑대인간들을 알아보았다. 마야가 멀리서 클라리를 발견하고는 싱긋 웃어주었다. 고드름처럼 차갑고 창백하며 사랑스러운 요정들, 박쥐의 날개와 염소의 발에 뿔까지 달린 마법사들도 보였다. 그들은 손가락 끝에서 푸른 불꽃을 튕기며 전당 안을 돌아다녔다. 섀도우 헌터들이 그 가운데서 긴장한 얼굴로 서성거리는 모습도 눈에 들어왔다.

클라리는 양손으로 스텔레를 꽉 움켜쥔 채 불안하게 주위를 두리번거렸다. 루크는 대체 어디 있는 걸까? 군중 속으로 사라진 이후로는 통 보이질 않았다. 잠시 후 클라리는 맬러카이와 이야기 중인 루크를 발견했다. 맬러카이는 좌우로 격렬하게 머리를 흔들어댔고, 근처에서 아마티스가 날카로운 시선으로 그를 쏘아보고 있었다.

"너한테 그 얘기를 털어놓은 걸 후회하게 만들지 말아줘, 사이먼." 클라리가 사이먼을 노려보았다. 그의 도움으로 군중을 헤치고 연단으로 걸어오는 동안, 클라리는 조슬린에게 들은 이야기를 짧게 줄여 그에게 들려주었다. 이제 이렇게 연단 위에서 사람들을 내려다보며 앉아 있자니 이상한 기분이 들었다. 백성들을 굽어보는 여왕이라도 된 것 같았지만, 진짜 여왕이라면 지금의 클라리처럼 안절부절못하는 일은 절대로 없을 것이다. "게다가 키스도 아주 형편없었다고."

"어쩌면 소름이 끼쳐서 그렇게 느껴진 건지도 모르지. 그는, 너도 알다시피, 네 오빠잖아." 사이먼은 약간 심하다 싶을 정도로 그 사실을 즐거워했다.

"엄마 듣는 데서 입만 뻥긋했단 봐. 가만두지 않을 거야." 클라리가 다시 한 번 사이먼을 노려보았다. "안 그래도 토하지 않으면 기절할 것 같은 기분이야. 너까지 그러지 말아줘."

때마침 곁에 온 조슬린이 클라리의 마지막 말을 들었지만, 다행히 무슨 이야기를 나누던 중인지는 알아채지 못했다. 그녀가 안심하라는 듯이 클라리의 어깨를 토닥여주었다. "긴장할 거 없어, 클라리. 아까도 훌륭하게 해냈잖아. 뭐 필요한 건 없니? 담요나 따뜻한 물이나……."

"추운 거 아니에요." 클라리가 차분하게 대답했다. "물도 필요 없고요. 전 괜찮아요, 엄마. 루크가 와서 상황이 어떻게 돌아가고 있는지 말해주면 좋을 것 같긴 하지만."

그 말에 조슬린이 루크를 향해 손을 흔들었다. 소리 없이 입 모양만으로 뭐라고 말하면서. 클라리는 무슨 말인지 읽어내지 못했지만 재빨리 내뱉었다. "엄마, 그러지 마세요."

하지만 이미 늦었다. 루크가 이쪽을 올려다보았고, 섀도우 헌터 몇 명도 시선을 주었다. 그들은 곧바로 눈길을 돌렸지만 그들의 시선에서 조슬린을 향한 강한 관심이 느껴졌다. 조슬린은 이곳에서 아주 유명한 인물이었다. 그 사실을 떠올리자 기분이 묘해졌다. 이 안에 모인 사람들은 거의 모두가 조슬린을 알았고, 좋든 나쁘든 나름의 의견을 갖고 있었다. 클라리는 어머니가 어떻게 이런 상황에 초연할 수 있는지 궁금했다. 조슬린은 전혀 신경을 쓰지 않는다는 듯이 침착하고 태연하며 위험한 분위기를 풍겼다.

잠시 후 루크가 아마티스와 함께 연단 위로 올라왔다. 여전히 피곤에 절어 있었지만 정신은 초롱초롱했고 약간 흥분한 것처럼 보였다. "조금만 더 기다려줘. 다들 오고 있으니까."

루크를 똑바로 바라보지 않은 채 조슬린이 물었다. "맬러카이는 계속 애를 먹여?"

루크가 말도 말라는 듯이 손을 올렸다. "맬러카이는 계속 발렌타인한테 그의 조건을 받아들이지 않을 거란 메시지를 보내야 하다고 주장해. 난 우리 결정을 미리 알리면 안 된다고 생각하고. 발렌타인이 군대를 이끌고 브로슬린드 평원으로 나오면서 우리가 항복할 거라고 생각하게 둬야 한다고 말이야. 맬러카이는 그게 정정당당하지 않다고 생각하는 모양이야. 내가 전쟁은 영국 학생들의 크리켓 게임하고는 다르다고 말하니까, 다운월드 사람이 하나라도 제멋대로 날뛰면 자기가 나서서 이 모든 일을 없었던 걸로 하겠다는군. 대체 무슨 일을 예상하고 저러는지 모르겠어. 다운월드 사람들은 서로 싸우지 않고는 단 5분도 견디지 못할 거라고 생각하는지."

"정확히 그렇게 생각할걸." 아마티스가 끼어들었다. "맬러카이는 그런 사람이니까. 아마 다운월드 사람들이 자기들끼리 서로 잡아먹기 시작할까 봐 걱정하고 있을 거야."

"아마티스. 누가 듣겠다." 루크가 동생을 말리고 돌아서는데, 그의 뒤쪽에 있는 계단으로 남자 두 명이 올라왔다.

하나는 키가 크고 호리호리한 요정 기사로, 좁은 얼굴 양옆으로 검은 머리가 곧게 드리워졌다. 작은 원 모양의 단단한 금속이 생선 비늘처럼 겹쳐진 하얀 갑옷을 입었고 눈은 어두운 황록색이었다. 다른 하나는 매그너스 베인이었다. 그는 루크 옆에 서면서 클라리를 보고도 미소를 지어주지 않았다. 어두운 색깔의 긴 코트를 입고 목까지 단추를 채웠으며 검은 머리는 뒤로 묶었다.

"무지 평범해 보이네요." 클라리가 빤히 쳐다보며 말했다.

매그너스가 희미하게 웃었다.

"우리한테 보여줄 룬이 있다고 들었는데."

클라리가 쳐다보자 루크가 고개를 끄덕였다. "맞아요. 그런데 종이든 뭐든 그릴 곳이 필요한데."

"엄마가 아까 필요한 거 없냐고 물었잖아." 나직이 말하는 조슬린의 목소리는 클라리의 기억 속에 있는 어머니의 목소리와 아주 비슷했다.

"나한테 종이가 있어." 사이먼이 청바지 주머니에서 뭔가를 꺼내 클라리에게 건넸다. 그의 밴드가 7월에 니팅 팩토리에서 공연을 한다고 알리는 전단지였다. 클라리가 어깨를 한 번 으쓱하고는 빌린 스텔레를 들어 올렸다. 스텔레 끝이 종이에 닿자 살짝 불꽃이 튀었다. 종이가 타 버리는 건 아닌지 걱정했지만 작은 불꽃은 이내 잦아들었다. 클라리는 룬을 그리는 데만 집중했다. 실내에 가득한 군중의 소음이나 그녀를 향한 모두의 시선 등은 생각하지 않으려고 애썼다.

룬의 모양은 전과 같았다. 굽이치는 선들이 서로 단단히 얽혔다가 완성되길 원하듯이 종이를 가르며 뻗어나갔다. 클라리는 종이를 털어 위로 올리며, 학교 수업에서 발표를 하고 있는 것 같은 터무니없는 기분을 느꼈다. "이게 바로 그 룬이에요. 완성되려면 두 번째 룬이 필요해요. 그래야 제대로 효과를 발휘하죠. 파트너 룬이오."

"파트너 관계인 두 명 모두 마크를 그려야 해요." 루크는 그렇게 말하고 종이 아래 똑같은 룬을 그린 다음, 종이를 반으로 잘라 아마티스에게 하나를 내밀었다.

"룬을 네피림에게 보여줘. 어떻게 하는 건지 알려주고."

아마티스가 고개를 끄덕여 보이고는 계단을 내려가 군중 속으로 사라졌다. 그녀의 뒷모습을 흘깃 보던 요정 기사가 고개를 설레설레 저었다. "천사의 마크는 오로지 네피림만이 받을 수 있다고 귀에 못이 박이도록 들어왔어요. 다른 종족이 받을 경우 미치거나 죽게 된다고요." 그가 의혹을 내비치며 말했다.

"이건 천사의 마크가 아니에요. 그레이북에서 나온 게 아니거든요. 그러니까 안전해요. 장담할 수 있어요." 클라리가 말했다.

요정 기사는 여전히 믿지 못하겠다는 표정이었다. 매그너스가 한숨을 내쉬며 소매를 휙 걷어 올리고는 클라리에게 손을 내밀었다. "자, 해봐."

"아뇨. 매그너스의 파트너인 섀도우 헌터가 그려야 해요. 전 전투에 나가지 못해요."

"당연히 못 나가지." 매그너스가 말하고는 나란히 서 있는 루크와 조슬린을 쳐다보았다. "그럼 둘이 해봐요. 저 요정한테 보여주게."

조슬린이 놀라서 눈을 깜빡거렸다. "뭐라고요?"

"둘이 파트너가 될 거 아니에요? 어차피 둘은 결혼한 사이나 마찬가지 아닌가?"

조슬린이 얼굴을 확 붉혔다. 루크 쪽으로는 시선을 주지 않은 채 말했다. "스텔레가 없어서……."

"이걸 쓰세요." 클라리가 스텔레를 내밀었다.

"엄마가 직접 보여주세요."

조슬린이 루크에게 돌아섰다. 그는 당황한 기색이 역력해서는 조슬린이 청하기도 전에 불쑥 손을 내밀었다. 조슬린은 서두르면서도 정확하게 손바닥에 마크를 그렸다. 마크를 그리는 동안 루크의 손이 가늘게 떨려 조슬린이 손목을 잡고 있었다. 루크는 룬을 그리는 조슬린을 물끄러미 내려다보았다. 그 모습에 클라리는 예전에 그와 나눈 대화를 떠올렸다. 어머니에게 어떤 감정을 품고 있는지 솔직하게 들려주던 루크의 모습이 떠오르자 클라리는 갑자기 가슴이 쓰라렸다. 어머니는 루크가 자신을 사랑한다는 사실을 알기나 할까. 안다면 뭐라고 말할까.

"자. 다 됐어." 조슬린이 스텔레를 거뒀다.

루크가 손바닥을 펴고 손을 들어 올려 중앙에 새겨진 검은 마크를 요정 기사에게 보였다. "이제 만족하나, 멜리온?"

"멜리온?" 클라리가 외쳤다. "우리 전에 만난 적 있죠? 이사벨 라이트우드랑 사귀었잖아요."

멜리온의 표정에는 거의 변화가 없었지만, 클라리는 그가 아주 미약하게나마 거북한 기색을 보였다는 데 내기라도 걸 수 있었다. 루크가 고개를 좌우로 저었다. "클라리, 멜리온은 실리코트의 기사야. 이사벨하고 사귀었을 리가……."

"확실해요. 이사벨하고 데이트했어요." 사이먼이 말했다. "그리고 이사벨한테 차였고. 이사벨이 분명히 그럴 거라고 했죠. 안됐어, 친구."

멜리온이 눈을 깜박이며 사이먼을 쳐다봤다. "당신. 당신이 밤의 아이들의 대표로 온 겁니까?"

사이먼이 고개를 저었다. "아뇨. 난 쟤 때문에 여기 있는 거예요." 그가 클라리를 손가락으로 가리켰다.

"밤의 아이들은……." 루크가 잠깐 망설이다 입을 열었다. "우리와 함께하지 않아, 멜리온. 여왕에게 분명히 전했는데. 그들은…… 독자적으로 움직이겠다고 했어."

멜리온이 섬세한 얼굴을 찡그렸다. "밤의 아이들은 현명하고 신중한 종족이라고 알고 있어요. 그들의 노여움을 사는 계획이라면 의혹이 드는군요."

"노여움을 샀다고는 하지 않았네." 루크가 차분하게 말을 시작했지만 어조에서 희미한 분노가 묻어났다. 그를 모르는 사람이라면 그가 짜증이 나 있다는 사실을 조금도 눈치채지 못할 거라고 클라리는 생각했다.

루크의 신경이 다른 곳으로 움직인 듯이 그가 군중 쪽을 내려다보았다. 그의 시선을 따라가자 전당 안으로 들어오는 익숙한 형체가 눈에 띄었다. 검은 머리를 휘날리며 채찍을 금팔찌처럼 손목에 둘둘 감은 채 걷고 있는 이사벨이었다.

클라리가 사이먼의 손목을 잡았다. "라이트우드 가족들이야. 방금 이사벨을 본 것 같아."

사이먼이 인상을 쓰며 군중 쪽으로 시선을 주었다. "그들을 찾고 있었던 거야? 몰랐네."

"부탁인데 이사벨한테 가서 말 좀 전해줘." 보는 사람이 없는지 확인하듯 주위를 두리번거리며 클라리가 속삭였다. 아무도 보고 있지 않았다. 루크는 군중 속의 누군가에게 손짓을 했고, 조슬린은 멜리온에게 뭔가를 설명하고 있었다. 멜리온은 공포에 가까운 시선으로 그녀를 바라보았다.

"난 여기 있어야 하잖아. 네가 나 대신 이사벨과 알렉에게 엄마가 한 말을 전해줘. 제이스와 세바스찬이 정말 누군지 두 사람도 알아야 해. 그리고 가능한 한 빨리 내게 와달라고 전해줘. 부탁할게, 사이먼."

"그래." 클라리의 격렬한 어조에 걱정이 되는지, 사이먼이 그녀의 손에서 손목을 빼내 안심하라는 듯이 뺨을 쓸어주었다. "금방 올게."

사이먼이 계단을 내려가 군중 속으로 모습을 감췄다. 클라리가 돌아서자 매그너스가 입술 한쪽을 올려 미소를 지은 채 그녀를 쳐다보고 있었다.

"괜찮아요." 매그너스는 루크의 물음에 답하는 듯했다. "브로슬린드 평원은 잘 아니까. 광장에 포털을 세우겠소. 그런데 크기가 크면 오래 유지되지가 않아요. 그러니 마크를 그리자마자 재빨리 통과하게 하는 게 좋을 거예요."

루크가 고개를 끄덕인 뒤 조슬린에게 뭔가 말하는 동안, 클라리가 몸을 기울여 조용히 말했다. "그나저나 고마워요. 엄마를 위해 애써줘서."

매그너스의 삐딱한 미소가 더욱 커졌다. "내가 하지 않을 거라고 생각한 거지?"

"그럴지도 모른다고 생각했죠." 클라리가 순순히 인정했다. "그 시골집에서 만났을 때도 제이스가 사이먼을 알리칸테로 데려왔다고 말해주지 않았잖아요. 그 일을 생각하면 더 그랬죠. 그동안 따질 틈을 잡지 못해서 가만히 있었는데, 대체 무슨 생각으로 그런 거예요? 내가 그런 일엔 관심이 없을 거라고 생각했어요?"

"관심이 지나치게 많을 거라고 생각했지. 만사 제쳐두고 무작정 가드로 쳐들어갈 정도로. 난 화이트북이 필요한데 말이지."

"진짜 무정한 분이네." 클라리가 화가 난 듯이 말했다. "그리고 매그너스 생각이 틀렸어요. 전……."

"누구라도 할 일을 했겠지. 나라도 소중한 사람이 그런 일을 당하면 똑같이 했을 테니까. 널 탓하는 게 아니야, 클라리. 네가 나약한 아이라고 생각해서 그런 것도 아니고. 네가 인간이기 때문에, 인간의 마음이 어떻게 움직이는지 잘 알기 때문에 그런 거야. 그런 걸 알 만큼 내가 좀 오래 살았거든."

"아, 그래서 감정에 휩쓸려 어리석은 일을 저지른 경험이 단 한 번도 없으시군요. 그나저나 알렉은 어디 있죠? 가서 알렉을 찾아봐야 하는 거 아니에요? 파트너로 택해야죠."

매그너스가 얼굴을 약간 찌푸렸다. "부모님과 함께 있을 땐 가까이 못 가. 잘 알잖아."

클라리가 한 손으로 턱을 괴었다. "사랑하는 사람을 위해 옳은 일을 하는 건 가끔 정말 짜증나요."

"듣고 보니 그런 것 같군."

까마귀는 천천히 회전하며 나무숲 너머 서쪽 암벽을 향해 날아갔다. 달이 높이 떠올라 마법의 불도 필요 없었다.

회색 암벽은 깎아지른 듯이 우뚝 솟아 있었다. 까마귀는 서쪽으로 굽이쳐 흐르다 암벽 사이로 사라지는 시내를 따라 날아가는 듯했다. 제이스는 젖은 돌에 몇 번이나 미끄러져 발을 삘 뻔했다. 크게 욕이라도 하고 나면 후련할 것 같았지만, 그랬다가는 그 소리가 휴고의 귀에까지 들릴 터였다. 그는 반쯤 몸을 접은 불편한 자세로, 발을 부러뜨리지 않고 새를 따라가는 일에만 정신을 집중했다.

골짜기 가장자리에 다다를 무렵에는 셔츠가 땀으로 흠뻑 젖었다. 한순간 휴고를 놓친 건가 싶어 가슴이 철렁 내려앉았지만, 잠시 후 급강하하는 검은 형체가 눈에 잡혔다. 까마귀는 빠른 속도로 내려와 암벽의 갈라진 틈으로 쏙 사라졌다. 제이스도 기는 대신 달려야 한다는 사실에 고마워하며 새를 따라 앞쪽으로 내달렸다. 가까이 가서 보니 틈 안에는 더 넓고 어두운 구멍이 뚫려 있었다. 동굴. 제이스는 주머니를 더듬거려 마법의 불을 꺼내며 까마귀를 따라 동굴 안으로 뛰어들었다.

동굴 입구로는 아주 적은 빛이 흘러들었고, 몇 걸음 들어가니 그마저도 숨 막히는 어둠에 삼켜졌다. 제이스가 마법의 불을 들어 손가락 사이로 빛을 흘려보냈다. 처음에 그는 어찌 된 영문인지 모르겠지만 자신이 다시 밖으로 나왔고, 머리 위로 영롱하게 빛을 내는 것은 별들이라고 생각했다. 이드리스의 별들만큼 반짝이는 별은 어디에서도 본 적이 없건

유리의 도시 455

만, 지금 머리 위로 보이는 별들은 반짝거리지 않았다. 그것은 마법의 불빛이 동굴 벽에 박힌 운모를 비추면서 동굴 벽이 환하게 빛나는 점으로 살아난 것뿐이었다.

제이스는 자신이 선 곳이 가파른 암벽 안에 좁게 파인 공간이라는 것을 알았다. 뒤쪽으로는 동굴 입구가 있고, 앞쪽으로는 시커먼 터널 두 개가 가지처럼 뻗어 있었다. 그것을 보고 제이스는 아버지가 들려준 이야기를 떠올렸다. 미궁에 빠진 영웅들이 밧줄이나 노끈을 이용해 길을 찾은 이야기. 물론 지금 그에게는 밧줄도 노끈도 없었지만. 제이스는 터널로 다가가 귀를 쫑긋 세우고 무슨 소리가 들리는지 한참을 서서 들었다. 멀리서 물방울이 떨어지는 소리가 희미하게 들려왔다. 거세게 흐르는 시냇물 소리, 날개를 퍼덕이는 소리, 그리고 사람의 목소리도.

제이스가 홱 뒤로 물러났다. 목소리는 왼쪽 터널에서 들려오는 것이 분명했다. 그는 마법의 불 위로 엄지를 움직여 앞이 겨우 보일 정도로만 불빛을 낮췄다. 그러고는 어둠 속으로 몸을 숨겼다.

"농담하는 거 아냐, 사이먼? 그 말이 전부 사실이란 말이지? 그거 정말 기가 막힌 소식인데! 아주 멋져!" 이사벨이 팔을 뻗어 알렉의 손을 덥석 잡았다. "알렉, 사이먼이 한 말 들었지? 제이스는 발렌타인의 아들이 아니야. 옛날에도 아니었고."

"그럼 누구 아들인데?" 알렉이 물었지만 사이먼은 그가 다른 데 정신을 팔고 있다는 사실을 알아차렸다. 실내를 훑으며 무언가를 찾고 있는 것 같았다. 그의 부모님은 조금 떨어진 곳에서 인상을 쓴 채 그들을 바라보고 있었다. 사이먼은 그 둘에게도 전부 다 설명을 해야 하나 싶어 걱정을 했지만, 고맙게도 그들은 아이들끼리만 이야기를 나누도록 허락해주었다.

"누구든 무슨 상관이야!" 이사벨은 기쁜 듯이 손을 들어 올렸다. 그러고는 얼굴을 찡그렸다. "그러고 보니 중요한 질문이네. 그럼 제이스 아버지는 누구야? 마이클 웨이랜드?"

사이먼이 고개를 저었다. "스티븐 헤런데일."

"그러니까 심문관의 손자라는 거네." 알렉이 입을 열었다. "그래서 심문관이……." 어딘가 먼 곳을 바라보던 알렉이 갑자기 말을 멈췄다.

"심문관이 뭐?" 이사벨이 물었다. "알렉, 집중 좀 해. 아니면 뭘 찾고 있는지 말을 하든가."

"'뭘'이 아니라 '누구'지. 매그너스를 찾는 중이야. 전투에서 내 파트너가 되어줄 수 있는지 물어보려고. 그런데 영 못 찾겠네. 혹시 매그너스 봤어?" 그가 사이먼을 바라보며 물었다.

사이먼이 머리를 좌우로 흔들었다. "아까 클라리하고 연단 위에 있었는데." 그러고는 목을 쭉 빼서 보았다. "지금은 아냐. 사람들 사이 어딘가에 있겠지."

"정말이야? 정말 매그너스한테 파트너가 되어달라고 할 거야?" 이사벨이 물었다. "이 파트너 방식 말이야, 꼭 코티용(네 사람 또는 여덟 사람이 한 조가 되어 추는 프랑스 춤—옮긴이) 같지 않아? 전투 부분만 빼면 말이야."

"그래서 더 코티용하고 비슷한 거지." 사이먼이 대꾸했다.

"어쩌면 너한테 내 파트너가 되어달라고 부탁할지도 몰라, 사이먼." 이사벨이 눈썹을 미묘하게 올리며 말했다.

알렉이 미간을 찌푸렸다. 그 역시 전당 안의 모든 섀도우 헌터와 마찬가지로 완전무장한 상태였다. 검은 옷으로 온몸을 감쌌고, 허리띠에는

유리의 도시 457

다양한 무기를 매달았으며, 등에는 활을 멨다. 세바스찬이 박살 낸 활의 대용을 찾아낸 것을 보니 사이먼은 반가웠다.

"이사벨, 넌 파트너가 필요 없어. 전투에 나가지 않을 거니까. 나이도 안 되잖아. 나갈 생각만 해도 내가 가만두지 않을 거야." 알렉이 머리를 쳐들었다. "잠깐, 저거 매그너스 아닌가?"

알렉의 시선을 따라간 이사벨이 코웃음을 쳤다. "알렉, 저건 늑대인간이잖아. '여자' 늑대인간. 그 왜, 메인가 뭔가 하는."

"마야." 사이먼이 이름을 제대로 알려주었다. 마야는 조금 먼 곳에 서 있었다. 갈색 가죽 바지와 몸에 딱 붙는 검은 티셔츠를 입었다. 티셔츠에는 '날 죽이지 못하는 것들은…… 달아나는 게 좋을걸'이라는 문구가 적혀 있었고, 땋은 머리는 뒤로 넘겨 줄로 묶었다. 사이먼의 시선을 감지한 듯, 마야가 돌아서더니 그를 보고 웃음을 지었다. 사이먼도 미소로 답했다. 그러자 이사벨이 눈을 가늘게 뜨고 노려보았고, 사이먼은 재빨리 미소를 숨겼다. 도대체 언제부터 인생이 이렇게 복잡해진 건지 알 수가 없었다.

알렉의 얼굴이 환해졌다. "매그너스 저기 있네." 그러고는 뒤도 돌아보지 않고 군중을 헤치며 껑다리 마법사가 서 있는 곳으로 걸어갔다. 이렇게 멀리 떨어진 곳에서도 알렉이 다가오자 매그너스가 놀라는 표정이 분명하게 보였다.

"그래도 보기는 좋네." 이사벨이 그들에게 시선을 주며 말했다. "좀 어설퍼서 그렇지."

"어설퍼?"

"알렉은 매그너스가 자기를 진지하게 생각하게 만들려고 애쓰고 있지만, 부모님께는 매그너스에 관해 한마디도 한 적이 없거든. 자기가 좋아하는 게, 그러니까 여자가 아니라……."

"마법사라는 거?"

"하나도 재미없어." 이사벨이 노려보았다. "내 말이 무슨 뜻인지 잘 알잖아. 지금 상황은……."

"지금 상황이 정확히 어떻게 되는데?" 마야가 성큼성큼 다가왔다. 둘의 이야기가 들리는 곳까지. "솔직히 이 파트너 어쩌고 하는 게 무슨 소린지 잘 이해가 안 돼. 어떻게 해야 하는 거야?"

"저렇게." 사이먼이 알렉과 매그너스를 가리켰다. 둘은 사람들 곁에서 약간 떨어져 자기들만의 작은 공간 안에 있었다. 매그너스의 손에 룬을 그리는 데 몰두한 알렉의 검은 머리가 앞으로 쏟아져 눈을 가릴 지경이었다.

"그래서 우리도 전부 저렇게 해야 한다고?" 마야가 물었다. "룬을 그리는 거 말이야."

"전투에 나갈 사람만." 이사벨이 차가운 시선으로 눈앞의 소녀를 쳐다보았다. "넌 아직 열여덟 살이 안 돼 보이는데."

마야가 굳은 표정으로 웃어 보였다. "난 섀도우 헌터가 아니야. 늑대인간은 열여섯 살부터 성인으로 쳐."

"뭐 그렇다면 마크를 받아야겠지, 섀도우 헌터한테. 얼른 찾아보는 게 좋겠네."

"하지만……." 계속 알렉과 매그너스 쪽을 바라보던 마야가 돌연 말을 멈추고 눈썹을 치켜세웠다. 그녀의 시선을 따라 몸을 돌린 사이먼 역시 같은 곳을 뚫어져라 바라보았다.

알렉이 매그너스의 목에 팔을 두르고 그의 입술에 열정적으로 키스를 하고 있었다. 매그너스는 충격을 받은 사람처럼 그대로 얼어붙었다. 섀도우 헌터건 다운월드 사람이건 주변에 선 사람들 모두 둘을 뚫어져라 쳐다보며 숙덕거렸다. 사이먼은 옆으로 시선을 옮기다 라이트우드 부부를 발견했다. 그들은 눈을 휘둥그레 뜨고 입을 쩍 벌린 채 바라보고 있었다. 메이리스는 손으로 입을 틀어막았다.

마야가 당혹스러운 표정을 지었다. "잠깐만, 저것도 해야 한다고?"

클라리는 여섯 번째로 군중을 훑으며 사이먼을 찾고 있었다. 하지만 아무리 열심히 둘러보아도 그의 모습은 보이지 않았다. 전당 안은 한꺼번에 움직이는 섀도우 헌터와 다운월드 사람들로 매우 소란스러웠다. 그들은 열린 문으로 쏟아져 계단으로 내려갔고, 사방에서 스텔레의 섬광이 번쩍였다. 섀도우 헌터와 다운월드 사람이 쌍을 이뤄 마크를 그리고 있었다. 메이리스 라이트우드가 녹색 피부의 훤칠한 요정에게 손을 내미는 장면이 클라리의 눈에 잡혔다. 메이리스의 파트너가 된 요정은 메이리스만큼이나 창백하고 당당한 분위기를 풍겼다. 패트릭 펜할로우는 머리카락이 푸른빛으로 번쩍거리는 마법사와 엄숙하게 마크를 교환하는 중이었다. 광장에 열린 포털의 환한 빛이 전당 문 밖으로 내다보였다. 지붕에 낸 창으로 별빛이 스며들어 모든 것에 비현실적인 분위기를 드리웠다.

"놀랍지 않니?" 루크의 목소리가 들려왔다. 그는 연단 끝에 서서 전당 안을 내려다보고 있었다. "섀도우 헌터와 다운월드 사람이 한 방에서 어울리다니. 함께 뭔가를 하면서 말이야." 목소리에 경외감이 어려 있었다.

그러나 클라리의 머릿속에는 오로지 한 가지 생각만 떠오를 뿐이었다. 제이스도 이 광경을 볼 수 있었다면……. 클라리는 아무리 애를 써도 제이스에 대한 걱정을 떨칠 수가 없었다. 그가 무모하게 발렌타인을 제압하려 할까 봐, 자신이 저주받은 존재라고 여겨 목숨을 걸까 봐, 진실을 알지 못한 채 죽을까 봐 두려웠다.

"클라리." 조슬린이 약간 재밌다는 듯이 말했다. "엄마가 한 말 들은 거야?"

"들었어요. 맞아요, 놀라워요."

조슬린이 클라리의 손 위에 자신의 손을 얹었다. "내가 말한 건 그게 아니야. 루크와 나는 전투에 나간다는 거, 알고 있지? 넌 이사벨과 다른 아이들과 함께 이곳에 있어야 해."

"전 어린애가 아니에요."

"어린애가 아니라는 거 알아. 하지만 넌 전투에 나가기엔 아직 어려. 어리지 않다고 해도 훈련을 받은 적이 없잖니."

"여기서 아무것도 안 하고 가만히 있고 싶진 않아요."

"아무것도 안 하고?" 조슬린은 놀란 목소리였다. "클라리, 지금 여기서 벌어지고 있는 일은 네가 아니었으면 절대 일어나지 않았어. 네가 아니었으면 우린 싸울 기회도 없었을 거야. 난 네가 정말로 자랑스러워. 너한테 이 말을 하고 싶었어. 루크와 난 전투에 나가지만 반드시 돌아올 거라는 말. 그러고 나면 모든 게 정상으로 돌아갈 거란 말."

클라리가 어머니를 올려다보았다. 자신과 똑같은 어머니의 녹색 눈을. "엄마, 거짓말하지 마세요."

조슬린이 날카롭게 숨을 들이쉬고 손을 거두며 몸을 일으켰다. 그녀가 막 입을 떼려는 순간, 군중 속에서 익숙한 얼굴이 클라리의 눈에 들어왔다. 호리호리한 검은 형체 하나가 그들 쪽으로 곧장 다가오고 있었다. 그는 서두르는 기색 하나 없이 놀랍도록 여유롭고 매끄럽게 사람들 사이를 빠져나왔다.

그가 연단 가까이 왔을 때에야 라파엘이라는 것을 알아보았다. 처음 봤을 때와 똑같이 하얀 셔츠에 검은 바지 차림이었다. 그의 몸집이 얼마나 가냘픈지 클라리는 잊고 있었다. 차분하고 천진한 얼굴로 계단을 오르는 라파엘은 많아 봐야 열네 살 정도로밖에 보이지 않았다. 그는 성가대석에 오르는 소년 성가대원을 연상시켰다.

"라파엘." 루크의 목소리에 놀라움과 안도감이 묻어났다. "올 거라곤 생각지 못했어. 밤의 아이들도 우리와 함께 발렌타인에 맞서 싸우기로 결정한 건가? 의회 좌석을 내준다는 조건은 여전히 유효해. 그쪽에서 원한다면 말이야." 루크가 라파엘에게 손을 내밀었다.

라파엘의 맑고 사랑스러운 눈이 표정 없이 루크를 바라보았다. "악수는 못해, 늑대인간." 루크의 얼굴에 불쾌한 표정이 떠오르자 라파엘이 웃어 보였다. 새하얀 송곳니 끝이 살짝 보일 정도로만. "영상일 뿐이다." 그가 손을 들어 올려 빛이 통과하는 모습을 보여주었다. "아무것도 건드리지 못해."

"그럼 어째서……." 루크가 지붕으로 쏟아져 들어오는 달빛을 흘끔 올려다보더니 손을 내렸다. "아무튼 이곳에서 보게 되어 반가워. 어떤 모습으로 나타났든."

라파엘이 고개를 흔들었다. 그의 시선이 잠시 클라리에게 머물렀다. 그의 얼굴에 떠오른 표정이 클라리는 마음에 들지 않았다. 라파엘이 조슬린에게 시선을 옮겼고 그의 미소가 더욱 커졌다. "발렌타인의 아내로군요. 반란에서 당신들과 함께 싸운 우리 종족에게 당신 얘기를 들었죠. 내가 직접 만나게 되리라곤 생각지도 못했는데."

조슬린이 고개를 앞으로 살짝 숙였다. "그날 수많은 밤의 아이들이 용감하게 싸웠죠. 당신이 이곳에 왔다는 건 다시 한 번 나란히 싸울 기회를 주겠다는 뜻인가요?"

격식을 차려 냉정하게 말하는 어머니가 클라리에게는 매우 이상하게 느껴졌지만 조슬린에게는 아주 자연스러워 보였다. 낡아빠진 작업복 차림으로 붓을 쥐고 바닥에 앉아 있는 것만큼이나 자연스러웠다.

"나도 그러길 바라요." 라파엘이 말했다. 그의 시선이 다시 차가운 손처럼 클라리를 슥 지나쳤다. "한 가지 조건만 충족된다면. 아주 간단하고 작은 부탁이 있거든요. 그 부탁이 받아들여진다면 많은 밤의 아이들이 기꺼이 당신들 편에서 전투에 참가할 거예요."

"의회 좌석 건은 당연히 공식화할 수 있어." 루크가 대꾸했다. "한 시간 내로 서류를 작성해서……."

"의회 좌석이 아니야. 다른 거지."

"다른…… 거라고?" 루크가 멍하니 그의 말을 반복했다. "그게 뭐지? 분명히 말하지만 가능한 일이라면 뭐든……."

"아, 물론 가능한 일이야." 라파엘이 눈부시도록 환한 미소를 지었다. "사실 그건 우리가 지금 이야기를 나누는 이 전당 안에 있지." 그가 돌아서서 우아한 몸짓으로 군중 쪽을 가리켰다. "우리가 원하는 건 사이먼이라는 소년이야. 그 데이라이터 말이야."

터널은 길고 지그재그로 휘어졌다. 제이스는 마치 거대한 괴물의 내장 안을 기어가는 듯한 기분을 느꼈다. 젖은 바위와 재, 그리고 다른 뭔가가 뒤섞인 냄새가 났다. 그 축축하고 이상야릇한 냄새는 언뜻 뼈의 도시를 떠올리게 했다.

마침내 터널이 끝나자 둥그런 공간이 나타났다. 울퉁불퉁하고 높은 천장에는 보석처럼 표면이 반질거리는 거대한 종유석들이 늘어져 있었다. 누군가 문질러 닦아놓은 것처럼 매끄러운 바닥에는 여기저기 신비로운 문양이 새겨져 희미한 빛을 냈다. 공간을 빙 두르며 석순들이 솟아 있고, 정중앙에는 거대한 석영 석순 하나가 커다란 송곳니처럼 우뚝 서 있었다. 거대한 석순의 표면에는 불그스름한 문양들이 그려진 것처럼 보였지만, 가까이 다가가서 보니 석순의 옆면은 투명했다. 불그스름한 문양으로 보인 것은 그 안에서 무언가 소용돌이치고 있기 때문이었다. 마치 색이 있는 연기로 가득 찬 유리 시험관 같았다.

높다란 천장에 뚫린 동그란 구멍 안으로 빛이 스며들었다. 자연 천창이 따로 없을 듯했다. 그러나 그곳은 자연적으로 생긴 공간이라기보다는 누군가가 만든 공간이 틀림없었다. 바닥에 새긴 복잡한 문양을 보면 더더욱 그런 생각이 들었다. 하지만 누가 땅속에 이렇게 거대한 방을 만든단 말인가? 그리고 무슨 이유로?

그 순간 까옥하는 날카로운 울음소리가 방 안을 가르자, 제이스는 벼락을 맞은 듯이 깜짝 놀랐다. 서둘러 커다란 석순 뒤로 몸을 숨기고 마법의 불을 죽이자마자, 방의 반대편 어둠 속에서 두 명의 형체가 모습을 드러내며 그가 있는 쪽으로 걸어왔다. 둘은 머리를 맞대고 대화에 열중해 있었다. 빛이 있는 중앙까지 들어왔을 때에야 비로소 제이스는 그들이 누구인지를 알아보았다.

세바스찬. 그리고 발렌타인이었다.

사이먼은 사람들의 시선을 피하기 위해 연단까지 한참을 돌아서 갔다. 중앙을 가로지르는 대신 양쪽으로 늘어선 기둥 뒤로 몸을 움츠린 채 걸어갔다. 걷는 내내 땅만 처다보며 생각에 잠겼지만 아무리 생각해도 이상하게 여겨졌다. 이사벨보다 한두 살 많은 알렉은 전투에 나가는데 나머지는 뒤에 남아 기다려야 한다니. 그러나 이사벨은 아무렇지도 않아 보였다. 울거나 히스테리를 부리지도 않았다. 마치 미리 알고 있던 사람처럼. 어쩌면 정말 미리 알고 있었을지도 모른다. 이사벨뿐만 아니라 이들 모두가.

연단 계단을 오르려다 흘끔 위를 본 사이먼은 소스라치게 놀라고 말았다. 루크 맞은편에 라파엘이 서 있었던 것이다. 언제나처럼 표정 없는 얼굴로. 반면 루크는 흥분한 얼굴이었다. 고개를 단호하게 가로저으며 항의하듯 손을 올린 채였고, 그의 곁에 선 조슬린도 격분한 모습이었다. 클라리는 등을 지고 있어 얼굴이 보이지 않았다. 하지만 딱딱하게 굳은 어깨만 보고도 잔뜩 긴장한 상태임을 알아차릴 정도로 사이먼은 클라리를 잘 알았다.

사이먼은 라파엘이 보지 못하게 재빨리 기둥 뒤로 몸을 숨기고 귀를 쫑긋 세웠다. 사람들이 웅성거리고 있었지만, 한껏 올라간 루크의 목소리를 들을 수 있었다.

"그건 말도 안 되는 소리야. 그런 요구를 하다니 믿을 수가 없군."

"난 당신이 요구를 거절한다는 걸 믿을 수가 없는데." 라파엘의 목소리는 차분하고 낭랑하며 날카로웠다. 어린 소년의 목소리답게 고음이었다. "아주 작은 것일 뿐인데."

"'것'이 아니에요, 사이먼이지. 사이먼은 사람이라고요." 클라리가 화난 목소리로 말했다.

"뱀파이어지." 라파엘이 대꾸했다. "자꾸만 잊어버리는군."

"당신도 뱀파이어 아닌가?" 조슬린이 물었다. 사이먼과 클라리가 어리석은 짓으로 문제를 일으켰을 때처럼 얼어붙을 듯이 차가운 목소리였다. "그 말은 당신 목숨도 아무런 가치가 없다는 뜻인가?"

사이먼은 기둥에 몸을 바짝 붙였다. 도대체 무슨 일이 벌어지고 있는 거야?

"내 목숨은 아주 가치가 높죠. 당신들과는 달리 영원하니까. 내가 이룰 수 있는 일에는 한계가 없지만 당신들은 그렇지 않죠. 하지만 중요한 건 그게 아니에요. 그는 뱀파이어예요. 우리 중 하나라고요. 난 지금 그를 돌려달라고 요구하는 겁니다."

"돌려받긴 뭘 돌려받아요." 클라리가 쏘아붙였다. "애초부터 당신 게 아니었는데. 당신은 사이먼한테 털끝만큼도 관심이 없었어요. 사이먼이 햇빛 아래를 돌아다녀도 끄떡없다는 걸 알기 전까지."

"그럴지도 모르지. 하지만 네가 생각하는 그런 이유 때문은 아니야." 라파엘이 머리를 살짝 기울였다. 부드러운 빛을 띠고 반짝거리는 검은 눈이 새처럼 휙 움직였다. "어떤 뱀파이어도 사이먼과 같은 능력을 지니고 있지 않아. 어떤 섀도우 헌터도 너나 네 오빠 같은 능력을 지니지 못한 것처럼. 오랫동안 우리 종족은 잘못되고 자연을 거스르는 존재라 불려왔어. 하지만 자연을 거스르는 존재란 바로 이런 거지."

"라파엘." 루크의 어조에 경고의 뜻이 담겨 있었다. "뭘 기대하고 왔는지 모르겠지만, 사이먼을 해치도록 그냥 두는 일은 절대 없을 거야."

"그럼 발렌타인과 악마 군대가 이들을 전부 해치게 될 텐데. 당신들과 동맹을 맺은 이들을 말이야." 라파엘이 실내 전체를 향해 손을 크게 휘저었다. "당신도 알다시피 그게 아니면 우린 당신들과 함께 전투에 나서지 않을 거야. 밤의 아이들은 오늘 어떤 일이 벌어져도 관여하지 않아."

"그럼 하지 마." 루크가 대꾸했다. "무고한 생명을 내주면서까지 협력을 구할 생각은 없어. 난 발렌타인이 아니야."

라파엘이 조슬린에게 돌아섰다. "당신은 어때요, 섀도우 헌터? 이 늑대인간이 당신 종족의 앞날을 결정하게 그냥 둘 건가요?"

조슬린은 깨끗한 부엌 바닥을 기어가는 바퀴벌레를 바라보는 눈빛으로 라파엘을 쳐다보았다. 그러고는 아주 천천히 말했다. "사이먼에게 손끝 하나라도 댔다가는, 뱀파이어, 네 몸을 조각내 우리 고양이한테 던져 줄 거야. 무슨 말인지 알겠어?"

라파엘이 입을 굳게 다물었다가 다시 열었다. "알겠어요. 그럼 브로슬린드 평원에 누워 죽어갈 때 스스로에게 물어봐요. 한 생명이 진정 수많은 생명보다 소중한지."

라파엘이 사라졌다. 루크가 바로 클라리에게 돌아섰지만 사이먼은 더 이상 그들을 보지 않았다. 그는 자신의 손을 내려다보고 있었다. 덜덜 떨리리라 생각했건만 이상하게도 시체의 손처럼 미동 하나 없었다. 사이먼은 그 손을 아주 천천히 말아 쥐었다.

발렌타인은 언제나처럼 똑같아 보였다. 변형된 섀도우 헌터 전투복 차림의 장대한 사내. 넓고 두툼한 어깨에 어울리지 않게 얼굴은 날카롭고 매끈하며 이목구비는 섬세했다. 죽음의 검을 등에 찼고, 커다란 가방을 메고 있었다. 넓적한 허리띠에는 수많은 무기들이 꽂혀 있었다. 두꺼운 사냥칼, 좁다란 단검, 가죽을 벗길 때 쓰는 칼 등. 바위 뒤에서 발렌타인을 바라보고 있자니 제이스는 아버지를 떠올릴 때면 늘 밀려드는 감정에 젖어들었다. 암울함과 실망감과 불신으로 상처 입은 가족을 향한 끈질긴 애정.

세바스찬과 함께 있는 아버지의 모습은 낯설었다. 세바스찬은······ 어딘가 달라 보였다. 그 역시 섀도우 헌터복을 입고 허리에 검을 찼지만 이상하게 느껴지는 것은 복장이 아니었다. 구불거리는 머리카락은 더 이상 검은빛이 아니었다. 눈부시도록 반짝이는 금빛, 백금빛에 가까운 색이었다. 그러고 보니 은발은 그에게 아주 잘 어울렸고, 이제 피부도 눈에 띌 정도로 창백해 보이지 않았다. 그동안은 진짜 세바스찬과 비슷해 보이려고 검은색으로 염색을 했던 모양이었다. 이것이 그의 진짜 모습이었다. 증오의 물결이 거세게 휘몰아쳤지만, 제이스가 할 수 있는 일이라고는 당장 튀어 나가 세바스찬의 목을 조르려는 자신을 가까스로 제어하며 바위 뒤에 숨어 있는 것뿐이었다.

휴고가 다시 까옥하고 울며 빠르게 하강해 발렌타인의 어깨 위에 내려앉았다. 그 광경을 지켜보며 제이스는 가슴이 묘하게 아렸다. 호지와 함께 살던 시간 동안 저 까마귀가 똑같은 모습으로 호지의 어깨에 내려앉는 것을 수도 없이 보아온 그였다. 휴고는 그야말로 호지의 어깨 위에서 살았다고 해도 과언이 아니다. 그런 휴고가 발렌타인의 어깨 위에 앉은 모습은 낯설기도 하거니와 잘못된 느낌마저 들었다.

발렌타인이 손을 뻗어 까마귀의 반드르한 깃털을 쓰다듬고 고개를 끄덕거렸다. 둘은 마치 깊은 대화에 빠져 있는 것 같았다. 옆에서 지켜보던 세바스찬이 옅은 눈썹을 들어 올렸다.

"알리칸테에서 무슨 소식이 왔나요?" 휴고가 다시 훌쩍 날아오르자 세바스찬이 물었다. 새는 쏜살처럼 공중으로 날아가 보석처럼 반짝이는 종유석 끄트머리를 스치고 지나갔다.

"이해할 만한 건 아무것도 없어." 언제나처럼 서늘하고 침착한 아버지의 목소리가 제이스의 몸을 화살처럼 꿰뚫었다. 손이 제멋대로 움찔거리는 바람에 힘을 주어 옆으로 붙여야만 했다. 아버지가 보지 못하게 커다란 바위가 가려주고 있다는 사실이 고맙기 그지없었다. "한 가지는 확실해. 클레이브가 루션이 이끄는 다운월드 사람들의 군대와 협력하기로 했다는 거."

세바스찬이 미간을 찡그렸다. "하지만 맬러카이가……."

"맬러카이는 성공하지 못했다." 발렌타인이 이를 악물었다.

그러자 놀랍게도 세바스찬이 앞으로 걸어가 발렌타인의 팔에 손을 얹었다. 어딘가 모르게 친밀하고 확신에 찬 그 손길에 제이스는 배 속에 벌레가 들어찬 느낌이었다. 발렌타인을 저런 손길로 잡은 사람은 이제껏 누구도 없었다. 제이스 자신도 저런 식으로는 잡을 수 없을 것이다. "언짢으세요?" 그렇게 묻는 세바스찬의 어조에는 터무니없고 기이한 친밀감이 배어 있었다.

"생각했던 것보다 클레이브가 훨씬 썩어버린 것 같구나. 라이트우드가 가망이 없을 정도로 타락했다는 건 알았어. 그런 상태가 쉽게 전염된다는 것도. 그래서 그들이 이드리스에 들어가지 못하게 막은 거였는데. 하지만 나머지 사람들이 루션의 말에 그토록 쉽게 물들 줄이야. 네피림도 아닌 자의 말에……." 발렌타인의 얼굴에 혐오감이 뚜렷이 떠올랐다. 그는 세바스찬의 손길을 뿌리치지 않았다. 제이스는 자신의 두 눈을 믿을 수가 없었다. "실망이구나. 분별 있게 행동하리라 생각했건만. 이런 식으로 끝을 내는 건 나도 원하지 않았어."

세바스찬은 즐거운 표정이었다. "전 그렇게 생각하지 않는데요. 전투를 준비하고 영광을 기대하며 달려 나왔다가 그게 전부 소용없다는 걸 알게 될 저들을 생각해보세요. 헛수고만 했다는 걸 알게 됐을 때, 저들의 표정이 어떨지 떠올려보시라고요." 그의 입술이 늘어나며 미소로 바뀌었다.

"조너선." 발렌타인이 한숨을 내쉬었다. "이건 결코 즐거운 일이 아니야. 유쾌하지 않지만 반드시 해야만 하는 일이지."

'조너선?' 제이스가 바위를 움켜잡았지만 손은 주르륵 미끄러졌다. 왜 발렌타인이 그의 이름으로 세바스찬을 부르는 걸까? 실수였을까? 하지만 세바스찬은 전혀 놀라는 표정이 아니었다.

"뭘 하든 즐기면서 하는 게 좋은 거 아닌가요? 알리칸테에선 참 즐거웠는데. 라이트우드 가족은 말씀하신 것보다 꽤 괜찮던데요? 특히 이사벨은. 헤어질 때도 아주 멋지게 헤어졌죠. 그리고 클라리는……."

세바스찬의 입에서 클라리의 이름이 나오는 순간, 제이스의 심장이 덜컥 멎는 것만 같았다.

"생각했던 거랑은 전혀 다르던데요." 세바스찬이 심술궂게 말을 이었다. "저하고는 하나도 닮지 않았어요."

"너 같은 사람은 세상에 없단다, 조너선. 그리고 클라리는 제 엄마를 그대로 빼닮았지."

"자기가 정말 원하는 걸 인정하려고 하지 않아요, 아직은. 하지만 곧 돌아올 거예요."

발렌타인이 눈썹을 치켜세웠다. "돌아온다니, 무슨 뜻이지?"

세바스찬이 싱긋 웃어 보였다. 그 미소를 보자 제이스는 분노가 걷잡을 수 없이 차올랐다. 입술을 힘껏 깨물어 입안에서 피 맛이 났다. "아시잖아요. 우리에게 올 거라고요. 엄청 기대되는데요. 그 애한테 장난치면서 간만에 얼마나 재밌었는데요."

"재미나 보라고 보낸 게 아니야. 그 애가 뭘 찾고 있는지 알아내라고 보냈지. 그런데 넌 그 애 혼자 그걸 찾아내 마법사의 손에 넘기는 걸 뻔히 보고만 있었지. 게다가 그 애를 데려오는 일조차 실패했고. 우리 계획에 위협이 되는 아이인데 말이다. 그러니 그다지 훌륭하게 임무를 완수했다고 할 수가 없구나, 조너선."

"데려오려고 했어요. 하지만 그 자식들이 눈을 부라리며 보고 있는 걸 어떻게 해요. 전당 한가운데서 납치할 수도 없고." 세바스찬이 퉁명스럽게 대꾸했다. "그리고 말씀드렸잖아요. 걔는 룬의 힘을 어떻게 사용하는지 전혀 모르고 있다고. 아무것도 몰라서 절대 위험 따윈……."

"클레이브의 계획이 뭔지는 몰라도 그 아이가 중심에 있어. 후긴이 전한 말에 따르면 말이야. 전당의 연단 위에 선 모습을 봤다는구나. 그 아이가 클레이브에게 능력을 보여주기만 하면……."

제이스는 클라리에 대한 걱정으로 가슴이 철렁 내려앉으면서도 묘한 뿌듯함을 느꼈다. 당연히 클라리가 중심에 있겠지. 그게 바로 내가 아는 클라리지.

"그럼 싸우려고 들겠네요. 우리가 원하던 바 아닌가요? 클라리가 뭘 하든 중요하지 않잖아요. 전투가 중요하지."

"넌 클라리를 과소평가하고 있어." 발렌타인이 조용하게 말했다.

"저도 계속 지켜봤어요. 생각하시는 것처럼 그 애의 능력이 무한하다면 뱀파이어 친구를 당장 감옥에서 꺼내줬겠죠. 아니면 바보 같은 호지가 죽어갈 때 목숨을 구하거나."

"한계가 없는 힘이라는 게 전부 치명적일 필요는 없어. 게다가 호지의 죽음에 관해서는 좀 더 신중한 태도를 보이는 게 좋겠구나. 그를 죽인 게 너이니만큼."

"그 천사 애길 하려고 하잖아요. 죽일 수밖에 없었어요."

"넌 죽이길 원해서 죽인 거야. 언제나 그렇지." 발렌타인이 주머니에서 묵직한 가죽 장갑을 꺼내 천천히 손에 끼기 시작했다. "얘기를 했을 수도 있지만 아닐 수도 있어. 호지는 오랫동안 인스티튜트에서 제이스를 돌보며 자기가 기르는 게 어느 쪽인지 궁금했을 거야. 내게 소년이 하나 더 있다는 걸 아는 몇 안 되는 사람 중 하나니까. 그가 날 배신할 리 없다는 건 알고 있었지. 배신하기엔 너무 겁이 많아." 발렌타인은 장갑을 끼고 손가락을 구부리며 인상을 썼다.

'소년이 하나 더 있다고? 무슨 소릴 하는 거지?'

호지 따위는 중요하지 않다는 듯이 세바스찬이 손을 내저었다. "호지가 어떻게 생각했건 무슨 상관이에요? 죽어버렸는데. 아주 잘 죽었죠." 그의 눈이 사악하게 반짝였다. "지금 호수로 가시는 거예요?"

"그래. 어떻게 해야 하는지는 잘 알지?" 발렌타인이 턱짓으로 세바스찬이 허리에 찬 검을 가리켰다. "그걸 사용해. 죽음의 검은 아니지만, 이런 목적에 사용하기엔 충분한 악마의 힘을 지녔으니까."

"저도 같이 호수에 가면 안 되나요?" 세바스찬이 투덜대듯이 말했다. "그냥 군대를 지금 확 풀어버리면 어때요?"

"아직 자정이 되지 않았어. 자정까지 시간을 주겠다고 말했으니 마음을 바꿀 시간이 있는 거지."

"그럴 리 없다는 거……."

"약속을 했으니 그대로 지킬 거다." 발렌타인이 딱 잘라 말했다. "자정까지 맬러카이에게 아무 연락이 없으면, 문을 열어." 세바스찬이 머뭇거리자 발렌타인은 조바심이 나는 듯했다. "네가 이 일을 해줘야 한다, 조너선. 내가 여기서 자정까지 기다릴 순 없어. 저 터널로 호수까지 가려면 한 시간은 걸려. 난 전투를 오래 끌 생각이 전혀 없어. 미래 세대는 클레이브가 얼마나 빨리 무너졌는지, 우리가 얼마나 확실하게 승리를 거뒀는지를 분명히 알아야 하니까."

"소환 장면을 놓치고 싶지 않아서 그래요. 저도 거기 있고 싶어요." 세바스찬은 매우 애석한 표정이었지만 그 아래 무언가 계산적인 것이 깔려 있었다. 냉소적이고 탐욕스럽고 계획적이고 이상할 정도로…… 차가운 것. 하지만 발렌타인은 개의치 않는 눈치였다.

그가 세바스찬의 얼굴에 잠시 손을 얹었다 돌아서서 동굴 저편 끝으로 걸어갔다. 짧은 순간이었지만 발렌타인의 행동에서 숨길 수 없는 애정이 묻어났다. 제이스는 두 눈으로 똑똑히 보면서도 눈앞의 상황을 이해할 수가 없었다. 짙은 어둠이 고인 터널 입구에서 걸음을 멈춘 발렌타인이 희미한 형체로 보였다.

"조너선." 발렌타인이 이름을 부르자, 제이스가 저도 모르게 고개를 번쩍 들었다. "너도 언젠가는 천사의 얼굴을 보게 될 거다. 내가 죽고 나면 네가 죽음의 도구들을 물려받게 될 테니. 언젠가는 너도 라지엘을 소환하게 될지 모르지."

"그러면 좋겠어요." 세바스찬은 고개를 끄덕인 발렌타인이 어둠 속으로 사라질 때까지 꼼짝 않고 서 있었다. 그의 목소리가 속삭임에 가까울 만큼 낮아졌다. "아주 좋겠어요." 그러고는 으르렁거리듯이 말했다. "그 빌어먹을 얼굴에다 침이나 뱉어주게." 세바스찬이 빙글 돌아서자, 희미한 빛을 받은 얼굴이 마치 하얀 가면 같았다. 그가 소리쳤다. "너도 그만 나오지 그래, 제이스. 여기 있다는 거 알아!"

제이스는 그대로 얼어붙었지만 그리 오래가지는 않았다. 생각보다 몸이 먼저 움직였다. 그는 튕기듯이 일어나 터널 입구로 달려갔다. 머릿속으로는 오로지 밖으로 나가 루크에게 메시지를 보내야 한다는 생각뿐이었다.

하지만 입구가 막혀버렸다. 세바스찬이 거기에 서 있었다. 서늘하고도 흡족한 표정이었다. 그가 양팔을 활짝 펼치자 손끝이 터널 벽에 닿을 락말락했다. "설마 나보다 빠를 거라고 생각한 건 아니겠지?"

제이스가 가까스로 멈추어 섰다. 부러진 메트로놈처럼 심장이 불규칙하게 뛰었지만, 목소리만은 흔들림이 없었다. "모든 면에서 내가 너보다 나으니까 당연히 그렇게 생각했지."

세바스찬은 계속 웃고만 있었다. "네 심장이 뛰는 소리가 들리던걸." 그가 부드럽게 말했다. "나와 발렌타인을 지켜보고 있을 때 말이야. 마음이 상한 거야?"

"네가 우리 아버지와 데이트하는 것처럼 보여서?" 제이스가 어깨를 으쓱했다. "솔직히 아버지한테 네가 좀 어리긴 하지."

"뭐?" 그를 만난 이후 처음으로 세바스찬의 얼굴에 놀란 표정이 떠올랐다. 그러나 곧바로 냉정을 되찾아 제이스는 짧은 즐거움을 맛보는 것으로 만족해야 했다. 세바스찬의 눈에 스친 어두운 섬광으로 보아, 그는 잠시나마 평정을 잃게 만든 제이스를 용서하지 않을 듯했다.

"가끔 네가 궁금했지." 세바스찬은 계속 부드러운 음성으로 말을 이었다. "가끔 너한테 뭔가 있는 것 같았거든, 네 그 노란 눈 뒤에 말이야. 널 입양한 그 바보 가족과는 다르게 번득이는 총명함 같은 거. 하지만 아닌가 보네. 그저 그런 척한 것뿐이었어. 너도 나머지와 다를 바 없이 어리석어. 10년이나 훌륭한 교육을 받으며 자랐어도 말이지."

"내가 어떤 교육을 받았는지 네가 어떻게 알아?"

"네가 생각하는 것보단 많이 알지." 세바스찬이 팔을 내렸다. "너를 기른 바로 그 사람이 나도 길렀으니까. 차이라면 10년이 지난 다음에도 너와는 달리 나한테는 싫증을 내지 않았다는 거지."

"무슨 뜻이지?" 제이스의 목소리는 거의 속삭임에 가까웠다. 웃지도 않고 움직이지도 않는 세바스찬의 얼굴을 제이스가 처음 보는 것처럼 빤히 바라보았다. 하얀색에 가까운 머리, 무연탄처럼 검은 눈, 돌로 조각한 듯한 날카로운 얼굴선. 천사가 보여준 아버지의 얼굴이 떠올랐다. 젊고 날카롭고 기민하고 갈망에 찬 아버지. 그러고는 깨달았다.

"너……." 제이스가 입을 열었다. "발렌타인이 네 아버지군. 너와 나는 형제고."

그러나 세바스찬은 더 이상 그 앞에 서 있지 않았다. 어느새 뒤쪽에 가 있었다. 제이스를 포옹할 것처럼 어깨에 팔을 둘렀지만 손은 주먹으로 말려 있었다. "안녕, 그리고 안녕히, 동생." 세바스찬이 팔을 확 쳐들어 제이스의 숨통을 힘껏 조였다.

클라리는 완전히 진이 빠져 있었다. 결연의 룬을 그린 여파인지 앞쪽 머리가 끊이지 않고 지끈거렸다. 머릿속에서 누군가 자꾸 잘못된 방향으로 문을 차서 열려고 하는 느낌이었다.

"괜찮니?" 조슬린이 클라리의 어깨를 살며시 잡았다. "몸이 안 좋아 보이는데."

클라리는 조슬린의 손등에 그려진 검고 가느다란 룬을 내려다보았다. 루크의 손바닥에 그려진 것과 한 쌍인 룬. 배가 꽉 뭉치는 듯한 기분이었다. 몇 시간 후면 어머니가 악마 군대와 맞서 싸울 거라는 사실을 간신히 받아들인 참이었는데. 그 생각이 떠오를 때마다 억지로 내리누른 것뿐이었지만.

"그냥 사이먼이 어디 있나 궁금해서요." 클라리가 자리에서 일어섰다. "가서 좀 찾아볼까 봐요."

"아래에서?" 조슬린이 걱정스러운 눈길로 군중 쪽을 내려다보았다. 마크를 그린 사람들이 광장으로 몰려 나가 아까보다는 덜 복잡했다. 구릿빛 얼굴에 아무런 감정도 드러내지 않은 맬러카이가 문 옆에 서서 다운월드 사람들과 섀도우 헌터들에게 어디로 가야 하는지를 알려주고 있었다.

"괜찮을 거예요." 클라리가 엄마와 루크 곁을 지나 계단으로 다가갔다. "금방 올게요."

계단을 내려가 군중 사이로 스며들 때까지 사람들의 시선이 클라리를 줄곧 따라왔다. 그들의 시선이, 그 시선의 무게가 실제로 느껴지는 것만 같았다. 클라리는 주변을 훑으며 라이트우드 가족과 사이먼을 찾아보았다. 하지만 누구 하나 보이지 않았다. 사실 키가 작은 클라리로서는 사람들 너머를 보기가 어려웠다. 클라리는 한숨을 내쉬며 군중 사이로 빠져나가 사람이 적은 전당의 서쪽으로 향했다.

줄줄이 세워진 대리석 기둥에 가까워지는 순간, 손 하나가 불쑥 튀어나와 그녀를 옆으로 확 끌어당겼다. 깜짝 놀라 헉 하고 숨을 들이쉰 순간, 클라리는 굵은 기둥 뒤의 어둠 속에 서 있었다. 차가운 대리석 벽에 등이 닿았고, 사이먼이 클라리의 팔을 움켜잡고 있었다. "소리 지르지 마. 나야."

"소리를 왜 질러? 웃기지 좀 마." 클라리는 흘끔거리며 주변 상황을 살폈지만, 기둥 사이로는 자세히 보이지가 않았다. "갑자기 웬 제임스 본드 행세야? 안 그래도 너 찾으러 온 건데."

"알아. 연단에서 내려오길 기다리고 있었어. 아무도 듣지 못하는 데서 너랑 할 얘기가 있어서." 사이먼이 초조하게 입술을 축였다. "라파엘이 말하는 거 들었어. 그가 원하는 게 뭔지."

"사이먼." 클라리가 어깨를 축 늘어뜨렸다. "아무 일도 없었어. 루크가 그냥 돌려보냈고……."

"그러지 말았어야 하는 건지도 몰라. 라파엘에게 원하는 걸 줬어야 하는지도 모른다고."

클라리가 눈을 깜빡이며 그를 쳐다보았다. "지금 '너' 말하는 거야? 바보 같은 소리 하지 마. 절대로 그런 일은……."

"방법이 있어." 그가 클라리의 팔을 더욱 세게 잡았다. "내 뜻대로 하게 해줘. 가서 루크한테 전해. 라파엘에게 원하는 대로 거래하자고 말하라고. 아니면 내가 직접 라파엘에게 말할 거야."

"뭘 하려는지 알아. 네 뜻도 존중하고, 그 일을 하려는 네가 감탄스러워. 하지만 그럴 필요 없어, 사이먼. 그런 일은 안 해도 돼. 라파엘의 요구는 옳지 못한 거야. 아무도 널 비난하지 못해. 너랑 상관도 없는 전쟁에서 너 자신을 희생하지 않았다고 해서……."

"상관있는 전쟁이야, 클라리. 라파엘 말이 맞아. 난 뱀파이어야. 넌 자꾸 그 사실을 잊어버리고. 아님 잊고 싶어하든지. 하지만 난 다운월드 사람이고 넌 섀도우 헌터야. 이건 우리 둘 모두의 전쟁이고."

"넌 그들하고는 다르잖아."

"나도 그들 중 하나야." 사이먼이 천천히, 또박또박 말했다. 마치 자신의 입에서 나오는 단어 하나하나를 그녀에게 확실하게 이해시키려는 듯이. "영원히 그럴 거야. 만일 라파엘이 이끄는 종족이 참여하지 않고 다운월드 사람들이 섀도우 헌터들과 함께 전투에 나선다면, 이후에 밤의 아이들은 의회 좌석을 얻지 못할 거야. 루크가 창조하려고 하는 세상, 섀도우 헌터와 다운월드 사람이 함께 어울리는 세상에 들어가지 못하게 돼. 뱀파이어 종족은 고립될 거야. 섀도우 헌터의 적이 될 거라고. 그럼 난 네 적이 돼."

"하늘이 무너져도 네가 내 적이 되는 일은 없어."

"그런 일이 있다면 난 견디지 못해." 사이먼이 딱 잘라 말했다. "나랑 상관없는 일인 척 뒤로 물러나 있는 건 아무런 도움도 되지 않아. 나는 지금 너한테 허락을 구하고 있는 게 아니야. 도움을 구하고 있는 거지. 하지만 네가 돕지 않겠다면 마야에게 부탁해서 뱀파이어 캠프로 데려다 달라고 할 거야. 라파엘에게 날 던져줄 거라고. 무슨 말인지 알겠어?"

클라리가 그를 뚫어져라 보았다. 그녀의 팔을 세게 잡은 그의 손아래서 펄떡이는 혈압이 느껴졌다. 클라리가 마른 입술을 혀로 축였다. 입안에서 쓴맛이 났다. "어떻게 도우면 돼?" 그녀가 속삭이듯 물었다.

사이먼이 계획을 말하자 클라리는 믿기지 않는다는 듯이 그를 쳐다봤다. 그의 말이 끝나기도 전에 고개를 세차게 흔들자 그녀의 머리카락이 얼굴을 때렸다. "안 돼. 그건 미친 짓이야, 사이먼. 그건 선물이 아니라 벌이라고."

"나한테는 아닐지도 모르잖아." 그렇게 말한 사이먼이 군중 쪽을 흘깃 보았다. 클라리가 눈을 돌리자 마야가 대놓고 궁금한 표정을 한 채 그들을 지켜보고 있었다. 사이먼을 기다리는 것이 분명했다. 모든 일이 너무도 빠르게 진행되었다.

"다른 대안보단 나아, 클라리."

"그럴 순 없어……."

"전혀 아무렇지도 않을지도 몰라. 그러니까 내 말은, 난 이미 벌을 받고 있잖아? 교회에도, 시나고그에도 발을 들이지 못해. 그리고…… 성스러운 이름도 입 밖에 내지 못하고, 다른 사람처럼 나이 들지도 못해. 이미 평범한 삶은 불가능하다고. 그러니까 달라질 게 없을지도 몰라."

"그렇지 않을 수도 있잖아."

사이먼이 그녀의 허리로 손을 가져가 패트릭의 스텔레를 뽑아서 건네며 입을 열었다. "클라리. 날 위해서 그렇게 해줘. 부탁이야."

스텔레를 받아드는 손에 아무 감각이 없었지만 클라리는 사이먼의 눈 바로 윗부분에 스텔레 끝을 댔다. 최초의 마크. 매그너스는 그렇게 말했다. 인류 최초의 마크. 클라리가 그 생각을 떠올리자 스텔레가 움직이기 시작했다. 음악이 흐르자 움직이는 댄서와 같이. 빨리 돌린 화면 속에서 꽃이 피어나는 것처럼 사이먼의 이마에 검은 선들이 나타났다. 그리기를 마치자 오른손이 얼얼했다. 클라리는 뒤로 물러나 자신이 그린 룬을 보았다. 낯설면서도 오래된, 완벽한 룬, 태초의 인류에 기인하는 룬이라는 것을 알았다. 사이먼의 눈 위에서 룬이 별처럼 번쩍거렸다. 사이먼이 멍하고 혼란스러운 표정으로 손끝을 이마에 댔다.

"느껴져. 화상을 입은 것처럼."

"어떻게 될지는 나도 모르겠어. 오랜 시간이 지나면 부작용 같은 게 생길지도 모르고."

그가 입술을 비틀어 살짝 웃으면서 한 손으로 클라리의 뺨을 만졌다. "알게 될 때까지 살아 있길 빌어보자고."

19
브니엘

 숲으로 향하는 동안 마야는 거의 말이 없었다. 머리를 낮추고 이따금 코를 찡긋거리며 좌우를 살필 뿐이었다. 사이먼은 마야가 냄새로 길을 찾는 걸까 궁금했다. 보기에 조금 괴상할 뿐이지 아주 유용한 재능이었다. 또 마야가 아무리 속도를 내더라도 보조를 맞추기 위해 크게 서두를 필요가 없다는 사실도 새롭게 깨달았다. 숲까지 이어지는 인적 없는 길에 도착하자 마야가 몸을 낮춰 빠르게 달리기 시작했지만, 사이먼은 별 어려움 없이 그녀와 속도를 맞추었다. 뱀파이어가 되어서 좋은 점을 솔직히 말하라면 이런 것들이겠지.

 하지만 즐거움은 짧게 끝났다. 그들은 이내 울창하게 우거진 나무 사이를 달리고 있었다. 땅은 단단하게 다져졌고 굵직한 뿌리가 곳곳에 드러났으며 낙엽으로 뒤덮였다. 별이 박힌 하늘을 배경으로 나뭇가지들이 레이스처럼 얽혀 있었다. 그들은 숲에서 나와 빈터로 들어섰다. 커다란 바위들이 하얗고 네모난 이빨처럼 곳곳에 놓였고, 거대한 갈퀴로 쓸어 놓은 것처럼 여기저기 낙엽 더미가 쌓여 있었다.

 "라파엘!" 손을 모아 입 앞에 대고 마야가 소리를 질렀다. 새들이 화들짝 놀라 푸드덕거리며 나무 위로 날아올랐다. "라파엘! 모습을 드러내!"

얼마 간 정적이 흐른 뒤 어둠 속에서 작은 소리가 들렸다. 빗방울이 양철 지붕을 두드리듯이 뭔가 부드럽게 두드리는 소리였다. 쌓인 낙엽들이 작은 회오리를 일으키며 공중으로 날아올랐다. 마야가 기침을 했고, 얼굴과 눈으로 들어오는 낙엽을 막으려는 것처럼 손을 들어 올렸다.

바람은 일어날 때처럼 갑자기 잠잠해졌다. 사이먼에게서 몇 걸음 떨어지지 않은 곳에 라파엘이 서 있었고, 뱀파이어 무리가 그를 에워싸고 있었다. 달빛을 받으며 선 나무들만큼이나 창백하고 고요했으며 차가운 표정에는 적의가 그대로 드러났다. 사이먼은 그들 가운데서 뒤모트 호텔에서 만난 몇 명을 알아보았다. 자그마한 릴리와 금발의 제이콥. 제이콥은 칼처럼 가늘게 눈을 뜨고 그를 보고 있었다. 다른 이들은 대부분 초면이었다.

라파엘이 앞으로 걸어 나왔다. 누르스름한 낯빛에 눈 아래 검은 그림자가 졌지만 사이먼을 보는 순간 미소를 지었다.

"데이라이터." 그가 한숨을 내쉬듯 내뱉었다. "왔군."

"왔지." 사이먼이 대꾸했다. "내가 왔으니…… 된 거지?"

"아직 멀었어, 데이라이터." 라파엘이 마야에게 시선을 옮겼다. "늑대인간. 리더에게 돌아가 마음을 바꿔줘서 고맙다고 전해. 밤의 아이들도 브로슬린드 평원에서 당신들과 함께 싸우겠다고."

마야의 얼굴이 굳어졌다. "루크는 마음을 바꾼 게……."

사이먼이 황급히 말을 가로막았다. "괜찮아, 마야. 이제 그만 가."

어둠 속에서 반짝거리는 마야의 눈이 슬퍼 보였다. "사이먼, 다시 생각해봐. 넌 이럴 필요가 없어."

"아니. 이래야만 해." 사이먼이 단호하게 말했다. "마야, 여기까지 데려다줘서 정말 고마워. 이제 가도 돼."

"사이먼……."

그가 목소리를 낮춰 속삭였다. "가지 않으면 저들이 우릴 둘 다 죽일 거야. 그럼 모든 일이 허사가 돼. 가줘. 부탁이야."

마야가 고개를 끄덕이며 돌아섰다. 그리고 돌아서는 순간 모습이 변했다. 땋은 머리를 달랑거리던 작은 인간 소녀는 네 발로 땅을 박차고 달리는 날렵하고 고요한 늑대가 되었다. 그녀는 빈터를 나가 어둠 속으로 사라졌다.

뱀파이어들을 향해 돌아선 사이먼은 하마터면 소리를 지를 뻔했다. 라파엘이 코앞까지 다가와 있었기 때문이다. 가까이에서 보니 그의 피부에 검은 무늬가 드러났다. 배가 고프다는 신호였다. 사이먼은 뒤모트 호텔에서의 밤이 떠올랐다. 어둠 속에서 나타난 얼굴들, 언뜻 들리던 웃음소리, 진동하던 피 냄새. 몸이 부르르 떨렸다.

라파엘이 손을 뻗어 라파엘의 어깨를 꽉 잡았다. 가느다란 손의 힘은 강철과도 같았다. "고개를 돌리고 별을 봐. 그 편이 훨씬 나을 거야."

"정말로 나를 죽일 건가 보네." 놀랍게도 사이먼은 두렵지도, 특별히 불안하지도 않았다. 주변의 모든 것이 느리게 움직였고, 더없이 또렷하게 보였다. 머리 위의 나뭇가지에 매달린 이파리, 발밑에서 뒹구는 돌멩이, 그에게 고정된 모든 시선이 분명하게 느껴졌다.

"그럼 아닐 줄 알았어?" 라파엘이 대꾸했다. 그의 어조가 약간 서글프게 들렸다. "분명히 말하지만 개인적인 감정이 있는 건 아니야. 전에도 말했듯이 넌 그대로 두기에 너무 위험하거든. 이런 존재가 될 줄 알았다면……."

"무덤 밖으로 나오지 못하게 했겠지. 알아."

라파엘이 사이먼의 눈을 똑바로 마주 보았다. "우리는 모두 살아남기 위해 꼭 해야만 하는 일을 하지. 그런 면에선 우리도 인간하고 다를 바가 없어." 바늘처럼 날카로운 이빨이 정교한 면도날처럼 잇몸 밖으로 미끄러져 나왔다. "움직이지 마. 금방 끝날 테니까." 그가 앞으로 몸을 기울였다.

"잠깐." 사이먼이 소리쳤다. 그는 라파엘이 험악한 표정을 지으며 뒤로 물러나자 더욱 크게 외쳤다. "기다려! 너한테 보여줄 게 있어."

라파엘이 나직하게 쉿소리를 냈다. "시간을 지체하려는 수작이라면 그만두는 게 좋아, 데이라이터."

"그런 거 아냐. 네가 꼭 봐야 할 게 있어서 그래." 사이먼이 손을 들어 이마 위로 머리를 쓸어 올렸다. 바보 같기도 하고 연기를 하듯 과장된 동작이었지만, 그 순간 스텔레를 손에 쥔 채 절박한 표정으로 그를 올려다보던 클라리의 하얀 얼굴이 떠올랐다. 그러고는 속으로 중얼거렸다. '그래도 시도는 해봤으니까.'

라파엘에게 나타난 효과는 놀랍고도 즉각적이었다. 그는 사이먼이 십자가를 휘두르기라도 한 것처럼 눈이 휘둥그레져서 뒤로 물러났다. "데이라이터, 누가 이런 거지?"

사이먼은 그를 빤히 쳐다보았다. 어떤 반응을 기대했는지는 모르겠으나 이건 아니었다.

"클라리." 라파엘은 자기 물음에 자기가 답을 했다. "물론 그렇겠지. 그 애가 가진 능력이 아니면 불가능한 일이니까. 마크를 받은 뱀파이어라. 그것과 같은 마크……."

"그게 뭔데?" 라파엘 바로 뒤에 서 있던 늘씬한 금발의 제이콥이 물었다. 나머지 뱀파이어들 역시 사이먼을 뚫어져라 쳐다보고 있었다. 혼란과 공포가 뒤섞인 표정들이었다. 라파엘을 놀라게 한 것이 무엇인지는 모르겠지만 저들도 분명 그것 때문에 겁을 먹었다.

여전히 사이먼에게 시선을 못 박은 채로 라파엘이 입을 열었다. "이 마크는 그레이북에 있는 게 아니야. 그보다 훨씬 오래된 마크지. 고대의 마크, 조물주가 직접 그린 마크 중 하나." 그러고는 사이먼의 이마로 손을 뻗었지만 감히 손을 대지는 못했다. 그의 손이 공중을 떠돌다 제자리로 돌아갔다. "이런 마크에 관해 얘기를 듣기는 했지만, 직접 본 적은 없었어. 그리고 이건……."

사이먼이 입을 열었다. "'카인을 죽이는 자에게는 내가 일곱 배로 벌을 내리리라. 이렇게 말씀하시고 야훼께서는 누가 카인을 만나더라도 그를 죽이지 못하도록 마크를 찍어주셨다.' 날 죽이려고 해보든가. 별로 권하고 싶진 않지만."

"카인의 마크?" 제이콥이 믿을 수 없다는 듯이 말했다. "네 이마의 그게 카인의 마크라고?"

"죽여버려." 제이콥의 곁에 선 붉은머리 뱀파이어가 소리쳤다. 러시아어 억양 같았지만 확실하지는 않았다. "그냥 죽여버리라고."

라파엘은 분노와 의혹이 뒤섞인 표정이었다. "난 못해. 어떤 해를 가하든 일곱 배로 되돌아올 테니까. 그게 바로 이 마크의 특성이지. 물론 누구라도 모험을 해볼 용의가 있다면 마음대로 해. 말릴 생각은 없어."

아무도 입을 열거나 움직이지 않았다.

"그럴 줄 알았지." 그의 눈이 사이먼을 훑었다. "동화 속의 그 사악한 여왕처럼 루션 그레이마크가 내게 독이 든 사과를 보냈군. 내가 네게 해를 입혀서 그에 따른 벌을 받길 바란 거겠지."

"그렇지 않아." 사이먼이 급히 대꾸했다. "아니라고. 루크는 내가 한 일을 알지도 못해. 그의 제안은 선의에서 나온 거야. 그러니까 함부로 말하지 마."

"스스로 선택한 거라고?" 라파엘이 처음으로 사이먼을 경멸이 아닌 다른 시선으로 쳐다보았다. "이건 그냥 단순한 보호 마법이 아니야, 데이라이터. 카인이 어떤 벌을 받았는지 알아?" 라파엘이 비밀을 말해주기라도 하는 것처럼 사이먼에게 작은 목소리로 말했다. "너는 땅에서 저주를 받았다. 세상을 떠돌며 헤매는 신세가 될 것이다."

"그럼 떠돌아다니지, 뭐. 이 일의 결과가 그거라면 말이야. 해야 할 일을 하는 거지."

"이 모든 게 다 네피림을 위해서야?"

"네피림뿐만이 아니야. 널 위한 것이기도 해. 네가 원하지 않는다 해도." 주변에서 말없이 서 있는 다른 뱀파이어들에게도 들리도록 사이먼이 목소리를 높였다. "다른 뱀파이어들이 나한테 일어난 일을 알게 될까 봐 걱정하고 있겠지? 섀도우 헌터 피를 마시면 나처럼 대낮에도 돌아다닐 수 있다고 생각하게 될까 봐. 하지만 내가 이런 힘을 얻게 된 건 섀도우 헌터 피 때문이 아니라 발렌타인의 실험 때문이야. 이 일의 원인은 제이스가 아니라 발렌타인이라고. 반복할 수 있는 일도 아니고. 그러니까 두 번 다시 이런 일은 없어."

"거짓말은 아닌 것 같아." 놀랍게도 그렇게 말한 건 제이콥이었다. "내가 아는 밤의 아이 몇 명도 섀도우 헌터 피를 맛본 적이 있어. 그들 중 누구도 햇빛을 좋아하게 되진 않았어."

"아까 전당에서 섀도우 헌터에게 협력하지 않겠다고 한 건 그럴 수 있는 일이겠지." 사이먼이 다시 라파엘에게 돌아섰다. "하지만 그들이 나를 보냈으니 이젠……." 그는 나머지 말을 맺지 않고 공중에서 떠돌도록 놓아두었다.

"협박 같은 건 필요 없어, 데이라이터." 라파엘이 쏘아붙였다. "밤의 아이들은 거래를 하면 반드시 지키지. 아무리 형편없는 거래라고 해도 말이야." 살짝 미소를 짓자 어둠 속에서 날카로운 이빨이 희미하게 반짝였다. "딱 하나, 마지막으로 네가 해줄 일이 있어. 정말로 '선의'에서 이런 일을 꾸몄다는 걸 입증하기 위해." 그가 '선의'라는 단어를 차갑게 강조했다.

"뭐지?"

"루션 그레이마크의 전투에서 싸우는 뱀파이어는 우리만이 아니야. 너도 우리와 함께 싸워야 해."

제이스는 은빛 소용돌이 안에서 눈을 떴다. 입안에 씁쓸한 액체가 가득했다. 콜록콜록 기침을 하며 그는 순간적으로 물에 빠졌나 하고 생각했다. 하지만 그는 마른땅 위에 앉아 있었고, 손이 뒤로 묶인 채 석순에 등을 기대고 있었다. 다시 한 번 기침을 하자 입안에 짠맛이 가득했다. 이제 보니 물에 빠진 것이 아니었다. 피 때문에 숨이 막힌 것이었다.

"깨어났어, 동생?" 세바스찬이 제이스 앞에 무릎을 대고 앉았다. 한 손에는 밧줄이 들렸고, 얼굴에는 칼집에서 뽑혀 나온 칼처럼 위험한 미소가 떠올랐다. "좋아. 너무 일찍 죽인 게 아닌가 걱정이었는데."

제이스가 옆으로 고개를 돌려 땅에다 피를 뱉었다. 두개골 안에서 누군가 풍선에 바람을 불어넣고 있는 것 같았다. 머리 위에서 휘몰아치던 은빛 소용돌이가 천천히 잦아들며 동굴 천장의 구멍으로 내다보이는 밝은 별의 모습으로 바뀌었다. "날 죽이려고 특별한 날이라도 기다리는 거야? 그렇다면 크리스마스가 멀지 않았어."

세바스찬이 물끄러미 제이스를 바라보았다. "입담 하나는 상당히 좋아. 발렌타인에게 배운 건 아닐 텐데. 그나저나 발렌타인한텐 뭘 배운 거야? 싸움 하나도 제대로 가르친 것 같지 않으니." 그가 몸을 기울여 가까이 다가왔다. "내 아홉 번째 생일에 발렌타인이 무슨 선물을 줬는지 알아? 한 가지를 알려줬지. 사람의 등에 칼을 꽂을 때 심장과 척추를 한꺼번에 꿰뚫을 수 있는 자리가 어딘지 말이야. 네 아홉 번째 생일에는 뭘 줬지, 천사 같은 동생? 쿠키를 줬나?"

아홉 번째 생일? 제이스가 힘겹게 침을 삼켰다. "날 키우는 동안 발렌타인은 널 어느 구석에다 숨겨놨지? 저택 근처에서 본 기억은 없는데."

"난 이 골짜기에서 자랐지." 세바스찬이 동굴 입구 쪽을 턱으로 가리켰다. "그러고 보니 나도 이 근처에서 널 본 기억이 없네. 그래도 너에 대해선 알고 있었어. 넌 나에 대해 아무것도 몰랐겠지만."

제이스가 머리를 저었다. "발렌타인이 너에 대해 그다지 떠벌리지 않았거든. 왜 그랬는지 알 수가 없네."

세바스찬의 눈에 섬광이 번쩍하자 발렌타인과 닮은 점이 더욱 확연하게 보였다. 은백색 머리에 검은 눈이라는 흔치 않은 조합, 강한 얼굴만 아니라면 섬세한 인상을 주었을 가느다란 뼈대. "난 너에 관해 모르는 게 없어. 넌 나에 관해 아는 게 없지?" 세바스찬이 몸을 일으켰다. "네게 이걸 보여주려고 살려둔 거야, 동생. 그러니까 잘 보라고."

보이지 않을 만큼 빠른 움직임으로 세바스찬이 허리에 찬 칼집에서 검을 뽑았다. 자루는 은빛, 날은 죽음의 검과 마찬가지로 어슴푸레한 검은 빛이었다. 칼날 표면에는 별 문양이 새겨졌는데, 세바스찬이 검을 돌리자 별 문양은 별빛을 받아 불꽃처럼 환히 타올랐다.

제이스가 숨을 멈췄다. 결국 이렇게 죽이려는 건가. 하지만 죽일 생각이었다면 정신을 잃었을 때 죽였을 것이다. 세바스찬이 중앙으로 걸음을 옮겼다. 그는 상당히 무거워 보이는 검을 가볍게 든 채로 걸었다. 제이스는 수많은 생각으로 머리가 어지러웠다. 어떻게 발렌타인에게 또 다른 아들이 있을 수 있지? 세바스찬의 엄마는 누구란 말인가? 그는 형일까, 동생일까?

세바스찬은 중앙에 있는 석순으로 다가갔다. 붉은 빛이 도는 거대한 석순은 그가 다가가자 활기를 띠는 것처럼 보였고, 그 안의 연기는 더욱 빠르게 소용돌이쳤다. 세바스찬이 눈을 내리깔고 검을 들어 올렸다. 거칠게 들리는 악마의 언어를 중얼거리며 그가 힘차고 빠르게 검을 휘둘렀고 뭔가를 베듯이 커다란 호를 그렸다.

석순 꼭대기가 떨어져 나갔다. 내부는 시험관처럼 우묵했고, 검붉은 연기로 가득 차 있었다. 터진 풍선에서 가스가 빠져나오듯이 위쪽으로 연기가 소용돌이쳤다. 커다란 포효가 귀를 때렸는데, 소리라기보다는 폭발적인 압력에 가까웠다. 제이스는 귀청이 터질 것 같았고, 갑자기 숨을 쉬기가 힘들어졌다.

세바스찬은 솟아오르는 검붉은 기둥에 반쯤 가려 있었다. "잘 봐!" 그가 소리를 질렀다. 얼굴이 벌겋게 달아올랐고 눈은 형형하게 빛났으며 하얀 머리칼이 강한 바람에 휘날렸다. 제이스는 젊은 시절에 아버지도 저런 모습이 아니었을까 생각했다. 끔찍하면서도 마음을 사로잡을 정도로 매혹적인 모습. "발렌타인의 군대를 똑똑히 보라고!"

거대한 소음이 그의 목소리를 집어삼켰다. 무수한 파편과 쓰레기를 품은 거대한 파도가 부서지는 소리와도 비슷했다. 엄청난 악마의 힘이 세찬 기세로 밀려드는 소리. 깨진 석순에서 회오리치듯 뿜어져 나온 검은 기둥이 공중으로 솟아올라 동굴 지붕의 틈 사이로 빠져나갔다. 악마들이 비명을 지르고 울부짖고 으르렁거리며 모습을 드러냈다. 맹수와 맹금의 발, 날카로운 이빨과 타오르는 눈이 한데 뭉쳐 소용돌이쳤다. 제이스는 이미 발렌타인의 배 위에서 하늘과 땅과 바다가 악몽으로 변하는 것을 지켜보았지만, 이것은 그때보다도 한층 끔찍했다. 마치 땅이 갈라져 지옥이 쏟아져 나온 것 같았다. 썩어가는 수천 구의 시체에서 날 법한 악취가 악마들에게서 풍겨왔다. 제이스의 손이 뒤틀리며 밧줄이 손목으로 파고들어 피가 흘렀고, 입안에 시큼한 액체가 가득 차올랐다. 마지막 악마들이 머리 위로 사라질 때까지 제이스는 피와 담즙으로 숨이 막힌 채 끅끅거렸다. 별들은 무시무시한 검은 물결에 완전히 가려졌다.

제이스는 자신이 잠시 기절했다고 생각했다. 분명히 한동안은 암흑 속에 있었다. 머리 위에서 들려오던 비명과 울부짖음이 사라지고, 땅과 하늘 사이의 공간에 머물러 있는 것처럼 모든 것이 자신과 상관없는 일인 양…… 제이스는 평화로움을 느꼈다.

하지만 평화는 너무 짧게 끝나버렸다. 제이스는 느닷없이 자신의 육체로 돌아왔다. 손목이 몹시도 아팠고, 어깨는 무리하게 뒤로 당겨져 있었으며 공기에 가득한 악마의 악취에 계속 헛구역질이 올라왔다. 킬킬거리는 소리에 제이스는 고개를 들며 시큼한 물을 힘겹게 목구멍으로 넘겼다. 세바스찬이 눈을 반짝이며 무릎으로 제이스의 다리를 짓누르고 있었다. "이제 괜찮아, 동생. 전부 갔어."

제이스의 눈에 눈물이 홍건했고 목이 심하게 화끈거렸다. 입을 열자 쉰 목소리가 튀어나왔다. "자정이라고 했잖아. 발렌타인은 자정에 문을 열라고 했어. 벌써 자정일 리가 없는데."

"난 늘 생각했지. 이런 상황에서는 허락보다 용서를 구하는 게 낫다고." 세바스찬이 하늘을 흘끔 보았다. 하늘은 이제 텅 비어 있었다. "저들이 브로슬린드 평원까지 가려면 5분은 걸리겠지. 아버지가 호수까지 가는 데는 그보다 훨씬 긴 시간이 걸리고. 난 네피림이 피 흘리는 꼴을 좀 보고 싶거든. 그들이 땅에 쓰러져 몸부림치며 죽어가는 꼴을 보고 싶다고. 영원히 잊히기 전에 치욕을 당해도 마땅한 것들이지."

"정말로 네피림이 악마들에게 그토록 쉽게 무너질 거라고 생각해? 그들도 준비가 되어……."

세바스찬이 손을 흔들어 제이스의 말을 가로막았다. "우리가 하는 말을 들은 줄 알았는데. 계획이 뭔지 정말 모르는 거야? 내 아버지가 뭘 하려는지 정말 모르냐고."

제이스는 입을 열지 않았다.

"어젯밤 호지에게 날 인도한 건 정말 잘한 일이야. 우리가 찾던 '거울'이 린 호수라는 걸 그가 발설하지 않았더라면, 오늘 밤의 이 계획도 가능하지 못했을 테니까. 죽음의 도구 두 개를 가진 사람이 죽음의 거울 앞에 서면 라지엘 천사를 소환할 수가 있지. 천 년 전에 조너선 새도우헌터가 그랬던 것처럼 말이야. 그리고 천사를 소환하면 그에게 한 가지를 요구할 수 있어. 한 가지 부탁."

"부탁?" 제이스는 다시금 한기가 들었다. "발렌타인이 브로슬린드 전투에서 새도우 헌터의 패배를 요구할 거란 말이야?"

세바스찬이 일어섰다. "그런 쓸모없는 짓을 할 리가 있나. 발렌타인은 죽음의 잔을 받아 마시지 않은 모든 새도우 헌터, 즉 그를 따르지 않는 모든 새도우 헌터의 힘을 빼앗으라고 요구할 거야. 그들은 더 이상 네피림이 아니게 되는 거지. 하지만 마크를 지니고 있으니……." 그가 빙긋 웃었다. "그들은 추방자가 될 거야. 악마의 손쉬운 먹이가 되는 거지. 그리고 달아나지 않은 다운월드 사람들은 곧바로 전멸당하고."

제이스의 귀 속에서 쇠가 긁히는 것처럼 소름 끼치는 소리가 울리고 현기증이 일었다. "아무리 발렌타인이라도, 아무리 그라도 그런 짓은 절대……."

"맙소사. 넌 정말 내 아버지가 계획대로 밀고 나가지 않을 거라고 생각하는 거야?"

"'우리' 아버지."

세바스찬이 제이스를 흘끔 내려다보았다. 세바스찬의 머리가 하얀 후광처럼 반짝여 마치 루시퍼를 따라 천국을 박차고 나온 나쁜 천사처럼 보였다. "잠깐. 지금 기도하는 거야?" 그가 재밌다는 듯이 물었다.

"기도하는 거 아냐. '우리' 아버지라고 말한 것뿐이지. 발렌타인 말이야. 네 아버지가 아니라 우리 아버지라고."

그 순간 세바스찬의 얼굴에서 표정이 사라졌다. 그러다 입술 끝을 올리며 씩 웃어 보였다. "천사 소년, 너 정말 바보구나. 아버지가 늘 그러더니만."

"왜 자꾸 날 그렇게 부르지? 실없이 자꾸 천사니 뭐니……."

"맙소사. 넌 정말 아무것도 몰라, 그렇지? 아버지가 네게 한 말 중에 거짓말이 아닌 게 하나라도 있어?"

제이스가 고개를 저었다. 손목에 감긴 밧줄을 당겨보았지만 더욱 조여들 뿐이었다. 너무 꽉 조여서 손가락 끝에서 펄떡거리는 맥박이 느껴질 정도였다. "너한테도 거짓말을 하지 않았다고 어떻게 확신하지?"

"왜냐하면 난 아버지의 핏줄이니까. 그를 아주 쏙 빼닮았지. 그가 죽고 나면 내가 그 뒤를 이어 클레이브를 다스릴 거야."

"내가 너라면 발렌타인을 빼닮은 걸 자랑삼아 떠벌리진 않을 텐데."

유리의 도시 491

"그 점도 마찬가지야." 세바스찬의 목소리에는 아무 감정도 담겨 있지 않았다. "나는 내가 아닌 다른 무엇인 척은 절대로 하지 않거든. 아버지가 자신의 종족을 구하기 위해 해야만 하는 일을 한다고 해서 소름 끼쳐하거나 하지 않아. 아무리 그들이 구원받길 원하지 않는다고 해도 말이지. 사실 그럴 자격도 없는 자들이잖아. 너라면 어떤 아들을 갖길 원할 거 같아? 자신이 아버지임을 자랑스러워하는 아들, 아니면 수치스럽거나 두렵다며 움츠러드는 아들?"

"난 발렌타인이 두렵지 않아."

"당연히 두려워할 필요 없지. 네가 두려워해야 하는 건 나니까."

목소리에 스민 무언가가 제이스로 하여금 밧줄을 풀려는 분투를 그만두고 그를 올려다보게 만들었다. 세바스찬은 여전히 검은 빛으로 아른거리는 검을 쥐고 있었다. 그가 검을 낮춰 제이스의 쇄골 위에 검 끝을 올려놓는 순간에도 제이스는 거무스름한 그 검이 아름답다고 느꼈다. 검의 끝이 그의 쇄골에 흠집을 냈다.

제이스는 침착하게 말하려고 기를 썼다.

"그래서 이제 어떻게 할 거지? 묶여 있는 나를 죽일 셈인가? 나랑 싸우는 게 그 정도로 두려운 거야?"

세바스찬의 창백한 얼굴에는 단 한 줄기의 감정도 스치지 않았다.

"너 따윈 나한테 어떤 위협도 되지 않아. 해충이나 마찬가지지. 성가시게 구는."

"그럼 왜 손을 풀어주지 않지?"

세바스찬이 얼어붙은 듯이 꼼짝 않고 그를 뚫어지게 쳐다보았다. 그 모습이 제이스는 조각상 같다고 생각했다. 오래전에 죽은 어느 왕자의 조각상. 이른 나이에 죽은, 버릇없이 자란 누군가의 조각상. 그리고 그것이 바로 세바스찬과 발렌타인의 다른 점이었다. 둘 다 차갑고 깎아놓은 것 같은 외모를 지녔지만 세바스찬은 어딘가 망가진 듯한, 내면의 뭔가가 훼손된 듯한 분위기를 띠었다.

"난 바보가 아니야. 어떤 미끼를 던져도 물지 않아. 널 살려놓은 이유는 오로지 악마들을 보여주기 위해서야. 이제 넌 죽을 테지만, 죽고 나서 네 천사 조상들에게 돌아가면 이렇게 전해. 이 세상에는 더 이상 그들을 위한 자리가 없다고. 그들은 클레이브에게 실망을 안겨줬고 클레이브는 그들이 필요하지 않다고. 우리한테는 이제 발렌타인이 있으니까."

"신한테 네 메시지를 전하기 위해 날 죽이는 거라고?" 제이스가 머리를 흔들었다. 검의 끝이 목을 긁었다. "생각했던 것보다 더 제정신이 아니군."

세바스찬은 그저 웃는 얼굴로 검을 약간 더 밀어 넣었다. 제이스가 마른침을 삼키자 숨구멍 안으로 살짝 들어온 칼끝이 느껴졌다. "진짜 기도를 할 생각이라면 지금 해, 동생."

"기도할 건 없어. 남길 메시지는 있어도. 아버지한테 말이야. 대신 좀 전해주겠어?"

"물론이지."

세바스찬이 부드럽게 말했지만, 제이스는 그의 어조에서, 말하기 전의 짧은 망설임에서, 자신의 생각이 맞다는 것을 확인했다.

"거짓말. 넌 발렌타인에게 전하지 않을 거야. 네가 한 짓을 말하지 않을 거거든. 발렌타인은 날 죽이라고 하지 않았고, 네가 날 죽인 걸 알면 기뻐하지 않을 테니까."

"웃기지 마. 발렌타인한테 넌 아무것도 아니야."

"여기서 지금 날 죽여도 발렌타인이 영원히 모를 거라고 생각하나 보지? 물론 발렌타인한테는 내가 전투에서 죽었다고 말할 수도 있겠지. 아니면 그가 그렇게 추측할 수도 있고. 하지만 끝까지 모를 거라고 생각한다면, 틀렸어. 발렌타인은 언제나 아니까."

"넌 아무것도 모르면서 지껄이는 거야." 세바스찬은 그렇게 말했지만 얼굴이 굳어졌다.

제이스는 이 기회를 최대한 활용하기 위해 계속 말을 이었다. "네가 한 짓을 숨길 순 없어. 목격자가 있으니까."

"목격자?" 세바스찬의 얼굴에 놀라움에 가까운 빛이 떠올랐다. 상당한 성과였다. "무슨 소릴 하는 거야?"

"저 까마귀. 어둠 속에서 지켜보고 있잖아. 그에게 모두 말할걸."

"후긴?" 세바스찬의 시선이 위로 휙 움직였다. 새의 모습은 어디에도 보이지 않았지만 제이스를 다시 내려다보는 그의 얼굴에는 짙은 의혹이 깔렸다.

"내가 묶여 있을 때 죽였다는 사실을 알면 발렌타인은 널 아주 혐오스럽게 생각할 거야." 제이스는 아버지의 억양처럼 나지막하게 떨어지는 자신의 목소리를 들었다. 원하는 것이 있을 때면 아버지는 나지막하고 설득력 있는 목소리로 말하곤 했다. "겁쟁이라고 할 거라고. 절대로 용서하지 않을걸."

세바스찬은 아무 말도 하지 않았다. 입술을 비틀며 부릅뜬 눈으로 제이스를 내려다보기만 했다. 증오가 눈 안에서 독처럼 부글부글 끓었다.

"날 풀어줘." 제이스가 조용하게 말했다. "풀어주고 나와 싸워. 그 길밖에 없어."

세바스찬이 다시 입술을 비틀었다. 이번에는 제이스도 너무 나갔나 싶었다. 세바스찬이 검을 위로 들어 올렸고, 검 위에서 달빛이 폭발하듯 수많은 조각으로 부서졌다. 별과 같은 은빛, 그의 머리카락과 같은 은빛으로 반짝였다. 세바스찬이 이를 드러내 보였다. 그리고 검을 크게 휘두르는 순간, 비명처럼 쐥하는 소리가 밤의 공기를 갈랐다.

클라리는 스텔레를 손에 쥔 채 전당의 연단 계단에 앉아 있었다. 지금처럼 세상에 오직 자기 혼자뿐이라고 느낀 적도 없었다. 전당 안은 텅비어 있었다. 말 그대로 한 사람도 남지 않았다. 전사들이 모두 포털을 통과한 후 이사벨을 찾아 사방을 돌아다녔지만 어디로 갔는지 통 보이지 않았다. 알린은 이사벨이 펜할로우 저택에 있을지도 모른다고 했다. 다른 10대 몇 명과 함께 거기서 열 명이 넘는 어린아이들을 돌보기로 되어 있다고. 클라리에게도 같이 가자고 했지만 클라리는 그녀의 제안을 거절했다. 알지도 못하는 사람들과 함께 있느니 혼자 있는 편이 나았다. 아니, 그럴 거라고 생각했다. 하지만 여기 이렇게 앉아 있자니, 정적과 공허감이 걷잡을 수 없이 커져갔다. 그래도 클라리는 움직이지 않았다. 제이스 생각을, 사이먼 생각을, 조슬린이나 루크, 알렉 생각을 하지 않으려고 기를 썼다. 그녀가 발견한 방법은 바닥의 대리석판 하나를 뚫어져라 쳐다보며 금이 몇 개인지 세는 것이었다. 반복하고 또 반복해서.

세어보니 금은 모두 여섯 개였다. 하나, 둘, 셋, 넷, 다섯, 여섯. 그러고 나면 처음부터 다시 세어나갔다. 하나, 둘······.

갑자기 머리 위에서 하늘이 폭발했다. 적어도 소리만큼은 그렇게 들렸다. 클라리는 고개를 뒤로 젖혀 투명한 전당 지붕으로 밖을 내다보았다. 방금 전까지만 해도 어둡던 하늘에 불꽃과 어둠이 한 덩어리가 되어 칙칙한 오렌지 빛깔로 소용돌이쳤다. 그 빛을 배경으로 '그것들'이 움직였다. 눈뜨고 볼 수 없이 흉측한 것들, 시야를 가려주는 어둠이 고마울 정도로 흉물스러운 것들이었다.

악마들이 떼를 지어 지나가자 그 엄청난 열기에 투명한 천창이 휘어지듯 구부러졌다. 마침내 총성 같은 소리와 함께 유리에 거대한 금이 생기고 잔금이 거미줄처럼 퍼져나갔다. 눈물처럼 후드득 유리 조각이 쏟아져 내리자, 클라리는 고개를 움츠리며 손으로 머리를 감쌌다.

그들이 전장에 거의 다다랐을 무렵, 밤을 찢는 소음이 날아들었다. 방금 전까지 숲은 고요한 어둠에 잠겨 있었지만, 이제는 무시무시한 오렌지 빛깔로 하늘이 환해졌다. 깜짝 놀라 비틀거리다 넘어질 뻔한 사이먼은 나무줄기를 껴안고 겨우 몸을 가눈 뒤 하늘을 올려다보았다. 그는 도저히 자신의 눈을 믿을 수가 없었다. 주변의 다른 뱀파이어들도 모두 하늘을 쳐다보고 있었다. 밤에 피는 꽃이 달빛을 받으려고 고개를 쳐든 것처럼. 하얀 얼굴들이 하늘을 향해 있는 동안, 악몽이 끝없이 이어지며 쏜살같이 하늘을 가로질렀다.

"자꾸 기절하네." 세바스찬이 말했다. "지루해 죽겠어."

제이스가 눈을 떴다. 머리가 쪼개질 듯이 아팠다. 얼굴로 손을 가져가다 더 이상 손이 뒤로 묶여 있지 않다는 사실을 깨달았다. 손목에는 밧줄이 매달려 있었고, 얼굴에서 손을 떼어 들어보니 검게 물들어 있었다. 달빛 아래 피의 색이 검게 보였다.

그들은 이제 동굴 안에 있지 않았다. 제이스는 부드러운 흙과 풀 위에 누워 있었다. 골짜기 아래 있는 돌로 지은 집에서 멀지 않은 곳이었다. 시냇물이 흐르는 소리가 가까이에서 들려왔다. 머리 위에서 엉킨 나뭇가지들이 달빛을 얼마간 차단했지만 여전히 주변은 꽤나 밝았다.

"일어나! 5초 안에 안 일어나면, 그 자리에서 죽일 거야." 세바스찬이 외쳤다.

제이스는 최대한 느린 속도로 일어났다. 아직도 머리가 약간 어지러웠다. 중심을 잡으려 안간힘을 쓰며 안정감을 더하기 위해 부츠의 굽을 부드러운 흙 속으로 찔러 넣었다. "왜 날 이리로 데려온 거지?"

"두 가지 이유에서지. 하나는 내가 널 때려눕히는 걸 즐겼기 때문이고, 다른 하나는 그 동굴 바닥에 피를 뿌리는 건 너나 나나 좋을 게 없기 때문이야. 난 네 피를 아주 많이 뿌릴 생각이거든."

제이스가 허리띠를 더듬었다. 그러고는 가슴이 철렁 내려앉았다. 세바스찬이 그를 밖으로 끌고 나오는 동안 허리띠에서 무기가 빠졌거나, 아니면 세바스찬이 모두 빼버린 모양이었다. 물론 후자일 가능성이 훨씬 높지만. 이제 남은 무기라곤 세바스찬의 검과는 비교도 안 될 만큼 짧은 단검 한 자루뿐이었다.

"대단한 무기는 아니지, 그거." 세바스찬이 씩 웃어 보였다. 어둠을 밝히는 환한 달빛 아래 하얀 이가 드러났다.

"이걸론 싸울 수 없어." 제이스는 최대한 긴장되고 떨리는 목소리를 내려고 애썼다.

"저런." 세바스찬이 싱글거리며 제이스에게 가까이 다가왔다. 검을 느슨하게 쥐고 과장되게 관심 없는 태도를 취하며 손가락 끝으로 검 자루를 가볍게 두드렸다. 제이스는 지금이 자신에게 주어진 단 한 번의 기회라 생각하고, 팔을 힘껏 당겼다가 온 힘을 실어 세바스찬의 얼굴을 향해 날렸다.

관절의 뼈가 으스러지는 소리가 났다. 일격을 당한 세바스찬이 벌렁 나가떨어졌다. 그가 뒷걸음질 치며 놓친 검을 제이스가 받았고, 다음 순간 제이스는 검을 쥔 채 세바스찬을 내려다보고 있었다. 세바스찬의 코에서 선홍색 핏줄기가 흘러내렸다. 그가 손을 들어 셔츠 깃을 잡아당겨 창백한 목을 드러냈다. "자, 어서 해. 어서 죽이라고."

제이스는 망설였다. 망설이고 싶지 않았지만 어쩔 수가 없었다. 무기력하게 땅에 누운 사람을 죽이는 것은 내키지 않았다. 그는 렌윅에서 자신을 조롱하던 발렌타인을 떠올렸다. 아버지를 죽일 테면 죽여 보라며 비웃었지만 제이스는 결국 그를 죽이지 못했다. 하지만 세바스찬은 살인자였다. 그는 맥스를 죽였고 호지를 죽였다.

제이스가 검을 들어 올렸다. 그리고 세바스찬이 바닥에서 일어났다. 눈으로 좇지 못할 만큼 빠른 속도였다. 훌쩍 날아오른 그는 우아하게 공중제비를 돌더니 몇 발자국 떨어지지 않은 잔디 위로 기품 있게 착지했다. 그러면서 제이스의 손을 걷어찼고, 그의 손에서 벗어난 검은 빙글빙글 돌며 날아갔다. 세바스찬은 깔깔거리며 번개처럼 검을 잡아 제이스의 심장을 향해 휘둘렀다. 제이스가 뒤로 펄쩍 뛰었고, 검이 코앞에서 공기를 가르며 셔츠 앞자락을 베었다. 따끔한 통증이 일면서 얕게 베인 상처에 피가 고이는 것을 느꼈다.

세바스찬이 킥킥대며 제이스 쪽으로 다가왔다. 뒷걸음질을 치던 제이스는 단검이라도 뽑으려고 허리띠를 더듬거렸다. 막대건 뭐건 무기로 사용할 것이 없나 절박한 심정으로 주변을 둘러보았다. 잔디와 시내, 그리고 녹색 그물처럼 두꺼운 가지를 뻗은 나무들을 빼고는 아무것도 없었다. 그 순간 제이스의 머릿속에 심문관이 그를 가뒀던 말라기 배열이 떠올랐다. 공중으로 뛰어오르는 것은 세바스찬만이 할 수 있는 것이 아니었다.

세바스찬이 다시 그를 향해 검을 휘둘렀지만 제이스는 이미 뛰어오르고 없었다. 그는 위를 향해 곧장 뛰어올랐다. 제일 낮은 나뭇가지가 땅에서 6미터 높이에 있었다. 그 가지에 매달린 제이스는 몸을 흔들어 위로 올라갔다. 가지 위에 무릎을 꿇고 세바스찬을 내려다보자 그가 빙글 돌아 위를 올려다보았다. 제이스가 힘차게 단검을 날리자 세바스찬의 고함 소리가 들려왔다. 제이스는 숨을 헐떡이며 몸을 바로 세웠고…….

세바스찬이 어느새 제이스의 옆에 서 있었다. 세바스찬의 창백한 얼굴이 분노로 붉게 달아올랐고 오른팔에서는 피가 흘렀다. 검을 풀 위에 떨어뜨린 모양이지만, 제이스도 단검을 날렸으니 나을 것이 없었다. 하지만 세바스찬의 화난 모습을 처음으로 보게 된 것은 꽤나 만족스러웠다. 그는 길을 잘 들인 애완동물에게 물리기라도 한 것처럼 화가 나고 놀란 얼굴이었다.

"그동안 재밌었어." 세바스찬이 말했다. "하지만 이젠 끝났어."

그가 제이스에게 몸을 날려 허리를 껴안고 나무 아래로 떨어졌다. 둘은 서로를 꽉 움켜잡은 채 6미터 아래로 떨어져 땅에 세게 부딪혔다. 어찌나 세게 박았는지 눈앞에서 별이 번쩍이는 것 같았다. 제이스는 세바스찬의 다친 팔을 잡아 상처 안으로 손가락을 쑤셔 넣었다. 세바스찬이 비명을 지르며 손등으로 제이스의 얼굴을 후려쳤다. 입안에 피가 가득 고이는 바람에 둘이 엉겨서 흙 위를 구르는 동안 제이스는 숨이 막혔다.

갑자기 얼음 같은 냉기가 느껴졌다. 경사면을 구르다가 시내로 떨어지자 몸의 반이 물에 잠긴 것이다. 세바스찬이 숨을 헐떡이는 소리를 듣고 제이스는 그에게 달려들어 목을 움켜쥐었다. 그리고 손아귀에 힘을 주어 목을 조였다. 세바스찬이 컥컥거리며 제이스의 오른쪽 손목을 잡아 뒤로 확 당겼다. 뼈가 부러지는 느낌과 함께 제이스는 멀리서 자신의 비명 소리를 들었다. 세바스찬이 그 틈을 이용해 부러진 손목을 무자비하게 비틀었다. 제이스가 그의 목을 놓으며 차가운 진흙탕으로 넘어졌다. 그의 팔이 고통으로 울부짖었다.

세바스찬이 제이스의 가슴 위에 올라앉았다. 한쪽 무릎이 갈비뼈 아래로 깊숙이 파고들었다. 그가 제이스를 내려다보며 싱긋 웃었다. 진흙과 피로 얼룩진 가면 같은 얼굴에서 그의 눈이 반짝거렸다. 그의 오른손에서 뭔가가 번쩍거렸다. 바로 제이스의 단검이었다. 땅에서 주운 모양이었다. 칼끝이 제이스의 심장 위에 놓였다.

"결국 5분 전과 똑같은 자세로 돌아왔군. 넌 기회를 놓쳤어, 웨이랜드. 마지막으로 남길 말은?"

제이스가 그를 물끄러미 올려다보았다. 입에서 피가 줄줄 흘렀고 눈은 땀으로 따가웠지만 제이스는 오로지 엄청난 피로감만 느낄 뿐이었다. 정말로 이렇게 죽게 되는 건가?

"웨이랜드? 너도 알다시피 그건 내 이름이 아니야."

"넌 그 이름만큼이나 모겐스턴이란 이름에도 권리가 없어." 세바스찬이 몸을 기울여 단검에 무게를 실었다. 검의 끝이 살갗을 뚫으며 강렬한 통증이 전신에 전해졌다. 세바스찬이 그의 코앞까지 얼굴을 들이밀고 쉿소리로 속삭였다. "정말 네가 발렌타인의 아들이라고 생각한 거야? 너처럼 투덜대기나 하고 한심한 인간이 정말로 모겐스턴 가의 일원이자 이 몸의 동생이 될 자격이 있다고 생각하느냐고." 그가 고개를 흔들어 하얀 머리카락을 뒤로 넘겼다. 머리카락은 땀과 물에 젖어 축 늘어졌다.

"넌 바뀐 아이일 뿐이야. 아버지가 시체를 가르고 꺼내어 실험물로 삼은 아이. 아버지는 널 발렌타인의 아들로 키우려 했지만 넌 너무 약해서 그다지 쓸모가 없었어. 전사도 될 수 없었지. 그저 하찮고 쓸모없는 인간이었어. 그래서 라이트우드 부부에게 떠넘긴 거야. 나중에 미끼로라도 쓸 수 있길 기대하면서. 발렌타인은 한 번도 널 사랑한 적이 없어."

제이스가 쓰라린 눈을 깜빡거렸다. "그럼 넌……."

"난 발렌타인의 아들이지. 조너선 크리스토퍼 모겐스턴. 넌 그 이름에 어떤 권리도 없어. 그저 유령일 뿐이지. 가짜." 세바스찬의 까만 눈이 죽은 벌레의 껍질처럼 반들거렸다. 불현듯 제이스의 귀에 조슬린의 목소리가 꿈결처럼 들려왔다. '조너선은 더 이상 아기가 아니에요. 심지어 인간도 아니라고요. 그 아인 괴물이에요.'

"그게 너로군." 제이스는 숨이 막혔다. "악마의 피를 지닌 건 내가 아니라 너야."

"맞았어." 제이스의 살 속으로 단검이 조금 더 들어갔다. 세바스찬은 여전히 싱글거리고 있었지만 그 미소는 해골처럼 일그러져 있었다. "넌 천사 소년이지. 난 어쩔 수 없이 너에 대해 모두 들어야 했어. 그 천사처럼 예쁜 얼굴이며 아름다운 태도, 여린 감정까지도. 넌 새 하나 죽었다고 울음을 터트렸다지. 그러니 발렌타인이 널 수치스럽게 여기지."

"아니." 제이스는 입안의 피도, 온몸을 꿰뚫는 통증도 모두 잊었다. "발렌타인이 수치스럽게 여기는 건 너야. 발렌타인이 널 호수로 데려가지 않은 이유가 정말 자정까지 네가 여기서 기다렸다가 그 문을 열어야 하기 때문이라고 생각해? 네가 그때까지 기다리지 않으리란 걸 그가 설마 몰랐을 거라고 생각하느냐고. 발렌타인이 널 데려가지 않은 이유는 천사 앞에 내세우기가 수치스럽기 때문이야. 자기가 한 짓이 수치스러운 거지. 자기가 만든 걸 보여주기가, 천사에게 널 보여주기가 말이야." 제이스가 세바스찬을 올려다보았다. 자신의 눈에 끔찍하고도 의기양양한 동정의 빛이 이글거리는 것이 느껴졌다. "발렌타인은 네게 인간적인 면이 전혀 없다는 걸 알아. 그는 널 사랑할지 모르지만, 증오하기도 해."

"입 닥쳐!" 세바스찬이 단검을 찔러 넣고 자루를 비틀었다. 제이스의 몸이 활처럼 뒤로 휘며 입에서 비명이 터졌고 눈 뒤에서 극도의 고통이 번개처럼 폭발했다. 정말로 죽을 거라는 생각이, 이제는 모두 끝이라는 생각이 머리를 스쳤다. 단검이 이미 심장이 꿰뚫었는지 움직일 수도, 숨을 쉴 수도 없었다. 그는 핀으로 고정된 나비의 심정을 알 것 같았다. 말을 하려고 기를 썼지만, 하나의 이름을 부르려고 기를 썼지만, 입 밖으로 흘러나오는 건 오직 피뿐이었다.

그러나 세바스찬은 제이스의 눈빛을 읽은 듯했다. "클라리. 잊을 뻔했군. 그 애를 사랑하지? 친동생을 여자로 사랑한 그 고약한 충동 때문에 아주 죽을 맛이었을 거야, 그렇지? 걔가 네 친동생이 아니란 사실을 몰랐다니 정말 안됐네. 네가 이렇게 멍청이가 아니었으면 걔랑 평생을 함께할 수도 있었을 텐데." 그러고는 몸을 수그리며 칼을 더욱 세게 밀어 넣었다. 칼날이 제이스의 뼈를 긁었다. 세바스찬이 제이스의 귓가에 나지막이 속삭였다.

"걔도 널 사랑했어. 죽어가는 동안 기억해."

사진 위로 염료가 쏟아지며 이미지를 지우듯이 시야 끝에서부터 어둠이 밀려들었다. 갑자기 모든 고통이 사라지며 아무런 느낌이 없었다. 몸 위에 올라앉은 세바스찬의 무게도 전혀 느껴지지 않았다. 어둠을 배경으로 세바스찬의 얼굴이 하얗게 떠 있었다. 그가 단검을 들어 올렸다. 손목에서 밝은 금빛이 반짝거렸다. 팔찌를 낀 것처럼 보였지만 움직이는 것을 보니 팔찌는 아니었다. 세바스찬도 자기 손목을 보더니 깜짝 놀랐다. 느슨해진 손에서 단검이 떨어져 진흙 바닥에 푹 소리를 내며 박혔다. 그러더니 손이 손목에서 떨어져 나와 그 옆으로 툭 떨어졌다.

제이스는 세바스찬의 잘린 손이 바닥에 튕겨 검은색 롱부츠에 부딪혀 멈추는 모습을 경탄스러운 눈으로 바라보았다. 부츠 위로 우아한 다리가 뻗어 있고 그 위로 늘씬한 몸이, 그리고 그 위로는 검은 머리를 길게 늘인 낯익은 얼굴이 이어졌다. 제이스가 눈을 들어 이사벨을 보았다. 그녀는 피에 흠뻑 젖은 채찍을 들고 세바스찬에게 시선을 고정했다. 세바스찬은 입을 떡 벌린 채 피에 젖어 그루터기만 남은 자신의 손목을 쳐다보고 있었다.

이사벨이 냉혹하게 웃어 보였다. "그건 맥스의 몫이야, 이 비열한 자식아!"

"나쁜 년." 세바스찬이 쉿소리를 냈다. 그러고는 튕기듯이 일어섰다. 이사벨의 채찍이 다시 엄청난 속도로 날아갔지만, 세바스찬은 옆으로 몸을 피하더니 어느새 모습을 감춰버렸다. 바스락거리는 소리가 들려온 걸로 보아 숲으로 사라진 것이 틀림없었지만, 제이스는 고통이 너무 심해 머리를 돌려 쳐다볼 수도 없었다.

"제이스!" 이사벨이 그의 곁에 주저앉았다. 왼손에서 스텔레가 빛을 받아 반짝였고 그녀의 눈은 눈물로 반짝였다. 제이스는 이사벨의 표정을 보고서야 자신의 몰골이 말이 아니라는 것을 깨달았다.

"이사벨." 제이스가 말을 하려고 애썼다. 아무리 이사벨이 용감하고 재능이 있어도 무조건 달아나야 한다고 말하려 했다. 세바스찬에게는 상대가 되지 않았다. 손 하나를 자른 것으로는 그를 막을 수 없었다. 그러나 제이스의 입에서는 그르렁거리는 소리만 흘러나올 뿐이었다.

"말하지 마." 제이스의 가슴 위로 뜨거워진 스텔레 끝이 와 닿는 것이 느껴졌다. "괜찮아질 거야." 이사벨이 웃으면서 내려다보았다. 그녀의 몸이 가늘게 떨렸다. "내가 지금 왜 여기 와 있는지 궁금하겠지. 세바스찬이 얼마나 말했고 네가 얼마나 알고 있는진 모르겠지만 넌 발렌타인의 아들이 아니야, 제이스." 이라체는 거의 끝나가고 있었고, 벌써부터 통증이 희미해지기 시작했다. 제이스는 자신도 안다는 뜻으로 고개를 살짝 끄덕였다.

"네가 떠난 걸 알았을 때 처음엔 찾을 생각이 없었어. 네가 쪽지에 그렇게 써놓았고, 네 뜻은 나도 충분히 이해가 됐으니까. 하지만 무슨 일이 있어도 네 몸속에 악마의 피가 흐른다고 생각한 채 죽게 내버려둘 수는 없었어. 너한테는 아무것도 잘못된 게 없다는 걸 말해주기 전에는 널 죽게 내버려둘 수가 없었다고. 그리고 정말이지 애초부터 어떻게 그런 바보 같은 생각을 할 수 있는지……." 손이 움찔하자 이사벨은 룬을 망치지 않으려고 그대로 멈추었다.

"그리고 클라리가 네 동생이 아니란 사실도 분명히 알아야 했고." 이사벨이 더욱 다정한 목소리로 말했다. "왜냐하면…… 아무튼 그래야만 했어. 그래서 매그너스에게 널 추적하게 도와달라고 했지. 맥스한테 줬던 장난감 병정을 이용해서. 보통 때 같았으면 안 해줬겠지만 매그너스가 그 어느 때보다도 기분이 좋았거든. 그가 도와주길 알렉도 바라고 있다고 내가 슬그머니 귀띔하기도 했고. 엄밀히 따지면 사실이 아니지만, 매그너스가 그걸 알기까진 시간이 걸릴 테니까. 네가 어디 있는지 알아내고 나서는, 뭐 매그너스가 이미 포털을 열어놓았으니 간단했지. 내가 슬그머니 기어드는 거 하나는 끝내……."

이사벨이 비명을 질렀다. 제이스가 팔을 뻗었지만 이사벨은 이미 번쩍 들려 옆으로 날아가고 있었다. 그녀의 손에서 채찍이 떨어졌다. 이사벨이 황급히 몸을 일으켰지만 세바스찬은 이미 그녀 앞에 와 있었다. 그의 눈이 분노로 이글거렸다. 손목에는 피에 젖은 천이 묶여 있었다. 이사벨이 채찍을 집으려고 뛰었지만 세바스찬이 더 빨랐다. 그가 빙글 돌아 이사벨을 사정없이 걷어찼고 그의 부츠가 그녀의 늑골을 강타했다. 제이스의 귀에 갈비뼈가 부러지는 소리가 들리는 것 같았다. 이사벨이 뒤로 날아가 나동그라졌다. 세바스찬이 다시 한 번 걷어차는 순간, 아무리 고통스러워도 비명을 지르는 법이 없는 이사벨의 비명 소리가 제이스의 귀로 날아들었다. 세바스찬은 이사벨의 채찍을 집어 들고 휘두르기 시작했다.

제이스가 몸을 옆으로 굴렸다. 완성 직전이던 이라체가 도움이 되었지만 가슴의 상처는 여전히 고통스러웠다. 남의 일처럼 멀게 느껴지긴 해도 피를 토한다는 것은 폐가 뚫렸다는 뜻이었다. 남은 시간이 얼마나 될지 장담할 수 없었다. 길어야 몇 분 정도가 아닐까. 제이스는 손을 더듬거려 세바스찬이 떨어뜨린 단검을 찾았다. 잘린 손 옆에 떨어져 있던 단검을 쥐고 제이스가 비틀거리며 일어섰다. 사방에서 피 냄새가 진동하자 매그너스가 꿈에서 보았다던 장면이 떠올랐다. 세상이 피바다로 변했다는 꿈. 제이스는 미끈거리는 손으로 단검 자루를 꽉 움켜쥐었다.

한 걸음 앞으로 나아갔다. 그리고 또 한 걸음. 시멘트 속을 걷는 느낌이었다. 이사벨이 소리를 지르며 욕설을 내뱉었다. 세바스찬은 그녀의 몸을 채찍으로 내리치곤 깔깔거리며 웃었다. 이사벨의 비명 소리가 제이스를 앞으로 끌어당겼다. 낚싯바늘에 꿰인 물고기처럼 제이스가 그들 쪽으로 다가갔다. 그러나 그가 다가가는 동안 소리는 점점 희미해졌다. 놀이 기구처럼 세상이 빙글빙글 돌았다.

한 걸음 더. 제이스가 스스로를 재촉했다. 한 걸음 더. 세바스찬은 그에게 등을 보인 채 이사벨에게만 집중해 있었다. 제이스는 이미 죽었다고 생각할 것이다. 사실 거의 죽은 거나 다름없지만. 한 걸음 더. 제이스는 자신을 재촉했지만 한 걸음도 더 뗄 수가 없었다. 도저히 한 발을 끌어당겨 앞으로 옮겨놓을 수가 없었다. 시야 가장자리로 어둠이 밀려들었다. 잠의 어둠보다 깊은 어둠. 그가 보아온 모든 것을 지우며 완벽한 안식을 가져다줄 어둠. 평화로운 안식.

그러다 불현듯 클라리가 떠올랐다. 마지막으로 보았을 때 클라리는 잠이 들어 있었다. 베개 위로 머리카락을 흩뜨린 채 한 손으로 뺨을 받치고서. 제이스는 그때껏 살면서 그토록 평화로운 모습을 본 적이 없었다. 물론 클라리는 사람이면 누구나 그렇듯이 잠들어 있는 것뿐이었다. 제이스가 놀란 것은 클라리에게서 느껴지는 평화가 아니었다. 자신이 느끼는 평화였다. 그녀와 함께 있음으로써 느껴지는 평화. 그것은 그가 아는 어떤 것과도 견줄 수가 없었다.

등뼈를 타고 통증이 솟구쳤다. 제이스는 다리가 자신의 의지와 상관없이 움직여 결정적인 마지막 한 걸음을 내딛은 것을 알고 깜짝 놀랐다. 세바스찬이 팔을 뒤로 당기자 손 안에서 채찍이 반짝거렸다. 넝마처럼 구겨진 채 풀 위에 누운 이사벨은 더 이상 비명을 지르지도 움직이지도 않았다. "콩알만 한 라이트우드 계집애. 확실히 숨통을 끊어놓을 때까지 그 망치로 네 얼굴을 후려쳤어야 하는 건데 말이야."

제이스가 손을 높이 들어 세바스찬의 등에 단검을 박아 넣었다. 세바스찬이 비틀비틀 앞으로 걸어갔다. 손에서 채찍이 툭 떨어졌다. 그가 천천히 돌아서 제이스를 보았다. 제이스는 어렴풋한 공포를 느끼며 어쩌면 세바스찬은 정말로 인간이 아닐지도 모른다고 생각했다. 결국 그를 죽이는 일은 불가능할지도 모른다고.

갑자기 세바스찬의 얼굴이 멍해졌다. 적의가 사라지고 눈에서 어둠의 불꽃이 사라졌다. 더는 발렌타인과 닮아 보이지도 않았다. 그는 겁을 먹은 것처럼 보였다. 세바스찬이 제이스에게 뭔가 말하려는 듯이 입을 벌렸지만, 그의 무릎은 이미 꺾이고 있었다. 세바스찬이 땅으로 쓰러지자 그 힘에 밀려 그의 몸이 경사면을 굴렀고 시내에 빠졌다. 등을 아래로 향한 채 멈춘 세바스찬의 텅 빈 눈이 하늘을 응시했다. 그 주변으로 물이 흘러 거무스름한 핏줄기를 하류로 실어 보냈다.

'발렌타인은 사람의 등에 칼을 꽂을 때 심장과 척추를 한꺼번에 꿰뚫을 수 있는 자리가 어딘지 알려줬지.' 세바스찬은 그렇게 말했다. 그리고 제이스는 생각했다. '그해 우린 같은 생일 선물을 받았나 보네. 그렇지, 형?'

"제이스!" 얼굴이 피투성이가 된 이사벨이 일어나 앉으려고 안간힘을 쓰고 있었다. "제이스!"

제이스는 이사벨에게 돌아서려고 했다. 돌아서서 뭔가를 말하려 했지만 말은 사라지고 없었다. 제이스가 스르륵 무너지며 무릎을 꿇었다. 묵직한 무게가 어깨를 내리눌렀다. 땅이 그를 부르고 있었다. 아래로, 아래로, 아래로. 이사벨이 목이 터져라 그의 이름을 부르는 소리를 희미하게 들으며 제이스는 깜깜한 암흑 속에 휩쓸렸다.

사이먼은 수많은 전투를 치른 베테랑이었다. 그러니까 〈던전 앤드 드래곤〉 게임에서 치른 전투까지 헤아린다면 말이다. 그의 친구 에릭은 군대 역사에 광적으로 빠져 있었고, 게임에서 전쟁 계획을 짜는 일은 보통 사이먼의 몫이었다. 종이에 그린 평평한 지형 위로 작은 모형 수십 개를 일렬로 움직이면서. 사이먼이 생각하는 전쟁이란 그런 것이었다. 영화 속에서도 마찬가지다. 두 편으로 나뉜 사람들이 평평하고 너른 땅에서 서로를 향해 진군하는 모습을 보여준다. 줄지어서 정연하게 이동하는 모습.

 이번 전쟁은 완전히 달랐다. 혼돈 그 자체였다. 전장은 아수라장이었다. 고함과 움직임이 가득했고, 피와 진흙이 뒤섞인 걸쭉한 반죽 같은 땅은 평탄과는 거리가 멀었다. 사이먼은 밤의 아이들이 전장에 들어서면 전투 책임자가 환영의 인사를 해주리라 상상했다. 그리고 전장에 직접 들어서기 전에 먼 거리에서 양편이 맞부딪히는 장면을 목격하게 되리라고 생각했다. 하지만 그 누구도 그들을 반갑게 맞아주지 않았고, 양편으로 나뉜 무리도 보이지 않았다. 전장은 어둠 속에서 불쑥 모습을 드러냈다. 마치 인적 없는 골목길을 거닐다가 시위가 한창인 타임스퀘어 한가운데로 잘못 들어선 듯한 기분이었다. 느닷없이 사람들이 밀려들어 그를 잡아당기고 이리저리 밀쳐댔다. 뱀파이어들은 사방으로 흩어지며 곧장 전투에 뛰어들었다. 사이먼을 잠깐이라도 돌아보는 이는 아무도 없었다.

 그리고 악마들이 있었다. 사방이 악마였다. 악마가 그런 소리를 내리라고는 상상도 하지 못했다. 비명을 지르고 우우거리고 으르렁거리는 소리도 끔찍하지만, 살이 뜯기고 찢기는 소리, 게걸스럽게 쩝쩝거리며 욕망을 채우는 소리는 더욱 끔찍했다. 사이먼은 뱀파이어 청력을 잠시만이라도 꺼둘 수 있다면 소원이 없을 것 같았다. 하지만 그것은 당연히 불가능했으므로, 귓속으로 파고드는 끔찍한 소리를 고스란히 듣는 수밖에 없었다.

 진흙 속에 묻힌 채 쓰러져 있는 누군가에게 발이 걸려 넘어질 뻔했을 때, 사이먼은 그를 도우려고 돌아섰다가 그것이 어깨 위로 잘린 섀도우헌터의 시신이라는 사실을 깨달았다. 거무스름한 땅 위에서 하얀 뼈가 어슴푸레 빛을 발하는 광경에 사이먼은 구역질이 왈칵 치솟았다. '피를 보고 역겨워하는 뱀파이어는 세상에 나 하나뿐일걸.' 그렇게 생각하는 순간 뭔가가 그의 등을 세게 들이받았고, 앞으로 쓰러진 사이먼은 진흙투성이 경사면을 미끄러져 구덩이에 처박혔다.

그곳에는 사이먼만 있는 것이 아니었다. 구덩이에서 몸을 굴려 돌아눕는 순간, 그의 앞으로 악마가 불쑥 나타났다. 중세 목판화에 등장하는 죽음의 이미지와 비슷하게 생긴 악마였다. 뼈만 남은 손으로 피 묻은 손도끼를 움켜쥔 살아 있는 해골. 사이먼은 옆으로 몸을 던져 떨어지는 도끼를 간신히 피했다. 도끼날은 사이먼의 얼굴에서 몇 센티미터 앞에 떨어졌다. 해골 악마는 약이 오른다는 듯이 쉭쉭거리며 다시 도끼를 들어 올렸다.

그러고는 옹이투성이인 나무 몽둥이로 옆구리를 세게 얻어맞았다. 뼈가 가득 담긴 피냐타(사탕이 가득 담긴 파티 장식으로, 공중에 매달고 막대로 두드려서 깨뜨린다—옮긴이)처럼 해골이 콰르르 무너져 내렸다. 캐스터네츠처럼 딱딱거리는 소리를 내며 산산조각이 난 악마는 어둠 속으로 사라졌다.

그 자리에는 섀도우 헌터 하나가 사이먼을 내려다보며 서 있었다. 키가 훤칠하고 턱수염을 기른 남자는 처음 보는 사람이었다. 그는 여기저기 피가 튄 상태로 사이먼을 바라보며 지저분한 손으로 이마를 훔쳤다.
"괜찮아요?"

어리벙벙한 상태로 고개를 끄덕인 사이먼이 허둥지둥 일어났다. "고마워요."

낯선 남자는 몸을 기울여 사이먼에게 손을 내밀었다. 사이먼이 그 손을 잡았고…… 곧 구덩이 밖으로 날아갔다. 낯선 남자가 죄 지은 사람처럼 쑥스럽게 웃었다. "미안해요. 내 파트너는 늑대인간인데, 아직 다운월드 사람의 힘에 익숙지가 않아요." 그가 사이먼의 얼굴을 흘깃 보았다. "당신은 뱀파이어죠?"

"어떻게 알아요?"

남자가 빙그레 웃었다. 피곤에 젖은 미소였지만 반감의 빛은 찾아볼 수 없었다. "송곳니요. 싸울 때는 밖으로 나오거든요. 어떻게 아느냐 하면……." 거기서 말이 뚝 끊겼다. 사이먼은 다음 말이 무엇인지를 알았다. '뱀파이어를 많이 죽여봤거든요.'

"아무튼 고마워요. 우릴 위해 싸워줘요."

"전……." 사이먼은 아직 본격적으로 싸움에 뛰어들지 못했노라고 말하려 했다. 아니면 그다지 한 일이 없다고 말하든가. 그러나 그의 입에서 딱 한마디가 흘러나온 순간, 날카로운 발톱과 너덜너덜한 날개를 단 믿을 수 없이 거대한 무언가가 하늘에서 쏜살처럼 날아 내려와 섀도우헌터의 등에 발톱을 박아 넣었다.

남자는 비명조차 지르지 못했다. 그의 머리가 뒤로 꺾였다. 깜짝 놀라서 자신을 잡은 게 뭔지 올려다보는 사람처럼. 그러고는 텅 빈 밤하늘로 획 들어 올려졌다. 커다랗게 날개를 치는 소리와 이빨이 맞부딪치는 소리가 들려왔다. 그의 곤봉이 사이먼의 발치로 툭 떨어졌.

사이먼은 움직이지 않았다. 이 모든 일이 구덩이에 떨어지고 나서 채 1분도 안 되는 사이에 벌어진 것이었다. 그가 멍한 기분으로 주변을 둘러보았다. 어둠 속을 날아다니는 검들, 발톱을 휘두르는 악마들, 나뭇잎 사이로 획획 날아다니는 반딧불처럼 이쪽저쪽으로 움직이는 불빛들. 불현듯 사이먼은 그 불빛들이 무엇인지를 깨달았다. 바로 환한 빛을 뿜어내는 천사의 검들이었다.

라이트우드도 펜할로우도 루크도 보이지 않았다. 아는 얼굴은 하나도 보이지 않았다. 사이먼은 섀도우 헌터가 아니었다. 그런데도 그 남자는 사이먼에게 고맙다고 했다. 싸워줘서 고맙다고. 하지만 그가 클라리에게 한 말은 사실이었다. 이건 그의 싸움이기도 했기에 그는 이곳에 있어야 했다. 조용하고 약간 괴짜에다 피를 무서워하던 인간 사이먼이 아니라, 그가 모르는 거나 다름없는 뱀파이어 사이먼 말이다.

진정한 뱀파이어는 자기가 죽은 것을 안다고 라파엘은 말했다. 하지만 사이먼은 자신이 죽은 것처럼 느껴지지가 않았다. 지금처럼 강렬하게 살아 있다고 느낀 적이 없었다. 그가 돌아서자 또 다른 악마가 그의 앞을 가로막았다. 도마뱀처럼 비늘이 덮이고 설치류의 이빨을 가진 놈이었다. 녀석이 길게 나온 까만 발톱을 사이먼에게 휘둘렀다.

사이먼이 펄쩍 뛰어올랐다. 놈의 거대한 몸에 매달려 손톱을 박아 넣자 비늘이 뜯겨 나왔다. 놈의 목에 송곳니를 박는 순간, 마크가 그려진 사이먼의 이마가 욱신거렸다. 피의 맛은 정말이지 끔찍했다.

이제 천장에서는 유리 조각이 떨어지지 않았다. 천장을 올려다보니 유성이 떨어진 것처럼 커다란 구멍이 뚫렸고, 구멍으로 찬 공기가 들이닥쳤다. 클라리는 몸을 떨며 일어나서는 옷에서 유리 가루를 털어냈다. 전당 안을 비추던 마법의 불이 꺼져 실내는 어두웠다. 열려 있는 문밖으로 희미해진 포털의 불빛만이 어슴푸레하게 보였다.

더 이상 이 안에 머무는 것이 안전하지 않을 듯했다. 펜할로우 저택으로 가서 알린과 함께 있는 것이 나아 보였다. 그렇게 생각하며 입구를 향해 걸어가려는데 대리석 바닥을 두드리는 발소리가 들려왔다. 심장이 쿵쿵 뛰는 것을 느끼며 돌아서니, 거미 다리처럼 가늘고 긴 그림자가 연단 쪽으로 성큼성큼 걸어오고 있었다. 맬러카이였다. 저자가 여기서 뭘 하고 있는 거지? 나머지 섀도우 헌터들과 함께 있어야 하는 거 아닌가?

연단에 다가온 그를 보고 클라리는 깜짝 놀라 손으로 입을 꽉 틀어막았다. 맬러카이의 어깨 위에 검고 구부정한 무언가가 앉아 있었다. 새였다. 정확히 말하면 까마귀.

휴고.

맬러카이가 연단 계단을 오르는 동안 클라리는 기둥 뒤로 몸을 숨겼다. 이쪽 저쪽을 흘끔거리는 태도가 어딘지 수상쩍었다. 그는 보는 눈이 없는지를 확인하고는 호주머니에 손을 넣어 작고 반짝이는 물건을 꺼내 손가락에 넣었다. 반지인가? 그가 다른 손으로 그걸 돌리는 순간 클라리는 인스티튜트 도서관에서 호지가 제이스의 손에서 반지를 빼던 장면이 떠올랐다.

맬러카이 앞의 공기가 아지랑이처럼 어른거렸다. 그리고 거기서 익숙한 목소리가 흘러나왔다. 서늘하고 세련된 목소리에 약간의 짜증이 묻어났다.

"뭐지, 맬러카이? 난 지금 잡담을 나눌 기분이 전혀 아니야."

"발렌타인이시여." 맬러카이의 어조에서는 평소의 적의를 조금도 찾아볼 수 없었다. 아부를 떨듯 비굴한 알랑거림만이 가득했다. "후긴이 막 소식을 갖고 왔습니다. 이미 거울에 도착하신 뒤여서 대신 저를 찾아온 모양입니다. 중요한 소식 같아서요."

발렌타인이 날카롭게 말했다. "좋아. 무슨 소식이지?"

"아드님에 관한 소식입니다. '다른' 아드님이요. 후긴이 동굴이 있는 골짜기에서 그를 추적했다고 합니다. 어쩌면 터널을 통해 호수까지 뒤따라갔을지도 모르겠습니다."

클라리가 손가락이 하애지도록 기둥을 꽉 움켜잡았다. 그들이 지금

하고 있는 이야기는 제이스에 관한 것이었다.

발렌타인이 나지막이 신음을 토했다.

"거기서 자기 형을 만났다던가?"

"둘이 싸우는 걸 보고 왔답니다."

클라리는 가슴이 철렁 내려앉았다. 제이스가 세바스찬과 싸운다고? 클라리는 가드에서 세바스찬이 제이스를 인형처럼 가볍게 들어 올리던 모습을 떠올렸다. 극심한 공포가 몰려오며 한순간 귓속이 윙윙거렸다. 정신이 다시 돌아왔을 때는 발렌타인이 이미 대꾸를 하고 난 후였다.

"제가 걱정하는 건 마크를 받을 정도로 나이가 많지만 아직 전투에 나갈 자격은 얻지 못한 아이들입니다." 맬러카이가 말했다. "그들은 의회의 결정에 참여하지도 못했죠. 그러니 전투에 참여한 사람들과 똑같이 처벌하는 건 공정하지 못한 것 같습니다."

"나도 그 생각을 안 한 게 아니야." 발렌타인의 저음이 전당 안에 울렸다. "10대들은 마크가 아직 깊지 않아 추방자가 되기까지 시간이 걸리지. 적어도 며칠은 더 걸려. 그사이에 다시 되돌릴 수 있을 거야."

"죽음의 잔을 받아 마신 저희들은 아무런 영향을 받지 않겠죠?"

"지금 한가하게 노닥거릴 때가 아니야, 맬러카이. 내가 안전할 거라고 말하지 않았나. 난 이 일에 목숨을 걸었어. 그러니 믿음을 좀 가져."

맬러카이가 머리를 숙였다. "전 주인님을 굳게 믿고 있습니다. 수년간 그 믿음을 가슴에 지닌 채 묵묵히 섬겨왔죠."

"곧 그 대가를 받게 될 거다." 발렌타인이 대답했다.

맬러카이가 고개를 들었다. "주인님……."

하지만 공기는 더 이상 아른거리지 않았다. 발렌타인이 사라진 것이다. 맬러카이는 인상을 쓰며 연단 계단을 저벅저벅 내려와 입구로 향했다. 클라리는 그가 보지 못하기를 간절히 바라며 몸을 잔뜩 움츠리고 기둥에 바짝 붙어 있었다. 심장이 거세게 날뛰었다. 저게 다 무슨 소리지? 추방자 얘기는 또 뭐고? 마음 한구석에 대답 같은 것이 아른거리긴 했지만 자세히 살펴보기에는 너무나 끔찍한 것이었다. 아무리 발렌타인이라고 해도…….

그 순간 얼굴을 향해 거무스름한 뭔가가 날아들었다. 클라리가 눈앞으로 팔을 들어 눈을 가리는 찰나 그것이 손등을 확 할퀴었다. 까옥 하는 울음소리와 함께 날개가 손목을 마구 때렸다.

"후긴! 그만해!" 맬러카이의 날카로운 목소리가 날아들었다. "후긴!"

다시 까옥하는 소리가 들리고 뒤이어 쿵 하고 뭔가가 바닥에 떨어지더니 조용해졌다. 클라리가 팔을 내리자 영사의 발치에 꼼짝 않고 누운 까마귀가 보였다. 기절했거나 죽은 것 같았다. 맬러카이가 씩씩대며 무자비하게 까마귀를 발로 차버리고는 클라리를 노려보며 성큼성큼 다가왔다. 그는 피가 흐르는 손목을 잡아 그녀를 일으켜 세웠다.

"바보 같은 계집애. 거기서 얼마나 오래 엿들은 거야?"

"당신이 서클 멤버라는 걸 알 정도로 오래요." 클라리는 그렇게 내뱉으며 그의 손아귀에 잡힌 손목을 비틀었지만 그는 단단히 잡고 놓아주지 않았다. "당신은 발렌타인 편이에요."

"다른 편은 존재하지 않아." 맬러카이가 쳇소리를 내며 말했다. "클레이브는 어리석게도 잘못된 길을 가고 있어. 반은 인간이고 반은 괴물인 자들과 영합하다니. 내가 원하는 건 오로지 클레이브를 다시 깨끗하게 만드는 것뿐이야. 예전의 영광을 되찾는 거라고. 섀도우 헌터라면 누구라도 찬성할 목표라고 생각했지. 하지만 틀렸어. 그들은 너나 루션 그레이마크처럼 악마를 사랑하는 멍청이들 말을 들었지. 넌 네피림의 주요

인원을 전장으로 보내 이 터무니없는 전투에서 죽게 만들었어. 아무런 결실도 맺지 못할 무의미한 짓이지. 발렌타인은 이미 의식을 시작했을 거야. 곧 천사가 소환되고 네피림은 추방자가 되겠지. 발렌타인의 보호 아래 있는 자들을 빼고는……."

"그건 살인이에요. 발렌타인은 섀도우 헌터를 살해하는 거라고요!"

"살인이 아니야." 광신도의 열정이 깃든 영사의 목소리가 실내를 울렸다. "정화라고 해야지. 발렌타인은 새로운 섀도우 헌터 세상을 만들 거야. 나약함과 부패가 깨끗이 사라진 세상."

"나약하고 부패한 건 세상이 아니라 사람이에요. 그리고 그건 영원히 변하지 않아요. 세상에는 거기에 균형을 잡아줄 선한 사람들이 필요한 것뿐이에요. 그런데 당신들은 모두를 죽이려 하죠." 클라리가 쏘아붙였다.

한순간 진심으로 놀란 듯이 그가 클라리를 쳐다보았다. 그녀의 강한 어조에 놀란 모양이었다. "자기 아버지를 배신한 아이 입에서 나오는 말 치고는 그럴듯하구나." 맬러카이가 클라리의 손목을 난폭하게 잡아 앞으로 끌어당겼다. "내가 버르장머리를 좀 가르치면 발렌타인이 어떻게 나올지……."

그러나 버르장머리를 어떻게 가르칠지는 알 기회가 없었다. 날개를 활짝 펴고 날카로운 발톱을 내민 검은 그림자가 그들 사이로 총알처럼 날아왔기 때문이다. 까마귀가 맬러카이의 얼굴에 기다랗게 발톱 자국을 냈다. 맬러카이가 비명을 지르며 그녀를 놓고 팔을 쳐들었지만, 휴고는 다시 날아와 부리와 발톱으로 맹렬하게 그를 공격했다. 그는 팔을 크게 휘저으며 비틀비틀 뒷걸음질을 치다 기다란 의자 끝에 세게 부딪쳤다. 우당탕 소리를 내며 의자가 쓰러지고 균형을 잃은 맬러카이도 넘어지며 목이 졸린 듯한 비명을 내질렀지만, 그 비명은 금세 멈추었다.

유리의 도시 515

클라리는 맬러카이가 쓰러진 곳으로 달려갔다. 주변에 벌써 커다란 피 웅덩이가 생기기 시작했다. 하필 그는 천장에서 쏟아진 유리 더미 위로 쓰러져 뾰족한 유리에 목을 찔리고 말았다. 휴고는 아직도 공중을 빙빙 맴돌고 있었다. 맬러카이의 시신 위로 커다랗게 원을 그리며 승리에 찬 울음소리를 내는 걸 보니, 영사의 주먹질과 발길질이 달갑지 않았던 것이 분명했다. 발렌타인의 새를 공격하는 짓 따위는 하지 말았어야 한다고 클라리가 마음속으로 심술궂게 내뱉었다. 새는 주인만큼이나 너그럽지 못했다.

그러나 지금은 맬러카이 생각을 하고 있을 틈이 없었다. 호수 주변으로 보호막이 쳐져서 누구라도 포털을 열면 경보가 울린다고 알렉은 말했다. 발렌타인은 이미 그곳에 도착했을 것이다. 꾸물거리고 있을 시간이 없었다. 클라리는 까마귀에게서 눈을 떼지 않은 채 살살 뒤로 물러나서 전당 입구를 향해, 그리고 그 너머에서 희미한 빛을 내는 포털을 향해 전속력으로 달려갔다.

20
죄의 무게

물이 클라리의 얼굴을 강하게 때렸다. 그녀는 얼음처럼 차가운 어둠 속으로 가라앉고 있었다. 맨 처음 든 생각은 포털이 복구할 수 없을 정도로 희미해져서 이쪽과 저쪽의 중간 지대인 휘몰아치는 어둠 속에 갇혔다는 것이었다.

두 번째로 든 생각은 자신이 이미 죽었다는 것.

죽은 것 같은 기분이었지만 실은 몇 초간 기절했던 것뿐이었다. 얼음을 깨고 나오는 듯한 충격을 느끼며 클라리는 갑자기 정신을 차렸다. 그녀는 차갑고 축축한 땅 위에 누워 있었고 별이 가득한 하늘이 눈에 들어왔다. 하늘은 까만 표면에 은 조각을 흩뿌려놓은 것처럼 보였다. 입안에는 짭짤한 맛의 액체가 가득했다. 고개를 옆으로 돌려 액체를 뱉고 나니 다시 숨을 쉴 수가 있었다.

경련이 멈추자 클라리는 몸을 옆으로 굴렸다. 빛을 내는 희미한 띠로 양손이 한데 묶였고, 다리는 누군가 핀과 바늘로 마구 찔러대는 느낌이었다. 다리를 삐끗했거나, 물에 빠져 죽을 뻔한 후유증인지도 몰랐다. 말벌에게 쏘이기라도 한 것처럼 뒷목이 몹시도 따끔거렸다. 아픔을 참으며 몸을 일으켜 앉은 자세를 취하고 주변을 둘러보았다. 다리는 어색하게 앞으로 뻗은 채였다.

클라리는 린 호수 기슭에 앉아 있었다. 물이 끝나고 가루 같은 모래가 드러난 곳이었다. 뒤쪽에 우뚝 솟은 검은 암벽들은 루크와 이곳에 처음 도착했을 때 보았던 것이었다. 모래 자체는 어두운 빛이었지만 백운모로 반짝거렸다. 군데군데 마법의 불이 꽂혀 공기를 은빛으로 물들였고 수면 위로 은은한 줄무늬를 드리웠다.

몇 걸음 떨어진 곳에는 납작한 돌로 쌓아 올린 나지막한 탁자가 있었다. 돌과 돌 사이는 젖은 모래로 메웠지만 모서리 부분에 돌멩이들이 빠져나온 것이 급하게 만든 티가 역력했다. 탁자 위에 놓인 물건을 보는 순간 클라리는 숨이 멎는 것만 같았다. 죽음의 잔, 그리고 그 위에 놓인 죽음의 검. 죽음의 검은 마법의 불빛을 받아 검은색 불꽃처럼 보였다. 제단 주변의 모래 위에 검은 선으로 룬들이 새겨져 있었다. 클라리는 룬들을 뚫어져라 쳐다보았지만 마구 뒤섞여 무슨 의미인지 이해할 수가 없었다.

그림자 하나가 모래 위를 빠르게 가로질렀다. 깜박거리는 불빛 때문에 남자의 긴 그림자가 흔들거렸다. 클라리가 고개를 들었을 때 그 그림자는 이미 바로 앞까지 와서 그녀를 내려다보고 있었다.

발렌타인.

그의 모습에 어찌나 놀랐는지 오히려 충격이 느껴지지가 않았다. 클라리는 아무런 느낌 없이 아버지를 올려다보았다. 아버지의 얼굴이 밤하늘에 달처럼 떠 있었다. 근엄한 표정을 한 하얀 얼굴에 운석 구멍처럼 까만 눈이 박혀 있었다. 셔츠 위로 묶인 몇 개의 가죽 끈에는 열 개가 넘는 무기가 매달렸고, 등 뒤로도 무기들이 삐죽삐죽 서 있었다. 그는 믿을 수 없을 정도로 거대하고 광대해 보여서, 파괴에 여념이 없는 전쟁의 신을 표현한 조각상 같기도 했다.

"클라리사, 이곳에 포털을 열다니 엄청나게 위험한 짓을 했구나. 물속에 나타난 널 내가 봤기에 망정이지. 정신을 잃은 상태여서 내가 아니었으면 물에 빠져 죽었어." 입 옆쪽 근육이 살짝 움직였다. "그리고 클레이브가 호수 주변에 쳐놓은 경보 보호막은 걱정하지 않아도 된다는 말을 해야겠구나. 내가 도착하자마자 없앴으니까. 그러니 아무도 네가 여기 있다는 걸 알지 못해."

'당신 말은 못 믿어요!' 클라리는 그의 면전에 그렇게 외치려고 입을 열었다. 하지만 아무 소리도 나오지 않았다. 마치 목이 터져라 비명을 지르지만 아무 일도 일어나지 않는 악몽과 같았다. 목이 잘린 사람이 비명을 지르는 것처럼 입 밖으로 거친 호흡만 새어 나왔다.

발렌타인이 머리를 흔들었다. "말하려고 할 거 없어. 침묵의 형제들이 사용하던 침묵의 룬을 네 뒷목에 그려놓았으니까. 그리고 손목에는 속박의 룬을, 다리에는 무력의 룬을 사용했지. 그러니 일어나려고 하지 않는 게 좋아. 다리가 몸을 지탱하지 못하고 고통스럽기만 할 테니."

눈으로 몸에 구멍을 내고 증오심으로 그를 베어버리기라도 할 것처럼 클라리가 발렌타인을 노려보았다. 그러나 그는 모른 척하며 계속 말을 이었다. "아는지 모르겠지만 그보다 더 끔찍한 꼴을 당할 수도 있었어. 널 물 밖으로 끌어냈을 땐 이미 호수의 독이 작용하기 시작한 후였으니까. 그걸 치유한 게 바로 나라는 걸 말해야겠구나. 고마워할 거라고는 생각하지 않지만." 그가 희미하게 웃었다. "너랑 나는 대화를 나눈 적이 없었어, 그렇지? 제대로 된 대화 말이야. 너는 내가 어째서 아버지다운 관심을 네게 쏟지 않는지 궁금하게 여길 거야. 그 일로 상처를 받았다면 미안하다만."

클라리의 시선에 가득하던 증오가 불신으로 바뀌었다. 이렇게 입을 봉해놓고서는 어떻게 대화를 나눈단 말인가? 억지로 말을 내뱉으려 해봤지만 약하게 헉헉대기만 할 뿐, 아무 소리도 나오지 않았다.

발렌타인은 자신이 꾸민 제단으로 돌아서서 죽음의 검에 손을 얹었다. 그러자 검은 빛이 뿜어져 나왔다. 주변의 대기에서 빛을 모조리 빨아들이기라도 한 듯이 불빛과는 반대되는 빛이었다. "네 엄마가 이드리스를 떠났을 때 뱃속에 네가 있다는 사실을 난 알지 못했어."

전에는 한 번도 클라리에게 이런 어조로 말을 한 적이 없었다. 목소리는 차분했고 일상적인 대화를 나누듯이 가벼웠지만 그런 것을 말하는 게 아니었다. "뭔가 잘못됐다는 건 알고 있었지. 네 엄마는 자신이 불행하다는 사실을 잘 감췄다고 생각하겠지. 하지만 난 이수리엘의 피를 건조시켜 가루로 만든 다음, 조슬린의 마음에서 불행을 몰아내주길 바라며 그녀의 음식에 넣어줬어. 물론 조슬린이 임신한 줄 알았다면 그런 짓은 하지 않았을 거야. 내 아이에게는 두 번 다시 실험하지 않겠다고 결심한 뒤였으니까."

'거짓말이에요.' 클라리는 소리치고 싶었지만 그의 말이 거짓이라는 확신이 서지 않았다. 목소리는 여전히 낯설게 들렸고 평소와 달랐다. 어쩌면 그건 진실을 말하고 있기 때문이 아닐까.

"네 엄마가 이드리스에서 달아난 뒤 오랫동안 찾아다녔지. 죽음의 잔을 가져갔기 때문만은 아니야. 사랑했기 때문이지. 난 조슬린을 만나 얘기를 나누기만 하면 내 뜻을 이해시킬 수 있으리라 믿었어. 알리칸테에서 그날 밤 난 욱하는 마음에 그런 일을 벌인 거야. 조슬린을 없애버리고 우리 둘이 함께 해온 삶을 송두리째 파괴해버리고 싶었지. 하지만 나중에 난……." 발렌타인은 머리를 가로젓고는 호수로 시선을 주었다.

"조슬린의 위치를 알아내고 나자 소문이 들려오더군. 조슬린이 아이를 낳았다고. 딸이라고 말이야. 난 루션의 아이일 거라고 생각했어. 루션은 늘 조슬린을 사랑했고, 늘 그녀가 나를 떠나 자신에게 와주길 바랐으니까. 조슬린이 결국 넘어간 거라고 생각했지. 더러운 다운월드 사람의 아이를 가지기로 말이야." 목소리가 굳어졌다.

"뉴욕의 아파트에서 조슬린을 발견했을 때는 아직 완전히 정신을 잃기 전이었어. 조슬린이 내게 그러더군. 내가 첫 아이를 괴물로 만들었고 두 번째 아이도 그럴까 봐 날 떠난 거라고. 그리고는 내 품 안으로 쓰러졌지. 그토록 오랜 세월을 찾아 헤맨 끝에 만났건만 주어진 시간은 그게 다였어. 그 몇 초 동안 네 엄마는 평생을 두고 퍼부어도 남을 정도의 증오가 담긴 눈으로 날 노려봤지. 그때 난 깨달았어."

발렌타인이 맬러택을 들어 올렸다. 그 검이 얼마나 무거운지 클라리는 기억하고 있었다. 검을 들어 올리는 발렌타인의 팔 근육이 단단하게 불거졌고, 잔 근육들이 피부 아래에서 꿈틀거렸다.

"조슬린이 날 떠난 이유가 널 보호하기 위해서라는 걸. 조녀선은 싫어했지만 넌…… 널 보호하기 위해서라면 조슬린은 무슨 짓이라도 했을 거야. 널 '내게서' 보호하기 위해서 말이지. 심지어 먼데인들과 어울려 사는 일도 마다하지 않았어. 몹시 괴로웠을 텐데도. 널 섀도우 헌터 전통에 따라 기르지 못한 것도 마찬가지고. 그 덕분에 넌 네 능력의 반도 사용하지 못하는 아이로 자라났지. 룬의 재능을 타고났지만 먼데인 식으로 길러지면서 재능이 헛되이 낭비된 거야."

그가 검을 낮췄다. 클라리는 얼굴 바로 옆에 와 있는 검의 끝을 곁눈으로 보았다. 그것은 시야 끄트머리에 은빛 나방처럼 둥실 떠 있었다.

"그때 나는 알았지. 조슬린은 절대 내게 돌아오지 않으리라는 걸 말이야. 너 때문에. 조슬린이 세상에서 유일하게 나보다 더 사랑한 게 너니까. 그리고 조슬린은 너 때문에 날 증오하지. 그래서 난 네 꼴이 보기 싫은 거고."

클라리는 고개를 돌렸다. 이제 발렌타인의 손에 죽을 거라면, 죽음이 닥치는 순간을 보고 싶지 않았다.

"클라리사." 발렌타인이 불렀다. "날 보렴."

'싫어요.' 클라리는 호수를 쳐다보았다. 호수 너머로 멀리 보이는 곳에서 붉은 빛이 희미하게 반짝이고 있었다. 사그라져 재로 변하기 직전의 불꽃과도 같았다. 전장의 불빛이었다. 어머니와 루크도 그곳에 있었다. 그들과 함께 싸우지는 못해도 이렇게나마 함께 있으니 된 것이다.

'저 불빛만 쳐다볼 거야. 무슨 일이 일어나더라도. 세상에서 마지막으로 보는 건 저 불빛이 될 거야.'

"클라리사." 발렌타인이 다시 불렀다. "네가 네 엄마를 그대로 닮았다는 건 너도 알고 있겠지? 조슬린하고 똑같이."

클라리의 뺨에 예리한 통증이 일었다. 검의 날이었다. 그녀의 얼굴을 강제로 돌리려고 발렌타인이 검의 날로 얼굴을 민 것이었다.

"이제부터 난 천사를 소환할 거야. 그 장면을 네가 지켜봤으면 좋겠구나."

클라리는 입안에 쓴맛을 느꼈다. '당신이 왜 엄마에게 그토록 집착하는지 알아요. 당신의 통제를 벗어나서 당신에게 실패를 맛보인 유일한 사람이어서 그러는 거예요. 엄마를 소유한 줄 알았지만 사실은 아니어서. 그래서 당신은 엄마가 지금 이 자리에 있길 바라는 거예요. 당신이 승리하는 모습을 엄마에게 보이려고. 그렇게 하는 걸로라도 만족하려고.'

검이 뺨 안으로 조금 더 들어왔다. 발렌타인이 소리쳤다. "나를 봐, 클라리!"

클라리가 그를 보았다. 보고 싶지 않았지만 고통이 너무 심했다. 의지에 반해 고개가 홱 돌아가자, 얼굴에서 굵은 핏방울이 흘러 모래 위로 후드득 떨어졌다. 머리를 들어 올리는데 속이 울렁거릴 정도로 통증이 밀려왔다.

발렌타인은 맬러택의 날을 내려다보고 있었다. 날에도 그녀의 피가 묻어 있었다. 다시 클라리를 바라보는 그의 눈에 기이한 빛이 떠올랐다. "이 예식을 완성하려면 피가 필요하지." 그가 입을 열었다. "원래는 내 피를 사용할 생각이었다. 하지만 호수에서 널 보는 순간 라지엘이 그런 식으로 자신의 뜻을 알려온 거라는 사실을 깨달았지. 내 피가 아니라 딸의 피를 사용하라고 말이야. 호수의 물로 오염된 네 피를 깨끗이 한 것도 그래서였다. 이제 불순물은 제거되었으니 넌 깨끗하고 준비가 됐어. 고맙구나, 클라리사. 네 피를 쓰게 해줘서."

발렌타인은 진심으로 고마워하는 것 같았다. 그는 강제와 협력, 두려움에서 나온 행동과 자발적으로 하는 행동, 사랑과 고문의 차이를 구분하는 능력을 오래전에 잃은 사람이었다. 그 사실을 깨닫고 나자 클라리는 정신이 멍해졌다. 자신이 괴물인 줄 모르는 사람을 괴물이라며 증오하는 것이 무슨 의미가 있을까?

"그리고 이제……." 발렌타인이 다시 입을 열었다. "조금 더 필요하구나."

'조금 더라니 뭐가?' 클라리가 그렇게 생각하는 순간 발렌타인이 검을 뒤로 당겼다. 검에 별빛이 반사되어 폭발하듯이 반짝거렸다. '당연히 그렇겠지. 피만이 아니라 목숨까지 원하는 거야.' 죽음의 검은 그동안 피 맛을 충분히 보았을 것이고, 발렌타인만큼이나 피 맛을 좋아할 것이다. 클라리는 맬러택의 검은빛을 눈으로 따라갔다. 그 빛이 그녀에게 날아오다가…….

방향을 바꿔 날아갔다. 맬러택이 발렌타인의 손에서 떨어져 어둠 속에 던져졌다. 발렌타인의 눈이 휘둥그레졌다. 피가 흐르는 오른손을 보았다가 눈을 들어 클라리와 동시에 그것을 보았다. 발렌타인의 손에서 죽음의 검을 쳐낸 바로 그것.

제이스였다. 그는 낯익은 검을 왼손에 들고 모래 더미 끝에 서 있었다. 발렌타인에게서 몇 걸음 떨어지지 않은 곳이었다. 표정으로 봐서는 발렌타인 역시 클라리만큼이나 제이스가 다가오는 소리를 듣지 못한 것이 분명했다.

제이스의 모습을 보고 클라리는 가슴이 철렁 내려앉았다. 얼굴 한쪽에는 피가 엉겨 붙었고, 목에는 검붉은 상처가 나 있었다. 거울처럼 반짝이는 눈이 마법의 불빛을 받아 세바스찬의 눈처럼 검게 보였다. "클라리." 제이스가 아버지에게서 눈을 떼지 않은 채로 말했다. "클라리, 괜찮은 거야?"

'제이스!' 그를 부르려 기를 썼지만 그 어떤 소리도 목에 걸린 주문을 뚫지 못했다.

"그 아인 대답할 수가 없어. 말을 할 수가 없거든."

제이스의 눈이 번쩍했다. "무슨 짓을 한 거예요?" 검을 찌르듯이 들이대자 발렌타인이 뒤로 한 걸음 물러났다. 바짝 경계를 하긴 했지만 겁먹은 표정은 아니었다. 계산적인 표정, 클라리가 싫어하는 바로 그 표정이 떠올랐다. 클라리는 승리감을 느껴야 하건만, 전혀 그렇지가 않았다. 오히려 방금 전보다도 더욱 심한 공포를 느꼈다. 클라리는 발렌타인이 자신을 죽이리라는 것을 깨닫고 그 사실을 받아들였다. 그런데 이제 제이스가 나타나면서 그녀의 두려움에 제이스를 향한 염려까지 합쳐진 것이다. 게다가 제이스는 상태가 너무나도 좋지 않아 보였다. 전투복은 한쪽이 쭉 찢어져 팔이 드러났고, 그 아래 피부에는 하얀 선들이 가득했다. 셔츠 앞자락도 길게 찢어졌고, 심장 부근에 희미하게 이라체가 그려져 있긴 했지만 그 아래 벌겋게 드러난 상처는 제대로 아물지 못했다. 흙바닥을 뒹굴었는지 옷에는 온통 흙이 묻었다. 하지만 무엇보다도 두려운 것은 그의 표정이었다. 그 표정은 너무나도…… 황량했다.

"침묵의 룬. 그걸 그렸다고 다치지는 않아." 발렌타인의 시선이 제이스에게 고정되었다. 그의 모습에 넋을 잃은 듯이 탐욕스러운 시선이었다. "나와 함께하려고 여기 온 건 아닐 테지? 내 곁에서 천사의 축복을 받으려고?"

제이스의 표정은 변하지 않았다. 시선은 양아버지에게 고정되어 있었지만 그 어떤 감정도 담겨 있지 않았다. 조금의 애착도, 사랑도, 추억도 남아 있지 않았다. 증오조차 없었다. 그저 경멸만이 담겨 있을 뿐. 차가운 경멸. 클라리가 보기에는 그랬다.

"무슨 짓을 하려고 하는지 알아요. 천사를 소환하려는 이유를 안다고요. 그렇게 하게 그냥 두지 않을 거예요. 벌써 이사벨을 보내서 그들에게 경고하라고……."

"경고 따위는 도움이 되지 않아. 피할 수 있는 위험이 아니니까." 발렌타인의 시선이 제이스의 검으로 움직였다. "그걸 내려놓고 얘기를 나누……." 그의 말이 갑자기 끊겼다. "네 검이 아니구나. 그건 모겐스턴 검이야."

제이스가 어두우면서도 사랑스러운 미소를 지어 보였다. "조너선의 검이었죠. 죽었어요."

발렌타인은 충격을 받은 표정이었다. "그 말은……."

"조너선이 떨어뜨린 걸 내가 주웠죠." 제이스가 아무 감정 없이 말했다. "그를 죽이고 나서."

발렌타인은 너무 놀라 말이 나오지 않는 듯했다. "네가 조너선을 죽였다고? 어떻게 그럴 수가 있지?"

"안 그랬으면 내가 죽었을 거예요. 선택의 여지가 없었죠."

"그런 말이 아니야." 발렌타인이 머리를 가로저었다. 여전히 충격에서 벗어나지 못하고 멍한 표정이었다. 강한 주먹으로 얻어맞고 바닥에 쓰러지기 직전인 권투 선수처럼. "조너선은 내가 길렀어. 내가 직접 훈련시켰다. 조너선보다 나은 전사는 세상에 없어."

"보시다시피, 있네요."

"하지만……." 발렌타인의 목소리가 갈라졌다. 클라리는 매끈하고 흔들림 없던 목소리에 균열이 생기는 것을 처음으로 들었다. "하지만 조너선은 네 형이었어."

"아뇨. 아니에요." 제이스가 한 걸음 나서며 발렌타인의 가슴으로 검을 더욱 가까이 가져갔다. "내 친아버지는 무슨 일을 당한 거죠? 이사벨은 아버지가 습격에서 죽었다고 했어요. 정말인가요? 아니면 당신이 그를 죽였나요? 내 어머니를 죽인 것처럼?"

발렌타인은 여전히 충격을 받은 표정이었다. 클라리는 그가 정신을 차리려고 기를 쓰고 있다는 것을 알았다. 아니, 슬픔을 이기려 기를 쓰고 있는 건가? 아니면 그저 다가올 죽음이 두려운 것인지도 몰랐다. "난 네 엄마를 죽이지 않았다. 그녀 스스로 목숨을 끊었지. 죽은 네 엄마의 뱃속에서 널 꺼낸 게 나야. 그러지 않았다면 넌 네 엄마와 함께 죽었을 거다."

"하지만 왜죠? 왜 그런 짓을 했어요? 아들이 필요한 것도 아니었잖아요. 이미 하나 있었으니까!" 달빛 아래 제이스는 위험한 존재로 보였다. 위험하고 낯선 존재, 클라리가 모르는 사람처럼. 발렌타인의 목을 겨눈 검은 흔들림이 없었다. "진실을 말해요. 살과 피를 나눈 사이라는 거짓말은 집어치워요. 부모는 자식에게 거짓말을 하지만, 당신…… 당신은 내 아버지가 아니야. 그러니 난 진실을 원해."

"아들이 필요해서가 아니었다." 발렌타인이 입을 열었다. "군인이 필요해서였지. 조너선이 내가 원하는 군인이 되리라 기대했지만 그 애는 악마의 본성을 너무 많이 갖고 태어났어. 잔인하고 성급할 뿐만 아니라 치밀하지 못했지. 젖먹이를 겨우 벗어난 때였지만 그 아이가 장차 나를 따를 만한, 내 뒤를 이어 클레이브를 이끌 만한 인내와 열정을 지니지 않은 것 같아 두려웠다. 그래서 너를 거둬서 다시 시도했지. 그리고 이번에는 반대의 문제에 부딪혔어. 너는 너무 온순했어. 어디에든 공감을 했지. 타인의 고통을 자신의 고통으로 느꼈고 애완동물의 죽음조차 견디지 못했어. 하지만 이 점만큼은 분명히 알아둬라. 난 그런 점들을 지닌 너를 사랑했다. 하지만 바로 그런 점들 때문에 너는 내 뜻을 이루는 데 도움이 되지 않았어."

"그러니까 당신은 내가 여리고 쓸모없다고 여긴 거네요. 그런 여리고 쓸모없는 아들이 당신의 숨통을 끊는다면 엄청 놀라겠군요."

"우린 이미 이 일을 지나왔어." 발렌타인의 목소리는 흔들림이 없었지만, 클라리는 그의 관자놀이와 목 아래쪽에서 땀이 스며 나온 것을 본 듯했다. "넌 그런 짓은 하지 않아. 렌윅에서도 그랬고, 지금도 마찬가지야."

"아뇨, 틀렸어요." 제이스는 침착하게 말했다. "그날 이후로 당신을 죽이지 않은 걸 매일같이 후회했어요. 내가 그날 당신을 죽이지 않았기 때문에 내 동생 맥스가 죽었어요. 내가 손을 움직이지 않아서 수십 명이, 아니 수백 명이 죽음을 맞았어요. 난 당신 계획이 뭔지 알아요. 이드리스의 섀도우 헌터들을 전멸시킬 계획이라는 걸. 그래서 나 자신에게 물었죠. 얼마나 많은 섀도우 헌터가 더 죽어야 내가 블랙웰 아일랜드에서 했어야만 하는 일을 할 것인가. 물론 난 당신을 죽이고 싶지 않아요. 하지만 죽일 거예요."

"이러지 마라. 부탁이다. 난……."

"죽고 싶지 않다고요? 세상에 죽고 싶은 사람은 없어요, 아버지." 제이스의 검이 아래로 미끄러졌다. 발렌타인의 심장 부분에 닿을 때까지 계속 아래로 내려갔다. 제이스의 표정은 성스러운 정의를 실현하는 천사처럼 차분했다. "마지막으로 남길 말이 있나요?"

"조너선."

칼끝이 닿은 발렌타인의 셔츠에 반점처럼 피가 스며 나왔다. 그러자 클라리의 머릿속에 렌윅에서 보았던 제이스의 모습이 떠올랐다. 아버지를 해치고 싶지 않아 손을 떨던 제이스. 그리고 그런 제이스를 조롱하던 발렌타인. '칼날을 밀어보란 말이야. 7센티미터, 아니 10센티미터만 밀면 돼.' 지금은 그때와 달랐다. 제이스의 손은 흔들림이 없었다. 반면 발렌타인은 두려운 표정이었다.

"마지막 말이오." 제이스가 쉿소리를 냈다. "어서요."

발렌타인이 고개를 들었다. 앞에 선 소년을 바라보는 검은 눈에 수심이 가득했다. "미안하다." 그가 마침내 말했다. "정말 미안해." 그러고는 제이스를 잡으려는 것처럼 손을 앞으로 뻗었다. 손바닥을 위로 한 채 손가락을 활짝 펼쳤다. 어둠 속에서 은빛 섬광이 번쩍이더니 총알처럼 뭔가가 클라리 옆으로 날아갔다. 공기가 뺨을 스쳤고, 발렌타인이 어디선가 그것을 잡아 아래로 내렸다. 그의 손안에서 기다란 은색 불꽃이 번쩍였다.

죽음의 검이었다. 허공에 거무스름한 불빛의 흔적을 남기며, 발렌타인이 제이스의 심장에 검을 박아 넣었다.

제이스의 눈이 휘둥그레졌다. 믿을 수 없다는 듯이 혼란스러운 표정으로 자신의 몸을 내려다보았다. 맬러택이 가슴 밖으로 기괴하게 튀어나왔다. 소름끼치고 무섭기보다는 이상한 광경이었다. 논리적으로 말이 안 되는 악몽의 한 장면처럼. 그 순간 발렌타인이 손을 뒤로 당기며 칼집에서 단검을 뽑듯 갑작스러운 동작으로 제이스의 가슴에서 검을 잡아뺐다. 검이 그를 겨우 지탱하고 있었던 것처럼 제이스가 풀썩 무릎을 꿇었다. 제이스의 손에서 검이 스르륵 미끄러져 축축한 땅으로 떨어졌고, 그가 어리둥절한 표정으로 검을 내려다보았다. 그 검을 왜 들고 있었는지 또는 왜 떨어뜨렸는지 모르겠다는 듯이. 뭔가를 물으려는 사람처럼 그가 입을 열었고 울컥 피가 쏟아졌다. 피는 턱으로 흘러내려 이미 넝마가 되어버린 셔츠를 붉게 물들였다.

그다음부터 일어난 모든 일은 클라리에게 아주 느리게 느껴졌다. 시간 자체가 길게 늘어난 것 같았다. 클라리는 발렌타인이 아주 작은 어린아이를 안듯이 제이스를 무릎 위로 끌어당기는 모습을 보았다. 발렌타인은 제이스를 안고 몸을 흔들다가 머리를 낮춰 제이스의 어깨에 얼굴을 묻었다. 클라리는 한순간 그가 울고 있는 것이 아닌가 싶었지만 머리를 들었을 때 그의 눈은 말라 있었다. "내 아들." 그가 속삭였다. "내 아들."

끔찍할 정도로 길게 늘어난 시간이 클라리를 밧줄처럼 칭칭 감았다.

발렌타인이 제이스를 안고 그의 이마에 달라붙은 피에 젖은 머리칼을 뒤로 쓸어 넘겼다. 제이스가 죽어가는 동안, 그의 눈에서 불빛이 꺼져가는 동안 발렌타인은 그를 안고 있었다. 제이스가 숨을 거두자 양아들의 시신을 조심스레 바닥에 내려놓고는, 가슴에 벌어진 벌건 상처를 가리듯이 양팔을 가슴 위로 엇갈리게 놓았다. "Ave……." 섀도우 헌터의 작별인사를 하려고 입을 열었지만 목소리가 갈라졌다. 발렌타인은 갑작스레 몸을 돌려 제단으로 돌아왔다.

클라리는 움직일 수가 없었다. 숨을 쉴 수도 없었다. 자신의 심장이 뛰는 소리가 들리는 것 같았다. 메마른 목구멍으로 끅끅거리며 오르락내리락하는 숨소리가 들렸다. 눈 한 켠으로 발렌타인이 호수 가장자리에 서는 것이 보였다. 맬러택의 날에서 피가 흘러 죽음의 컵 안으로 떨어졌다. 그는 클라리가 알지 못하는 언어로 주문을 외듯이 중얼거렸다. 그가 뭐라고 중얼거리는지 알고 싶지도 않았다. 잠시 후면 모든 것이 끝난다는 사실이 고마울 따름이었다. 제이스가 누운 곳까지 기어갈 힘이 남아 있을까. 그의 곁에 누워 모든 것이 끝나기를 기다릴 수 있을까. 클라리는 피에 젖은 모래 위에 꼼짝 않고 누운 제이스를 바라보았다. 눈은 감겼고 얼굴은 고요했다. 가슴의 깊은 상처만 아니라면 그냥 잠들어 있는 거라고 믿었으리라.

하지만 아니었다. 그는 섀도우 헌터였고 전투에서 목숨을 잃었다. 마지막 축복을 받을 자격이 있었다. Ave atque vale. 소리 없는 입김만 흘러나올 뿐이었지만 클라리는 입술을 움직였다. 그러다 돌연 움직임을 멈췄다. 뭐라고 해야 한단 말인가. 안녕, 그리고 안녕히, 제이스 웨이랜드? 그것은 그의 진짜 이름이 아니었다. 그가 한 번도 진짜 이름을 가져보지 못했다는 생각에 이르자 클라리는 가슴이 미어지는 것만 같았다. 그는 발렌타인의 목적에 맞춰 죽은 아이의 이름을 받은 것이다. 이름은 커다란 힘을 지니고 있건만…….

클라리가 갑자기 고개를 돌려 제단을 빤히 쳐다보았다. 제단 둘레에 그려진 룬들이 빛을 내기 시작했다. 소환의 룬, 명명의 룬, 속박의 룬이었다. 웨이랜드 저택 지하에 이수리엘을 묶어둔 룬들과 다르지 않았다. 떠올리고 싶지 않았지만 그때 그곳에서 자신을 바라보던 제이스의 모습이 떠올랐다. 그녀에 대한 신뢰를 담고 환하게 빛나던 그 눈빛이. 제이스는 언제나 클라리를 강한 사람으로 생각했다. 모든 행동과 시선, 손길로 그 사실을 그녀에게 보여주었다. 사이먼도 그녀를 믿었다. 그녀를 잡거나 안을 때마다 약하고 깨지기 쉬운 유리처럼 취급하긴 했지만. 반면 제이스는 온 힘을 다해 끌어안았다. 클라리가 그 힘을 감당하지 못하리란 생각은 털끝만큼도 하지 않았다. 제이스는 그녀가 자신만큼이나 강하다는 사실을 알았다.

발렌타인은 이제 낮고 빠르게 중얼거리며 피 묻은 검을 물속에 담갔다 뺐다 했다. 거대한 손이 손가락으로 수면을 가볍게 쓰다듬는 것처럼 잔물결이 퍼져나갔다.

클라리는 눈을 감았다. 이수리엘을 풀어주던 밤에 그녀를 바라보던 제이스의 눈빛을 떠올리자, 그의 곁에 누워 죽기를 바라는 자신의 모습을 그가 보았더라면 어떤 눈빛을 했을지 상상하지 않을 수 없었다. 제이스는 감동하지 않을 것이다. 아름다운 행동이라 여기지도 않을 것이다. 클라리가 포기했다고 화를 낼 것이다. 그녀에게 한없이 실망할 것이다.

클라리가 몸을 낮춰 바닥에 배를 대고 누웠다. 움직이지 않는 다리는 뒤로 들어 올렸다. 묶인 손과 무릎으로 끌고 당기며 천천히 모래 위를 기어갔다. 빛나는 띠로 묶인 손목이 화끈거리고 따가웠다. 바닥을 기며 셔츠가 찢어져 맨살이 모래에 긁혔지만 알아차리지 못했다. 그런 식으로 몸을 끌고 앞으로 나아가는 것은 몹시도 힘들었다. 어깨뼈 사이로 쉴 새 없이 땀이 흘렀다. 마침내 룬들이 그려진 원에 다다랐을 때는 너무 크게 헐떡거려 발렌타인이 들을까 봐 걱정이 될 정도였다.

하지만 그는 돌아보지 않았다. 한 손에 죽음의 잔이, 다른 손에는 죽음의 검이 들려 있었다. 클라리가 지켜보는 가운데, 발렌타인이 오른손을 뒤로 당기며 그리스어로 들리는 몇 개의 단어를 말한 뒤 죽음의 잔을 물로 던졌다. 유성처럼 반짝이며 날아간 잔은 약하게 물을 튀기며 수면 아래로 사라졌다.

부분적으로 가려진 불길처럼, 룬으로 그린 원에서 희미한 열기가 느껴졌다. 클라리는 몸을 비틀고 버둥거리며 허리띠에 꽂힌 스텔레로 손을 뻗었다. 손잡이를 잡는 순간 손목에 극심한 통증이 일었다. 스텔레를 뽑아 들자 저도 모르게 억눌린 안도의 한숨이 흘러나왔다.

양쪽 손목이 묶여 있어 할 수 없이 어색하게 두 손으로 스텔레를 잡았다. 클라리는 팔꿈치에 힘을 주고 몸을 일으켜 아래에 그려진 룬을 뚫어져라 바라보았다. 룬의 열기가 얼굴에 와 닿는 것이 느껴졌다. 룬들이 마법의 불처럼 희미하게 일렁이기 시작했다. 발렌타인은 죽음의 검을 던질 준비를 하며 소환 주문의 마지막 말을 읊조렸다. 클라리는 남은 힘을 모두 끌어 모아 스텔레를 모래 위로 움직였다. 발렌타인이 그린 룬을 흐트러뜨리는 대신, 그의 이름을 상징하는 룬 위에 새로운 룬을 그려 넣었다. 아주 작은 룬이었다. 아주 작은 변화를 일으키는 룬. 강력한 힘을 지닌 결연의 룬이나 카인의 마크와는 다른 룬이었다.

그것이 그녀가 할 수 있는 전부였다. 기력을 모두 소진한 클라리가 몸을 굴려 옆으로 누웠다. 발렌타인이 팔을 당겼다가 죽음의 검을 놓아주었다.

맬러택이 빙글빙글 회전하며 날아갔다. 거무스름하고 은빛이 도는 호수 위로 거무스름하고 은빛이 도는 흐릿한 형체가 소리 없이 날아갔다. 검이 떨어지자 물이 튀며 백금빛 꽃이 피어올랐다. 물은 점점 더 높이 솟구쳤다. 은이 녹아내린 간헐천 같기도 하고, 비가 위로 솟구치며 내리는 것 같기도 했다. 뭔가가 부서지는 요란한 소리가 들려왔다. 빙하의 얼음이 산산이 부서지는 소리. 그 순간 호수가 폭발이라도 하듯 은빛 물이 거세게 솟구쳤다. 폭풍이 거꾸로 몰아치는 광경을 보는 것만 같았다.

그리고 폭풍과 함께 천사가 올라왔다. 클라리는 자신이 어떤 모습을 기대했는지 확신할 수 없었다. 이수리엘과 비슷한 모습을 그렸을 수도 있겠지만, 이수리엘은 오랜 감금과 고문으로 많이 망가진 상태였다. 이번 천사는 눈부시도록 아름다웠다. 천사가 물 위로 솟아오르자, 태양을 똑바로 쳐다보는 것처럼 눈에 눈물이 고이기 시작했다.

발렌타인은 양옆으로 손을 떨어뜨린 채, 평생의 꿈을 현실로 이룬 사람처럼 넋을 잃고 바라보다 "라지엘"이라고 나직하게 말했다.

천사는 계속 위로 올라왔다. 마치 호수의 물이 빠지며 호수 중앙에 거대한 대리석 기둥이 드러나는 것과 같았다. 수면 위로 제일 먼저 드러난 것은 머리였다. 은과 금으로 된 사슬 같은 머리카락이 물결쳤다. 다음으로는 돌처럼 하얀 어깨가, 그다음으로는 맨살이 드러난 상체가 보였다. 클라리는 네피림과 마찬가지로 천사의 몸이 룬으로 뒤덮인 것을 보았다. 다만 라지엘의 룬은 금빛이고 살아 움직였다. 불꽃에서 튀어 오른 불똥처럼 천사의 하얀 피부 위를 날아다니듯이 움직였다. 천사는 거대한 동시에 인간보다 크지 않았다. 그의 모습을 하나도 놓치지 않으려고 눈을 부릅뜨자 눈동자가 몹시도 시렸다. 천사는 물 위로 올라오자 날개를 활짝 펼쳤다. 날개 역시 금빛이고 깃털로 덮였는데, 각 깃털마다 동그랗게 뜬 눈이 하나씩 들어가 있었다.

그것은 아름다우면서도 무서운 광경이었다. 클라리는 시선을 돌리고 싶었지만 그러지 않았다. 하나도 빠짐없이 지켜보아야 했다. 보지 못하는 제이스의 몫까지 보아야 했다.

그림 속의 장면과 똑같았다. 검과 잔을 양손에 하나씩 들고 호수에서 솟아오르는 천사의 그림. 검과 잔에서는 물이 줄줄 흘렀지만 라지엘은 물기 하나 없었고 날개도 전혀 젖지 않았다. 하얀 맨발이 수면 위에 놓였고 그 주위로 작은 물결이 퍼져나갔다. 아름다우면서도 냉혹한 얼굴이 발렌타인을 내려다보았다.

그리고 입을 열었다. 울부짖는 소리 같은 동시에 음악 같은 목소리였다. 천사의 말은 단어로 되어 있지 않았지만 완벽하게 이해되었다. 천사의 숨결이 어찌나 강한지 발렌타인이 뒤로 넘어질 뻔했다. 뒤꿈치는 모래 깊이 박혔고, 강풍에 맞서 걷는 사람처럼 머리가 뒤로 기울어졌다. 클라리도 천사의 숨결을 느꼈다. 용광로에서 새어나온 김처럼 뜨거웠고, 향신료처럼 기묘한 향기가 났다.

라지엘이 말했다.

'마지막으로 이곳에 소환된 이후로 천 년이 지났구나. 그때는 조너선 섀도우 헌터가 나를 불러 잔에 담긴 인간의 피에 내 피를 섞어달라고 간청했지. 이 땅에서 악마를 몰아낼 전사의 종족을 창조해달라고. 이번에는 왜 나를 불렀느냐, 네피림?'

발렌타인이 열정적인 목소리로 대답했다.

"영광스러운 분이시여, 그로부터 천 년이 지났지만 악마는 여전히 이 땅에서 사라지지 않았습니다."

'그게 나와 무슨 상관이지? 천사에게 천 년이란 눈 한 번 깜빡이면 지나가는 시간이지.'

"당신이 창조한 네피림은 훌륭한 종족입니다. 오랫동안 이 세상에서 악마를 제거하기 위해 용감하게 싸웠습니다. 하지만 지도자들의 나약함과 부패로 과업을 이루지 못하고 실패했습니다. 저는 네피림에게 예전의 영광을……."

'영광?' 천사의 목소리에 희미한 호기심이 묻어났다. 마치 단어의 뜻을 모르겠다는 듯이. '영광은 오로지 신께만 속하지.'

발렌타인은 흔들림이 없었다. "초기의 네피림이 창조한 클레이브는 더 이상 존재하지 않습니다. 그들은 다운월드 사람들과 동맹을 맺었습니다. 악마에게 오염된, 인간이 아닌 존재들과 말입니다. 들쥐의 사체에 들끓는 벼룩처럼 이 세상을 오염시키는 족속들. 그들이 더럽힌 세상을 정화하는 것이 제 목적입니다. 모든 악마와 함께 다운월드 사람들까지 전멸시키는 것이……."

'악마에게는 영혼이 없다. 하지만 네가 말하는 피조물들, 달의 아이와 밤의 아이, 릴리스의 아이와 요정은 모두 영혼을 지니고 있어. 인간과 인간이 아닌 것을 가르는 네 기준은 우리보다 더 엄격한 것 같구나.'

클라리는 천사의 말이 메마른 어조를 띠고 있다고 확실하게 말할 수 있었다.

'너와 같은 이름을 가진 자처럼 너도 천국에 맞서겠다는 것이냐?'

"천국에 맞서려는 것이 아닙니다. 천국과 동맹을 맺어……."

'네가 일으킨 전쟁에서? 우린 하늘의 존재다, 섀도우 헌터. 세속의 전쟁에는 끼어들지 않아.'

다시 입을 열었을 때 발렌타인은 상처를 입은 것처럼 들렸다. "라지엘

유리의 도시 535

님. 만일 이런 식의 소환을 원하지 않으셨다면 분명히 이런 의식도 허락하지 않으셨으리라 생각합니다. 저희 네피림은 당신의 자식입니다. 당신의 인도가 필요합니다."

'인도?'

천사는 이제 이 상황을 재미있어하는 것처럼 들렸다.

'네가 나를 이리로 부른 건 그것 때문이 아니야. 자신의 명성을 얻기 위해서지.'

"명성이라고요?" 발렌타인이 쉰 목소리로 반복했다. "저는 이 일을 위해 모든 걸 바쳤습니다. 아내, 아이들, 두 아들도 모두 내놓았습니다. 이 일을 위해 모든 걸…… 모든 걸 포기했단 말입니다."

천사는 공중에 떠서 기묘하고 냉정한 눈으로 발렌타인을 내려다보았다. 하늘 위로 흘러가는 구름처럼 날개가 아주 천천히, 무심하게 움직였다. 마침내 천사가 다시 입을 열었다.

'신께서는 아브라함에게 이것과 비슷한 제단에 아들을 바치라고 요구하셨지. 아브라함이 이삭과 신 중에서 누구를 더 사랑하는지 보기 위해. 하지만 그 누구도 네게 아들을 바치라고 요구하지 않았다, 발렌타인.'

발렌타인이 흘깃 제단을 내려다보았다. 그러고는 제이스의 피가 튄 자신의 발로 시선을 옮겼다가 다시 천사를 올려다보았다. "필요하다면 억지로라도 얻어낼 겁니다. 하지만 기꺼이 협력해주시면 좋겠습니다."

'조너선 섀도우 헌터가 나를 소환했을 때 내가 도운 것은 악마가 사라진 세상을 만들려는 그의 꿈이 진실된 것이었기 때문이다. 그는 이 땅에서 천국을 꿈꿨지. 하지만 네 꿈은 오로지 너 자신의 영광을 위한 것이야. 그리고 너는 천국을 사랑하지도 않아. 내 동생인 이수리엘이 그걸 증명하지.'

충격으로 발렌타인의 얼굴이 창백해졌다. "하지만……."

'내가 모를 거라고 생각했느냐?' 천사가 미소를 지었다. 그것은 클라리가 본 것 중에서 가장 끔찍한 미소였다.

'네가 그린 원의 주인이 내게 한 가지를 요구할 수 있다는 말은 사실이다. 하지만 그 주인은 네가 아니야.'

발렌타인이 천사를 빤히 쳐다보았다. "라지엘 님, 저 말고는 아무도……."

'아무도 없지 않아. 네 딸이 있지.'

발렌타인이 휙 돌아섰다. 반쯤 정신을 잃고 모래 위에 쓰러져 있던 클라리는 손목과 팔이 내지르는 고통의 비명을 무시한 채 반항적으로 그의 시선을 맞받았다. 잠시 둘의 시선이 마주쳤다. 그리고 그가 클라리를 보았다. 클라리는 아버지가 처음으로 자신의 얼굴을 제대로 바라보고 있다는 것을 깨달았다. 처음이자 마지막으로.

"클라리사. 무슨 짓을 한 거냐."

클라리가 손을 뻗어 모래 위에 손가락으로 뭔가 썼다. 룬을 그린 게 아니었다. 글자를 썼다. 그가 클라리의 능력을 처음 본 날, 그의 배를 부수어버린 룬을 그린 날 그녀에게 했던 바로 그 말.

메네메네 데걸 우바르신.

발렌타인의 눈이 커졌다, 제이스가 죽던 순간처럼. 얼굴이 허옇게 질린 발렌타인이 천천히 돌아서서 천사를 마주하며 간청하듯이 손을 들어 올렸다. "라지엘 님……."

천사가 입을 벌리고 침을 뱉었다. 적어도 클라리에게는 그렇게 보였다. 천사가 침을 뱉었고, 그의 입에서 하얀 불꽃이 타오르는 화살처럼 곧장 날아가 발렌타인의 가슴에 파묻혔다. 아니, '파묻혔다'는 말은 맞지 않는다. 돌멩이가 얇은 종이를 뚫듯 발렌타인을 뚫고 지나갔다. 주먹만 한 구멍이 뚫리고, 거기서 모락모락 연기가 피어올랐다. 위를 올려다본 클라리는 아버지의 가슴을 통해 호수를, 타오르듯이 빛나는 천사를 바라보았다.

다음 순간, 발렌타인이 마치 쓰러지는 나무처럼 땅으로 쿵 쓰러진 후 움직이지 않았다. 그의 입이 고요한 비명을 담고 열려 있었다. 멍한 시선은 크나큰 배신감이 어린 채 영원히 고정되었다.

'저것이 바로 하늘의 심판이다. 놀라지 않으리라 믿는다.'

클라리가 위를 올려다보았다. 천사가 하얀 불기둥처럼 하늘을 가리며 그녀 위에서 맴돌았다. 손에는 아무것도 들고 있지 않았다. 죽음의 잔과 검은 호숫가에 놓여 있었다.

'너는 내게 한 가지를 요구할 수 있다, 클라리사 모겐스턴. 원하는 것이 무엇이지? 아, 그렇지. 룬을 풀어야지.' 이제 천사의 목소리에는 온화함이 깃들어 있었다. 날개에 박힌 수많은 눈들이 깜빡거렸고 뭔가가 그녀를 스치는 느낌이 들었다. 실크는 물론 그 어떤 천보다도 부드러웠으며 속삭임보다도 부드러웠고 깃털이 스치는 것보다도 부드러웠다. 구름에 질감이 있다면 비슷한 느낌일 것 같았다. 희미한 향기도 났다. 자극적이면서 달콤한 기분 좋은 향기.

손목의 통증이 사라졌다. 손은 더 이상 묶여 있지 않고 양옆으로 내려와 있었다. 뒷목의 쓰라림도 사라졌으며 무겁던 다리도 풀렸다. 클라리가 비틀비틀 몸을 일으켜 무릎을 꿇었다. 무엇보다도 피에 젖은 모래를 기어 제이스가 누운 곳으로 가고 싶었다. 그의 곁에 누워 그를 꼭 안아 주고 싶었다. 이미 죽었다고 해도 상관없었다. 하지만 천사의 목소리가 그녀를 움직이지 못하게 했다. 클라리는 제자리에 남아 금빛으로 반짝이는 천사를 빤히 올려다보았다.

'브로슬린드 평원의 전투는 끝났다. 모겐스턴의 죽음과 함께 악마를 잡아두던 힘도 사라졌어. 이미 많은 악마가 도망쳤고, 나머지도 곧 파멸할 것이다. 지금 네피림들이 이곳으로 달려오고 있어. 요구할 것이 있다면, 섀도우 헌터, 지금 당장 말하라.' 천사가 잠시 말을 중단했다. '나는 지니가 아니란 사실을 명심하거라. 요구 사항을 현명하게 선택해.'

클라리는 망설였다. 한순간이었지만 그 어느 때보다도 길게 느껴졌다. 클라리는 무엇이라도 청할 수 있었다. 머리가 어지러울 정도로 무수한 생각이 떠올랐다. 세상의 고통, 기아, 질병을 없애달라거나 지구에 평화가 오게 해달라고 빌 수도 있었다. 하지만 어쩌면 이런 일들은 천사의 능력으로 이룰 수 없는 것들인지도 모른다. 그게 가능했다면 이미 이루어졌어야 하는 일들이 아닐까. 아니면 인간이 스스로 이루어야만 하는 일들이거나.

아무래도 상관없었다. 클라리가 청할 것은 결국 한 가지뿐이니까. 그녀가 진정으로 원하는 한 가지.

클라리가 눈을 들어 천사를 바라보았다. "제이스요."

천사의 표정은 바뀌지 않았고, 그가 클라리의 청을 어떻게 생각하는지는 전혀 알 길이 없었다. 훌륭한 청이라고 생각할까, 형편없는 청이라고 생각할까. 아니면······ 클라리는 불현듯 극심한 공포를 느꼈다. 처음부터 그는 이 청을 염두에 두었던 것이 아닐까.

'눈을 감아라, 클라리사 모겐스턴.'

클라리가 눈을 감았다. 속으로야 어떻게 생각하든 천사의 요구를 거절하지는 못한다. 심장이 거세게 뛰었다. 앉은 채로 어둠 속을 떠돌며 제이스 생각을 하지 않으려고 기를 썼다. 하지만 머릿속의 텅 빈 화면에는 이미 그의 얼굴이 나타났다. 웃고 있지는 않았지만 곁눈으로 그녀를 보고 있다. 관자놀이의 흉터, 비죽 올라간 입꼬리, 사이먼에게 물린 목의 흉터. 세상에서 가장 사랑하는 사람이 지닌 모든 흉터와 결함.

제이스. 밝은 불빛이 쏟아지며 시야가 진홍색으로 바뀌었다. 뒤로 넘어지며 클라리는 기절하려나 하고 생각했다. 아니면 죽게 되는 건가. 하지만 클라리는 죽고 싶지 않았다. 지금 제이스의 얼굴을 이토록 선명히 보고 있는데. 그녀의 이름을 부르는 목소리도 들리는 것만 같았다. 렌윅에서 반복해서 속삭였던 것처럼. 클라리. 클라리. 클라리.

"클라리. 눈을 떠." 제이스가 말했다.

클라리가 눈을 떴다. 그녀는 찢기고 젖고 피 묻은 옷을 입고 모래 위에 누워 있었다. 조금 전과 다르지 않았다. 하지만 천사는 이미 사라지고 없었다. 어둠을 대낮처럼 환히 밝히던 눈부신 하얀 빛도 함께 사라졌다. 클라리는 밤하늘을 쳐다보았다. 어둠 속에서 거울처럼 하얀 별들이 반짝거렸다. 하지만 어떤 별보다도 반짝이는 것은 몸을 숙이고 그녀를 내려다보는 눈, 바로 제이스의 눈이었다.

클라리의 눈이 빨아들이기라도 할 것처럼 제이스를 쳐다보았다. 엉킨 머리카락부터 피투성이의 지저분한 얼굴을 지나 그 가운데서 반짝이는 눈까지. 찢긴 소매 안으로 들여다보이는 멍 자국, 흠뻑 젖은 채 벌어진 셔츠. 그 셔츠 안으로 맨 피부가 보였다. 죽음의 검이 파고들었음을 보여주는 어떤 흔적이나 상처도 없었다. 클라리는 그의 목에서 펄떡이는 맥박을 보고는 그를 와락 껴안을 뻔했다. 맥박이 뛴다는 것은 심장이 뛴다는 뜻이고, 그렇다면 그건…….

"살아 있어. 정말로 살아 있어." 클라리가 속삭였다.

경이에 찬 얼굴로 제이스가 천천히 그녀의 얼굴에 손을 뻗었다. "어둠 속에 있었어." 그가 나직하게 말했다. "그림자들 말고는 아무것도 없었어. 나도 그림자였고. 내가 죽었다는 걸 알았어. 모든 게 끝났다는 걸. 그러다가 네 목소리를 들었어. 네가 내 이름을 말하는 소리. 그리고 나서 난 다시 이리로 돌아왔어."

"내가 아니야." 클라리의 목구멍이 바짝 졸아들었다. "천사가 널 데려온 거야."

"네가 그러라고 청했으니까." 클라리가 자기 앞에 있다는 것을 확인이라도 하듯이 제이스가 손가락으로 클라리의 얼굴 윤곽을 더듬었다. "넌 무엇이든 청할 수 있는데도 내 목숨을 청했어."

클라리가 그를 올려다보며 웃어 보였다. 피와 흙으로 더러운 얼굴이지만 그녀가 이제껏 보아온 어떤 것보다도 아름다웠다. "다른 건 아무것도 원하지 않아."

그 말에 제이스의 눈 안에서 반짝이던 불빛이 더욱 환하게 타올라 마주 보기 힘들 지경이 되었다. 클라리는 천사를 떠올렸다. 천 개의 횃불을 켠 것처럼 환한 빛을 뿜어내던 천사. 제이스의 몸 안에도 그와 같이 강렬한 빛을 뿜어내는 피가 흘렀다. 지금 이 순간 그의 몸에서, 그의 눈에서 그 빛이 강렬하게 뿜어져 나왔다. 빠끔 열린 문틈으로 쏟아져 나오는 불빛처럼.

'사랑해.' 클라리는 그렇게 말하고 싶었다. '그런 순간이 다시 돌아온다 해도 난 너를 돌려달라고 청할 거야'라고도. 하지만 클라리의 입에서는 다른 말이 흘러나왔다.

"우린 남매가 아니야." 클라리가 숨 가쁘게 말을 내뱉었다. 불현듯 아직도 말하지 않은 사실을 깨닫고 한시라도 빨리 말하고 싶어 안달이 난 것처럼. "너도 알고 있지?"

피와 흙으로 범벅이 된 제이스의 얼굴에 살며시 미소가 감돌았다. "그래. 알아."

에필로그

검은 연기가 섬세한 선을 그리며 맑은 공기 가운데 천천히 피어올랐다. 제이스가 언덕 위에서 홀로 예식을 내려다보고 있었다. 그는 무릎 위에 팔꿈치를 괴고 하늘을 향해 떠오르는 연기를 바라보았다. 눈앞의 상황이 아이러니하게 느껴졌다. 지금 하늘로 떠오르는 것은 아버지의 유해를 태운 연기였다.

앉은 자리에서 관대가 보였다. 연기와 불꽃, 주변에 둘러선 사람들에 가려 또렷이 보이지는 않았지만. 제이스는 사람들 가운데서 밝은색 머리로 조슬린을 알아보았다. 루크가 조슬린의 등에 손을 얹고 그녀 곁에 서 있었다. 타오르는 불길에서 두 사람 모두 고개를 돌리고 있었다.

원했다면 제이스도 저들 가운데 서 있었을 것이다. 그는 지난 며칠간 병원에 잡혀 있다 발렌타인의 장례식이 있는 오늘 아침에야 풀려난 참이었다. 제이스는 껍질을 벗겨 허연 뼈처럼 보이는 나무를 차곡차곡 쌓아올린 장작더미로 다가가다, 어느 순간 더 이상 가까이 갈 수 없다는 사실을 깨달았다. 그래서 몸을 돌렸고, 사람들의 행렬에서 멀어져 언덕으로 향했다. 루크가 부르는 소리가 들렸지만 그는 돌아보지 않았다.

제이스는 언덕에 앉아 사람들이 관대 주변에 모여드는 광경을 지켜보았다. 하얀 섀도우 헌터복을 입은 패트릭 펜할로우가 장작에 불을 붙이는 모습을 지켜보았다. 그 주에만 두 번째로 시신이 불타는 모습을 보았지만, 맥스는 가슴이 아플 만큼 자그마했고 발렌타인은 커다란 남자였다. 가슴 위로 팔을 엇갈리게 놓은 채 똑바로 누워 있는데도 매우 커 보였다. 한 손에는 천사의 검을 쥐었고, 관습대로 하얀 실크로 눈을 가렸다. 그가 저지른 모든 일에도 사람들은 그에게 예우를 갖추었다.

세바스찬은 묻지 못했다. 한 무리의 섀도우 헌터가 그 골짜기로 찾아갔지만 시신을 찾지 못했다. 그들은 강물에 떠내려간 것 같다고 말했지만 제이스는 의심이 들었다.

관대 근처에 모인 사람들 가운데서 클라리를 찾아보았지만 그녀는 거기에 없었다. 호수에서 본 뒤로 이틀이 다 되어가는데, 몸에서 뭔가 떨어져 나간 듯한 허전함이 느껴질 정도로 그녀가 보고 싶었다. 서로 만나지 못한 것은 클라리 탓이 아니었다. 그날 밤 클라리는 제이스의 몸 상태로는 포털을 통과하기 힘들지 않을까 걱정했다. 아니나 다를까, 그 걱정은 현실로 드러났다. 섀도우 헌터들이 호수에 도착할 무렵, 제이스는 거의 정신을 잃은 상태였다. 다음 날 알리칸테의 병원에서 그가 깨어났을 때, 매그너스가 묘한 표정으로 그를 내려다보고 있었다. 깊은 우려가 담긴 표정 같기도 하고, 단순히 호기심이 어린 표정 같기도 했다. 매그너스가 그런 표정을 지을 때는 확실히 말하기가 어렵다. 매그너스는 천사가 제이스의 몸을 치유하기는 했지만, 정신이 완전히 탈진한 상태여서 쉬는 것 외에는 치유할 길이 없을 거라고 했다. 아무튼 제이스는 이제 많이 나았다. 발렌타인의 장례식에 딱 맞춰서.

한 줄기 바람이 불어와 연기를 저 멀리로 날려 보냈다. 알리칸테의 타워들이 예전의 위용을 과시하며 다시 희미하게 반짝였다. 제이스는 거기 그렇게 앉아 아버지의 시신이 불타는 모습을 지켜보는 것으로 무엇을 얻고 싶었는지 알 수 없었다. 저 아래서 발렌타인에게 마지막 인사를 하는 조문객들과 함께 있었다면 그는 과연 뭐라고 했을까. '당신은 내게 아버지였던 적이 단 한 번도 없었어요.' 아니면 이런 말. '당신은 내가 아는 유일한 아버지예요.' 아무리 정반대 말이라 해도 두 가지 모두 진실이었다.

호숫가에서 눈을 떴을 때, 그러니까 죽었다가 살아난 것을 알았을 때, 제이스는 오직 클라리 생각뿐이었다. 클라리는 그에게서 조금 떨어진 곳, 피가 흥건한 모래 위에 눈을 감고 누워 있었다. 허둥지둥 그녀에게 달려가며 그는 클라리가 다쳤거나 죽은 것이 아닐까 더럭 겁이 났다. 클라리가 눈을 떴을 때는 그게 아니라는 사실 말고는 아무 생각도 나지 않았다.

나중에 도착한 사람들이 그를 부축해 일으키며 놀란 목소리로 주변의 광경에 대해 떠들어댈 때에야 비로소 제이스는 호숫가에 쓰러진 아버지의 시신을 보았다. 그리고 배를 세게 얻어맞은 것처럼 충격을 받았다. 물론 그는 발렌타인이 죽었다는 것을 알고 있었다. 할 수만 있었다면 자신의 손으로 죽였을 것이다. 그럼에도 그 광경을 두 눈으로 목격하는 일은 고통스러웠다. 클라리가 슬픈 눈으로 제이스를 바라보고 있었다. 그녀는 발렌타인을 증오했고, 그녀의 증오는 너무도 당연하지만, 아버지를 잃은 그와 함께 가슴 아파하고 있었던 것이다.

눈을 반쯤 내리뜨자 추억 속의 장면들이 밀려왔다. 팔을 크게 벌려 풀밭에서 그를 번쩍 안아 올리던 발렌타인, 호수에 띄운 배 위에서 흔들리지 않게 붙잡아주며 중심을 잡는 법을 가르쳐주던 발렌타인. 또 다른 기억도 떠올랐다. 어두운 기억들. 그의 뺨을 후려치던 발렌타인, 죽은 매, 웨이랜드 저택 지하에 묶여 있던 천사.

"제이스."

그가 고개를 들었다. 루크가 제이스를 내려다보며 서 있었다. 태양을 등지고 있어 검은 그림자로 보였다. 장례식용 흰색 옷이 아니라, 늘 그렇듯 청바지에 플란넬 셔츠 차림이었다.

"다 끝났어. 장례식 말이야. 간단하게 치렀단다."

"당연히 그랬겠죠." 손가락을 땅에 쑤셔 박으며 제이스가 말했다. 흙에 긁힌 손끝에 느껴지는 통증이 반가웠다.

"사람들은 뭐라고 하던가요?"

"보통 하는 말들을 했지." 제이스 옆으로 앉으면서 루크가 얼굴을 살짝 찡그렸다. 제이스는 전쟁이 어땠는지 묻지 않았다. 별로 알고 싶지 않았다. 생각보다 훨씬 빨리 끝났다는 것만은 알았다. 발렌타인이 죽자 소환된 악마들은 햇빛으로 걷히는 안개처럼 어둠 속으로 달아났다. 그렇다고 희생된 사람들이 없는 것은 아니었다. 며칠간 불태운 것이 발렌타인의 시신만은 아니었다.

"클라리는…… 그러니까 거기에……."

"장례식에 오지 않았냐고? 아니. 오고 싶지 않다더라." 루크가 제이스를 흘끔거렸다. "클라리는 못 만났니? 그때 이후……."

"호수에서 보고는 못 봤어요. 병원에서 내보내주질 않아서. 오늘 처음 나온 건데, 여기 와야 했으니까요."

"꼭 와야 했던 건 아니야. 오지 않았어도 뭐라고 할 사람은 아무도 없을 거다."

"오고 싶었어요. 제가 이상한 건지 모르겠지만."

"장례식은 죽은 사람이 아니라 산 사람을 위한 거다, 제이스. 발렌타인은 클라리의 아버지라기보단 네 아버지야. 피를 나눈 사이가 아니라고 해도 말이야. 그에게 작별인사를 해야 할 사람은 너야. 그를 그리워할 사람도 너고."

"제가 발렌타인을 그리워해도 되는지 모르겠어요."

"넌 스티븐 헤런데일을 전혀 알지 못해. 라이트우드 부부에게 왔을 때도 아직 어린애였고. 발렌타인은 네 어린 시절의 아버지야. 당연히 그리워해야지."

"계속 호지 선생님 생각이 나요. 가드에서 선생님한테 물었거든요. 제 정체를 왜 알려주지 않았냐고요. 그때는 제가 반은 악마인 존재라고 알고 있었으니까요. 선생님은 계속 자신도 정확히 몰랐다고 했어요. 그때는 그게 거짓말인 줄 알았죠. 그런데 지금은 선생님이 정말로 몰랐으리라는 생각이 들어요. 선생님은 헤런데일의 아기가 살아 있다는 걸 아는 몇 안 되는 사람 중 하나였어요. 인스티튜트에 나타난 절 보고 어느 쪽인지 알지 못했던 거예요. 친아들인지 양아들인지. 악마 쪽인지 천사 쪽인지. 그리고 아마 가드에서 조너선을 보기 전까지도 몰랐을 거예요. 조너선을 보고 나서야 깨달은 거죠. 그러니까 선생님은 그저 최선을 다해 절 가르친 거예요. 그 오랜 세월을요. 발렌타인이 다시 모습을 드러낼 때까지. 대단한 신념이 필요한 일이라고 생각하지 않으세요?"

"그래. 그런 것 같구나."

"호지 선생님은 어떤 피가 흐르건 간에 교육으로 바꿀 수 있다고 믿었어요. 그래서 생각해봤죠. 발렌타인과 계속 살았다면 지금 나는 어떤 모습일까. 라이트우드 가족에게 보내지지 않았다면 나도 조너선처럼 되었을까."

"그게 무슨 상관이지? 지금의 네가 이런 모습인 데는 다 이유가 있는 거야. 그리고 난 발렌타인이 널 라이트우드 부부에게 보낸 건 그것이 네게 최선이라는 걸 알았기 때문이라고 생각한다. 물론 다른 이유도 있었을지 모르지. 하지만 사랑으로 기를 것이 분명한 사람들에게 널 보냈다는 사실만큼은 부정할 수 없어. 아마도 발렌타인이 다른 누군가를 위해 진심으로 뭔가를 행한 드문 경우 중 하나일 거다." 그러면서 제이스의 어깨를 툭툭 두드려주었다. 아버지와 같은 그의 행동에 제이스는 거의 미소를 지을 뻔했다. "내가 너라면 그 점만은 절대로 잊지 않을 거야."

클라리는 이사벨의 방에서 창밖을 내다보고 있었다. 알리칸테의 하늘을 물들인 연기는 창문에 난 손자국처럼 보였다. 오늘이 발렌타인의 시신을 화장하는 날이라는 것은 알고 있었다. 그녀의 아버지는 도시의 입구 바로 밖에 있는 공동묘지에서 재로 변해가고 있었다.

"오늘 밤에 축하 파티 열리는 거 알지?" 클라리가 돌아보니, 양손에 드레스를 한 벌씩 든 이사벨이 그녀 뒤에 서 있었다. 하나는 푸른색, 다른 하나는 푸르스름한 회색이었다. "둘 중에 어느 게 나한테 더 잘 어울려?"

클라리가 보기에 옷은 언제나 이사벨에게 치유 효과를 발휘하는 듯했다. "푸른색이 나아."

이사벨이 침대 위에 드레스를 놓았다.

"넌 뭐 입을 건데? 너도 가는 거지?"

클라리는 아마티스의 트렁크 안에 있던 은빛 드레스를 떠올렸다. 아주 곱고 섬세한 천으로 된 사랑스러운 드레스. 하지만 아마티스가 그 옷을 빌려주지는 않을 것이다.

"글쎄. 청바지하고 녹색 코트?"

"따분해." 이사벨이 그렇게 말하며 침대 옆에 놓인 의자에서 책을 읽는 알린에게 흘깃 시선을 주었다. "너도 그렇게 생각하지 않아?"

"난 클라리 마음대로 하게 내버려둬야 한다고 생각해." 책에서 시선을 떼지 않은 채로 알린이 말했다. "그리고 클라리가 빼입고 가서 보여줄 사람이 있는 것도 아니잖아?"

"제이스 있잖아." 당연한 사실이라는 듯이 이사벨이 말했다. "당연히 예쁘게 입고 가야지."

알린이 고개를 번쩍 들고는 혼란스럽다는 듯이 눈을 깜빡거리다 미소를 지었다. "오, 그렇지. 자꾸만 잊어버리네. 기분이 진짜 이상할 거야, 그렇지? 제이스가 오빠가 아니라니."

"아니." 클라리가 단호하게 대답했다. "제이스가 오빠라고 생각하면 더 이상해. 아니라고 하니까…… 제자리를 찾은 느낌이야." 그녀가 다시 창밖을 보았다. "제이스는 그날 보고 못 봤지만. 우리가 알리칸테로 돌아오던 날 말이야."

"이상하네." 알린이 말했다.

"하나도 안 이상해. 계속 병원에 있었잖아. 오늘에야 퇴원했고." 이사벨이 알린에게 의미심장한 시선을 던졌지만, 알린은 알아차리지 못하는 거 같았다.

"그런데도 바로 보러 오지 않은 거야?" 알린이 클라리에게 물었다.

"발렌타인의 장례식이 있었으니까. 제이스는 가봐야지." 클라리가 대답했다.

"그렇긴 하지." 알린이 쾌활하게 말했다. "아니면 너한테 흥미를 잃은 건지도 모르고. 이제 더는 금지된 사랑이 아니잖아? 어떤 사람들은 가질 수 없는 것만 원하기도 하더라고."

"제이스는 아니야." 이사벨이 재빨리 끼어들었다. "그런 사람이 아니라고."

알린이 침대 위로 책을 던지며 일어섰다. "나도 가서 옷이나 갈아입어야겠다. 이따 둘 다 올 거지?" 그러고는 콧노래를 흥얼거리며 방에서 걸어 나갔다.

알린이 나가는 것을 보고 이사벨이 고개를 절레절레 흔들었다. "쟤가 너 싫어하는 것 같지 않아? 질투해서 저러는 거 아니냐고. 제이스한테 관심이 있는 것 같더니만."

"하!" 클라리가 재밌다는 듯이 짤막하게 외쳤다. "아냐, 알린은 제이스한테 관심 없어. 그저 머릿속에 떠오르는 대로 지껄이는 것뿐이지. 그리고 누가 알겠어? 알린 말이 맞을지."

이사벨이 머리에서 핀을 뽑자 어깨 위로 머리칼이 쏟아졌다. 그녀가 방을 가로질러 창가로 다가와 클라리 곁에 섰다. 하늘은 이제 깨끗했다. 악마 타워 너머로도 연기가 보이지 않았다. "알린 말이 맞는 거 같아?"

"모르겠어. 제이스 만나면 물어보지, 뭐. 오늘 밤 파티에서 볼 거 아냐. 아니, 파티가 아니라 승리 축하 행사인가? 아무튼." 그녀가 이사벨을 올려다보았다. "거기서 뭘 하는지 넌 알아?"

"퍼레이드가 있을 거야. 불꽃놀이도 있을 거고. 음악이 흐르고 춤도 추고 게임도 하고. 뉴욕의 거리 축제하고 비슷해." 이사벨이 아쉬운 얼굴로 창밖을 내다보았다. "맥스가 있었으면 엄청 좋아했을 텐데."

클라리가 손을 뻗어 자매의 정이 담긴 손길로 이사벨의 머리를 쓰다듬었다. "그러게."

운하 옆에 지은 오래된 집의 대문을 두 번이나 두드리고 나서야 제이스는 문 쪽으로 다가오는 빠른 발소리를 들었다. 심장이 한 번 뛰어올랐다가 잠잠해졌다. 문이 열리고 아마티스 헤런데일이 문간에 모습을 드러냈다. 그녀가 놀란 얼굴로 제이스를 바라보았다. 축하연에 갈 준비를 하던 중이었는지 보랏빛을 띤 회색 드레스에 은발이 섞인 머리가 돋보이는 창백한 금속 귀고리를 하고 있었다. "어떻게 왔지?"

"클라리요." 제이스는 입을 열었다가 무슨 말을 해야 할지 몰라 말을 멈췄다. 유창하던 말솜씨는 다 어디로 갔단 말인가? 다른 모든 것을 잃은 순간에도 그것만큼은 남아 있었다. 그런데 지금은 재치 있고 유창한 말들이 모조리 빠져나가 아무것도 남지 않은 느낌이었다. "클라리가 여기 있나 해서요. 클라리한테 할 말이 있어서."

아마티스가 머리를 가로저었다. 놀란 표정은 사라졌지만 그를 어찌나 뚫어지게 쳐다보는지 긴장이 되었다. "여기 없어. 라이트우드 가족과 함께 있을 거야."

"아." 제이스는 자신도 깜짝 놀랄 정도로 실망감을 느꼈다. "귀찮게 해드려서 죄송합니다."

"귀찮지 않아. 오히려 보게 되어 반가운걸." 그녀가 활기차게 말했다. "네게 해주고 싶은 말도 있고. 잠깐 안으로 들어와서 기다려주겠니? 금방 올게."

제이스가 안으로 들어서자 그녀는 복도를 따라 사라졌다. 아마티스가 그에게 할 말은 과연 무엇일까. 혹시 더 이상 그를 보지 않기로 결정한 클라리가 아마티스에게 쪽지 같은 것을 전해달라고 한 건 아닐까.

아마티스는 금세 돌아왔다. 다행히 쪽지 같은 것은 들고 있지 않았다. 그 대신 작은 금속 상자를 들고 있었다. 새 문양이 새겨진 아름다운 물건이었다. "제이스, 루크한테 들었는데 네가 스티븐의…… 스티븐 헤런데일이 네 아버지라고. 무슨 일이 있었는지 전부 들었단다."

제이스가 겨우 고개를 끄덕였다. 그것 말고는 아무것도 할 수가 없었다. 다행히 소식은 천천히 퍼지고 있었다. 이드리스 전체가 알게 되어 어딜 가든 따가운 시선을 받게 되기 전에 뉴욕으로 돌아갈 수 있기만을 바랄 뿐이었다.

"아는지 모르겠지만, 스티븐은 네 엄마와 결혼하기 전에 나와 한 번 결혼을 했어." 아마티스가 말을 이었다. 꺼내기 괴로운 말인 듯 목소리가 굳어졌다.

제이스가 아마티스를 빤히 쳐다보았다. 어머니 얘기를 하려는 걸까? 그가 태어나기도 전에 죽은 여인에 대한 나쁜 추억을 끌어내 화가 나기라도 한 걸까?

"지금 살아 있는 사람들 중에서는 내가 아마 네 아버지를 가장 잘 아는 사람일 거야."

"네, 그런 것 같네요." 제이스는 그렇게 말하면서 지금 자신이 다른 곳에 있었으면 하고 바랐다.

"넌 아마 스티븐에게 혼란스러운 감정이 들 거야." 그녀의 말이 사실이라는 것을 깨닫고 제이스는 내심 놀랐다. "스티븐을 만난 적도 없고, 그의 보호 아래 자란 것도 아니니까. 게다가 그 금발을 빼면 넌 스티븐하고 많이 닮지도 않았어. 특히 그 눈은…… 누굴 닮았는지 모르겠구나. 그러니 이런 걸 전해주는 내가 어쩌면 제정신이 아닌지도 몰라. 스티븐에 대해 알고 싶지 않을지도 모르는데. 하지만 그가 네 아버지라는 점은 변함없는 사실이니까. 그리고 스티븐이 널 봤다면……." 아마티스가 찌르듯이 상자를 내밀어서 제이스는 뒤로 펄쩍 물러설 뻔했다.

"그동안 내가 보관해온 것들이야. 그가 쓴 편지들, 그의 사진들, 가계도. 그가 쓰던 마법의 불. 지금은 아무것도 알고 싶지 않을지 모르지만 언젠가 알고 싶은 날이 오면…… 그런 날이 오면 이 안의 것들을 꺼내보렴." 아마티스는 소중한 보물을 내주듯 상자를 내민 채 가만히 서 있었다. 제이스가 아무 말 없이 상자를 받아들었다. 상자는 묵직했고, 차가운 금속의 촉감이 전해졌다.

"고맙습니다." 가까스로 그렇게 말한 제이스는 잠시 망설이다가 다시 입을 열었다. "한 가지 궁금한 게 있어요."

"뭐지?"

"스티븐이 제 아버지라면, 이모젠 심문관은 제 할머니인가요?"

"이모젠은……." 아마티스가 말을 멈췄다. "굉장히 대하기 힘든 분이었지. 하지만 맞아, 그분은 네 할머니야."

"그분이 제 목숨을 구했거든요. 오랫동안 절 꼴도 보기 싫어하는 것 같았는데…… 그러다가 이걸 봤어요." 제이스가 셔츠 깃을 옆으로 당겨 어깨 위에 있는 하얀 별 모양 흉터를 아마티스에게 보여주었다. "그리고 제 목숨을 구했죠. 도대체 이 흉터가 그분하고 무슨 관계가 있는 거죠?"

아마티스의 눈이 휘둥그레졌다. "넌 이 흉터가 어떻게 생긴 건지 전혀 기억이 없겠지?"

제이스가 고개를 저었다. "발렌타인은 아주 어렸을 때 다친 상처라서 기억나지 않을 거라고 했어요. 지금은 그 말을 믿지 않지만요."

"그건 흉터가 아니야. 모반 같은 거지. 헤런데일 가문의 비밀. 스티븐이 들려준 이야기에 따르면, 오래전에 헤런데일의 조상이 천사를 만났는데 천사가 그의 어깨에 손을 얹자 별처럼 생긴 흔적이 남았다고 해. 그건 천사와 접촉한 사람이 지니는 흔적이란다. 그 흔적은 피를 통해 전해졌고, 그의 모든 자손이 그걸 갖게 됐지."

제이스는 이수리엘을 떠올렸다. 웨이랜드 저택 지하에서 고문을 당하고 죽어가던 천사. 그곳에서 보고 들은 이야기는 누구에게도 하지 않았다. 클라리도 마찬가지일 거라고 그는 믿었다. 너무나도 생생하고 은밀하며 고통스러운 경험이었으므로. "그러니까 천사와 접촉한 사람, 진짜 살아 있는 천사와 접촉한 사람이라면 그 흔적을 갖게 된다는 말인가요? 헤런데일 가문의 사람이 아니라도요?"

아마티스는 당혹스러운 표정이었다. "그렇다고 알고 있어. 하지만 다른 누군가가 그런 식으로 천사를 만났다는 얘기는 들어본 적이 없구나. 조너선 새도헌터 말고는 누구도 직접 천사와 대면한 적이 없다고 하지 않니. 아무튼 그 이야기는 네 아버지가 내게 들려준 거야." 아마티스가 자신의 오른팔 윗부분을 집었다. "스티븐은 여기에 그 자국이 있었어. 헤런데일 가문이 아닌 사람이 그런 자국을 가졌다는 말은 한 번도 듣지 못했어. 이모젠은 그 자국을 보고 네가 누군지 짐작했을 거야."

제이스는 아마티스를 빤히 응시하고 있었지만 그녀를 보고 있지는 않았다. 그날 밤 그 배 위에서, 축축하고 컴컴하던 갑판 위에서 죽어가던 이모젠을 보고 있었다. "그분이 제게 그러셨어요. 눈을 감기 직전에요. '네 아버지가 널 자랑스러워할 거다.' 그때는 참 잔인한 분이라고 생각했어요. 발렌타인을 말하는 줄 알고……."

아마티스가 머리를 좌우로 흔들며 부드럽게 말했다. "스티븐을 말한 거야. 그리고 이모젠 말이 맞아. 스티븐도 분명히 자랑스러워했을 테니까."

아마티스의 집 현관문을 밀고 들어서던 클라리는 불현듯 그 집에 너무도 빨리 익숙해졌다는 사실을 깨달았다. 문까지 가는 길이라든가, 문을 열면 손잡이가 약간 빡빡하게 돌아간다는 사실 따위를 애써 떠올릴 필요도 없었다. 운하의 물이 햇빛으로 반짝이는 광경도 더없이 익숙했고, 창문으로 내다보이는 알리칸테의 전경도 오랫동안 봐온 것 같은 느낌이 들었다. 이곳에 살면 어떤 기분일지 이제는 알 것도 같았다. 이드리스가 집이라면 어떤 기분일지. 정말로 이곳에 살게 된다면 무엇을 제일 먼저 그리워하게 될지 궁금해졌다. 중국 음식 테이크아웃? 영화? 미드타운 코믹스?

클라리가 막 계단을 오르려는데 거실에서 어머니의 목소리가 들려왔다. 날카롭고 약간은 흥분한 목소리였다. 하지만 조슬린이 언짢을 일이 뭐가 있을까? 모든 것이 제자리를 찾아가고 있지 않은가? 무의식중에 클라리는 거실 문 옆의 벽에 몸을 바짝 붙이고 귀를 기울였다.

"여기 머물 거라니, 그게 무슨 소리야? 뉴욕으로 영원히 돌아가지 않겠다는 거야?"

"의회에서 늑대인간 대표로 알리칸테에 남아달라는 요청을 받았어." 루크가 대꾸했다. "오늘 밤에 내 결정을 알려주겠다고 했고."

"그 자리는 다른 사람이 맡으면 안 되는 거야? 이드리스 무리의 리더 중 하나라든가."

"리더 중에 과거에 섀도우 헌터였던 건 나밖에 없잖아. 그래서 저들이 날 원하는 거고." 루크가 한숨을 내쉬었다. "이 일을 시작한 게 나잖아, 조슬린. 그러니 남아서 끝까지 책임을 져야지."

잠시 침묵이 이어졌다. "당신이 정 그렇게 생각한다면 당연히 남아야겠지." 마침내 조슬린이 그렇게 말했지만 목소리에 확신은 없었다.

"서점도 누군가에게 넘겨야 하고 다른 일도 정리해야 하니까, 당장 이리로 옮긴다는 말은 아니야." 루크의 목소리가 퉁명스럽게 들렸다.

"그런 일은 나한테 맡겨도 돼. 당신이 그동안 해준 일에 비하면……."
조슬린은 더 이상 밝은 목소리로 말을 이어갈 기운이 없는 듯했다. 말꼬리가 흐려지며 침묵으로 이어졌다. 침묵이 너무 오래 이어지자 클라리는 목청을 가다듬으며 거실로 들어서서 그녀가 왔다는 걸 알려야 하는 것이 아닌가 고민했다.

그러나 다음 순간 클라리는 그러지 않아서 다행이라며 가슴을 쓸어내렸다. "저기……." 루크가 입을 열었다. "오랫동안 가슴에 담아둔 말이 있어. 물론 꺼내놓았다고 해도 아무것도 달라지지 않았으리라는 건 알아. 내가 이렇게 돼버렸으니까. 이런 내가 클라리의 삶에 끼어드는 걸 당신이 원하지 않았으니까. 하지만 이젠 클라리도 모두 아니까 달라질 게 없겠지. 그래서 말하고 싶었어. 당신을 사랑한다고. 난 20년 전부터 당신을 사랑해왔어, 조슬린." 루크가 말을 멈췄다. 클라리도 대답을 기다리며 귀를 곤두세웠지만 조슬린은 계속 침묵을 지켰다.

결국 루크가 다시 입을 열었다. 목소리가 무거웠다.

"의회로 다시 가봐야겠어. 가서 남겠다고 말을 해야지. 다시는 이런 대화를 나누는 일, 없을 거야. 그래도 오랫동안 참아온 말을 하고 나니 마음이 한결 가볍네."

루크가 고개를 숙이고 성큼성큼 거실 밖으로 걸어 나오자 클라리는 벽에 더욱 바짝 붙어 섰다. 바로 옆을 지나면서도 루크는 그녀를 보지 못했다. 대문을 잡아당겨 열고는, 잠시 그 자리에 서서 운하의 물에 반사되는 햇빛을 멍하니 바라보았다. 그러다가 문밖으로 걸어 나갔고, 문은 그대로 쾅 하고 닫혔다.

클라리는 그대로 벽에 기대어 가만히 서 있었다. 루크를 생각하니 너무나 가슴이 아팠고, 어머니를 생각해도 가슴이 아팠다. 그러니까 조슬린은 루크를 사랑하지 않는 것이다. 아마도 그건 영원히 불가능하겠지, 클라리가 사이먼을 사랑할 수 없는 것처럼. 하지만 루크와 조슬린의 경우는 해결 방법이 없어 보였다. 루크가 이드리스에 머문다면 두 사람은 아무것도 할 수가 없다. 클라리는 눈물이 아릿하게 차오르는 것을 느끼며 거실로 들어가려고 몸을 돌렸다. 그 순간 부엌문이 벌컥 열리는 소리가 나더니 또 다른 목소리가 들려왔다. 지치고 어딘가 체념한 듯한 목소리. 아마티스였다.

"엿들은 건 미안하지만, 난 루션이 여기 머물게 돼서 좋아. 가까이 살게 되어 좋기도 하지만, 당신한테서 벗어날 기회이기도 하니까."

조슬린이 위축된 목소리로 말문을 열었다. "아마티스……."

"두 사람은 정말로 오랜 세월을 함께 보냈잖아. 루션을 사랑하지 않는다면 이제 그만 놓아줘."

조슬린은 아무 말도 없었다. 클라리는 어머니가 어떤 표정을 짓고 있는지 알고 싶었다. 슬픈 표정일까? 아니면 화난 표정일까? 그것도 아니면 체념한 표정일까?

아마티스가 작게 숨을 들이쉬고는 입을 열었다. "아니면…… 오빠를 사랑하는 거야?"

"아마티스, 나는……."

"사랑하는 거야! 분명히 사랑해!" 아마티스가 손뼉을 쳤는지 날카로운 소리가 울렸다. "그럴 줄 알았어! 틀림없이 그럴 줄 알았다고!"

"그런 건 중요하지 않아." 조슬린이 지친 목소리로 말했다. "루크한테 그러는 건 옳지 못해."

"그런 말은 듣고 싶지 않아." 바스락거리는 소리가 들려오고 조슬린이 저항의 말을 웅얼거렸다. 클라리는 아마티스가 엄마를 와락 움켜잡은 것은 아닌지 궁금했다. "오빠를 사랑한다면 당장 가서 그렇다고 말해. 어서 가. 오빠가 의회에 도착하기 전에."

"하지만 클레이브는 루크가 의회 위원이 되어주길 원하잖아. 루크도……."

"루션이 원하는 건……." 아마티스가 단호하게 말했다. "오직 당신뿐이야. 당신과 클라리. 다른 건 아무것도 원하지 않아. 자, 어서 가."

클라리가 다른 데로 몸을 피하기도 전에 조슬린이 불쑥 복도로 나왔다. 문을 향해 황급히 다가가던 그녀가 납작하게 벽에 붙은 클라리를 보았다. 우뚝 걸음을 멈춘 조슬린은 놀라서 입을 벌렸다.

"클라리!" 그녀는 짐짓 쾌활한 목소리를 꾸며내려 했지만 결과는 민망할 정도였다. "여기 있는 줄 몰랐네."

벽에서 떨어져 나온 클라리가 문손잡이를 잡더니 문을 활짝 열어 젖혔다. 밝은 햇살이 안으로 쏟아져 들어왔다. 눈이 부셔 실눈이 된 조슬린이 딸에게 시선을 고정했다.

"지금 당장 루크를 따라가지 않으면……." 클라리가 단어 하나하나를 똑똑히 발음했다. "제가 가만히 있지 않을 거예요."

한순간 조슬린은 놀란 얼굴이 되었다가, 이내 웃음을 지으며 입을 열었다 "네가 그렇게까지 말한다면 어쩔 수가 없구나."

잠시 뒤 집을 나선 조슬린이 전당으로 이어지는 운하 옆길을 서둘러 걸어 내려갔다. 클라리는 문을 닫은 다음 등을 문에 기대고 섰다. 거실에서 나온 아마티스가 창가로 뛰어가더니 걱정스럽게 밖을 내다보았다.

"루션이 전당에 도착하기 전에 따라잡을 수 있을까?"

"저희 엄만 평생 동안 절 쫓아다니며 보낸 분이에요. 걸음이 굉장히 빠르죠."

아마티스가 그녀를 흘긋 보며 웃었다. "아, 그러고 보니 생각나네. 제이스가 널 보러 들렀는데, 오늘 밤 행사에서 널 보길 기대할 거야."

"그럴까요?" 클라리가 생각에 잠긴 듯이 말했다. '지금 물어보는 게 좋을 거야. 시도하지 않으면 아무것도 얻지 못하잖아.'

"아마티스." 클라리가 부르자 그녀가 창가에서 돌아서서 클라리를 빤히 쳐다보았다.

"왜?"

"트렁크에 있는 은색 드레스 말이에요, 저한테 빌려주시면 안 돼요?"

클라리가 도심을 지나 라이트우드 가족의 집으로 향할 무렵, 거리는 이미 사람들로 북적이기 시작했다. 해가 지면서 가로등이 하나둘씩 켜지자 대기가 창백한 빛으로 물들었다. 벽에 걸린 바구니에서 눈에 익은 하얀 꽃송이들이 수북하게 늘어져 공기 중에 맵싸한 향기가 가득했고, 집집마다 대문에 승리와 환희를 뜻하는 어두운 금빛의 불꽃 모양 룬이 그려져 있었다.

섀도우 헌터들도 종종 눈에 띄었지만, 전투복을 입은 사람은 눈을 씻고 봐도 없었다. 다들 화려한 옷과 보석으로 치장했는데, 현대적인 복장부터 전통 의상에 가까운 복장까지 종류가 아주 다양했다. 이상할 정도로 날씨가 따뜻해서 외투를 입은 사람도 거의 없었다. 그저 무도회 드레스 같은 옷을 입고 치맛자락을 펄럭이며 걷고 있는 여성들을 심심치 않게 마주칠 뿐이었다. 라이트우드 가족의 집이 있는 거리로 들어섰을 때, 호리호리한 그림자 하나가 앞을 가로지르는 것이 보였다. 라파엘이 붉은 칵테일 드레스를 입은 여인과 다정하게 손을 잡고 걷고 있었다. 검은 머리에 키가 훤칠한 여인이었다. 그가 어깨 너머로 클라리를 보고 싱긋 웃자, 클라리는 저도 모르게 흠칫 몸을 떨었다. 가끔은 다운월드 사람에게 생경하고 무서운 느낌을 받을 때가 있었다. 그러니까 무섭다고 전부 나쁜 것은 아닌 모양이었다. 라파엘은 예외라는 생각이 들긴 하지만.

라이트우드 가족이 머무는 집 앞에 다다르자, 대문이 활짝 열려 있고 몇몇은 벌써 길에 나와 있었다. 메어리스와 로버트 라이트우드가 어른 둘과 이야기를 나누고 있었는데, 클라리는 돌아서는 그들을 보고 약간 놀랐다. 알린의 부모님인 펜할로우 부부였기 때문이다. 메어리스가 그들 너머로 클라리에게 웃어 보였다. 그녀는 남색 실크 정장을 입고 머리는 모두 뒤로 넘겨 두꺼운 은색 끈으로 묶었다. 클라리는 이사벨과 너무 닮은 메어리스의 모습에 저도 모르게 다가가 어깨에 손을 얹을 뻔했다. 메어리스는 웃고 있었지만 여전히 슬퍼 보였다. '이사벨처럼 맥스 생각을 하고 있는 거겠지. 맥스가 있었으면 얼마나 좋아했을지.'

"클라리!" 이사벨이 검은 머리를 휘날리며 계단을 가볍게 뛰어 내려왔다. 오후에 보여준 드레스가 아니라, 입을 다문 꽃잎처럼 몸을 감싼 금빛 새틴 드레스를 입고 있었다. 뾰족뾰족한 장식이 달린 샌들을 보고서, 클라리는 이사벨이 하던 구두 굽에 관한 농담을 떠올리고는 속으로 몰래 웃었다. "정말 예쁘다."

"고마워. 너도 예뻐." 클라리는 신경이 쓰인다는 듯이 속이 훤히 비치는 드레스를 살짝 잡아당겼다. 태어나서 이렇게 여성적인 옷을 입어본 것은 처음이었다. 어깨가 모두 드러나는 스타일이어서, 머리카락 끝이 맨살을 간질일 때마다 카디건이나 후드 티 같은 것으로 어깨를 가리고 싶은 충동이 일었다.

이사벨이 그녀의 귓가에 소곤거렸다. "제이스는 여기 안 왔어."

클라리가 고개를 뒤로 빼고 물었다. "그럼 어디에 있는 거야?"

"알렉이 그러는데 불꽃놀이가 있는 광장에 있을 거래. 도대체 무슨 생각을 하고 있는지 알다가도 모르겠어."

클라리는 실망하지 않은 척하며 어깨를 으쓱해 보였다. "그러게."

이사벨의 뒤를 이어 알렉과 알린도 집에서 나왔다. 알린은 검은 머리를 돋보이게 하는 밝은 빨간색 드레스를 입었다. 알렉은 평소처럼 스웨터와 짙은색 바지를 입었지만 다행히도 스웨터에 눈에 띄는 구멍은 없었다. 그녀를 보고 빙긋 웃는 알렉의 얼굴이 어딘가 달라 보여서 클라리는 조금 놀랐다. 어깨를 짓누르던 부담을 내려놓은 사람처럼 홀가분한 얼굴이었다.

"다운월드 사람들과 함께하는 행사는 태어나서 처음이야." 알린이 불안하게 거리를 살피며 말했다. 땋은 머리를 꽃으로 장식한, 아니 머리카락 자체가 꽃인―정교한 녹색 덩굴손으로 연결되어 있었다―요정 소녀가 거리의 바구니에서 하얀 꽃송이를 뜯어낸 뒤 생각에 잠긴 듯이 쳐다보다가 입으로 가져가는 모습이 보였다.

"아주 마음에 쏙 들걸. 다운월드 사람들이 파티 하난 끝내주거든." 이사벨은 메이리스와 로버트에게 손을 흔들어 인사를 한 다음, 세 사람과 함께 광장을 향해 출발했다. 클라리는 가슴 앞으로 팔짱을 끼면서 어깨를 가리고 싶은 충동과 싸웠다. 드레스가 바람에 날리는 연기처럼 발 주변에서 소용돌이쳤다. 그날 오전 알리칸테의 하늘 위로 날아오르던 연기가 떠올라 몸을 부르르 떨고 말았다.

"안녕!" 이사벨의 목소리에 클라리가 고개를 드니, 사이먼과 마야가 그들 쪽으로 걸어오고 있었다. 사이먼은 의회 예비 모임을 구경한다고 홀에 가 있어서 하루 종일 보지 못했다. 그는 의회에 참석할 뱀파이어 대표로 누가 선출될지가 궁금하다고 했다. 클라리는 드레스처럼 여성스러운 옷을 입은 마야를 상상할 수가 없었는데, 아니나 다를까 카고 바지에 검은 티셔츠 차림이었다. '무기를 고르시오'라는 글자와 주사기 문양이 들어간 게이머 티셔츠였다. 마야가 정말 게임을 좋아하는지, 아니면 그저 사이먼에게 잘 보이려고 입었는지가 궁금했다. 후자라면 아주 현명한 선택이었다. "너희도 천사의 광장으로 가는 길이야?"

마야와 사이먼이 그렇다고 대답했고, 그들은 함께 전당으로 향했다. 사이먼이 뒤로 처지면서 클라리 옆으로 오자 둘은 조용히 함께 걸었다. 클라리는 사이먼과 다시 나란히 걸을 수 있는 것만으로도 좋았다. 호수에서 알리칸테로 돌아왔을 때 제일 먼저 보고 싶었던 것도 사이먼이었다. 클라리는 그를 힘껏 끌어안으며 그가 살아 있다는 사실에 안도하고는 이마의 마크로 손을 가져갔다.

"이게 널 구한 거야?" 그토록 커다란 위험을 무릅쓴 일이 헛되지 않았기를 간절히 바라며 클라리가 물었다.

"이게 날 구했어." 사이먼은 그렇게만 말했다.

"다시 떼어낼 수 있으면 좋을 텐데. 앞으로 어떤 영향을 미칠지 알 수만 있다면."

사이먼이 그녀의 손목을 잡아 부드럽게 제자리로 내렸다. "기다리면 알게 되겠지."

그날 이후 클라리는 계속 사이먼을 주시했지만, 마크가 어떤 영향을 미쳤든 간에 겉으로는 아무것도 드러나 보이지 않았다. 사이먼은 여전히 똑같은 사이먼이었다. 마크를 가리느라 머리 모양만 약간 바꿨을 뿐. 마크가 거기 있다는 사실을 모르는 사람이라면 전혀 눈치채지 못할 정도였다.

"모임은 어땠어?" 그렇게 물으면서 클라리는 사이먼의 옷차림을 대충 훑어보았다. 행사를 위한 복장이 전혀 아니었지만 사이먼을 탓할 수는 없었다. 지금 입은 청바지와 티셔츠 말고는 가져온 옷이 하나도 없으니까. "누가 뽑혔어?"

"라파엘은 아니야." 사이먼이 만족스러운 듯이 대꾸했다. "다른 뱀파이어가 됐어. 굉장히 가식적인 이름이었는데. 나이트셰이드인가 그랬지, 아마."

"나도 부탁을 하나 받았는데. 새로운 의회의 상징을 그려달라고 말이야. 나로서는 영광인 일이니, 당연히 하겠다고 그랬어. 지금 생각으로는 의회의 룬을 가운데 두고 그 둘레에 다운월드 네 종족을 상징하는 그림을 넣을까 하는데 말이야, 아무리 생각해도 뱀파이어는 뭐가 좋을지 떠오르지가 않는 거야. 늑대인간은 달, 요정은 네 잎 클로버, 마법사는 마법서를 넣으면 될 거 같은데."

"송곳니 어때? 피가 뚝뚝 떨어지는 송곳니." 사이먼이 이를 드러내 보이며 말했다.

"고마워. 엄청 도움이 되네."

"아무튼 그런 제안을 받았다니 잘됐네." 사이먼이 진지하게 말했다. "넌 그런 영광을 받을 만하잖아. 네가 한 일로 따진다면 훈장이라도 받아야지. 결연의 룬을 그린 일도 그렇고 다른 일들도 그렇고."

클라리가 어깨를 으쓱했다. "글쎄, 과연 그럴까? 전투는 10분도 안 돼서 끝나버렸잖아. 내가 얼마나 도움이 됐는지 모르겠어."

"난 그 전투의 현장에 있었어, 클라리. 10분밖에 안 되는 시간이었지만 내 평생 최악의 10분이었다고. 그때 얘기는 두 번 다시 꺼내고 싶지 않을 정도야. 네가 아니었으면 그 10분 동안 훨씬 많은 사람이 죽었을 거란 점은 분명히 말할 수 있어. 게다가 전투는 그야말로 일부이지. 네가 아니었으면 새로운 의회 같은 건 꿈도 꾸지 못했을걸. 섀도우 헌터와 다운월드 사람은 함께 파티를 즐기는 게 아니라 여전히 서로를 죽어라 증오하고 있을 거라고."

클라리는 갑자기 목이 메어서 눈물을 흘리지 않으려고 정면을 노려보았다. "고마워, 사이먼." 그러고는 잠시 망설였다. 사이먼이 아니었다면 눈치채지 못할 정도로 아주 짧은 시간이었다.

"왜 그래?" 사이먼이 물었다.

"그냥, 집으로 돌아가면 이제 어떻게 해야 하나 싶어서. 물론 매그너스가 손을 써둬서 너희 어머니는 아무 걱정이 없었을 거라곤 하지만, 학교는 어떻게 해? 그렇게 오래 빠졌는데. 게다가……."

"넌 돌아가지 않을 거잖아." 사이먼이 조용히 말했다. "내가 그걸 모를까 봐서? 넌 이제 섀도우 헌터야. 인스티튜트에서 교육을 받겠지."

"너는 어떻게 할 건데? 넌 뱀파이어잖아. 아무렇지 않은 척 학교로 돌아갈 거야?"

"그래." 사이먼의 대답에 클라리는 놀랐다.

"그럴 거야. 난 가능한 한 평범하게 살고 싶어. 고등학교에 다니다가 대학에 가는 그런 삶 말이야."

클라리가 사이먼의 손을 꼭 잡았다. "그럼 그렇게 해야지." 그러고는 웃어 보였다.

"네가 학교에 나타나면 난리가 나겠지만."

"난리가 난다고? 왜?"

"전보다 굉장히 섹시해졌거든." 클라리가 어깨를 으쓱해 보였다. "정말 뱀파이어 유전자에 비밀이 있나 봐."

사이먼이 당혹스러운 표정을 지었다. "내가 섹시해졌어?"

"굉장히. 저기 두 여자를 보라고. 너한테 완전히 빠졌잖아." 클라리가 가리키는 곳을 보니 이사벨과 마야가 나란히 걸으며 머리를 맞대고 심각한 대화를 나누고 있었다.

사이먼이 두 소녀를 쳐다보았다. 클라리는 사이먼이 얼굴을 붉혔다는 데에 돈이라도 걸 수 있었다. "그런 거야? 둘이서 가끔 속닥거리면서 날 빤히 쳐다보기에, 왜 저러나 했는데."

"당연히 왜 저러나 했겠지." 클라리가 이를 드러내며 웃었다. "불쌍한 사이먼. 귀여운 여자애 둘이서 너를 두고 경쟁하게 생겼으니, 사는 게 조금 피곤해질 거야."

"좋아, 그럼 어느 쪽을 택할지 네가 말해줘."

"말도 안 되는 소리 하지 마. 그건 전적으로 네가 결정할 문제야." 그러고는 다시 목소리를 낮췄다. "누구랑 데이트하든 난 전적으로 환영이야. 난 환영 빼면 시체인 사람이라고. 내 중간 이름도 '환영'이잖아."

"그래서 그렇게 안 가르쳐준 거야? 뭔가 말하기 창피한 이름인 줄은 알고 있었어."

클라리는 못 들은 체하며 말을 이었다. "이거 하나만 약속해줘. 내가 여자를 알아서 하는 말이야. 여자들은 자기 남자 친구의 가장 친한 친구가 여자인 걸 싫어해. 그러니까 무슨 일이 있어도 네 삶에서 날 완전히 잘라내지는 않을 거라고 약속해줘. 가끔은 얼굴도 보고 그럴 거라고."

"가끔?" 사이먼이 머리를 설레설레 흔들었다. "클라리, 너 제정신이 아니지?"

클라리는 가슴이 덜컥 내려앉았다. "그러니까 넌……."

"그러니까 널 완전히 잘라내라고 하는 애랑은 절대로 사귀지 않을 거라고. 무슨 일이 있어도 그것만큼은 양보 못해. 이 매력 덩어리를 원한

유리의 도시 565

다면 나랑 내 친구가 한 세트라는 걸 알아야 할 거야. 널 잘라내는 일 같은 건 없어, 클라리. 내 오른손을 잘라 발렌타인데이 선물로 주는 거라면 모를까."

"끔찍해. 꼭 그런 식으로 말해야 해?"

사이먼이 씩 웃으며 대답했다. "그래. 꼭 그런 식으로 말해야 해."

천사의 광장은 알아보지 못할 정도로 달라져 있었다. 광장 끝에는 여전히 하얀 빛을 발하는 전당 건물이 서 있지만, 광장 중앙에 생긴 거대한 나무숲에 가려 잘 보이지 않았다. 나무숲은 마법으로 만든 것이 분명했다. 눈 깜짝할 사이에 어디선가 커피나 가구를 가져오던 매그너스의 능력을 생각하면, 나무숲은 이식된 것일지언정 가짜는 아니었다. 나무들은 악마 타워만큼이나 하늘 높이 솟았고, 은빛이 도는 줄기에는 리본이 묶여 있었다. 살랑거리는 나뭇가지 위로 색색의 전구가 걸려 반짝거렸다. 광장에는 하얀 꽃과 연기, 나뭇잎의 냄새가 떠돌았다. 광장 둘레로 탁자와 긴 의자가 놓여, 섀도우 헌터와 다운월드 사람이 함께 앉아 웃고 떠들며 술을 마셨다. 하지만 어딘가 모르게 침울한 분위기가 감돌기도 했다. 기쁨과 더불어 슬픔도 함께하는 자리였기에.

광장 양편에 늘어선 가게들이 문을 활짝 열자 거리로 빛이 쏟아져 나왔다. 음식이 든 접시와 긴 포도주 잔, 밝은 빛깔의 술이 담긴 술병을 든 사람들이 거리를 오갔다. 푸른빛 액체가 든 잔을 들고 옆으로 지나가는 켈피를 보더니 사이먼이 눈썹을 올렸다.

"매그너스의 파티하곤 달라." 이사벨이 그를 안심시켰다. "여기 있는 것들은 전부 마셔도 아무 이상 없을 거야."

"없을 거야?" 알린은 걱정스러운 표정이었다.

알렉은 나무숲 근처를 흘깃 쳐다보았다. 그의 푸른 홍채에 전구의 불빛이 비쳤다. 나무 그늘 아래에서 매그너스가 옅은 갈색 머리를 크게 부풀린 소녀와 이야기를 나누고 있었다. 매그너스가 그들 쪽을 바라보자 소녀가 돌아섰고, 소녀와 클라리의 시선이 서로 만났다. 꼭 집어 말할 순 없었지만 어딘가 모르게 낯익은 소녀였다.

매그너스가 그들에게 걸어오자 소녀는 나무 그늘 속으로 사라졌다. 매그너스는 빅토리아 시대의 신사처럼 차려입었다. 검은색의 긴 프록코트에 보라색 실크 조끼를 받쳐 입고, 조끼 주머니에는 'M. B.'라는 이니셜이 수놓인 손수건이 꽂혀 있었다.

"조끼가 멋진데요." 알렉이 빙그레 웃어 보였다.

"이거랑 똑같은 걸로 하나 입을래? 물론 네가 좋아하는 색으로 말이야." 매그너스가 물었다.

"난 옷 같은 덴 관심 없어요." 알렉이 항변하듯 말했다.

"난 그런 널 사랑하지. 물론 네가 유명 브랜드 정장을 한 벌쯤 갖고 있다고 해도 사랑할 거지만. 어떻게 생각해? 돌체나 제냐, 아르마니 같은 걸로 한 벌."

이사벨이 깔깔거리자 알렉이 씩씩대며 쏘아붙였다. 매그너스가 그 틈을 타서 클라리에게 몸을 기울여 귀에 대고 속삭였다. "전당 계단으로 가봐."

무슨 소리냐고 물으려 했지만 매그너스는 이미 알렉과 다른 사람들에게 돌아섰다. 그리고 실은 클라리도 그게 무슨 뜻인지 알 것 같았다. 그녀는 전당으로 향하기 전에 사이먼의 손목을 꽉 잡아주었다. 그가 고개를 돌려 빙긋 웃고는 마야와 대화를 이어갔다.

클라리는 어둠 속을 들어갔다 나왔다 하며 아름다운 나무숲의 가장자리로 광장을 가로질렀다. 나무들이 전당 계단 근처까지 들어차 계단에는 사람이 없었다. 완전히 없지는 않았지만. 입구 쪽을 흘끔 보니, 기둥 그림자 안에 눈에 익은 검은 형체가 앉아 있었다. 클라리의 심장이 빠르게 뛰기 시작했다.

제이스.

계단을 오르면서 하늘하늘한 천을 밟을까 봐, 클라리는 치맛자락을 양손으로 들어 올렸다. 제이스는 기둥에 등을 기대고 앉아 광장을 내려다보고 있었다. 그에게 가까이 다가가며 클라리는 보통 때처럼 입고 올 걸 하고 속으로 혀를 찼다. 제이스는 먼데인 복장을 하고 있었다. 청바지에 하얀 셔츠, 그 위로는 검은 재킷을 걸쳤다. 그리고 클라리를 만난 이후 처음으로 무기를 하나도 지니고 있지 않았다.

클라리는 지나치게 차려입은 느낌이었다. 무슨 말을 하면 좋을지 아무 생각도 떠오르지 않아 그와 약간 거리를 두고 멈춰 섰다.

그녀가 온 것을 느꼈는지 제이스가 고개를 들었다. 무릎 위에는 은색 상자가 놓여 있었고 매우 피곤해 보였다. 눈 아래 거무스름하게 그늘이 졌고, 연한 금빛 머리카락은 흐트러져 있었다. 제이스의 눈이 휘둥그레졌다.

"클라리?"

"그럼 누구겠어?"

제이스는 웃지 않았다. "너 같지가 않아서 그래."

"드레스 때문이야." 클라리는 시선을 의식하며 손으로 드레스 자락을 쓸어 내렸다. "이런…… 예쁜 건 잘 안 입잖아."

"그런 거 안 입어도 아름답기만 한걸."

클라리는 그에게서 아름답다는 말을 처음 듣던 날을 떠올렸다. 인스티튜트의 온실에서였다. 그는 이 말을 칭찬처럼 하지 않았다. 그녀의 머리색이 붉다거나 그녀가 그림 그리는 것을 좋아하는 것처럼 당연한 사실을 말하듯이 이야기했다.

"하지만 좀 멀게 느껴져. 만질 수 없는 데 있는 것처럼."

클라리가 걸어가 첫 번째 계단에 앉은 제이스의 곁에 앉았다. 돌의 차가운 기운이 얇은 천을 뚫고 그대로 전해졌다. 제이스에게 내민 손은 눈에 보일 정도로 떨리고 있었다. "원한다면 만져보든가."

제이스가 그 손을 잡아 잠시 자기 뺨에 대고 있다가 그녀의 무릎 위에 얹어놓았다. 클라리는 이사벨의 방에서 알린이 한 말이 떠올라 살짝 몸을 떨었다. '아니면 너한테 흥미를 잃은 건지도 모르고. 이제 더는 금지된 사랑이 아니잖아?' 제이스는 그녀더러 멀게 느껴진다고 했지만, 정작 본인의 눈빛은 은하보다도 멀게 느껴졌다.

"상자엔 뭐가 든 거야?" 클라리가 물었다. 그는 한 손으로 네모난 은색 상자를 꽉 잡고 있었다. 새 문양이 정교하게 새겨지고 값이 꽤 나가 보이는 물건이었다.

"아까 널 만나러 아마티스의 집에 갔는데 네가 없어서 아마티스와 얘기를 나눴거든. 아마티스가 이걸 주더라." 그가 상자를 가리켰다. "아버지 거였대."

클라리는 이해할 수 없다는 표정으로 그를 보았다. '이게 발렌타인 거였다고?' 하지만 다음 순간 정신이 들며 그가 한 말을 이해했다. "그래, 아마티스는 스티븐 헤런데일과 결혼한 적이 있지."

"안에 든 물건들을 꺼내봤어. 편지도 읽어보고 일기도 읽어보고. 그것들을 보다 보면 그가 내 핏줄이라는 느낌이 들지도 모른다고 생각했어. '그래, 이게 바로 내 아버지야' 하는 느낌 같은 거. 근데 아무 느낌도 없더라. 그냥 누구라도 쓸 수 있는 편지랑 일기로 보였어."

"제이스." 클라리가 부드럽게 말했다.

"다른 문제도 있어." 제이스가 말을 이었다. "난 이제 이름이 없잖아? 조너선 크리스토퍼는 내 이름이 아니야. 내가 익숙해진 이름일 뿐이지."

"제이스란 이름은 누가 부르기 시작한 거야? 네가 직접 지은 거야?"

제이스가 고개를 저었다. "아니. 발렌타인은 항상 날 조너선이라고 불렀어. 내가 인스티튜트에 도착했을 때 다른 사람들도 그렇게 불렀고. 내 이름은 원래 조너선 크리스토퍼가 아니었어. 너도 알다시피 그 이름이 알려진 건 사고였지. 내가 아버지 일지를 몰래 본 거니까. 하지만 발렌타인이 일지에 기록한 건 내 얘기가 아니었어. 그건 세바…… 조너선의 성장 과정이었지. 아무튼 메이리스는 내가 중간 이름이 크리스토퍼라고 말했을 때 자신이 잘못 기억하고 있었다고, 크리스토퍼가 마이클 아들의 중간 이름이었다고 생각해버렸어. 10년 만에 보는 거니까 그러려니 했을 거야. 그때부터 메이리스는 날 제이스라고 부르기 시작했어. 마치 자신과 관련이 있는, 뉴욕에서의 삶과 관련이 있는 새로운 이름을 지어주고 싶다는 듯이. 나도 그 이름이 좋았어. 조너선이라는 이름은 늘 별로였거든." 그가 손 안에서 상자를 돌렸다.

"난 메이리스가 그때 알았을 거라는, 아니 짐작했을 거라는 생각이 들어. 그렇지만 정말로 알고 싶지 않았던 거지. 날 사랑하니까…… 믿고 싶지 않았던 거야."

"그래서 네가 발렌타인의 아들이란 사실을 알았을 때 그렇게 화를 낸 거야. 네가 발렌타인의 아들이었다면 자신이 분명히 알아차렸을 거라고 생각하니까. 실은 메이리스도 은연중에 알고 있었지. 다만 모든 사람들처럼 사랑하는 사람과 관련된 어떤 일들은 믿지 않으려고 한 것뿐이지.

하지만 메이리스는 널 제대로 봤어, 제이스. 네가 발렌타인의 아들이 아니란 사실을 알아봤잖아. 그리고 너도 분명히 이름이 있어. 제이스라는 이름. 그 이름은 발렌타인이 아니라 메이리스에게 받은 거지. 이름이 중요한 이유는 사랑하는 사람에게 받았기 때문이야. 그건 네 경우도 마찬가지고."

"제이스 뭐? 제이스 헤런데일?"

"잘 알면서 왜 그래? 넌 제이스 라이트우드잖아."

제이스가 눈을 들어 그녀와 시선을 마주했다. 속눈썹이 그림자를 드리워 눈동자가 짙은 금색으로 보였다. 아마도 그녀의 상상이겠지만, 아까보다는 조금 덜 멀어 보이는 것도 같았다.

"어쩌면 넌 스스로가 생각했던 것과는 다른 사람일지도 몰라." 그가 자신의 말을 이해하기를 바라며 클라리가 말을 이었다. "하지만 누구도 하룻밤 사이에 완전히 다른 사람이 될 수는 없어. 스티븐이 네 친아버지라는 사실을 알게 됐다고 자동으로 그를 사랑하게 되지는 않을 거라고. 그럴 필요도 없고. 발렌타인은 단지 피가 섞이지 않았기 때문이 아니라, 아버지처럼 행동하지 않았기 때문에 네 아버지가 아니야. 그는 널 보살피지도, 소중히 여기지도 않았어. 널 보살핀 건 라이트우드 부부였지. 그들이 바로 네 가족이야. 엄마랑 루크가 내 가족인 것처럼." 클라리가 제이스의 어깨로 손을 뻗으려다 그만두었다. "미안해. 잔소리나 늘어놓고. 넌 여기 혼자 있고 싶어서 온 걸 텐데."

"그래, 맞아."

갑자기 클라리의 숨이 막혀왔다. "알았어, 그럼. 난 가볼게." 클라리는 드레스 자락을 잡아야 한다는 사실을 까맣게 잊고 자리에서 벌떡 일어나다 하마터면 치마 끝을 밟을 뻔했다.

"클라리!" 상자를 바닥에 내려놓으며 제이스가 급하게 일어났다. "클라리, 기다려. 그런 뜻이 아니었어. 혼자 있고 싶다는 말이 아니었다고. 발렌타인에 대한 네 말, 라이트우드 가족에 대한 네 말이 맞다는 뜻이었어."

클라리가 돌아서서 그를 쳐다보았다. 제이스는 어둠에 절반쯤 가려진 채 서 있었고, 환하게 빛나는 색전구들이 그의 피부 위로 이상한 무늬를 만들었다. 클라리는 그를 처음 보던 날이 떠올랐다. 그날 그녀는 제이스가 아름답고 치명적인 사자를 닮았다고 생각했지만, 이제 그는 그때와 달라 보였다. 갑옷처럼 두르고 있던 단단하고 방어적인 외피는 사라지고 상처를 자랑스레 드러냈다. 스텔레로 멍을 지우지도 않아서 얼굴과 턱선, 셔츠 깃 바로 위로 드러난 피부에는 멍 자국이 그대로 남아 있었다. 그런데도 클라리의 눈에는 아름답기만 했다. 이제는 인간처럼 보여서, 허상이 아닌 실제처럼 느껴져서 오히려 전보다 더욱 아름다웠다.

"알린이 이런 말을 했어. 네가 이제 나한테 관심이 없을지도 모른다고. 더 이상 금지된 사랑이 아니어서 말이야. 원한다면 얼마든지 나와 함께 있을 수 있어서." 얇은 드레스를 입은 몸이 떨리자 클라리는 팔짱을 끼듯 양손으로 팔꿈치를 잡았다. "그 말이 맞아? 나한테 이제…… 관심이 없는 거야?"

"관심이 없냐고? 그러니까 네가…… 책이라든가 뉴스라든가 뭐 그런 것처럼 말이야? 아니, 난 관심이 없어. 난……." 제이스가 중간에 말을 끊었다. 어둠 속에서 전등 스위치를 더듬어 찾듯이 그는 적당한 말을 찾아 머릿속을 뒤적였다.

"내가 전에 한 말, 기억해? 네가 내 동생이라는 사실이 마치 운명의 장난처럼 느껴진다던 말?"

"기억해."

"난 한순간도 그 사실을 믿은 적이 없었어. 아니, 어떤 면에서는 믿기도 했지. 그래서 그토록 절망한 거니까. 하지만 단 한 번도 그렇게 '느낀' 적은 없었어. 널 내 동생으로 느낀 적이 없었다고. 사람들이 보통 자기 동생에게 가지는 그런 느낌을 절대 가질 수가 없었어. 그렇다고 네가 내 반쪽이라는 느낌이 들지 않았던 건 아니야. 언제나 그렇게 느꼈으니까." 어리둥절해하는 클라리의 표정을 보고 그가 안타깝다는 듯이 끙 소리를 내며 말을 끊었다.

"제대로 말하지 못한 모양이네. 다시 말할게, 클라리. 난 네가 내 동생이라는 생각을 할 때마다 정말 끔찍했어. 나한테 무슨 문제가 있어서 너한테 그런 감정을 품는 거라고 생각할 때마다. 하지만……."

"하지만 뭐?" 심장이 얼마나 거세게 뛰는지 클라리는 현기증이 이는 것 같았다.

"발렌타인은 내가 네게 느끼는 감정을 꿰뚫어 보고 즐거워했어. 네가 나한테 느끼는 감정도 알고 있었어. 그걸 무기로 우릴 위협했어. 난 그런 발렌타인의 행동이 증오스러웠어. 그가 내게 한다는 어떤 일보다도 더. 결국 그에게 등을 돌리게 만들 정도로. 그리고 어쩌면 그게 바로 내게 필요했던 건지도 몰라. 그때까지도 난 그를 따르고 싶은지 아닌지 확실하게 말할 수가 없었거든. 너무나 힘든 결정이었지. 떠올리고 싶지 않을 정도로." 그의 목소리가 굳어졌다.

"언젠가 내가 물은 적이 있지. 나한테 선택권이 있냐고." 클라리가 지난 얘기를 꺼냈다. "그랬더니 넌 선택권은 언제나 있다고 말했어. 넌 발렌타인과 맞서는 쪽을 선택했어. 그게 네가 마지막에 내린 결정이었고, 얼마나 힘든 결정이었는지는 중요하지 않아. 네가 그렇게 결정했다는 사실이 중요한 거지."

"알아. 다만 그런 선택을 하게 된 원인이 어느 정도는 네게 있다는 말을 하는 거야. 널 만난 이후로 내가 하는 모든 일은 어느 정도 너 때문이었으니까. 너한테서 날 따로 떼어내서 생각할 수는 없어, 클라리. 내 심장도, 피도, 마음도, 내 몸의 어떤 부분도. 그러고 싶지도 않고."

"그래?" 클라리가 속삭이듯이 작게 말했다.

제이스가 한 걸음 다가섰다. 결코 시선을 떼지 못하겠다는 듯이 그의 눈이 클라리에게 고정되었다. "나는 항상 사랑이 사람을 바보로 만든다고 생각했어. 나약하게 만든다고. 나쁜 섀도우 헌터로 만든다고. '사랑은 파괴다'라는 말을 믿었으니까."

클라리가 입술을 질근 깨물었지만 그녀 역시 그에게서 시선을 떼지 못했다.

"훌륭한 전사가 된다는 건 아무 데도 신경을 쓰지 않는 거라고 생각했어. 그 어떤 것에도, 특히 나 자신에 대해서 말이야. 난 마주할 수 있는 모든 위험에 뛰어들었지. 악마들 앞으로 몸을 던졌어. 알렉은 그런 나때문에 컴플렉스를 갖게 된 거 같아. 나처럼 죽지 못해 안달인 듯이 싸우지 않고 살고 싶어한다는 이유로 말이야." 그가 한쪽 입술을 올리며 웃었다.

"그러다가 널 만났어. 넌 먼데인이었지. 약하고, 전사도 아니고, 훈련을 받은 적도 없고. 그러고 나선 보았지. 네가 엄마를 얼마나 사랑하는지, 사이먼을 얼마나 사랑하는지. 그들을 구하기 위해서라면 지옥에라도 뛰어들 기세였어. 정말로 뱀파이어 호텔에 뛰어들었잖아. 10년의 전투 경험이 있는 섀도우 헌터도 하지 않을 짓인데. 사랑은 널 약하게 만들지 않았어. 내가 만난 어떤 사람보다도 강하게 만들었어. 그리고 난 깨달았지. 약한 사람은 네가 아니라 나라는 걸."

"아냐. 넌 약하지 않아." 클라리는 충격을 받은 얼굴이었다.

"더 이상은 아닐지도 모르지." 그가 한 걸음 다가서자 그녀를 손으로 만질 수 있을 정도로 가까워졌다. "발렌타인은 내가 조너선을 죽였다는 걸 믿지 못했어. 약한 쪽은 나였고, 조너선은 훈련도 더 많이 받았으니까. 모든 걸 따져봤을 때 조너선이 날 죽였어야 하는 게 맞아. 사실 거의 그럴 뻔했어. 그러다 네가 떠올랐지. 바로 앞에 서 있는 것처럼 나를 바라보는 네 모습이 또렷하게 보였어. 그 순간 살고 싶다는 생각이, 그 어떤 것을 원할 때보다도 강하게 들었어. 살아서 네 얼굴을 다시 보고 싶다고."

클라리는 몸을 움직이고 싶었지만 움직여지지가 않았다. 손을 뻗어 제이스를 어루만지고 싶었지만 양팔이 옆구리에 딱 달라붙어 떨어지질 않았다. 그의 얼굴이 바로 코앞까지 다가와 동공에 비친 그녀의 모습이 보일 정도였다.

"이제 이렇게 너를 바라보고 있는데, 넌 아직도 너를 원하느냐고 묻고 있어. 내가 널 사랑하지 않는 일이 가능하기라도 한 것처럼. 무엇보다도 날 강하게 만드는 그걸 내가 포기할 생각이 있기라도 한 것처럼. 난 누구에게도 마음을 준 적이 없었어. 라이트우드 가족을 제외하면 말이야. 하지만 그들에게 마음을 주기까지는 아주 오랜 시간이 걸렸지. 그런데 넌…… 널 처음 본 순간부터 난 완전히 네게 마음을 줬어. 그건 지금도 마찬가지야. 네가 날 원하기만 한다면."

아주 짧은 순간 클라리는 꼼짝하지 않았다. 그러다 다음 순간 그의 셔츠를 움켜잡고 앞으로 끌어당겼다. 제이스의 팔이 그녀를 번쩍 들어 올리자 샌들이 거의 벗겨지려고 했다. 그러고는 그가 입을 맞췄다. 아니,

그녀가 입을 맞춘 건지도 모르겠지만 그런 것은 중요하지 않았다. 입술이 맞닿자 전기가 통하듯 찌릿한 느낌이 들었고, 클라리는 그의 팔을 꽉 움켜잡아 더욱 가까이 끌어당겼다. 쿵쿵 뛰는 그의 심장박동이 셔츠를 뚫고 전해오자 클라리는 환희로 아찔해졌다. 제이스의 심장만큼 힘차게 박동하는 심장은 본 적이 없었다.

마침내 제이스가 그녀를 놓아주자 클라리는 숨 쉬는 것을 잊고 있던 사람처럼 크게 숨을 들이쉬었다. 제이스는 양손으로 클라리의 뺨을 감싸고 손가락으로 광대뼈의 윤곽을 더듬었다. 그의 두 눈에 빛이 돌아와 있었다. 호수에서 본 것만큼 환한 빛. 지금은 거기에 짓궂은 광채가 더해졌다. "자, 그렇게 나쁘진 않았지? 금지된 사랑이 아니어도?"

"나쁘지 않았어." 불안정하게 웃으며 클라리가 대답했다.

몸을 수그려 클라리의 입술에 살짝 키스하며 제이스가 말했다. "금지된 사랑이 아니어서 걱정이 된다면 말이야, 나한테 다른 걸 금지시키면 되잖아."

"어떤 거?"

클라리의 입술에 닿은 그의 입술이 웃음 짓는 것이 느껴졌다. "이런 거."

둘은 계단에서 내려와 광장으로 들어섰다. 불꽃놀이가 곧 시작되는 것을 안 사람들이 광장으로 모여들고 있었다. 이사벨 일행은 광장 구석에 놓인 테이블 하나를 발견하고 그 둘레의 벤치와 의자에 자리를 잡았다. 그들에게 다가가며 클라리는 제이스의 손을 놓으려고 하다가…… 멈췄다. 둘은 이제 얼마든지 손을 잡아도 괜찮았다. 거리낄 것이 전혀 없었다. 그렇게 생각하자 클라리는 꼭 숨이 멎을 것만 같았다.

"여기 있었네!" 이사벨이 반가워하며 자홍색 액체가 든 잔을 들고 달려와 클라리에게 내밀었다. "마셔봐!"

클라리가 눈을 가늘게 뜨고 쳐다보았다. "마시면 쥐로 변하는 거야?"

"사람을 그렇게 못 믿어서 쓰겠어? 딸기 주스 같은데." 이사벨이 말했다. "아무튼 맛있어. 제이스?" 그러면서 제이스에게 잔을 내밀었다.

"난 남자라고. 남자들은 분홍색 음료 같은 거 안 마셔. 가서 내게 갈색 음료를 가져다주시오, 여인."

"갈색?" 이사벨이 얼굴을 찌푸렸다.

"갈색은 남자다운 색이거든." 제이스가 말하면서 이사벨의 흘러내린 머리카락을 잡아당겼다. "저 봐. 알렉도 그 색으로 입었잖아."

알렉이 우울하게 자신의 스웨터를 내려다보았다. "원래 검은색이었어. 색이 바랜 거지."

"반짝이 헤드밴드로 포인트를 주면 멋질 텐데." 매그너그가 알렉에게 파랗고 반짝거리는 뭔가를 내밀며 제안했다. "그냥 그렇다고."

"매그너스한테 넘어가면 안 돼, 알렉." 낮은 벽 위에 올라앉은 사이먼이 말했다. 마야와 나란히 붙어 앉아 있었지만 마야는 알린과 깊은 대화에 빠져 있었다. "뮤지컬 영화 〈제나두〉에 나온 올리비아 뉴튼존처럼 보일 거야."

"그게 뭐가 어때서 그래?" 매그너스가 대꾸했다.

사이먼이 벽에서 내려와 클라리와 제이스에게 다가갔다. 청바지 뒷주머니에 양손을 꽂은 채 생각에 잠긴 듯이 한참을 바라보다 마침내 입을 열었다.

"행복해 보이네." 클라리에게 말하고는 빙글 돌아 제이스를 보았다. "클라리가 행복해 보여서 다행인 줄 알아."

제이스가 눈썹을 들어 올렸다. "여기서 그 말이 나올 차례인가? 클라리를 울리면 가만두지 않겠다고?"

"아니. 네가 클라리를 울리면 클라리 본인이 직접 널 손봐줄 텐데 뭐. 그것도 다양한 무기를 사용해서."

제이스는 그 생각이 마음에 드는 모양이었다.

"날 싫어해도 상관없다는 말을 하고 싶었어. 클라리만 행복하게 해준다면 난 너한테 아무 감정 없어." 사이먼이 주머니에서 손을 빼서 내밀자, 제이스가 어리벙벙한 얼굴로 클라리의 손을 놓고 사이먼과 악수를 나눴다.

"싫어하는 거 아냐. 사실은 네가 마음에 들어서 조언을 하나 할까 생각 중이었다고."

"조언?" 사이먼은 경계하는 표정이었다.

"네가 뱀파이어로서의 장점을 꽤 성공적으로 활용하고 있다는 건 알겠어." 제이스가 머리로 이사벨과 마야를 가리켰다. "훌륭해. 여자애들은 원래 너희 종족이 지니는 감성적인 면에 약한 경향이 있으니까. 하지만 내가 너라면 뮤지션 쪽은 그냥 포기하겠어. 뱀파이어 록스타는 이미 한물 간 아이템인 데다 네 실력으로는 힘들어도 한참 힘들거든."

사이먼이 한숨을 내쉬었다. "날 싫어하지 않는다고 한 부분에 대해서는 재고할 생각이 전혀 없는 거지?"

"됐어, 그만들 좀 해." 클라리가 끼어들었다. "언제까지 그렇게 으르렁대고 있을 순 없잖아?"

"난 그럴 수 있는데." 사이먼이 말했다.

제이스가 이상한 소리를 냈다. 클라리는 그가 웃음을 참으려다 반만 성공했다는 사실을 알아차렸다.

사이먼이 씩 웃었다. "속았지?"

"아무튼. 이렇게 잘 지내니 좋잖아." 클라리가 이사벨을 찾아 두리번거렸다. 그들만의 기이한 방식이긴 해도 사이먼과 제이스가 함께 어울리는 모습을 보면, 이사벨 역시 클라리만큼이나 좋아할 터였다.

하지만 이사벨 대신 다른 사람이 눈에 들어왔다. 나무숲 가장자리, 어둠과 빛이 뒤섞인 곳에 나뭇잎 빛깔의 녹색 드레스를 입은 호리호리한 여인이 서 있었다. 다홍빛의 긴 머리는 뒤로 넘겨 금빛 관으로 고정했다. 실리코트의 여왕. 그녀가 클라리를 똑바로 보고 있다가 시선이 마주치자 손짓을 했다. '이리로 오라.'

클라리가 정말 원한 건지, 아니면 요정들이 쓰는 이상한 힘 때문인지, 클라리는 웅얼웅얼 핑계를 대며 일행과 떨어져 시끌벅적한 사람들 사이를 뚫고 나무숲 가장자리로 걸어갔다. 가까이 가서 보니 여왕 주변에는 요정들이 바짝 붙어 호위를 하고 있었다. 홀로 나오고 싶었다 해도 여왕은 조신들 없이 움직이지 못했을 것이다.

여왕이 도도하게 팔을 들어 올렸다.

"그만. 더는 가까이 다가오지 말라."

클라리는 여왕에게서 몇 걸음 떨어진 곳에 멈춰 섰다. "여왕 폐하." 그녀는 실리코트에서 제이스가 여왕에게 사용하던 격식 차린 말을 떠올리며 그대로 따라 했다. "왜 저를 부르셨습니까?"

"네게 부탁이 있다." 여왕은 바로 용건으로 들어갔다. "물론 답례로 네 부탁을 들어줄 것이다."

"제게 부탁이 있으시다고요?" 클라리가 놀라서 물었다. "하지만……폐하는 절 좋아하지도 않으셨잖아요."

여왕이 생각에 잠긴 듯이 하얗고 긴 손가락 하나를 입술에 대었다.

유리의 도시 579

"인간과 달리 요정들은 좋아하고 안 하고 여부에 크게 영향을 받지 않아. 사랑이나 증오라면 모를까. 그 두 가지는 유용한 감정이지. 하지만 좋아한다는 감정은……." 우아하게 어깨를 으쓱했다.

"의회에서 회의에 참석할 요정 대표를 아직 결정하지 않았어. 루선 그레이마크는 네게 아버지와 같은 자라고 알고 있다. 네가 하는 부탁이라면 들어주겠지. 그에게 나의 기사인 멜리온을 요정 대표로 선택하라고 부탁해줬으면 한다."

클라리는 전당에서 멜리온이 한 말을 떠올렸다. 밤의 아이들이 함께 싸우지 않으면 전투에 나가고 싶지 않다고 했던 말. "루크는 그를 별로 좋아하지 않을 거예요."

"또 좋아하는지 아닌지를 언급하는구나."

"전에 실리코트에서 폐하는 제이스와 제가 남매라고 하셨어요. 하지만 실은 남매가 아니란 사실을 알고 계셨죠?"

여왕이 미소를 지었다. "너희 몸속에는 같은 피가 흐르지. 천사의 피를 지닌 사람은 모두 한 꺼풀 벗겨내고 나면 형제자매나 마찬가지야."

클라리는 몸을 떨었다. "그래도 진실을 말해줄 수 있었잖아요. 그런데도 하지 않으셨죠."

"나는 내가 보는 진실을 말해주었다. 우리는 모두 자신이 보는 진실을 말하지. 네 어머니가 해준 이야기 속에 어떤 거짓이 섞여 있는지 궁금하지 않느냐? 어머니가 목적에 맞게 바꾼 거짓들이 무엇인지. 설마 네 과거의 모든 비밀을 알고 있다고 생각하는 건 아니겠지?"

클라리는 망설였다. 이유는 모르겠지만 머릿속에서 도로시아의 목소리가 들려왔다. '자네는 엉뚱한 사람과 사랑에 빠지게 될 거야.' 도로시아는 제이스에게 그렇게 말했다. 그때 클라리는 그녀를 향한 제이스의 애정이 두 사람 모두를 힘들게 할 것이라는 뜻으로 이해했다. 하지만 클라리의 기억에는 여전히 공백이 존재했다. 지금까지도 어떤 일이나 사건의 기억은 돌아오지 않았다. 그 비밀의 진실은 영원히 잊힐지도 모른다. 중요하지 않은 것들이라며 애써 마음을 접었지만, 어쩌면······.

아니야. 클라리는 손을 꽉 말아 쥐었다. 여왕의 독은 감지하기 힘들긴 하지만 매우 강력했다. 이 세상에 자신에 대한 비밀을 모두 아는 사람이 어디 있을까? 어떤 비밀들은 영원히 비밀로 남겨두는 것이 낫지 않을까?

클라리가 머리를 흔들었다. "실리코트에서 폐하가 하신 말은 거짓말이 아니겠지요. 하지만 잔인했어요." 그러고는 몸을 돌리기 시작했다. "잔인한 대우는 받을 만큼 받았어요."

"실리코트의 여왕이 베푸는 호의를 정말로 거절할 생각이냐? 모든 인간에게 주어지는 기회가 아니야."

"폐하의 호의는 필요 없답니다. 전 원하는 걸 모두 가졌거든요."

클라리는 여왕에게 등을 돌리고 걸어 나왔다.

클라리가 다시 일행에게 돌아오니 그곳에는 로버트와 메이리스 라이트우드가 와 있었다. 놀랍게도 그들은 매그너스 베인과 악수를 나누고 있었다. 매그너스는 반짝거리는 헤드밴드를 어디에다 버렸는지 단정함의 표본 같은 모습이었다. 메이리스는 알렉의 어깨에 팔을 둘렀고, 나머지 친구들은 벽을 따라 모여 앉아 있었다. 클라리가 그들에게 가려고 발을 떼는 순간 누군가 그녀의 어깨를 두드렸다.

"클라리!" 어머니가 그녀를 보고 환하게 웃었다. 그 옆에는 어머니와 손을 잡은 루크가 서 있었다. 조슬린은 청바지에 헐렁한 셔츠를 입고 전혀 꾸미지 않은 모습이었다. 셔츠에 물감 자국이 묻어 있지 않은 것이 그나마 다행이었다. 하지만 조슬린을 바라보는 루크의 눈빛으로만 본다면 그 누구보다도 완벽한 모습이었다. "이제야 널 만났네."

클라리가 루크를 향해 웃어 보였다. "그럼 이제 이드리스로 이사하지 않는 거죠?"

"이사는 무슨. 여기 피자 맛이 얼마나 끔찍한데." 클라리가 이제껏 본 가운데 가장 행복해 보이는 얼굴로 루크가 말했다.

조슬린은 웃으며 아마티스와 얘기를 나누러 갔다. 아마티스는 빛깔이 계속 바뀌는 연기로 가득한 유리 거품을 구경하며 감탄하고 있었다. 클라리가 루크를 보며 입을 열었다. "정말로 뉴욕을 떠날 생각이었어요, 아님 엄마 마음을 움직일 생각으로 말만 그렇게 한 거예요?"

"클라리. 그런 생각을 하다니, 충격이구나." 싱긋 웃고 난 루크가 갑자기 진지해졌다. "너도 괜찮은 거지? 네 삶에 커다란 변화가 생길 텐데…… 안 그래도 너랑 엄마가 우리 집으로 들어오는 게 낫지 않을까 생각하고 있었단다. 전에 살던 집에서는 살 수가 없으니까……."

클라리가 코웃음을 쳤다. "커다란 변화라고요? 제 삶은 벌써 완전히 달라졌는데요. 그것도 몇 번씩이나."

루크가 제이스 쪽으로 흘깃 시선을 주었다. 제이스는 벽 위에 앉아서 그들을 지켜보고 있었다. 제이스가 고개를 까딱하면서 한쪽 입술을 끌어 올리고 유쾌하게 웃어 보였다.

"그런 것 같구나." 루크가 대답했다.

"변화는 좋은 거예요."

루크가 자신의 손을 들어 쳐다보았다. 다른 사람들과 마찬가지로 결연의 룬은 희미해졌지만, 룬이 있던 자리임을 말해주는 하얀 선은 아직 남아 있었다. 그 흉터는 아무리 오랜 시간이 지나도 사라지지 않을 것이다. 그가 생각에 잠겨 마크를 바라보다 입을 열었다. "그렇지."

"클라리!" 이사벨이 벽 위에 앉아서 소리쳤다. "불꽃놀이 시작이야!"

클라리는 루크의 어깨를 가볍게 두드리고는 친구들이 앉은 곳으로 갔다. 그들은 벽 위에 한 줄로 나란히 앉아 있었다. 제이스, 이사벨, 사이먼, 마야, 그리고 알린. 클라리가 제이스 옆에 멈춰 서서 이사벨에게 눈을 흘기는 시늉을 하며 말했다. "내 눈에는 불꽃이 안 보이는데."

"인내심을 가져, 친구. 기다리는 자에게 복이 온다잖아." 마야가 말했다.

"난 그 말을 왜 '파도를 타는 자에게 복이 온다'로 기억하고 있을까." 사이먼이 말했다. "그러니 평생 그렇게 혼란스러울 수밖에."

"혼란스럽다는 말이 딱 맞네." 제이스는 그렇게 말했지만 그의 행동으로 보아 신경은 다른 데에 가 있었다. 제이스가 반사작용처럼 팔을 뻗어 클라리를 옆으로 바짝 끌어당기자, 그의 어깨에 머리를 얹고 클라리가 하늘을 바라보았다. 어둠 속에서 부드러운 은백색으로 반짝이는 악마 타워를 제외하고는 아무런 빛도 보이지 않았다.

"어디 갔었어?" 제이스가 클라리의 귀에만 들릴 정도로 작게 물었다.

"실리코트의 여왕이 부탁이 있다며 찾아왔어. 여왕의 부탁을 들어주면 보답으로 내 부탁도 하나 들어주겠다고." 제이스의 몸이 굳어지는 게 느껴졌다. "긴장 풀어. 들어줄 수 없다고 했으니까."

"실리코트 여왕에게 부탁할 기회를 거절하는 사람은 많지 않을걸."

"부탁할 게 없다고 했어. 원하는 건 모두 가졌다고."

제이스가 나지막이 웃으며 팔에 둘렀던 손을 어깨로 올렸고, 클라리의 목에 걸린 목걸이 줄을 손가락으로 만지작거렸다. 클라리는 드레스 위에서 반짝이는 그 은빛 물건을 내려다보았다. 제이스가 남기고 간 모겐스턴 반지를 줄곧 목에 걸고 다니며 클라리는 가끔 그 이유가 궁금했다. 클라리는 정말로 발렌타인을 떠오르게 하는 그 물건을 몸에 지니고 싶은 걸까? 그게 아니라면 그냥 그를 잊어도 되는 걸까?

떠올리기 싫은 아픈 기억이라고 해서 모조리 지워버릴 수는 없다. 클라리는 맥스나 매들린을, 호지를, 심문관을, 심지어 세바스찬까지도 잊고 싶지 않았다. 모든 기억은 소중한 것이다. 좋은 기억뿐만 아니라 나쁜 기억까지도. 발렌타인은 세상이 변한다는 것을, 더불어 섀도우 헌터도 변해야 한다는 것을 잊고 싶어했다. 다운월드 사람에게도 영혼이 있다는 것을, 이 세계를 구성하는 모든 영혼이 중요하다는 것을 잊으려 했다. 그는 오직 섀도우 헌터가 다운월드 사람과 무엇이 다른지에만 집중하려고 했다. 하지만 정작 그가 실패한 원인은 그들이 모두 같다는 사실에 있었다.

"클라리, 저기 봐." 제이스가 그녀를 몽상에서 끌어냈다. 그가 팔에 힘을 주어 그녀를 꽉 끌어안자 클라리가 머리를 들었다. 첫 번째 로켓이 하늘로 솟아오르고 사람들이 환호성을 터트렸다. 클라리는 폭죽이 터지며 불꽃이 소나기처럼 쏟아지는 광경을 바라보았다. 구름 위로 황금빛 선을 그리며 떨어지는 불꽃들이 마치 하늘에서 떨어지는 천사들 같았다.

옮긴이 오정아
동국대학교와 대학원에서 영문학을 전공했다. 옮긴 책으로 《오스틴랜드》《동물원을 샀어요》《아서왕, 여기 잠들다》《신이 찾은 아이들》《시카고 다이어리》《타임 패러독스》《나쁜 것 VS 더 나쁜 것》《첫아이를 위한 부모수업》등이 있다.

섀도우 헌터스
3. 유리의 도시

초판 1쇄 발행 2013년 8월 26일
초판 9쇄 발행 2022년 12월 26일

지은이 카산드라 클레어 **옮긴이** 오정아

발행인 이재진 **단행본사업본부장** 신동해
편집장 김경림 **표지디자인** 디자인비따
마케팅 최혜진 이은미 **홍보** 반여진 최새롬 정지연
국제업무 김은정 **제작** 정석훈

브랜드 노블마인
주소 경기도 파주시 회동길20
문의전화 031-956-7066(편집) 02-3670-1123(마케팅)
홈페이지 www.wjbooks.co.kr
페이스북 www.facebook.com/wjbook
포스트 post.naver.com/wj_booking

발행처 ㈜웅진씽크빅
출판신고 1980년 3월 29일 제406-2007-000046호

한국어판 출판권 ⓒ 웅진씽크빅, 2013
ISBN 978-89-01-15923-2 04800
ISBN 978-89-01-10688-5 (세트)

노블마인은 ㈜웅진씽크빅 단행본사업본부의 브랜드입니다.
이 책의 한국어판 저작권은 대니홍 에이전시를 통한 저작권사와의 독점 계약으로 ㈜웅진씽크빅에 있습니다.
저작권법에 따라 보호받는 저작물이므로 무단전재와 무단복제를 금합니다.
이 책 내용의 전부 또는 일부를 사용하려면 반드시 저작권자와 ㈜웅진씽크빅의 서면동의를 받아야 합니다.

* 잘못된 책은 구입하신 곳에서 바꾸어 드립니다.
* 책값은 뒤표지에 있습니다.